Huntley Fitzpatrick
Mein Sommer nebenan

cbj

DIE AUTORIN

Huntley Fitzpatrick wuchs in einem
kleinen Küstenort in Connecticut auf,
der die Vorlage für den Ort Stony Bay
in »Mein Sommer nebenan« lieferte.
Schon als Kind wollte sie Schriftstellerin
werden. Nach dem Universitäts-
abschluss arbeitete Huntley Fitzpatrick
in verschiedenen Berufen, unter
anderem in einem akademischen Fach-
verlag und als Lektorin bei Harlequin.
Heute lebt die sechsfache Mutter in
Massachusetts und widmet ihre gesamte
Zeit dem Schreiben.

Von Huntley Fitzpatrick ist bei cbj
außerdem erschienen:

Es duftet nach Sommer (15750)

Huntley Fitzpatrick

Mein Sommer
nebenan

Aus dem Amerikanischen
von Anja Galić

Kinder- und Jugendbuchverlag
in der Verlagsgruppe Random House

Verlagsgruppe Random House FSC® N001967
Das für dieses Buch verwendete
FSC®-zertifizierte Papier *Holmen Book Cream*
liefert Holmen Paper, Hallstavik, Schweden.

2. Auflage
Erstmals als cbj Taschenbuch April 2015
© 2013 der deutschsprachigen Ausgabe:
cbj Kinder- und Jugendbuchverlag
in der Verlagsgruppe Random House, München
Alle deutschsprachigen Rechte vorbehalten
© 2012 Huntley Fitzpatrick
Die amerikanische Originalausgabe erschien 2012
unter dem Titel »My life next door«
bei Dial Books, einem Imprint der Penguin Group (USA) Inc.
Übersetzung: Anja Galić
Lektorat: Katarina Ganslandt
Umschlaggestaltung: Gettyimages (Stone, Peter Beavis);
Shutterstock (romakoma)
MP · Herstellung: wei
Satz: KompetenzCenter, Mönchengladbach
Druck und Bindung: GGP Media GmbH, Pößneck
ISBN: 978-3-570-40263-4
Printed in Germany

www.cbj-verlag.de

Natürlich für Colette Corry.
Die Worte »beste Freundin« werden nie genügen.

Erstes Kapitel

Die Garretts waren für uns von Anfang an tabu.

Aber das ist nicht der Grund, warum sie eine wichtige Rolle spielten.

Als ihr verbeultes Auto an jenem Tag vor zehn Jahren zusammen mit einem Umzugswagen vor dem Nachbarhaus hielt, standen wir gerade im Vorgarten.

»Oh nein.« Mom ließ seufzend die Hände sinken. »Ich hatte so sehr gehofft, das würde uns erspart bleiben.«

»Was denn?«, rief meine ältere Schwester Tracy, die im Blumenbeet neben der Einfahrt hockte, über die Schulter. Sie war damals acht und pflanzte gerade eifrig Narzissenzwiebeln ein, wie Mom es uns morgens aufgetragen hatte. Neugierig sprang sie auf, lief zu dem Lattenzaun, der unsere Grundstücke trennte, und spähte auf Zehenspitzen zu den Neuankömmlingen rüber. Ich presste mein Gesicht zwischen zwei der Latten und beobachtete staunend, wie nacheinander zwei Erwachsene und fünf Kinder aus dem winzigen Wagen kletterten. Die Szene erinnerte mich an eine dieser Clownsnummern im Zirkus.

»Das da.« Mom deutete mit der Pflanzschaufel auf das Auto, während sie sich mit der anderen Hand ihre silberblonden Haare aus dem Gesicht strich. »Der Fluch jeder guten Wohngegend. Eine chaotische Großfamilie, die nie ihren Rasen mäht, die Blumenbeete verkommen lässt, wenn

7

sie überhaupt welche anlegt, und deren Kinder überall Spielsachen herumliegen lassen. So etwas kann den Wert der Immobilien im gesamten Viertel herabsetzen. Und ausgerechnet so eine Familie muss neben uns einziehen. Du hast die Blumenzwiebel falsch herum in die Erde gesetzt, Samantha.«

Ich drehte die Zwiebel schnell um und robbte dann auf Knien wieder zum Zaun, ohne auch nur eine Sekunde den Vater der Familie aus den Augen zu lassen, der gerade ein Baby aus dem Wagen hob, während gleichzeitig ein Kleinkind mit zerzausten Locken auf seinen Rücken kletterte. »Die sehen aber nett aus«, sagte ich.

Ich weiß noch, wie es daraufhin still wurde und ich zu meiner Mutter aufschaute.

Sie sah mich kopfschüttelnd an. »Ob sie nett sind oder nicht, ist nicht die Frage, Samantha. Du bist sieben und damit alt genug, um zu verstehen, worum es geht. *Fünf* Kinder. Grundgütiger. Genau wie in der Familie deines Vaters. Das ist abartig.« Sie schüttelte wieder den Kopf und verdrehte die Augen.

Ich rückte näher an Tracy heran und schabte mit dem Daumennagel einen weißen Lacksplitter von einer der Zaunlatten. Meine Schwester warf mir den warnenden Blick zu, mit dem sie mir sonst immer zu verstehen gab, dass sie nicht gestört werden wollte, wenn sie gerade vor dem Fernseher saß und ich reinkam, um ihr eine Frage zu stellen.

»*Der* da ist süß«, sagte sie und spähte wieder über den Zaun. Ich folgte ihrem Blick und sah, wie ein älterer Junge, der einen Baseballhandschuh trug, hinten ausstieg und sich anschließend noch einmal umdrehte, um einen Karton mit einem Helm, einem Schläger und anderen Sportsachen von der Ablage zu nehmen.

Schon damals verdrängte oder vergaß Tracy gern, wie sehr unsere Mom damit haderte, alleinerziehend zu sein und keinen Partner zu haben. Unser Vater hatte uns ohne ein Abschiedswort verlassen und Mom hochschwanger und mit einer einjährigen Tochter sitzen gelassen. Sie blieb mit einem Berg enttäuschter Hoffnungen und – zum Glück – dem ererbten Vermögen ihrer Eltern zurück.

Wie die nächsten Jahre zeigten, waren unsere neuen Nachbarn genau so, wie Mom es vorhergesagt hatte. Die Garretts mähten ihren Rasen nur sporadisch, bestenfalls. Die Lichterketten von Weihnachten blieben bis Ostern hängen. Der Garten hinter ihrem Haus wurde zu einem Kinderspielplatz mit Pool, Trampolin, Schaukel und Klettergerüst umfunktioniert. In regelmäßigen Abständen machte Mrs Garrett sich die Mühe, ein paar Blumen zu pflanzen – Springkraut im Juni, Chrysanthemen im September –, nur um sie anschließend wieder verkümmern zu lassen, da sie Wichtigeres zu tun hatte, zum Beispiel sich um ihre fünf Kinder zu kümmern. Im Laufe der Zeit wurden acht daraus. Jedes von ihnen kam mit ungefähr drei Jahren Abstand zu seinen Geschwistern.

»Mein kritischer Moment«, hörte ich Mrs Garrett eines Tages im Supermarkt zu Mrs Mason sagen, die gerade eine Bemerkung über ihren wachsenden Bauch gemacht hatte, »kommt mit einundzwanzig Monaten. Das ist der Zeitpunkt, wo sie plötzlich keine Babys mehr sind. Und ich liebe Babys nun mal über alles.«

Mrs Mason hatte die Brauen hochgezogen und gelächelt, sich dann aber mit zusammengekniffenen Lippen kopfschüttelnd abgewendet.

Mrs Garrett, die mit sich und ihrer chaotischen Familie

jedoch offenbar völlig im Reinen war, ließ sich davon nicht stören. Als ich siebzehn wurde, waren es fünf Jungs und drei Mädchen.

Joel, Alice, Jase, Andy, Duff, Harry, George und Patsy.

Seit die Garretts vor zehn Jahren nebenan eingezogen waren, stieß Mom fast jedes Mal, wenn sie aus einem der dem Nachbarhaus zugewandten Fenster schaute, ein missbilligendes Seufzen aus. Zu viele Kinder auf dem Trampolin. Fahrräder, die achtlos mitten auf dem Rasen fallen gelassen worden waren. Schon wieder ein pinkfarbener oder blauer Luftballon, der am Briefkasten festgebunden fröhlich im Wind tanzte. Lärmende Basketballspiele. Laute Radiomusik, während Alice und ihre Freundinnen sich sonnten. Wasserschlachten mit dem Gartenschlauch, wenn die älteren Jungs in der Einfahrt den Wagen wuschen. Und wenn es nicht das war, dann war es Mrs Garrett, die auf den Stufen der Vorderveranda ihr neuestes Baby stillte oder vor aller Welt auf dem Schoß von Mr Garrett saß.

»So was gehört sich nicht«, sagte Mom.

»Es verstößt nicht gegen das Gesetz«, erwiderte darauf Tracy, die Anwältin werden wollte und neben Mom am Küchenfenster stand. Sie schleuderte ihre weißblonden Haare nach hinten. »Heutzutage ist es vollkommen legal, in der Öffentlichkeit zu stillen, erst recht auf seiner eigenen Veranda.«

»Aber wozu muss man überhaupt stillen, wenn es doch Muttermilchersatz und Fläschchen gibt? Und wenn man schon darauf besteht, kann man es doch wenigstens *im* Haus machen.«

»Sie passt dabei gleichzeitig auf ihre anderen Kinder auf, Mom. Das ist ihre Pflicht«, entgegnete ich bei solchen Gelegenheiten manchmal und stellte mich neben Tracy.

Darauf schüttelte Mom jedes Mal seufzend den Kopf und holte aus der Abstellkammer den Staubsauger, der für sie so eine Art Valiumersatz war. Das Schlaflied meiner Kindheit war das Geräusch der Düse, mit der Mom perfekt symmetrische Linien in unseren beigen Wohnzimmerteppich saugte. Die Linien schienen irgendwie wichtig für sie zu sein, so unerlässlich, dass sie sogar oft zu saugen begann, während Tracy und ich noch frühstückten, und uns anschließend langsam zur Tür folgte, wo wir unsere Jacken anzogen und die Rucksäcke über die Schulter hängten. Sie eliminierte unsere und ihre eigenen Fußspuren, bis wir draußen waren. Danach deponierte sie den Staubsauger für gewöhnlich in Türnähe, damit sie ihn sofort wieder zur Hand hatte, wenn sie abends von der Arbeit nach Hause kam.

Es war von Anfang an klar, dass wir nicht mit den Garretts spielen durften. Nachdem Mom ihre Pflicht getan und unseren neuen Nachbarn als Willkommensgeschenk eine große, selbst zubereitete Lasagne vorbeigebracht hatte, machte sie aus ihrer Abneigung keinen Hehl mehr. Mrs Garretts lächelnde Grüße quittierte sie mit einem kühlen Nicken. Mr Garretts freundliche Angebote, den Rasen zu mähen, das Laub zusammenzufegen oder Schnee zu schippen, lehnte sie mit einem knappen »Dafür lassen wir jemanden kommen, danke trotzdem« ab.

Irgendwann gaben die Garretts ihre Versuche auf, Kontakt mit uns aufzunehmen.

Und obwohl sie unsere Nachbarn waren und immer mal wieder eines ihrer Kinder mit dem Fahrrad vorbeifuhr, wenn ich gerade Moms Blumen wässerte, war es nicht schwer, ihnen aus dem Weg zu gehen. Sie gingen auf staatliche Schulen. Tracy und ich auf die Hodges Academy, die einzige Privatschule in unserer kleinen Stadt in Connecticut.

Allerdings gab es etwas, von dem meine Mutter nichts wusste und von dem sie absolut nichts gehalten hätte. Ich beobachtete die Garretts heimlich. Wann immer ich konnte.

Das Fenster in meinem Zimmer führt auf einen kleinen, von einer niedrigen Brüstung eingefassten Dachvorsprung hinaus, der zwischen zwei spitzen Giebeln liegt. Er ist sowohl vom vorderen als auch vom hinteren Teil des Gartens abgeschirmt und erlaubt einen perfekten Blick auf die rechte Seite des Nachbarhauses. Schon bevor die Garretts dort eingezogen waren, war das mein Lieblingsplatz gewesen, um in Ruhe nachzudenken. Aber danach saß ich dort, um zu träumen.

Wenn meine Mutter glaubte, ich würde im Bett liegen, kletterte ich hinaus und sah durch die erleuchteten Fenster zu, wie Mrs Garrett das Geschirr spülte, während eines der jüngeren Kinder neben ihr auf der Küchentheke saß, wie Mr Garrett mit den älteren Jungs im Wohnzimmer herumbalgte, oder wie einer von ihnen das Baby zu Bett brachte und ihm dabei beruhigend den winzigen Rücken rieb. Es war, als würde ich einen Stummfilm schauen, in dem Dinge passierten, die ich aus meinem eigenen Leben nicht kannte.

Mit der Zeit wurde ich mutiger. Manchmal beobachtete ich sie sogar tagsüber nach der Schule, mit dem Rücken an die rauen Giebel gelehnt, und versuchte die Namen, die ich durch die Fliegengittertür hörte, den einzelnen Garretts zuzuordnen. Es war nicht einfach, sie zu unterscheiden, weil alle in der Familie schlank waren, gelockte braune Haare und einen dunklen Teint hatten.

Joel, der älteste und sportlichste unter den Geschwistern,

war am einfachsten zu erkennen. Sein Foto tauchte oft in den Lokalzeitungen auf, wenn er mal wieder irgendeinen Wettkampf gewonnen hatte. Alice, die zweitälteste, färbte ihre Haare gern bunt und handelte sich mit ihrem provozierenden Kleidungsstil häufig seufzende Kommentare von Mrs Garrett ein. Sie war also ebenfalls leicht von den anderen zu unterscheiden. George und Patsy waren die kleinsten. Die mittleren drei Jungs – Jase, Duff und Harry – konnte ich nicht auseinanderhalten. Ich war mir ziemlich sicher, dass Jase der älteste von den dreien war, aber bedeutete das auch automatisch, dass er der größte war? Duff schien der klügste zu sein. Er bestritt erfolgreich Schachturniere und Rechtschreibwettbewerbe, trug aber weder eine Brille noch sonst irgendwelche der Attribute, die Intelligenzbestien für gewöhnlich auszeichnen. Harry brachte sich ständig in irgendwelche Schwierigkeiten – »Harry! Wie konntest du nur?«, hieß es dann immer. Und Andy, das mittlere Mädchen, schien regelmäßig zu verschwinden. Ihr Name wurde immer am längsten gerufen, wenn Essenszeit war oder ein Familienausflug anstand: »Aaaandyyyyy!«

Von meinem heimlichen Beobachtungsposten aus, hielt ich nach Andy Ausschau, versuchte herauszufinden, was Harry wieder angestellt hatte, oder was Alice diesmal für ein anstößiges Outfit trug. Die Garretts waren meine ganz persönliche Gutenachtgeschichte, und ich hätte lange Zeit niemals geglaubt, dass ich selbst eines Tages Teil dieser Geschichte werden würde.

Zweites Kapitel

Es ist der erste drückend heiße Juniabend des Jahres und ich bin allein zu Hause. Aber statt die Ruhe zu genießen, tigere ich unruhig von einem Zimmer ins andere.

Tracy ist mit ihrem Freund Flip unterwegs – einem blonden Tennisspieler, der sich durch nichts von seinen unzähligen Vorgängern unterscheidet. Ich habe versucht, meine beste Freundin Nan zu erreichen, aber die hat seit Beginn der Schulferien nur noch ihren Freund Daniel im Kopf, der gerade seinen Highschool-Abschluss gemacht hat. Im Fernsehen läuft nichts, was mich interessiert, Lust in die Stadt zu fahren habe ich auch nicht. Eine Weile saß ich auf der Veranda, habe es dort aber auch nicht lange ausgehalten, weil mir die bei Ebbe feuchtschwüle, leicht brackig riechende Luft, die vom Fluss herüberweht, zusetzte.

Mittlerweile sitze ich im Wohnzimmer, kaue auf einem Eiswürfel herum, der von meinem Mineralwasser übrig geblieben ist, und blättere in der *In Touch*, die Tracy auf dem Sofa liegen gelassen hat. Plötzlich höre ich einen durchdringenden Summton. Stirnrunzelnd hebe ich den Kopf und blicke mich suchend nach der Geräuschquelle um. Der Wäschetrockner? Der Rauchmelder? Schließlich wird mir klar, dass es die Klingel ist. Seufzend stehe ich auf und gehe zur Tür. Vermutlich ist es mal wieder einer von Tracys Exfreunden, der sich im Country Club mit Strawberry

Daiquiris Mut angetrunken hat, um ihr Herz zurückzugewinnen.

Stattdessen sehe ich durch die Scheibe meine Mutter, die mit dem Rücken gegen den Klingelknopf gepresst wird und wild mit einem fremden Mann knutscht. Als ich die Tür aufreiße, geraten die beiden kurz ins Straucheln, dann stützt der Mann sich mit der Hand am Türrahmen ab und küsst sie einfach weiter. Ich stehe mit verschränkten Armen da und komme mir ziemlich blöd vor. Die schwüle Luft ist von Sommergeräuschen erfüllt. Das leise Branden der Wellen in der Ferne, das Knattern eines Motorrads, das gerade die Straße entlangfährt, das Rauschen des Winds in den Bäumen. Nichts davon – schon gar nicht meine Anwesenheit –, lässt meine Mom oder diesen Typen innehalten. Sie hören noch nicht einmal auf, sich zu küssen, als das Motorrad mit einer Fehlzündung in die Einfahrt der Garretts biegt, was Mom normalerweise in den Wahnsinn treibt.

Als sie sich schließlich nach Atem ringend doch voneinander lösen, dreht sie sich um, entdeckt mich und lacht verlegen.

»Du liebe Güte, Samantha! Hast du mich erschreckt.«

Ihre Wangen sind gerötet, ihre Stimme klingt hoch und mädchenhaft. Es liegt keine Spur von dem strengen, keinen Widerspruch duldenden Ton darin, den sie üblicherweise zu Hause anschlägt, oder der Mischung aus zuckersüß und unerbittlich, die sie für ihre Arbeit reserviert.

Vor fünf Jahren hat Mom begonnen, sich politisch zu engagieren. Anfangs haben Tracy und ich ihr neues Hobby nicht besonders ernst genommen – schließlich war sie früher noch nicht einmal regelmäßig zur Wahl gegangen. Aber eines Tages kam sie völlig aufgekratzt von einer Kundgebung nach Hause und verkündete ihren festen Entschluss,

Senatorin werden zu wollen. Sie kandidierte, gewann, und unser Leben veränderte sich von Grund auf.

Wir waren stolz auf sie. Natürlich waren wir das. Aber statt uns Frühstück zu machen und vor der Schule noch schnell unsere Hausaufgaben zu kontrollieren, verließ Mom von da an um fünf Uhr morgens das Haus, um nach Hartford zu fahren, »bevor auf den Straßen die Hölle losbricht«. Fast immer tagten irgendwelche Ausschüsse oder es fanden Sondersitzungen statt, die sie bis spät in den Abend hinein aufhielten. An den Wochenenden war keine Zeit mehr, Tracy zum Kunstturnen oder mich zu meinen Schwimmwettkämpfen zu fahren. Stattdessen mussten Wahlkampfveranstaltungen vorbereitet oder diverse offizielle Pflichttermine wie Wohltätigkeitsgalas absolviert werden. Tracy ließ keine Jugendsünde aus. Sie nahm Drogen, trank, klaute, schlief mit zu vielen Jungs. Ich las Stapel von Büchern, nahm mir vor, den Demokraten beizutreten (Mom war bei den Republikanern) und verbrachte mehr Zeit denn je damit, die Garretts zu beobachten.

Aber zurück in die Gegenwart: Während ich immer noch völlig sprachlos dastehe, dreht sich der Mann, den meine Mutter noch bis vor wenigen Sekunden entgegen all ihrer sonstigen moralischen Wertvorstellungen so leidenschaftlich vor unserer Haustür geküsst hat, zu mir um und lächelt freundlich. Ich ziehe geräuschvoll die Luft ein.

Als hochschwangere Mutter eines Kleinkinds, die von ihrem Mann verlassen wird, stellt man sich kein Bild von ihm auf den Kaminsims. Wir besitzen nur ein paar Fotos von unserem Dad, und die sind alle bei Tracy im Zimmer. Trotzdem erkenne ich ihn sofort am markanten Schwung seines Kiefers, den Grübchen, den glänzenden weizenblonden Haaren und den breiten Schultern wieder.

»Dad?«

Moms Gesichtsausdruck wechselt von verzückt zu völlig entsetzt, als hätte ich etwas grob Unanständiges gesagt.

Der Mann tritt einen Schritt näher und streckt mir die Hand hin. Als das Licht aus dem Wohnzimmer auf ihn fällt, sehe ich, dass er viel zu jung ist, um mein Vater zu sein.

»Hi, ich bin der neue Wahlkampfberater deiner Mutter und einer ihrer glühendsten Anhänger.«

Ja, das ist nicht zu übersehen gewesen.

Als ich nichts sage, sondern ihn nur weiter anstarre, greift er nach meiner Hand und schüttelt sie.

»Darf ich vorstellen – Clay Tucker.« Mom spricht seinen Namen so ehrfurchtsvoll aus, als stünde er mindestens auf einer Stufe mit Vincent van Gogh oder Abraham Lincoln. Sie wirft mir einen strafenden Blick zu, der ohne Zweifel meinem »Dad?«-Fauxpas von eben gilt, fängt sich aber schnell wieder. »Clay hat bereits diverse nationale Wahlkampagnen betreut. Dass er jetzt für mich arbeitet, ist wirklich ein Riesenglück.«

Und welche Tätigkeiten beinhaltet diese Arbeit genau?, denke ich, während sie sich kokett eine Haarsträhne hinters Ohr streicht.

Kokett? Meine Mutter?

»Ich habe dir ja gesagt«, fährt Mom an Clay gewandt fort, »dass Samantha ein großes Mädchen ist.«

Ich blinzle. Ich bin knapp eins sechzig und damit alles andere als ein »großes« Mädchen. Dann begreife ich. Sie meint erwachsen. Erwachsen für eine so junge Frau, wie sie es ist.

»Clay war völlig überrascht, als er erfuhr, dass ich schon eine siebzehnjährige Tochter habe. Er findet, ich würde selbst noch wie ein junges Mädchen aussehen.«

Ich frage mich, ob sie Tracy erwähnt hat oder sie fürs Erste noch vor ihm geheim hält.

»Aber du bist genauso schön wie deine Mutter«, sagt Clay, »also muss ich es wohl glauben.« Er spricht mit einem singenden Südstaatenakzent, bei dessen Klang man unwillkürlich an geschmolzene Butter auf Toast oder Hollywoodschaukeln denken muss.

Clay wirft einen Blick ins Haus. »Das nenne ich mal ein gemütliches Wohnzimmer. Genau der richtige Ort für einen Mann, um nach einem langen harten Arbeitstag die Füße hochzulegen.«

Mom strahlt. Sie ist stolz auf unser Haus und stellt ständig die Möbel um oder streicht die Wände neu, um alles noch perfekter zu machen. Er tritt ein, schaut sich aufmerksam um, bewundert die riesigen Landschaftsgemälde an den makellos weißen Wänden, mustert die cremefarbene Couch, die mit so vielen Kissen dekoriert ist, dass kaum Platz zum Sitzen übrig bleibt, und lässt sich schließlich in einen der großen Armsessel vor dem Kamin fallen. Überrascht ziehe ich die Brauen hoch und beobachte mit angehaltenem Atem Moms Gesicht. Ihre Dates enden für gewöhnlich an der Türschwelle. Um genau zu sein, gab es so etwas wie Dates in ihrem bisherigen Leben als Mutter eigentlich gar nicht.

Aber statt wie sonst auf die Uhr zu schauen, »Ach, du liebe Güte, schon so spät?« zu rufen und ihn höflich zur Tür hinaus zu komplimentieren, kichert sie wie eine verknallte Sechzehnjährige, spielt mir ihrem Perlenohrring und säuselt: »Ich mache uns schnell einen Kaffee.«

Sie will gerade in die Küche gehen, als Clay Tucker aufspringt, zu mir kommt und mir eine Hand auf die Schulter legt. »Samantha«, sagt er. »Du siehst mir nicht wie ein Mädchen aus, das sich von seiner Mom bedienen lässt, sondern wie eines, das ihr einen schönen starken Kaffee kocht, wenn sie nach der Arbeit erschöpft nach Hause kommt ...«

Mir steigt die Hitze ins Gesicht und ich trete unwillkürlich einen Schritt zurück. Wenn Mom abends spät nach Hause kommt, koche ich ihr tatsächlich meistens einen Tee. Das ist eine Art Ritual. Aber mir hat niemand je gesagt, dass ich es tun *soll*. Fast glaube ich, mich verhört zu haben. Schließlich habe ich diesen Typen erst vor – keine Ahnung – zwei Sekunden kennengelernt. Gleichzeitig ärgere ich mich, so wie ich mich ärgere, wenn ich bei einer Mathearbeit vergessen habe, die Aufgabe zu lösen, für die es Extrapunkte gibt, oder wenn ich meine frisch gewaschene Wäsche ungefaltet in die Schublade gestopft habe. Ich stehe da und ringe nach einer Antwort, aber mir fällt partout nichts ein. Schließlich nicke ich und gehe in die Küche.

Während ich das Kaffeepulver abmesse, höre ich aus dem Wohnzimmer Murmeln und gedämpftes Lachen. Wer ist der Kerl?, frage ich mich. Kennt Tracy ihn schon? Vermutlich nicht, sonst wäre ich nicht das *große Mädchen*. Außerdem verbringt Tracy, seit sie letzte Woche den Abschluss gemacht hat, jede freie Minute bei Flip auf dem Tennisplatz, um ihn anzufeuern oder knutscht mit ihm in seinem Cabrio in unserer Einfahrt, während Mom noch unterwegs ist.

»Schatz? Ist der Kaffee schon fertig?«, ruft Mom. »Clay braucht dringend eine Stärkung. Er macht kaum noch ein Auge zu, seit er mich in meinem Wahlkampf unterstützt.«

Scheint ja auch ein echter Fulltimejob zu sein ...

Ich gieße den frisch gebrühten Kaffee in zwei Tassen, stelle sie auf ein Tablett, gebe noch Milch, Zucker und Servietten dazu und kehre ins Wohnzimmer zurück.

»Ach, Schatz, sei doch so lieb und bring Clay einen von den großen Kaffeebechern, ja?«

»Den größten, den du finden kannst, Samantha«, fügt er breit lächelnd hinzu und hält mir eine der beiden Tasse hin, die ich gerade gebracht habe. »Ich funktioniere nur mit Koffein. Eine meiner Schwächen.« Er zwinkert mir zu.

»Du wirst Samantha lieben, Clay«, sagt Mom, als ich wieder aus der Küche komme und ihm den gewünschten Becher hinstelle. »Sie ist unglaublich clever. Im letzten Jahr hat sie ausschließlich Leistungskurse belegt und alle mit Bestnote abgeschlossen. Sie war im Komitee für das Jahrbuch, schreibt für die Schülerzeitung, gehörte zu den Besten im Schwimmteam … mein Mädchen ist ein richtiger kleiner Star.« Mom schenkt mir eines ihrer *echten* Lächeln, das bis zu ihren Augen reicht. Zögernd erwidere ich es.

»Wie die Mutter, so die Tochter«, sagt Clay, worauf der Blick meiner Mutter zu ihm zurückwandert und dort wie gebannt hängen bleibt. Sie sehen sich vielsagend an und Mom geht zu ihm und setzt sich auf die Armlehne des Sessels. Eine Sekunde lang frage ich mich, ob ich überhaupt noch im selben Raum mit ihnen bin. Offensichtlich kann ich gehen. Umso besser. Es rettet mich davor, die Beherrschung zu verlieren und Clay seinen dämlichen Becher mit dem heißen Kaffee in den Schoß zu kippen oder Mom irgendetwas Eiskaltes ins Gesicht zu schütten.

Geh ran! Geh schon ran!, flehe ich in die Leitung, bis ich am anderen Ende endlich ein Klicken höre. Aber es ist nicht Nan, sondern ihr Bruder Tim. »Villa Mason«, meldet er sich. »Falls du es bist, Daniel – Nan ist mit einem anderen Typen unterwegs, der einen größeren Schwanz hat als du.«

»Ich bin nicht Daniel«, kläre ich ihn auf. »Aber stimmt es wirklich? Dass sie nicht zu Hause ist, meine ich. Wieso gehst du an ihr Handy?«

»Natürlich ist sie da. Sie kann von Glück sagen, dass sie Daniel abgekriegt hat, auch wenn das echt scheißtraurig ist.«

»Wo ist sie?«

»Treibt sich irgendwo im Haus rum«, antwortet Tim träge. »Ich bin hier … in meinem Zimmer. Hast du dich eigentlich schon mal gefragt, wozu die Haare auf den Zehen gut sind?«

Tim ist mal wieder breit. Ich schließe die Augen. »Könntest du Nan bitte ans Telefon holen?«

Tim zieht los, um sie zu suchen. Zehn Minuten später warte ich immer noch.

Ich lege auf, lehne mich in mein Kissen zurück und starre eine Weile an den Deckenventilator. Dann öffne ich mein Fenster und klettere aufs Dach hinaus.

Wie gewöhnlich brennt im Haus der Garretts fast überall Licht. Auch in der Einfahrt, wo Alice, ein paar ihrer knapp bekleideten Freundinnen und einige der Garrett-Jungs eine abendliche Runde Basketball spielen. Gut möglich, dass auch noch der eine oder andere Freund der Mädchen dabei ist. In dem Gedränge von Jugendlichen, die dort unten um den Ball kämpfen, ist das schwer zu sagen. Aus den iPod-Lautsprechern, die auf den Verandastufen aufgebaut sind, dröhnt laute Musik.

Basketball ist eigentlich nicht mein Ding, aber es sieht aus, als würden sie Spaß haben. Ich werfe einen Blick ins Wohnzimmer und sehe Mr und Mrs Garrett. Sie beugt sich gerade über die Rückenlehne des Sessels, in dem er sitzt, und sieht ihm über die Schulter, während er ihr etwas in einer Zeitschrift zeigt. Im Zimmer des Babys brennt auch noch Licht, obwohl es schon relativ spät ist. Ob Patsy vielleicht Angst im Dunkeln hat?

»Hey«, ertönt direkt unter mir plötzlich eine Stimme.

Vor Schreck verliere ich beinahe das Gleichgewicht. Im nächsten Moment schließt sich eine stützende Hand um meinen Knöchel, und ich höre ein raschelndes Geräusch, als ein Junge das Blumenspalier hochklettert und zu mir aufs Dach kommt. An meinen Geheimplatz.

»Hey«, sagt er noch mal und setzt sich dann neben mich, als würde er mich gut kennen. »Musst du gerettet werden?«

Drittes Kapitel

Ich starre den Jungen an. Es ist nicht Joel – den hätte ich erkannt –, aber unübersehbar ein Garrett. Nur welcher? So aus der Nähe und im Licht, das aus meinem Zimmerfenster nach draußen fällt, wirkt er größer und schlanker als seine Brüder. In seinen lockigen hellbraunen Haaren schimmern ein paar sonnengebleichte, goldene Strähnen.

»Warum sollte ich gerettet werden müssen? Das ist mein Haus, mein Dach.«

»Ich musste nur gerade an Rapunzel denken, als ich dich hier oben entdeckt habe«, sagt er achselzuckend. »Du weißt schon, die Prinzessin, die in diesem Turm gefangen gehalten wird. Die hat doch auch lange blonde Haare und … na ja …«

»Ach, und wer wärst dann du?« Ich weiß, dass ich zu lachen anfange, wenn er sagt: »Der Prinz.«

»Jase Garrett«, antwortet er stattdessen und streckt mir die Hand hin, als wären wir in einem Bewerbungsgespräch fürs College und würden nicht spätabends spontan auf meinem Dach sitzen.

»Samantha Reed.« Trotz der mehr als merkwürdigen Situation schüttle ich ihm höflich die Hand.

»Ein *sehr* prinzessinnenhafter Name«, sagt er mit einem Nicken und lächelt mich an. Er hat strahlend weiße Zähne.

»Ich bin keine Prinzessin.«

Er betrachtet mich aufmerksam. »Klingt, als würdest du darauf großen Wert legen. Gibt es noch etwas, das ich auf jeden Fall über dich wissen sollte?«

Die ganze Unterhaltung ist vollkommen surreal. Schon die Tatsache, dass Jase Garrett überhaupt etwas über mich wissen will, kommt mir total absurd vor. Aber statt ihm genau das zu sagen, erwidere ich zu meiner eigenen Überraschung: »Hm, ja. Zum Beispiel, dass ich vor ein paar Minuten das dringende Bedürfnis hatte, jemandem, den ich gerade erst kennengelernt habe, körperlichen Schaden zuzufügen.«

Jase lässt sich mit seiner Antwort Zeit, als würde er seine Gedanken genau abwägen. »Tja, also«, sagt er schließlich, »ich könnte mir vorstellen, dass es eine Menge Prinzessinnen gibt, die dieses Bedürfnis schon mal verspürt haben … Stichwort arrangierte Ehen und so weiter. Wer weiß schon, mit wem er es da zu tun bekommt?« Er hält kurz inne. »Oder bin vielleicht zufällig ich derjenige, dem du wehtun möchtest? Wenn das nämlich ein Wink mit dem Zaunpfahl war und du willst, dass ich wieder von deinem Dach verschwinde, dann wäre es mir lieber, wenn du es mir einfach sagst, statt mir die Kniescheibe zu zertrümmern.«

Er streckt die Beine aus, lehnt sich gemütlich an die Giebel und verschränkt die Arme hinterm Kopf, als wäre das hier sein Geheimplatz und nicht meiner. Und obwohl ich vermutlich eher irritiert sein sollte als vertrauensselig, erzähle ich ihm von Clay Tucker. Vielleicht, weil Mom sich so seltsam aufführt und Tracy nicht zu Hause ist, oder weil Tim zu nichts zu gebrauchen und Nan nicht zu erreichen ist. Vielleicht hat es auch etwas mit Jase selbst zu tun – mit seiner ruhigen Art, die mir das Gefühl gibt, dass er bereit ist, mir zuzuhören, als würden ihn die Probleme irgendeines

Mädchens, das er gar nicht kennt, tatsächlich interessieren. Jedenfalls erzähle ich ihm die ganze Geschichte.

Als ich fertig bin, ist er erst einmal still.

»So wie ich das sehe, Samantha ...«, sagt er dann nach einer Weile aus dem Halbdunkel heraus, das Profil vom Licht aus meinem Zimmer erleuchtet, »hätte das Gericht in deinem Fall vielleicht auf Notwehr entschieden. Aber wenigstens bist du dem Kerl vorgestellt worden, bevor er es vermasselt hat. Ich hatte schon ein paarmal das starke Bedürfnis Leute umzubringen, die ich noch nicht einmal kannte ... irgendwelche Fremde im Supermarkt ...«

Sitze ich hier etwa mit einem Psychopathen auf meinem Dach? Verstohlen rücke ich ein Stück von ihm ab.

»Zum Beispiel diese Leute, die meiner Mutter, wenn sie mit der ganzen Familie unterwegs ist, im Vorbeigehen zuzischen: ›Haben Sie noch nie etwas von Verhütung gehört?‹ Als wäre es etwas Unanständiges, eine große Familie zu haben. Oder die glauben, meinen Vater darüber belehren zu müssen, dass man sich auch sterilisieren lassen kann und wie hoch die College-Gebühren sind, als hätte er keine Ahnung von solchen Dingen. Es ist schon mehr als einmal vorgekommen, dass ich so jemanden am liebsten verprügelt hätte.«

Wow. Ich habe noch nie einen Jungen kennengelernt, der so geradeheraus ist. Von unverbindlichem Small Talk scheint er nichts zu halten.

»Besser man behält die Typen im Auge, die sich einbilden, sie wüssten besser als man selbst, was richtig und was falsch ist«, meint Jase nachdenklich. »Sonst mähen sie einen vielleicht eines Tages einfach nieder, wenn man ihnen im Weg ist.«

Ich denke daran, wie oft meine Mutter im Zusammen-

hang mit den Garretts Bemerkungen über Empfängnisverhütung und nicht bezahlbare College-Gebühren gemacht
hat.

»Das tut mir leid«, sage ich.

Jase wirft mir einen überraschten Blick zu. »Mom sagt
immer, dass wir Leute, die denken, nur ihre Sichtweise wäre richtig, nicht hassen, sondern Mitleid mit ihnen haben
sollten.«

»Und was sagt dein Dad?«

»Dem geht's eher wie mir und dem Rest der Familie. Mom
ist unsere Pazifistin.« Er lächelt.

Von der Einfahrt der Garretts dringt Gelächter zu uns he-
rauf. Ich spähe über den Rand des Daches und sehe, wie ein
Junge eines der Mädchen um die Taille packt, sie herum-
wirbelt und dann wieder absetzt und an sich zieht.

»Warum bist du nicht unten bei den anderen?«, frage ich.

Er sieht mich lange an und wieder scheint er seine Worte
genau abzuwägen. »Sag du's mir, Samantha«, antwortet er
schließlich.

Dann steht er auf, streckt sich, wünscht mir eine Gute
Nacht und klettert das Blumenspalier wieder hinunter.

Viertes Kapitel

Als ich mir am nächsten Morgen die Zähne putze und mich im Spiegel betrachte – blonde Haare, blaue Augen, Sommersprossen, wie etliche andere Mädchen auch –, kommt es mir fast vor, als hätte ich bloß geträumt, dass ich im Dunkeln auf dem Dach saß und mit einem fremden Jungen – noch dazu einem Garrett –, ein so vertrauliches Gespräch geführt habe.

Während ich frühstücke, frage ich Mom, wo sie Clay Tucker kennengelernt hat, aber sie fuhrwerkt mal wieder mit dem Staubsauger herum und erwidert bloß knapp: »Auf einer politischen Veranstaltung.«

Da praktisch alle Veranstaltungen, an denen sie in letzter Zeit teilnimmt, politisch sind, ist die Antwort nicht besonders aufschlussreich.

Ich passe Tracy ab, als sie vor dem Spiegel über der Anrichte steht und wasserfeste Wimperntusche aufträgt, um sich für ihren Strandtag mit Flip vorzubereiten, und erzähle ihr von gestern Abend. Den Teil mit Jase lasse ich weg.

»Wo ist das Problem?«, fragt sie und beugt sich näher zum Spiegel. »Mom hat endlich jemanden gefunden, auf den sie steht. Wenn er ihr auch noch bei ihrem Wahlkampf behilflich ist – umso besser. Du weißt ja selbst, wie nervös sie jetzt schon ist, obwohl es erst im November ernst wird.« Sie wirft mir einen kurzen Blick zu, bevor sie weiter ihre

Wimpern tuscht. »Oder geht es mal wieder um deine Angst vor Nähe?«

Ich kann es nicht leiden, wenn sie mir so kommt. Seit sie ihre rebellische Phase mit einer einjährigen Therapie beendet hat, hält sie sich selbst für eine verdammte Psychoanalytikerin.

»Nein, es geht um Mom«, antworte ich. »Sie war nicht mehr sie selbst. Wenn du hier gewesen wärst, wüsstest du, wovon ich rede.«

Tracy breitet die Arme aus. Die Geste umfasst unsere chromblitzende Hightech-Küche, das angrenzende riesige Wohnzimmer und den geräumigen Eingangsbereich. Alles viel zu groß für drei Leute, zu imposant, zu … keine Ahnung was sonst noch oder was das jetzt über uns aussagt. Unser Haus ist vermutlich dreimal so groß wie das der Garretts. Und die sind zu zehnt. »Warum hätte ich hier sein sollen?«, fragt sie. »Was gibt es hier, für dass es sich lohnt, da zu bleiben?«

»Mich«, hätte ich am liebsten gesagt. Aber ich weiß, was sie meint. Alles in diesem Haus ist geschmackvoll, ultramodern, strahlend sauber und aufgeräumt. Und alle drei Menschen, die darin leben, wären lieber woanders.

Mom fühlt sich am wohlsten, wenn alles einem festgelegten Ablauf folgt. Deswegen gibt es bei uns an jedem Wochentag bestimmte Gerichte – montags Suppe und Salat, dienstags Pasta und mittwochs Steak. Sie führt Listen über unsere schulischen Aktivitäten und Veranstaltungen, auch wenn sie keine Zeit hat, an ihnen teilzunehmen, und sorgt dafür, dass uns während der Sommerferien nicht zu viel Zeit zu unserer eigenen Verfügung bleibt. Manche ihrer Gewohnheiten musste sie aufgeben, seit sie gewählt wurde. Andere haben sich noch verstärkt. Die freitäglichen Abendessen im »Stony Bay Bath and Tennis Club« zum Beispiel sind ihr immer noch heilig.

Im Grunde genommen ist die Clubanlage unglaublich protzig und geschmacklos, aber das gibt in unserer Stadt niemand offen zu, weil alle gern dort Mitglied wären. Sie wurde erst vor fünfzehn Jahren erbaut, sieht aber wie ein englisches Schloss aus, das in den Hügeln über der Stadt thront, wodurch man von den beiden Außenpools aus einen fantastischen Blick auf den Fluss und die Bucht hat. Mom liebt den Club, der von allen, die »drin« sind, kurz B&T genannt wird. Sie ist sogar Mitglied im Verwaltungsrat. Letzten Sommer hat sie mich dazu verdonnert, zweimal die Woche als Rettungsschwimmerin dort zu arbeiten und dieses Jahr hat sie mich auch schon eingeplant. Nächsten Montag geht es los. Macht zwei volle Tage, die ich im B&T verbringen muss, plus die wöchentlichen Abendessen.

Und weil heute Freitag ist, ist es wieder mal so weit. Tracy, Flip und ich treten hinter Mom durch die herrschaftlichen Eichentüren. Obwohl Tracy und Flip ständig aneinander herumfummeln, als wollten sie die olympische Goldmedaille in der Disziplin »Öffentliche Liebesbekundungen« gewinnen, mag Mom Flip. Vielleicht hat das etwas damit zu tun, dass sein Vater einer der erfolgreichsten Geschäftsmänner in Stony Bay ist. Jedenfalls darf Flip, seit er und Tracy vor sechs Monaten offiziell ein Paar wurden, jeden Freitagabend mit uns im Club zu Abend essen. Der Glückspilz.

Selbstverständlich haben wir einen Stammplatz. Unser Tisch steht unter einem gigantischen Gemälde, das ein Walfängerschiff zeigt, das von riesigen, mit Harpunen gespickten Walen umkreist wird, die trotz ihrer Verletzungen noch in der Lage sind, ein paar unglückselige Matrosen zu verschlingen.

»Wir müssen dringend noch einmal die Planung für diesen Sommer durchgehen«, verkündet Mom, als das Brot kommt. »Damit wir auch wirklich alles im Griff haben.«

»Ach, Mom«, stöhnt Tracy. »Das hatten wir doch schon. Flip und ich mieten uns mit Freunden auf Martha's Vineyard ein Haus, ich kellnere in einem Restaurant und Flip gibt dort Tennisstunden. Nächste Woche geht's los. Es läuft also alles nach Plan.«

Mom nimmt die Stoffserviette von ihrem Teller und schüttelt sie auf. »Du magst das vielleicht so sehen, Tracy, aber noch habe ich dir nicht meine Zustimmung gegeben.«

»Es sind meine Ferien. Ich habe mir ein bisschen Spaß verdient«, sagt Tracy trotzig und greift nach ihrem Wasserglas. »Stimmt's, Flip?«

Flip hat sich in weiser Voraussicht über den Brotkorb hergemacht, sodass er gerade nicht antworten kann, weil er auf einem dick mit Ahornbuttercreme bestrichenen Brötchen kaut.

»Dadurch dass sie mich am Middlebury College angenommen haben, muss ich mich auch nicht mehr um einen Studienplatz kümmern und kann mich entspannt zurücklehnen.«

Mom zieht die Brauen hoch. »Wer es im Leben zu etwas bringen will, kann sich nie entspannt zurücklehnen.«

»Flip?«, fragt Tracy noch einmal, aber der ist immer noch mit seinem Brötchen beschäftigt und bestreicht schon das nächste mit Butter.

Mom richtet ihre Aufmerksamkeit auf mich. »Dann also zu dir, Samantha. Ich möchte sichergehen, dass du gut auf den Sommer vorbereitet bist. An wie vielen Tagen in der

Woche arbeitest du vormittags im Breakfast Ahoy?« Sie sieht den Kellner, der uns gerade Eiswasser nachschenkt, mit ihrem gewinnenden »Bring das gemeine Volk auf deine Seite«-Lächeln an.

»An drei, Mom.«

»Dazu kommen die zwei Tage, an denen du als Rettungsschwimmerin hier im Club bist.« Sie runzelt leicht die Stirn. »Bleiben also noch drei Nachmittage, an denen du frei hast, zuzüglich der Wochenenden. Hmm.« Sie bricht ein Brötchen in zwei Hälften und bestreicht eine davon mit Butter. Essen wird sie sie nicht. Sie macht das nur, um sich besser konzentrieren zu können.

»Großer Gott, Mom! Samantha ist siebzehn!«, stöhnt Tracy. »Lass ihr doch auch ein bisschen Zeit für sich.«

Noch während sie spricht, fällt ein Schatten auf den Tisch, und unsere Köpfe rucken gleichzeitig nach oben. Es ist Clay Tucker.

»Grace« – er küsst meine Mutter zur Begrüßung auf die Wange, dann zieht er den Stuhl neben ihr hervor, dreht ihn um und setzt sich rittlings darauf – »endlich lerne ich auch den Rest deiner wunderbaren Familie kennen.« Er zwinkert mir zu, bevor er sich lächelnd Tracy und Flip zuwendet. »Ich wusste gar nicht, dass du auch einen Sohn hast.«

Tracy und Mom beeilen sich, dieses Missverständnis aufzuklären, als der Kellner mit der Speisekarte kommt, was eigentlich völlig unnötig ist, da das B&T so ungefähr seit der Erfindung von Poloshirts und Bootsschuhen jeden Freitag das gleiche Menü anbietet.

»Ich sagte gerade zu Tracy, dass sie sich für den Sommer ein paar ehrgeizigere Ziele setzen sollte«, meint Mom und reicht Clay ihre gebutterte Brötchenhälfte, »als nach Martha's Vineyard zu fahren und dort bloß Spaß haben zu wollen.«

Moms neuer Freund legt die Unterarme auf die Rückenlehne seines Stuhls und sieht Tracy mit schräg gelegtem Kopf an. »Ich glaube, dass ein unbeschwerter Sommer fern von zu Hause genau das Richtige für deine Tracy ist. Außerdem ist das eine gute Vorbereitung für ihr zukünftiges Leben als Studentin, und *du* hast dadurch mehr Zeit, dich auf deinen Wahlkampf zu konzentrieren.«

Mom sieht ihn einen Moment lang schweigend an und entdeckt in seiner Miene anscheinend irgendwelche für uns anderen unsichtbaren Signale. »Tja, so gesehen ...«, räumt sie schließlich ein. »Vielleicht bin ich wirklich ein bisschen voreilig gewesen, Tracy. Wenn du mir die Namen, Telefonnummern und Adressen der Leute, mit denen du dir das Haus teilst, und deine Arbeitszeiten aufschreibst, dann ...«

»Gracie«, unterbricht Clay Tucker sie schmunzelnd, »hier geht es um deine Familie, nicht um Politik. Wir müssen es mit den Sicherheitsvorkehrungen nicht übertreiben.«

Mom errötet und lächelt ihn an. »Du hast ja so recht, Honey«, flötet sie. »Dein dummes kleines Mädchen vergisst manchmal, dass das Leben nicht nur aus Arbeit besteht.«

Seit wann redet meine Mutter wie eine typische Südstaatlerin? Es ist, als würde sie sich vor meinen Augen in Scarlett O'Hara aus »Vom Winde verweht« verwandeln. Ob sie es auf diese Weise schafft, in Connecticut wiedergewählt zu werden?

Verstohlen hole ich mein Handy heraus und schreibe Nan unter dem Tisch eine SMS: **Mom wurde von Aliens gekidnappt. Was soll ich tun?**

Hey, weißt du was ich gerade erfahren hab?, schreibt Nan zurück, ohne auf meinen Hilferuf einzugehen. **Ich habe den Lazlo-Preis für Literatur gewonnen! Mein Essay**

über Huckleberry Finn und Holden Caulfield wird im CT State Lit Journal veröffentlicht!!!!! Letztes Jahr haben sie Daniels Essay abgedruckt und er meint, das wäre sein Freifahrtschein fürs MIT gewesen!!! Columbia University – ich komme!

Ich erinnere mich sehr gut an ihr Essay, weil Nan sich richtig damit abgerackert hat, obwohl ich ihre Themenwahl ziemlich merkwürdig fand, schließlich hat sie *Der Fänger im Roggen* gehasst, als wir es in der Schule gelesen haben – »Der Typ ist doch total durchgeknallt und dass er alles ständig ›verfickt‹ und ›scheiße‹ findet, nervt echt«.

Super!, schreibe ich zurück. Zu mehr komme ich nicht, weil Mom mir das Handy wegnimmt, es zuklappt und in ihrer Tasche verschwinden lässt.

»Mary Mason hat mich heute wegen Tim angerufen, Samantha.« Sie nippt bedächtig an ihrem Wasser und sieht mich mit hochgezogenen Brauen an.

Das kann nichts Gutes bedeuten. *Wegen Tim* ist schon seit Längerem ein Synonym für »Katastrophe«.

»Sie hat mich gebeten, meine Beziehungen spielen zu lassen, um ihm einen Job als Rettungsschwimmer im B&T zu verschaffen. Offensichtlich lief es im Hot Dog Haven nicht besonders gut für ihn.«

Na klar. Wenn man es noch nicht mal auf die Reihe kriegt, Ketchup und Senf auf Würstchen zu schmieren, weil man zu bekifft ist, ist man auf jeden Fall besser befähigt stattdessen Leben zu retten.

»Da diesen Sommer der Lagoon-Pool eröffnet wird, wäre noch ein Rettungsschwimmer-Posten hier im Club frei. Was hältst du von der Idee, ihn ihm zu geben?«

Äh, gar nichts? Tim und Rettungsschwimmen, das ist eine alles andere als ideale Kombination. Ich weiß, dass er ein guter Schwimmer ist – er war im Schwimmteam, bevor er von der Schule flog –, aber …

»Samantha?«, hakt sie ungeduldig nach, während ich noch auf meiner Unterlippe herumkaue.

Wenn ich als Rettungsschwimmerin arbeite, lasse ich den Pool so gut wie nie aus den Augen. Mir wird ganz schlecht, wenn ich mir vorstelle, wie Tim mit auf Halbmast hängenden Lidern zusammengesunken auf einem Rettungsschwimmerhochsitz hocken würde. Aber ich kann ihr ja schlecht erzählen, wie es tatsächlich um ihn steht … »Ich weiß nicht, Mom. Er ist in letzter Zeit ein bisschen durch den Wind, und ich glaube nicht, dass …«

»Ich weiß.« Ihre Stimme hat immer noch diesen ungeduldigen Unterton. »Genau darum geht es ja, Samantha. Die Arbeit würde ihm guttun. Er müsste sich auf etwas konzentrieren und wäre jeden Tag in der Sonne und an der frischen Luft. Aber vor allem würde es sich gut auf seiner College-Bewerbung machen. Ich werde mich für ihn einsetzen.« Sie zückt ihr Handy und entlässt mich mit einem Nicken aus dem Gespräch.

»So …« Clay lächelt mich, Tracy und Flip an. »Ich hoffe, es stört euch nicht, wenn eure Mutter und ich uns noch ein bisschen über die Arbeit unterhalten.«

»Nur zu«, antwortet Tracy achselzuckend.

Das lässt Clay sich nicht zweimal sagen. »Ich habe mir den Typen, diesen Ben Christopher, gegen den du dieses Mal antrittst, mal etwas genauer angesehen, Grace. Und ich denke, du musst noch ein bisschen mehr an deiner Zugänglichkeit arbeiten.«

Zugänglichkeit? Ist das überhaupt ein Wort?

Mom runzelt die Stirn. Sie scheint ebenfalls nur die Hälfte verstanden zu haben.

»Ben Christopher«, fährt Clay fort, »wuchs in Bridgeport auf, kommt aus armen Verhältnissen, schaffte es mit einem Stipendium auf eine weiterführende Privatschule und baute aus eigener Kraft ein Unternehmen für Solarenergie auf, was ihm eine große Anhängerschaft unter den umweltbewussten Wählern verschafft.« Er hält inne, um Moms andere Brötchenhälfte mit Butter zu bestreichen. »Er ist das, was man einen *Mann des Volkes* nennt. Es könnte sein, dass du neben ihm ein bisschen steif und kühl wirkst, Darling.« Er beißt in das Brötchen und spricht kauend weiter. »*Ich* weiß natürlich, dass du das überhaupt nicht bist, aber ...«

Großer Gott. Ich schaue zu Tracy rüber, weil ich mir sicher bin, dass sie von Clay genauso genervt ist wie ich, aber sie ist gerade damit beschäftigt, mit Flip Händchen zu halten.

»Und was soll ich deiner Meinung nach tun?« Zwischen Moms Brauen taucht eine steile Falte auf. Ich habe noch nie erlebt, dass sie jemand anderen um einen Rat bittet. Sie bringt es ja kaum über sich, nach dem Weg zu fragen, wenn wir uns mal verfahren haben.

»Entspann dich.« Clay legt ihr eine Hand auf den Arm und drückt ihn lächelnd. »Wir zeigen ihnen die weiche Seite von Grace Reed.«

Klingt wie Werbung für ein Waschmittel.

Er greift in die Innentasche seines Jacketts, zieht einen Zettel heraus und hält ihn so, dass jeder von uns ihn sehen kann. Es ist einer von Moms alten Wahlkampf-Flyern. »Hier – dein Slogan vom letzten Mal. *Grace Reed: Im Dienste des Gemeinwohls.* Sorry, Darling. Das ist einfach grottenschlecht.«

»Aber ich habe damit immerhin gewonnen, Clay«, rechtfertigt sich Mom, und ich bin fast ein bisschen beeindruckt, dass er ihr gegenüber so schonungslos offen ist. Tracy und ich wären es auch gern gewesen, als wir in der Schule wegen dieses Slogans ständig aufgezogen wurden.

»Das hast du«, versichert er ihr lächelnd, »dank deines Charmes und deines Könnens. Aber ›Gemeinwohl‹? Total antiquiert. Hab ich recht, Mädels? Flip?« Flip murmelt irgendetwas Unverständliches – mittlerweile kaut er auf seinem dritten Brötchen – und blickt sehnsüchtig Richtung Ausgang. Ich kann es ihm nicht verübeln, dass er Fluchtgedanken hat. »Mit solchen Sprüchen hat zuletzt George Washington Wahlkampf gemacht. Oder vielleicht Abraham Lincoln. Wie gesagt, du musst zugänglicher werden, greifbarer, der Mensch sein, nach dem die Leute suchen. Es ziehen immer mehr Familien in unseren Bundesstaat, junge Familien – und genau die sind dein verborgener Schatz. Die Stimmen des einfachen Mannes bekommst du nicht, die hat Ben Christopher schon auf seiner Seite. Mein Vorschlag lautet also: *Grace Reed arbeitet hart für Ihre Familien, denn Familie steht für sie im Mittelpunkt.* Was hältst du davon?«

In dem Moment kommt der Kellner mit der Vorspeise. Er wirkt nicht überrascht, Clay an unserem Tisch zu sehen, und ich frage mich, ob sein Auftauchen hier nicht schon von langer Hand geplant war.

»Wow, das sieht ja fantastisch aus«, ruft Clay, als der Kellner eine große Schale Muschelcremesuppe vor ihn stellt. »Es mag Leute geben, die behaupten, wir Südstaatler wüssten Fischgerichte nicht zu schätzen. Aber ich gehöre zu den Menschen, die das schätzen, was sie vor sich haben. Und das hier« – er deutet mit seinem Löffel auf meine Mutter und sieht den Rest von uns grinsend an – »ist absolut hinreißend.«

Ich habe das untrügliche Gefühl, dass ich Clay Tucker von jetzt an noch öfter zu sehen bekommen werde.

Fünftes Kapitel

Als ich am nächsten Tag in der prallen Hitze verschwitzt von der Arbeit nach Hause komme, wandert mein Blick als Erstes wie ferngesteuert zum Haus der Garretts hinüber, das ungewöhnlich ruhig daliegt. Dann entdecke ich Jase in der Einfahrt, der an einem großen silber-schwarzen Motorrad herumschraubt.

Ich gehöre absolut nicht zu den Mädchen, die auf schwere Maschinen und Lederjacken stehen. Michael Kristoff mit seinen schwarzen Rollkragenpullovern und düsteren Gedichten ist mir schon »Bad Boy« genug gewesen, und die Zeit mit ihm hat gereicht, um diesem Typ Jungen für immer abzuschwören. Wir sind fast das ganze Frühjahr zusammen gewesen, bis ich begriff, dass er weniger ein Höllenqualen leidender Künstler, sondern vielmehr selbst die personifizierte Höllenqual war. Trotzdem tragen meine Beine mich beinahe wie von selbst an dem ein Meter achtzig hohen Zaun – den Mom ganz nach dem Sprichwort »Liebe deinen Nachbarn, aber reiß deswegen nicht gleich den Zaun ein« wenige Monate nach dem Einzug der Garretts errichten ließ – vorbei und die Einfahrt hinauf.

»Hi.«

Brillante Gesprächseröffnung, Samantha.

Jase stützt sich auf einen Ellbogen und mustert mich eine

Weile schweigend. Seine Miene ist unergründlich und ich würde am liebsten wieder umkehren.

»Ich tippe mal, du kommst gerade von der Arbeit«, stellt er schließlich fest.

Mist. Ich habe völlig vergessen, dass ich immer noch in meiner »Breakfast Ahoy«-Kluft stecke. Errötend blicke ich an mir herunter – kurzer blauer Rock, weiße Bluse mit Matrosenkragen und ein rotes, zur Schleife gebundenes Halstuch.

»Richtig getippt«, murmle ich verlegen.

Er nickt und lächelt mich dann strahlend an. »Ich hab dich in der Aufmachung nicht gleich erkannt. Wo um Himmels willen arbeitest du?« Er räuspert sich. »Und warum?«

»Im Breakfast Ahoy neben der Anlegestelle. Ich arbeite in den Ferien lieber, als rumzusitzen.«

»Und das Outfit?«

»Hat mein Chef entworfen.«

Jase mustert mich noch einmal mit zusammengekniffenen Augen und sagt dann: »Muss eine blühende Fantasie haben, dein Chef.«

Ich weiß nicht, was ich darauf antworten soll, also ahme ich eine von Tracys coolen Gesten nach und zucke mit den Achseln.

»Lohnt sich der Job?«, fragt Jase und greift nach einem Schraubenschlüssel.

»Was das Trinkgeld angeht, kann ich mich nicht beklagen.«

»Ja, das glaub ich dir sofort.«

Ich habe keine Ahnung, warum ich diese Unterhaltung überhaupt führe – oder wie ich sie fortsetzen soll. Jase hantiert mittlerweile wieder mit dem Schraubenschlüssel an der Maschine herum, also frage ich: »Ist das dein Motorrad?«

»Es gehört meinem Bruder Joel.« Er legt das Werkzeug beiseite und setzt sich auf, als wäre ihm gerade aufgegangen, dass es unhöflich wäre, mit der Schrauberei fortzufahren, während wir uns unterhalten. »Er pflegt sein Born-to-be-wild-Image als rebellischer Außenseiter. Ist ihm lieber als für eine Sportskanone gehalten zu werden, obwohl er eigentlich genau das ist. Er behauptet, dass er damit an die besseren Mädchen rankommt.«

Ich nicke, als wüsste ich Bescheid. »Und? Klappt seine Strategie?«

»Ich bin mir nicht sicher.« Jase runzelt die Stirn. »Ich halte grundsätzlich nicht besonders viel davon, sich ein bestimmtes Image zuzulegen. Kommt mir irgendwie unecht vor.«

»Dann schlüpfst du also nie in irgendeine Rolle?« Ich setzte mich auf den Grünstreifen neben der Einfahrt.

»Ich bin keine Mogelpackung. Bei mir bekommt man das, was man sieht.« Er grinst.

Was ich sehe – so aus nächster Nähe und bei Tageslicht – gefällt mir ziemlich gut. Außer seinen sonnengesträhnten braunen Locken und den ebenmäßigen weißen Zähnen hat Jase Garrett einen hübsch geschwungenen Mund, dem man ansieht, dass er viel und gern lächelt, und tiefgrüne Augen. Augen, in denen man versinken kann, so ruhig und offen ist ihr Blick. *Gott.*

Ich werde rot und überlege nervös, was ich als Nächstes sagen könnte. Das Ergebnis: »Ziemlich ruhig hier heute.«

»Ich passe auf die Kleinen auf.«

Ich schaue mich um. »Wo ist das Baby? In der Werkzeugkiste?«

Er grinst. »George und Patsy machen ihren Mittagsschlaf. Mom ist im Supermarkt einkaufen. Dafür braucht sie immer *Stunden.*«

»Das kann ich mir vorstellen.« Mir fällt auf, dass sein T-Shirt am Kragen und unter den Armen durchgeschwitzt ist.

»Hast du Durst?«, frage ich.

Breites Lächeln. »Und wie. Aber ich werde mich hüten und dich fragen, ob du mir etwas zu trinken besorgen kannst. Ich weiß ja, dass der neue Freund deiner Mutter quasi sein Todesurteil unterschrieben hat, als er dich Kaffeekochen geschickt hat.«

»Ich habe auch Durst. Und mir ist heiß. Meine Mutter macht die beste Limonade der Stadt.« Ich stehe auf und wende mich zum Gehen.

»Samantha.«

»Hm?«

»Komm wieder, ja?«

Ich sehe ihn eine Moment lang an und nicke. Dann gehe ich ins Haus, dusche, stelle dabei fest, dass Tracy mal wieder meinen Conditioner leer gemacht hat, schlüpfe anschließend in Shorts und ein Tanktop und kehre mit zwei riesigen Plastikbechern zurück, die randvoll mit Limonade und klirrenden Eiswürfeln gefüllt sind.

Als ich die Einfahrt hochlaufe, kehrt Jase mir den Rücken zu und beugt sich über einen der Reifen, dreht sich aber sofort um, sobald er das leise Schnalzen meiner Flipflops hört.

Ich reiche ihm einen Becher. Er betrachtet die Limonade genauso, wie er alles ansieht – bedächtig und aufmerksam.

»Wow. Sie macht die Eiswürfel aus Limonade und friert sogar kleine Zitronenschalenstückchen und Minzblättchen mit ein?«

»Sie ist eine totale Perfektionistin. Wenn man ihr beim Limonademachen zuschaut, hat man das Gefühl, man wür-

de gerade einem hochwissenschaftlichen Experiment bei-
wohnen.«

Er trinkt seinen Becher in einem Zug leer und streckt
dann die Hand nach dem zweiten aus.

»Hey, das ist meiner«, sage ich.

»Ups, natürlich! Tut mir leid. Vor lauter Durst habe ich
glatt meine gute Manieren vergessen.«

Ich halte ihm meine Limonade hin. »Trink ruhig. Ich
kann ja noch Nachschub holen.«

Er schüttelt den Kopf. »Ich würde dir nie etwas wegnehmen wollen.«

Ich spüre, wie mein Magen einen kleinen Salto schlägt.
Nicht gut. Das ist erst unsere zweite Unterhaltung. *Gar nicht
gut, Samantha.*

Plötzlich höre ich einen Wagen in unsere Einfahrt biegen.
»Hey, Samantha!«

Es ist Flip. Er stellt den Motor ab und kommt zu uns
rüber.

»Hi, Flip«, begrüßt Jase ihn.

»Ihr kennt euch?«

»Flip ist letztes Jahr mit meiner Schwester Alice zusammen gewesen.«

»Erzähl Tracy bitte nichts davon«, sagt Flip, der mittlerweile vor uns steht, nervös.

Jase sieht mich fragend an.

»Meine Schwester ist sehr besitzergreifend«, erklare ich.

»Und das ist noch milde ausgedrückt«, fügt Flip hinzu.

Ich nicke. »Sie hasst jede Exfreundin ihres aktuellen
Freunds.«

»Jep«, bestätigt Flip.

Jase zieht mitfühlend die Brauen hoch.

»Dafür ist sie mir aber absolut treu«, verteidigt Flip meine

Schwester, »und geht nicht mit meinem Tennispartner ins Bett.«

Jase zuckt betreten die Achseln. »Du wusstest, worauf du dich mit Alice einlässt, Kumpel.«

Ich blicke fragend zwischen den beiden hin und her.

»Ich hatte keine Ahnung, dass ihr beiden euch kennt«, wechselt Flip das Thema.

»Tun wir gar nicht«, sage ich und Jase antwortet gleichzeitig: »Klar kennen wir uns.«

»Wie auch immer.« Flip macht eine vage Handbewegung, die ausdrückt, dass es ihn nicht wirklich interessiert, wie es nun tatsächlich um unseren Bekanntschaftsgrad steht. »Wo ist Trace?«

»Ich soll dir ausrichten, dass sie heute total viel zu tun hat und leider überhaupt gar keine Zeit hat«, antworte ich. Eines der Grundprinzipien meiner Schwester lautet: *Willst du gelten, mach dich selten.* Selbst wenn sie schon erobert wurde.

»Alles klar. Und wo steckt sie wirklich?«

»Am Stony Bay Beach.«

»Bin schon unterwegs.« Flip schlendert zu seinem Wagen zurück.

»Bring ihr eine *People* und einen Coconut-FrozFruit mit«, rufe ich ihm hinterher. »Dafür wird sie dich lieben.«

Als ich mich wieder zu Jase umdrehe, sieht er mich lächelnd an. »Du bist nett.« Er klingt angenehm überrascht, als hätte er mir diesen Wesenszug nicht zugetraut.

»Nicht wirklich. Aber wenn sie glücklich ist, geht's mir auch besser. Dann klaut sie mir nicht ständig meine Lieblingsteile aus dem Schrank. Du weißt schon ... Schwestern.«

»Verstehe. Aber meine plündern wenigstens nicht meinen Kleiderschrank.«

Plötzlich ertönt ganz in der Nähe ein verzerrtes, wimmerndes Weinen und ich zucke erschrocken zusammen.

Jase deutet auf das Babyphone, das am Knauf des Garagentors hängt. »George.« Er geht auf die Veranda zu und bedeutet mir, ihm zu folgen.

Und so kommt es, dass ich nach all den Jahren zum ersten Mal das Haus der Garretts betrete.

Zum Glück ist Mom heute bis zum Abend unterwegs.

Das Erste, was ich wahrnehme, sind die Farben. Bei uns ist die Küche – von den Wänden, den Arbeitsflächen aus poliertem Granit, der riesigen Kühl-Gefrier-Kombination aus Edelstahl bis hin zur Spülmaschine – ganz in Silbergrau gehalten. Bei den Garretts leuchten die Wände sonnenblumengelb, ebenso wie die Vorhänge, die zusätzlich mit grünen Blättern gemustert sind. Aber alles andere ist ein wilder Farbmix. Der Kühlschrank und die Wände sind über und über mit bunten Bildern und Zeichnungen beklebt. Auf der Küchentheke aus grünem Resopal drängen sich Stofftiere, Knetfiguren und Cornflakespackungen. Im Spülbecken stapelt sich Geschirr. Der Tisch ist zwar so groß, dass sich alle Garretts darum versammeln können, aber immer noch zu klein für all die Zeitungs- und Bücherstapel, Socken und Frischhaltedosen, Schwimmbrillen, angebissenen Äpfel und Bananenschalen.

George tapst uns bereits in der Küche entgegen. Er zerrt einen riesigen Plastikdinosaurier der Gattung Triceratops hinter sich her und ist bis auf ein T-Shirt mit der Aufschrift *Brooklyn Botanical Garden* nackt.

»Hey, Kumpel.« Jase beugt sich zu ihm hinunter und deutet auf die nackte untere Hälfte seines kleinen Bruders. »Was ist denn da passiert?«

George, dessen Gesicht immer noch tränenverschmiert

ist, holt tief Luft. Er hat ebenfalls lockige braune Haare, aber seine großen, verweinten Augen sind blau. »Ich hab von schwarzen Löchern geträumt.«

»Verstehe.« Jase nickt und richtet sich wieder auf. »Ist das ganze Bett nass geworden?«

George nickt schuldbewusst und späht dann mit feuchten Wimpern zu mir rüber. »Wer ist das?«

»Das Mädchen von nebenan. Samantha. Ich glaube, sie weiß so ziemlich alles über schwarze Löcher.«

George mustert mich misstrauisch. »Echt?«

»Na ja«, sage ich, »ich weiß, dass schwarze Löcher Sterne sind, denen der Brennstoffvorrat ausgegangen ist und die dann in sich zusammenstürzen und von der Schwerkraft zu einem schwarzen Sternenloch zusammengepresst werden.«

George fängt wieder an zu weinen.

Jase nimmt ihn auf den Arm. »Sie weiß auch, dass es in Connecticut keine schwarzen Löcher gibt. Stimmt doch, Samantha, oder?«

»Noch nicht einmal in unserem Universum«, versichere ich hastig, obwohl ich mir ziemlich sicher bin, dass es eines in der Milchstraße gibt.

»In der Milchstraße gibt es aber eins«, schluchzt George prompt.

»Aber das ist unendlich weit von Stony Bay entfernt.« Ich streichle ihm tröstend über den Rücken und berühre dabei aus Versehen die Hand von Jase, der gerade dasselbe tun will. Ich ziehe meine schnell weg.

»Also kein Grund sich Sorgen zu machen, Kumpel. Du bist hier völlig sicher.«

George hört auf zu weinen und bekommt stattdessen Schluckauf, der aber sofort nachlässt, als Jase ihm ein Wassereis mit Limettengeschmack reicht.

»Gott, das tut mir so leid«, flüstere ich Jase zu und schüttle kurz den Kopf, als er mir das Orangenwassereis anbietet, das noch als Letztes in der Packung übrig ist.

Gibt es überhaupt irgendjemand, der die orangenen mag?

»Woher hättest du das wissen sollen?«, flüstert er zurück. »Und woher hätte *ich* wissen sollen, dass du Astrophysikerin bist?«

»Ich hatte mal so eine Phase, in der ich ganz verrückt nach Sternen und dem ganzen Kram war.« Mir schießt die Röte ins Gesicht, als ich an all die Nächte denke, in denen ich auf dem Dach saß und die Sterne beobachtete … und die Garretts.

Er zieht eine Braue hoch, als würde er sich fragen, warum mir das peinlich ist. Das ist das Schlimmste, wenn man blond ist: Ist man verlegen, läuft der komplette Körper rot an – Ohren, Hals, einfach alles. Unmöglich zu übersehen.

Von oben dringt das nächste Weinen zu uns in die Küche.

»Patsy.« Jase wendet sich zur Treppe. »Bin gleich wieder da.«

»Vielleicht sollte ich lieber nach Hause gehen«, sage ich, obwohl es dafür eigentlich keinen Grund gibt.

»Nein, geh nicht. Es dauert nicht lange.«

Ich bleibe allein mit George zurück. Er leckt ein paar Minuten hingebungsvoll an seinem Wassereis und fragt dann: »Hast du gewusst, dass es im Weltall ganz, ganz kalt ist? Und dass es da keinen Sauerstoff gibt? Und dass ein Astronaut, der ohne seinen Anzug aus einem Raumschiff fällt, sofort stirbt?«

Ich habe meine Lektion gelernt. »Aber das wird niemals passieren, weil Astronauten immer ganz, ganz vorsichtig sind.«

George lächelt mich an. Es ist dasgleiche zum Niederknien süße Lächeln wie das von seinem Bruder, nur dass Georges Zähne im Moment knallgrün sind. »Vielleicht heirate ich dich mal«, verkündet er großmütig. »Willst du viele Kinder haben?«

Ich bekomme einen Hustenanfall und im nächsten Moment klopft mir eine Hand auf den Rücken.

»George, alter Kumpel, über solche Sachen sollte man nicht reden, wenn man gerade keine Hose anhat.« Jase lässt eine Shorts zu Georges Füßen fallen und setzt dann Patsy neben ihm auf dem Boden ab.

Sie trägt einen pinken Body, hat jede Menge süßen Babyspeck und ihre feinen Haare sind mitten auf dem Kopf zu einem kleinen Zopf zusammengebunden. Wie alt ist sie mittlerweile? Eins?

»Da?«, will sie wissen und zeigt forsch mit ihrem pummeligen Zeigefinger in meine Richtung.

»Das ist Samantha«, sagt Jase. »Deine zukünftige Schwägerin.« Er sieht mich grinsend an. »Du und George, ihr scheint es ja mächtig eilig zu haben.«

»Wir interessieren uns beide für die Raumfahrt ...«, gebe ich lachend zurück, als die Tür aufgeht und Mrs Garrett mit Einkaufstüten beladen hereinkommt.

»Verstehe.« Jase zwinkert mir zu und dreht sich dann zu seiner Mutter um. »Hey, Mom.«

»Hi, Schatz. Ich hoffe, sie sind brav gewesen?« Sie ist so auf ihren älteren Sohn konzentriert, dass sie mich anscheinend gar nicht bemerkt.

»Keine besonderen Vorkommnisse«, antwortet Jase. »Aber wir müssen Georges Bett frisch beziehen.« Er nimmt seiner Mutter ein paar der Tüten ab und stellt sie neben den Kühlschrank auf die Arbeitsplatte.

Sie mustert Jase aus zusammengekniffenen Augen, die genauso grün sind wie seine eigenen. Mrs Garrett ist eine hübsche Frau mit einem offenen, freundlichen Gesicht, kleinen Lachfältchen um die Augen, dem Garrett'schen dunklen Teint und den braunen Locken. »Was für eine Geschichte hast du ihm vor dem Einschlafen vorgelesen?«

»Mom«, seufzt Jase. »Bloß *Coco, der neugierige Affe*, aber die heiklen Szenen hab ich weggelassen. Könnte allerdings sein, dass der Unfall mit dem Heißluftballon ein bisschen zu aufregend für ihn war.« Plötzlich dreht er sich zu mir um. »Bitte entschuldige. Samantha, das ist meine Mutter. Mom, das ist Samantha Reed. Von nebenan.«

Seine Mutter schenkt mir ein herzliches Lächeln. »Du liebe Güte, da steht die ganze Zeit so ein wunderschönes Mädchen vor mir und ich sehe es gar nicht. Freut mich sehr, Samantha. Hübscher Lipgloss, gefällt mir.«

»Mom«, stöhnt Jase verlegen.

Sie wendet sich wieder ihm zu. »Das war bloß die erste Fuhre. Kannst du bitte noch den Rest reinholen?«

Während Jase bergeweise Einkaufstüten in die Küche schleppt, plaudert Mrs Garrett so ungezwungen mit mir, als würden wir uns schon eine Ewigkeit kennen. Es ist seltsam, mit dieser Frau, die ich die letzten zehn Jahre nur aus der Ferne gesehen habe, plötzlich hier in ihrer Küche zu sitzen. Als würde man sich unerwartet mit einer Berühmtheit im Aufzug wiederfinden. Ich kann gerade noch dem Drang widerstehen, zu sagen: »Ich bin ein großer Fan von Ihnen.«

Ich helfe ihr, die Einkäufe zu versorgen, was ihr sogar gelingt, während sie Patsy die Brust gibt. Meine Mutter würde auf der Stelle tot umfallen. Ich versuche so tun, als wäre es das Normalste der Welt für mich, ihr dabei zuzusehen.

Nach noch nicht einmal einer halben Stunde im Haus der Garretts habe ich eines der Familienmitglieder bereits halb nackt gesehen und Mrs Garrett praktisch oben ohne. Fehlt nur noch, dass Jase sein Shirt auszieht.

Zum Glück tut er es nicht, ich weiß nämlich nicht, ob ich das seelisch verkraftet hätte. Aber nachdem er alle Tüten hereingebracht hat, verkündet er, dass er dringend eine Dusche braucht, winkt mir, ihm zu folgen, und geht die Treppe hoch.

Ich folge ihm tatsächlich. Was ziemlich verrückt ist. Schließlich kenne ich ihn kaum und habe keine Ahnung, was er eigentlich für ein Mensch ist. Andererseits kann ich vermutlich davon ausgehen, dass er kein Vergewaltiger ist, wenn seine geistig völlig gesund wirkende Mutter nichts dagegen hat, dass er ein Mädchen mit auf sein Zimmer nimmt. Trotzdem frage ich mich, was Mom jetzt wohl denken würde.

Als ich in Jase' Zimmer trete, habe ich das Gefühl in einen ... tja, wie soll man es nennen ... einen *Wald* zu treten? Ein Vogelschutzgebiet? Eines dieser Tropenhäuser, wie es sie manchmal in Zoos gibt? Überall stehen und hängen Pflanzen, von Sukkulenten bis Kakteen ist alles dabei. In einer großen Voliere sitzen drei Papageien auf Stangen, in einer zweiten ein ziemlich feindselig aussehender Kakadu. Wo ich auch hinschaue, entdecke ich ein anderes Tier. In einer kleinen Holzkiste neben dem Schreibtisch reckt gerade eine Schildkröte den Kopf, daneben steht ein Käfig, in dem eine Horde Wüstenrennmäuse wuselt. Aus einem Terrarium späht mir ein eidechsenartiges Wesen entgegen. Ein Frettchen schläft in einem weiteren Käfig in einer kleinen Hängematte. Und auf Jase' ordentlich gemachtem Bett thront eine weiße Katze, die so fett ist, dass sie wie ein mit Plüsch bezogener Ballon aussieht.

»Das ist Mazda.« Jase bedeutet mir, in dem Sessel neben

seinem Bett Platz zu nehmen. Kaum habe ich mich hingesetzt, springt Mazda mir in den Schoß, fängt an, am Stoff meiner Shorts zu saugen, und schnurrt dabei zufrieden. Außerdem haart sie, was das Zeug hält.

»Gott, ist das rührend.«

»Sie hat ihre Mutter zu früh verloren«, erklärt Jase. »Ich springe kurz unter die Dusche. Fühl dich wie zu Hause.«

Sicher. In deinem Zimmer. Kein Problem.

Ich bin ein paarmal bei Michael zu Hause gewesen, aber meistens war es da schon dunkel und er trug mir bei Kerzenlicht düstere Gedichte vor. Außerdem hat es sehr viel mehr gebraucht als nur zwei kurze Unterhaltungen, um mich zu einem Besuch bei ihm zu bewegen. Nach der Sache mit Michael war ich im Herbst kurz mit Charley Tyler zusammen, bis wir feststellten, dass mein Faible für seine Grübchen und seine Schwäche für meine blonden Haare – oder (seien wir ehrlich) meine Brüste –, für eine ernsthafte Beziehung dann doch nicht ausreichten. Er hat es nie geschafft, mich in sein Zimmer zu locken. Vielleicht ist Jase Garrett ja so etwas wie ein Schlangenbeschwörer. Das würde zumindest die Menagerie in seinem Zimmer erklären. Ich schaue mich noch einmal um. Oh Gott, da ist tatsächlich eine Schlange. Eine von diesen gefährlich aussehenden orange-weiß-schwarz gemusterten Biestern, von denen ich zwar weiß, dass sie völlig harmlos sind, die mir aber trotzdem eine Heidenangst einjagen.

Die Tür geht auf, aber es ist nicht Jase, der hereinkommt, sondern George. Jetzt hat er Shorts an und dafür kein Oberteil. Er durchquert den Raum, lässt sich neben mir aufs Bett fallen und sieht mich mit großen ernsten Augen an. »Hast du gewusst, dass die *Challenger* explodiert ist? Das war so ein Raumschiff, weißt du.«

Ich nicke. »Ich weiß. Aber das ist schon eine ganze Weile her. Mittlerweile haben die so viel dazugelernt, dass jetzt eigentlich nichts mehr schiefgehen kann.«

»Ich würde nur für die Bodenmannschaft von der NASA arbeiten. Nicht im Shuttle. Ich will niemals sterben.«

Mich überkommt das Bedürfnis, ihn in den Arm zu nehmen. »Ich auch nicht, George.«

»Heiratest du Jase bald?«

Ich bekomme wieder einen Hustenanfall. »Äh, nein, George. Ich bin aber auch erst siebzehn.« Als wäre das der einzige Grund, warum wir nicht schon längst verlobt sind.

»Ich bin so alt.« George hält vier filzstiftverschmierte Finger hoch. »Aber Jase ist siebzehneinhalb. Ihr dürftet heiraten. Dann könntest du hier mit ihm wohnen und hättest eine große Familie.«

Mitten in dieses Angebot hinein kehrt Jase ins Zimmer zurück. »Zeit für dich, die Fliege zu machen, George. Discovery Channel läuft.«

George setzt zum Rückzug an, aber nicht, ohne mir vorher noch zuzurufen: »Sein Bett ist total gemütlich. Und er pinkelt nie rein.«

Die Tür geht zu und wir fangen beide an zu lachen.

»Oh Jesus!« Jase – mittlerweile trägt er ein grünes T-Shirt und dunkelblaue Joggingshorts – setzt sich auf sein Bett. Seine Haare sind noch lockiger, wenn sie nass sind, und von den Spitzen perlen kleine Wassertröpfchen.

»Ist schon okay. Ich habe mich in ihn verliebt«, gestehe ich. »Ich glaube, ich werde ihn wirklich heiraten.«

»Das würde ich mir an deiner Stelle noch mal überlegen. Oder zumindest seine Gutenachtgeschichten sehr sorgfältig auswählen.« Er lächelt mich an.

Ich muss aus diesem Zimmer raus. Und zwar schleunigst.

Als ich aufstehe und zur Tür gehe, fällt mein Blick auf das Foto eines Mädchens, das am Spiegel über dem Schreibtisch klebt. Ich bleibe stehen, um es mir genauer anzusehen. Sie hat wellige schwarze Haare, die zu einem Pferdeschwanz zusammengebunden sind, und einen ernsten Ausdruck in den Augen. Außerdem ist sie ziemlich hübsch. »Wer ist das?«

»Meine Exfreundin. Lindy. Sie hat den Fotoaufkleber in der Mall gemacht und jetzt kriege ich ihn nicht mehr ab.«

»Wieso seid ihr nicht mehr zusammen?«

Wieso frage ich das überhaupt?

»Es hat sich als ziemlich riskant herausgestellt, mit ihr zusammen zu sein«, antwortet Jase. »Aber jetzt, wo du es sagst, fällt mir ein – ich könnte einfach einen anderen Sticker drüber kleben.«

»Könntest du.« Ich beuge mich näher an den Spiegel heran und bewundere ihre ebenmäßigen Züge. »Was meinst du mit *riskant*?«

»Sie hat irgendwann angefangen zu klauen. Regelmäßig. Und wenn wir verabredet waren, wollte sie immer nur in die Mall gehen. Schwierig, da nicht wie ein Komplize auszusehen. Im Gefängnis zu hocken und darauf zu warten, dass man auf Kaution rausgeholt wird, ist nicht gerade das, was ich mir unter einem netten Abend mit meiner Freundin vorstelle.«

»Meine Schwester hat auch eine Zeit lang geklaut«, sage ich, als wäre das irgendwas Tolles, das wir gemeinsam haben.

»Hat sie auch mal was mitgehen lassen, als du dabei warst?«

»Nein, zum Glück nicht. Ich würde sterben, wenn mir so was passieren würde.«

Jase sieht mich an, als hätte ich gerade etwas sehr Tiefgründiges gesagt. Dann schüttelt er den Kopf. »Nein, Samantha. Du würdest nicht sterben. Du hättest einfach ein Problem, würdest schauen, dass du da irgendwie wieder rauskommst, und dann weitermachen.«

Er steht dicht hinter mir. Viel zu dicht. Er duftet nach Pfefferminzshampoo und frisch geduschter Haut. Aber ich habe den Verdacht, dass es ganz egal ist, wie viel Abstand zwischen uns ist – es wäre immer gefährlich nahe.

»Apropos weitermachen ... ähm ... Ich muss dann mal wieder nach Hause. Aufräumen, bevor meine Mutter wiederkommt und so.«

»Bist du sicher?«

Ich nicke hektisch. Als wir ein paar Minuten später durch die Küche gehen, klappt die Fliegengittertür auf und Mr Garrett kommt herein, gefolgt von einem Jungen. Er ist aber größer als George. Duff? Harry?

Wie alle anderen aus der Familie, habe ich bis jetzt auch Jase' Vater immer nur von Weitem gesehen. Aus der Nähe betrachtet, sieht er jünger aus, größer, und er hat eine so positive Ausstrahlung, dass es sofort ein bisschen wärmer im Raum wird, nur weil er da ist. Er hat die gleichen hellbraunen Haare wie Jase, nur dass seine von silbernen Strähnen durchzogen sind, statt von goldenen. George läuft zu seinem Vater und klammert sich an seinem Bein fest. Mrs Garrett, die am Spülbecken steht, dreht sich um und lächelt ihn an. Auf ihr Gesicht tritt ein Leuchten, wie ich es sonst nur bei Mädchen in der Schule kenne, die gerade ihren Schwarm durch den Flur gehen sehen.

»Jack! Du bist früh dran heute!«

»In den letzten drei Stunden hat sich kein einziger Kunde in den Laden verirrt.« Mr Garrett streicht ihr zärtlich eine

Haarsträhne hinters Ohr. »Da dachte ich, dass ich meine Zeit sinnvoller verbringe, wenn ich noch ein bisschen mit Jase trainiere. Also habe ich Harry bei seinem Freund abgeholt und bin nach Hause gefahren.«

»Ich darf die Stoppuhr drücken! Ich darf die Stoppuhr drücken!«, ruft Harry.

»Nein! Ich bin dran! Daddy! Ich bin mit Stoppuhr drücken dran!« Georges Unterlippe beginnt zu zittern.

»Du kannst ja noch nicht mal die Zahlen lesen«, triumphiert Harry. »Egal, wie schnell oder wie langsam er rennt, immer sagst du, dass es elf Minuten waren. *Ich* bin dran!«

»Ich habe aus dem Laden eine zweite Stoppuhr mitgebracht«, besänftigt Mr Garrett die beiden. »Wie sieht's aus, Jase, hast du Lust?«

»Er hat gerade Besuch von Samantha…«, beginnt Mrs Garrett.

»Oh, kein Problem«, unterbreche ich sie. »Ich wollte sowieso gehen.«

Mr Garrett dreht sich zu mir um. »Oh, hallo, Samantha.« Er schließt seine riesige Hand um meine und sieht mich aufmerksam an. Dann grinst er. »Du bist also das geheimnisvolle Mädchen von nebenan.«

Ich werfe Jase einen Blick zu, aber sein Miene ist unergründlich. »Genau«, entgegne ich schüchtern lächelnd. »Das heißt, ich wohne nebenan, aber viel Geheimnisvolles passiert dort nicht.«

»Jedenfalls schön, dich mal kennenzulernen. Ich wusste gar nicht, dass Jase…«

»Ich begleite Samantha noch schnell raus, Dad. Dann können wir loslegen. Heute steht als Erstes Krafttraining auf dem Programm, oder?«

Bevor wir auf die Veranda hinaustreten, lädt Mrs Garrett mich ein, wiederzukommen, wann immer ich will.

»Ich fand es echt schön, dass du vorbeigekommen bist«, sagt Jase, als wir am Ende der Einfahrt stehen. »Und du verzeihst dem kleinen George hoffentlich, dass er sich ohne Unterhose an dich rangemacht hat.«

Ich lache. »Ich mag George. Wofür trainierst du?«

»Oh, ähm, für die Footballsaison. Ich spiele dieses Jahr als Cornerback. Vielleicht schaff ich's ja, so gut zu sein, dass ich ein Stipendium für eine Uni kriege … was ich, ehrlich gesagt, ziemlich gut brauchen könnte.«

Ich stehe vor ihm in der brütenden Hitze, blinzle gegen die Sonne an, und frage mich, was ich als Nächstes sagen und wie ich mich am besten verabschieden soll oder warum ich mich überhaupt verabschieden will, wenn Mom doch erst in ein paar Stunden nach Hause kommt. Als ich einen Schritt zurücktrete, stolpere ich über eine Plastikschaufel.

Jase streckt sofort die Hände nach mir aus. »Vorsicht.«

»Oh. Hoppala. Ähm, tja … bis dann.« Ich winke ihm hastig zu und mache, dass ich nach Hause komme.

Hoppala?

Großer Gott, Samantha.

Sechstes Kapitel

Als Flip und Tracy zerzaust und mit leichtem Sonnenbrand nach Hause kommen, bringen sie frittierte Muscheln, Bier und Hotdogs vom Clam Shack mit, der Imbissbude am Stony Bay Beach. Sie breiten ihr kleines Picknick auf der Kücheninsel aus, nachdem sie noch eine Weile kichernd herumgealbert und sich dabei ständig gegenseitig in den Hintern gezwickt und an den Ohrläppchen geknabbert haben.

Ich wünschte, ich wäre länger bei den Garretts geblieben. *Warum bin ich nur gegangen?*

Tim scheint mal wieder Nans Handy geklaut zu haben, denn als ich anrufe, bekomme ich Folgendes zu hören: »Kapier es doch endlich, Heidi, ich halte es wirklich für keine gute Idee, wenn wir es noch mal miteinander versuchen.«

»Hier ist Samantha. Wo ist Nan?«

»Herrgott, Sam. Dir ist schon klar, dass wir keine *siamesischen* Zwillinge sind, oder? Also – wieso fragst du mich das die ganze Zeit?«

»Oh, keine Ahnung. Vielleicht, weil du die ganze Zeit an ihr Handy gehst, wenn ich versuche, sie zu erreichen? Ist sie da?«

»Glaub schon. Wahrscheinlich. Oder auch nicht«, sagt Tim.

Ich lege auf. Der Festnetzanschluss ist besetzt und die Masons haben die Anklopffunktion nicht aktiviert (»Das ist nichts weiter als eine elektronische Art, unhöflich zu sein«, sagt Mrs Mason immer), also beschließe ich, mit dem Rad zu ihnen rüberzufahren.

Tracy und Flip haben es sich zwischenzeitlich auf der Wohnzimmercouch gemütlich gemacht, das Kichern und Befummeln geht in die zweite Runde. Als ich im Eingangsbereich stehe, höre ich Flip atemlos stöhnen: »Oh, Baby, das fühlt sich so gut an, was du da machst.«

Kotz.

»Uhhh, ja, Baby, hör bitte nicht auf«, ahme ich ihn nach und zwar so laut, dass sie mich hören können.

»Verzieh dich!«, knurrt Tracy.

Es ist Flut und so drückend heiß, dass die Luft noch salziger ist als sonst und den sumpfigen Geruch des Flusses fast vollständig überlagert. Die zwei Seiten unserer Stadt. Ich liebe sie beide. Ich finde es toll, dass man einfach nur die Augen zumachen und tief einatmen muss, um die Jahres- oder Tageszeit zu bestimmen. Auch jetzt schließe ich kurz die Augen und atme die schwül-warme Luft ein, als ich plötzlich ein erschrockenes Kreischen höre und gerade noch rechtzeitig die Augen aufreiße, um einer Frau mit einer pinken Schirmmütze und Söckchen in den Sandalen auszuweichen. Stony Bay liegt auf einer kleinen Halbinsel an der Mündung des Connecticut River. Wir haben einen großen Hafen, der unsere Stadt bei Touristen besonders beliebt macht. Im Sommer sind dreimal so viele Menschen hier unterwegs wie außerhalb der Saison. Ich hätte es also besser wissen und nicht mit geschlossenen Augen Rad fahren dürfen.

Nan öffnet auf mein Klopfen, das Telefon zwischen Ohr und Schulter geklemmt. Sie lächelt, legt kurz den Zeigefinger an die Lippen und deutet mit dem Kinn Richtung Wohnzimmer. »Sie sind definitiv meine erste Wahl«, sagt sie in den Hörer, »und deswegen wäre es wirklich toll, wenn ich meine Bewerbungsunterlagen jetzt schon einreichen könnte.«

Es ist jedes Mal ein Erlebnis, wenn ich durch die Tür der Masons trete. Überall stehen kitschige Keramikfigürchen herum, an den Wänden hängen Tafeln mit irischen Segenssprüchen und auf den Armlehnen sämtlicher Sessel und Sofas liegen Zierdeckchen, genau wie auf den Tischen und sogar auf dem Fernseher. Im Badezimmer bietet sich einem ein ganz ähnliches Bild – das Toilettenpapier ist unter einem gehäkelten pinken Reifrock einer starräugigen Puppe versteckt.

In den Bücherregalen stehen keine Bücher, sondern weiterer Nippes und Fotos von Nan und Tim, als sie noch jünger waren, meistens im Zwillings-Partnerlook. Ich sehe sie mir zum millionsten Mal an, während Nan ihre Adresse buchstabiert. Nan und Tim als Babys mit Weihnachtsmannmützen. Als Kleinkinder mit zerzausten Fusselhaaren und großen Kulleraugen im Osterhasenkostüm. Im Kindergartenalter in Dirndl und Lederhosen. Die Aufnahmen enden ungefähr kurz bevor sie acht wurden. Wenn ich mich richtig erinnere, waren sie in dem Jahr zu Ehren des Unabhängigkeitstags am 4. Juli als Uncle Sam und Betsy Ross verkleidet, und Tim hat den Fotografen ins Bein gebissen.

Auf den Kinderfotos sehen sie sich viel ähnlicher als heute. Beide sind rothaarig und haben Sommersprossen, aber – das Leben ist unfair –, Nan hat mittlerweile rotblonde Haare und hellblonde Wimpern und ist mit Sommersprossen übersät, während Tim nur ein paar Sommersprossen auf der Nase hat. Seine Brauen und Wimpern sind dunkel und seine Haare kastanienbraun mit kupferrotem Schimmer. Er wäre ein echter Beau, wenn er nicht ständig neben der Spur wäre.

»Ich stecke in der Warteschleife der Columbia – sie schicken mir die Bewerbungsunterlagen!«, raunt Nan mir zu. »Gut, dass du vorbeigekommen bist. Ich weiß gerade nicht mehr, wo mir der Kopf steht.«

»Ich hab schon ein paarmal versucht, dich auf deinem Handy zu erreichen, aber immer Tim drangehabt.«

»Er hat es also? Und ich suche schon die ganze Zeit danach. Wahrscheinlich hat er mal wieder sein Kontingent vertelefoniert und bedient sich jetzt bei mir. Na warte, der kann was erleben.«

»Hättest du nicht einfach auf die Seite der Columbia gehen und die Bewerbung online anfordern können?«, flüstere ich, obwohl ich die Antwort bereits kenne. Nan ist, was Computer angeht, ein hoffnungsloser Fall. Sie lässt immer alle Fenster gleichzeitig offen und vergisst jedes Mal, sie wieder zu schließen, wenn sie sie nicht mehr braucht, sodass ihr Laptop regelmäßig abstürzt.

»Ging nicht. Mein Laptop ist mal wieder bei Macho-Mitch in Behandlung«, flüstert sie zurück. Mitch ist ein unglaublich gut aussehender, wenn auch etwas finster dreinblickender Computer-Doktor, der bei Nan sogar Hausbesuche macht. Nan findet, dass er wie ihr Lieblingsschauspieler Steve McQueen aussieht. Ich finde einfach nur, dass er schlecht gelaunt aussieht, was wahrscheinlich daran liegt, dass er sich immer wieder mit dem gleichen Problem herumschlagen muss.

»Ja – vielen Dank. Und wann schicken Sie sie raus?«,

fragt Nan genau in dem Moment ins Telefon, in dem Tim ins Zimmer kommt. Seine Haare stehen in alle Richtungen ab und er hat eine ziemlich mitgenommen aussehende, karierte Flanellpyjamahose und ein Lacrosse-Trikot der Ellery Preparatory School an. Er würdigt uns keines Blickes, sondern geht schnurstracks zu der Keramik-Miniaturausgabe der Arche Noah, die auf dem Fenstersims steht, und fängt an, die Figuren in obszönen Positionen anzuordnen.

Er ist gerade damit fertig geworden, Noah und ein Kamel in einer extrem anstößigen und anatomisch komplizierten Stellung zu arrangieren, als Nan auflegt.

»Ich wollte dich eigentlich schon längst angerufen haben«, sagt sie zu mir. »Wann fängt dein Job im Club an? Ich bin ab nächster Woche im Souvenirshop.«

»Ich fange auch nächste Woche an.«

Tim gähnt herzhaft, kratzt sich die Brust und ordnet zwei Affen und ein Nashorn zu einem flotten Dreier an. Selbst auf die Entfernung kann ich ihn riechen – er stinkt nach Gras und Bier.

»Du könntest wenigstens so höflich sein und Hallo zu Samantha sagen, T.«

»Oh, heeeyyy, Sammy. Haben wir nicht gerade erst noch miteinander gesprochen? Ach, stimmt ja. Haben wir tatsächlich. Sorry. Keine Ahnung, wo verdammt noch mal meine guten Manieren abgeblieben sind. Scheinen irgendwie nicht mehr dieselben zu sein, seit sie im Trockner eingegangen sind. Auch was?« Er zieht ein Fläschchen Augentropfen aus der Gesäßtasche seiner Pyjamahose und hält es mir hin.

Ich winke ab. »Nein danke. Ich versuche gerade, von dem Zeug runterzukommen.« Tims rot geäderte graue Augen haben die Tropfen dringend nötig. Ich finde es schrecklich, mit anzusehen, wie jemand, der Verstand hat, seine Zeit damit verschwendet, sich zuzudröhnen und zu verblöden. Er wirft sich stöhnend rücklings auf die Couch und legt eine Hand über die Augen. Es fällt mir schwer, mich daran zu erinnern, wie er war, bevor er ein Anwärter für die Betty-Ford-Klinik wurde.

Als wir klein waren, haben wir im Sommer viele Wochenenden gemeinsam mit unseren Eltern am Stony Bay Beach verbracht. Damals habe ich mich mit Tim sogar besser verstanden als mit Nan. Nan und Tracy lasen, aalten sich in der Sonne und tauchten höchstens mal den großen Zeh ins Wasser, wohingegen Tim nie Angst hatte, weit hinaus zu waten und sich mit mir in die höchsten Wellen zu werfen. Er war es auch, der die Brandungsrückströmung in der Bucht entdeckte, die einen in die Tiefe zog und ins offene Meer hinaustrieb.

»Und, was macht das Liebesleben, Babe?« Er wackelt anzüglich mit den Augenbrauen in meine Richtung. »Als ich Charley das letzte Mal gesehen hab, ist er ziemlich angefressen gewesen, weil du ihn nicht mehr ranlassen wolltest.«

»Falls du es noch nicht bemerkt haben solltest, T – keiner hört dir zu«, sagt Nan.

»Nein, im Ernst. Ich find's gut, dass du mit Charley Schluss gemacht hast. Er ist ein komplettes Arschloch. Ich hab ihm auch den Laufpass gegeben, weil er seltsamerweise der Meinung ist, *ich* wäre ein Arschloch.«

»Wie kommt er denn bloß auf diese absurde Idee«, wirft Nan ein. »Und jetzt sei so lieb und leg dich ins Bett. Mommy kommt gleich nach Hause, und sie kauft es dir garantiert nicht schon wieder ab, dass du wegen deiner Allergien zu viel Benadryl genommen hast. Sie weiß, dass du keine Allergien hast.«

»Und ob ich welche hab«, ruft Tim mit gespielter Entrüstung. Er zieht einen Joint aus der Brusttasche seines Shirts und wedelt triumphierend damit durch die Luft. »Ich bin allergisch gegen Gras.« Dann bricht er in hysterisches Lachen aus. Nan und ich sehen uns an. Tim ist meistens stoned oder betrunken. Aber so wie er sich jetzt aufführt, völlig überdreht und hippelig, scheint er sich etwas Härteres eingeworfen zu haben.

»Lass uns verschwinden«, sage ich. »Wir könnten zu Fuß in die Stadt gehen, was hältst du davon?«

Nan nickt. »Wie wär's mit einem Abstecher ins Doane's? Ich könnte einen Chocolate-Malt-Eisbecher vertragen.« Sie nimmt ihre Tasche von einem mit Blümchenstoff bezogenen Ohrensessel und beugt sich anschließend zu Tim hinunter, der immer noch leise vor sich hin kichert und schüttelt ihn. »Geh nach oben. Jetzt. Bevor du noch hier einpennst.«

»Keine Sorge, Schwesterherz. Das wird nicht passieren. Ich ruhe bloß meine Augen aus«, murmelt Tim.

Nan rüttelt noch mal an seiner Schulter. Als sie sich umdrehen und gehen will, greift er nach dem Henkel ihrer Tasche, sodass sie ruckartig zum Stehen kommt.

»Nanni, mein Engel, bringst du mir was mit?«, fragt er drängend und mit verzweifeltem Gesichtsausdruck.

Sie sieht ihn mit hochgezogener Braue an.

»Eine Riesentüte Jelly Beans von Doane's, okay? Aber nicht die grünen. Die machen mir Angst.«

Siebtes Kapitel

Sobald wir draußen auf der Veranda stehen, greife ich nach Nans Hand und drücke sie.

»Ich weiß!«, seufzt sie. »Es ist noch viel schlimmer geworden, seit er von der Ellery geflogen ist. Seitdem geht das jeden Tag so, und Gott weiß, was er nachts treibt. Meine Eltern haben nicht die leiseste Ahnung. Mommy kauft ihm einfach alle seine Lügen ab – ›Das grüne Zeug in dem Tütchen in meiner Tasche? Das ist Katzenminze, Ma. Was das für Pillen sind? Bloß Aspirin. Das weiße Pulver? Salz, nichts weiter.‹ Und wenn er ausfallend wird, lässt sie ihn zur Strafe Geld in die Schimpfwort-Kasse werfen – das er *mir* aus meinem Portemonnaie klaut. Und Daddy? Tja ...« Sie zuckt mit den Achseln.

Mrs Mason ist der gnadenlos fröhlichste Mensch, den ich kenne. Jeder ihrer Sätze beginnt mit einem Ausruf: Also, so was! Meine Güte! Ach herrje! Um Gottes willen! Mr Mason sagt dagegen meistens gar nichts. Ich habe mal ein aufziehbares Plastikhuhn zu Ostern geschenkt bekommen, das mich an ihn erinnert. Von dem Moment an, in dem er nach Hause kommt, verharrt er bis zum Abendessen praktisch regungslos in seinem karierten Sessel und nimmt nach dem Abendessen bis zur Schlafenszeit wieder exakt dieselbe Position ein. Er hält sich nur gerade so lange aufrecht, um zur Arbeit und wieder nach Hause zu kommen und es von seinem Sessel an den Esstisch zu schaffen.

»Dad hat sogar Tims Marihuana-Pflanze gedüngt. Ich meine, hallo? Der Mann ist ein Kind der Achtziger und erkennt kein Cannabisblatt, wenn er es vor sich hat?« Sie lacht, aber es schwingt ein hysterischer Unterton mit. »Es ist, als würde Tim ertrinken und das Einzige, worüber sie sich Sorgen machen, ist die Farbe seiner Badehose.«

»Willst du nicht mal mit ihnen darüber reden?«, frage ich zum gefühlten hundertsten Mal. Andererseits kann ich mich da an meine eigene Nase fassen – schließlich habe ich mit meiner Mutter auch nicht offen über Tim gesprochen.

Nan winkt ab. »Als ich heute Morgen zum Frühstück runterkam, sagte Daddy, dass es Tim vielleicht guttun würde, auf eine Militärakademie zu gehen. Da würden die einen richtigen Mann aus ihm machen. Am liebsten wäre es ihm, er würde gleich zur Army gehen. Kannst du dir Tim bei der Army vorstellen? Der würde die Offiziere mit Sicherheit so auf die Palme bringen, dass sie ihn in Einzelhaft stecken und vergessen, dass er überhaupt existiert. Oder er würde sich mit dem übelsten Schläger der Kompanie anlegen und zu Tode geprügelt werden. Oder die Frau vom Drill Sergeant vögeln und hinterrücks von ihrem rasenden Ehemann erschossen werden.«

»Freut mich zu hören, dass du nicht allzu viel Zeit damit verbracht hast, dir seinetwegen den Kopf zu zerbrechen«, entgegne ich trocken.

Nan legt mir einen Arm um die Schulter. »Du hast mir gefehlt, Samantha. Tut mir leid. Ich bin in letzter Zeit nur noch um Daniel gekreist und von einer Party zur nächsten mit ihm gezogen, bloß um nicht zu Hause sein zu müssen, echt.«

»Wie läuft es bei euch beiden?« Es ist nicht zu übersehen, dass sie förmlich danach lechzt, das Thema zu wechseln, um nicht mehr über Tims Eskapaden sprechen zu müssen, so dankbar stürzt sie sich auf meine Frage.

»Daniel ...« Sie seufzt. »Vielleicht sollte ich mich lieber auf meine Schwärmerei für Macho-Mitch und Steve McQueen beschränken. Ich komme einfach nicht dahinter, was sein Problem ist. Er macht sich total verrückt, dass er vielleicht nicht gut genug sein könnte, um am Massachusett Institute of Technology zu studieren, dabei weißt du ja selbst, was für ein kluger Kopf er ist – und abgesehen davon, fängt das Studium erst in drei Monaten an. Jetzt ist es gerade mal Juni. Kann er sich nicht einfach entspannen?«

»Sagt das Mädchen, das schon eine Millisekunde nach dem Ende des elften Schuljahrs Tonnen von College-Unterlagen anfordert.« Ich versetzte ihr spielerisch einen Stoß mit der Schulter.

»Deswegen passen Daniel und ich auch so perfekt zusammen, oder?« Sie zieht eine Grimasse. Eine sanfte Brise kommt auf, als wir auf die Hauptstraße biegen, und bringt die Blätter der Ahornbäume, die die Straße säumen, zum Rascheln. Als wir uns dem Dark and Stormy Diner nähern, dem Stammlokal der Tauchergemeinde unserer Stadt, tritt gerade ein Paar aus der Tür und blinzelt gegen die helle Sonne an. Es ist Clay. Und eine sehr hübsche braunhaarige Frau in einem Designerkostüm. Ich bleibe stehen und beobachte, wie er sie anstrahlt und sich dann vorbeugt, um sie zu küssen. Mitten auf den Mund. Und ihr dabei sanft über den Rücken streicht.

Ich hatte zwar damit gerechnet, Clay Tucker noch öfter zu begegnen – aber nicht so.

»Was ist los, Samantha?«, fragt Nan und zupft mich am Ärmel.

Was los ist? Es war zwar kein Zungenkuss, aber definitiv auch kein unschuldiger Kuss unter Geschwistern.

»Da vorne ist der neue Freund meiner Mutter.« Jetzt drückt Clay die Schulter der Frau und zwinkert ihr lächelnd zu.

»Deine Mutter hat einen Freund? Du machst Witze, oder? Seit wann?«

Die Frau lacht und streichelt Clay über den Arm.

Nan wirft mir einen besorgten Blick zu.

»Ich weiß nicht, wann sie sich kennengelernt haben«, sage ich mechanisch. »Scheint was Ernstes zu sein. Jedenfalls für meine Mom.«

Jetzt öffnet die Brünette, die dem Aussehen nach mindestens zehn Jahre jünger ist als meine Mutter, ihre Aktentasche und reicht Clay eine Mappe. Er neigt den Kopf zur Seite und sieht sie mit einem Blick an, der sagt: »Du bist die Beste.«

»Weißt du, ob er verheiratet ist?«, flüstert Nan. Plötzlich fällt mir auf, dass wir wie angewurzelt auf dem Gehweg stehen und die beiden ziemlich offensichtlich anstarren. Genau in dem Moment schaut Clay zu uns rüber und entdeckt uns. Er winkt mir zu und scheint sich keiner Schuld bewusst zu sein. *Wenn du es wagst, meine Mutter zu hintergehen ...,* denke ich und lasse den Gedanken dann wieder fallen, weil – mal im Ernst –, was könnte ich schon tun?

»Wahrscheinlich ist sie nur eine gute Freundin«, sagt Nan, klingt aber wenig überzeugt. »Komm, lass uns Eis essen gehen.«

Ich werfe Clay einen letzten Blick zu, der ihm hoffentlich

deutlich zu verstehen gibt, dass seine empfindlichsten Körperteile in Gefahr sind, falls er meine Mutter betrügen sollte, und folge Nan. Was bleibt mir auch anderes übrig?

Ich versuche, jeden Gedanken an Clay zu verdrängen, zumindest so lange, bis ich zu Hause bin und mir in Ruhe den Kopf darüber zerbrechen kann. Nan bringt das Thema zum Glück nicht mehr zur Sprache.

Als das Doane's in Sicht kommt, bin ich erleichtert. Der winzige alte Laden liegt gleich neben dem Pier, der die Flussmündung vom Meer trennt, und war früher ein Süßwarengeschäft mit riesigen Bonbongläsern auf der Theke, aus denen man sich für einen Penny Lakritzstangen und anderen Süßkram fischen konnte. Jetzt lockt er mit »Vargas« – einer mottenzerfressenen Hühnerattrappe mit echten Federn, die zwangsneurotisch nach uralten, klebrigen Zucker-Maiskörnern pickt, wenn man fünfundzwanzig Cent in den Automaten wirft. Aus irgendeinem Grund hat sich Vargas zu einer echten Touristenattraktion des Doane's entwickelt – neben dem legendären Softeis, den Salzwasser-Toffees und dem tollen Blick auf den Leuchtturm.

Nan kramt in ihrem Portemonnaie. »Hey, was...? Ich hatte zwanzig Dollar da drin. Jetzt habe ich keinen Cent mehr! Nichts! Ich bringe meinen Bruder um!«

»Kein Problem.« Ich ziehe ein paar Scheine aus der Tasche.

»Du kriegst es so bald wie möglich wieder«, verspricht Nan und nimmt das Geld.

»Ist schon okay, Nanny. Also, was für ein Eis wolltest du noch mal?«

»Später. Erst muss ich das von Daniel zu Ende erzählen. Gestern Abend hat er mich nach New Haven ins Kino eingeladen. Ich fand den Abend wunderschön, aber er hat mir heute nur eine einzige SMS geschrieben und da stand bloß ›hdl‹ drin, er hat sich noch nicht mal die Mühe gemacht, es auszuschreiben. Das ist doch komisch, oder?«

Daniel ist für mich schon immer ein Buch mit sieben Siegeln gewesen. Er gehört zu diesen Intelligenzbestien, neben denen man sich geistig immer extrem minderbemittelt vorkommt.

»Vielleicht hatte er keine Zeit?«

»Hallo? Ich bin immerhin seine Freundin. Müsste man für die nicht alle Zeit der Welt haben?« Nan füllt ein Plastiktütchen mit Colafläschchen, Gummibären und Schoko-Malzkugeln. Zuckertherapie.

Ich weiß erst nicht so recht, was ich sagen soll. Schließlich platze ich mit einem Gedanken heraus, den ich schon eine ganze Weile habe, sehe sie dabei jedoch nicht an. »Ich habe irgendwie den Eindruck, dass du nicht wirklich entspannt bist mit Daniel. Dass er dich verunsichert. Findest du das normal?«

Nan starrt das Huhn an, das gerade einen epileptischen Anfall zu haben scheint. Es pickt nicht mehr nach den süßen Maiskörnern, sondern wiegt sich seltsam manisch vor und zurück. »Woher soll ich das wissen?«, sagt sie schließlich. »Daniel ist mein erster richtiger Freund. Du hattest schon Charley und Michael. Und in der Achten warst du mit Taylor Oliveira zusammen.«

»Taylor zählt nicht. Wir haben uns nur ein einziges Mal geküsst.«

»Er hat aber überall rumerzählt, dass du bis zum Äußersten mit ihm gegangen bist!«, sagt Nan, als wäre das ein Beweis für irgendetwas.

»Danke, dass du mich daran erinnerst. Ein wahrer Prinz.

Ja, es stimmt. Er war die Liebe meines Lebens. Welchen Film habt ihr euch denn angeschaut?«

Vargas ruckende Bewegungen werden immer langsamer, bis das Huhn schließlich erzitternd zum Stehen kommt. »Welchen Film?«, fragt Nan stirnrunzelnd. »Ach so, ja ... *Das Haus nebenan.* So einen dreistündigen französischen Dokumentarfilm in Schwarz-Weiß aus den Sechzigerjahren über Nazis, der gar nicht schlecht war. Danach sind wir noch in ein Café, wo lauter Studenten aus Yale abhingen, und Daniel ist mir gegenüber plötzlich total arrogant geworden und hat angefangen, Wörter wie ›tautologisch‹ und ›Subtext‹ zu benutzen.«

Ich lache. Obwohl Daniel Nans Herz mit seiner Klugheit erobert hat, ist seine manchmal etwas überhebliche Art immer wieder Thema.

»Irgendwann blieb mir nichts anderes übrig, als ihn zum Wagen zu zerren und zu küssen, damit er endlich die Klappe hält.«

Als sie das sagt, muss ich unwillkürlich an Jase Garretts Mund denken. Er hat einen schönen Mund mit einer vollen Oberlippe, die aber nicht zu voll ist, sondern genau richtig. Nan beugt sich gerade über den Behälter mit den Jelly Beans. Sie hat sich die feinen rotblonden Haare hinters Ohr geklemmt und knabbert am Nagel ihres Zeigefingers. Auf dem Nasenrücken hat sie einen leichten Sonnenbrand und die Haut schält sich ein bisschen und ihre Sommersprossen sind dunkler als letzte Woche. Ich setze dazu an, ihr zu erzählen, dass ich *da so einen Jungen kennengelernt habe*, bringe aber keinen Ton heraus. Nicht einmal Nan weiß, dass es schon seit Jahren eines meiner Lieblingshobbys ist, die Garretts zu beobachten. Es ist nicht unbedingt so, dass ich es vor ihr geheim gehalten habe. Ich habe ihr bloß nie davon erzählt. Außerdem … was sollte ich ihr schon groß dazu sagen? Das mit Jase kann sich noch in alle Richtungen entwickeln. Oder in gar keine. Ich konzentriere mich wieder auf die Süßigkeiten.

»Was meinst du?«, fragt Nan. »Sollen wir Tim seine Jelly Beans mitbringen? Du hast das Geld und damit die Entscheidungsmacht.«

»Klar, von mir aus. Aber wenn, dann nur die gruseligen grünen.«

Nan dreht knisternd ihr Cellophantütchen zu. »Samantha? Was sollen wir unternehmen? Wegen Tim, meine ich.«

Ich schöpfe eine Kelle grüne Apfel-Jelly-Beans in mein Tütchen und muss plötzlich an etwas denken, das passiert ist, als wir sieben waren. Ich war beim Schwimmen von einer Feuerqualle erwischt worden. Tim weinte, weil unsere Mütter ihm nicht erlaubten, mir aufs Bein zu pinkeln – er hatte nämlich gehört, dass das das perfekte Gegenmittel für ihr Gift war. »Aber, Ma, ich habe die Macht, sie zu retten!«, hatte er geschluchzt. Das war jahrelang ein Insiderwitz zwischen uns gewesen: *Vergiss niemals, dass ich die Macht habe, dich zu retten!* Und jetzt scheint er sich noch nicht einmal selbst retten zu können.

»Also, außer zu hoffen, dass diese Jelly Beans über magische Kräfte verfügen …«, sage ich, »habe ich keine Ahnung.«

Achtes Kapitel

Am nächsten Nachmittag schlüpfe ich auf der Veranda aus den Schuhen und will gerade ins Haus gehen, um mich umzuziehen, als ich Mrs Garrett rufen höre.

»Samantha? Könntest du vielleicht kurz mal rüberkommen?«

Sie steht am Fuß unserer Einfahrt und hat Patsy auf dem Arm. Neben ihr steht George, nur mit einer Shorts bekleidet. Ein paar Meter weiter versteckt Harry sich mit der Spritzdüse eines Gartenschlauchs in der Hand hinter einem parkenden Wagen und spielt ganz offensichtlich Scharfschütze.

Als ich näher komme, bemerke ich, dass Mrs Garrett Patsy gerade wieder stillt. Sie sieht mich mit einem offenherzigen Lächeln an. »Hallo ... Ich habe mich gefragt ... weil Jase mir erzählt hat, wie wunderbar du mit George umgegangen bist ... also, da dachte ich, ich frage mal nach, ob ...« Sie hält plötzlich inne und betrachtet mich mit großen Augen.

Ich blicke an mir herunter. *Oh. Die Uniform.* »Das ist meine Arbeitskluft fürs Breakfast Ahoy. Mein Chef hat sie selbst entworfen.« Ich weiß selbst nicht, warum ich das jedes Mal hinzufüge, außer vielleicht, um klarzustellen, dass ich normalerweise lieber sterben würde als einen blauen Minirock und eine Matrosenbluse anzuziehen.

»Auf so eine Idee können nur Männer kommen«, stellt Mrs Garrett trocken fest.

Ich nicke.

Sie seufzt. »Jedenfalls ...«, nimmt sie dann hastig den Faden wieder auf, »habe ich mich gefragt, ob du vielleicht Interesse hättest, gelegentlich für uns babyzusitten? Jase wollte nicht, dass ich dich frage. Er hatte Angst, du würdest sonst denken, dass er ahnungslose Mädchen in unser Haus lockt, damit ich sie für meine eigenen Bedürfnisse einspannen kann. Als wäre ich der Kopf eines Mädchenhändlerrings für überforderte Mütter.«

Ich lache. »Auf den Gedanken würde ich nie kommen.«

»Natürlich nicht.« Sie grinst mich an. »Trotzdem könnte man glauben, dass ich bei jedem Mädchen, das mir über den Weg läuft, die Gelegenheit beim Schopfe greife und sie frage, ob sie bei uns babysitten will. Aber das ist nicht so. Es gibt nicht viele Menschen, die sich auf Anhieb mit George verstehen, und Jase sagte, du hättest sofort sein Herz erobert. Ich könnte natürlich auch die älteren Kinder darum bitten, aber ich will nicht, dass sie denken, ich würde das automatisch von ihnen erwarten. Alice stellt sich zum Beispiel immer so an, als würde ich sonst was von ihr verlangen.« Sie spricht schnell, als wäre sie nervös. »Jase ist immer bereit einzuspringen, aber sein Job im Baumarkt und das Footballtraining nehmen den Großteil seiner Zeit in Anspruch, er ist bis auf einen Nachmittag in der Woche und natürlich am Wochenende ständig unterwegs. Es wären auch nur hin und wieder ein paar Stunden.«

»Das würde ich hinkriegen«, sage ich. »Ich habe zwar nicht viel Erfahrung, aber ich lerne schnell, und ich würde sehr gern bei Ihnen babysitten.« *Solange Sie es nicht meiner Mutter erzählen.*

Mrs Garrett strahlt mich dankbar an, dann löst sie Patsy von ihrer Brust und legt sie an die andere an, nachdem sie kurz an ihrem BH-Träger genestelt hat, um irgendetwas zu verstellen. Sie verdreht die Augen. »Die Kleine mag nur die linke Brust«, erklärt sie, »was ziemlich unangenehm für mich ist.«

Ich nicke wieder, obwohl ich keine Ahnung habe, was sie damit genau meint. Dank der umfassenden Aufklärung durch meine Mutter weiß ich grundsätzlich über Sex und Schwangerschaft Bescheid, aber was das Stillen angeht, tappe ich völlig im Dunkeln. *Gott sei Dank.*

In diesem Moment meldet sich George zu Wort. »Hast du gewusst, dass man jemanden töten kann, wenn man auf dem Empire State Building steht und einem eine Münze vom Dach runterfällt?«

»Stimmt, aber das passiert nie«, sage ich schnell. »Weil die Leute auf der Aussichtsplattform sehr, sehr vorsichtig sind. Außerdem ist dort zum Schutz eine hohe Plexiglaswand errichtet worden.«

Mrs Garrett schüttelt begeistert den Kopf. »Jase hat recht. Du bist ein Naturtalent.«

Ich spüre ein glückliches Ziehen im Bauch, weil Jase etwas so Nettes über mich gesagt hat.

»Mit ein oder zwei Nachmittagen in der Woche wäre mir schon sehr geholfen«, fährt sie fort, »das heißt, natürlich nur, wenn dein Ferienjob das zulässt?«

Ich nicke und nenne ihr die Tage, an denen ich Zeit habe, noch bevor sie mir sagt, dass sie mir sogar noch mehr zahlen wird, als ich im Breakfast Ahoy verdiene. Etwas unsicher fragt sie mich, ob es mir etwas ausmachen würde, gleich heute anzufangen.

»Natürlich nicht. Ich ziehe mich nur schnell um.«

»Nicht umziehen!« George greift mit seinen Schmuddel-
fingerchen nach meinem Rock. »Ich finde dich schön so.
Du siehst wie Sailor Moon aus! Du weißt schon, das Supergirl aus der Zeichentrickserie im Fernsehen!«

»Ich fühle mich aber eher wie eine Sailor-Barbie, George.
Ich muss mich umziehen, weil ich den ganzen Vormittag
gearbeitet habe und nach Eiern und Speck rieche.«

»Ich mag Eier und Speck«, klärt George mich auf.
»Aber« – sein Gesicht verdüstert sich – »hast du gewusst,
dass sie aus Wilbur« – seine Augen füllen sich mit Tränen –
»Speck gemacht haben?«

Mrs. Garrett geht neben ihm in die Hocke. »Das hatten
wir doch schon, George. Erinnerst du dich nicht? Wilbur ist
nicht zu Speck verarbeitet worden.«

»Deine Mom hat recht.« Ich beuge mich ebenfalls zu ihm
hinunter, als gerade eine große Träne von seinen dichten
Wimpern fällt. »Die Spinne Charlotte hat ihn gerettet. Danach lebte er glücklich und zufrieden mit Charlottes Töch-
tern ... ähm ... Nelly und Urania und ...«

»Joy«, hilft Mrs Garrett mir. »Samantha, du bist die gebo-
rene Babysitterin. Ich hoffe, du bist keine Ladendiebin.«

Ich verschlucke mich fast. »Nein. Nie gewesen.«

»Und Schweinchen Babe, Mom? Haben sie aus Babe
Speck gemacht?«

»Nein, mein Schatz. Babe hütet immer noch Schafe. Babe
ist kein Speck. Speck wird nur aus wirklich fiesen Schweinen gemacht, George.« Mrs Garrett streicht ihm die Haare
aus dem Gesicht und wischt ihm die Tränen ab.

»Genau, aus richtig bösen Schweinen«, ergänze ich.

»Es gibt auch böse Schweine?« George wirkt beunruhigt.
Oh-oh.

»Na ja, also Schweine ... ähm ... ohne Seele.« Nein, das

klingt auch nicht gut. Ich krame nach einer guten Erklärung. »So wie die Tiere aus Narnia, die nicht reden.«

Auch wieder falsch. George ist vier. Mit Sicherheit kennt er Narnia noch gar nicht. Er bekommt immer noch Coco, der neugierige Affe, *vorgelesen. Und zwar die zensierte Version.*

Trotzdem huscht ein wissendes Leuchten über sein Gesicht. »Oh. Dann ist ja gut. Weil ich mag Speck total gern, weißt du?«

Als ich zu den Garretts rübergehe, steht George in einem aufblasbaren Planschbecken, in das Harry gerade mit dem Gartenschlauch Wasser einfüllt. Mrs Garretts wechselt mit routinierten Griffen Patsys Windel auf der Veranda und zieht ihr anschließend eine Art bauschiges Plastikhöschen an, das mit kleinen Sonnen bedruckt ist.

»Ich glaube, Harry wurde dir noch gar nicht richtig vorgestellt. Harry, das ist Jase' Freundin Samantha, die ein bisschen auf euch aufpassen wird.«

Wie bin ich Jase' Freundin geworden? Ich habe erst zweimal mit ihm geredet. Wow, Mrs Garrett ist wirklich das genaue Gegenteil von meiner Mutter.

Harry, der grüne Augen, ziemlich glatte dunkelbraune Haare und jede Menge Sommersprossen hat, sieht mich herausfordernd an. »Kannst du einen Kopfsprung rückwärts?«

»Äh. Ja?«

»Bringst du ihn mir bei? Jetzt?«

Mrs Garrett geht dazwischen. »Darüber haben wir doch schon gesprochen, Harry. Samantha kann nicht im großen Pool mit dir schwimmen, weil sie ein Auge auf die Kleinen haben muss.«

Harrys Unterlippe schiebt sich vor. »Aber sie könnte sich Patsy im Baby-Björn umschnallen, wie du immer, und George an der Hand festhalten. Er kann schon ziemlich gut mit seinen Schwimmflügeln schwimmen.«

Mrs Garrett wirft mir einen entschuldigenden Blick zu. »Meine Kinder erwarten von allen Erwachsenen, dass sie multitaskingfähig sind. Nein, Harry. Entweder das Planschbecken oder gar nichts.«

»Aber ich kann schon schwimmen. Ich kann sogar richtig gut schwimmen. Und sie weiß, wie man einen Köpfer rückwärts macht. Sie könnte mir beibringen, wie das geht.«

Während ich das Baby trage und Georges Hand halte? Die erwarten tatsächlich von mir, dass ich so eine Art Supergirl bin.

»Nein«, wiederholt Mrs Garrett entschieden, und fügt an mich gewandt hinzu: »Ein Sturkopf wie er im Buche steht. Sag einfach immer weiter Nein. Irgendwann wird er es aufgeben.« Sie führt mich ins Haus, zeigt mir, wo ich die Windeln finde, bittet mich, mir aus dem Kühlschrank zu nehmen, was immer ich brauche, gibt mir ihre Handynummer, weist mich auf die Notfallnummern hin, warnt mich, vor George über Tornados zu sprechen, springt in ihren Kombi und fährt davon.

Ich bleibe allein mit Patsy zurück, die versucht, mir mein T-Shirt über die Brüste zu ziehen, mit George, der mich darüber informiert, dass man einen Blauring-Kraken niemals anfassen darf, und mit Harry, der aussieht, als wolle er mich umbringen.

Eigentlich läuft es gar nicht mal so schlecht.

Bis jetzt habe ich mich erfolgreich davor gedrückt, babyzusitten. Es ist nicht so, als würde ich Kinder nicht mögen, aber mich hat immer gestört, dass es keine festen Arbeitszeiten gibt. Ich hatte keine Lust, mich mit Eltern auseinanderzusetzen, die ständig zu spät kommen und sich wortreich dafür entschuldigen, oder von irgendeinem Vater nach Hause gefahren zu werden und im Auto unbehaglichen Small Talk mit ihm machen zu müssen. Aber die Garrett-Kinder sind ziemlich pflegeleicht. Ich nehme sie kurz mit zu uns rüber, um unseren Gartensprinkler – eine komplizierte Vorrichtung mit zwei rotierenden Düsen – zu holen. Harry findet ihn zu meinem Glück *voll cool*, und er und George verbringen anderthalb Stunden damit, im Sprühregen herumzutoben. Anschließend springen sie wieder ins Planschbecken, während Patsy auf meinem Schoß sitzt, mit ihrem Zahnfleisch an meinem Daumen nagt und mir auf die Hand sabbert.

Als ich die beiden Racker nach einem kleinen Nachmittagssnack wieder in den Garten scheuche, höre ich, wie ein Motorrad die Einfahrt hochfährt.

Ich drehe mich mit einem erwartungsvollen Kribbeln im Bauch um, aber es ist nicht Jase, sondern Joel, der vom Motorrad steigt, sich dagegen lehnt und mich in aller Ruhe und völlig ungeniert mit anerkennendem Blick von oben bis unten mustert. Aber daran bin ich gewöhnt, solche Blicke muss ich schon zur Genüge täglich im Breakfast Ahoy über mich ergehen lassen. »George. Harry. Wen habt ihr denn da Schönes mit nach Hause gebracht?«, fragt Joel. Er sieht gut aus, aber er weiß es auch.

»Das ist Sailor Moon«, stellt George mich vor. »Sie weiß alles über schwarze Löcher.«

»Und Rückwärtsköpfer«, fügt Harry hinzu.

»Aber du kannst sie nicht für dich haben, weil sie nämlich schon Jase heiratet«, setzt George noch einen oben drauf.

Großartig.

Joel wirkt überrascht. »Du bist eine Freundin von Jase?«

»Nicht wirklich. Ich meine, wir haben uns gerade erst kennengelernt. Ich passe auf die Kleinen auf.«

»Aber sie ist schon in seinem Zimmer gewesen«, meint George.

Joel sieht mich mit hochgezogener Braue an.

Ich werde knallrot. Und zwar am ganzen Körper, was im Bikini zudem schwer zu verbergen ist. »Ich bin bloß der Babysitter.«

George schlingt die Arme um meine Taille und drückt mir einen Kuss auf den Bauchnabel. »Nein. Du bist Sailor Moon.«

»Und wo kommst du her?« Joel hockt sich lässig auf den Sitz seines Bikes.

George und Harry laufen zum Gartensprinkler zurück. Ich setze Patsy auf meine andere Hüfte, worauf sie sofort versucht, mir mein Bikinioberteil auszuziehen.

»Trag sie lieber wieder auf der anderen Seite«, schlägt Joel vor, ohne mit der Wimper zu zucken.

»Oh, ach ja.« *Patsy, das Baby, das nur linke Brüste mag.*

»Also, woher kommst du?«

»Von nebenan. Wir sind Nachbarn.«

»Ach? Du bist die Schwester von Tracy Reed?«

Klar. Hätte mich auch gewundert, wenn Tracy ihm nicht aufgefallen wäre. Ich bin zwar blond, aber Tracy ist eine echte Blondine. Soll heißen, meine Haare sind weizenblond mit honigfarbenen Strähnen, die ich von meinem Dad geerbt habe. Tracy dagegen hat weißblonde Haare und einen edlen Porzellanteint. Unfairerweise sieht sie aus, als hätte ihre Haut noch nie einen Sonnenstrahl gesehen, obwohl sie im Sommer die meiste Zeit am Strand verbringt.

»Genau die bin ich.« Plötzlich frage ich mich, ob meine Schwester vielleicht auch heimlich mit den Garretts bekannt ist. Aber Joel ist nicht blond (was neben einer guten Rückhand eine zwingende Voraussetzung ist, wenn man als Junge bei Tracy Chancen haben will), also fällt er mit ziemlicher Wahrscheinlichkeit durch ihr Raster. Nur um ganz sicherzugehen, frage ich: »Spielst du Tennis?«

Joel reagiert nicht im Mindesten überrascht auf den abrupten Themenwechsel. Offensichtlich ist er es gewohnt, mit verwirrten Mädchen umzugehen, die unzusammenhängendes Zeug reden.

»Mehr schlecht als recht.« Er streckt die Arme nach Patsy aus, die mittlerweile beschlossen zu haben scheint, dass ihr jede Brust recht ist. Ihre Patschehändchen zerren unbeirrt weiter an meinem Oberteil.

»Tja, die Lederjacke verlangsamt wahrscheinlich deinen Volley.« Ich reiche ihm Patsy.

Er salutiert grinsend vor mir. »Sailor Moon *und* Klugscheißerin. Nette Kombi.«

In dem Moment kommt ein Jeep in die Einfahrt gerast. Alice reißt die Beifahrertür auf, steigt aus und dreht sich noch mal um, weil sich der Henkel ihrer Tasche im Schaltknüppel verfangen hat. Ihre aktuell neonblauen Haare trägt sie zu einem seitlichen Pferdeschwanz gebunden. Sie hat ein schwarzes Neckholdertop an und sehr, sehr knappe Shorts.

»Du hast von Anfang an Bescheid gewusst, Cleve«, faucht sie den Typen hinter dem Steuer an. »Du wusstest genau, wo du stehst.« Dann richtet sie sich auf, stolziert die Verandatreppe hoch und knallt die Fliegengittertür hinter sich zu. Im Gegensatz zu ihren Brüdern ist Alice eher klein, was ihr autoritäres Auftreten aber nicht im Geringsten schmälert.

Cleve, ein gutmütig wirkender Typ in Hawaii-Shorts und

einem PacSun-Shirt, sieht nicht so aus, als hätte er über irgendetwas Bescheid gewusst. Er sackt hinter dem Steuer in sich zusammen.

Joel drückt mir Patsy wieder in den Arm und geht zum Jeep rüber. »Scheiße, Mann«, sagt er zu Cleve, der kurz bestätigend nickt, aber ansonsten schweigt.

Ich laufe zum Sprinkler zurück und setze mich ins Gras. George lässt sich neben mich fallen. »Hast du gewusst, dass Vogelspinnen so groß sind wie deine Hand?«

»Jase hat aber keine Vogelspinne, oder?«

George schenkt mir sein sonnigstes Lächeln. »Nein. Er hatte mal eine, sie hieß Agnes, aber ...« – seine Stimme senkt sich zu einem traurigen Flüstern – »die ist gestorben.«

»Ich bin mir sicher, dass sie jetzt im Vogelspinnen-Himmel ist«, versichere ich ihm eilig und schaudere, als ich mir vorstelle, wie es in so einem Himmel aussehen würde.

Der Kombi von Mrs Garrett kommt hinter dem Motorrad zum Stehen und zwei rotgesichtige und zerzauste Kinder klettern heraus, von denen ich annehme, dass es Duff und Andy sind. Ihren Rettungswesten nach zu urteilen, kommen sie gerade vom Segelkurs.

George und Harry, meine treuen Fans, erzählen ihrer Mom begeistert, »was Sailor Moon alles kann«, während Patsy sofort in Tränen ausbricht, anklagend mit dem Finger auf die Brüste ihre Mutter zeigt und »Titi« jammert.

»Tja, das war ihr erstes Wort.« Mrs Garrett nimmt sie mir ab, ohne sich daran zu stören, dass Patsys Badehöschen klatschnass ist. »Bis jetzt habe ich es aber noch nicht in ihr Babytagebuch eingetragen.«

Neuntes Kapitel

Ohne Mom und Tracy, die beide ausgegangen sind, ist es abends so still im Haus, dass ich jedes einzelne Geräusch unterscheiden kann. Das Klackern der Eiswürfelmaschine im Kühlschrank. Das Umschalten der Klimaanlage von einer Stufe zur anderen. In diese Klangtapete mischt sich schließlich noch ein anderes, ein unerwartetes Geräusch, als ich gegen zehn in meinem Bett liege und darüber nachgrüble, ob ich Mom von der Frau erzählen soll, die ich mit Clay zusammen gesehen habe. Es ist ein rhythmisches Klopfen unterhalb meines Fensters. Ich öffne es, klettere hinaus, schaue nach unten und sehe Jase, der einen Hammer in der Hand hält und irgendetwas an das Blumenspalier nagelt. Er blickt – mit einem Nagel zwischen den Zähnen – zu mir hoch und winkt.

Ich freue mich zwar, ihn zu sehen, aber die Situation ist doch ein bisschen seltsam.

»Was treibst du da?«

»Da ist eine Latte locker.« Er nimmt den Nagel aus dem Mund, positioniert ihn auf einer Querstrebe und fängt wieder an zu hämmern. »Schien mir nicht ganz stabil zu sein.«

»Für mich oder für dich?«

»Sag du's mir.« Er klopft den Nagel ein und lässt den Hammer neben sich ins Gras fallen, dann klettert er geschickt zu mir aufs Dach und setzt sich neben mich. »Ich hab gehört, dass meine Familie dich ziemlich in Beschlag genommen hat. Tut mir leid.«

»Mir hat's Spaß gemacht.« Ich rücke ein Stück von ihm weg, weil ich bloß mein Nachthemd anhabe und mir ein bisschen sehr nackt und ungeschützt vorkomme.

»Ich liebe meine Familie über alles, aber ich weiß, dass sie auch ein bisschen ...« – er hält inne, als suche er nach dem richtigen Wort – »überwältigend sein kann.«

»Keine Sorge, ich bin nicht so leicht zu überwältigen.«

Jase sieht mich an, lässt den Blick seiner grünen Augen forschend über mein Gesicht wandern. »Nein, das bist du wohl tatsächlich nicht.«

Mich überkommt das Gefühl, dass ich bei ihm sein kann, wer ich will. Dass er mich immer so akzeptieren würde, wie ich bin. Plötzlich nehme ich auf seiner Schulter eine Bewegung wahr.

»Was ist das?«

Jase dreht den Kopf zur Seite. »Oh, du meinst Herbie?« Er nimmt ein pelziges Etwas von seiner Schulter.

»Herbie?«

»Er ist ein Kurzkopfgleitbeutler.« Jase streckt mir die Hand hin, auf der ein Tierchen sitzt, das wie ein Flughörnchen aussieht. Es hat einen langen schwarzen Streifen entlang des Rückens und schwarz umrahmte Augen.

Ich streichle Herbie zögernd.

»Das liebt er. Steht total auf Berührungen.« Jase formt mit der anderen Hand vorsichtig ein Schutzdach, sodass Herbie es sich wie in einem Nest gemütlich machen kann. Er hat raue, kräftige Hände. Es sind die Hände eines Mannes, nicht die eines Jungen, so wie vieles an ihm erwachsener wirkt als bei anderen Gleichaltrigen.

»Bist du so eine Art ... Dr. Doolittle oder so?«

»Ich mag Tiere einfach. Und du?«

»Ja, schon. Aber ich habe keinen Privatzoo.«

Er blickt über die Schulter in mein Zimmer und nickt. »Nein, definitiv nicht. Sieht extrem sauber und ordentlich bei dir aus. Ist das immer so?«

Ich habe sofort das Gefühl, mich verteidigen zu müssen und spüre gleichzeitig Trotz in mir aufsteigen. »Meistens, schon, aber ...«

»Manchmal lässt du ein bisschen die Sau raus und hängst deinen Bademantel nicht auf?«, unterbricht er mich grinsend.

»Das soll schon mal vorgekommen sein.« Er sitzt so dicht neben mir, dass ich seinen Atem an meiner Wange spüre. Mein Magen vollführt wieder einen Salto.

»Mir ist zu Ohren gekommen, dass du eine Superheldin bist.«

»Tja. Ein paar Stunden mit deiner Familie, und schon habe ich übernatürliche Kräfte.«

»Die brauchst du bei denen auch.« Er lehnt sich zurück, setzt Herbie auf seinen Bauch und stützt sich auf die Ellbogen. »Außerdem kannst du Kopfsprung rückwärts.«

»Ich war im Schwimmteam.«

Jase sieht mich lange an und nickt wieder. Alles was er tut, wirkt so durchdacht und zielstrebig. Ich kenne sonst nur Jungs, die mehr oder weniger durch ihr Leben stolpern, wie Charley, der im Grunde völlig triebgesteuert und nur auf Sex aus war, und Michael, der seinen Stimmungen ausgeliefert und entweder himmelhochjauchzend oder zu Tode betrübt war. »Hast du Lust zu schwimmen?«, fragt Jase schließlich.

»Wie? Jetzt?«

»Ja, jetzt. In unserem Pool. Es ist *wahnsinnig* schwül.«

Die Luft ist tatsächlich drückend und feucht. *Hm, mal sehen. Schwimmen. Nachts. Mit einem Jungen. Der praktisch ein Fremder ist. Und ein Garrett.* Es ist geradezu schwindelerregend, wie viele der von meiner Mutter aufgestellten Regeln ich damit auf einmal brechen würde.

Siebzehn Jahre voller Vorträge, Diskussionen und Mahnungen: »Denk immer auch daran, welchen Eindruck andere von dir bekommen, wenn du etwas tust, Samantha. Nicht nur daran, wie es sich für dich anfühlt. Triff kluge Entscheidungen und denke immer an die Konsequenzen.«

Weniger als siebzehn Sekunden, um zu sagen: »Ich zieh mir nur schnell Badesachen an.«

Fünf Minuten später stehe ich unten im Garten und warte nervös auf Jase, der sich ebenfalls umziehen gegangen ist. Immer wieder spähe ich zu unserer Einfahrt hinüber und habe Angst, dass jeden Moment ein Scheinwerferpaar auftauchen könnte, das zu Clays Wagen gehört, der meine Mutter nach Hause bringt. Ich will mir gar nicht ausmalen, was sie sagen würde, wenn sie mich dabei erwischen würde, wie ich hier in meinem schwarzen Tankini stehe, statt brav in meinem Zimmer im Bett zu liegen.

»Hey«, höre ich kurz darauf Jase' leise Stimme, als er im Dunkeln auf mich zuschlendert.

»Herbie hast du aber nicht mehr bei dir, oder?«

»Nein, ich hab dir doch gesagt, dass er ein Gleitbeutler ist, keine Wasserratte. Komm mit.« Ich folge ihm aufs Nachbargrundstück und um das Haus herum in den Garten, wo sich von einem grünen Maschendrahtzaun eingegrenzt ein Pool befindet. »Okay«, sagt er, »kannst du gut klettern?«

»Warum müssen wir über den Zaun klettern? Das ist doch euer Pool. Wieso schließt du nicht einfach das Türchen auf?«

Jase lehnt sich mit verschränkten Armen gegen den Zaun und sieht mich lächelnd an. Seine makellos weißen Zähne blitzen im Dunkeln auf. »Weil es viel mehr Spaß macht, wenn es sich so anfühlt, als würde man etwas Verbotenes tun.«

Ich schaue ihn skeptisch an. »Du bist aber nicht einer von diesen Typen, denen es einen Kick verschafft, Mädchen in Schwierigkeiten zu bringen?«

»Quatsch. Komm, kletter rüber. Soll ich dir helfen?«

Kurz bin ich versucht, das Angebot anzunehmen, aber dann zwänge ich eine Fußspitze in das Drahtgeflecht des Zauns, ziehe mich hoch, schwinge erst ein Bein, dann das andere hinüber und springe auf die andere Seite. Jase, der schon an unserem Blumenspalier bewiesen hat, wie gut er klettern kann, ist fast in derselben Sekunde neben mir.

Er schaltet die Unterwasser-Poolbeleuchtung ein. Im Becken dümpeln wie üblich ein paar aufblasbare Schwimmtiere und andere Spielsachen. Mom wird nicht müde, sich darüber aufzuregen. »Ist diesen Leuten denn nicht klar, dass der Pool jeden Abend leer geräumt werden muss, damit der Filter funktionieren kann? Ich will gar nicht wissen, was sonst noch so in diesem Becken herumschwimmt. Das ist unhygienisch.«

Aber der Pool wirkt alles andere als unhygienisch. Im Gegenteil, er sieht wunderschön aus und leuchtet wie ein Saphir in der Nacht. Ich springe kopfüber hinein, schwimme bis zum Ende und tauche dort wieder auf.

»Du bist schnell«, ruft Jase leise von der Mitte des Beckens. »Lust auf ein Wettschwimmen?«

»Gehörst du zu diesen Machos, die Mädchen ständig bei irgendwelchen Wettbewerben schlagen müssen, um zu beweisen, dass sie stärker sind?«

»Wow«, meint Jase, »du scheinst eine Menge Idioten zu kennen. Ich bin einfach ich, Samantha. Also was ist?«

»Ich bin dabei.«

Vor einem Jahr bin ich aus dem Schwimmteam ausgetreten, weil das Training so zeitintensiv war, dass ich immer öfter mit meinen Hausaufgaben in Rückstand geriet und Mom schließlich ein Machtwort gesprochen hat. Trotzdem schwimme ich, wann immer ich kann. Und ich bin nach wie vor schnell. Jase schlägt mich trotzdem. Zweimal. Beim dritten Mal gewinne ich, immerhin. Danach lassen wir uns einfach auf dem Wasser treiben.

Irgendwann klettert Jase aus dem Becken, nimmt zwei Handtücher aus einem großen Weidenkorb und breitet sie auf dem Rasen aus. Ich lasse mich auf eines fallen und schaue in den Nachthimmel. Die Schwüle fühlt sich an wie eine feuchtwarme Decke.

Jase lässt sich neben mich fallen.

Um ehrlich zu sein, rechne ich schon die ganze Zeit damit, dass er einen Annäherungsversuch startet. Charley Tyler hätte noch schneller versucht, mir mein Oberteil vom Leib zu zerren als Patsy. Aber Jase verschränkt bloß die Arme hinterm Kopf und blickt wie ich in den Himmel. »Was ist das für einer?«, fragt er und zeigt nach oben.

»Was meinst du?«

»Du hast doch erzählt, dass du mal ganz verrückt nach Sternen warst. Sag mir, welcher das ist.«

Ich schaue mit zusammengekniffenen Augen in die Richtung, in die sein Finger zeigt. »Der Drache.«

»Und das?«

»Die Nördliche Krone.«

»Und der darüber?«

»Skorpion.«

»Du bist tatsächlich eine Astrophysikerin. Was ist mit dem da drüben?«

»Der heißt Norma.«

Er fängt an zu prusten. »Echt?«

»Das ist Latein und heißt Winkelmaß. Außerdem kannst du ganz still sein. Du hattest eine Vogelspinne, die Agnes hieß.«

Er rollt sich auf die Seite, um mich anzusehen. »Woher weißt du das?«

»Von George.«

»Klar. George, das kleine Plappermaul.«

»Ich mag George sehr«, sage ich.

Sein Gesicht ist jetzt ganz nah an meinem. Wenn ich den Kopf heben und ihn ein winziges Stück zur Seite neigen würde... Aber das kommt nicht infrage. Ich werde auf keinen Fall den ersten Schritt machen. Das habe ich noch nie gemacht und werde jetzt ganz bestimmt nicht damit anfangen. Stattdessen schaue ich Jase nur weiter an und frage mich mit angehaltenem Atem ob er sich gleich näher zu mir vorbeugen wird. Und dann sehe ich ein Scheinwerferpaar in unsere Einfahrt biegen.

Ich springe auf. »Meine Mutter. Ich muss sofort nach Hause.« Meine Stimme klingt panisch. Mom wirft immer noch einen Blick in mein Zimmer, bevor sie schlafen geht. Ich klettere in Windeseile über die Poolumgrenzung, laufe dann zu unserem Zaun hinüber, versuche mich hochzuziehen, rutsche in der Hektik aber immer wieder ab, bis ich plötzlich Hände um meine Taille spüre, die mich hochheben, sodass ich es schaffe, ein Bein rüberzuschwingen.

»Ganz ruhig, gleich hast du's geschafft.« Seine Stimme ist leise und beruhigend, als würde er mit einem ängstlichen Tier sprechen. Man merkt, dass er darin Übung hat.

Ich springe auf die andere Seite und laufe auf das Blumenspalier zu.

»Samantha!«

Ich drehe mich um, kann aber nur die obere Hälfte seines Kopfes sehen, der knapp über den Zaun ragt.

»Stolper nicht über den Hammer. Der liegt immer noch im Gras. Und danke für das Wettschwimmen.«

Ich nicke, winke ihm kurz zu und laufe weiter.

Zehntes Kapitel

Samantha?« Tracy kommt aufgeregt in mein Zimmer gerannt. »Wo ist dein dunkelblaues Neckholdertop?«

»In meiner Kommode. Wieso?«, frage ich unschuldig. Tracy ist gerade dabei, für Martha's Vineyard zu packen – eine halbe Stunde, bevor Flip sie abholt. Typisch. Außerdem betrachtet sie es als ihr Anrecht als Erstgeborene, Anspruch auf alle meine Kleidungsstücke zu erheben, wenn ich sie nicht gerade trage.

»Ich nehm's mir, ja? Nur für den Sommer – im Herbst kriegst du es wieder, versprochen.« Sie reißt die oberste Kommodenschublade auf und zieht nicht nur das blaue Top heraus, sondern gleich auch noch ein paar weiße Oberteile.

»Als ob ich im Herbst noch was mit Neckholdertops anfangen könnte. Leg die Sachen sofort wieder zurück.«

»Ach, komm schon! Ich brauche noch mehr weiße Shirts. Wir werden bestimmt die ganze Zeit Tennis spielen.«

»Wie ich gehört habe, gibt es heutzutage sogar auf Inseln Klamottenläden.«

Tracy verdreht die Augen, schmeißt die Oberteile wieder in die Schublade und stürmt in ihr Zimmer zurück. Letztes Jahr hat sie auch im B&T gejobbt und dort Tennisstunden gegeben, und plötzlich wird mir bewusst, dass sie mir nicht nur zu Hause, sondern auch dort fehlen wird. Im Grunde ist es schon so, als wäre sie ausgezogen.

Ich stehe auf, gehe in ihr Zimmer hinüber und lehne mich an den Türrahmen. »Ich werde dich vermissen«, sage ich, während sie Kleider von den Bügeln reißt und sie in eine Reisetasche stopft, auf der in auffallend großen Buchstaben Moms Monogramm – GCR – prangt, was sie aber nicht zu stören scheint.

»Wir können doch mailen.« Sie knöpft einen Kissenbezug auf und geht damit ins Badezimmer. Ich folge ihr und schaue zu, wie sie ihr Glätteisen, ihren Lockenstab und die elektrische Zahnbürste darin verstaut. »Ich hoffe für dich, dass du mich kein bisschen vermissen wirst, Samantha. Das ist der letzte Sommer vor dem stressigen Abschlussjahr. Vergiss Mom. Amüsier dich. Genieß das Leben.« Um ihre Worte zu unterstreichen, winkt sie mir mit der Blisterverpackung ihrer Anti-Babypille zu.

Danke. Auf diesen visuellen Hinweis auf das aktive Sexualleben meiner Schwester hätte ich bestens verzichten können.

Sie schmeißt die Packung in den Bezug und knotet ihn anschließend zu. Dann lässt sie plötzlich die Schultern hängen und sieht mich mit einem für sie untypischen weichen und verletzlichen Gesichtsausdruck an. »Ich hab ein bisschen Angst, dass die Sache zwischen Flip und mir zu ernst wird. Wir verbringen den ganzen Sommer zusammen… das ist vielleicht nicht das Klügste.«

»Ich mag Flip«, sage ich.

»Ich mag Flip auch«, sagt sie, »aber ich möchte ihn nur bis Ende August mögen. Er geht zum Studieren nach Florida und ich nach Vermont.«

»Es gibt Flugzeuge, Züge, Autos …«

»Ich halte absolut nichts von Fernbeziehungen, Samantha. Außerdem habe ich keine Lust, mich ständig zu fragen, ob er mich vielleicht gerade mit irgendeiner heißen Studienkollegin betrügt. Nein danke.«

»Sei doch nicht so misstrauisch, Trace. Flip betet den Boden an, auf dem du gehst.«

Sie seufzt. »Ich weiß. Neulich hat er mir eine *People* und einen FrozFruit an den Strand mitgebracht. Das war so süß. Genau in dem Moment wurde mir klar, dass ich vielleicht schon viel zu tief drinstecke.«

Ups.

»Kannst du nicht einfach alles auf dich zukommen lassen?«

Tracy lächelt mich liebevoll an. »Wenn ich mich richtig erinnere, hattest du, als du mit Charley zusammen warst, eine Art Zeitplan, der genau geregelt hat, wann er wie weit mit dir gehen darf.«

»In Charleys Fall war das auch dringend nötig, sonst hätte er schon bei unserem ersten Date versucht, mich auf der Rückbank von dem Prius von seinem Vater in unserer Einfahrt flachzulegen.«

Sie kichert. »Er war wirklich ein totaler Weiberheld. Aber er hatte süße Grübchen. Hast du eigentlich je mit ihm geschlafen?«

»Nein.« Wie kann sie das vergessen haben? Ich kann mich noch an jedes Detail aus Tracys Liebesleben erinnern, einschließlich des traumatischen Sommers vor zwei Jahren, als sie nacheinander mit drei Brüdern Affären hatte, zwei von ihnen das Herz brach und sich vom dritten ihr eigenes brechen ließ.

Flip hupt in der Einfahrt – etwas, das Mom normalerweise nicht ausstehen kann, ihm aber aus irgendeinem Grund durchgehen lässt.

»Oh Gott! Ich muss los! Ich hab dich lieb!« Tracy rast die

Treppe hinunter und macht dabei einen Lärm wie eine Herde Elefanten in Steppschuhen. Ich habe nie verstanden, wie meine zierliche Schwester es schafft, so laut die Treppe hinunterzudonnern. Sie wirft die Arme um Mom, drückt sie kurz an sich, hechtet zur Tür und ruft Flip zu: »Bin sofort bei dir! Ich bin es wert, dass man auf mich wartet, Flip. Versprochen!«

»Ich weiß doch, Baby!«, ruft Flip zurück.

Dann läuft Tracy noch einmal zu mir und drückt mir knallende Küsse auf die Wangen. »Bist du sicher, dass du die weißen Tops brauchst?«

»Ganz sicher! Und jetzt ab mit dir«, lache ich, und sie verschwindet mit wirbelndem Rock die Verandastufen hinunter.

»Auf der Stony Bay High kann man im August übrigens probeweise einen Uni-Zulassungstest machen«, erzählt Nan, als wir zum B&T unterwegs sind. Bei einem Zwischenstopp im Doane's haben wir uns Getränke besorgt. Sie schlürft einen Cookies-and-Cream-Milchshake und ich kaue auf den Eisstückchen von meinem Lime-Slush herum.

»Spinnst du? Ich will nichts von irgendwelchen Tests hören, Nan. Wir haben Ferien!« Ich halte mein Gesicht in die Sonne und atme tief ein. Ebbe. Der schwül-warme Geruch des Flusses.

»Ich weiß«, sagt sie. »Aber das Ganze würde nur einen Vormittag dauern. Ich hab letztes Jahr schon mal mitgemacht, aber da hatte ich eine Magen-Darm-Grippe und hab nur 1900 Punkte erreicht. Das ist einfach nicht gut genug. Nicht für die Columbia.«

»Kannst du den Test nicht online machen? Da gibt es doch ein paar Seiten, die das anbieten.« Ich gehe gern zur

Schule und ich liebe Nan, aber ich bin fest entschlossen, erst dann wieder an meinen Notendurchschnitt oder irgendwelche Testergebnisse zu denken, sobald es nach den Ferien zur ersten Stunde gongt.

»Das ist nicht dasselbe. In der Schule ist es eine echte Prüfungssituation. Die Bedingungen sind genau die gleichen wie beim eigentlichen Test. Wir könnten zusammen hin. Bitte, Samantha, das würde bestimmt Spaß machen.«

Ich greife lächelnd nach ihrem Shake, um einen Schluck zu probieren. »Das ist deine Vorstellung von Spaß? Wäre es nicht noch lustiger, stattdessen in ein Haifischbecken zu springen?«

»Bitte. Du weißt, dass ich krasse Prüfungsangst habe. Es würde mir helfen, mich unter realen Bedingungen auf so eine Situation vorzubereiten. Und es beruhigt mich immer, wenn ich weiß, dass du da bist. Ich bezahle auch die Teilnahmegebühr für dich. Bitte, bitte, bitte!«

»Okay, ich denk drüber nach«, seufze ich. Mittlerweile sind wir im Club angekommen, wo wir vor Arbeitsantritt noch einige Formulare ausfüllen müssen. Es gibt da allerdings auch noch etwas anderes, das ich klären möchte.

Ich bin ein bisschen nervös, als ich an die Tür von Mr Lennox' Büro klopfe.

»Ja, bitte?«, ruft Mr Lennox. Er wirkt überrascht, als ich den Kopf hereinstrecke.

»Oh, hallo, Ms Reed. Fangen Sie nicht erst nächste Woche bei uns an?«

Ich trete mit leicht schuldbewusster Miene in den Raum und denke – wie jedes Mal –, dass Mr Lennox sich einen kleineren Schreibtisch anschaffen sollte. Er ist ein ziemlich kurz geratener Mann, der hinter der wuchtigen Eichentischplatte immer ein bisschen wie ein kleiner Junge wirkt, der einen Erwachsenen spielt.

»Doch«, sage ich und setze mich in den Stuhl, auf den er deutet. »Ich habe gerade die Formulare ausgefüllt ... und da habe ich mich gefragt, ob ich ... na ja ... Wissen Sie, ich würde nächstes Jahr gern ins Schwimmteam meiner Schule zurückkehren, müsste dafür aber noch ziemlich viel trainieren. Deswegen wollte ich fragen, ob es vielleicht möglich wäre, dass ich immer eine Stunde vor meiner Schicht komme, also bevor die Clubanlage öffnet, um ein paar Bahnen im olympischen Becken zu schwimmen?« Mr Lennox lehnt sich ohne eine Miene zu verziehen in seinem Bürosessel zurück. »Ich könnte natürlich auch im Meer oder im Fluss trainieren«, füge ich hastig hinzu, »aber ich müsste wissen, wie viele Meter ich in welcher Zeit schaffe und das ist im Becken schon einfacher festzustellen.«

Er legt die Fingerspitzen aneinander und hält sie unter seine Nase. »Der Pool öffnet um zehn.«

Ich versuche, nicht enttäuscht in mich zusammenzusinken. Das Wettschwimmen mit Jase neulich Nacht hat mir wahnsinnig viel Spaß gemacht, auch wenn es dabei um nichts gegangen ist. Es war ziemlich schlimm für mich, aus dem Schwimmteam austreten zu müssen. Mom hat darauf bestanden, nachdem ich in Mathe und Chemie von einer Eins auf eine Zwei abgerutscht bin. Aber wenn ich meine Zeit in Zukunft besser einteilen und wirklich alles geben würde ...

»Andererseits«, fährt Mr Lennox fort, »ist Ihre Mutter ein geschätztes Mitglied unseres Vorstands ...« Er nimmt die Hände wieder aus dem Gesicht und entblößt seine Zähne zu einem kleinen Lächeln. »Und Sie selbst sind immer eine absolut zuverlässige und vertrauenswürdige Mitarbeiterin gewesen. Von mir aus können Sie den Pool also gern für Ihr Training benutzen – solange Sie sich an die Hausordnung halten, vorher duschen, eine Badekappe tragen und auf keinen Fall mit irgendjemandem über unsere kleine Abmachung sprechen. Einverstanden?«

Ich springe auf. »Vielen Dank, Mr Lennox! Ganz bestimmt nicht, versprochen. Ich meine, ich tue alles, was Sie gesagt haben. Vielen, vielen Dank.«

Nan erwartet mich draußen und interpretiert mein Strahlen sofort richtig. »Ist dir eigentlich klar, dass Lennox wahrscheinlich das allererste Mal in seinem ganzen Leben etwas erlaubt, was eigentlich gegen die Vorschriften verstößt? Ich weiß nicht, ob ich ihm gratulieren oder ihn weiter bemitleiden soll.«

»Ich will das wirklich, Nan«, sage ich ernst.

»Richtig glücklich bist du nur, wenn du regelmäßig schwimmen kannst. So warst du schon immer«, sagt sie lächelnd und fügt dann wie beiläufig hinzu: »Das Training wird dir guttun. Du wirkst ein bisschen außer Form.«

Ich drehe ihr verblüfft den Kopf zu, aber da ist sie schon ein paar Schritte weiter den Flur hinuntergelaufen.

Am nächsten Tag habe ich Spätschicht im Breakfast Ahoy – von neun bis eins, statt von sechs bis elf. Dadurch habe ich Zeit, mir vorher noch einen Smoothie zu machen, während Mom stirnrunzelnd eine SMS liest. Es ist das erste Mal seit Tagen, dass ich sie mal länger als nur zwischen Tür und Angel sehe, und ich überlege, ob jetzt vielleicht der Moment gekommen ist, ihr von meiner Begegnung mit Clay und der Frau zu erzählen. Als ich mich gerade dazu durchgerungen habe, lässt sie ihr Handy zuschnappen und macht den Kühlschrank auf. Dabei klopft sie ungeduldig mit der Spitze ihrer Sandale auf den Boden. Das macht sie immer, wenn sie vor dem Kühlschrank steht, als würde sie erwarten, dass die Schale mit den Erdbeeren schreit: »Iss mich!«, oder der Orangensaft herausspringt und sich selbst in ein Glas ergießt.

Klopf-klopf-klopf.

Außerdem ist das ihre Lieblingstaktik, um andere zum Reden zu bringen, weil niemand diese »laute Stille« lange aushält. Ich setze gerade zum Sprechen an, aber zu meiner Überraschung ergreift Mom zuerst das Wort.

»Ich habe über dich nachgedacht, Schatz.«

Irgendetwas an der Art, wie sie das sagt, reizt mich. »Über meinen straffen Zeitplan für die Sommerferien?«, frage ich spitz und habe sofort ein schlechtes Gewissen.

Mom nimmt eine Packung Eier aus dem Fach in der Tür, starrt sie einen Moment lang an und stellt sie dann wieder zurück.

»Allerdings. Ich werde all meine Kraft und Energie in diesen Wahlkampf stecken müssen, Samantha. Es ist nicht wie bei meiner ersten Kandidatur, als mein einziger Gegner dieser durchgeknallte Liberale war. Wenn ich nicht hundertprozentigen Einsatz bringe, könnte ich meinen Sitz verlieren. Deswegen bin ich auch so froh darüber, Clay zu haben. Ich muss mich ganz auf meine Arbeit konzentrieren und mich darauf verlassen können, dass ihr Mädchen versorgt seid. Tracy ...« Das Klopfen wird schneller. »Nun ... Clay meint, ich solle mir keine Sorgen machen. Sie ziehen lassen. Im Herbst wird sie sowieso aufs College gehen. Aber du ... Gott, wie soll ich dir das erklären, damit du es auch wirklich verstehst?«

»Ich bin siebzehn, Mom. Ich verstehe *alles*.« Wieder sehe ich Clay mit dieser anderen Frau vor mir. Wie soll ich das

Thema jetzt noch darauf bringen? Ich greife an ihr vorbei nach den Erdbeeren.

Mom streicht mir über die Wange. »Immer wenn du solche Dinge sagst, wird mir wieder bewusst, wie jung du noch bist.« Ihr Blick wird weich. »Es wird bestimmt nicht einfach für dich, dich daran zu gewöhnen, dass Tracy weg ist. Für mich auch nicht. Es wird still hier werden. Du verstehst doch, dass ich den ganzen Sommer über hart arbeiten muss, nicht wahr, Schatz?«

Ich nicke. Schon jetzt wirkt das Haus ohne Tracys schiefes Gesinge unter der Dusche oder das Trampeln ihrer Absätze auf der Treppe merkwürdig still.

Mom nimmt die Kanne mit dem gefilterten Wasser aus dem Kühlschrank und füllt den Teekessel. »Clay sagt, ich bin zu Höherem bestimmt.« Sie lacht nervös. »Er traut mir zu, das Zeug dazu zu haben, eine wirklich einflussreiche Politikerin zu werden, mehr zu sein, als eine Frau mit ererbtem Vermögen, die sich ihren Weg an die Macht erkauft hat.«

Nachdem Mom die Wahl gewonnen und Senatorin geworden war, waren einige Artikel erschienen, in denen genau das behauptet worden war. Ich zuckte jedes Mal innerlich zusammen, wenn ich einen von ihnen las und versteckte die Zeitung dann in der Hoffnung, Mom würde sie nie zu Gesicht bekommen. Aber natürlich hat sie sie ebenfalls gelesen.

»Es ist so lange her, seit mich das letzte Mal jemand wirklich so gesehen hat, wie ich bin«, sagt sie plötzlich und hält die Kanne mit dem gefilterten Wasser reglos in der Hand. »Dein Vater ... Tja. Ich habe mir zumindest eingebildet, er wüsste, wer ich wirklich bin. Aber nach ihm ... die Zeit vergeht, man wird älter ... und niemand achtet mehr auf einen.

Du und Tracy ... Sie geht im Herbst aufs College und in einem Jahr bist du so weit. Was wird dann aus mir? Habe ich nicht auch ein Recht darauf, glücklich zu sein? Clay hat kein Problem damit, dass ich zwei fast erwachsene Töchter habe. Er *sieht* mich, Samantha. Ich kann dir gar nicht sagen, wie gut sich das anfühlt.« Sie dreht sich um und schaut mich mit einem Leuchten in den Augen an, das ich noch nie an ihr gesehen habe.

Wie kann ich da sagen: »Äh ... Mom ... ich glaube, er ›sieht‹ auch noch eine andere?«

Meine Gedanken wandern zu Jase. Bei ihm habe ich das Gefühl, dass er mich versteht, ohne dass ich viel erklären muss. Geht es Mom mit Clay genauso? *Bitte lass ihn kein fieser Herzensbrecher sein.*

»Ich freue mich für dich, Mom.« Ich drücke auf den Schalter am Mixer und die Küche wird vom Geräusch der sich pulverisierenden Erdbeeren und Eiswürfel erfüllt.

Sie streicht mir die Haare aus dem Gesicht, dann stellt sie das gefilterte Wasser ab und bleibt neben mir stehen, bis ich den Mixer ausschalte. Eine Weile ist es still.

»Ihr beide – du und Tracy«, sagt sie schließlich mit belegter Stimme, »ihr seid das Beste, das mir je passiert ist. Aber es gibt noch andere Dinge im Leben, die wichtig sind. Ich will nicht, dass ihr das einzig Gute gewesen seid, was mir jemals widerfährt. Ich möchte ...« Sie verstummt, und als ich sie anschaue, ist ihr Blick in die Ferne gerichtet, auf einen Punkt, den ich nicht sehen kann. Auf einmal habe ich Angst um sie. Mit diesem verträumten Ausdruck im Gesicht wirkt sie fast wie eine Fremde auf mich – nicht wie meine Mutter, die strenge Staubsauger-Königin, die die Garretts und alles, was in ihren Augen nicht perfekt ist, mit missbilligenden Blicken bedenkt. Ich habe Clay erst zweimal getroffen. Soweit ich es beurteilen kann, ist er charmant, aber das scheint mein Dad auch gewesen zu sein. Mom hat das immer mit einer gewissen Bitterkeit gesagt – »Euer Vater war *charmant*« –, als wäre Charme eine illegale Droge, die er ihr verabreicht hat, um ihr den Kopf zu verdrehen.

Ich räuspere mich. »Sag mal«, frage ich in einem Ton, der hoffentlich ganz beiläufig klingt, »wie gut kennst du Clay Tucker eigentlich?«

Mom sieht mich stirnrunzelnd an. »Warum fragst du, Samantha?«

Genau aus dem Grund halte ich meistens den Mund. *Verdammt.* Ich drücke mit der gewölbten Seite meines Löffels eine dem Mixer entwischte Erdbeere in meinem Smoothie an die Wand des Glases. »Ich hab mich nur gefragt. Er wirkt ...«

Wie jemand, der dich unglücklich machen wird? Jünger? Vermutlich nicht gerade die taktvollste Methode, das Thema zu eröffnen. Gibt es überhaupt eine taktvolle Methode?

Also beende ich meinen Satz gar nicht – was normalerweise Moms Taktik ist, um uns dazu zu bringen, ihr *alles* zu erzählen. Unglaublicherweise funktioniert es auch umgekehrt.

»Eines weiß ich jedenfalls – für einen noch relativ jungen Mann, wie er es ist, hat er im Leben schon ziemlich viel erreicht. Im letzten Wahlkampf hat er die Republikaner beraten und George W. Bush regelmäßig auf seiner Ranch in Crawford besucht ...«

Oh Gott, bitte nicht. Tracy hat Mom früher immer wegen des ehrfürchtigen Tonfalls aufgezogen, den ihre Stimme jedes Mal bekam, wenn sie den Namen unseres ehemaligen Präsidenten in den Mund nahm – »Mom ist in den Präsidenten verliebt! Mom ist in den Präsidenten verliebt«. Ich fand die Vorstellung immer viel zu gruselig, um sie damit zu necken.

»Clay Tucker ist ein extrem einflussreicher Mann«, sagt Mom jetzt. »Ich kann es noch gar nicht fassen, dass er seine kostbare Zeit tatsächlich meinem kleinen Wahlkampf opfert.«

Ich stelle die Erdbeeren in den Kühlschrank zurück und stochere in meinem Smoothie weiter nach Früchten, die dem Mixer entkommen sind. »Was hat ihn nach Stony Bay verschlagen?«

Hat er zufällig auch seine Frau mitgebracht?

»Er hat seinen Eltern ein Sommerhaus auf Seashell Island gekauft.« Mom öffnet den Kühlschrank und stellt die Erdbeeren vom zweiten Fach, wo ich sie hingetan habe, ins dritte Fach. »Du weißt schon, diese kleine Insel flussabwärts. Er war völlig überarbeitet und hatte eigentlich vor, sich hier eine kleine Auszeit zu nehmen.« Sie lächelt. »Dann hat er von meiner Kandidatur gehört und konnte nicht anders, als mir seine Dienste anzubieten.«

Ja, seine Liebesdienste. Oder ist er womöglich eine Art Geheimagent, der auf der Suche nach dunklen Flecken in ihrer Vergangenheit stochern soll? Aber da würde er vergeblich suchen. Mom hat nicht eine einzige Leiche im Keller.

»Ist das denn okay?« Ich fische eine ganze Erdbeere heraus und stecke sie mir in den Mund. »Ich meine, dass ihr ... dass ihr was miteinander habt und er gleichzeitig dein Berater ist? Ich dachte, das wäre ein absolutes Tabu.«

Mom ist normalerweise immer sehr darauf bedacht, ihr politisches Engagement von ihrem Privatleben zu trennen. Vor ein paar Jahren hatte Tracy einmal vergessen, Geld mitzunehmen, um den Eintritt für die Rollerdisco zu bezahlen, aber der Besitzer, ein glühender Anhänger von Mom, meinte, das sei überhaupt kein Problem, und ließ sie umsonst rein. Am nächsten Tag ging Mom sofort mit Tracy dort vorbei und zahlte den vollen Preis, obwohl Tracy mit ihrem Schülerausweis eigentlich sogar Anspruch auf eine Ermäßigung gehabt hätte.

Mom zieht die Brauen zusammen. »Wir sind zwei erwachsene Menschen, Samantha, und beide ungebunden. Wir tun also nichts Verbotenes.« Sie reckt das Kinn leicht in die Höhe und verschränkt die Arme vor der Brust. »Außerdem gefällt mir dein Ton nicht.«

»Ich ...« Aber da ist sie schon zur Abstellkammer gegangen und hat den Staubsauger herausgeholt. Kurz darauf erfüllt sein vertrautes Dröhnen das Haus.

Ich rühre wieder in meinem Smoothie und grüble darüber nach, wie ich das Ganze geschickter hätte angehen können. Als ich mit Michael und Charley zusammen war, hat Mom praktisch ihre komplette Leben durchleuchtet, bevor ich ihre Okay bekommen habe, von einigen der noch viel fragwürdigeren Typen, mit denen Tracy sich eingelassen hat, ganz zu schweigen. Aber wenn es um sie selbst geht ...

Plötzlich gibt der Staubsauger ein gutturales Stottern von sich und verstummt. Mom schüttelt ihn, schaltet ihn aus und wieder an, versucht es noch mal – nichts.

»Samantha!«, ruft sie. »Hast du eine Erklärung dafür, was mit dem Staubsauger los ist?« Was, wie ich aus jahrelanger Erfahrung weiß, so viel heißt wie: »Bist du dafür verantwortlich?«

»Nein, Mom. Du weißt, dass ich ihn nicht anrühre.«

Sie schüttelt ihn noch einmal anklagend. »Gestern Abend hat er aber noch einwandfrei funktioniert.«

»Ich habe ihn nicht benutzt, Mom.«

»Das hat mir gerade noch gefehlt, dass das Ding den Geist

aufgibt!«, fängt sie plötzlich an zu schreien. »Ausgerechnet heute! Clay kommt mit ein paar potenziellen Geldgebern für den Wahlkampf zum Abendessen, und das Zimmer ist erst halb fertig.« Sie knallt den Staubsauger auf den Boden.

Das Wohnzimmer ist wie immer in tadellosem Zustand. Man sieht noch nicht einmal, welche Seite sie gerade gesaugt hat. »Mom. Es ist blitzsauber. Keiner wird irgendetwas merken.«

Sie verpasst dem Staubsauger einen Tritt und sieht mich wütend an. »Aber *ich* werde es wissen.«

Okay.

»Mom …« Ich bin ihre Ausbrüche gewohnt, aber der Aufstand, den sie jetzt veranstaltet, kommt mir völlig übertrieben vor.

Ohne Vorwarnung reißt sie das Kabel plötzlich aus der Steckdose, hievt den Staubsauger hoch, geht durchs Zimmer, öffnet die Tür und wirft ihn nach draußen. Er landet krachend im Vorgarten. Ich starre sie an.

»Müsstest du nicht schon längst im Breakfast Ahoy sein, Samantha?«

Elftes Kapitel

Der Tag – wie sollte es anders sein – geht genauso mies weiter, wie er angefangen hat. Kaum bin ich zur Schicht im Breakfast Ahoy angetreten, kommen Charley Tyler und ein paar andere Jungs aus der Schule rein. Charley und ich haben uns im Guten getrennt, was ihn offenbar glauben lässt, er könnte ungestraft Kommentare à la »Ahoi, scharfe Meerjungfrau. Lust, auf meinen Hauptmast zu klettern?« von sich geben. Natürlich setzen sie sich an einen von meinen Tischen, Tisch acht, um genau zu sein, und schicken mich für jede Kleinigkeit extra los – mehr Wasser, noch etwas Butter, eine neue Flasche Ketchup –, einfach nur, weil sie es können.

Wenigstens geben sie großzügig Trinkgeld, als sie endlich zahlen. Charley zwinkert mir im Gehen lächelnd zu und setzt auf die Wirkung seiner Grübchen. »Das Hauptmast-Angebot steht immer noch, Babe.«

»Zieh Leine, Charley.«

Ich räume ihren komplett zugemüllten Tisch ab, als mich jemand an meinem Rockbund zupft.

»Hey, Sammy.«

Tim ist unrasiert, seine kastanienbraunen Haare sind total zerwühlt, und er trägt noch genau dieselbe Flanellpyjamahose, die er schon anhatte, als ich ihn das letzte Mal gesehen habe – und das bei dieser Hitze. Es ist nicht zu übersehen, dass sie schon länger keine Waschmaschine mehr von innen gesehen hat.

»Ich bräuchte mal ein bisschen Kohle, Bonzentöchter-chen.«

Das tut weh. Tim weiß, oder wusste zumindest mal, wie sehr ich diese Bezeichnung hasse, mit der mich meine Kon-kurrentinnen aus den gegnerischen Schwimmteams bei Wettkämpfen gern bedacht haben.

»Von mir bekommst du nichts, Tim.«

»Weil ich dein kostbares Geld sowieso ›bloß für Fusel verpulvern würde‹, stimmt's?«, äfft er sarkastisch einen von Moms Standardkommentaren nach, den sie früher immer abgelassen hat, wenn wir bei Ausflügen nach New Haven an Obdachlosen vorbeikamen. »Aber hey, das stimmt nicht. Ich könnte damit auch Gras besorgen. Oder, wenn ich Glück habe und du dich großzügig zeigst, Koks. Da würde das Wort ›verpulvern‹ noch besser passen! Komm schon. Fünfzig würden mir reichen.«

Er lehnt sich neben mich an die Theke, legt bittend die Hände aneinander und sieht mich mit Hundeblick an.

Wir fechten ein stummes Blickduell aus. Dann greift er plötzlich ohne Vorwarnung in meine Rocktasche, in der ich mein Trinkgeld aufbewahre. »Du brauchst die Kohle doch noch nicht mal. Scheiße, Sammy, wozu gehst du überhaupt arbeiten? Gib mir einfach ein paar Scheine.«

Ich mache mich so heftig von ihm los, dass ich Angst habe, der billige Stoff des Rocks könnte reißen. »Tim! Was soll das? Du weißt genau, dass ich dir kein Geld gebe.«

Er sieht mich kopfschüttelnd an. »Du warst mal echt cool. Wann ist aus dir so eine Scheißzicke geworden?«

»In dem Moment, in dem du dich in ein komplettes Arschloch verwandelt hast.« Ich stürme mit meinem Tablett

voller schmutzigem Geschirr an ihm vorbei. Tränen schießen mir in die Augen. *Jetzt bloß nicht weinen!*, denke ich.
Aber es hat nun einmal eine Zeit gegeben, in der mich niemand so gut kannte wie Tim.

»Ärger?«, fragt Ernesto, der Koch, und schaut von den
sechs Pfannen auf, in denen gerade gleichzeitig irgendwelche fetten Sachen brutzeln. Das Breakfast Ahoy ist kein Bio-
Restaurant.

»Ach, bloß so ein Idiot, der glaubte, seine schlechte Laune
an mir auslassen zu müssen.« Ich stelle die Teller klappernd
auf den Geschirrwagen.

»Es ist immer dasselbe. In dieser verdammten Scheiß-
stadt wimmelt es nur so von Vollidioten, die mit einem verdammten Silberlöffel im Mund zur Welt gekommen sind
und sich einbilden …«

Ups. Da habe ich wohl versehentlich eines der Themen
angestoßen, über die Ernesto sich am liebsten aufregt. Ich
blende seine Schimpftirade aus, straffe die Schultern und
gehe wieder in den Restaurantbereich zu Tim, der jedoch
gerade mit wehender karierter Pyjamahose aus der Tür
stampft und sie hinter sich zuschlägt. Auf dem Tisch, an
dem ich vor ein paar Minuten einen Gast abkassiert habe,
und auf dem Boden liegen noch ein paar Münzen. Der Rest
meines Trinkgelds ist weg.

Es gab da mal einen Tag in der siebten Klasse, ein paar
Wochen vor Tims Rausschmiss von der Schule, als ich mein
Geld fürs Mittagessen vergessen hatte und in der Pause nach
Tracy oder Nan suchte. Stattdessen lief ich Tim in die Arme,
der gerade mit ein paar als Hardcorekiffer verschrienen älte-
ren Schülern im Gebüsch hockte. Tim hatte bis dahin, je-
denfalls soweit ich weiß, genauso wenig Erfahrung mit dem
Zeug gehabt wie Nan und ich. Der Anführer der Clique war

Drake Marcos, ein dauerbreiter Zwölftklässler, dessen Gefolge immer genauso zugedröhnt war wie er. Nicht gerade die Art von Qualifikation, mit der man in der College-Bewerbung punkten kann.

»Wen haben wir denn da?«, rief er, als er mich kommen sah. »Die kleine Schwester von Tracy Reed. Warum setzt du dich nicht zu uns, Tracy-Reeds-Schwester. Du wirkst gestresst. Ich hätte da was, davon wirst du totaaal locker.« Die anderen lachten, als hätte er einen Mörderwitz gerissen. Ich schaute Tim an, der auf seine Füße starrte.

»Trau dich mal was, Tracy-Reeds-Schwester.« Drake wedelte mit einem Tütchen – keine Ahnung, was drin war – in meine Richtung.

Ich murmelte irgendetwas, von wegen ich sei spät dran und müsste in meinen nächsten Kurs, was Drake vom unterwürfigen Gekicher seiner Groupies untermalt genüsslich ins Lächerliche zog.

Ich ging weiter, dann drehte ich mich noch einmal um und rief Tim, der immer noch auf seine Schuhe starrte, ein »Kommst du mit?« zu.

Endlich hob er den Blick und sah mich an. »Leck mich, Samantha.«

Zwölftes Kapitel

Es dauert eine Weile, bis ich Tims Auftritt verdaut habe, aber im Breakfast Ahoy ist wie immer die Hölle los, sodass ich irgendwann schlicht keine Zeit mehr habe, mir weiter den Kopf darüber zu zerbrechen.

Aber das hilft nichts. Irgendwie ist heute der Wurm drin.

Kurz bevor meine Schicht zu Ende ist, muss ich mich auch noch mit einer Frau herumschlagen, die sich mit ihrem Cockapoo – einer Kreuzung aus Cockerspaniel und Pudel – zu einem Mann mit zwei extrem ungezogenen Kindern an den Tisch setzt (die mich mit Zuckertütchen bewerfen und Senf in den Serviettenspender spritzen), und sich wahnsinnig aufregt, als ich sie höflich bitte, den Hund draußen anzuleinen. Und als ich auf dem Nachhauseweg meine Mailbox abhöre, ist eine Nachricht von Mom drauf, die immer noch ziemlich verschnupft klingt und mich damit beauftragt, das Haus zu putzen. *»Und zwar gründlich! Ich will, dass alles picobello sauber ist. Ach, und es wäre mir recht, wenn du dich heute Abend rar machen könntest, da Clay, wie schon gesagt, ein paar potenzielle Sponsoren zum Essen mitbringt.«*

Meine Mutter hat mich noch nie darum gebeten, mich »rar zu machen«. Liegt es daran, dass ich nach Clay gefragt habe? Darüber nachgrübelnd gehe ich die Einfahrt hoch, als ich den Staubsauger sehe, der immer noch wie eine seltsame Kunstinstallation in unserem Vorgarten liegt.

»Alles okay, Samantha?«, ruft Jase über den Zaun. »Du siehst aus, als hätte draußen auf hoher See heute ein rauer Wind geweht.«

»Keine Matrosensprüche bitte. Glaub mir, ich kenne sie alle.«

Er kommt lächelnd rüber. Das weiße T-Shirt, das er heute anhat, bringt seine gebräunte Haut noch besser zur Geltung. »Das glaub ich dir aufs Wort. Aber im Ernst, ist alles in Ordnung mit dir? Du sieht wirklich ziemlich durch den Wind aus.«

Ich erzähle ihm von Moms Auftrag, das Haus zu putzen und mich heute Abend vor ihren Gästen nicht blicken zu lassen. »Und zu allem Überfluss ist der hier«, ich verpasse dem Staubsauger einen Tritt, »auch noch kaputt.«

»Ich kann ihn mir mal ansehen, vielleicht krieg ich ihn ja wieder hin. Moment – ich hol schnell mein Werkzeug.« Bevor ich noch etwas sagen kann, ist er schon davongejoggt. Ich gehe ins Haus, entledige mich meiner unsäglichen Arbeitsklamotten und schlüpfe stattdessen in ein hellblaues Strandkleid. Als Jase an die Fliegengittertür klopft, schenke ich gerade Limonade ein.

»In der Küche!«

Er kommt herein und trägt den Staubsauger wie ein schwerverletztes Unfallopfer in den Armen. »Was gibt's denn hier noch zu putzen?«, fragt er, nachdem er sich kurz stirnrunzelnd umgeschaut hat. »Sauberer und ordentlicher geht es doch gar nicht.«

»Meine Mutter ist in der Hinsicht ein bisschen eigen.«

Jase nickt und zieht eine Braue hoch, sagt aber nichts. Stattdessen stellt er den Staubsauger ab, rollt seine Werkzeugtasche auf und macht sich an die Arbeit. Ich starre seine Oberarmmuskeln an und habe plötzlich ein so heftiges Verlangen danach, sie kurz zu berühren, dass es mir Angst macht. Um mich abzulenken, sprühe ich die Arbeitsfläche mit Desinfektionsreiniger ein und mache mich mit Küchentüchern darüber her.

Jase hat den Staubsauger in weniger als fünf Minuten wieder zum Laufen bekommen. Der Übeltäter war wohl einer von Clays Manschettenknöpfen, der die Düse blockiert hatte. Ich verdränge das Bild, das mir sofort vor Augen steht: Mom, die ihrem jungen Liebhaber das Hemd vom Körper zerrt und dabei den Knopf abreißt. Dann hilft Jase mir, das klinisch saubere Untergeschoss noch mal zu putzen.

»Ist irgendwie unbefriedigend, wenn sowieso schon alles porentief rein ist«, sagt er, während er die Polster eines Sessels absaugt und ich die bereits symmetrisch ausgerichteten Sofakissen zurechtrücke. »Vielleicht sollten wir George und Patsy rüberholen und sie hier erst mit Fingerfarbe spielen und Brownies backen lassen, damit es wirklich was zum Saubermachen gibt.«

Als wir fertig sind, fragt er: »Wann musst du abends eigentlich immer so zu Hause sein?«

»Um elf«, sage ich und bin etwas verwirrt, weil es erst früher Nachmittag ist.

»Hol dein Badezeug.«

»Und dann?«

»Du sollst dich doch vom Acker machen, oder? Komm zu mir und der Rasselbande rüber, dann überlegen wir uns was.«

Der Unterschied zwischen dem Garten der Garretts im Vergleich zu unserem ist ähnlich krass wie der Übergang von den Schwarz-Weiß-Sequenzen zu den Technicolor-Bildern in *Der Zauberer von Oz*. Alice wirft mit irgendeinem Typen ein Frisbee hin und her. Vom Pool dringt Gelächter und Gekreische herüber. Harry spielt mit sich alleine Softball, benutzt dazu allerdings keinen Baseball-, sondern einen Tennisschläger. Als wir kommen, lässt Alice das Frisbee in Jase Richtung fliegen, der es mühelos auffängt und ihrem Freund zuwirft – es ist aber nicht Cleve, der angeblich von Anfang an Bescheid wusste –, sondern ein bulliger Typ, Marke Quarterback. Vom Pool höre ich Mrs Garrett rufen: »George! Was hab ich dir gesagt? Du sollst da nicht reinpinkeln!«

Plötzlich fliegt die Verandatür auf und Andy kommt mit ungefähr fünf verschiedenen Badeanzügen und Bikinis in den Händen nach draußen gestürmt. »Alice! Du *musst* mir helfen.«

Alice verdreht die Augen. »Such dir einfach einen aus, Andy. Wieso veranstaltest du überhaupt so ein Drama? Ist doch bloß ein Date.«

Andy, eine hübsche Vierzehnjährige mit Zahnspange, schüttelt den Kopf und sieht aus, als würde sie gleich in Tränen ausbrechen. »Ich treffe mich mit Kyle! Mit Kyle, Alice! Und überhaupt ist das das erste Date in meinem ganzen Leben und du ... du willst mir noch nicht mal helfen. Das ist so was von gemein.«

»Was ist los, Ands?« Jase geht zu ihr rüber.

»Du kennst doch Kyle Comstock, oder? Der aus dem Segelkurs. Wegen dem ich praktisch ständig das Boot zum Kentern bringe, weil ich mir die ganze Zeit den Kopf nach ihm verrenke. Heute hat er mich gefragt, ob wir zusammen an den Strand gehen und danach noch ins Clam Shack.

Aber Alice weigert sich, mir zu helfen, was zum Anziehen auszusuchen, und Mom sagt nur, dass ich die Sonnencreme nicht vergessen soll.«

Alice stöhnt genervt. »Komm, Brad. Zeit für 'ne Abkühlung.« Sie und der Quarterback steuern den Pool an.

Jase stellt mich Andy vor, die mich mit großen haselnussbraunen Augen ansieht. »Kannst *du* mir vielleicht helfen? Ich meine, stell dir das mal vor. Ich hab das allererste Date meines Lebens und muss dem Typen *in Badesachen* gegenübertreten! Das ist die Hölle! So was dürfte eigentlich gar nicht erlaubt sein.«

»Stimmt«, gebe ich ihr recht. »Okay, dann lass mal sehen, was wir zur Auswahl haben.«

Andy breitet die Sachen auf dem Boden aus. »Drei Badeanzüge und zwei Bikinis. Mom meint, Bikini geht gar nicht. Was denkst du, Jase?«

»Kein Bikini beim ersten Date.« Er nickt. »Ich bin mir sicher, dass das eine eiserne Regel ist. Oder sein sollte. Jedenfalls für meine Schwester.«

»Wie ist er denn so?«, frage ich, während ich die Sachen inspiziere.

»Kyle? Oh, na ja – perfekt?« Sie macht eine vage Handbewegung.

»Vielleicht solltest du das etwas präzisieren, Ands«, sagt Jase trocken.

»Witzig. Sportlich. Beliebt. Süß. Aber er benimmt sich nicht so, als wüsste er es. Er ist der Typ, der alle zum Lachen bringt, ohne dass er sich dafür anstrengen muss.«

»Okay, dann nimm den da.« Ich zeige auf einen roten Speedo-Badeanzug.

»Ja? Cool, danke! Und nach dem Schwimmen? Soll ich dann ein Kleid anziehen? Soll ich mich schminken? Was soll ich überhaupt mit ihm reden? Warum hab ich bloß Ja gesagt? Außerdem finde ich Muscheln total eklig!«

»Im Clam Shack gibt's auch Hotdogs«, sagt Jase. »Sind sowieso billiger. Er wird das zu schätzen wissen.«

»Auf keinen Fall schminken«, füge ich hinzu. »Das hast du nicht nötig. Erst recht nicht nach dem Strand. Mach dir einfach ein bisschen Conditioner in die Haare, damit sie den Wet-Look behalten. Ein Kleid ist gut. Und stell ihm viele Fragen, du weißt schon – was er außer Segeln sonst gerne macht, was für Musik er hört und so weiter. Dann musst du selbst gar nicht so viel reden.«

»Danke! Du hast mir gerade das Leben gerettet! Das vergesse ich dir nie«, ruft Andy strahlend und läuft ins Haus zurück.

»Interessant«, raunt Jase mir zu. »Warum hast du dich für den roten Speedo entschieden?«

»Sie hat gesagt, dass er sportlich ist«, antworte ich. Der Klang seiner Stimme so dicht an meinem Ohr löst ein Prickeln in meinem Nacken aus. »Außerdem passt rot super zu ihren dunklen Haaren und ihrer gebräunten Haut. Wahrscheinlich bin ich neidisch. Meine Mutter sagt, Blondinen können kein Rot tragen.«

»Und ich dachte, Sailor Moon kann alles.« Jase öffnet die Tür zur Küche und winkt mich rein.

»Meine Supergirlkräfte sind leider begrenzt.«

»Kannst du dafür sorgen, dass dieser Kyle Comstock ein anständiger Kerl ist? Das wäre eine nützliche Kraft.«

»Schön wär's«, seufze ich. »Die könnte ich dringend selbst für den Freund meiner Mutter gebrauchen.«

Ohne noch ein weiteres Wort zu verlieren, geht Jase die Treppe zu seinem Zimmer hoch, und ich folge ihm wie eine hypnotisierte Kobra dem Schlangenbeschwörer den

Flur entlang, wo uns Duff entgegengerannt kommt, der ziemlich aufgelöst aussieht. Er hat die Garrett'schen braunen Haare, die ihm fast bis zum Kinn reichen, und grüne Augen, ist ein bisschen kräftiger gebaut als Jase und um einiges kleiner.

»Voldemort ist weg«, ruft er atemlos.

»Shit«, murmelt Jase besorgt, und während ich mich noch frage, ob die beiden so leidenschaftliche Harry-Potter-Fans sind, dass ihnen die Bücher wirklich so nahe gehen, fragt er: »Hast du ihn aus dem Terrarium geholt?« und ist in zwei Schritten an seiner Zimmertür.

»Nur ganz kurz, um nachzusehen, wie lange es noch dauert, bis er sich komplett gehäutet hat.«

»Das war eine ziemlich blöde Idee, Duff, und das weißt du auch.« Jase kniet sich auf den Boden und späht unter sein Bett und unter seinen Schreibtisch.

»Voldemort ist ...?«, frage ich Duff.

»Jase' Kornnatter. Ich hab sie so getauft.«

Es kostet mich meine ganze Selbstbeherrschung, nicht kreischend auf den Schreibtisch zu klettern. Jase sucht mittlerweile im Wandschrank. »Er mag Schuhe«, erklärt er mir über die Schulter gewandt.

Voldemort, die Kornnatter mit dem Schuh-Fetisch. Wunderbar.

»Soll ich Mom holen gehen?« Duff steht sprungbereit in der Tür.

»Nein, hab ihn schon.« Jase taucht mit der orange-weiß-schwarz gemusterten Schlange, die sich um sein Handgelenk geringelt hat, aus den Tiefen des Kleiderschranks auf. Ich weiche ein paar Schritte zurück.

»Keine Sorge, Samantha. Er ist extrem scheu und völlig harmlos. Stimmt's, Duff?«

»Stimmt.« Duff sieht mich ernst an. »Kornnattern werden als Haustiere komplett falsch eingeschätzt. In Wirklichkeit sind sie nämlich total sanftmütig und intelligent. Sie haben bloß einen schlechten Ruf. So wie Ratten und Wölfe.«

»Sicher«, murmle ich und beobachte, wie Jase die Schlange behutsam von seinem Arm wickelt und in den Glaskasten legt, wo sie sich zu einem großen, tödlich aussehenden Armreif zusammenrollt.

»Wenn du willst, kann ich dir aus dem Internet ein paar Infos über Kornnattern ausdrucken«, bietet Duff mir an. »Das einzig Unangenehme ist, dass sie in Stresssituationen manchmal ihren Darm entleeren.«

»Duff, bitte. Mach die Biege«, sagt Jase.

Duff lässt den Kopf hängen und geht. Kurz darauf kommt Joel ins Zimmer. Er trägt ein enges schwarzes T-Shirt, noch engere schwarze Jeans und sieht ziemlich sauer aus.

»Ich dachte, du hättest sie wieder zum Laufen gebracht. In zehn Minuten muss ich Giselle abholen.«

»Hab ich auch«, sagte Jase.

»Sie tut's aber nicht, Alter.«

Jase wirft mir einen entschuldigenden Blick zu. »Das Motorrad«, erklärt er seufzend und bedeutet mir, kurz mitzukommen.

Auch diesmal dauert es nur wenige Minuten und ein paar routinierte Handgriffe mit dem Schraubenzieher, bis Jase die Maschine wieder zum Leben erweckt hat. Joel schwingt sich drauf, sagt irgendwas, das ein Danke sein könnte, aber vom lauten Röhren des Motors verschluckt wird, und rast davon.

»Wo hast du das alles gelernt?«, frage ich Jase, als er seine ölverschmierten Hände an einem Fetzen Stoff aus seinem Werkzeugkasten abwischt.

»Alles?«, wiederholt er nachdenklich.

»Na ja, alle möglichen Dinge zu reparieren …« Ich zeige in die Richtung, in die Joel mit dem Motorrad verschwunden ist, dann zu unserem Haus, womit ich den Staubsauger meine.

»Mein Dad hat einen Baumarkt. Das verschafft mir einen gewissen Vorteil.«

»Dein Dad ist aber auch Joels Dad«, entgegne ich. »Trotzdem bist du derjenige, der das Motorrad repariert. Und der sich um die ganzen Tiere kümmert.«

Jase sieht mich an und senkt dann den Blick. »Wahrscheinlich hat das was damit zu tun, dass ich Dinge mag, die Zeit und viel Zuwendung brauchen. Scheint mir irgendwie lohnenswerter zu sein.«

Ich weiß selbst nicht warum, aber ich werde rot.

In dem Moment kommt Harry angelaufen und ruft: »Bringst du mir jetzt bei, wie man einen Köpfer rückwärts macht, Sailor Moon? Jetzt? Jetzt gleich?«

»Harry. Samantha hat jetzt keine …«

»Kein Problem«, sage ich, froh darüber, etwas zu tun zu haben, statt vor Verlegenheit mitten in der Einfahrt im Erdboden zu versinken. »Ich hole nur schnell meinen Badeanzug.«

Harry ist ein begeisterter Schüler, auch wenn seine Kopfsprünge meistens immer noch in Bauchplatschern enden, und bettelt nach jedem Sprung von Neuem, ihm noch mal den Rückwärtsköpfer zu zeigen, während Mrs Garrett am flachen Ende mit George und Patsy planscht. Jase schwimmt ein paar Bahnen, dann steigt er aus dem Pool, setzt sich auf den Rasen und schaut uns zu. Alice und ihr Brad sind offensichtlich woanders hingegangen.

»Hast du gewusst, dass Killerwale normalerweise keine Menschen töten?«, fragt George vom Beckenrand aus.

»Hab ich schon mal was von gehört, ja.«

»Wir schmecken denen nämlich nicht. Und hast du gewusst, dass die gefährlichsten Haie für Menschen der Weiße Hai, der Hammerhai und der Stierhai sind?«

»Ja, das wusste ich, George«, sage ich, während ich eine Hand auf Harrys Rücken lege, um seine Haltung zu korrigieren.

»Aber hier im Pool sind keine Haie«, sagt Jase.

»Jase, was meinst du? Ob wir später vielleicht alle im Clam Shack zu Abend essen sollten, damit wir ein Auge auf Andy haben können?«, fragt Mrs Garrett.

»Damit würden wir sie doch bis auf die Knochen blamieren, Mom.« Jase stützt sich auf die Ellbogen.

»Ich weiß, aber sie ist doch erst vierzehn! Selbst Alice war bei ihrem ersten Date immerhin fünfzehn.«

Er schließt die Augen. »Mom. Du hast gesagt, dass ich diese Woche nicht mehr babysitten muss. Und Samantha ist heute auch nicht dran.«

Mrs Garrett runzelt die Stirn. »Andy ist noch so ... jung und unbedarft für ihr Alter. Und ich weiß überhaupt nichts über diesen Comstock-Jungen.«

Jase seufzt und wirft mir einen Blick zu.

»Jase und ich könnten beim Clam Shack vorbeifahren und einen Blick auf ihn werfen«, schlage ich vor. »Ganz unauffällig. Wäre das okay?«

Mrs Garrett strahlt mich an.

»Ein Undercover-Date?«, sagt Jase skeptisch, nickt dann aber. »Könnte funktionieren. Hast du für solche Fälle auch ein spezielles Superheldinnenkostüm, Samantha?«

Ich bespritze ihn mit Wasser und freue mich insgeheim, dass er es ein »Date« genannt hat. Tief in mir drin bin ich genauso jung und unbedarft wie Andy.

»Jedenfalls kein Lara-Croft-Outfit, falls du darauf gehofft haben solltest.«

»Schade«, grinst er und bespritzt mich auch mit Wasser.

Dreizehntes Kapitel

Kurz darauf biegt ein großer attraktiver Mann mit einer leidgeprüften Miene in einem schwarzen BMW in die Einfahrt. Es ist offensichtlich Kyle Comstocks Vater, der für seinen Sohn den Chauffeur spielt, denn Kyle steigt aus und kommt in den Garten, um Andy abzuholen. Er sieht süß aus, hat dunkelblonde Locken und ein ansteckendes Lächeln, dem auch eine Zahnspange nichts anhaben kann.

Andy springt in ihrem dunkelblauen Frottee-Strandkleid, unter dem sie den roten Speedo trägt, in den Wagen, nachdem sie Jase und mir noch einen kurzen »Ist er nicht toll?«-Blick zugeworfen hat.

Als wir eine Stunde später im Clam Shack ankommen, ist es wie immer brechend voll. Die Imbissbude steht am Stony Bay Beach, der mit seinem feinen weißen Sand der größte und beliebteste Strand der Gegend ist, weshalb der Laden, obwohl er ziemlich heruntergekommen ist, so gut läuft, dass dort den ganzen Sommer über Schlange gestanden wird. Als wir es endlich nach drinnen geschafft haben, entdecken wir Andy und Kyle an einem Ecktisch. Er erzählt ihr gerade mit ernster Miene etwas, während sie mit ihren Pommes spielt, die Wangen so gerötet wie ihr Badeanzug. Jase schließt kurz die Augen.

»Schmerzt es hinzusehen, wenn es die eigene Schwester ist?«, frage ich.

»Um Alice habe ich mir nie Sorgen gemacht. Sie ist wie eine von diesen Spinnen, die ihren Liebhabern den Kopf abbeißen, wenn sie mit ihnen fertig sind. Aber Andy ist anders. Es ist nur eine Frage der Zeit, bis ihr zum ersten Mal das Herz gebrochen wird.«

Er schaut sich nach einem freien Tisch um und fragt dann: »Kennst du den Typen da drüben, Samantha?«

Ich folge seinem Blick und entdecke Michael, der allein an der Theke sitzt und missmutig zu uns rüberstarrt. *Exfreund Nummer zwei – muss mein Glückstag sein.*

»Ja, das ist … äh … wir … also wir waren mal kurz zusammen.«

»Dachte ich mir.« Jase wirkt amüsiert. »Er sieht aus, als würde er mich gleich zum Duell herausfordern wollen.«

»Das nicht. Aber er wird heute Abend mit Sicherheit ein Hassgedicht auf dich schreiben«, sage ich.

Da alle Plätze belegt sind, setzen wir uns mit Jase' Hamburger und meinem Muscheleintopf raus an die Mole. Die Sonne steht immer noch ziemlich hoch, aber mittlerweile ist eine kühle Brise aufgekommen. Ich ziehe mir die dünne Jacke über, die ich mitgenommen habe.

»Was ist zwischen dir und diesem Emo-Typen passiert? Klingt, als wäre die Trennung nicht so freundschaftlich verlaufen?«

»Könnte man so ausdrücken. Es war ein ziemliches Drama. Wie alles in Michaels Leben. Dabei war er noch nicht mal besonders verliebt in mich, gar nicht. Aber genau mit dieser Art bin ich nicht klargekommen.« Ich beiße von meinem Cracker ab und schaue auf die blauschwarzen Wellen hinaus. »Ich war nur ein Mädchen in einem seiner Gedichte. Es ging gar nicht um mich. Zuerst war ich das unerreichbare Objekt seiner Begierde und dann sein Sonnenschein, der ihn für immer von seinem Herzschmerz erlösen sollte, oder die Sirene, die ihn gegen seinen Willen ins Bett zerren wollte ...«

Jase verschluckt sich fast an einer Pommes. »Oh ... wow.« Ich spüre, wie ich rot werde. »Nicht wortwörtlich. Er ist nur sehr katholisch. Wenn wir mal ein bisschen weitergegangen sind als sonst, hat er anschließend tagelang unter Gewissenskonflikten gelitten.«

»Komischer Typ. Wir sollten ihn mit meiner Exfreundin Lindy verkuppeln.«

»Mit der Ladendiebin?« Ich strecke die Hand aus, um mir eine Pommes von ihm zu stibitzen, und er hält mir sofort bereitwillig das Pappschälchen hin.

»Genau. Die hat überhaupt kein Gewissen. Vielleicht würden sie sich gut ergänzen und hätten eine ausgleichende Wirkung aufeinander.«

»Bist du wirklich ihretwegen festgenommen worden?«, frage ich.

»Jedenfalls bin ich in einem Streifenwagen zur Polizeistation gefahren worden, was mir schon gereicht hat. Ich wurde verwarnt, aber bei Lindy war es, wie sich herausstellte, nicht das erste Mal, dass sie erwischt worden ist. Deshalb hat sie Sozialstunden und eine saftige Geldstrafe aufgebrummt bekommen, von der sie wollte, dass ich die Hälfte übernehme.«

Ich stecke mir noch eine von Jase Pommes in den Mund. »Und, hast du das gemacht?« Ich versuche, ihn nicht anzusehen. In der honigfarbenen Abendsonne sind seine leuchtenden grünen Augen, seine schimmernde gebräunte Haut und das leicht amüsierte Lächeln, das seine Mundwinkel umspielt, ein bisschen zu überwältigend.

»Fast, weil sie mir leidtat und ich dachte, dass es ihr gegenüber unfair wäre. Mein Dad hat es mir dann aber wieder ausgeredet, weil ich schließlich keine Ahnung hatte, dass Lindy vorhatte, etwas zu klauen. Sie war ein echter Profi und konnte kiloweise Zeug in ihrer Tasche verschwinden lassen, ohne auch nur mit der Wimper zu zucken. Sie hatte praktisch das komplette Make-up-Regal geplündert, als der Typ von der Security sie erwischt hat.« Er schüttelt den Kopf.

»Michael hat mir mehrere wütende Schlussmach-Gedichte pro Tag geschrieben. Drei Monate lang. Und die Briefe nie frankiert.«

»Wir sollten die beiden auf jeden Fall zusammenbringen. Die haben einander verdient.« Er steht auf, entsorgt unser leer gegessenes Pappgeschirr in einem Mülleimer und sieht mich dann lächelnd an. »Hast du Lust, einen Spaziergang zum Leuchtturm zu machen?«

Mir ist ein bisschen kühl, aber ich nicke begeistert und springe sofort auf. Die Mole, die zum Leuchtturm hinausführt, ist nicht ganz ungefährlich. Bis zur Hälfte sind die Felsen flach und eben, dann werden sie plötzlich zerklüftet und holperig, sodass man ab der Stelle ziemlich aufpassen muss und eher eine Kletterpartie erlebt als einen gemütlichen Spaziergang. Als wir den Leuchtturm erreichen, hat der Sonnenuntergang das Abendlicht von honiggolden in ein sattes Pink verwandelt. Jase stützt die Unterarme auf das schwarz lackierte Geländer und schaut aufs Meer hinaus, auf dem in der Ferne immer noch winzige Dreiecke von Segelbooten auf ihrem Weg in den Hafen zu sehen sind. Der Anblick ist so malerisch, dass es mich nicht wundern würde, wenn im Hintergrund leise Orchestermusik erklingen würde.

Tracy weiß solche Situationen perfekt für sich zu nutzen.

Sie würde wie zufällig stolpern, gegen Jase fallen und mit gekonntem Wimpernschlag hilflos zu ihm aufsehen. Oder sich fröstelnd über die Arme reiben und wie unbeabsichtigt ein Stück näher an ihn heranrücken. Sie wüsste genau, was sie tun muss, um einen Jungen dazu zu bringen, sie zu küssen, und zwar genau in dem Moment, in dem sie es will.

Aber ich bin nicht so raffiniert. Also stehe ich bloß an das Geländer gelehnt neben Jase, beobachte die Boote und spüre die Wärme seines Arms an meinem. Nach ein paar Minuten dreht er mir den Kopf zu und sieht mich an. Sein Blick ist wie immer ruhig und nachdenklich, während er langsam über mein Gesicht wandert. *Verweilen seine Augen auf meinem Mund?* Ich bin mir nicht ganz sicher. Ich wünsche es mir. Dann sagt er: »Lass uns nach Hause gehen. Wir nehmen Alices Käfer und fahren irgendwohin. Sie schuldet mir noch was.«

Während wir über die Felsen zurückklettern, frage ich mich die ganze Zeit, was gerade passiert ist. Ich könnte schwören, dass er mich so angesehen hat, als wollte er mich küssen. *Was hat ihn daran gehindert? Fühlt er sich vielleicht überhaupt nicht zu mir hingezogen? Will er nur mit mir befreundet sein?* Ich bin mir nicht sicher, ob ich mit jemandem nur befreundet sein kann, der in mir das Verlangen weckt, ihm die Kleider vom Leib zu reißen, wenn ich ihn zu lange ansehe.

Oh Gott. Habe ich das gerade wirklich gedacht? Mein Blick huscht verstohlen zu Jase' schmalen Hüften in der lässig sitzenden Jeans. *Ja. Ja, habe ich.*

Wir schauen noch einmal nach Andy und Kyle. Jetzt redet sie, und er hält ihre Hand in seiner und sieht sie unverwandt an. Das ist zumindest vielversprechend.

Als wir bei den Garretts zu Hause ankommen, steht der Kombi nicht mehr in der Einfahrt. Im Wohnzimmer treffen wir auf Alice und Brad, die auf dem großen braunen Sofa liegen, wo Brad ihr die Füße massiert. George liegt bäuchlings auf dem Boden und schläft tief und fest. Patsy tapst in einem kurzen lila Frottee-Pyjama durchs Zimmer und sagt traurig: »Titi?«

»Mann, Alice, Patsy müsste schon längst im Bett liegen.« Jase nimmt seine kleine Schwester hoch und setzt sie sich auf die Hüfte. Ihr kleiner lila Hintern wirkt im Vergleich zu seiner großen Hand, die ihn stützt, winzig. Alice sieht überrascht aus, als hätte sie eigentlich erwartet, dass Patsy sich schon längst selbst ins Bett gelegt hätte, und würde sich wundern, dass sie noch da ist. Als Jase in der Küche verschwindet, um ein Fläschchen zu machen und die Kleine anschließend ins Bett zu bringen, setzt Alice sich auf und mustert mich mit zusammengekniffenen Augen, als versuche sie mich einzuordnen. Ihre Haare sind jetzt dunkelrot und in alle Richtungen gegelt.

Nachdem sie mich eine paar Minuten lang schweigend beäugt hat, sagt sie: »Du bist doch Tracy Reeds Schwester, oder? Ich kenne Tracy.« Ihr Tonfall macht deutlich, dass das in diesem besonderen Fall nicht bedeutet, dass sie sie mag.

»Genau. Von nebenan.«

»Bist du jetzt mit Jase zusammen?«

»Befreundet.«

»Wehe, du brichst ihm das Herz. Er ist der netteste Kerl auf diesem Planeten.«

Genau in dem Moment kommt Jase zurück, wirft mir verstohlen einen Blick zu und verdreht die Augen. Dann hebt er den schlafenden George vom Boden auf und sieht sich im Zimmer um.

»Wo ist Happy?«

Alice, die mit dem Kopf wieder in Brads Schoß liegt, zuckt mit den Achseln.

»Du weißt genau, dass George durchdreht, wenn er aufwacht und Happy nicht da ist.«

»Ist Happy zufälligerweise ein Plastikdinosaurier?«, fragt Brad. »Falls ja, liegt er in der Badewanne.«

»Nein, Happy ist ein Plüschbeagle.« Jase gibt mir vorsichtig George auf den Arm, sieht unter dem Sofa nach und taucht nach einer Weile mit dem Stofftier wieder auf, das ganz offensichtlich bereits ein langes und ereignisreiches Leben hinter sich hat. »Bin gleich wieder da.« Er nimmt mir George wieder ab und legt für einen winzigen Moment die Hand auf meinen Rücken, bevor er Richtung Treppe verschwindet.

»Das ist mein Ernst«, greift Alice den Faden wieder auf, sobald er weg ist. »Wenn du ihm wehtust, bekommst du es mit mir zu tun.«

Sie klingt, als wäre sie absolut imstande, einen Auftragskiller anzuheuern, wenn ich es vermassle. *Großer Gott.*

Nachdem Jase mir galant die Beifahrertür von Alice' Wagen – einem uralten weißen VW-Käfer – geöffnet hat, muss er erst mal ungefähr fünfzig CDs vom Sitz ins Handschuhfach räumen. Als er es aufklappt, fällt ein roter BH heraus. »Jesus«, stöhnt er und stopft ihn hastig zwischen die CDs zurück.

Ich grinse. »Nicht deiner, vermute ich mal.«

»Höchste Zeit, dass ich mir einen eigenen Wagen besorge«, sagt er. »Sollen wir zum See fahren?«

Als wir gerade loswollen, biegen Mr und Mrs Garrett in die Einfahrt. Nachdem sie geparkt haben, fangen sie an, sich wie frisch verliebte Sechzehnjährige zu küssen. Sie schlingt die Arme um seinen Hals und er vergräbt die Hände in ihren Haaren. Jase schüttelt den Kopf, als wären ihm die beiden ein bisschen peinlich, aber ich kann gar nicht aufhören, sie anzustarren.

»Wie ist das?«, frage ich.

Er setzt den Wagen zurück und legt dazu seinen Arm auf meine Rückenlehne.

»Wie ist was?«

»Eltern zu haben, die glücklich miteinander sind. Beide Elternteile zu haben.«

»Hast du das nie gehabt?«

»Nein. Ich habe meinen Vater nie kennengelernt. Ich weiß noch nicht mal, wo er überhaupt wohnt.«

Jase sieht mich stirnrunzelnd an. »Zahlt er keinen Unterhalt?«

»Nein. Was nicht schlimm ist. Meine Mom hat ziemlich viel Geld von ihren Eltern geerbt. Er hat sogar versucht, Unterhalt von ihr einzuklagen, aber da er sie sitzen gelassen hat, als sie schwanger war, hat das Gericht dagegen entschieden, glaube ich.«

»Hoffentlich«, murmelt Jase. »Tut mir leid, Samantha. Ich kenne es nicht anders, als beide Elternteile zu haben. Die beiden sind für mich wie ein Fundament, das mir Halt gibt. Ich kann mir nicht vorstellen, wie es ohne sie wäre.«

Ich zucke die Achseln und frage mich, warum ich überhaupt mit dem Thema angefangen habe. Ich hatte noch nie ein Problem damit, persönliche Dinge für mich zu behalten. Irgendetwas an Jase' ruhiger, behutsamer Art verleitet mich immer dazu, mehr zu sagen, als ich eigentlich möchte.

Die Fahrt zum See, der auf der anderen Seite der Stadt liegt, dauert etwa eine Viertelstunde. Ich war noch nicht oft hier, weiß aber, dass die Schüler der staatlichen Highschool sich oft hier treffen – es gibt sogar so eine Art Ritual, bei dem die Zwölftklässler an ihrem letzten Schultag voll bekleidet hineinspringen. Deswegen rechne ich damit, am Seeufer etliche Autos mit beschlagenen Scheiben stehen zu sehen, aber als wir dort ankommen, sind wir die Einzigen. Jase nimmt ein Badetuch von der Rückbank, dann greift er nach meiner Hand und wir schlendern zwischen den Bäumen hindurch zum Ufer. Hier weht keine kühle Meeresbrise und es ist viel wärmer als am Strand.

»Wettschwimmen bis zum Floß?«, fragt Jase und zeigt auf eine unscharf umrissene Form in der Dämmerung. Ich ziehe meine Jacke und mein Strandkleid aus, unter dem ich immer noch meinen Badeanzug trage, und laufe ins Wasser.

Es ist kühl und seidig, viel weicher als Meerwasser. Das Seegras, das meine Füße streift, lässt mich einen Moment erschauern, und ich versuche nicht, an die Forellen und Schnappschildkröten zu denken, die möglicherweise da unten lauern. Jase pflügt bereits durchs Wasser und ich beeile mich, ihn einzuholen.

Er schlägt mich trotzdem und steht schon auf dem Floß, um mich aus dem Wasser zu ziehen, als ich dort ankomme.

Ich sehe über den ruhig daliegenden See zum entfernten Ufer, und erschauere, als er seine Hand auf meine legt.

»Was tue ich hier eigentlich mit dir?«, frage ich.

»Wie meinst du das?«

»Ich kenne dich kaum. Du könntest ein Serienkiller sein, der mich zu einem einsam gelegenen See gelockt hat.«

Jase streckt sich lachend auf den Holzplanken aus und verschränkt die Arme hinterm Kopf. »Keine Sorge. Ich bin kein Serienkiller. Und das weißt du auch.«

»Woher?« Ich lächle ihn an und lege mich neben ihn.

Unsere Hüften berühren sich fast. »Deine große, fröhliche Familie könnte eine Tarnung sein.«

»So was spürt man instinktiv. Man weiß, wem man vertrauen kann. Menschen können das genauso wie Tiere. Wir hören vielleicht nicht so gut wie sie, aber es ist trotzdem da. Dieses seltsame unruhige Gefühl, wenn etwas nicht stimmt. Die wohlige Entspanntheit, wenn alles so ist, wie es sein soll.« Seine Stimme klingt leise und rau in der Dunkelheit.

»Jase?«

»Mmm-mmm?« Er stützt sich auf einen Ellbogen. Sein Gesicht ist in der Dämmerung kaum auszumachen.

»Du musst mich jetzt küssen«, höre ich mich sagen.

»Stimmt.« Er beugt sich näher. »Das muss ich.«

Seine warmen, weichen Lippen streifen meine Stirn, wandern zu meinen Wangen hinunter, dann zu meinen Mundwinkeln. Er legt mir genau in dem Moment eine Hand in den Nacken, in dem meine eigene zu seinem Rücken gleitet. Unter dem kühlen Wasserfilm ist seine Haut ganz warm, die Muskeln leicht angespannt, weil er sich immer noch auf den Ellbogen stützt. Ich schmiege mich noch ein bisschen dichter an ihn.

Ich bin keine Anfängerin, was das Küssen angeht. Zumindest dachte ich das bisher. So wie jetzt war es aber noch nie. Ich kann ihm gar nicht nah genug sein. Als Jase seinen Kuss zärtlich vertieft, fühlt es sich genau richtig an und ich zucke nicht wie sonst erschrocken zurück.

Nach einer kleinen Ewigkeit schwimmen wir ans Ufer zurück, liegen eine Weile nebeneinander auf dem Badetuch und küssen uns wieder. Jase lächelt, während ich sein Gesicht mit Schmetterlingsküssen bedecke. Meine Hände schließen sich fester um seine Schultern, als er seine Lippen auf meinen Nacken legt und von dort zu meinem Schlüssel-bein wandert und zart daran knabbert. Es ist, als würde alles andere auf der Welt still stehen, während wir hier in der Sommernacht liegen.

»Vielleicht sollten wir lieber nach Hause fahren«, murmelt Jase und streichelt die zarte Haut an meinem Bauch.

»Nein. Noch nicht«, flüstere ich an seinem Mund, der mir willig entgegenkommt.

Vierzehntes Kapitel

Als von Natur aus überpünktlicher Mensch habe ich den Ausdruck »das Zeitgefühl verlieren« nie verstanden. Ich habe noch nie etwas verloren, weder mein Handy noch den Überblick über meine Hausaufgaben oder Termine und erst recht nicht mein Zeitgefühl. Aber an diesem Abend passiert mir genau das. Als wir in den Wagen steigen, ist es fünf vor elf. Ich versuche mir meine Panik nicht anmerken zu lassen, als ich Jase daran erinnere, dass ich schnellstmöglich nach Hause muss. Er beschleunigt das Tempo, ohne jedoch die Geschwindigkeitsbegrenzung zu überschreiten, und drückt beruhigend mein Knie.

»Ich komme kurz mit rein«, bietet er an, als wir in unsere Einfahrt biegen, »und erkläre deiner Mutter, dass es meine Schuld war.«

»Nein!« Die Scheinwerfer des VW beleuchten einen Lexus, der vor unserem Haus steht. Clay? Einer der potenziellen Sponsoren? Mit schweißnassen Fingern fummle ich am Türgriff und überlege mir fieberhaft eine glaubhafte Ausrede, die Mom mir durchgehen lassen könnte. Sie war heute Morgen nicht bester Stimmung. Falls ihre Gäste ihr keine großzügigen Spenden in Aussicht gestellt haben, habe ich ein echtes Problem. Vielleicht habe ich das auch, wenn sie es getan haben. Ich kann mich auch nicht heimlich nach oben schleichen, weil meine Mutter wahrscheinlich schon in meinem Zimmer nachgeschaut hat, ob ich da bin.

»Gute Nacht, Jase«, rufe ich und laufe los, ohne mich noch einmal umzudrehen. In dem Moment, in dem ich den Schlüssel ins Schloss stecke, wird die Tür von innen geöffnet und ich stolpere praktisch über die Schwelle. Mom steht mit Wut verzerrtem Gesicht vor mir.

»Samantha Christina Reed!«, legt sie los. »Hast du eine Ahnung, wie spät es ist?«

»Nach elf. Ich weiß. Ich…«

Sie wedelt mit dem Weinglas in ihrer Hand in meine Richtung, als wäre es ein Zauberstab, der mich zum Schweigen bringen kann. »Ich habe keine Lust, das alles noch einmal durchzumachen – nicht auch noch mit dir, hörst du? Ich hatte das schon zur Genüge mit deiner Schwester. Ich brauche das nicht mehr, verstehst du?«

»Mom, ich bin bloß zehn Minuten zu spät.«

»Darum geht es nicht.« Ihre Stimme wird lauter. »Es geht darum, dass du es erst gar nicht so weit kommen lassen solltest. Ich hätte mehr von dir erwartet. Vor allem diesen Sommer. Du weißt, unter welchem Druck ich stehe. Das ist jetzt wirklich nicht der richtige Zeitpunkt für pubertäre Dramen.«

Nicht der richtige Zeitpunkt? Ich frage mich, ob es Eltern gibt, die Zeitfenster für pubertäre Dramen in ihrem Terminkalender einplanen. *Scheint eine ruhige Woche zu werden, Sarah. Ich glaube, ich kann deine Essstörung vormerken.*

»Das ist kein Drama«, sage ich und spüre im selben Moment, dass das absolut die Wahrheit ist. Mom steht für Dramen. Tim. Manchmal sogar Nan. Aber Jase und die Garretts… sie sind das genaue Gegenteil davon. Ein Gezeitentümpel in der Sommersonne, in dem es von exotischem Leben nur so wimmelt, der aber völlig ungefährlich ist.

»Widersprich mir nicht, Samantha«, faucht Mom. »Du hast Hausarrest.«

»Mom!«

»Was ist denn los, Grace?«, fragt eine weiche Stimme mit Südstaatenakzent und Clay kommt aus dem Wohnzimmer, die Ärmel hochgekrempelt, die Krawatte gelockert.

»*Ich* regle das«, gibt Mom scharf zurück.

Eigentlich rechne ich damit, dass er schleunigst das Weite sucht, als hätte sie ihm eine Ohrfeige verpasst, denn genau das ist immer mein erster Impuls, wenn sie diesen Ton anschlägt, aber seine Haltung wird sogar noch entspannter. Er lehnt sich an den Türrahmen, schnippt einen unsichtbaren Fussel von seiner Schulter und sagt nur: »Scheint aber, als könntest du meine Hilfe gebrauchen.«

Mom ist so angespannt, dass sie förmlich vibriert. Sie ist sonst immer sehr diskret und würde Tracy und mich nie in der Öffentlichkeit oder vor anderen Menschen anschreien. In solchen Fällen zischt sie uns meistens nur ein »Wir unterhalten uns *später* darüber« zu. Aber irgendetwas an Clay lässt sie auch in dieser Situation von ihren gewohnten Verhaltensmustern abweichen. Sie fährt sich mit der albernen, koketten Geste durch die Haare, die ich bei ihr schon öfter beobachtet habe, wenn er da ist.

»Samantha ist nach der verabredeten Zeit nach Hause gekommen und hat keine Entschuldigung für die Verspätung.«

Genau genommen, hat sie mir keine Gelegenheit gegeben, mich zu erklären, aber ehrlich gesagt, habe ich sowieso keine Ahnung, was ich zu meiner Verteidigung sagen sollte.

Clay wirft einen Blick auf seine Rolex. »Wann hätte sie denn zu Hause sein sollen, Gracie?«

»Um elf.« Moms Stimme klingt jetzt leiser.

Clay fängt an zu lachen. »An einem Sommerabend? Und sie ist siebzehn? Honey, da sind wir alle zu spät gekommen.« Er tritt einen Schritt auf sie zu und legt ihr eine Hand in den Nacken. »Sogar *du*, da bin ich mir sicher.« Er umfasst ihr Kinn und zwingt sie sanft, ihm den Kopf zuzudrehen. »Sei nicht so streng, Gracie.«

Mom sieht ihn an. Ich beobachte die beiden mit angehaltenem Atem. Ihr neuer Freund, der völlig überraschend zu meinem Helfer in der Not geworden ist, zwinkert mir zu und stupst Mom leicht mit den Fingerknöcheln am Kinn. In seinen Augen ist keine Spur von schlechtem Gewissen zu entdecken und zu meiner Erleichterung auch nicht der Hauch eines verschwörerischen Funkelns wegen dem, was ich gesehen habe.

»Vielleicht habe ich ein bisschen überreagiert«, räumt sie schließlich ein. Aber das sagt sie zu ihm, nicht zu mir.

In diesem Moment frage ich mich, ob ich selbst nicht auch überreagiert habe. Ist es nicht möglich, dass es eine ganz einfache Erklärung für die Frau mit den braunen Haaren gibt?

»Das passiert uns doch allen hin und wieder, Honey. Komm, ich hol dir noch etwas Wein.«

Er nimmt ihr das Glas aus den unruhigen Fingern und verschwindet damit in der Küche, als wäre er bei uns zu Hause.

Mom und ich stehen einander gegenüber.

»Deine Haare sind nass«, sagt sie schließlich. »Du solltest sie dir noch mal waschen und eine Spülung benutzen, bevor du ins Bett gehst, sonst werden sie ganz strohig, wenn sie trocken sind.«

Ich nicke, drehe mich um und gehe die Treppe hoch, als sie hinter mir mit leiser Stimme noch irgendetwas hinzufügt. Aber ich tue so, als hätte ich es nicht gehört, gehe in mein Zimmer und werfe mich bäuchlings aufs Bett, ohne mir vorher die Mühe zu machen, mir den immer noch nassen Badeanzug und das feuchte Strandkleid auszuziehen. Die Matratze gibt nach, als Mom sich zu mir setzt.

»Samantha ... warum provozierst du mich so?«

»Tue ich doch gar nicht, ich wollte nicht ...«

Sie streichelt mir den Rücken, wie sie es in meiner Kindheit immer gemacht hat, wenn ich schlecht geträumt hatte. »Liebes, du verstehst einfach nicht, wie schwer es ist, alleinerziehende Mutter zu sein. Seit ihr beiden auf der Welt seid, habe ich Angst um euch und frage mich ständig, ob ich auch wirklich alles richtig mache. Denk nur an Tracy und die Sache mit dem Ladendiebstahl. Oder als du mit diesem Michael zusammen warst, der, soweit ich weiß, Drogen genommen hat.«

»Mom. Er hat keine Drogen genommen. Das habe ich dir schon tausendmal gesagt. Er war bloß ... seltsam.«

»Wie auch immer. Das sind genau die Dinge, die ich in der Wahlkampfphase nicht gebrauchen kann. Ich muss mich konzentrieren. Ich habe momentan weder die Zeit noch die Energie, mich mit deinen Eskapaden auseinanderzusetzen.«

Eskapaden? Als ob ich jemals fruhmorgens splitterfasernackt nach Alkohol und Dope riechend nach Hause gekommen wäre.

Sie streichelt noch ein paar Minuten meinen Rücken und hält dann inne. »Also? Warum sind deine Haare nass?«

Die Lüge kommt mir ganz leicht über die Lippen, obwohl ich Mom noch nie angelogen habe.

»Nan und ich haben eine neue Haarkur ausprobiert, die ich gleich noch rauswaschen muss.«

»Ah.« Dann mit leiser Stimme: »Ich habe ein Auge auf dich, Samantha. Du bist immer mein braves Mädchen gewesen. Bitte bleib es auch weiterhin, okay?»

Ich war immer brav. Und wohin hat es mich gebracht? Trotzdem flüstere ich: »Okay«, und halte unter ihren streichelnden Fingern still. Schließlich steht sie auf, wünscht mir eine Gute Nacht und geht.

Ungefähr zehn Minuten später höre ich ein leises Klopfen an der Scheibe. Ich erstarre und lausche mit angehaltenem Atem, ob Mom es auch gehört hat. Aber unten bleibt alles still. Als ich das Fenster öffne, kauert Jase auf dem Vorsprung.

»Ich wollte mich nur vergewissern, dass du okay bist.« Er sieht mich prüfend an. »Bist du okay?«

»Warte kurz.« Ich drücke das Fenster wieder zu und laufe auf den Flur hinaus. »Ich gehe jetzt duschen, Mom«, rufe ich über das Treppengeländer nach unten.

»Vergiss den Conditioner nicht!«, ruft sie zurück und klingt schon viel entspannter. Ich husche ins Bad, drehe das Wasser voll auf, kehre anschließend in mein Zimmer zurück und öffne das Fenster wieder.

Jase guckt ein bisschen ratlos. »Alles in Ordnung?«

»Mom übertreibt es gern ein bisschen mit ihrer Sorge um mich.« Ich klettere zu ihm nach draußen und setze mich neben ihn. Ein sanfter Wind streift über uns hinweg und die Sterne leuchten um die Wette.

»Es war mein Fehler. Ich bin gefahren. Lass es mich deiner Mom erklären. Ich kann ihr doch sagen …«

Ich stelle mir vor, wie Jase und meine Mutter aufeinandertreffen. Dass ich das allererste Mal in meinem Leben zu

spät gekommen bin, weil ich mit »einem von diesen Garretts« zusammen war, würde sie in allem, was sie jemals
über unsere Nachbarn gesagt hat, nur bestätigen. Das weiß
ich genau.

»Das würde nichts nützen«, unterbreche ich ihn.

Er nimmt meine kalte Hand fest zwischen seine warmen
Hände, als würde er spüren, dass es mich fröstelt. »Bist du
sicher, dass es dir gut geht?«

Mir würde es gut gehen, wenn ich nicht die ganze Zeit
Angst haben müsste, Mom könnte hochkommen, um sicherzugehen, dass ich auch ausreichend Conditioner be-
nutze. Ich schlucke. »Ja, alles gut. Sehen wir uns morgen?«

Immer noch meine Hand festhaltend, beugt er sich zu
mir herunter, haucht einen Kuss auf meinen Nasenrücken,
wandert mit den Lippen zu meinen und lockt mich mit der
Zunge. Als ich gerade beginne, mich seinem Kuss hinzuge-
ben und zu entspannen, bilde ich mir ein, ein Klopfen zu
hören.

»Ich muss rein. Ich … Bis morgen, ja?«

Er drückt meine Hand ein letztes Mal, dann lächelt er
mich so süß an, dass sich mein Herz noch schmerzhafter
zusammenzieht. »Ja. Bis morgen.«

Obwohl ich immer noch seine zarten Küsse auf meinen
Lippen spüre, bin ich angespannt und unruhig. *Da komme
ich das erste Mal in meinem Leben zehn Minuten zu spät und
schon bin ich ein Problem für Moms Wahlkampf? Vielleicht
kriegen sie und die Masons ja Rabatt, wenn sie Tim und mich
gemeinsam auf die Militärakademie schicken.*

Ich drehe das Wasser ab und schlage geräuschvoll die
Duschkabinentür zu. Wieder zurück in meinem Zimmer
lasse ich mich aufs Bett fallen und schüttle das Kopfkissen
aus. Ich weiß nicht, wie ich jemals einschlafen soll. Jede

Faser meines Körpers ist angespannt. Wenn Charley Tyler sich in diesem Moment an mich ranmachen würde, würde ich ohne nachzudenken mit ihm schlafen, auch wenn ich wüsste, dass es ihm nichts bedeutet. Würde Michael tatsächlich Drogen nehmen und mir sofortiges Vergessen in Form irgendwelcher Pillen anbieten, ich würde zugreifen, obwohl ich es mir normalerweise dreimal überlege, bevor ich auch nur ein Aspirin nehme. Würde Jase noch einmal an mein Fenster klopfen und mich fragen, ob ich auf der Stelle mit ihm auf dem Motorrad nach Kalifornien abhaue, ich würde mit ihm gehen.

Was nützt es, die zu sein, die ich immer gewesen bin, wenn meine Mutter es noch nicht einmal merkt?

Fünfzehntes Kapitel

Als ich das nächste Mal zum Babysitten rübergehe, nimmt Mrs Garrett mich in den Supermarkt mit, damit ich die Kinder ablenken und ihnen die Süßigkeiten aus den Fingern winden kann, während sie die aus Zeitschriften und Werbebeilagen ausgeschnittenen Gutscheine sortiert, Vorräte in den Wagen packt und mit geübter Schlagfertigkeit Kommentare anderer Kunden pariert.

»Na, Sie haben ja bestimmt alle Hände voll zu tun.« Den hört sie zum Beispiel ziemlich oft.

»Ja, und zwar mit lauter schönen Dingen«, erwidert sie ruhig, nimmt George eine Schachtel Schokopuffreis weg und stellt sie wieder ins Regal.

»Sie sind bestimmt streng katholisch«, lautet ein anderer.

»Nein, nur fruchtbar«, antwortet sie und schält geduldig Harrys Finger von einer Packung mit dem neuesten Transformer Action Hero.

»Das Baby braucht aber doch ein Mützchen«, belehrt sie eine verkniffen aussehende ältere Frau in der Tiefkühl-Abteilung.

»Danke für den Hinweis, aber seien Sie unbesorgt, zu Hause haben wir eine ganze Schublade voll mit hübschen Mützchen.« Mrs Garrett lässt eine Familienpackung gefrorene Waffeln in den Einkaufswagen fallen.

Als ich Patsy ein Fläschchen mit Saft gebe, fühlt sich eine

Frau in Birkenstocks dazu veranlasst zu sagen: »Das Kind ist doch viel zu alt für das Fläschchen. Sie müsste längst einen Trink-Lernbecher bekommen.«

Wer sind diese Leute und wieso bilden sie sich ein, alles besser zu wissen?

»Haben Sie nie das Bedürfnis, eine von denen umzubringen oder wenigstens zu beschimpfen?«, frage ich Mrs Garrett leise, während ich den Wagen, an dem Harry und George sich wie Klammeraffen festhalten, von der dämlichen Trink-Lernbecher-Frau weglenke.

»Oh, und ob.« Mrs Garrett zuckt mit den Achseln. »Aber was für ein Vorbild wäre ich dann?«

Ich weiß nicht genau, wie viele Bahnen ich geschafft habe, aber es waren mit Sicherheit weniger als früher. Obwohl ich ziemlich außer Puste bin, strotze ich von Tatendrang, als ich aus dem Becken klettere und mir das Wasser aus den Haaren wringe. Seit ich denken kann – seit ich mutig genug war, Tim aus dem seichten Uferbereich in die Wellen zu folgen –, liebe ich es zu schwimmen. *Ich werde es schaffen, wieder ins Team aufgenommen zu werden.* Ich lege mir das Handtuch über die Schulter und werfe einen Blick auf die Uhr – noch fünfzehn Minuten, bis das Schwimmbad öffnet und die Besucherhorden hereinströmen.

Mein Handy piepst. **Mach mal Pause, Wassernixe!**, schreibt Nan mir aus dem Souvenirladen des Clubs, in dem sie den Sommer über jobbt. **Und komm zu mir rüber.**

Die Einwohner von Stony Bay sind sehr stolz auf ihre Stadt. In den Regalen des clubeigenen Souvernirshops »By the Bay Buys« finden sich unzählige Artikel, auf denen in irgendeiner Form die großen – und kleinen – Sehenswürdigkeiten des Orts verewigt sind. Als ich reinkomme, erklärt Nan einem Herrn in pinkfarben karierten Shorts gerade freundlich: »Wenn Sie dieses Mousepad mit dem Motiv der Main Street nehmen, dazu dieses Tischset mit der Flussmündung aus der Vogelperspektive, die kleine Lampe, die unserem Leuchtturm nachempfunden ist, *und* diese Untersetzer mit dem Hafenblick, müssten Sie Ihr Haus erst gar nicht mehr verlassen. Toll, was? Sie könnten die ganze Stadt von Ihrem Esszimmer aus sehen.«

Der Mann wirkt verblüfft – allerdings ist es schwer zu sagen, ob das an Nans leisem Sarkasmus liegt oder an der Vorstellung, so viel Geld auszugeben. »Ich wollte eigentlich nur die hier«, sagt er und hält eine Packung Cocktailservietten hoch, auf denen steht: *Wo früher meine Leber war, ist heute eine Minibar.* »Können Sie mir die auf meine Club-Rechnung setzen?«

Nachdem Nan ihm die Quittung ausgedruckt hat und er gegangen ist, sieht sie mich seufzend an. »Mein erster Arbeitstag und ich bereue es schon jetzt. Wenn ich von diesem ganzen Stony Bay verherrlichenden Kitsch gehirngewaschen bin und dir irgendwann erzähle, dass ich unbedingt Mitglied im Garden Club werden muss, dann programmierst du mich bitte wieder um, okay?«

»Du kannst dich auf mich verlassen, Schwester. Sag mal, du weißt nicht zufällig, ob Tim schon da ist? Er sollte zehn Minuten früher kommen, damit ich ihm alles zeigen kann.«

Nan schaut auf ihre Uhr. »Noch ist er nicht zu spät. Er hat noch zwei Minuten. Wie habe ich es bloß geschafft, mir den langweiligsten Job mit den längsten Arbeitszeiten der Stadt an Land zu ziehen? Ich habe ihn nur angenommen, weil Mrs Gritzmocker, die hier für den Einkauf zuständig ist, mit Mr Gritzmocker verheiratet ist, der mein Biologielehrer ist und mir eine College-Empfehlung schreiben soll.«

»Das ist der Preis für deinen unglaublichen Ehrgeiz«, sage ich. »Aber noch ist es nicht zu spät, Buße zu tun und der Menschheit einen Dienst zu erweisen, indem du zum Beispiel im Breakfast Ahoy anheuerst.«

Nan sieht mich grinsend an. »Ach weißt du, ich hebe mir mein aufreizendes Matrosinnen-Kostüm lieber für Halloween auf.« Sie blickt an mir vorbei aus dem Fenster. »Außerdem ist es besser, hier zu sein. Dann können wir zu zweit auf meinen Bruder aufpassen. Ich fürchte, das ist dringend nötig, wenn er es sogar geschafft hat, von seinem Job an einem Hotdog-Stand gefeuert zu werden.«

»Wie hat er das eigentlich hingekriegt?« Ich schraube ein Testdöschen Lipgloss auf, das auf der Ladentheke steht, rieche daran und rümpfe die Nase. *Piña Colada. Ich hasse Kokosnuss.*

»Er hat den Kunden gesagt, er könne ihnen gerne ›das Würstchen blasen‹, falls es ihnen zu heiß ist«, sagt Nan. »Oh, da kommt er gerade. Pass gut auf ihn auf. Nicht, dass er sich wieder in Schwierigkeiten bringt.«

Nachdem mir meine letzte Begegnung mit ihm nur noch allzu präsent ist, nähere ich mich ihm mit Vorsicht. Tim lehnt in Badehose an meinem Rettungsschwimmerhochsitz und trägt eine Sonnenbrille, obwohl es bewölkt ist. Kein gutes Zeichen. Früher ist er immer so unbeschwert und locker gewesen, viel unkomplizierter als Nan. Jetzt ist er eine tickende Zeitbombe.

»Hey«, begrüße ich ihn zögernd. »Alles klar bei dir?«

»Bestens.« Seine Stimme klingt schroff. Entweder hat er mir noch nicht verziehen, dass ich mich geweigert habe, sein Geldautomat zu sein, oder er ist verkatert. Vermutlich beides.

»Wirklich? Du weißt ja, für den Job hier muss man, na ja ... körperlich fit und konzentriert sein.«

»Weil das Schicksal der Welt davon abhängt, wer oder was im Lagoon Pool des B&T untergeht. Schon kapiert. Ich bin genau der richtige Mann für den Job.« Er salutiert, ohne mich anzusehen, dann drückt er sich Sonnencreme in die Handflächen und verreibt sie auf seiner blassen Brust.

»Im Ernst. Du darfst dir nicht den kleinsten Fehltritt erlauben, Tim. Hier sind kleine Kinder und ...«

Er legt mir eine Hand auf den Arm. »Das *weiß* ich alles, Santa Samantha. Du kannst dir den Vortrag sparen.« Er nimmt seine Sonnenbrille ab und klopft sich damit in einer übertrieben theatralischen Geste aufs Herz. »Ich habe einen kleinen Kater, aber ich bin nüchtern. Das Partymachen heb ich mir für den Feierabend auf. Und jetzt lass mich in Ruhe meine Arbeit machen und kümmere du dich um *deine*.«

»Genau das tue ich gerade. Ich soll dir vor Arbeitsantritt zeigen, wo die Ausrüstung aufbewahrt wird und dir deine Arbeitskleidung geben. Warte.«

Vor dem Drehkreuz am Eingang steht bereits eine mit Wasserspielzeug beladene Gruppe von Müttern mit ihren Kindern, die ungeduldig zu mir rüberschauen. »Noch fünf Minuten«, rufe ich ihnen zu. »Ich muss hier nur noch schnell ein kleines Sicherheitsproblem beheben.«

Tim trottet mir durch die labyrinthartigen Flure zum Materialraum hinterher. Er schwitzt jetzt schon und wirkt ziemlich abwesend. Wir durchqueren die Waschräume mit ihren Kajütentüren nachempfundenen Eingängen, auf denen »Seebären« und »Seemannsbräute« steht und darunter noch mal dasselbe im nautischem Flaggenalphabet.

»Ich glaube, ich muss gleich kotzen«, sagt er.

»Ich weiß, ist total lächerlich, aber ...«

Er hält mich am Arm fest. »Nein, ich muss wirklich kotzen.« Er verschwindet auf die Herrentoilette.

Nicht gut. Ich entferne mich ein paar Schritte von der Tür, damit ich seine Würgegeräusche nicht hören muss. Nach ungefähr fünf Minuten kommt er zurück.

»Was?«, fährt er mich an.

»Nichts.«

»Ja klar«, murmelt er, während wir den Materialraum betreten.

»So, das ist deine Ausrüstung.« Ich drücke ihm ein Badetuch, eine Schirmmütze, eine Rettungsschwimmerweste, eine Trillerpfeife und marineblaue Shorts mit dem goldenen Wappen des »Bath and Tennis Club« in die Hand.

»Soll das ein Scherz sein? Kann ich nicht meine eigenen Sachen tragen?«

»Du repräsentierst das B&T«, sage ich ungerührt.

»Scheiße, Samantha. Ich kann diese Kack-Kluft nicht anziehen. Wie soll ich denn in dem lächerlichen Aufzug Bräute aufreißen?«

»Du sollst Leben retten und nicht unsere Badegäste vögeln.«

»Ach, halt die Klappe.«

Scheint als würde jedes unserer Gespräche in derselben Sackgasse enden.

Ich setze ihm die Mütze mit dem goldenen Schriftzug auf, aber er nimmt sie schneller wieder ab, als er »Das Scheißding trag ich auf keinen Fall« sagen kann. »Hast du auch so eine?«, brummt er dann.

»Nein. Aus irgendeinem Grund sind sie den männlichen Mitarbeitern vorbehalten. Wir dürfen stattdessen ein knappes weißes Kapitänsjäckchen tragen.«

»Nicht mit mir. Da kann ich ja gleich als Tunte gehen.«

Ich muss aufhören, mir die ganze Zeit um Tim Sorgen zu

machen. Das führt zu nichts. Außerdem lässt einem dieser Job sowieso keine Zeit zum Grübeln. Am anderen Ende des Olympic Pool, für den ich zuständig bin, findet gerade ein Wasser-Aerobic-Kurs für Seniorinnen statt. Obwohl dieser Bereich vom Rest des Beckens mit einer Trennleine abgeteilt ist, wird der Kurs ständig von Kindern gestört, die mitten in die Gruppe hinein Arschbomben machen und die Frauen nass spritzen. Dann gibt es da noch die Babys, die trotz der vielen Hinweisschilder keine Schwimmwindel anhaben und deren Mütter mich für gewöhnlich gereizt anfahren, wenn ich sie höflich darauf aufmerksam mache – »Meine Peyton hat schon mit elf Monaten keine Windel mehr gebraucht!«

Um zwei ist das Becken fast leer und ich kann ein bisschen Luft holen. Die Mütter haben ihre Kinder zum Mittagsschlaf nach Hause gebracht. Es sind nur noch Sonnenanbeter und Müßiggänger da. Total überhitzt und am ganzen Körper klebrig vom langen Sitzen in meinem Plastik-Hochsitz beschließe ich, mir am Imbissstand eine Flasche Wasser zu holen. Ich klettere hinunter, blase in meine Trillerpfeife und hänge das Pause-Schild auf.

»Ich hol mir was zu trinken. Soll ich dir was mitbringen?«, rufe ich zu Tim rüber.

»Nur wenn es was Hochprozentiges ist«, ruft er über die Palmenkübel und granitfarbenen Steinquader hinweg, die den Olympic Pool vom Lagoon Pool trennen.

Hinter mir ertönt die Klingel des Hintereingangs. Seltsam. Die Gäste betreten die Anlage alle durch den Haupteingang, und Nan hat nichts davon gesagt, dass sie heute noch eine Lieferung von Stony-Bay-Souvenirartikeln erwartet.

Als ich auf den Türöffner drücke, kommt Mr Garrett herein. Ich muss zweimal hinschauen, bis ich ihn erkenne. Er trägt eine Ladung Kanthölzer auf der Schulter und wirkt mit seinem bis zu den Oberarmen hochgekrempelten Hemd im luxuriösen Ambiente der Clubanlage so fehl am Platz, als wäre er aus Versehen in das falsche Filmset gestolpert. Als er mich sieht, strahlt er übers ganze Gesicht. »Samantha! Jase hat mir schon erzählt, dass du hier arbeitest, aber wir wussten nicht, ob du heute Dienst hast. Er wird sich freuen.«

Ich komme mir in meinem albernen Kapitänsjäckchen über dem Badeanzug ziemlich dämlich vor, aber Mr Garrett scheint nichts davon zu bemerken. »Das ist die erste Ladung, es kommt noch mehr«, sagt er. »Weißt du, wo es hin soll?«

Ich habe keine Ahnung und das ist mir wohl auch deutlich anzusehen.

»Kein Problem. Ich rufe kurz den Gebäudemanager an, bevor wir den Rest reinbringen.«

Ich wusste nicht, dass Garretts Baumarkt auch Bauholz vertreibt. Genau genommen weiß ich so gut wie gar nichts über das Geschäft von Mr Garrett und schäme mich plötzlich dafür.

Während er telefoniert, spähe ich über seine Schulter zur Einfahrt, wo ich Jase entdecke, der sich gerade in den Laderaum eines hellgrünen Transporters beugt. Mein Puls beschleunigt sich. Wie kann es sein, dass die Planeten auf denen ich und die Garretts leben, bis zu diesem Sommer immer in unterschiedlichen Galaxien existierten und wir auf einmal ständig miteinander in Berührung kommen?

»Alles klar.« Mr Garrett klappt das Handy zu. »Wir sollen das Material hier zwischen den beiden Pools deponieren. Ich schätze, sie wollen eine Hawaii-Bar bauen.«

Klar. Weil eine Hawaii-Bar ja so fantastisch zu dem mittelalterlichen Tudor-Stil passt, in dem das B&T ansonsten gehalten ist. *Noch einen Strawberry Daiquiri, edles Fräulein?* Ich spähe zwischen den Büschen hindurch nach Tim, sehe aber bloß Rauchkringel von einer Zigarette.

»Sam!« Jase balanciert einen Stapel Holz auf der Schulter. Er trägt eine Jeans und dicke Arbeitshandschuhe und von der Anstrengung in der Hitze läuft ihm der Schweiß übers Gesicht. Nachdem er das Holz polternd auf dem Boden abgelegt hat, gibt er mir einen salzigen, warmen Kuss. Seine Handschuhe fühlen sich rau an meinen Armen an und er schmeckt nach Zimtkaugummi. Ich löse mich hastig von ihm, als mir bewusst wird, dass Mr Lennox' Fenster auf den Poolbereich hinausgeht und Tim keine fünfzehn Meter entfernt ist. Nan ist auch ganz in der Nähe. Ganz zu schweigen von Mrs Henderson, die sich nur ein paar Meter weiter in ihrem Liegestuhl aalt und Mom sehr gut kennt, weil beide Mitglied im Garden Club sind.

Jase hält mich auf Armeslänge von sich entfernt und sieht mich mit leicht hochgezogenen Brauen an.

Allerdings sagt er dann etwas ganz anderes, als das, womit ich gerechnet hatte. »Bist du vom Breakfast-Ahoy-Sailor-Moon-Supergirl zum Admiral befördert worden?« Er berührt die goldene Litze an den Schultern meiner Jacke und lächelt. »Ziemlicher Karrieresprung. Muss ich jetzt vor die salutieren?«

»Bitte nicht.«

Jase beugt sich zu einem zweiten Kuss zu mir herunter. Ich versteife mich. Aus dem Augenwinkel sehe ich, wie Mrs Henderson sich aufsetzt und sich ihr Handy ans Ohr hält. Sie hat meine Mom doch nicht etwa im Kurzwahlspeicher?

Jase' Blick verrät, dass er überrascht ist – und leicht verletzt. Er sieht mich prüfend an.

»Tut mir leid!«, sage ich. »Ich muss den Schein wahren,

wenn ich diese blöde Uniform trage.« Ich ziehe entschuldigend die Schultern hoch. *Den Schein wahren?* »Ich meine – ich muss den Pool im Auge behalten, darf mich nicht ablenken lassen und vor allem während meiner Arbeitszeit keine persönlichen Kontakte pflegen. Anordnung von der Geschäftsleitung«, füge ich hinzu und deute auf Mr Lennox' Fenster.

Jase wirft einen verwirrten Blick auf das Pause-Schild an meinem Hochsitz, dann tritt er einen Schritt zurück und nickt. Ich stöhne innerlich auf. »Verstehe«, sagt er langsam. »Ist wenigstens so was hier erlaubt?« Er gibt mir einen züchtigen Kuss auf die Stirn.

»Hey, J«, ruft in dem Moment Mr Garrett. »Kannst du bitte mal mit anpacken?«

Ich werde rot, aber Jase lächelt mich bloß an und trabt dann zu seinem Vater. *Vielleicht ist Mr Garrett daran gewöhnt, dass Jase in seiner Gegenwart irgendwelche Mädchen küsst? Vielleicht ist es für die beiden das Normalste von der Welt? Warum ist es für mich nur so ungewohnt und schwierig?*

Im nächsten Moment kommt ein sichtlich aufgelöster Mr Lennox aus seinem Büro herbeigeeilt. Ich mache mich auf das Schlimmste gefasst. »Niemand hat mich darüber informiert, wann genau Sie das Holz liefern«, ruft er. »Irgendwann im Laufe des Nachmittags, das ist alles, was man mir gesagt hat!« Ich atme erleichtert aus und schüttle über mich selbst den Kopf.

»Heißt das, der Zeitpunkt ist gerade schlecht?«, fragt Mr Garrett, während er einen neuen Stapel Holz ablegt.

»Ich hätte nur vorher gern genauer Bescheid gewusst«, entgegnet Mr Lennox. »Haben Sie sich beim Pförtner angemeldet? Alle Lieferanten müssen sich dort mit genauer Ankunfts- und Abfahrtszeit anmelden.«

»Wir sind einfach hier vorgefahren. Ich habe schon öfter mal Baumaterialien hier angeliefert. Mir war nicht klar, dass das ein Problem sein könnte.«

»So sind nun mal die Vorschriften in unserem Club«, gibt Mr Lennox verschnupft zurück.

»Ich erledige den Papierkram, wenn wir fertig sind«, sagt Mr Garrett. »Sollen wir den Rest hier abladen? Wann wird denn mit dem Bau begonnen?«

Eindeutig ein weiterer heikler Punkt für den um Fassung ringenden Mr Lennox. »Darüber bin ich ebenfalls nicht informiert worden.«

»Kein Problem«, sagt Mr Garrett. »Wir können Ihnen eine Plane dalassen für den Fall, dass es noch eine Weile dauert und es in der Zwischenzeit regnet.«

Er und Jase laufen zwischen dem Transporter und der Clubanlage hin und her, tragen die Bretterladungen mal einzeln, mal zusammen. Sie sind ein eingespieltes Team. Mr Lennox steht etwas abseits und sieht aus, als bräuchte er gleich eine Herz-Massage.

»So. Das war's«, sagt Mr Garrett schließlich. »Ich bräuchte bloß noch hier eine Unterschrift.« Er hält Mr Lennox ein Klemmbrett entgegen, dann tritt er einen Schritt zurück und reibt sich mit zusammengebissenen Zähnen die linke Hand.

Ich schaue zu Jase rüber. Er hat sich die Handschuhe ausgezogen und wischt sich mit dem Unterarm über die Stirn. Obwohl es bewölkt ist, hat es fast dreißig Grad und ist wie immer drückend schwül.

»Kann ich euch vielleicht was zu trinken bringen?«, frage ich.

»Danke, wir haben unsere Thermoskannen im Wagen. Aber wenn ich mal eure Toilette benutzen dürfte?« Jase sieht mich mit schräg gelegtem Kopf an. »Oder muss ich mich dafür auch erst beim Pförtner anmelden?«

Ich gehe nicht auf seinen Witz ein, sondern führe ihn zu den sanitären Anlagen und bleibe dann etwas unschlüssig draußen stehen. Mr Garrett beugt sich über den Pool, schöpft sich mit der Hand Wasser ins Gesicht und fährt sich anschließend durch die Haare. Obwohl Mr Lennox mittlerweile wieder leise vor sich hin murmelnd in seinem Büro verschwunden ist, habe ich das Gefühl, mich entschuldigen zu müssen. »Tut mir leid, dass ...« Ich mache eine vage Geste, die die gesamte Clubanlage umfasst.

Mr Garrett lacht. »Du kannst nun wirklich nichts dafür, dass sie hier so vernarrt in ihre Vorschriften sind, Samantha. Ich hatte schon öfter mit solchen Typen zu tun. Ist nichts Neues für mich.«

Jase kommt lächelnd von der Toilette zurück und zeigt kopfschüttelnd mit dem Daumen hinter sich. »Die haben da drin tatsächlich über jedem Pissoir einen Rettungsring hängen.«

»Warum unterhältst du dich nicht noch ein paar Minuten mit Samantha«, sagt Mr Garrett zu seinem Sohn und klopft ihm auf die Schulter. »Ich muss im Wagen noch den Papierkram erledigen.«

»Danke, Dad«, murmelt Jase, bevor er sich wieder mir zuwendet.

»Wollen wir uns heute Abend sehen?«, frage ich.

»Unbedingt. Wann bist du hier fertig? Oh ... das hab ich ganz vergessen. Heute wird es später bei mir. Donnerstags trainiere ich immer mit Dad am Strand.«

»Am Strand trainiert ihr Football? Wie geht das denn?«

»Mit Dads altbewährten Trainingsmethoden. Es gab zwei Sporthochschulen, die ein Auge auf ihn geworfen hatten, bevor sein Knie nicht mehr mitmachte. Ich muss dringend noch mehr Muskelmasse aufbauen und dafür lässt er mich knietief durchs Wasser joggen. Ich sage dir – das ist die Hölle, aber es bringt verdammt viel.«

»Jason? Können wir?«, ruft Mr Garrett.

»Komme.« Er steckt seine Handschuhe in die Gesäßtasche, fasst mich an den Schultern und schiebt mich in den Schatten eines Oleanderstrauchs. Ich würde ihn gerne innig umarmen, bin aber völlig verkrampft. Hinter ihm sehe ich Tim vorbeilaufen, der gerade sein Kleingeld zählt und auf dem Weg zum Imbissstand ist. Plötzlich hebt er den Kopf und schaut direkt zu uns rüber. Er fängt an zu grinsen und wedelt mit dem Zeigefinger in unsere Richtung – *Ts-ts-ts!*

»Ich respektiere deine Uniform und die Vorschriften und werde nicht versuchen, während deiner Arbeitszeit persönliche Kontakte zu dir zu pflegen«, sagt Jase mit übertrieben feierlichem Ernst und küsst mich auf die Wange. »Aber wir sehen uns heute Abend.«

»Ohne Uniform.« Als mir die Zweideutigkeit meiner Worte klar wird, presse ich verlegen die Hand auf den Mund.

Er grinst. »Soll mir recht sein.«

Sechzehntes Kapitel

Jase klopft an die Fensterscheibe, ganz leise zwar, aber das Geräusch lässt mich panisch nach meiner Mutter horchen. Erst als es auf der Treppe still bleibt, laufe ich zum Fenster und klettere nach draußen.

Er zeigt einladend auf die Decke, die er auf dem Vorsprung ausgebreitet hat.

»Du hast ja an alles gedacht!«, sage ich und setze mich neben ihn.

Jase legt einen Arm um mich. »Ich versuche, vorausschauend zu denken. Außerdem hab ich noch einen Ansporn für meine letzte Trainingseinheit gebraucht, und da ist mir sofort die Kletterpartie zu dir aufs Dach eingefallen.«

»Ich war ein Ansporn?«

»Und ob.« Ich spüre die Wärme seines Arms in meinem Nacken, grabe die Zehen in die Decke und lehne mich gegen die von der Sonne immer noch aufgeheizten Dachziegel. Mittlerweile ist es neun und der Tag ist kurz davor, den Kampf gegen die Nacht zu verlieren. Es ist wieder sternenklar.

»Wusstest du, dass die Sterne nicht überall auf der Welt gleich sind? Wenn wir in Australien wären, würden wir einen anderen Himmel sehen.«

»Nicht einfach nur seitenverkehrt oder auf dem Kopf stehend?« Jase zieht mich enger an sich und bettet meinen

Kopf auf seiner Brust. Ich atme tief den Duft seiner Haut und seines frisch gewaschenen T-Shirts ein. »Wirklich komplett anders?«, fragt er.

»Ziemlich anders jedenfalls«, antworte ich. »In Australien sieht man unser Sommerdreieck, obwohl dort jetzt Winter ist ... und den Oriongürtel. Und einen orangeroten Stern, den Aldebaran, der das Auge von Taurus ist. Du weißt schon, das ist der Stier.«

»Wie ist es eigentlich dazu gekommen, dass du ...«, er lässt die Finger spielerisch am Kragen meines Shirts entlanggleiten, »Astrophysikerin geworden bist?«

»Das ist eine komplizierte Geschichte.« Ich schließe die Augen und lausche auf Jase' Herzschlag.

»Erzähl.« Er zeichnet mit den Fingerspitzen die Linie meines Halses bis zu meinem Kinn nach. Die einfache Berührung hat eine fast hypnotisierende Wirkung auf mich und auf einmal erzähle ich ihm etwas, das ich bisher noch niemandem erzählt habe.

»Du weißt ja, dass mein Dad meine Mom verlassen hat, bevor ich geboren wurde.«

Er nickt mit gerunzelter Stirn, sagt aber nichts.

»Ich weiß nicht, wie es genau dazu gekommen ist – sie redet nicht darüber. Ob sie ihn rausgeworfen hat oder er einfach gegangen ist oder ob sie einen schlimmen Streit hatten ... keine Ahnung. Aber er hat ein paar Sachen von sich hiergelassen – in einem großen Karton, den meine Mutter ihm per Post nachschicken sollte. Nehme ich an. Aber meine Geburt stand kurz bevor, und Tracy war noch klein, sie war gerade erst eins geworden, also hat Mom ihn in die Abstellkammer gestellt und dort anscheinend vergessen.«

Ich habe das schon immer ziemlich seltsam gefunden, weil es so untypisch für meine pedantische Mutter ist, dass sie nicht wirklich jedes auch noch so winzige Fitzelchen von ihm hat verschwinden lassen.

»Als Tracy ungefähr acht war und ich sieben, hat sie den Karton gefunden. Wir hatten nach Weihnachtsgeschenken gesucht und ihn aufgemacht, aber es waren lauter komische Sachen drin – alte Konzert-T-Shirts von diversen Bands, Kassetten, Fotos von Leuten, die wir nicht kannten, ausgelatschte Turnschuhe. Nicht unbedingt das, was wir uns erhofft hatten.«

»Was hattet ihr euch denn erhofft?« Jase' Stimme ist leise.

»Einen Schatz. Alte Tagebücher oder so etwas. Seine Barbie-Sammlung.«

»Äh ... dein Dad hat Barbies gesammelt?«

Ich lache. »Nicht dass ich wüsste. Aber wir waren kleine Mädchen. Das wäre uns jedenfalls lieber gewesen als müffelnde Turnschuhe und verwaschene T-Shirts von R.E.M. und Blind Melon.«

»Okay, das verstehe ich.« Seine Finger sind mittlerweile an meiner Shorts angekommen und gleiten langsam am Bund entlang. Mein ganzer Körper fängt an zu kribbeln.

»Jedenfalls lag ganz unten in dem Karton ein Teleskop. Es steckte noch in der Originalverpackung, als wäre Dad nie dazu gekommen, es auszupacken. Oder als wäre es ein Geschenk gewesen, das ihn nicht interessiert hat. Ich habe es mir genommen und in meinem Schrank versteckt.«

»Und dann bist du hier aufs Dach rausgeklettert und hast dir die Sterne angeschaut.« Jase verlagert das Gewicht, stützt sich auf einen Ellbogen und sieht mich an.

»Von meinem Fenster aus. Es hat ewig gedauert, bis ich raushatte, wie man es richtig einstellen muss, um etwas zu erkennen, aber als ich damit umgehen konnte, habe ich jede Nacht in den Himmel geschaut. Ich hab nach Ufos Ausschau gehalten, den Großen Wagen entdeckt ... was man eben mit so einem Teleskop macht.« Ich zucke mit den Achseln.

»Und dich gefragt, wo dein Dad ist?«

»Vielleicht. Wahrscheinlich. Anfangs. Aber dann hat mich ziemlich schnell das Astronomiefieber gepackt und ich war einfach nur noch total von all diesen Lichtjahre entfernten Planeten und Sternen fasziniert.«

Jase nickt, als würde er mich verstehen.

Es macht mich nervös, so viel von mir zu erzählen. »Okay, jetzt bist du dran.«

»Hmm?« Er umkreist meinen Bauchnabel mit dem Zeigefinger. *Oh mein Gott.*

»Erzähl mir was über dich.« Ich drehe den Kopf und grabe meine Lippen in die raue Baumwolle seines Shirts. »Etwas, das ich noch nicht weiß.«

Und weil wir hier oben ganz für uns sind, nicht von hereinplatzenden Brüdern, Schwestern oder Freunden unterbrochen werden und uns nicht vor den möglichen Blicken des in Vorschriften verliebten B&T-Geschäftsführers verstecken müssen, erfahre ich Dinge über die Garretts, die ich von meinem geheimen Beobachtungsposten aus niemals hätte herausfinden können. Zum Beispiel, dass Alice eine Ausbildung zur Krankenschwester macht. Jase zieht eine Braue hoch, als ich darüber lache. »Jetzt sag bloß, du kannst dir meine Schwester nicht als barmherzigen Engel vorstellen?« Dass Duff gegen Erdbeeren allergisch ist, Andy zwei Monate zu früh auf die Welt kam und alle Garretts musikalisch sind. Jase spielt Gitarre, Alice Pikkoloflöte, Duff Cello und Andy Geige. »Und Joel?«, frage ich.

»Schlagzeug, was sonst«, sagt Jase. »Zuerst hat er Klarinette gespielt, aber dann ziemlich schnell festgestellt, dass ihn das nicht wirklich reizt.«

Die Luft duftet nach frisch gemähtem Gras und Moms Rosenbüschen. Jase' Herz schlägt ruhig und gleichmäßig an meiner Wange und ich schließe erneut die Augen und spüre, wie ich mich entspanne. »Wie ist das Training heute gelaufen?«

»Ziemlich anstrengend«, seufzt Jase. »Aber Dad weiß, was er tut. Bei Joel hat es jedenfalls funktioniert. Er hat ein Football-Stipendium an der State University bekommen.«

»Weißt du schon, an welchem College du dich bewerben willst?«

Jase setzt sich halb auf und reibt sich über den Nasenrücken. Seine sonst so weichen, offenen Züge verfinstern sich ein bisschen.

»Ich weiß es nicht. Ist noch nicht sicher, ob ich mich überhaupt bewerben kann.«

»Warum?«

Er fährt sich durch die Haare. »Meine Eltern, genauer gesagt, mein Dad, haben ihre Finanzen bis jetzt immer gut im Griff gehabt. Tja, und dann hat Lowe's – diese Heimwerker-Kette – letztes Jahr angefangen, hier in der Gegend neue Filialen zu eröffnen. Dad dachte, das wäre ein guter Zeitpunkt, um einen Kredit aufzunehmen und das Sortiment zu erweitern. Artikel, die Lowe's nicht anbietet. Aber die Zeiten sind härter geworden, die Leute halten ihr Geld zusammen. Jedenfalls wirft der Laden mittlerweile kaum noch Gewinn ab. Über kurz oder lang wird es also eng werden. Joel hat das Stipendium, Alice hat ein bisschen Geld von ihrer Namensvetterin, unserer Großtante Alice geerbt und einen Sommerjob als Schwesternhelferin. Aber ich … na ja … das mit dem Football könnte klappen, aber ich bin nicht so gut wie mein Bruder.«

Ich drehe den Kopf, um ihn anzusehen. »Irgendeine

Möglichkeit muss es geben, Jase. Eine andere Art von Stipendium … ein Studienkredit. Irgendetwas wird sich ergeben, da bin ich mir sicher.«

Plötzlich fällt mir ein, dass Mrs Garrett immer versucht, ihre Kinder zur Sparsamkeit anzuhalten. »Das ganze Glas Saft schaffst du doch nie, Harry. Schenk dir erst ein bisschen ein, und wenn du noch mehr Durst hast, schenkst du dir einfach etwas nach«, während Mom öfter aus einer Laune heraus mehrgängige Gourmet-Menüs aus Fernseh-Kochshows nachkocht, die wir zu dritt nie aufessen, sodass der Rest jedes Mal weggeworfen wird.

»Es gibt einen Weg, Jase. Und wir finden ihn.«

Sein Gesicht hellt sich wieder etwas auf, als er mich jetzt ansieht. »Rettet Sailor Moon diesmal *mich*?«

Ich salutiere. »Zu Ihren Diensten, Sir.«

»Ach so ist das?« Er beugt sich über mich, sodass sich unsere Nasenspitzen berühren. »Könnte ich vielleicht eine Liste mit den Dienstleistungen bekommen, die mir zur Verfügung stehen?«

»Ich zeige sie dir«, flüstere ich, »wenn du …«

»Abgemacht«, murmelt Jase, dann zieht er mich an sich und küsst mich.

Bevor er einige Zeit später das Spalier hinunterklettert, beugt er sich für einen letzten Kuss zu mir vor, und wartet dann unten, bis ich die Decke zusammengefaltet und ihm runtergeworfen habe. »Gute Nacht!«

»Gute Nacht!«, rufe ich leise, als ich plötzlich Moms Stimme hinter mir höre.

»Schatz?«

Oh Gott. Ich hechte so schnell in mein Zimmer zurück, dass ich mir die Stirn am Fensterrahmen anschlage. »Au!«

»Hast du eben mit jemandem gesprochen?« Mom trägt

ein elegantes ärmelloses schwarzes Oberteil und perfekt sitzende weiße Hosen, hat die Arme verschränkt und sieht mich stirnrunzelnd an. »Ich dachte, ich hätte Stimmen gehört.«

Ich versuche, nicht rot zu werden. Vergeblich. Meine Lippen fühlen sich so geschwollen an, dass mir aus Angst, Mom könnte erraten, was los war, die Hitze in die Wangen steigt. Noch ertappter als ich kann man gar nicht aussehen.

»Ich hab bloß Mrs Schmidt von gegenüber Gute Nacht zugerufen«, antworte ich. »Sie war gerade an ihrem Briefkasten.«

Unglaublicherweise kauft Mom mir die Lüge ab.

»Ich habe dir schon tausendmal gesagt, dass du das Fenster nicht offen lassen sollst. Wozu haben wir eine Klimaanlage? Davon mal abgesehen, habe ich keine Lust das ganze Haus voller Mücken und anderem Insektengetier zu haben!« Sie schließt energisch das Fenster, legt den Riegel um und wirft dann einen Blick nach draußen. Ich bete, dass sie nicht sieht, wie Jase gerade unsere Einfahrt hinuntergeht. Mit – *Gott!* – einer Decke unterm Arm!

Ich habe das Gefühl, als würde mir gleich das Herz aus der Brust springen.

»Warum müssen diese Leute immer ihren gesamten Hausrat im Garten herumliegen lassen«, murmelt sie vor sich hin und zieht den Vorhang zu.

»Wolltest du eigentlich was Bestimmtes von mir, Mommy?« Ich zucke innerlich zusammen. Ich habe sie seit mindestens sechs Jahren nicht mehr *Mommy* genannt.

Aber das Wort scheint eine besänftigende Wirkung auf sie zu haben, denn sie kommt zu mir und streicht mir die Haare aus dem Gesicht – fast so, wie Jase es vorhin getan hat –, nur dass sie sie anschließend an meinem Hinterkopf zu einem Zopf zusammennimmt, sich ein Stück zurücklehnt, um das Ergebnis zu betrachten, und mich dann mit dem Lächeln ansieht, das auch ihre Augen erreicht. »Ja. Ich wollte dich fragen, ob du mir kurz helfen kannst, Schatz. Ich habe morgen ein paar wichtige offizielle Termine und kann mich nicht entscheiden, was ich anziehen soll. Ich koch uns vorher auch einen schönen Tee, ja?«

Ein paar Minuten später hat mein Adrenalinpegel wieder seinen Normalstand erreicht. Ich nippe an einem Kamillentee und sehe Mom dabei zu, wie sie Hosenanzüge und leichte Sommerpullis auf ihrem Bett ausbreitet. Man könnte jetzt vielleicht denken, dass für den Job der Modeberaterin Tracy eher geeignet wäre. Schließlich ist sie diejenige, die sich von uns beiden besonders viel Mühe mit ihrem Aussehen gibt und die Sachen, die sie am nächsten Tag anziehen will, schon am Abend vorher rauslegt. Aber aus irgendeinem Grund ist das schon immer meine Aufgabe gewesen.

»Okay.« Mom stemmt die Hände in die Hüften. »Als Erstes steht ein Mittagessen im Garden Club an, danach ein hundertster Geburtstag im Seniorenheim, und von dort aus geht es direkt zu einer Hafenrundfahrt.«

In die Satinkissen am Kopfende ihres Bettes gelehnt, schränke ich die Auswahl auf ein schlichtes schwarzes Kleid, einen sportlichen weißen Leinenhosenanzug und einen blau geblümten Rock mit einem kornblumenblauen Wickeltop ein.

»Das schwarze«, sage ich, »passt zu allem.«

»Hmmm.« Die Stirn in Falten gelegt, hält Mom sich das Kleid an den Körper und betrachtet sich in ihrem verstellbaren Standspiegel. »Meine Mutter hat immer gesagt, eine Frau sollte nie von Kopf bis Fuß in Schwarz gekleidet sein. Das sei zu streng.« Bevor ich sie fragen kann, warum sie es dann gekauft hat, hellt sich ihr Gesicht auf. »Aber ich habe das gleiche noch mal in Dunkelblau.«

»Perfekt!«, nicke ich, als sie es mir zeigt, und das ist es wirklich. Mom verschwindet in ihrem begehbaren Kleiderschrank, um nach passenden Schuhen zu suchen. Ich kuschle mich noch ein bisschen tiefer in die Kissen. Obwohl Mom kaum größer ist als ich, ist ihr Bett riesig – eine Spezialanfertigung, die ursprünglich wahrscheinlich mal für einen Basketballspieler der LA Lakers bestimmt war oder so. Wenn ich darin liege, komme ich mir immer wie ein kleines Kind vor.

Nachdem wir auch noch die Schuhe durchgegangen sind und die wunderschönen, aber unbequemen Manolos und die bequemen, aber uneleganten Naturalizers ausgemustert haben, setzt Mom sich mit ihrem Tee aufs Bett. Ihre Schultern heben und senken sich, als sie tief einatmet. »Ah, das tut gut.« Sie lächelt mich an. »Fühlt sich an, als hätten wir das schon seit einer Ewigkeit nicht mehr gemacht.«

Es fühlt sich nicht nur so an, es ist so. Unser Teeritual, Outfits für sie zusammenstellen, überhaupt die Tatsache, dass Mom abends mal zu Hause ist … ich weiß nicht, wann das zuletzt der Fall gewesen ist.

»Tracy hat übrigens ein unglaublich süßes Bild von sich und Flip auf dem East-Chop-Leuchtturm gemalt.«

»Mir auch«, sage ich.

»Die beiden sind ein reizendes Paar.« Mom nippt am Tee.

»Reizend« wäre zwar nicht das erste Wort, das mir einfällt, um Tracys und Flips Beziehung zu beschreiben, aber ich habe sie auch schon in ganz anderen Situationen erlebt als Mom. *Was, wenn sie fünf – oder zwei – Minuten früher in mein Zimmer gekommen wäre? Sie hätte das offene Fenster ge-*

sehen und gewusst, dass ich draußen sitze. Was hätte ich gesagt?
Was hätte Jase gemacht?

»Macht es dich traurig, dass du keinen Freund hast, Liebes?« Die Frage erwischt mich völlig unvorbereitet. Sie steht auf, sammelt die Kleidungsstücke ein und hängt sie in den Schrank zurück. Ich schweige. »Ich weiß, wie wichtig das in deinem Alter ist.« Sie lacht wehmütig. »Vielleicht auch in meinem Alter. Ich hatte vergessen, wie ...« Sie verstummt und blickt einen Moment lang nachdenklich vor sich hin, bevor sie wieder auf das eigentliche Thema zurückkommt. »Was hältst du von Thorpe, Samantha? Flips jüngerem Bruder? Er ist so ein netter Junge.«

Will sie mich jetzt etwa verkuppeln? Das sind völlig neue und seltsame Seiten an meiner Mutter.

»Äh ... Thorpe spielt für das andere Team, Mom«, kläre ich sie auf.

»Als würden sportliche Präferenzen eine Rolle spielen«, sagt sie. »Er hat wirklich tadellose Manieren.«

»Er hat sich schon in der Middle School geoutet.«

Sie blinzelt ein paarmal, während sie die Information sacken lässt. »Oh. *Oh.* Verstehe. Tja ... dann.«

Das Klingeln ihres Handys zerreißt die Stille. »Hi, Honey.«

Mom klemmt sich das Telefon zwischen Ohr und Schulter und zupft ihre Haare zurecht, obwohl Clay sie gar nicht sehen kann.

»Wann? Okay. Ich schalte es gleich an und ruf dich danach zurück!«

Sie greift nach der Fernbedienung, die ordentlich in einem kleinen Körbchen auf ihrem Nachttisch liegt. »Channel Seven strahlt die Rede aus, die ich in der Lichtfield Law School gehalten habe. Sag mir, was du davon hältst, Samantha.«

Ich frage mich, ob Kinder von Filmstars dieses seltsame Gefühl des Abgekoppeltseins kennen, das ich jetzt empfinde. Die Person auf dem Fernsehbildschirm sieht wie die Frau aus, die oft in unserer Küche steht und Limonade macht, aber die Worte, die aus ihrem Mund kommen, sind mir völlig fremd. Sie hatte bis jetzt noch nie ein Problem mit Immigranten. Oder der gleichgeschlechtlichen Ehe. Sie ist immer eine gemäßigte Konservative gewesen. Ich höre ihr zu, blicke in ihr vor Aufregung gerötetes Gesicht und weiß nicht, was ich sagen soll. Steckt Clay dahinter? Was es auch ist, es dreht mir den Magen um.

Siebzehntes Kapitel

Wenn Mom nicht gerade – mit mehr Feuereifer denn je – Wahlkampf betreibt, ist Clay bei uns zu Hause, was für mich ziemlich gewöhnungsbedürftig ist. Für ihn gelten, wie mir schon von Anfang an aufgefallen ist, andere Regeln. Er breitet sich aus, reißt sich seine Krawatte vom Kragen, wirft sein Jackett aufs Sofa, schleudert die Schuhe von den Füßen und denkt sich nichts dabei, einfach den Kühlschrank aufzumachen, die Reste herauszuholen und sie direkt aus der Frischhaltedose zu essen. Etwas, was Mom Tracy oder mir niemals durchgehen lassen würde. Aber Clay hat einen Freifahrtschein. An manchen Tagen ist er schon morgens da und macht Frühstück, klassische Südstaatenküche mit gerösteter Maisgrütze und Fett triefenden Bratkartoffeln – Dinge, die Mom morgens sonst nie gegessen hätte. Während sie ihr Tagesprogramm durchgeht, schenkt Clay ihr Kaffee ein, füllt ihren Teller und küsst sie zwischendurch auf die Stirn.

Als ich an dem Morgen, nachdem wir die Kleider für sie rausgesucht haben, in die Küche komme, steht Clay mit Schürze (!) am Herd. »Deine Mom ist gerade raus, Zeitungen holen, Samantha. Willst du Milchbrötchen mit weißer Hackfleischsoße?«

Großer Gott, nein. Er schwingt die Bratpfanne mit derselben selbstbewussten Lässigkeit, mit der er alles zu tun scheint.

Es ist seltsam, dass sich in unserem Haus ein Mann mit so einer entspannten Selbstverständlichkeit bewegt.

Plötzlich wird mir klar, dass ich zum ersten Mal allein mit ihm bin, seit ich ihn zufällig auf der Main Street gesehen habe. Es wäre endlich die perfekte Gelegenheit, ihn nach der braunhaarigen Frau zu fragen, aber ich habe keine Ahnung, wie ich ihn darauf ansprechen soll.

»Hier, probier mal.« Er stellt einen Teller vor mich hin, auf dem ein aufgeschnittenes Brötchen liegt, das aussieht, als hätte jemand draufgekotzt, aber es riecht ziemlich lecker.

»Worauf wartest du? Greif zu«, sagt er. »Ich hoffe, du bist nicht eines von diesen Mädchen, die Angst haben, ein bisschen Fleisch auf die Rippen zu bekommen.«

Seine Haare fallen ihm jungenhaft in die Stirn und seine Augen lächeln. Ich will ihn mögen. Er macht meine Mutter glücklich. Und er hat sich für mich eingesetzt, als Mom so sauer war, weil ich zu spät nach Hause kam. Ich rutsche unbehaglich auf meinem Stuhl hin und her.

»Ich wollte mich übrigens noch bei dir bedanken, weil du mir neulich Abend beigestanden hast«, sage ich schließlich, während ich mit meiner Gabel in der klumpigen Soße mit dem Hackfleischbrät stochere.

Clay schmunzelt. »Ich bin auch mal jung gewesen, Sweetheart.«

Bist du immer noch, denke ich. Und plötzlich frage ich mich, ob er mir altersmäßig womöglich sogar näher steht als Mom.

»Komm schon, Samantha. Sei kein Feigling und probier.«

Okay, denke ich, das ist mein Stichwort, und nehme all meinen Mut zusammen.

»Wer war eigentlich die Frau, mit der ich dich vor Kurzem gesehen habe?«, frage ich, ohne ihn dabei aus den Augen zu lassen.

»In der Stadt?«, fragt er zurück, statt mir – wie ich es eigentlich erwartet hatte – zu sagen, dass mich das nichts angeht. »Hast du dir darüber etwa seitdem den Kopf zerbrochen?«

Ich zucke die Achseln. »Ich hab mich bloß gefragt, ob ich Mom davon erzählen soll.«

Er stützt sich mit beiden Händen auf der Arbeitsplatte ab und sieht mich aufmerksam an. »Dass du gesehen hast, wie ich mit einer alten Freundin zu Mittag gegessen habe?«

Die Stimmung im Raum hat sich kaum merklich verändert. Clay lächelt zwar, aber ich bin mir nicht sicher, ob sein Lächeln noch aufrichtig ist. »Ihr habt einen ziemlich vertrauten Eindruck auf mich gemacht«, gebe ich zurück.

Clay betrachtet mich, immer noch lässig auf der Theke abgestützt. Ich halte seinem Blick stand. Nach einer Weile scheint er sich plötzlich wieder zu entspannen. »Sie ist bloß eine gute Freundin, Samantha. Wir waren früher mal ein Paar, aber das ist längst Geschichte. Jetzt bin ich mit deiner Mom zusammen.«

Ich ziehe Gabelspuren in die Soße. »Dann weiß Mom über sie Bescheid?«

»Wir haben uns nicht viel über unsere Vergangenheit unterhalten. Dafür hatten wir bis jetzt einfach keine Zeit, es gab Wichtigeres. Aber deine Mom hat nicht den geringsten Grund, sich wegen Marcie Sorgen zu machen. Genauso wenig, wie ich mir wegen deines Daddy Sorgen machen muss. Willst du Orangensaft?« Er schenkt mir ein Glas ein, bevor ich antworten kann. »Wir sind erwachsene Menschen, Sweetheart. Wir haben alle eine Vergangenheit. Ich wette, sogar du hast eine. Aber was zählt, ist vor allem die Gegenwart, findest du nicht?«

Er hat wahrscheinlich recht. Ich meine, ich kann mich kaum noch daran erinnern, was ich jemals an Michael oder Charley gefunden habe.

»Und wir alle haben eine Gegenwart«, fügt er nach einer kleinen Pause hinzu, »von der wir noch nicht einmal den Menschen, die wir lieben, in jeder Einzelheit erzählen.«

Ich sehe ihn alarmiert an. Aber nein … das kann nicht sein. Er ist noch seltener hier als Mom. Er kann unmöglich von Jase wissen. Aber Moment mal, heißt das etwa …

»Wie gesagt, Marcie ist Vergangenheit. Sie ist nicht meine Gegenwart, Samantha. Und ich glaube, du kennst mich mittlerweile gut genug, um zu wissen, dass ich mir verdammt noch mal mehr Gedanken über die Zukunft mache als über die Vergangenheit.«

Ich schiebe mir gerade den letzten Bissen von dem überraschend lecker schmeckenden Milchbrötchen mit Soße in den Mund, als Mom von der Hitze draußen ein bisschen zerzaust mit einem Riesenstapel Zeitungen im Arm hereinkommt. Clay nimmt sie ihr ab, gibt ihr einen dicken Kuss und zieht einen Stuhl für sie hervor.

»Ich habe daran gearbeitet, aus deiner Tochter eine echte Südstaatenbraut zu machen, Gracie. Ich hoffe, du hast nichts dagegen.«

»Natürlich nicht, Honey.« Sie setzt sich auf den Stuhl neben mir. »Mhmm, das sieht köstlich aus. Ich bin am Verhungern!«

Clay stellt einen Teller mit zwei Brötchen und Soße vor Mom und sie greift mit dem Appetit eines Holzfällers zu. So viel zu meiner für gewöhnlich Melone und Vollkorntoast frühstückenden Mutter.

Und so geht es weiter. Clay ist jetzt in unserem Leben, in unserem Haus. Er ist immer dabei.

In den folgenden Wochen bekomme ich Mom kaum noch zu Gesicht. Sie stürzt jeden Morgen mit einer zweiten Garnitur Kleidung über dem Arm zu ihrem Wagen und wir kommunizieren fast nur noch per SMS miteinander – **Es kann heute später werden, Schatz. Muss noch auf eine Charityveranstaltung.** Oder zur Gründungsfeier eines Unternehmens oder auf eine Sitzung oder eine Grillparty. Sie vernachlässigt sogar das Staubsaugen, hinterlässt mir Post-it-Notizen, auf denen steht, welche Hausarbeiten ich erledigen soll. Wenn sie mal zum Abendessen zu Hause ist, ist Clay auch dabei. Irgendwann schiebt er dann meistens seinen Teller beiseite, holt einen Block heraus, um sich Notizen zu machen, und tastete von Zeit zu Zeit abwesend nach seiner Gabel, um sich ein Stück Fleisch oder eine Tomate von dem Teller zu picken, auf dem er zufällig landet – seinem eigenen, meinem, Moms.

Clay Tucker ist das, was man einen Besessenen nennt. Er lebt für seinen Beruf. Neben ihm wirkt Mom mit ihrem voll gestopften Terminkalender wie eine Hobbypolitikerin. Er bringt neue Seiten in ihr zum Vorschein und sie eifert ihm bereitwillig nach. Vielleicht ist das etwas Gutes ... Aber das ändert nichts daran, dass ich meine Mom vermisse.

Achtzehntes Kapitel

Ms Reed! Ms Reed? Wenn Sie bitte mal kurz rüberkommen könnten?« Mr Lennox' Stimme vibriert förmlich vor Wut. »Sofort!«

Ich blase in meine Trillerpfeife, hänge das »Pause«-Schild auf, nachdem ich mich vergewissert habe, dass keine kleinen Kinder ohne ihre Eltern im Wasser sind, und gehe zum Lagoon Pool rüber. Mr Lennox, der wieder einmal aussieht, als wäre er nur ein paar Atemzüge von einem Schlaganfall entfernt, steht neben Tim. Der grinst amüsiert, wirkt leicht angetrunken und blinzelt in die Mittagssonne.

»Das« – Mr Lennox zeigt auf mich – »das ist eine Rettungsschwimmerin.«

»Ohhhhh«, sagt Tim. »Jetzt verstehe ich.«

»Nein, Sie verstehen nicht, junger Mann. Würden Sie sich einen Rettungsschwimmer nennen?«

Tim nimmt eine übertrieben Denkerpose ein und sagt schließlich: »Also meine Freunde dürfen mich Tim nennen.«

»Das habe ich nicht gemeint, und das wissen Sie ganz genau!« Mr Lennox wirbelt zu mir herum. »Haben Sie eine Ahnung, wie viele Minuspunkte dieser junge Mann schon angehäuft hat?«

Er arbeitet erst eine Woche im B&T, also wage ich eine vorsichtige Schätzung. »Fünf?«

»Acht!« Ich rechne fast damit, dass Mr Lennox sich in einen explodierenden Feuerball verwandelt. »Acht Minuspunkte. Sie arbeiten jetzt schon den zweiten Sommer hier. Wie viele Minuspunkte haben Sie?«

Tim verschränkt die Arme und sieht mich mit hochgezogenen Augenbrauen an. Während der Arbeitszeit private Kontakte zu pflegen, wird mit vier Minuspunkten geahndet, aber er hat nie ein Wort – weder mir und anscheinend auch nicht Nan gegenüber – darüber verloren, dass er mich und Jase gesehen hat.

»Ich weiß nicht genau«, sage ich, dabei weiß ich es sehr wohl.

»Keine!«, ereifert sich Mr Lennox. »In der kurzen Zeit, in der dieser junge Mann bei uns ist, hat er« – er hebt die Hand, um für die Aufzählung die Finger zu Hilfe zu nehmen – »sich zwei Mal ohne zu bezahlen am Imbissstand bedient. Drei Mal seine Kappe nicht aufgehabt. Einem unserer Gäste erlaubt, sich auf den Rettungsschwimmerhochsitz zu setzen...«

»Das war nur ein kleiner Junge«, unterbricht Tim ihn. »Er wollte die Aussicht mal von oben genießen. Mein Gott, der Knirps war höchstens vier und...«

»Der Hochsitz ist kein Spielzeug. Sie haben außerdem zwei Mal ihren Arbeitsplatz verlassen, ohne das ›Pause‹-Schild aufzuhängen.«

»Ich stand direkt neben dem Pool«, verteidigt sich Tim. »Ich hab mich bloß mit ein paar Mädchen unterhalten. Wenn etwas passiert wäre, hätte ich es mitbekommen und sofort eingreifen können. So scharf waren sie nun auch wieder nicht«, fügt er an mich gewandt hinzu, als würde er mir für dieses unverantwortliche Benehmen eine Erklärung schulden.

»Sie haben es noch nicht einmal gemerkt, als ich hinter Ihnen stand und mich geräuspert habe! Und zwar ganze *drei Mal*.«

»Sind es zwei unterschiedliche Vergehen, dass ich Ihr Räuspern nicht bemerkt und das Pause-Schild nicht aufgehängt habe? Oder bekomme ich für jedes Räuspern, das ich nicht gehört habe, einen Minuspunkt, also insgesamt drei? Plus einen für …«

Mr Lennox Gesicht erstarrt zu einer Maske. Er richtet sich zu seiner vollen Größe auf, was bei einem kleinen Mann wie ihm immer ein wenig verzweifelt wirkt. »Sie« – sein Zeigefinger bohrt sich in Tims Brust – »haben nicht die richtige Einstellung für das B&T. Ihnen fehlt der Clubgeist.« Er sticht ihm bei jedem Wort aufs Neue in die Brust, um die Wirkung zu verstärken.

Tims Mundwinkel zucken. Damit macht er natürlich alles nur noch schlimmer.

»Und deswegen«, zetert Mr Lennox mit hochrotem Kopf weiter, »haben Sie hier ab sofort auch keinen *Job* mehr.«

Ich höre ein Seufzen hinter mir. Als ich mich umdrehe, steht Nan da.

»Eine Woche«, flüstert sie. »Das ist ein neuer Rekord, T.«

Mr Lennox macht auf dem Absatz kehrt und ruft: »Bitte geben Sie Ihre Arbeitskleidung, die Eigentum des Clubs ist, im Büro ab.«

»Kacke.« Tim greift in die Tasche seines Kapuzenshirts, das über einer Querstrebe des Rettungsschwimmerstuhls hängt, und zieht eine Packung Marlboro heraus. »Ich hatte so darauf gehofft, die niedliche Schirmmütze behalten zu dürfen.«

»Das ist alles?« Nans Stimme überschlägt sich fast. »Das ist alles, was du dazu zu sagen hast? Das ist der vierte Job, den du vermasselst, seit du von der Schule geflogen bist! Deine dritte Schule in drei Jahren! Dein vierter Job in drei Monaten! Wie schafft man es überhaupt, so oft gefeuert zu werden?«

»Reg dich wieder ab, Nanny. Der Job im Kino zum Beispiel, ja? Der war einfach scheißlangweilig.« Tim zündet sich eine Zigarette an. —

»Na und? Deine einzige Aufgabe bestand darin, Eintrittskarten abzureißen! Das kann ja wohl nicht so schwer sein!«, schreit Nan. Tim hat bis jetzt kein einziges Mal die Stimme erhoben, im Gegensatz zu Mr Lennox und jetzt auch Nan, die solche öffentlichen Szenen eigentlich hasst. Eine Gruppe kleiner Kinder starrt mit großen Augen zu uns rüber. Mrs Henderson hat mal wieder ihr Handy am Ohr. »Aber nein, nicht mal dazu bist du in der Lage. Du musstest ja unbedingt alle, die du kennst, umsonst reinlassen!«

»Bei den Wucherpreisen, die der Laden für Popcorn und andere Snacks verlangt, wird er deswegen schon nicht pleitegegangen sein.«

Nan schiebt sich die Haare aus dem Gesicht, das vor Hitze – oder vor Wut – glüht. »Und dann dein Job im Seniorentreff. An alte Menschen Joints verteilen, T? Was sollte *das*?« Mrs Henderson hat sich mittlerweile näher an uns herangepirscht und tut so, als wolle sie zum Imbissstand.

»Komm schon, Nano, wenn mein Arsch in einem Scheißrollstuhl an so einem verkackten Ort verrotten würde, würde ich mir wünschen, dass du mich mit ein bisschen Gras versorgst. Diese armen Schweine hatten eine kleine Ablenkung von ihrem trostlosen Dasein bitter nötig. Ich hab damit sozusagen einen Dienst an der Menschheit geleistet. Weißt du, womit sie sich ihre spärlichen letzten Tage sonst vertreiben müssen? Mit Square Dance und Heizdecken-

Tombolas, bei denen ihnen irgendwelche albernen Hütchen aufgesetzt werden! Wenn du mich fragst, verstößt das gegen die Menschenwürde und ...«

»Du bist so ein gottverdammter Versager«, zischt Nan. »Ich kann nicht glauben, dass wir wirklich ein Fleisch und Blut sind.«

In diesem Moment passiert etwas Überraschendes. Über Tims Gesicht huscht ein verletzter Ausdruck. Er schließt einen Moment lang die Augen, und als er sie wieder aufmacht, funkelt er meine Freundin wütend an.

»Sorry, Schwesterherz. Gleicher Gen-Pool. Ich wäre fast versucht, es dir übel nehmen, dass du die ganzen guten Eigenschaften abbekommen hast, wenn sie dich nicht zu so einem armseligen Menschen machen würden. Du kannst sie also behalten.«

»Okay, das reicht jetzt, ihr beiden«, gehe ich dazwischen, wie ich es früher immer gemacht habe, wenn sie sich als Kinder stritten, im Gras wälzten, kratzen und zwickten und erbarmungslos mit ihren kleinen Fäusten traktierten. Ich hatte jedes Mal Angst, dass sie sich wirklich ernsthaft wehtun könnten. Dabei habe ich das Gefühl, dass das Verletzungsrisiko ungleich höher ist, seit sie sich nur noch mit Worten bekämpfen.

»Du hast recht, Samantha«, sagt Nan. »Lass uns wieder an die Arbeit gehen. *Wir* haben schließlich noch unseren Job.«

»Genau«, ruft Tim ihr hinterher. »Wäre ja auch schade, wenn du nicht mehr in deinem Poloshirt mit dem goldenen B&T-Wappen rumlaufen dürftest! Man muss Prioritäten setzen, stimmt's, Nano?« Er nimmt seine Kappe ab, hängt sie an den Rettungsschwimmerhochsitz und drückt darin seine Zigarette aus.

Neunzehntes Kapitel

Ich habe eine Überraschung«, verkündet Jase, als er ein paar Tage später die Beifahrertür des Kombis für mich öffnet. Seit dem Vorfall im B&T habe ich weder Tim noch Nan wiedergesehen und bin insgeheim froh über die kleine Verschnaufpause.

Als ich in den Wagen steige, knistern unter meinen Sohlen zerknitterte Zeitschriften, leere Dunkin'-Donuts-Kaffeebecher, diverse Wasser- und Gatorade-Flaschen und jede Menge leere Schokoriegelhüllen. Alice ist mit ihrem Käfer offensichtlich noch bei der Arbeit.

»Eine Überraschung? Für mich?«, frage ich aufgeregt.

»Eher für mich, aber irgendwie auch für dich. Ich meine, es ist etwas, das ich dir zeigen will.«

Das klingt rätselhaft. »Aber nicht etwa ein Körperteil?«, frage ich nervös kichernd.

Jase verdreht die Augen. »Großer Gott, nein! Das würde ich hoffentlich etwas geschickter anstellen.«

Ich lache. »Wollte nur sichergehen. Okay, dann bin ich mal gespannt.«

Wir fahren in den Nachbarort Maplewood, der noch weniger zu bieten hat als Stony Bay. Jase stellt den Kombi auf einem Parkplatz mit einem riesigen rot-weiß-blauen Schild ab, auf dem »MONSIEUR BOB'S GEBRAUCHTWAGEN« steht.

»Monsieur Bob?«

»Bob hängt dem Irrglauben an, dass das ›Monsieur‹ ihm mehr Stil und Eleganz verleiht.«

»*Mon dieu!*«

»*Absolument.* Und jetzt komm. Ich möchte wissen, was du von ihm hältst.«

Von Monsieur Bob?

Nachdem wir ausgestiegen sind, nimmt er meine Hand und zieht mich auf den riesigen Autohof, auf dem – jedenfalls soweit ich es beurteilen kann – eine Schrottkiste neben der anderen steht. Auf die Windschutzscheiben sind mit weißer Farbe verkaufsträchtige Slogans gepinselt: »EIN SCHNÄPPCHEN FÜR SCHLAPPE $ 3.999!« oder »SOLCHE SCHÄTZCHEN WERDEN HEUTZUTAGE NICHT MEHR HERGESTELLT« oder »SCHNURRT WIE EIN TIGERBABY«.

Vor einem schmutzig weißen Gefährt – einem Cabrio mit superlanger Kühlerhaube und winzigem Innenraum bleiben wir stehen. Auf der Windschutzscheibe steht: »DIESES SCHMUCKSTÜCK KÖNNTE IHRES SEIN – QUASI FÜR UMSONST!«

»*Quasi für umsonst* bedeutet natürlich in dem Fall fünfzehnhundert Dollar«, sagt Jase. »Aber ist er nicht wunderschön?«

Ich kenne mich mit Autos nicht aus, aber seine Augen leuchten, also sage ich so begeistert wie möglich: »Ein Traum.«

Er lacht. »Ich weiß, er ist noch überholungsbedürftig. Aber er ist ein Mustang Baujahr '73. Stell ihn dir frisch lackiert vor, mit neuen Sitzbezügen und einem lederbezogenen Lenkrad und ...«

»Plüschwürfeln am Rückspiegel?«, unterbreche ich ihn

skeptisch. »Liebesapfelrot lackiert? Polster in Leopardenprint?«

Jase schüttelt den Kopf. »Für wen hältst mich jetzt schon wieder, Samantha? Niemals. Edles dunkles Metallicgrün – auch als britisches Renn-Grün bekannt. Keine Würfel. Und, bevor du fragst, auch kein Hula tanzendes Figürchen auf dem Armaturenbrett.«

»Wenn das so ist, finde ich ihn toll.«

Er grinst. »Gut. Ich weiß nämlich, dass ich ihn wieder zum Laufen bringen kann. Ich wollte mich nur vergewissern, dass du ihn magst, weil ... weil ich einfach sicher sein wollte.«

Er tätschelt zärtlich die Kühlerhaube. »Ich spare jetzt schon seit vier Jahren auf ein Auto. Ich sollte das Geld fürs College aufheben, ich *weiß*«, sagt er schnell, wie um einem möglichen Einwand von mir zuvorzukommen. »Aber Alice ist in letzter Zeit ständig mit dem Käfer unterwegs, weil Brad anscheinend ein lausiger Fahrer ist. Und wir beide können uns nicht immer nur auf deinem Dach treffen. Außerdem ist das echt ein super Angebot.«

Von allem, was er gerade gesagt hat, ist mir vor allem eines hängen geblieben. »Du sparst seit du dreizehn bist auf ein Auto?«

»Warum? Findest du das seltsam?«

Sein Lächeln ist so ansteckend, dass ich es erwidere, bevor ich antworte. »Ich weiß nicht. Ich dachte, Dreizehnjährige würden eher auf eine Xbox sparen.«

»Joel hat mir das Fahren beigebracht, als ich dreizehn war – im Herbst, als auf dem Strandparkplatz nichts los war. Ich war sofort angefixt. Deswegen habe ich angefangen mir beizubringen, wie man Autos repariert ... fahren durfte ich sie ja offiziell noch nicht. Du hältst mich immer noch für verrückt, oder?«

»Auf eine gute Art«, versichere ich ihm.

»Damit kann ich leben. Und jetzt komm, *chérie*. Blättern wir Monsieur Bob das Geld auf die Theke.«

Bob ist einverstanden, den Mustang am Freitag zu den Garretts abzuschleppen. Als wir wieder in den Kombi steigen, frage ich: »Wo willst du an ihm rumschrauben?«

»In der Einfahrt. Joel fährt im Moment immer mit dem Motorrad zur Arbeit, sodass dort genügend Platz ist. Die Garage ist leider mit den ganzen ausgemusterten Sachen blockiert, die Mom schon seit fünf Jahren dort hortet, weil sie sie irgendwann auf dem Flohmarkt verkaufen will.«

Vor meinem inneren Auge sehe ich meine Mutter, wie sie die Hände in die Hüften gestemmt durchs Küchenfenster auf das manövrierunfähige Auto in der Einfahrt der Garretts starrt und mit der Zunge schnalzt. »Jetzt also auch noch eine verrostete Schrottkiste! Was kommt als Nächstes? Plastikflamingos?« Ich drücke Jase' Knie und er umschließt meine Finger sofort mit seiner Hand und sieht mich mit seinem hinreißenden Lächeln an. Ich spüre ein kleines Ziehen, als würde ich ihm einen Teil von mir geben, den ich bis jetzt immer zurückgehalten habe. Und plötzlich erinnere ich mich an Tracy, die Angst hatte, dass die Sache zwischen Flip und ihr zu ernst wird. Es sind erst ein paar Wochen vergangen und trotzdem habe ich das Gefühl, mich schon ziemlich weit vom sicheren Ufer entfernt zu haben.

Jase' Arbeitspensum ist genauso mörderisch wie das von Mom. Er arbeitet im Baumarkt, trainiert, hat einen Job in einem Fahrradladen und muss Bauholz ausliefern … Als ich eines Nachmittags vom B&T nach Hause komme, bleibe ich zögernd auf der Veranda stehen und frage mich, ob ich zu ihm rübergehen und schauen soll, ob er da ist, als ich ein Pfeifen höre und ihn die Einfahrt hochschlendern sehe.

Er lässt grinsend den Blick über mein Kapitänsjäckchen mit den Schulterklappen und dem Goldwappen gleiten. Ich hatte es so eilig, aus dem Club zu verschwinden, dass ich mich noch nicht einmal umgezogen habe. »Ahoi, Admiral Samantha.« Er salutiert und nimmt Haltung an.

»Ich *weiß*«, seufze ich. »Sei froh, dass du anziehen kannst, was du willst.« Ich zeige auf seine ausgewaschenen Shorts und das kurzärmlige dunkelgrüne Hemd.

»Du siehst dafür besser aus als ich. Wann kommt deine Mom heute nach Hause?«

»Spät. Sie ist auf einer Benefizveranstaltung im Bay Harbor Grille.« Ich verdrehe die Augen.

»Hast du Lust, rüberzukommen?«

»Wenn du kurz wartest, bis ich mich von der Admiralin wieder in ›Das nette Mädchen von nebenan‹ verwandelt habe«, antworte ich und gehe mich rasch umziehen.

Als wir bei den Garretts ankommen, geht es dort mal wieder zu wie im Bienenstock. Mrs Garrett sitzt am Küchentisch und stillt Patsy, während Harry ihr stolz den Seemannsknoten zeigt, den Andy ihm beigebracht hat. Duff hockt am Computer. George hat wie üblich kein Oberteil an, isst Schokoladenkekse, die er verträumt in ein Glas Milch stippt, und blättert dabei in einer Kinderausgabe des *National Geographic*. Alice und Andy stehen am Spülbecken und sind gerade in eine hitzige Diskussion vertieft.

»Wie soll ich ihn dazu bringen, es endlich zu tun? Ich schwöre dir, ich sterbe, wenn es nicht bald passiert.« Andy schließt verzweifelt die Augen.

»Woran genau stirbst du, Liebes?«, erkundigt sich Mrs Garrett. »Den Teil habe ich gerade nicht mitbekommen.«

»Daran, dass Kyle Comstock mich immer noch nicht geküsst hat.«

»Das ist wirklich seltsam«, findet Alice. »Vielleicht ist er schwul.«

»Alice«, stöhnt Jase. »Er ist vierzehn. Herrgott.«

»Was ist schwul?«, fragt George, den Mund voller Kekse.

»Als wir neulich im Zoo waren, haben wir uns doch die Pinguine angeguckt«, sagt Duff, ohne vom Rechner aufzusehen. »Und da stand auf der Anschlagtafel, dass sich die Männchen manchmal untereinander paaren. Weißt du noch? Das ist schwul.«

»Ach ja, stimmt. Und was heißt paaren? Das hab ich nämlich wieder vergessen«, entgegnet George, immer noch kauend.

»Probier es mal so«, schlägt Alice Andy vor. Sie geht mit wiegenden Hüften auf Jase zu und wirft dabei ihre Haare zurück, dann bleibt sie vor ihm stehen, lässt die Hände über seine Brust gleiten und nestelt die Knöpfe an seinem Hemd auf, während sie ihn mit gekonntem Augenaufschlag ansieht. »Das funktioniert immer.«

»Nicht bei deinem Bruder.« Jase tritt einen Schritt zurück und macht die Hemdknöpfe wieder zu.

»Ich kann's ja mal versuchen.« Andy klingt nur mäßig überzeugt. »Und wenn er mir dann sofort seine Zunge in den Mund steckt? Ich weiß nicht, ob ich dazu schon bereit bin.«

»Iiihhhh«, quietscht Harry. »Wie eklig ist das denn!«

Errötend schaue ich zu Jase rüber, der ebenfalls rot geworden ist und mich verlegen anlächelt.

Mrs Garrett seufzt. »Ich finde es gut, dass ihr es langsam angehen lasst, Andy.«

»Ist es wirklich schön oder fühlt es sich doch ein bisschen

eklig an?« Andy dreht sich zu mir um. »Ich versuche es mir die ganze Zeit vorzustellen, aber ich schaffe es einfach nicht.«

Jase greift nach meiner Hand. »Samantha und ich sind mal kurz oben und … ähm … füttern die Tiere.«

»Ach, so nennt man das jetzt, ja?«, fragt Alice spöttisch.

»Alice, bitte«, mahnt Mrs Garrett, während wir eilig die Treppe hochlaufen und uns in Jase' verhältnismäßig ruhiges Zimmer flüchten.

»Sorry«, sagt er und ist immer noch ein bisschen verlegen.

»Kein Problem.« Ich ziehe den Gummi aus meinem Pferdeschwanz, fahre mir durch die Haare, klimpere übertrieben verführerisch mit den Wimpern und fange an, sein Hemd aufzuknöpfen.

»Was tust du da?«, flüstert Jase heiser, dann hakt er den Zeigefinger in den Bund meiner Shorts und zieht mich an sich. Wir haben in den letzten Wochen Stunden damit verbracht, uns zu küssen, und obwohl seine Lippen mir mittlerweile so vertraut sind, ist es von Mal zu Mal aufregender. Dabei haben wir uns immer nur im Gesicht berührt, uns umarmt und den Rücken gestreichelt. Jase lässt sich eben immer mit allem Zeit.

Er ist ganz anders als Charly, der mich nicht küssen konnte, ohne gleich mehr zu wollen, oder Michael, der jedes Mal, wenn er die Hände unter mein Oberteil geschoben und meinen BH aufgehakt hat, innehielt und gequält stöhnte: »Warum tust du mir das an?« Jetzt sind es meine Hände, die unter Jase' Hemd gleiten und seine Brust hinaufwandern, während ich den Kopf an seine Schulter lege und tief einatme. Wenn wir uns sonst geküsst haben – am See oder bei mir auf dem Dach –, waren wir nie wirklich ungestört.

Jetzt sind wir allein in seinem Zimmer, und es fühlt sich verlockend und gleichzeitig verboten an. Ich schiebe sein Hemd langsam höher, während eine kleine Stimme in meinem Kopf entsetzt fragt, was ich da eigentlich tue.

Jase tritt einen Schritt zurück und sieht mich an. Dann hebt er stumm die Arme, damit ich ihm das Hemd über den Kopf ziehen kann.

Es ist nicht das erste Mal, dass ich ihn mit nacktem Oberkörper sehe, aber berührt habe ich seine Haut eigentlich immer nur, wenn es bereits dunkel war. Jetzt strömt gleißende Nachmittagssonne ins Zimmer, in dem es feuchtwarm nach Erde und Pflanzen riecht. Bis auf unsere Atemzüge ist es still.

»Samantha.«

»Mmmm.« Ich lasse die flache Hand über seinen Bauch gleiten, spüre, wie die festen Muskeln sich unter meiner Berührung anspannen.

Er streckt die Hände aus. Ich schließe die Augen und denke, wie peinlich es mir wäre, wenn er mich jetzt aufhalten würde. Stattdessen schiebt er eine Hand unter mein Shirt und streicht über die bloße Haut meiner Taille, dann legt er mir die andere Hand an die Wange und sieht mich mit einer stummen Frage im Blick an. Ich nicke, und er streift mir das Shirt ab.

Anschließend zieht er mich ganz eng an sich und wir küssen uns wieder, nur dass es sich diesmal, wo unsere nackten Oberkörper sich berühren, viel intensiver anfühlt. Ich kann seinen harten Herzschlag spüren und seinen schneller gehenden Atem, vergrabe die Hände in seinen Locken und schmiege mich noch enger an ihn.

Plötzlich geht die Tür auf und George kommt rein. »Mommy hat gesagt, ich soll euch die hier bringen.«

Hastig lösen wir uns voneinander und starren auf den Teller mit Schokoladenkeksen, den er uns hinstreckt. Ein paar davon sehen aus, als hätte schon jemand davon abgebissen. George zuckt schuldbewusst mit den Achseln. »Ich musste doch prüfen, ob sie noch gut sind.« Dann: »Hey, ihr habt ja obenrum gar nichts an!«

»Ähm, George …« Jase fährt sich mit den Händen durch die Haare.

»Ich auch nicht.« George tippt sich mit dem Finger auf die nackte Brust. »Wir passen zusammen.«

»Okay, Kumpel. Hier«, Jase gibt ihm drei Kekse, fasst ihn an den Schultern und dreht ihn sanft Richtung Tür, »und jetzt gehst du wieder schön nach unten, verstanden?« Er gibt seinem kleinen Bruder einen liebevollen Schubs zwischen die schmalen Schulterblätter und schließt dann energisch die Tür hinter ihm.

»Wie stehen die Chancen, dass er deiner Mom nichts davon sagt, dass wir halb nackt waren, als er reinkam?«, frage ich.

»Schlecht.« Jase lehnt sich gegen die Tür und schließt die Augen.

»Das dachte ich mir schon. George, das kleine Plappermaul.« Hastig ziehe ich mir mein T-Shirt wieder über.

»Lass uns einfach …«, stammelt Jase verlegen.

»Die Tiere füttern?«, schlage ich vor.

»Genau. Gute Idee. Äh … hier.« Er geht zu seinem Bett und zieht ein paar Kisten darunter hervor. »Ich habe alles sortiert …«

Wir füllen die leeren Fressnäpfe, verteilen frisches Wasser, wechseln das Stroh in den Käfigen. »Zieh das wieder an«, sage ich nach ungefähr fünf Minuten und werfe ihm sein Hemd zu.

»Okay. Warum?«

»Mach es einfach.«

»Lenkt der Anblick meines nackten Oberkörpers dich so sehr ab, Samantha?«

»Ja.«

Er lacht. »Gut. Dann geht's dir ja wie mir.« Er hält kurz inne und schüttelt dann den Kopf. »Das klang jetzt irgendwie blöd. Als ginge es nur darum, wie du aussiehst, und das tut es nicht. Es ist nur, dass du so ganz anders bist, als ich dachte.«

»Als du wann dachtest?«

»Als ich dich all die Jahre auf deinem Dach sitzen gesehen habe.«

»Du hast mich gesehen? All die Jahre?« Ich werde wieder rot. »Davon hast du mir nie etwas gesagt.«

»All die Jahre. Natürlich habe ich dir das nicht gesagt. Ich wusste, dass du uns beobachtest. Und ich habe mich immer gewundert, warum du nicht einfach zu uns rüberkommst. Ich dachte, du wärst vielleicht ... schüchtern ... oder total arrogant. Damals kannte ich dich noch nicht, Sam. Aber ich konnte nicht anders ... ich hab dich auch beobachtet.«

»Weil ich so unwiderstehlich und faszinierend bin?« Ich verdrehe die Augen.

»Meistens habe ich dich durchs Küchenfenster gesehen, abends beim Essen oder wenn ich danach noch ein bisschen im Pool geschwommen bin, und habe mich gefragt, was dir wohl so durch den Kopf geht. Du hast immer so cool gewirkt, so selbstsicher und perfekt – aber das ist ...« Er verstummt, fährt sich wieder durch die Haare. »Du bist gar nicht so ... sondern eher ... Ich mag dich jetzt lieber.«

»Wie meinst du das?«

»Ich mag dich, wenn du hier bist, weil du so echt und

einfach nur du bist, und wie du mit dem ganzen Irrsinn hier klarkommst, wie du mit George und Andy und Harry und mir umgehst, auf diese ruhige und besonnene Art, die du hast. Ich mag, wie du wirklich bist.«

Er sieht mich noch eine Weile nachdenklich an, dann dreht er sich um und befestigt vorsichtig den Wasserspender am Käfig des Frettchens.

In die Freude über das, was er gesagt hat, mischt sich leises Unbehagen. Bin ich ruhig und besonnen? Bin ich jemand, der gut mit allem klarkommt? Jase scheint sich so sicher zu sein, zu wissen, wer ich bin.

Es klopft an der Tür. Diesmal ist es Duff, der Hilfe bei einem Seemannsknoten braucht. Kurz darauf kommt Alice, die am nächsten Tag einen Praxistest über Herz-Lungen-Wiederbelebung hat und ein freiwilliges Opfer sucht.

»Auf keinen Fall«, sagt Jase. »Frag Brad.«

Ich glaube, es ist gut, dass wir ständig gestört werden. Weil ich nämlich gerade alles andere als ruhig bin, sondern total aufgewühlt von dem, was passiert ist, als sich unsere nackte Haut berührt hat. Dazu kommt das immer stärker werdende Gefühl, dass sich das, was zwischen uns geschieht, komplett meiner Kontrolle entzieht. Dass anstelle der scheuen Neugierde jetzt plötzlich ein brennendes Verlangen steht, dem ich hilflos ausgeliefert bin und das ich nicht steuern kann. Wie viel Erfahrung hat Jase? Er küsst unglaublich gut, andererseits ist er in allem, was er tut, unglaublich gut, das ist also kein Maßstab. Die einzige Freundin, von der ich weiß, ist Lindy, die Ladendiebin, und die war bekanntermaßen nicht der Typ Mädchen, der zögert, sich zu nehmen, was sie will.

Als Mrs Garrett hochkommt und fragt, ob ich zum Abendessen bleiben möchte, bedanke ich mich für die Einladung, lehne aber ab. Zum ersten Mal erscheint mir unser stilles, leeres Haus mit den in Frischhaltedosen verpackten Essensresten wie ein Zufluchtsort vor der feuchtwarmen, mit stummen Erwartungen aufgeladenen Atmosphäre in Jase' Zimmer.

Zwanzigstes Kapitel

Dann hätten wir da noch das Spanferkel-Barbecue im Seniorenheim und den Gemeindebasar von St. Damien und St. Michael. Du musst dich bei all diesen Veranstaltungen blicken lassen, Gracie.«

Clay sitzt mit gezücktem Leuchtmarker über der Lokalzeitung. Mom trinkt ihre dritte Tasse Kaffee an diesem Morgen.

»Gemeindebasar?«, sagt sie müde. »Auf so was bin ich noch nie gewesen. Muss ich da wirklich hin?«

»Das ist auch das erste Mal, dass du einen ernst zu nehmenden Herausforderer hast, Darling, und ja, du musst da hin. Schau mal hier – in Bay Crest wird in einem alten Güterwaggon ein Diner eröffnet. Da solltest du ebenfalls hin.«

Mom nippt an ihrem Kaffee und sinkt dann wieder aufs Sofa zurück. Ihre sonst so akkurat liegenden platinblonden Haare haben sich aus ihrem Nackenknoten gelöst.

Clay markiert noch ein paar weitere Artikel und sieht dann auf. »Du bist ausgepowert«, sagt er zu Mom. »Ich weiß. Aber du hast alles, was es braucht, Gracie, und jetzt musst du das Nötige tun, um zu bekommen, was du willst.«

Mom richtet sich auf, als wäre Clay ein Puppenspieler und sie eine Marionette, an deren Fäden er gezogen hat. Sie steht auf, geht zu ihm rüber, setzt sich neben ihn und streicht sich eine Haarsträhne hinters Ohr, während sie an ihn geschmiegt die Zeitung studiert.

Dass sie Clay gegenüber so fügsam ist, macht mich nervös. Ist sie mit Dad auch so gewesen? Bei Tracy und Flip habe ich das Gefühl, dass sie einander ebenbürtig und gleichberechtigt sind, aber Mom kommt mir manchmal vor, als stünde sie unter einem Bann. Ich denke an die Situation in Jase' Zimmer zurück. Es ist nicht so, als könnte ich nicht verstehen, dass Mom sich von Clay angezogen fühlt, aber … die Schauer, die mir über den Rücken rieseln, wenn ich mit Jase zusammen bin, haben nicht das Geringste mit der unbehaglichen Gänsehaut zu tun, die ich bekomme, als ich jetzt sehe, wie Clay und Mom ihre blonden Köpfe enger zusammenstecken.

»Wolltest du etwas sagen, Sweetheart?«, fragt Clay, der mein Zögern offensichtlich bemerkt hat.

Ich setze zu einer Antwort an, überlege es mir dann aber anders. Vielleicht hat Tracy recht und ich bin es einfach nicht gewöhnt, dass Mom »einen Mann hat«. Vielleicht habe ich trotz allem, was passiert ist, das instinktive Bedürfnis, meinen abwesenden Vater zu verteidigen. Vielleicht spielen auch einfach nur meine Hormone verrückt. Ich werfe einen Blick auf die Uhr – noch anderthalb Stunden bis zu meiner Schicht im B&T. Ich stelle mir den kühlen Pool vor, die Sonne, die auf seiner Oberfläche glitzert, die Ruhe unter Wasser, nur durchbrochen von meinen gleichmäßigen Schwimmzügen. Und dann schnappe ich mir meine Tasche und gehe.

»Sailor Moon! Du kommst im Fernsehen!« Harry saust auf mich zu, als ich durch die Küchentür trete. »Wir haben gerade *Die Geheimnisse der Säugetiere* geschaut und plötzlich kam was über dich! Komm schnell gucken!«

Im Wohnzimmer sitzen George, Duff und Andy wie hypnotisiert vor dem Fernseher, wo einer von Moms Wahlkampfspots läuft. Gerade wird eine Nahaufnahme ihres Gesichts vor dem Capitol in Washington gezeigt. *»Als Frauen und Mütter wissen wir, dass die Familie an erster Stelle steht«*, sagt sie, während Fotos von Tracy und mir eingeblendet werden – wir beide in adretten Kleidchen mit Osterkörbchen im Garten sitzend, beim Herumtollen am Strand, auf dem Schoß des B&T-Weihnachtsmanns. Und immer ist Mom im Hintergrund zu sehen. Ich hätte nicht gedacht, dass es ein Bild von mir und dem Weihnachtsmann gibt, auf dem ich nicht weine, aber auf diesem hier wirke ich ziemlich gelassen, obwohl der B&T-Weihnachtsmann immer eine Bierfahne und einen zotteligen, schief sitzenden falschen Bart hatte. *»Meine Familie ist für mich der Dreh- und Angelpunkt meines Lebens.«*

»Deine Mommy ist hübsch, aber sie sieht gar nicht aus wie eine Mommy«, sagt George.

»Es ist nicht nett, so was zu sagen, George«, rügt Andy ihn, als neue Bilder eingeblendet werden – Tracy, die einen Kunstturnwettbewerb gewonnen hat und einen Pokal entgegennimmt, ich, wie ich auf einer Wissenschaftsmesse für Schüler eine Medaille für mein 3-D-Modell einer Stammzelle überreicht bekomme. »Hey – du hast ja auch mal eine Zahnspange gehabt, Samantha. Das hätte ich gar nicht gedacht.«

»Ich hab damit bloß gemeint, dass sie feingemacht aussieht«, wirft George schnell ein, als Mom im Fernseher lächelnd weiterspricht. *Und als Sie mich zu Ihrer Senatorin gewählt haben, habe ich meinen Dreh- und Angelpunkt nicht aus den Augen verloren. Meine Familie ist seitdem nur um einiges größer geworden.*

Die nächsten Bilder zeigen Mom, wie sie neben einer Gruppe von Highschool-Absolventen in Talaren steht, sich zu einer älteren Frau in einem Rollstuhl hinunterbeugt, die eine amerikanische Flagge schwenkt, und von einem kleinen Jungen Blumen überreicht bekommt.

»Gehören die ganzen Leute da wirklich alle zu deiner Familie?«, fragt Harry skeptisch. »Ich hab die noch nie bei euch drüben gesehen.«

Die Kamera fährt zurück und zeigt jetzt, wie Mom mit einer großen Gruppe von Menschen unterschiedlicher ethnischer Herkunft, die alle lächeln und nicken und sich offensichtlich darüber einig sind, welche Werte ihnen in ihrem Leben wichtig sind, an einem mit regionalen Spezialitäten gedeckten Tisch sitzt. Lauter rustikale Köstlichkeiten, die typisch für Neuengland sind, bei uns aber noch nie auf den Tisch gekommen sind. Mom kocht lieber französisch oder mediterran.

»Meine Wähler sind für mich wie meine erweiterte Familie und ich freue mich, mit Ihnen an einem Tisch zu sitzen. Ich werde mich nicht nur diesen November, sondern auch in Zukunft mit all meiner Kraft für Ihre Belange einsetzen. Vielen Dank für Ihre Stimme. Ich bin Grace Reed und ich kandidiere für das Senatorenamt des Bundesstaates Connecticut«, beendet Mom den Wahlspot.

»Alles okay, Sailor Moon?« George stupst mich an. »Du siehst traurig aus. Ich wollte nichts Böses über deine Mommy sagen.«

Ich reiße den Blick vom Bildschirm los und sehe ihn an. Er atmet schwer mit geöffnetem Mund, wie kleine Jungs das manchmal tun, und streckt mir seinen ramponierten Stoffhund hin.

»Hier. Weil du traurig bist«, sagt er. »Happy kann zaubern. Er tröstet dich.«

Ich greife nach dem Hund, nehme George in den Arm und drücke ihn an mich. Das Atmen wird lauter und Happy droht, zwischen uns zerquetscht zu werden. Er riecht nach Erdnussbutter, nach Knete und feuchtem Sand.

»So, ihr Racker, und jetzt ab in den Garten mit euch! Draußen scheint die Sonne und ihr hockt hier drin vor der Glotze. Das ist was für Schlechtwettertage.« Ich scheuche die Kinder durch die Fliegengittertür nach draußen, wobei ich einen letzten Blick auf den Fernseher werfe. Obwohl ich mittlerweile eigentlich daran gewöhnt bin, dass Moms Bild auf Flyern, Wahlplakaten und Zeitungsartikeln prangt, ist es immer noch seltsam, sie im Fernsehen zu sehen. Noch seltsamer ist es allerdings, mich selbst an ihrer Seite zu sehen, so als würde ich dort hingehören.

Einundzwanzigstes Kapitel

Nach Tims Rauschmiss aus dem B&T versuchen die Masons, die mittlerweile ernsthaft angefangen haben, nach einer Militärakademie für ihren Sohn zu suchen, ihn permanent zu beschäftigen, damit er nicht auf dumme Gedanken kommen kann. Heute Abend haben sie ihm Geld in die Hand gedrückt, um Nan und mich ins Kino auszuführen.

»Bitte, komm mit«, bettelt Nan am Telefon. »Wir gucken uns einfach einen netten Film an. Was kann er im Kino schon groß anstellen? Tim ist sowieso alles egal, wir können uns anschauen, was wir wollen, sogar irgendeine Liebesschnulze.«

Trotzdem beschleicht mich schon in dem Moment, in dem ich auf die Rückbank von Tims Jetta klettere, ein ungutes Gefühl, und alles in mir drängt danach, wieder aussteigen. Aber ich kann Nan nicht hängen lassen.

»Hey, wo fährst du denn hin? Das ist nicht der Weg zum Kino!« Nan beugt sich auf dem Beifahrersitz nach vorn.

»Kluges Kind. Scheiß aufs Kino, Schwesterherz. Das ist der Weg nach New Hampshire und zu Kisten voll zollfreiem Bacardi.«

Die Tachonadel passiert die Hundertzwanzig, während Tim immer wieder den Blick von der Straße nimmt, um durch seinen iPod zu scrollen, den Zigarettenanzünder reinzudrücken oder aus der Brusttasche seines Hemds die nächste Marlboro zu fischen. Dabei spüre ich jedes Mal, wie der Wagen leicht ins Schlingern gerät, bevor Tim ihn wieder in die Spur zurücklenkt. Ich betrachte Nans Profil. Ohne sich umzudrehen, streckt sie den Arm nach hinten und greift nach meiner Hand.

Nach ungefähr zwanzig Minuten Rasen, ständigem Überholen und Schlingern biegt Tim in die Einfahrt eines McDonald's ab und bremst so abrupt, dass es Nan und mich in unseren Gurten nach vorn schleudert. Ich bin trotzdem erleichtert. Meine Finger sind schon ganz steif, weil ich mich die ganze Zeit krampfhaft am Türgriff festgehalten habe. Tim verschwindet im Lokal. Als er zurückkommt, wirkt er allerdings, als stünde er noch mehr neben sich als vorher. Seine Pupillen sind riesig und die kastanienbraunen Haare stehen ihm wild vom Kopf ab.

»Sieh ihn dir nur an«, flüstere ich Nan zu. »Du musst fahren.«

»Ich hab doch bloß eine vorläufige Fahrerlaubnis«, flüstert Nan zurück. »Wenn ich damit erwischt werde, sitzen wir richtig in der Tinte.«

So wie ich das sehe, sitzen wir schon richtig in der Tinte. Leider kann ich mich noch weniger ans Steuer setzen als Nan, weil ich noch nicht einmal eine vorläufige Fahrerlaubnis besitze. Mom hat sich bislang immer geweigert, mich den Führerschein machen zu lassen, weil ich angeblich noch zu jung bin und die meisten anderen Autofahrer ihrer Meinung nach sowieso vollkommen unfähig sind und damit eine zu große Gefahr für mich darstellen würden. Ich habe nie wirklich versucht, mit ihr darüber zu verhandeln, weil ich bisher meistens bei Tracy mitfahren konnte. Jetzt wünschte ich, ich hätte Moms Unterschrift auf dem Anmeldeformular für den Fahrkurs an der Schule gefälscht. Ob ich es einfach darauf ankommen lassen sollte? Mir fallen die Berichte über sechs- oder siebenjährige Kinder ein, von denen man manchmal hört, die in einer Notsituation über sich hinausgewachsen sind und es geschafft haben, ein schwer verletztes Familienmitglied ins Krankenhaus zu fahren. Aber dann sehe ich, dass der Wagen nicht mit Automatik fährt, sondern eine manuelle Gangschaltung hat. Damit hat sich die Entscheidung erledigt.

»Wir müssen uns schnell irgendwas einfallen lassen, Nan.«

»Ich weiß«, murmelt sie. Sie dreht sich in ihrem Sitz um und legt ihrem Bruder eine Hand auf die Schulter, als er vergeblich versucht, den Schlüssel ins Zündschloss zu stecken.

»Das bringt doch nichts, T. Das bisschen Geld, das du für die Steuer sparst, geht letztlich fürs Benzin drauf, das wir verbrauchen, um nach New Hampshire und wieder zurück zu kommen.«

»Als ob es mir nur darum gehen würde. Ich will verdammt noch mal was erleben!« Tim schafft es schließlich doch, den Wagen zu starten. Er drückt das Gaspedal durch und rast mit quietschenden Reifen vom Parkplatz. »Hast du denn nie das Bedürfnis, ein bisschen unvernünftig zu sein?«

Der Wagen wird immer schneller und schneller. Das hochtourige Dröhnen des Motors bringt die Sitze zum Vibrieren, als Tim auf der rechten Spur überholt. An Middletown sind wir schon vorbei und nähern uns Hartford. Ich schaue auf die Uhr. Zehn vor neun … Um elf muss ich zu Hause sein. Bis dahin sind wir noch nicht einmal in der Nähe von New Hampshire. Falls wir vorher nicht sowieso an einem Baum enden. Wieder klammere ich mich krampfhaft am Türgriff fest und spüre, wie sich auf meiner Stirn Schweißperlen bilden.

»Halt an, Tim. Halt an und lass uns raus«, rufe ich nach vorn. »Wir haben keine Lust, mit dir nach New Hampshire zu fahren.«

»Mach dich mal locker, Sammy.«

»Du wirst uns noch alle umbringen!«, sagt Nan verzweifelt.

»Ich wette, ihr würdet als Jungfrauen sterben. Fragt ihr euch da nicht, wofür ihr euch überhaupt aufgespart habt? Warum ihr euch nicht wenigstens einmal habt ficken lassen?«

»Tim! Du weißt, dass ich das Wort nicht ausstehen kann.« Aber das stachelt ihn nur noch mehr an. »Welches Wort? Ohhhhh. *Das* Wort!« Er singt das Wort als kleines Lied, mal laut, mal leise und dann rasend schnell mehrmals hintereinander. Minutenlang. Dann fängt er an, es zu der Melodie eines Militärmarschs zu singen. Ich muss ein hysterisches Lachen unterdrücken, als mein Blick auf den Tacho fällt – wir fahren mittlerweile hundertsechzig. Mich packt die nackte Todesangst.

»Scheiße. Die Bullen«, knurrt Tim plötzlich und biegt schlingernd nach rechts in eine Haltebucht ein. Ich bete, dass der Streifenwagen ebenfalls anhält, doch der rast mit jaulenden Sirenen und Blaulicht an uns vorbei. Nan ist schneeweiß im Gesicht. Tim steigt aus. »Scheiße, ich muss pissen«, murmelt er und stakst in Richtung eines blauen Müllcontainers davon.

Als er dahinter verschwunden ist, ziehe ich den Schlüsselbund aus dem Schloss, steige ebenfalls aus und werfe ihn in das Gebüsch am Rand des Parkplatzes.

»Was tust du denn da?«, schreit Nan, folgt mir und breitet verzweifelt die Arme aus.

»Ich sorge dafür, dass wir heil aus diesem Albtraum rauskommen.«

Sie schüttelt den Kopf. »Was hast du dir bloß dabei gedacht, Samantha? Da war auch sein … Fahrradschlüssel dran.«

Ich beuge mich vornüber, stütze die Hände auf die Knie und atme tief durch. Als ich mich wieder aufrichte und Nan den Ausdruck auf meinem Gesicht sieht, fängt sie an zu lachen.

»Okay. Scheiß auf seinen Fahrradschlüssel«, sagt sie. »Aber wie kommen wir jetzt wieder von hier weg?«

In diesem Moment torkelt Tim zu uns zurück. Er steigt in den Wagen und lehnt die Stirn ans Lenkrad. »Mir geht's nicht gut.« Er atmet zitternd ein, legt die Unterarme gekreuzt um seinen Kopf und löst dadurch die Hupe aus. »Ihr seid echt nette Mädchen. Das seid ihr wirklich. Ich weiß nicht, was zur Hölle mit mir los ist.«

Darauf haben weder Nan noch ich eine Antwort. Wir lehnen ratlos am Wagen. Links von uns rauscht der Verkehr vorbei. So viele Menschen. Und niemand bekommt etwas mit. Wir könnten genauso gut mitten in der Wüste gestrandet sein. »Und jetzt?«, fragt Nan.

Mom hat mir etliche Male Vorträge darüber gehalten, was ich tun soll, wenn ich mit jemandem unterwegs bin, der nicht mehr fahrtüchtig ist. Also rufe ich sie an. Erst zu Hause. Dann auf ihrem Handy. Danach auf Clays Handy – wenn auch äußerst widerwillig. Ich versuche es bei Tracy – nicht dass sie mir von Martha's Vineyard aus helfen könnte, aber … Es geht sowieso niemand ran. Ich versuche mich daran zu erinnern, was Mom heute Abend für einen Termin hatte, aber es will mir partout nicht einfallen. Ich habe den Überblick über all die »Bürgerversammlungen«, »Runden Tische« und »Informationsveranstaltungen« verloren, an denen sie in letzter Zeit ständig teilnimmt.

Schließlich versuche ich es bei Jase. Er meldet sich nach dem dritten Klingeln. »Sam! Hey, ich ...«

Ich unterbreche ihn und erzähle, was passiert ist.

»Samantha!«, ruft Nan, die sich gerade zu Tim in den Wagen beugt. »Ich glaube, er ist ohnmächtig geworden! Oh mein Gott! Sein Puls rast und er ist total verschwitzt!«

»Wo genau seid ihr?«, fragt Jase. »Alice, ich brauche deine Hilfe«, höre ich ihn rufen. »Seht ihr irgendwelche Schilder? Wie heißt die nächste Ausfahrt?«

Ich schaue mich um, kann aber nirgends irgendeinen Hinweis entdecken. Als ich Nan frage, an welcher Stadt wir zuletzt vorbeigekommen sind, zuckt sie nur hilflos mit den Achseln. »Ich hab die Augen zugekniffen.«

»Wir finden euch«, sagt Jase mit fester Stimme. »Steigt in den Wagen, verriegelt die Türen und schaltet die Warnblinker ein, bis wir da sind.«

Fünfundvierzig Minuten später klopft es ans Seitenfenster und als ich aufschaue, sehe ich in Jase' Gesicht. Hinter ihm steht Alice. Von der ganzen Anspannung ziemlich wacklig auf den Beinen steige ich aus. Jase legt fürsorglich einen Arm um meine Schulter und ich schmiege mich an ihn. Nan, die jetzt ebenfalls aussteigt, hält verdutzt inne, als sie uns so zusammen sieht.

Schließlich löst Jase sich sanft von mir und hilft Alice, die ganz entgegen ihrer sonstigen Art noch keinen einzigen bissigen Kommentar von sich gegeben hat, den bewusstlosen Tim auf die Rückbank des Käfers zu hieven.

»Was hat er eingeworfen?«, fragt Alice.

»Ich ... ich weiß es nicht«, stammelt Nan.

Alice beugt sich über ihn, fühlt seinen Puls, riecht an seinem Atem und schüttelt den Kopf. »Ich glaube nicht, dass es was Ernstes ist. Er ist bloß total ausgeknockt. Ich bring die beiden nach Hause, wenn sie« – Alice zeigt auf Nan – »mir sagt, wo ich hinmuss. Und du holst mich dann anschließend wieder dort ab, okay, J?« Sie setzt sich hinters Steuer.

Bevor Nan neben Alice in den Käfer steigt, wirft sie mir einen stirnrunzelnden Blick zu, hält ein imaginäres Telefon ans Ohr und sieht mich fragend an. Ich nicke und hole zitternd Luft. Dann sehe ich Jase an und warte darauf, dass er mich fragt, was zur Hölle ich mir dabei gedacht habe, zu jemandem in den Wagen zu steigen, der so zugedröhnt ist wie Tim, aber er sagt nur: »Du hast genau das Richtige getan.«

Verzweifelt versuche ich, das Mädchen zu sein, von dem Jase denkt, dass ich es bin. Das ruhige, besonnene Mädchen, das sich durch nichts beirren lässt. Leider kann ich dieses Mädchen nirgends finden. Stattdessen fange ich so heftig zu weinen an, dass ich kaum noch Luft bekomme.

Er nimmt mich in den Arm und wartet, bis ich mich wieder beruhigt habe. Dann greift er in seine Jackentasche und zieht einen Schokoriegel hervor. »Zucker hilft bei Schockzuständen, hat Alice gesagt. Sie muss es wissen, sie ist schließlich angehende Krankenschwester.«

»Ich hab die Autoschlüssel ins Gebüsch geworfen.«

»Clever.« Er geht vor dem Dickicht auf die Knie und beginnt auf allen vieren im Gras nach dem Schlussel zu tasten. Ich laufe hinterher und helfe ihm.

»Du scheinst einen ziemlich guten Wurfarm zu haben«, sagt er, nachdem wir ungefähr zehn Minuten lang erfolglos gesucht haben.

»Ich war in der achten Klasse im Softballteam. Und was machen wir jetzt?«

Statt einer Antwort geht Jase zum Jetta zurück, öffnet die Beifahrertür und bedeutet mir, einzusteigen. Als ich sitze, beobachte ich fasziniert, wie er die Plastikabdeckung von der Lenksäule abnimmt, zwei rote Kabel rausreißt, mit dem Daumennagel die Kunststoffbeschichtung an den Enden entfernt und die Drähte umeinander dreht. Anschließend zieht er ein braunes Kabel heraus und hält es an die roten. Es sprüht kleine Funken. »Du schließt den Wagen kurz?« Bis jetzt habe ich so was nur in Filmen gesehen.

»Nur um ihn heil nach Hause zu bringen.«

»Wo hast du das gelernt?«

Jase lässt den Motor aufheulen und sieht mich an. »Ich weiß alles über Autos. Ich liebe sie.«

Nachdem wir eine Weile schweigend gefahren sind, sagt er nachdenklich: »Ich glaube, ich kenne den Typen. Timothy Mason, oder?«

»Du kennst ihn?« Ich bin überrascht. Zuerst Flip, jetzt Tim. Nur weil ich die Garretts nicht kannte, bin ich irgendwie immer davon ausgegangen, sie würden in einer ganz anderen Welt leben als ich.

»Wölflinge.« Jase hebt seine Hand mit ausgestrecktem Zeige- und Mittelfinger zum traditionellen Gruß.

Ich pruste leise. »Pfadfinder« ist nicht gerade das Erste, was mir in den Sinn kommt, wenn ich an Tim denke.

»Er hatte eigentlich schon damals nur Unsinn im Kopf.« Jase kaut nachdenklich auf seiner Unterlippe.

»Zum Beispiel?«

»Einmal hat er versucht, mit einer Lupe Feuer zu machen und hätte dabei fast das ganze Zeltlager in Brand gesetzt. Oder er hat nachts den anderen die Abzeichen geklaut ... Dabei war er gar kein so übler Kerl, absolut nicht, aber irgendwie hatte ich das Gefühl, dass er es ständig drauf angelegt hat, sich in Schwierigkeiten zu bringen. Seine Schwester ist also deine beste Freundin? Wie ist sie so?«

»Das Gegenteil von ihm. Eine Perfektionistin.« Beim Wort »Perfektionistin« wandert mein Blick automatisch zur Uhr am Armaturenbrett. Es ist Viertel vor elf. Mein Verstand – der mich gerade eben noch so jämmerlich im Stich gelassen hat – sagt mir, dass meine Mutter mir unter diesen Umständen auf keinen Fall einen Vorwurf machen kann, wenn ich zu spät komme. Trotzdem spüre ich, wie ich mich sofort verkrampfe. Mom findet bestimmt trotzdem einen Weg, mich für das verantwortlich zu machen, was passiert ist. Und dass ausgerechnet Jase mich nach Hause bringt, wird ihn in ihren Augen auch verdächtig machen.

»Es tut mir leid, dass ich dich in die Sache mit hineingezogen habe.«

»Das muss es nicht, Sam. Ich bin froh, dass dir nichts passiert ist. Alles andere ist unwichtig.« Er sieht mich kurz von der Seite an. »Auch dass du zu spät nach Hause kommst.« Seine Stimme ist leise und sanft, und ich spüre, wie mir wieder die Tränen in die Augen steigen. Was ist bloß los mit mir?

Während der restlichen Fahrt versucht Jase, mich abzulenken. Er zählt eine Liste von Dingen auf, die er braucht, um den Mustang wieder zum Laufen zu bringen (nicht dass ich mir irgendetwas darunter vorstellen könnte – »Auf jeden Fall muss ich mir Zylinderköpfe und einen neuen Auspuff besorgen. Die Kupplung muss auch ausgetauscht werden, die hakt immer so komisch, wenn ich in den dritten Gang schalte. Am liebsten hätte ich eine von Centerforce, aber da kostet sie mich mit Sicherheit um die fünfhundert ...« Und so weiter und so fort). Danach erzählt er mir, dass er gerade in der Einfahrt am Mustang herumgeschraubt hat, als ich anrief. »Andy saß die ganze Zeit ein paar Meter weiter mit Kyle Comstock auf den Verandastufen. Ich habe wirklich versucht, nicht zu lauschen oder zu ihnen rüberzuschauen, aber ... oh Mann, ich konnte gar nicht anders. Die beiden waren so unbeholfen, dass es schon wieder rührend war. Er hat den Coolen gespielt – immer mal wieder wie zufällig sein Knie gegen ihres fallen lassen oder sich beim Gähnen gestreckt, um ihr den Arm über die Schulter zu legen, nur dass er dann jedes Mal im letzten Moment kalte Füße gekriegt und es doch nicht gemacht hat. Andy hat sich ständig über die Lippen geleckt und ihre Haare zurückgeworfen oder Strähnen um den Finger gewickelt. Ich dachte schon, ihr fällt gleich der Kopf ab. Und die ganze Zeit haben sie sich darüber unterhalten, wie es war, als sie letztes Jahr in Bio einen Schweinefötus sezieren mussten.«

»Nicht gerade ein romantisches Gesprächsthema.«

»Genau. Biologie war ja schon mal ein guter Anfang, aber das mit dem Sezieren ist definitiv die falsche Richtung gewesen.«

»Am Anfang ist es aber auch total schwer.« Ich schüttle mitfühlend den Kopf. »Vor allem, wenn man erst vierzehn ist.«

»Selbst wenn man schon siebzehn ist.« Jase setzt den Blinker, um auf die Interstate zu biegen.

»Selbst wenn man schon siebzehn ist«, wiederhole ich und frage mich nicht zum ersten Mal, wie viel Erfahrung Jase hat.

Als wir vor dem Haus der Masons halten, stehen Alice und Nan neben dem Käfer und diskutieren. Offensichtlich sind sie selbst gerade erst angekommen. Es ist dunkel im Haus, bis auf die flackernde Verandabeleuchtung und einen orange-

farbenen Lichtschein, der aus den Erkerfenstern im Wohnzimmer dringt.

»Können wir ihn bitte reinbringen, ohne dass es jemand
mitkriegt?«, fleht Nan, eine Hand um Alice Arm geklam-
mert.

»Die Frage ist eher, ob wir ihn reinbringen *sollen*, ohne
dass jemand es mitkriegt. Die Sache ist meiner Meinung
nach zu ernst, um sie euren Eltern zu verheimlichen.« Alice'
Ton ist so geduldig, als hätte sie solche Situationen schon
öfter erlebt.

»Alice hat recht«, mischt Jase sich ein. »Wenn seine Eltern nicht wissen, wie schlimm es um ihn steht, könnte Tim
sich – oder dich oder Samantha – irgendwann wieder in so
eine Situation bringen, nur dass es dann beim nächsten Mal
vielleicht nicht so glimpflich ausgehen würde.«

Alice nickt. »Erinnerst du dich noch an River Fillipi,
Jase?«, fragt sie ihren Bruder, sieht dabei aber Nan an. »Sei-
ne Eltern haben ihm alles durchgehen lassen, haben die
Augen vor allem verschlossen, und am Ende hat er auf der
Interstate 95 drei Wagen gerammt, bevor er selbst durch die
Mittelplanke gerast ist.«

»Ich versteh ja, was ihr meint. Aber Tim steckt sowieso
schon bis zum Hals in Schwierigkeiten. Meine Eltern wollen ihn auf eine Militärakademie schicken oder in ein Internat für Schwererziehbare. Dabei ist das das Letzte, was ihm
hilft. Das Allerletzte. Ich weiß, dass er ein Idiot ist und so
gut wie nichts auf die Reihe bekommt, aber er ist mein
Bruder und ...« Nan verstummt plötzlich. Nicht nur ihre
Stimme zittert. Sie bebt am ganzen Körper. Ich stelle mich
zu ihr und drücke tröstend ihre Hand. Ich muss daran denken, wie unbehaglich ich mich immer gefühlt habe, wenn
ich bei den Masons gegessen habe – wie Mr Mason mit ab-

wesendem Blick am Tisch saß und Mrs Mason in einem fort über die Zubereitung ihrer Artischocken plapperte. Ich fühle mich hin- und hergerissen zwischen dem, was richtig und vernünftig wäre, und dem, was Tim zu dem gemacht hat, was er heute ist. Jase und Alice haben natürlich recht, seine Eltern sollten Bescheid wissen. Aber dann fällt mir ein, was Tim vorhin gesagt hat und wie verloren seine Stimme klang. *Ich weiß nicht, was zur Hölle eigentlich mit mir los ist.*

»Kannst du dich hintenrum reinschleichen und die Kellertür öffnen?«, frage ich Nan. »Dann schaffen wir Tim in den Hobbyraum und lassen ihn erst mal seinen Rausch ausschlafen. Vor morgen ist er sowieso nicht in der Lage, sich mit irgendetwas auseinanderzusetzen.«

Nan holt tief Luft. »Das krieg ich hin.« Wir schauen Alice und Jase an.

Alice zuckt stirnrunzelnd mit den Achseln. »Auf eure Verantwortung. Aber ich bin trotzdem nach wie vor der Meinung, dass es falsch ist.«

»Sie können die Situation vermutlich besser einschätzen als wir, Al«, sagt Jase. »Okay, Nan. Du machst die Kellertür auf und wir kommen mit Tim nach.«

Während wir Tim um das Haus herum tragen, wacht er auf und übergibt sich auf Alice. Ich halte die Luft an, damit mir nicht selbst noch schlecht wird. Erstaunlicherweise wird Alice nicht wütend, sondern verdreht nur die Augen und zieht ohne eine Sekunde zu zögern ihr besudeltes T-Shirt aus. Wir hieven Tim, der zwar schmal gebaut, aber wegen seiner Größe nicht einfach zu tragen ist, auf die Couch. Jase holt einen in der angrenzenden Waschküche neben dem Trockner stehenden Eimer und stellt ihn vor ihn hin. Nan bringt ein Glas Wasser und Aspirin. Tim, der auf dem Rücken liegt und entsetzlich blass aussieht, öffnet die rot geäderten Augen, betrachtete Alice in ihrem schwarzen Spitzen-BH, haucht ein »Wow« und wird wieder ohnmächtig.

Das letzte Mal bin ich lächerliche zehn Minuten zu spät gekommen und Mom hat mir eine Riesenszene gemacht. Aber heute Nacht, wo sie wirklich Grund gehabt hätte, sich Sorgen zu machen, weil ich mich ziemlich blauäugig in eine gefährliche Situation gebracht habe und mich klüger hätte verhalten können, heute ist die Einfahrt verwaist und das Haus dunkel, als wir bei mir halten. Mom ist noch gar nicht zu Hause.

»Wenigstens bleibt dir heute eine Standpauke von deiner Mutter erspart, Sam.« Jase steigt aus und öffnet mir die Tür.

Ich laufe zur Fahrerseite und beuge mich noch einmal in den Wagen. »Danke«, sage ich zu Alice. »Es war echt toll, dass du uns so geholfen hast. Und das mit deinem Shirt tut mir wahnsinnig leid.«

Alice sieht mich mit zusammengekniffenen Augen an. »Keine Ursache. Wenn das Einzige, was dieser Vollidiot sich mit der Aktion eingehandelt hat, ein Kater und die Rechnung von der Reinigung ist, hat er mehr Glück gehabt, als er verdient. Aber Jase hat definitiv etwas Besseres verdient, als um ein Mädchen trauern zu müssen, das so bescheuert war, sich zu einem Junkie ins Auto zu setzen und darin zu sterben.«

»Stimmt, hat er.« Ich halte ihrem Blick stand. »Das weiß ich.«

Sie dreht sich zu Jase um. »Ich fahre jetzt rüber, J. Du kannst deinem Burgfräulein in Ruhe Gute Nacht sagen.«

Ich werde feuerrot. Das hat gesessen. Jase begleitet mich

zur Tür und ich lehne mich dagegen. »Danke«, sage ich noch einmal.

»Du hättest für mich das Gleiche getan.« Jase legt einen Finger unter mein Kinn und hebt es an. »Zerbrich dir nicht den Kopf.«

»Außer darüber, dass ich keinen Führerschein habe und du dich niemals in so eine Situation gebracht hättest und ...«

»Schsch.« Er beißt mir sanft in meine Unterlippe und verschließt meinen Mund mit einem Kuss. Zuerst ganz zärtlich, und dann so leidenschaftlich, dass ich an nichts anderes mehr denken kann als an die weiche Haut unter meinen Händen. Ich lasse sie über seinen Rücken wandern und verliere mich in der Berührung seiner Lippen und seiner Zunge. Ich bin unsagbar froh, noch am Leben zu sein und all diese Dinge spüren zu können.

Zweiundzwanzigstes Kapitel

Als ich am nächsten Morgen eine Stunde vor Arbeitsbeginn im B&T ankomme, steuere ich sofort den Pool an. Ich atme den Chlorgeruch ein, konzentriere mich nur noch auf den gleichmäßigen Rhythmus meiner Schwimmzüge, blende alles andere aus. *Rechten Arm eintauchen, linken Arm eintauchen, rechten Arm eintauchen, Luft holen. Und wieder von vorn.* Fünfundvierzig Minuten später drücke ich mir die Haare aus, schüttle das Wasser aus meinen Ohren und mache mich dann auf den Weg ins »By the Bay Buys«.

Nachdem Nan auf keine einzige meiner SMS reagiert hat, rechne ich mit dem Schlimmsten: dass ihre Eltern uns gehört haben, in den Keller kamen und Tim schon auf dem Weg in irgendein Hardcore-Boot-Camp im Mittleren Westen ist, wo er in einem Steinbruch schuften muss und irgendwann von einem wütenden Drill Sergeant erschossen wird.

Aber dann würde Nan nicht an der Kasse stehen und in aller Seelenruhe Kochschürzen sortieren, oder? Vielleicht doch. Wie für meine Mutter steht auch für meine beste Freundin Ordnung über allen sonstigen Befindlichkeiten.

»Wie geht es Tim?«

Nan dreht sich um, stützt sich mit den Ellbogen rücklings auf die Theke und sieht mich an. »Keine Sorge. Dem geht's gut. Lass uns lieber über etwas Wichtigeres reden. Jedenfalls finde ich es – anscheinend ganz im Gegensatz zu dir – wichtig. Warum, Samantha?«

»Was meinst du ...?«

Nan wird unter ihren Sommersprossen blass. Sie ist wütend auf *mich*? Warum? Und dann begreife ich. Ich senke den Blick und spüre, wie mir die Röte ins Gesicht steigt.

»Wann wolltest du mir denn erzählen, dass du einen Freund hast? Einen Freund, der zu allem Überfluss auch noch unfassbar hübsch und süß ist? Samantha, ich bin deine beste Freundin. Du weißt alles über mich und Daniel. *Alles.*«

Mein Magen krampft sich nervös zusammen. Ich habe Nan tatsächlich nichts von Jase erzählt. Kein einziges Wort. *Warum nicht?* Ich schließe die Augen und spüre für eine Sekunde seine Arme, die mich an sich drücken. Es fühlt sich so gut an. Warum habe ich Nan nichts davon erzählt? Sie knüllt eine Schürze zusammen, auf der »Kombüsenchef« steht, und legt sie dann achtlos auf den Stapel mit den anderen.

»Du bist meine beste Freundin. Und du kennst diesen Typen offensichtlich nicht erst seit gestern. Was ist da los?«

»Ich ... das mit uns geht erst seit einem Monat. Oder nicht mal so lange.« Ich beiße mir auf die Unterlippe. »Ich ... wollte einfach nicht, dass ... Mom redet immer so schlecht über die Garretts ... und da hab ich mir irgendwie angewöhnt, die Sache für mich zu behalten.«

»Deine Mom lässt an niemandem ein gutes Haar. Das hat dich nicht davon abgehalten, mir von Charly und Michael zu erzählen. Was ist diesmal anders? Warte mal ... die *Garretts*? Du meinst, die Familie von nebenan, die sich wie die Kaninchen vermehrt?« Als ich nicke, sagt sie: »Wow. Wie ist es denn dazu gekommen? Die wohnen doch schon seit

Jahren neben euch, ohne dass du je was mit ihnen zu tun gehabt hast.«

Also erzähle ich Nan die ganze Geschichte von Jase und diesem Sommer, wie ich beinahe Hausarrest bekommen hätte und wie schön es ist, mit ihm auf dem Dach zu sitzen und die Sterne zu betrachten.

»Er klettert über das Blumenspalier zu dir aufs Dach?« Nan schnaubt belustigt. »Deine Mutter würde einen Herzinfarkt bekommen, wenn sie wüsste, was da läuft.« Der vorwurfsvolle Unterton in ihrer Stimme ist verschwunden und sie klingt jetzt beinahe bewundernd.

»Ich weiß«, seufze ich, als die Glöckchen über der Tür läuten und eine in eine fuchsiafarbene Strandtunika gehüllte Frau mit einem riesigen Strohhut und entschlossener Miene den Laden betritt.

»Als ich neulich hier war«, sagt sie mit dieser etwas zu lauten Stimme, mit der manche Leute gern mit Verkäufern sprechen, »hatten Sie doch diese witzigen T-Shirts da. Davon wollte ich mir heute ein paar mitnehmen.«

Nan sieht die Frau mit einem geduldigen Lächeln an. »Wir haben viele witzige T-Shirts.«

»Auf denen, die ich meine, war ein Spruch übers Segeln gedruckt«, gibt die Frau spitz zurück.

»Auch davon haben wir unterschiedliche Modelle.«

»*Navigation ist* . . . , beginnt die Frau.

». . . *wenn man trotzdem ankommt*«, beendet Nan den Satz für sie. »Die liegen dort drüben in der Ecke neben der Fensterbank.« Sie zeigt mit dem Daumen in die Richtung und wendet sich anschließend wieder mir zu. Die Frau schaut ein bisschen irritiert, macht sich dann aber auf den Weg zu den T-Shirts.

»Wie ernst ist diese Beziehung, von der ich bis gestern

keine Ahnung hatte, Samantha? Er sieht – ich weiß nicht – irgendwie älter aus als wir. Als wüsste er, was er tut. Habt ihr schon …?«

»Nein!«, sage ich hastig. »Nein, das hätte ich dir erzählt.« *Hätte ich?*

»Bekomme ich Rabatt, wenn ich für jedes Mitglied unserer Segelcrew eins kaufe?«, ruft die Frau.

Nan schaut kurz zu ihr rüber und schüttelt bedauernd den Kopf. Dann sieht sie wieder mich an und raunt: »Daniel und ich reden in letzter Zeit ziemlich oft davon, dass es vielleicht langsam mal an der Zeit wäre.«

Das ist eigentlich nur natürlich, schließlich sind die beiden schon lange zusammen. Erstaunlich ist eher, dass sie noch nicht miteinander geschlafen haben. Trotzdem muss ich mir bei der Vorstellung, wie die beiden darüber »reden«, ein Grinsen verkneifen. Daniel ist Präsident des Debattierclubs an der Hodges und einen Moment lang sehe ich ihn in seiner Schuluniform vor mir, wie er in seiner ruhigen, vernünftigen Art zu Nan sagt: »Dann lass es uns angehen, Schatz. Vielleicht sollten wir zunächst mal die Vor- und Nachteile auflisten, was meinst du?«

»Tim hält mich für total bescheuert.« Nan bohrt mit dem Nagel ihres Zeigefingers kleine Halbmonde in eine Stony-Bay-Leuchtturm-Kerze. »Er sagt, Daniel wäre ein Schlappschwanz und würde es im Bett sowieso nicht bringen.«

Tim! »Wie ist es gestern noch weitergegangen? Haben deine Eltern was mitbekommen?«

Nan schüttelt den Kopf. »Nein. Er hat Glück gehabt. Dank deines heimlichen Lovers und seiner Schwester hat er überlebt und kann neuen Scheiß bauen. Mom und Dad haben nichts gehört. Bevor ich heute Morgen gegangen bin, bin ich noch mal in den Keller und hab den Kotzeimer ausgeleert. Mom habe ich bloß gesagt, dass er spät nach Hause gekommen ist und noch schläft.«

»Vielleicht hatte Alice recht mit dem, was sie gesagt hat, Nan. Gestern Abend, das war absolut grenzwertig ...«

Sie nickt, seufzt und knabbert an ihrem Daumennagel. »Ich weiß. Ich weiß. Es war ein verdammter Albtraum. Aber ihn in irgend so ein schreckliches Boot Camp schicken? Ich verstehe nicht, wie ihm das helfen soll.«

In dem Moment kehrt die Frau mit einer Ladung T-Shirts über dem Arm – alle in Pink – an die Kasse zurück.

Nan dreht sich mit einem professionellen Lächeln zu ihr um. »Möchten Sie den Einkauf auf Ihre Club-Rechnung setzen lassen oder bar bezahlen?«

Ich bleibe unschlüssig in der Nähe stehen, obwohl es allmählich an der Zeit ist, meinen Dienst anzutreten. Als die Frau mit ihren T-Shirts abgezogen ist und Nan schweigend die Bonrolle in der Kasse wechselt, wende ich mich zum Gehen.

»Du hast alles, was ein Mädchen sich nur wünschen kann, Samantha«, sagt Nan plötzlich leise.

»Du hast Daniel«, sage ich.

»Klar. Aber du hast einfach *alles*. Wie machst du das nur?« Ihre Stimme klingt bitter. Ich denke daran, wie Nan mir jedes Mal, wenn ich in der Schule ein Minus neben meiner Note habe, triumphierend ihr Pluszeichen unter die Nase hält. Wie sie manchmal eine Hose, die mir wie angegossen passt, mit dem Spruch »Die wäre mir viel zu weit« kommentiert. Ich wollte nie mit ihr konkurrieren, sondern immer nur ihre Freundin sein, ein Mensch, den sie nicht übertreffen muss. Aber in Momenten wie diesen frage ich mich, ob es so etwas für Nan überhaupt gibt.

»Keine Ahnung, Nanny. Es ist jedenfalls nicht so, als hätte ich einen bestimmten Plan, nach dem ich vorgehe.« Die Glöckchen klingeln, als ein weiterer Kunde in den Laden tritt.

»Nein, wahrscheinlich nicht.« Ihre Stimme klingt müde. »Aber es läuft trotzdem immer perfekt für dich, oder?« Sie dreht sich um, bevor ich ihr eine Antwort geben kann. Wenn ich denn eine gehabt hätte.

Dreiundzwanzigstes Kapitel

Nach der Arbeit schenke ich mir ein Glas Limonade ein und lege noch in der Küche meine alberne B&T-Kluft ab, als es an der Tür klingelt. Selbst unsere Klingel hat sich mit Beginn des Sommers verändert. Mom hat eine neue installieren lassen, die Melodien von ungefähr zwanzig verschiedenen Liedern spielen kann, und sich ausgerechnet für »You're a Grand Old Flag« – eine patriotische Hymne – entschieden. Und nein, das ist kein Scherz.

Ich laufe im Badeanzug in die Waschküche und schlüpfe schnell in ein Tanktop und Shorts, bevor ich durch die Milchglaseinfassung in der Haustür spähe. Es sind Nan und Tim. Seltsam. Die Donnerstag- und Freitagabende sind bei Nan eigentlich für Daniel reserviert, und ich weiß, dass Tim sich bei uns noch nie besonders wohlgefühlt hat. Ich kann es ihm nicht verübeln, mir geht es da ganz ähnlich.

»Sind Sie daran interessiert, in eine engere Beziehung mit Unserem Herrn zu treten?«, fragt Tim, als ich die Tür aufmache. »Denn Er hat mich gerettet, und ich möchte die frohe Botschaft an Sie weitergeben – für nur tausend Dollar und drei Stunden Ihrer Zeit. Kleiner Scherz. Können wir reinkommen, Sammy?«

Sobald wir in der Küche sind, geht Nan an den Kühlschrank und holt den Krug mit Moms Limonade und ihre mit Minze und Limettenstückchen verfeinerten Eiswürfel heraus. Nach all den Jahren kennt sie sich bei uns aus. Sie reicht Tim ein Glas, der stirnrunzelnd die Eiswürfel mit den grünen und gelben Sprenkeln mustert.

»Hast du zufällig Tequila im Haus? Keine Angst, war auch nur ein Scherz. Ha, ha.«

Er fühlt sich sichtlich unbehaglich. Es ist lange her, seit ich Tim einmal nicht gelangweilt und gleichgültig, breit und apathisch oder total überheblich und verächtlich erlebt habe.

»Tim möchte sich für neulich Abend entschuldigen«, sagt Nan und zerbeißt einen Eiswürfel.

»Genau genommen«, stellt Tim klar, »wollte *Nan*, dass ich mich entschuldige.« Er sieht mich an. »*Ich* möchte mich vor dir in den Staub werfen und dich um Absolution bitten. Das war eine in jeder Hinsicht beschissene und hirnrissige Aktion von mir, und hätte irgendjemand anderes meine Schwester – und dich – in eine so potenziell lebensgefährliche Lage gebracht, würde ich ihn für das allerletzte Arschloch halten, was zwangsläufig nur den einen Schluss zulässt, dass ich – sagen wir es ganz offen – genau das bin. Ein Arschloch.« Er schüttelt den Kopf und nimmt einen Schluck Limonade. »Beachte bitte meine eloquente Ausdrucksweise. Damit hätte ich beim Hochschul-Zulassungstest bestimmt ordentlich Eindruck schinden können. Zu schade, dass ich mich vom Internat habe schmeißen lassen, was?«

Wie lange ist es her, dass Tim sich für irgendetwas entschuldigt hat? Er sitzt am Küchentisch, die Ellbogen aufgestützt, den Kopf zwischen den Händen und atmet so schwer, als hätte er gerade einen Marathon hinter sich. An seiner Stirn kleben ein paar verschwitzte Haarsträhnen. Er wirkt so verloren, dass es wehtut, ihn nur anzusehen. Ich werfe

Nan einen Seitenblick zu, aber die trinkt gerade mit teilnahmsloser Miene ihre Limonade aus.

»Danke, Tim. Es ist zum Glück niemandem etwas passiert. Aber du hast mir eine Scheißangst eingejagt. Wie geht es dir?«

»Mal davon abgesehen, dass ich noch derselbe Idiot bin wie gestern – wenn auch vielleicht nicht ganz so betrunken – gut, danke. Und selbst? Was läuft da zwischen dir und Jase Garrett? Ist er bei dir schon weitergekommen als mein Kumpel Charley? Charley war nämlich echt wahnsinnig geknickt deswegen. Aber was noch viel wichtiger ist: Jase' Schwester ist echt heiß, wie ist sie so drauf?«

»Seine heiße Schwester ist mit einem ungefähr hundertfünfundzwanzig Kilo schweren Footballspieler zusammen«, antworte ich, ohne auf die Frage nach Jase einzugehen.

»Klar«, sagt Tim grinsend. »Und an der Sonntagsschule unterrichtet er wahrscheinlich auch noch.«

»Nein. Allerdings glaube ich, dass er Mormone ist.« Ich grinse zurück. »Aber Kopf hoch. Sie sind jetzt schon etwa einen Monat zusammen, und nach dem, was Jase erzählt, hält Alice es selten länger mit einem Typen aus.«

»Dann werde ich die Hoffnung also nicht aufgeben.« Tim trinkt sein Glas aus und stellt es ab. »Hast du vielleicht irgendwas Normales zu essen im Haus? Möhren oder einen Apfel oder so was? Wir haben nur Sachen im Kühlschrank, die mit irgendwelchem Mist gefüllt sind.«

»Echt schlimm«, seufzt Nan. »Als ich heute Nachmittag in eine total normal aussehende Pflaume gebissen habe, hatte ich plötzlich Blauschimmelkäse im Mund. Mommy hat da so ein komisches Gerät bei QVC bestellt.«

»Den Pumper. Dank ihm können Sie so gut wie jedes Lebensmittel mit einer köstlichen Füllungen veredeln«, ahmt Tim die Stimme eines Teleshopping-Moderators nach.

Genau in diesem Moment klingelt es wieder an der Tür. Diesmal ist es Jase. Er trägt ein verwaschenes graues T-Shirt und Jeans und kommt offensichtlich direkt von der Arbeit.

»Hi!«, ruft Nan übertrieben strahlend. »Falls du es gestern Abend nicht mitbekommen haben solltest – ich bin Nan, Samanthas älteste und beste Freundin. Ich würde ja gern sagen, dass ich schon viel von dir gehört habe, aber tatsächlich hat sie dich bisher mit keiner Silbe erwähnt. Mein Bruder meinte allerdings, er würde dich kennen.« Sie streckt Jase die Hand hin.

»Hallo, Nan.« Er schüttelt ihr zögernd die Hand und wirft mir einen leicht verwirrten Blick zu. »Hi, Mason.« Seine Stimme bekommt einen scharfen Unterton, als er Tim begrüßt, und ich sehe, wie Tims Kiefer sich anspannt. Dann schlingt Jase einen Arm um meine Taille und zieht mich eng an sich.

Da unser hyperaufgeräumtes, steriles Haus nicht wirklich dazu einlädt, gemütlich herumzulümmeln, beschließen wir, in den Garten zu gehen. Jase streckt sich im Gras aus und ich bette den Kopf auf seinen Bauch und ignoriere Nans verstohlenen Seitenblicke.

Eine Weile liegen wir einfach nur faul da, während Jase und Tim sich über gemeinsame Bekannte unterhalten, die sie vom Footballspielen aus der Middle School kennen. Ich ertappe mich dabei, wie ich die beiden beobachte und mich frage, was meine Mutter wohl von ihnen halten würde. Da ist auf der einen Seite Jase mit seinem dunklen Teint, den breiten Schultern und der reifen Ausstrahlung, die ihn älter als siebzehn wirken lässt, fast schon wie einen richtigen Mann. Und auf der anderen Tim, mit seinem hübschen, aber hohlwangigen Gesicht, den Sommersprossen, die sich in krassem Kontrast von seinem unnatürlich blassen Teint abheben, den dunklen Ringen unter den Augen und den zum Schneidersitz gefalteten staksigen Beinen. Jase' Jeans sind ölverschmiert und sein T-Shirt ist am Kragen völlig ausgeleiert. Tim trägt gebügelte khakifarbene Chinos und ein blau gestreiftes Hemd mit hochgekrempelten Ärmeln. Würde man Mom fragen, vor welchem von den beiden man sich in Acht nehmen sollte, würde sie ohne zu zögern auf Jase zeigen. Auf Jase, der Dinge repariert, Tiere rettet – und mich rettet. Nicht auf Tim, der in diesem Moment ohne mit der Wimper zu zucken einen Weberknecht zerquetscht.

»Ich muss es irgendwie schaffen, meinen Highschool-Abschluss zu machen«, sagt Tim jetzt, während er die Hand im Gras abwischt. »Sonst stecken meine Eltern mich in die Fremdenlegion oder sperren mich für den Rest meines Lebens – das in diesem Fall nur von kurzer Dauer sein wird – in ihrem Hobbykeller ein.«

»Mein Dad hat seinen Abschluss nachgeholt«, sagt Jase und wickelt sich eine Haarsträhne von mir um den Finger. »Du könntest dich ja mal mit ihm darüber unterhalten.«

»Deine Schwester Alice hat das nicht zufällig auch gemacht? Ich glaub mit der würde ich sogar noch lieber darüber reden.«

Jase' muss ein Grinsen unterdrücken. »Nein.«

»Schade. Außerdem brauche ich dringend einen Job, damit ich nicht jeden Tag zu Hause hocken und meiner Mutter dabei zusehen muss, wie sie neue Verwendungsmöglichkeiten für ihren Pumper findet.«

»Frag doch mal in Moms Wahlkampfbüro nach«, sage ich. »Sie kann gerade jede Hilfe gebrauchen, weil sich ihr

Arbeitspensum mindestens verdreifacht hat, seit sie sich diesen Clay Tucker an Land gezogen hat.«

»Wer ist Clay Tucker?«

»Der ...«, Nan senkt die Stimme zu einem Flüstern, »... um einiges jüngere Mann, mit dem Samanthas Mutter zusammen ist.«

»Deine Ma hat einen Freund?« Tim sieht geschockt aus. »Ich dachte, seit dein Dad sie sitzen gelassen hat, beschränken sich ihre sexuellen Kontakte auf einen Vibrator und den Duschstrahl.«

»Tim!« Nan wird feuerrot.

»Bei meinem Dad im Baumarkt gibt es auch immer was zu tun.« Jase streckt sich gähnend. »Regale auffüllen, Bestellungen entgegennehmen. Nichts Aufregendes, aber ...«

»Ja klar.« Tim hat den Blick gesenkt und zupft an der Nagelhaut seines Daumens herum. »Weil das genau das ist, was dein alter Herr braucht – einen besoffenen Regalauffüller ohne Schulabschluss, dafür aber mit einem Hang zu illegalen Rauschmitteln.«

Jase stützt sich auf die Ellbogen und sieht ihn an. »Warum eigentlich nicht? Wenn dieser Regalauffüller das Trinken und die Drogen sein lässt und meine Freundin nie wieder zugedröhnt auf eine Spritztour mitnimmt, ist doch alles okay.« Seine Stimme klingt sachlich. Er sieht Tim noch einen Moment lang schweigend an, dann legt er sich wieder hin.

Tim schaut auf und wird dann rot. »Tja ... also ... ich ... ähm ...« Er sieht erst mich an, dann Nan und richtet seine Aufmerksamkeit schließlich wieder auf das Nagelhäutchen. Stille.

»Na ja, Regale auffüllen ist wahrscheinlich nicht besonders spannend, aber im Moment vielleicht genau das Rich-

tige für dich«, sagt Nan nach einer Weile. »Was meinst du,
T?«

Tim beschäftigt sich noch einen Moment lang mit seinem
Daumen, bevor er erneut aufblickt. »Wenn Alice nicht zu-
fällig auch Regale auffüllt und dabei möglichst die meiste
Zeit in Hotpants auf einer Leiter steht, versuche ich mein
Glück lieber in der Politik. Politik ist geil. Da darf man un-
gestraft Menschen manipulieren, belügen und betrügen.«

»Nachdem, was ich darüber gelesen habe, zieht Samanthas
Mutter es vor, Politik als ›Dienst am Gemeinwohl‹ zu betrachten.« Jase verschränkt die Arme hinterm Kopf und
gähnt wieder. Überrascht darüber, dass er Moms letzten
Wahlkampf-Slogan, den Clay Tucker so gnadenlos zerrissen
hat, zitieren kann, setze ich mich auf. Jase und ich haben
uns noch nie über Politik unterhalten, aber offensichtlich
hat er Moms Karriere verfolgt.

»Cool. Dann werde ich also ein kleines Rädchen im
Dienst am Gemeinwohl sein. Als erfahrener Saboteur müsste ich es in spätestens anderthalb Wochen geschafft haben,
das Regierungsgetriebe komplett zum Stillstand zu bringen«, kichert Tim. »Ach, Jase? Interessiert sich Sexy Alice
zufällig für Politik?«

Mom kommt früher als sonst nach Hause, zum Glück aber
erst nachdem Nan und Tim gegangen sind und Jase zu seinem Training aufgebrochen ist. Sie hat heute Abend einen
offiziellen Termin in East Stonehill und möchte, dass ich sie
begleite. »Clay sagt, da ich den Schwerpunkt meiner Kam-
pagne auf die Familie gelegt habe, sollte ich mich öfter mit
meiner eigenen sehen lassen.« Also stehe ich zwei Stunden
später neben ihr in der Moose Hall und wiederhole im Drei-
Sekundentakt »Ja, ich bin wirklich unglaublich stolz auf

meine Mutter. Bitte geben Sie ihr Ihre Stimme«, während sie eine Hand nach der anderen schüttelt.

Als sie zum ersten Mal gewählt wurde, hat es noch irgendwie Spaß gemacht und war aufregend. All diese Leute, die ich nicht kannte, die mich aber zu kennen schienen und sich freuten, uns persönlich zu treffen. Jetzt kommt mir die ganze Situation einfach nur unwirklich vor. Als Mom ihre Rede hält, höre ich aufmerksam zu und versuche herauszufinden, was an diesem Wahlkampf anders ist. Sie wirkt viel selbstsicherer und hat sich ein völlig neues Repertoire an Gesten zugelegt – die Arme ausbreiten, kampfbereit die Faust ballen, sich die Hände über Kreuz auf ihr Herz pressen –, aber das allein ist es nicht. Beim letzten Mal hat Mom vorwiegend lokale Probleme angesprochen, die heikleren Themen ließ sie mehr oder weniger außen vor. Aber jetzt prangert sie die hohen Staatsausgaben an, den riesigen Beamtenapparat der Regierung, die unfaire Besteuerung der begüterten Bürger, die schließlich Arbeitsplätze schaffen …

»Du lächelst nicht«, raunt mir Clay Tucker zu, der plötzlich neben mir auftaucht. »Also dachte ich, du hast vielleicht Hunger. Diese Horsd'œuvres sind wirklich fantastisch. Ich übernehme hier, während du isst.« Er reicht mir einen Teller mit Krabben in Cocktailsoße und gefüllten Muscheln.

»Wie lange geht die Veranstaltung noch?«, frage ich und stecke mir eine Krabbe in den Mund.

»Bis zum letzten Händeschütteln, wann immer das auch sein mag, Samantha.« Er deutet mit einem Zahnstocher auf meine Mom. »Schau sie dir an. Kein Mensch würde denken, dass sie jetzt schon seit zwei Stunden hier steht, dass ihre Schuhe wahrscheinlich drücken und sie vielleicht dringend auf die Toilette muss. Deine Mom ist ein echter Profi.«

Mom wirkt tatsächlich entspannt und ausgeruht und absolut souverän. Gerade lauscht sie mit geneigtem Kopf dem, was ein älterer Mann zu sagen hat, als wäre es das Wichtigste auf der Welt. Bisher habe ich ihre Fähigkeit, anderen etwas vorspielen zu können, nie als Stärke angesehen, aber damit lag ich anscheinend falsch.

»Darf ich?«, fragt Clay und spießt eine Muschel auf, bevor ich antworten kann.

Vierundzwanzigstes Kapitel

Es ist schon spät, als ich frisch geduscht ins Bett schlüpfe und an die Decke starre. Ich trage ein weißes Nachthemd, das ich mit acht Jahren geschenkt bekommen habe und in dem ich mir immer vorkam wie eine Prinzessin – früher hat es mir mal bis zu den Knöcheln gereicht, jetzt bedeckt es gerade noch meine Oberschenkel.

Mom hat endlich zugegeben, dass sie erschöpft ist, und sich schlafen gelegt. Obwohl Clay öfter schon zum Frühstück bei uns gewesen ist, weiß ich nicht, ob er jemals hier übernachtet hat. Moms Schlafzimmer liegt in einem anderen Flügel unseres Hauses, der über eine Terrassentür vom Garten aus erreichbar ist, sodass ich es nicht unbedingt mitbekommen hätte. Aber eigentlich will ich das überhaupt nicht so genau wissen. Schaudernd verscheuche ich den Gedanken wieder.

Kurz darauf klopft es an mein Fenster und ich setze mich im Bett auf. Eine gespreizte Hand legt sich von außen an das Glas. Jase. Ihn zu sehen, ist für mich immer wie der Moment, kurz nachdem einem der Wind den Atem genommen hat und man endlich wieder richtig Luft holen kann. Ich stehe auf, lege einen Augenblick lang meine Hand an seine und schiebe dann die Scheibe hoch.

»Hey. Kann ich reinkommen?«

Er duckt sich geschmeidig unter dem Fensterrahmen

hindurch, als hätte er das schon tausendmal gemacht. Dann sieht er sich im Zimmer um und schüttelt lächelnd den Kopf. »Es ist so unglaublich aufgeräumt bei dir, Sam!«

Er streift seine Sneaker von den Füßen und kickt sie leise durchs Zimmer. Anschließend zieht er seine Socken aus, wirft die eine auf die Kommode und die andere ins Regal. »Sorry, aber das muss jetzt einfach sein.«

»Tu dir nur keinen Zwang an!« Ich zerre ihm sein T-Shirt über den Kopf und schleudere es durchs Zimmer. Es landet auf meinem Schreibtischstuhl.

Als ich die Arme um ihn schlingen will, hält er meine Hände fest. »Sam.«

»Hmmm?«, murmle ich, kurzzeitig von den feinen dunklen Haaren abgelenkt, die sich über dem Saum seiner Shorts Richtung Bauchnabel ringeln.

»Muss ich mir Sorgen machen?«

Ich sehe zu ihm auf. »Worüber?«

»Über die Tatsache, dass du anscheinend das einzige Mädchen auf dem Planeten bist, das ihrer besten Freundin nicht von Anfang an jedes noch so winzige Detail über ihren neuen Freund erzählt hat. Ich habe Schwestern, Sam. Ich dachte, das wäre so was wie ein Naturgesetz – die beste Freundin weiß alles. Deine wusste noch nicht einmal, dass es mich überhaupt gibt.«

»Nan?«, frage ich, dann wird mir klar, dass ich keine Ahnung habe, wie ich das erklären soll. »Oh, na ja, sie hat gerade ziemlich viel um die Ohren ... und da wollte ich nicht auch noch ...« Ich zucke hilflos mit den Achseln.

»Du hast ihr also aus Rücksichtnahme nichts von mir erzählt?« Jase lässt mich los und setzt sich auf mein Bett. »Oder weil ich dir peinlich bin?«

Mir stockt der Atem. »Du? Mir peinlich? Nein! *Nein*. Niemals. Es ist nur ...« Ich beiße mir auf die Unterlippe.

Er sieht mich forschend an. »Ich will dich nicht in Verlegenheit bringen, nur wissen, wie ich das einzuordnen habe. Du bist ... keine Ahnung ... die Tochter der Senatorin. Ich bin bloß ... einer von *diesen Garretts* – wie Lindys Vater immer abfällig gesagt hat.«

Ich kann es kaum ertragen, ihn so reden zu hören. »Ich bin einfach nur ich«, erwidere ich, setze mich neben ihn aufs Bett und lege ihm eine Hand an die Wange. »Und ich bin glücklich, dass du hier bist.«

Jase mustert mich noch einen Moment lang, dann legt er sich auf den Rücken und zieht mich zu sich herunter. Ich kuschle mich an ihn und vergrabe den Kopf an seinem Hals, während er mir langsam durch die Haare streicht. Das Verrückte an meiner Beziehung zu Jase ist, dass ich mir einerseits der Berührung unserer aneinandergeschmiegten Körper mit all meinen Sinnen bewusst bin, mich aber andererseits in seinen Armen so beschützt und geborgen fühle, dass ich fast augenblicklich einschlafe.

Ich wache auf, als Jase sanft an meiner Schulter rüttelt. »Ich sollte besser gehen«, flüstert er. »Es ist Morgen.«

»Niemals«, murmle ich schlaftrunken und ziehe ihn an mich. »So lang bist du noch nicht da.«

Jase küsst meinen Nacken. »Es ist kurz vor halb sechs. Ich muss los.«

Ich halte mir sein Handgelenk vors Gesicht und gucke blinzelnd auf seine Digitaluhr. »Die geht falsch. Das kann nicht sein.«

Jase lacht leise. »Hörst du? Draußen zwitschern sogar schon die Vögel.«

Ich neige den Kopf und lausche, während Jase aufsteht und sich anzieht. Als er fertig ist, kommt er zu mir zurück, gibt mir einen Kuss auf die Stirn und wandert anschließend mit den Lippen langsam zu meinen Mundwinkeln.

»Musst du wirklich schon gehen?«

»Ja. Samantha, ich ...« Er verstummt, als ich ihm die Arme um den Hals lege und ihn zu mir ziehe. Seine Gegenwehr ist nicht sonderlich überzeugend. Bald wühlen seine Hände in meinen Haaren, die sich über Nacht aus dem Zopf gelöst haben, und unsere Küsse werden immer hungriger. Ich dränge mich ihm entgegen, kann ihm gar nicht nah genug sein, da löst er sich plötzlich ein Stück von mir, sieht mich an und beginnt dann behutsam, die Knöpfe an meinem Nachthemd zu öffnen.

Seltsamerweise macht mir das keine Angst. Im Gegenteil, ich kann es kaum erwarten. Als sein Mund tiefer wandert, habe ich das Gefühl, als würde mein wohliges Seufzen jeden Zentimeter meines Körpers zum Vibrieren bringen.

»Jase ...«

»Mmmm.« Er legt seine Lippen auf eine meiner Brüste und streift mit den Fingerspitzen über die andere. Obwohl die Berührung federleicht ist, schnellt mein Puls in die Höhe.

»Jase, ich ... ich möchte ...«

Er hebt den Kopf und haucht mir einen Kuss auf die Nasenspitze. »Ich weiß. Ich auch. Aber nicht so. Nicht wenn wir nicht genug Zeit haben. Nicht ohne ...« Er schluckt. »Nicht so, aber ... oh Gott, Samantha. Schau dich nur an.«

Der Blick, mit dem er mich ansieht, gibt mir das Gefühl, wunderschön zu sein.

»Ich würde am liebsten bis in alle Ewigkeit hier liegen bleiben und dich einfach nur ansehen«, flüstert er heiser.

»Aber ich muss los.« Tief einatmend schließt er die Knöpfe meines Nachthemds und küsst mich zärtlich auf den Hals.

»Jase, bist du … hast du schon …?«

Ich spüre, wie er kurz den Kopf schüttelt, bevor er mich ansieht. »Nein. Noch nie. Einmal fast. Mit Lindy. Aber ich konnte es einfach nicht … Für sie habe ich noch nicht einmal annähernd so viel empfunden wie für dich. Ich meine, ich brauche dich nur anzusehen und schon bekomme ich Herzklopfen. Also, nein … ich habe noch nie mit jemandem geschlafen.«

Ich lege die Hand an seine stoppelige Wange. »Ich auch nicht.«

Er dreht den Kopf, um meine Handfläche zu küssen.

»Dann ist es umso wichtiger, dass wir uns damit Zeit lassen. Damit wir …« Er schluckt und schließt die Augen. »Ich kann manchmal nicht mehr klar denken, wenn ich dich anschaue. Wir brauchen Zeit, damit wir gemeinsam darüber nachdenken können.«

»Okay«, sage ich und bin auf einmal verlegen.

»Ich liebe es, wie du am ganzen Körper rot wirst, wenn dir etwas peinlich ist«, murmelt er. »Überall. Deine Ohren erröten, sogar deine Knie. Ich wette, deine Zehen auch.«

»Es zu erwähnen, macht es nicht besser.«

»Ich weiß.« Er löst sich widerstrebend von mir und steht auf. »Ich will auch gar nicht, dass es aufhört. Ich finde es toll. Aber jetzt muss ich wirklich gehen. Wann kommst du heute nach Hause?«

Ich versuche an etwas anderes zu denken als daran, Jase zu mir ins Bett zurückzuzerren. »Ähm … Ich habe eine Doppelschicht im Breakfast Ahoy. Also bis drei.«

»Zu schade«, seufzt Jase, »dass die Läden heute lange geöffnet haben. Ich werde erst gegen sieben zurück sein. Und dich bis dahin den ganzen Tag vermissen.«

Er öffnet das Fenster und klettert nach draußen. Ich schließe die Augen und berühre die Stelle an meinem Hals, an der er mich geküsst hat.

Ich bin noch Jungfrau. Jase auch, wie ich jetzt endlich weiß. Wir hatten in der Schule Sexualkunde. Ich habe mir schon den einen oder anderen nicht jugendfreien Film angesehen. Tracy zugehört, wenn sie damit geprahlt hat, wie oft am Tag sie und Flip Sex haben. Habe Bücher gelesen, in denen Sexszenen vorkamen. Aber es gibt immer noch so viel, das ich nicht weiß. Übernimmt einfach der Instinkt die Führung, wenn es so weit ist? Fühlt es sich sofort schön an oder muss man erst – wie manche Leute es von Wein oder Zigaretten behaupten – auf den Geschmack kommen? Tut es beim ersten Mal sehr weh? Oder fast gar nicht? Muss ich Kondome besorgen? Oder macht er das? Soll ich mir sicherheitshalber ein Rezept für die Pille holen? Und wenn ja, wie lange im Voraus muss ich sie dann nehmen? Aber dafür müsste ich zu unserem Hausarzt, und der ist Anfang achtzig, hat einen Rauschebart und lange Nasenhaare und meine Mutter schon behandelt, als sie ein Kind war.

Ich wünschte, ich könnte Mom all diese Fragen stellen, aber allein die Vorstellung, wie sie reagieren würde, macht mir mehr Angst als meine Unwissenheit. Soll ich Mrs Garrett fragen? Aber ... Jase ist ihr Sohn. Das wäre seltsam. *Sehr* seltsam. Obwohl ich mir sicher bin, dass ich es tun will, fange ich gerade an, ein bisschen panisch zu werden, als mir wieder einfällt, dass es einen Menschen gibt, dem ich mehr vertraue als irgendjemandem sonst auf der Welt. Jase. Und ich weiß, dass er recht hat. Wir werden das alles gemeinsam herausfinden.

Fünfundzwanzigstes Kapitel

Als ich mit schmerzenden Füßen und nach gebratenem Speck und Ahornsirup riechend vom Breakfast Ahoy nach Hause komme, ist das einzige Lebenszeichen von Mom ein Post-it: *Wohnzimmer saugen.* Den Zettel werfe ich in den Müll, den Auftrag ignoriere ich. Die Saugspuren vom letzten Mal sind immer noch zu sehen. Das Telefon klingelt, aber es ist nicht Mom. Es ist Andy.

»Samantha? Hättest du Zeit zu uns rüberzukommen? Mom ist krank und Daddy ist noch nicht zu Hause, und ich habe, na ja, ich bin mit Kyle verabredet und … wäre es okay, wenn du babysittest, bis Jase zurück ist? Duff hat das mit dem Windelnwechseln noch nicht so gut drauf und Patsy hat so einen schlimmen Ausschlag. Du weißt schon, einen von der Sorte, für die man eine verschreibungspflichtige Salbe braucht. Ihr Hintern und ihre Beine sind voll damit.«

Tatsächlich habe ich von Windelausschlag keine Ahnung, aber ich sage ihr, dass ich gleich da bin.

Bei den Garretts herrscht die übliche Hektik. »Mom liegt oben im Bett. Ich glaube, sie schläft. Sie fühlt sich wirklich nicht gut«, plappert Andy nervös drauflos, während sie versucht Eyeliner aufzutragen und gleichzeitig ihre Schuhe anzuziehen. Ich helfe ihr mit dem Eyeliner und flechte ihre Haare zu einem französischen Zopf.

»Haben schon alle gegessen?«

»Patsy, ja. Aber die anderen haben außer Cornflakes noch nichts gehabt. Alice ist, glaube ich, mit Brad weg – oder mit jemand anderem? Ich weiß nicht mehr genau. Jedenfalls ...« Andy wirft durch die Fliegengittertür einen Blick nach draußen. »Oh ... Mr Comstock ist da. Bis später.« Sie flitzt hinaus und lässt mich mit Harry, Duff und George allein zurück, die so hungrig aussehen, als wären sie kurz davor, mit dem Besteck auf den Tisch zu hämmern, und Patsy, die mich vertrauensvoll anstrahlt und »Kaaackaaaa« kräht.

Ich muss lachen. »Das ist also das zweite Wort, das du nach *Titi* gelernt hast?«

»Sieht ganz so aus.« Duff macht den Kühlschrank auf und seufzt entmutigt. »Wenn das mit ihrem Wortschatz so weitergeht, kann Mom das Babytagebuch, das sie für Patsy anlegen wollte, gleich wegschmeißen. Wir haben nichts im Haus, Samantha. Und was sollen wir jetzt essen?«

Ich schicke Duff zu uns rüber und erkläre ihm, wo er alles – inklusive Moms Spezialeiswürfeln – findet. Am Ende gibt es zum Abendessen einen Krug Limonade, aufgebackene Tiefkühl-Minipizzas, Makkaroni-Käse-Auflauf aus der Packung und einen Rest Nudelsalat mit Brokkoli, getrockneten Tomaten und Pecannüssen (der allerdings nicht so gut ankommt).

Als ich anschließend Patsy und George bade, bekomme ich mit, wie am anderen Ende des Flurs ein Riesentumult ausbricht. Voldemort, die Kornnatter, ist mal wieder ausgebüxst. Ich höre, wie Duff hektisch hin und her rennt, Harry aufgeregt schreit, und dann sehe ich plötzlich, wie sich ein dünnes langes Etwas ins Badezimmer schlängelt und Anstalten macht, es sich in einem von Georges dreckigen Transformer-Turnschuhen bequem zu machen. Ich bin wahnsinnig stolz auf mich, als ich es schaffe, ohne hysterisch zu werden, Voldemort eigenhändig aus dem Schuh zu holen und Duff vorsichtig zu übergeben. Selbst als Voldemort mir – wie es gestresste Kornnattern bekanntermaßen nun mal gern tun – auf die Hand kotet, gebe ich keinen Mucks von mir. »Kaaackaaa!«, quietscht Patsy begeistert, während ich mir am Waschbecken die Hände wasche.

Eine halbe Stunde später liegt Patsy ihre obligatorischen fünf Schnuller umklammernd – die sie immer nur festhalten, aber nie in den Mund nehmen will – in ihrem Gitterbettchen und schläft friedlich. George hat sich unten auf der Couch zusammengerollt und guckt auf Animal Planet *Die zehn erstaunlichsten Tiermetamorphosen*. Duff sitzt am Computer und Harry baut aus Legosteinen etwas, das wie das Pentagon aussieht, als die Tür ins Schloss fällt und Alice und Jase ins Haus treten. Alice' Haare leuchten aktuell in einem dunklen Kastanienrot, das vorne von einer hellblonden Strähne akzentuiert wird. Jase hat offensichtlich gerade eine Fuhre Holz ausgeliefert und sieht völlig verschwitzt und zerzaust aus. Als er mich sieht, strahlt er und will sofort auf mich zulaufen, aber Alice hält ihn am Arm fest.

»Du gehst lieber erst mal duschen.« Sie rümpft die Nase. »Allein schon neben dir im Käfer zu sitzen, war die reinste Geruchsbelästigung.«

Während er oben ist, erkläre ich Alice, warum ich überhaupt hier bin. »Mom *schläft*?«, fragt sie ungläubig. »Wieso das denn?«

Ich zucke mit den Achseln. »Andy meinte, dass sie sich nicht so gut fühlt.«

»Mist. Hoffentlich nicht die Grippe. Bei mir stehen drei wichtige Prüfungen an. Ich habe keine Zeit, die Ersatzmama zu spielen.« Sie fängt an, den Tisch abzuräumen und die Essensreste in den Müll zu werfen.

»Sam hat für heute Feierabend«, verkündet Jase, als er wieder in die Küche kommt. Er räumt einen gelben Rückenkratzer aus Plastik, mehrere dreckige Kindersocken, eine leere Chipstüte, fünf Matchbox-Autos, Andys Eyeliner und eine halb aufgegessene Banane von der Arbeitstheke und tippt Alice dann mit dem Rückenkratzer auf beide Schultern. »Hiermit ernenne ich dich offiziell zur Mom, bis Dad nach Hause kommt. Samantha und ich gehen nach oben.« Er greift nach meiner Hand und zieht mich hinter sich die Treppe hoch.

Allerdings hat seine Eile offensichtlich nichts damit zu tun, dass er mich so schnell wie möglich in sein Bett locken will, sondern bloß mit dem Chaos, das ihm zu viel war. Als wir in seinem Zimmer sind, legt er mir nämlich nur die Arme um die Taille und drückt mir einen Kuss auf den Mund. Dann lehnt er sich ein Stück nach hinten und sieht mich an.

»Was?«, frage ich und ziehe ihn wieder an mich. Ich will definitiv mehr.

»Was ich mich gefragt habe, Samantha ... Willst du mit ...«

»Ja, ich will«, sage ich sofort.

Er lacht. »Hör dir doch erst mal meine Frage an. Ich habe über das nachgedacht, worüber wir uns heute Morgen unterhalten haben – viel nachgedacht. Wie soll ... ähm ... *es* passieren? Ich meine ... möchtest du, dass wir es bis ins Kleinste durchplanen oder ...«

»Du meinst, mit Datum, Uhrzeit und Ort? Ich glaube, das würde mich viel zu nervös machen. Das wäre, als würde so eine Art Countdown ablaufen.«

Er wirkt erleichtert. »Das sehe ich genauso. Allerdings

sollten wir vielleicht sichergehen, dass wir ... na ja, ähm, vorbereitet sind, wenn es dann so weit ist, damit wir ...«

»Kein Risiko eingehen?«, frage ich.

»... ganz entspannt sein können«, beendet Jase den Satz. Ich boxe ihn grinsend in die Schulter. »Alter Pfadfinder.«

»Tja, also für diese spezielle Sache gab es eigentlich kein Abzeichen.« Jase lacht. »Obwohl das mit Sicherheit ziemlich beliebt gewesen wäre. Und vor allem nützlich. Ich war nämlich heute in der Drogerie und die Auswahl, was, ähm, Kondome angeht, ist definitiv zu groß.«

»Ich weiß«, lache ich. »Ich war auch dort.«

»Dann sollten wir das nächste Mal vielleicht zusammen hingehen.« Er nimmt meine Hand, führt sie an seinen Mund und küsst die Innenseite meines Handgelenks. Es ist nur eine flüchtige Berührung und trotzdem wird mir sofort heiß. *Wow.*

Wir fahren sogar noch am selben Abend zusammen zur Drogerie, weil Mrs Garrett, als sie etwas später noch ein bisschen blass um die Nase in einem saphirblauen Bademantel aus ihrem Zimmer kommt, Jase bittet, ihr ein paar Flaschen Gatorade zu besorgen.

»Trojaner, Ramses, Magnum ...«, murmelt Jase vor sich hin, als wir in der Familienplanungs-Abteilung des CVS-Drogeriemarkts ratlos vor dem Kondomregal stehen. »Das sind ja schlimmere Markennamen als die für irgendwelche Angeberschlitten.«

»Klingen irgendwie ... Angst einflößend.« Ich greife nach einer der Schachteln und lese die Beschreibung auf der Rückseite.

Jase lächelt mich beruhigend von der Seite an. »Keine Sorge, Sam. Wir finden schon was, das zu uns passt.«

»Ich verstehe noch nicht einmal die Hälfte von dem, was da draufsteht … Was ist ein Vibratorring?«

»Hm. Hört sich wie das Ding in der Waschmaschine an, das regelmäßig ersetzt werden muss. Und was soll bitte schön *extra sensitiv* bedeuten? Damit würde ich eher George beschreiben. Aber ein Kondom?«

Ich kichere. »Wir hätten da auch noch *gefühlsecht, mehr Spaß zu zweit* und *Extra-Spaß für Sie* zur Auswahl. Aber kein *Extra-Spaß für Ihn.*«

»Ich glaube, den hat er nicht nötig. Soweit ich weiß, liegt das in der Natur der Sache«, entgegnet Jase trocken. »Oh nein, Sam, auf keinen Fall diese neonbunten.«

»Aber Blau ist meine Lieblingsfarbe«, sage ich und ziehe einen gespielt beleidigten Schmollmund.

»Leg sie zurück, und die phosphoreszierenden gleich mit. Gott. Wozu stellen sie die überhaupt her?«

»Für Sehbehinderte vielleicht?« Ich stelle die Packungen wieder ins Regal.

Nachdem wir das Gatorade und die Kondome, für die wir uns letztlich entschieden haben – welche ohne jegliche *Extras* –, bezahlt haben, wünscht der Kassierer uns »noch einen wunderschönen Abend«.

»Meinst du, er hat Bescheid gewusst?«, frage ich, als wir zum Wagen zurückschlendern.

»Du wirst schon wieder rot«, grinst Jase. »Hat wer worüber Bescheid gewusst?«

»Na der Typ im Laden. Meinst du, der wusste, warum wir die gekauft haben?«

»Quatsch«, winkt Jase todernst ab. »Ich bin mir sicher, dass er niemals auf den Gedanken gekommen ist, wir würden Verhütungsmittel für uns selbst kaufen, er hat sich bestimmt gedacht, es wäre ein … Muttertags-Geschenk.«

Ich fange an zu prusten. »Oder ein Party-Mitbringsel.«

»Oder« – er blickt mit hochgezogenen Brauen auf die Quittung – »Material für eine extrem teure Wasserball-Schlacht.«

»Anschauungsmaterial für den Aufklärungsunterricht?« Ich lasse eine Hand in die Gesäßtasche von Jase' Jeans gleiten.

»Oder kleine Regenumhänge für ...« Er hält ratlos inne.

»Barbiepuppen?«

»Teenage Mutant Hero Turtles!« Er legt mir grinsend einen Arm um die Schultern und versetzt mir einen spielerischen Stoß mit der Hüfte, als wir zum Auto gehen.

Abends putze ich mir die Zähne, lausche dem Sommerregen, der gegen das Fenster trommelt, und sinniere darüber nach, wie schnell sich die Dinge ändern können. Vor einem Monat war ich noch ein Mädchen, das ungefähr fünfundzwanzig unnötige Einkäufe – Q-Tips, Nagellackentferner, Wimperntusche, Handcreme etc. – auf das Laufband der Drogerie legen musste, um den Kassierer von der peinlichen Tamponpackung, dem einzigen Artikel, den ich wirklich brauchte, abzulenken. Heute Abend habe ich Kondome gekauft. Zusammen mit dem Jungen, mit dem ich sie benutzen möchte. Und ansonsten fast nichts.

Jase hat sie sicherheitshalber mit zu sich genommen, weil Mom den Fimmel hat, regelmäßig meine Kommode und meinen Schrank zu inspizieren, um die Kleidungsstücke nach Farben zu sortieren. Ich bin mir ziemlich sicher, dass sie mir die Ausrede »Material für eine extrem teure Wasserball-Schlacht« nicht abkaufen würde. Als ich Jase gefragt habe, ob seine Mutter bei ihm aufräumt und was er ihr sagen will, falls sie sie findet, hat er mich völlig entgeistert angeschaut.

»Ich räume selbst auf und wasche auch meine Wäsche selbst, Sam.«

Sam. Meine Mutter besteht darauf, mich immer »Samantha« zu nennen. Und Tim nennt mich eigentlich schon seit ich denken kann meistens »Sammy«. Aber ich bin gerne Sam. Ich bin gerne Jase' Sam. Das klingt nach jemandem, der unkompliziert und nett ist. Nach jemandem, der ich gerne sein möchte.

Ich spucke den Zahnpastaschaum ins Becken und betrachte mein Gesicht im Spiegel. Werde ich anders aussehen, wenn Jase und ich diese Kondome benutzt haben? Mich anders fühlen? Und woher sollen wir wissen, wann der richtige Zeitpunkt gekommen ist?

Sechsundzwanzigstes Kapitel

Zwei Tage später sitze ich neben Tim im Wagen und navigiere ihn zu Moms Wahlkampfbüro, wo er ein Bewerbungsgespräch hat. Nichts an ihm erinnert mehr an den Typen, der noch vor Kurzem völlig zugedröhnt am Steuer saß und in New Hampshire Bacardi kaufen wollte. Heute trägt er einen hellgrünen Anzug mit rot-gelb gestreifter Krawatte und sieht aus wie aus dem Ei gepellt. Allerdings ist er ziemlich nervös, trommelt die ganze Zeit mit den Fingern auf dem Lenkrad und zündet sich eine Zigarette nach der anderen an.

»Alles okay?«, frage ich und bedeute ihm, an der nächsten Kreuzung links abzubiegen.

»Alles andere als okay.« Tim wirft die Kippe, die er gerade zu Ende geraucht hat, aus dem Fenster und drückt sofort wieder den Zigarettenanzünder rein. »Ich habe schon seit Tagen nichts mehr geraucht und keinen Tropfen getrunken. So lange am Stück war ich das letzte Mal nüchtern, als ich elf war. Ich fühle mich scheiße.«

»Bist du sicher, dass du diesen Job willst? Wahlkampf ist nichts als Show. Da kommt sogar mir öfter das Kotzen, dabei bin ich noch nicht mal auf kaltem Entzug.«

Tim schnaubt. »*Auf kaltem Entzug?* Du hörst dich schon an wie eine verdammte Drogentherapeutin aus der Jugendpsychiatrie.«

Ich verdrehe die Augen. »Sorry, dass ich mir erlaubt habe, die Dinge beim Namen zu nennen.«

»Ich kann nicht den ganzen Tag bei Mom zu Hause rumhocken. Die Frau treibt mich in den Wahnsinn. Und wenn ich nicht beweise, dass ich – O-Ton meiner Eltern – ›mit meiner Zeit etwas Sinnvolles anstelle‹, stecken sie mich auf der Stelle ins Camp Tomahawk.«

»Das ist ein Scherz, oder? Heißt das Camp, wo deine Eltern dich hinschicken wollen, wirklich so?«

»Vielleicht auch Camp Guillotine. Oder war es Camp Castration? Jedenfalls klang es nicht so, als würde ich es dort lange aushalten. Ich bin einfach nicht dazu geeignet zu lernen, wie man in der Wildnis überlebt, indem man sich von Wurzeln und Beeren ernährt oder einen Kompass aus Spinnweben bastelt oder was für eine Kacke auch immer einem dort beigebracht wird. Aus mir würde das jedenfalls keinen besseren Menschen machen, im Gegenteil.«

»Ich finde, du solltest Jase' Vater fragen, ob du bei ihm arbeiten kannst.« Ich zeige nach rechts, als wir an die nächste Kreuzung kommen. »Da lang. Er ist viel entspannter als meine Mom. Außerdem hättest du abends frei.«

»Das ist ein Job in einem verdammten Baumarkt, Sammy. Ich kann noch nicht mal einen Schraubenzieher von einem Schraubenschlüssel unterscheiden. Ich bin der Typ mit den zwei linken Händen, kein Handwerker wie dein Loverboy.«

»Ich glaube nicht, dass du irgendetwas reparieren müsstest, du brauchst das Werkzeug doch nur verkaufen. Da vorne ist es.«

Tim fährt in die Einfahrt des Hauses, in dem das Wahlkampfbüro untergebracht ist. Im Vorgarten stecken Schilder, auf denen diverse rot-weiß-blaue Wahlkampfplakate kleben. GRACE REED: *FÜR UNSERE STÄDTE, UNSERE*

FAMILIEN, UNSERE ZUKUNFT, lese ich auf einem. Ein anderes zeigt Mom in einer gelben Regenjacke, wie sie Fischern und anderen kernigen Helden des Alltags die Hand schüttelt. Aber es gibt auch welche, auf denen sie die Frau ist, die ich kenne – mit hochgesteckten Haaren und Hosenanzug im Gespräch mit anderen »Entscheidungsträgern«.

Tim steigt aus und rückt sich mit zitternden Fingern die Krawatte zurecht.

»Glaubst du, du kommst klar?«

»Könntest du bitte aufhören, mich das ständig zu fragen? Es wird sich nämlich nichts an meiner Antwort ändern. Ich fühle mich wie ein Erdbeben der Stärke acht Komma neun auf der Richter-Skala.«

»Dann tu's nicht.«

»Verdammt, ich muss irgendwas tun, sonst verliere ich auch noch den letzten Rest meines Verstands«, fährt er mich an. Er schüttelt seufzend den Kopf und wirft mir einen entschuldigenden Blick zu, bevor er in ruhigerem Ton fortfährt. »Mach dir keine Sorgen, Sammy. Wenn ich nur halbwegs nüchtern bin, bin ich ein Meister in der Kunst des Vortäuschens.«

Als ich eine Weile später in einer Ausgabe der *People* blätternd in der Eingangshalle sitze und mich frage, wie lange das Bewerbungsgespräch wohl noch dauern wird, ruft Jase auf dem Handy an.

»Hey, Baby.«

»Hey, du. Ich bin immer noch im Wahlkampfbüro und warte auf Tim.«

»Dad sagt, falls er Interesse an dem Job im Baumarkt hat, sollt ihr vorbeikommen, wenn ihr fertig seid. Außerdem steht der Sohn des Chefs auf dich.«

»Tatsächlich? Und wie ist der Sohn des Chefs so? Schafft er es, am Strand in Armeestiefeln eine Meile unter vier Minuten zu laufen?«

»Nein, aber bald. Ich glaube, er war zu sehr von Gedanken an das Mädchen abgelenkt, das beim letzten Training seine Zeit gestoppt hat.«

»Ach? Dann lässt er sich aber leicht ablenken.«

»Eigentlich nicht. Aber zu seiner Verteidigung muss gesagt werden, dass das Mädchen das süßeste Geschöpf auf diesem Planeten ist. Bis nachher.«

Ich blicke immer noch lächelnd auf mein Handy, als Tim aus Moms Büro tritt und kopfschüttelnd auf mich zukommt. »Ihr beiden seid echt abartig.«

»Woher weißt du, dass es Jase war?«

»Guck das nächste Mal in den Spiegel, wenn du mit Jase telefonierst, dann weißt du's.«

»Und, wie ist es gelaufen?«, wechsle ich das Thema.

»Wer ist dieser Wahlkampfberater, den sie sich da an Land gezogen hat?«, flüstert Tim. »Der Typ hat ganz dick ›aufgeblasenes Arschloch‹ auf der Stirn stehen. Aber ich hab den Job.«

Mom kommt strahlend aus ihrem Büro und legt Tim eine Hand auf die Schulter.

»Unser Timothy ist ein Senkrechtstarter, Samantha. Ich bin so stolz auf ihn! Du solltest mehr Zeit mit ihm verbringen. Er weiß ganz genau, was er will.«

Ich nicke fassungslos. Tim grinst.

»Was hast du denen erzählt, dass Mom – zu Unrecht, wie ich leider anmerken muss –, so große Stücke auf dich hält?«, frage ich, als wir draußen sind.

Tim lacht bitter. »Ich wäre schon vor Jahren von der Ellery geflogen, wenn ich nicht gelernt hätte, wie man denen, die was zu sagen haben, in den Arsch kriecht. Letzten Winter habe ich eine Hausarbeit über die Reagan-Ära geschrieben. Da drin«, er deutet auf das Gebäude hinter uns, »habe ich bloß ein paar von Ronnies Gedanken und Ideen abgespult. Das Arschloch und deine Mom sind fast gekommen, als ...«

Ich hebe die Hand. »Danke, ich hab genug gehört.«

»Gott, Sammy! Was ist los mit dir und Nan? Ihr seid echt so was von verklemmt«, sagt Tim. Nachdem er eine Weile schweigend und für meinen Geschmack zu schnell gefahren ist, murmelt er: »Tut mir leid. Ich könnte nur gerade alles kurz und klein schlagen. Das Einzige, was ich wirklich will, ist, mich komplett zulaufen zu lassen.«

In der albernen Hoffnung, ihn damit abzulenken, erzähle ich ihm von Mr Garretts Angebot.

»Von mir aus.« Er stößt einen tiefen Seufzer aus. »Scheiße, muss ich verzweifelt sein. Aber ich sag's dir gleich – wenn ich irgend so einen verkackten Kittel tragen muss, bin ich sofort wieder weg.«

»Kein Kittel. Dafür schaut Alice öfter mal vorbei.«

»Wieso hast du das nicht gleich gesagt?« Tims Stimmung hellt sich wieder ein bisschen auf.

Als wir in den Baumarkt kommen, steht Jase mit dem Rücken zu uns an der Kasse, während sein Vater sich neben ihm über ein paar Unterlagen beugt. Die Körperhaltung, mit der er an der Theke lehnt, erinnert mich unglaublich an Jase. Allerdings ist Mr Garrett kräftiger, in dieser Hinsicht ähnelt er eher Joel. Wird Jase einmal so aussehen, wenn er um die vierzig ist? Werden wir uns dann noch kennen?

Als Mr Garrett aufblickt und uns entdeckt, lächelt er. »Hallo, Tim Mason. Ich war euer Gruppenleiter bei den Wölflingen, erinnerst du dich?«

Tim reißt erschrocken die Augen auf. »Sie erinnern sich an mich und sind trotzdem bereit, mir einen Job zu geben?«

»Klar. Lass uns nach hinten ins Büro gehen. Das Jackett und die Krawatte kannst du ablegen. Wir sehen das hier etwas entspannter.«

Der freundliche Empfang ändert nichts daran, dass Tim extrem unentspannt aussieht, als er Jase' Vater durch den Flur folgt. Vielleicht ist ihm gerade bewusst geworden, dass es ihm hier nichts helfen wird, Ronald Reagan zu zitieren.

»War dein Dad schon immer so ein harter Hund?«, fragt Tim, als er Jase und mich eine Stunde später nach Hause fährt.

Ich zucke zusammen, aber Jase grinst ungerührt. »Mit so einem Kommentar hab ich gerechnet.«

Ich betrachte Jase' Profil von der Rückbank aus. Das Fenster steht ein Stück offen, seine Locken werden vom Fahrtwind zerzaust. Tim raucht mal wieder Kette. Ich wedele mit der Hand vor meinem Gesicht.

»Hat ganz schön harte Bedingungen gestellt.« Tim klappt die Sonnenblende herunter und lässt eine frische Packung Marlboro in seinen Schoß fallen. »Bin nicht sicher, ob es das wert ist.«

Jase zuckt mit den Achseln. »Musst du wissen, Mann. Aber schlimmer als es sowieso schon ist, kann es für dich nicht mehr werden.«

»Darum geht's nicht, Arschloch, sondern darum, dass ich nicht besonders viele Alternativen habe.«

»Genau genommen sogar gar keine«, gibt Jase zurück. »Also wenn du mich fragst, Kumpel, es ist zumindest einen Versuch wert.«

Mir kommt es vor, als würden sie sich in irgendeiner Geheimsprache unterhalten. Ich habe keine Ahnung, was da vorne zwischen den beiden vor sich geht. Diese rauere Seite von Jase kenne ich noch nicht. Kaum zu glauben, dass das derselbe Junge ist, der mir so süße Gutenachtküsse gibt.

»Da wären wir.« Tim fährt in die Einfahrt der Garretts. »Vielen Dank, dass Sie mit Tim Mason gefahren sind. Beehren Sie uns bitte recht bald wieder blablablabla. Na los, verzieht euch. Ich seh doch, dass ihr es kaum erwarten könnt, allein zu sein ...«

Nachdem wir uns von Tim verabschiedet haben und er hupend davongefahren ist, werfe ich einen Blick zu unserem Haus rüber, das wie erwartet dunkel daliegt. Mom ist noch nicht wieder zurück. Ich greife nach Jase' Handgelenk und werfe einen Blick auf seine Uhr. Zehn nach sieben. Sie wird wieder auf irgendeiner ihrer unzähligen Pflichtveranstaltungen unzählige Hände schütteln.

»Worum ging es bei eurem Gespräch im Auto eigentlich? Worüber hat sich Tim so aufgeregt?«, frage ich, drehe sein Handgelenk um und zeichne mit dem Zeigefinger die blassblauen Linien seiner Adern nach.

»Dad hat zur Bedingung gemacht, dass er drei Monate lang jeden Tag zu den Treffen geht«, antwortet Jase. »Seiner Meinung nach die einzige Möglichkeit, vom Trinken wegzukommen. Ich dachte mir schon, dass er ihn darauf ansprechen würde.« Seine Lippen streichen zart über meine Schläfe.

»Was für Treffen?«

»Bei den Anonymen Alkoholikern. Tim Mason ist nicht der Einzige, der von der Spur abgekommen ist. Mein Vater hat in seiner Jugend keine Party ausgelassen und ganz schön gesoffen. Er redet da ziemlich offen drüber und geht immer noch regelmäßig zu den AA-Treffen, obwohl ich selbst ihn noch nie auch nur einen einzigen Schluck Alkohol trinken sehen habe. Jedenfalls dachte ich mir schon, dass er Tim sofort anmerken wird, was mit ihm los ist.«

Ich folge mit den Fingerspitzen der geschwungenen Linie seiner Unterlippe. »Was wenn Tim nicht klarkommt? Wenn er es wieder in den Sand setzt?«

»Jeder verdient eine zweite Chance, oder?« Jase schiebt eine Hand unter mein T-Shirt, streicht über meinen Rücken und schließt die Augen.

»Jase ...«, sage ich. Oder seufze es.

»Nehmt euch ein verdammtes Zimmer!«, ruft eine Stimme die Einfahrt hoch. Als wir aufschauen, sehen wir Alice mit Brad im Schlepptau auf uns zukommen.

Jase lässt mich los, tritt einen Schritt zurück und fährt sich wie ein Irrer durch die Haare, sodass sie ganz zerzaust sind und er noch verführerischer aussieht.

Alice rauscht kopfschüttelnd an uns vorbei.

Siebenundzwanzigstes Kapitel

Am Tag vor dem Vierten Juli vibriert unser Haus förmlich vor geballtem Patriotismus.

Dazu muss man wissen, dass der Unabhängigkeitstag in Stony Bay *der* Feiertag schlechthin ist. Zu Beginn des Unabhängigkeitskriegs fackelten die Briten auf ihrem Weg zu bedeutenderen Angriffszielen ein paar Schiffe in unserem Hafen ab, sodass Stony Bay den Vierten Juli als seinen ureigensten Gedenktag ansieht. Die Parade startet traditionell auf dem Friedhof, verläuft den Hügel hinauf zur Baptistenkirche, wo Veteranen einen Kranz auf dem Grab des unbekannten Soldaten niederlegen, windet sich den Hügel anschließend wieder hinunter, zieht dann die von Bäumen gesäumte Main Street entlang, vorbei an den vorschriftsgemäß in Weiß, Gelb und Ziegelsteinrot gestrichenen Häusern, die sich so ordentlich aneinanderreihen wie die Farbquadrate in einem Aquarellmalkasten, und endet schließlich am Hafen. Sämtliche Schulkapellen der Stadt laufen mit und spielen Märsche, und Mom hält seit ihrer Wahl die Eröffnungs- und die Abschlussrede. Der Jahrgangsbeste der Middle School rezitiert die Präambel der Verfassung und ein weiterer herausragender Schüler liest einen selbst verfassten Aufsatz zum Thema Leben, Freiheit und Streben nach Gerechtigkeit vor.

Dieses Jahr ist Nan die Auserwählte.

»Ich fasse es einfach nicht. Das ist unglaublich«, sagt sie immer und immer wieder. »Ich meine, letztes Jahr war es Daniel und jetzt ich. Ich hätte niemals gedacht, dass mein Aufsatz über ›Die vier Freiheiten‹ von Roosevelt ausgesucht werden würde! Den, den ich in Englisch über Huckleberry Finns und Holden Caulfields Rebellion gegen das Leben geschrieben habe, fand ich irgendwie viel besser.«

»Okay, aber das Thema passt nicht unbedingt zum Vierten Juli«, entgegne ich. Um ehrlich zu sein, bin ich selbst überrascht. Nan schreibt eigentlich nicht besonders gerne Aufsätze. Sie hat schon immer lieber Theorien von anderen Leuten auswendig gelernt, als eigene aufzustellen. Aber das ist nicht das einzig Seltsame, das an diesem Tag passiert.

Mom, Clay, Nan und ich sind im Wohnzimmer, wo Mom bis eben mit Nan für ihren Auftritt geübt hat, während Clay noch einmal Moms Rede durchgeht, um ihr »den letzten Schliff«, wie er es nennt, zu verleihen.

Er liegt mit gezücktem Marker auf dem Boden vor dem Kamin und hat Unmengen von Presseausschnitten und Notizen vor sich ausgebreitet. »In dem Manuskript tauchen mir immer noch zu viele Floskeln aus deiner Standardwahlkampfrede auf, Gracie. Scheint der Fluch des ›Gemeinwohls‹ zu sein.« Er schaut auf und zwinkert erst Mom zu, dann Nan und mir. »Dieses Jahr brauchen wir ein Feuerwerk.«

»Das haben wir«, sagt Mom. »Es wird wie jedes Jahr von Donati's Dry Goods gestiftet.«

Clay lächelt geduldig. »Grace, Honey. Ich spreche von einem Feuerwerk im übertragenen Sinn.« Er klopft mit den Fingerknöcheln auf die Presseausschnitte. »Das hier reicht für gewöhnliche Lokalpolitiker. Aber du bist besser. Und

Darling – wenn du dieses Jahr gewinnen willst, dann *musst* du das auch sein.«

Moms Wangen färben sich rosa. Sie kniet sich neben ihn, legt ihm eine Hand auf die Schulter und beugt sich über die Stellen, die er markiert hat. »Okay, dann sag mir, wie.« Sie greift nach einem Block und einem Kugelschreiber und sieht ihn abwartend an.

»Krass«, sagt Nan, als wir später auf unsere Räder steigen, um zu ihr zu fahren. »Dieser Clay scheint deine Mom fest im Griff zu haben.«

»In letzter Zeit geht das nur noch so«, stöhne ich. »Ich verstehe selbst nicht so ganz, was da zwischen den beiden abläuft. Ich meine, ich habe das Gefühl, dass sie ihn wirklich mag, aber ...«

»Meinst du, es liegt daran«, Nan senkt die Stimme, »... dass er so gut im Bett ist?«

»Großer Gott, Nan. Ich hab keine Ahnung. Und das ist mir in dem Fall auch lieber so.«

»Entweder ist es das oder er hat sie einer Gehirnwäsche unterzogen«, murmelt Nan, wechselt dann aber zu meiner Erleichterung das Thema. »Okay, was soll ich anziehen? Vielleicht irgendwas in Rot, Weiß und Blau?« Sie schert vom Gehweg auf die Straße aus, damit wir nebeneinander fahren können. »Nein, das ist zu übertrieben. Was Blaues? Ganz in Weiß? Oder ist das zu jungfräulich?« Sie verdreht die Augen. »Nicht dass es für mich nicht komplett angemessen wäre. Was meinst du, soll ich Daniel bitten, ob er mich filmt, während ich meinen Aufsatz vorlese – ich könnte einen Link zum Video meiner College-Bewerbung beilegen? Oder würde ich mich damit bloß lächerlich machen?«

Sie stellt mir weiter Fragen über Fragen, auf die ich keine Antworten habe, weil ich mit meinen Gedanken ganz woanders bin. *Was ist mit meiner Mutter los? Wann hat sie angefangen, einem anderen Menschen mehr zu vertrauen als sich selbst?*

Tracy kommt übers Wochenende nach Hause. Sie ist froh darüber, weil es auf Martha's Vineyard während der Feiertage, wie sie sagt, »nur so von Touristen wimmelt«. Ich spare mir die Frage, was sie selbst von den anderen Touristen unterscheidet, nachdem sie gerade mal seit ein paar Wochen auf der Insel als Kellnerin arbeitet. Tracy ist, wie sie ist.

Flip ist auch mitgekommen. Er hat Trace ein Armband mit einem winzigen goldenen Tennisschläger geschenkt und jetzt wedelt sie ständig angeberisch mit der Hand herum. »Auf der Karte, die er dazugelegt hat, stand *Ich lebe, um dir zu dienen*«, flüstert sie mir an dem Abend zu, an dem sie nach Hause kommt. »Unglaublich, oder?«

Für mich klingt es wie einer der Sprüche auf den T-Shirts, die Nan im Souvenirshop des B&T verkauft, aber die Augen meiner Schwester glänzen.

»Hast du nicht mal gesagt, dass Fernbeziehungen nicht funktionieren?«, frage ich.

»Das Semester beginnt erst im September«, lacht Tracy. »Mein Gott, Samantha. Bis dahin sind es noch *Monate*.« Sie tätschelt meine Schulter. »Wenn du schon mal richtig verliebt gewesen wärst, wüsstest du, wovon ich rede.«

Fast bin ich versucht, zu sagen: »Tja, also weißt du, Tracy, genau genommen ...«

Aber ich bin daran gewöhnt, den Mund zu halten, mich auf die Rolle des Publikums zu beschränken und Mom und Tracy den Platz im Scheinwerferlicht zu überlassen. Also höre ich einfach nur zu, als sie mir vom Inselleben erzählt, dem Hafenfest und der Sonnwendfeier, und von dem, was

Flip gemacht und gesagt und was sie daraufhin gemacht und gesagt hat.

Als sich am Vierten Juli um acht Uhr morgens die Schulorchester versammeln, zeigt das Thermometer schon fast dreißig Grad und der Himmel hat diese verwaschene blaugraue Farbe, die ankündigt, dass es noch schwüler werden wird. Trotzdem sieht Mom in ihrem weißen Leinenanzug, zu dem sie einen großen blauen Strohhut mit einem roten Band trägt, bewundernswert frisch aus. Tracy trägt – wenn auch extrem widerwillig – ein dunkelblaues Sommerkleid mit einer weißen Schärpe, ich ein gesmoktes weißes Seidenkleid, das Mom liebt, und in dem ich mir vorkomme, als wäre ich zehn. Höchstens.

Ich stehe gerade mit Mom und Tracy in der Nähe des sich allmählich formierenden Festzugs, als ich unter den Mitgliedern eines der Schulorchester Duff und Andy entdecke. Duff fummelt an seiner Tuba herum und ist von der Hitze schon ganz rot im Gesicht und Andy zieht mit zusammengekniffenen Augen eine Saite an ihrer Geige straff. Als sie sich das Instrument auf die Schulter legt und aufschaut, bemerkt sie mich und lächelt mich mit blitzender Zahnklammer strahlend an.

Garretts Baumarkt ist heute geschlossen, aber Jase und Mr Garrett haben vor dem Geschäft einen kleinen Stand aufgebaut, an dem sie Fähnchen, Wimpel und Luftschlangen verkaufen. Harry steht wie ein Marktschreier neben ihnen und bietet Vorbeischlendernden Limonade an: »Hey, Sie! Mister! Sie sehen durstig aus. Ein Becher für nur fünfundzwanzig Cents! Hey, Lady! Ja, genau Sie ...« Mrs Garrett ist nirgends zu sehen, wahrscheinlich schiebt sie sich gerade mit George und Patsy durch die Menschenmenge. Mir wird zum ersten Mal bewusst, dass wirklich jeder Bürger unserer Stadt an der Parade teilnimmt.

Das erste Lied, das die Orchester anstimmen, ist »America is Beautiful«. Das stimmt zumindest, denke ich, auch wenn die Darbietung eher schief als schön klingt.

Als Mom ans Rednerpult tritt, setzt Trommelwirbel ein. Tracy und ich sitzen zusammen mit Nan und Marissa Levy, der Jahrgangsbesten der Middle School, hinter ihr auf der Tribüne. Und jetzt entdecke ich endlich auch Mrs Garrett, die mit Patsy und George etwas abseits steht und gerade damit beschäftigt ist, immer wieder kleine Fetzen von einer riesigen Zuckerwatte für George zu zupfen und Patsy in Schach zu halten, die ständig danach greifen will. Die Masons haben einen Platz in der ersten Reihe ergattert. Mr Mason hat den Arm um seine Frau gelegt und neben ihnen steht Tim in einem … Smoking! Ich weiß, dass Mrs Mason ihn gebeten hat, sich dem Anlass entsprechend ausnahmsweise mal »schick zu machen«. Typisch Tim, dass er es sich nicht verkneifen konnte, die Aufforderung ein bisschen zu wörtlich zu nehmen. Er muss in dem Ding vor Hitze umkommen.

Schließlich hält Mom die Eröffnungsrede. Wie nicht anders zu erwarten, strotzt sie nur so vor Lokalpatriotismus – sie schwärmt davon, zu welcher erfolgreichen und prächtigen Stadt sich Stony Bay in den letzten zweihundertunddreißig Jahren entwickelt hat, dass jeder Bürger seinen Teil dazu beigetragen hat und wie stolz wir auf unsere Geschichte sein können. Ich kann zwar nicht feststellen, inwiefern sich diese Rede so sehr von der aus dem letzten Jahr unterscheidet, sehe aber, wie Clay nickend und lächelnd in der Nähe der Kameras von NewsCenter9 steht und immer wieder einen prüfenden Blick zu den Pressefotografen rüberwirft, als wolle er sich vergewissern, dass sie auch ja genügend Bilder schießen.

Nachdem Mom sich gesetzt hat, wird es einen Moment lang still, und Nan tritt ans Rednerpult. Wie so vieles in ihrer Zwillings-DNA sind auch die für die Größe verantwortlichen Gene ungleich verteilt. Nanny ist bei ungefähr ein Meter fünfundsechzig stehen geblieben, während Tim schon seit Jahren über ein Meter achtzig groß ist. Sie muss sich auf einen Schemel stellen, um über das Pult schauen zu können. Sichtlich nervös legt sie ihre Unterlagen ab, streicht die Blätter glatt und räuspert sich mehrmals. Ihre Sommersprossen heben sich lebhaft von ihrer hellen Haut ab.

Als ich gerade beginne, mir Sorgen zu machen, weil sie nichts sagt, begegnet ihr Blick meinem, sie schließt kurz die Augen und fängt an. »Der heutige Tag ist ein ganz besonderer in der Geschichte unserer Stadt. Wir feiern all das, was unsere Vorfahren sich für uns erträumt und erhofft haben. Viele dieser Träume und Hoffnungen sind in Erfüllung gegangen. Und weil wir in unserem Land die Freiheit über alles schätzen, möchte ich heute die vier Freiheiten von Roosevelt feiern – die Freiheit der Rede, die Freiheit des Glaubens, die Freiheit von Not und die Freiheit von Furcht. Die ersten beiden, die Meinungs- und Religionsfreiheit, sind mittlerweile fester Bestandteil unserer Verfassung. Aber wie sieht es mit den beiden anderen aus? Der Freiheit von Not und Furcht? Ist es an einem Tag wie heute nicht ebenso wichtig, uns an das zu erinnern, was wir noch nicht erreicht haben? Wofür es sich weiterhin zu kämpfen lohnt?«

Das Mikrofon scheint nicht richtig eingestellt zu sein, sodass immer wieder störende Rückkopplungsgeräusche ertönen. Mom hat den Kopf zur Seite geneigt und lauscht hoch konzentriert, als hätte sie Nans Rede nicht schon ein halbes Dutzend Mal gehört. Tracy und Flip stoßen sich ständig mit den Füßen an und halten Händchen, aber ihre Mienen sind feierlich und ernst. Ich schaue zu den Masons hinüber. Nans Mutter hat andächtig die Hände unter dem Kinn gefaltet, ihr Vater guckt starr geradeaus und Tim hält den Kopf gesenkt und presst sich die Fäuste auf die Augen.

Als Nan fertig ist, bekommt sie tosenden Applaus. Sie wird genauso rot wie ihre Haare, macht einen kleinen Knicks und läuft dann strahlend zu ihren Eltern.

»Ist das nicht ein wunderbarer Auftakt gewesen?«, ruft Mom, nachdem sie wieder ihren Platz am Rednerpult eingenommen hat. »Der Vierte Juli ist ein Tag, an dem wir die wahr gewordenen Träume unserer Vorväter feiern. Sie legten den Grundstein dafür, dass ...«

Die Rede geht im selben Tenor weiter. Clay steht mittlerweile in einer der hinteren Reihen, sieht Mom lächelnd an und reckt den Daumen in die Höhe. Ich unterdrücke ein Gähnen, lasse den Blick zu Nan wandern, die gerade von ihren Eltern umarmt wird, und halte dann nach Tim Ausschau, der jedoch verschwunden ist.

Schließlich wird der Kranz am Grab des unbekannten Soldaten niedergelegt und die Parade zieht langsam den Hügel hinunter Richtung Hafen, wo Winnie Teixeira aus der Grundschule den Zapfenstreich spielt. Anschließend wird gemeinsam der Treueschwur gesprochen, dann ist der formelle Teil des Vierten Juli beendet und alles strömt zu den Getränke- und Essensständen, die vor dem Ladengeschäft von Doane's Dry Goods aufgebaut sind.

Ich sehe mich vergeblich nach Nan um, die mit ihren Eltern irgendwo inmitten der Menge steht. Tracy ruft mir über die Schulter etwas zu und winkt, während sie sich eilig mit Flip aus dem Staub macht. Mom ist von einem Schwarm

Menschen umringt, schüttelt Hände, signiert Flyer und küsst Babys. Dabei weiß ich, dass sie nicht besonders viel für Babys übrig hat, obwohl man das niemals vermuten würde, wenn man die entzückten Ausrufe hört, die sie beim Anblick ihrer kahlköpfigen, sabbernden zukünftigen Wähler ausstößt. Ich stehe unschlüssig da, frage mich, ob von mir erwartet wird, dass ich mich den ganzen Tag in ihrer Nähe aufhalte, und will eigentlich nichts anderes, als mein dämliches kratzendes Kleid auszuziehen und irgendwo hinzugehen, wo es schön kühl ist.

Plötzlich schlingen sich von hinten zwei Arme um meine Taille und ich spüre Jase' Lippen an meinem Nacken. »Heute mal kein Kostüm, Sam? Dabei hätte ich schwören können, dass du entweder als Freiheitsstatue oder als Martha Washington gehst.«

Ich drehe mich in seinen Armen um. »Tut mir leid, dich enttäuschen zu müssen.«

Wir küssen uns. Ein bisschen verlegen löse ich mich von ihm und spähe zu Mom rüber.

»Fragst du dich, wo Tim ist?«

»Tim? Nein ...«

»Er ist vorhin bei uns am Stand vorbeigekommen«, sagt Jase. »Sah ziemlich fertig aus. Wir sollten uns vielleicht besser auf die Suche nach ihm machen.«

Wir gehen die Main Street ab, schieben uns durch die Menge, bleiben immer wieder stehen und stellen uns auf die Zehenspitzen, um nach ihm Ausschau zu halten, bis ich schließlich einen Blick auf einen schwarzen Smoking erhasche, der sich von all den festlichen bunten Farben ringsum abhebt. Er steht ein paar Meter weiter in einer Seitengasse und unterhält sich mit Troy Rhodes – einem stadtbekannten Drogendealer.

Ich stupse Jase an. »Da drüben ist er.«

»Na toll«, murmelt Jase kopfschüttelnd, als er die beiden sieht. »Und auch noch in allerbester Gesellschaft.«

Er nimmt meine Hand und bahnt uns einen Weg durch die Menschenmassen, aber als wir bei Troy ankommen, ist Tim schon wieder verschwunden. Jase drückt meine Hand. »Keine Sorge, wir finden ihn.«

Als wir ein paar Minuten später zur Festtribüne zurückkehren, sehen wir ihn wieder bei seinen Eltern und Nan stehen, die gerade von Mr Erlicher, dem Betreuer der ehrenamtlichen Mitarbeiter der Stadtbibliothek, zu ihrem Auftritt beglückwünscht wird. »Deine Eltern können wirklich stolz auf dich sein, Nan!« Anschließend wendet er sich Tim zu und sagt: »Bei dir, junger Mann, sieht das ja ein bisschen anders aus. Wie mir deine Mutter erzählt hat, hast du noch leichte Schwierigkeiten, deinen Weg zu finden.«

»Ich kann Sie beruhigen.« Tim schnippt einen unsichtbaren Fussel von seiner Schulter. »Ich hab den Navi schon eingeschaltet – die Suche läuft auf Hochtouren.«

»So ist's richtig, Junge.« Mr Erlicher klopft ihm lachend auf die Schulter. »Nie den Humor verlieren und immer dranbleiben. Ich war auch mal ein Spätzünder. Und schau, was aus mir geworden ist.«

Er meint es nur gut, aber da er vor allem dafür bekannt ist, dass er einem ein Ohr abkaut, wenn er erst einmal zu reden angefangen hat, wirkt Tim alles andere als getröstet. Auf der Suche nach einer Fluchtmöglichkeit, lässt er hektisch den Blick schweifen, bleibt kurz an mir und Jase hängen, schaut aber sofort wieder weg, als wäre von uns keine Hilfe zu erwarten.

»Hey, Tim«, ruft Jase und winkt ihn zu uns rüber. »Es ist heiß. Lass uns von hier verschwinden.«

Daniel hat sich mittlerweile ebenfalls bei unserem kleinen

Grüppchen eingefunden und steht hinter Nan, während sie weiter Glückwünsche entgegennimmt. Sie strahlt förmlich mit der Sonne um die Wette.

»Na los, Tim«, versucht Jase es noch einmal. »Ich hab den Käfer drüben beim Baumarkt stehen. Lass uns an den Strand fahren.«

Tim schaut unschlüssig zwischen uns und den anderen hin und her. Schließlich zuckt er mit den Achseln und trottet, die Hände tief in den Taschen seiner Smokinghose vergraben, hinter uns her. Als wir beim Käfer ankommen, besteht er darauf, sich auf die Rückbank zu setzen, was angesichts seiner Größe absolut albern ist.

»Alles cool«, brummt er, als ich ihm erneut anbiete, vorne zu sitzen. »Sitz du mal schön neben deinem Loverboy. Es wäre ein Verbrechen, euch beide zu trennen, und ich hab schon genug auf dem Kerbholz. Ich zieh hier hinten einfach die Beine an und trainiere ein paar Kamasutra-Stellungen. Leider allein.«

Obwohl es so heiß ist, dass sich eigentlich die ganze Stadt am Strand tummeln müsste, liegt er menschenleer da, als Jase, Tim und ich dort ankommen.

»Scheiße, keine Badesachen dabei«, stöhnt Jase. »Egal. Ich schwimme in meinen Shorts.« Er zieht sein Hemd aus und wirft es durch das offene Fenster in den Käfer, dann buckt er sich, um seine Turnschuhe auszuziehen.

Ich will ihm gerade sagen, dass ich schnell nach Hause laufe, um meinen Badeanzug zu holen, als ich sehe, wie Tim sich in seinem Smoking rücklings in den Sand fallen lässt, und beschließe, doch lieber zu bleiben. Hat er etwas von Troy gekauft? Selbst wenn, wann sollte er die Zeit gehabt haben, es zu rauchen oder einzuwerfen?

Jase richtet sich auf. »Wie wär's mit einem kleinen Wettlauf, Mason?«, ruft er Tim zu.

Tim nimmt den Unterarm von seinen Augen. »Ein Wettrennen, na klar, warum nicht? Tim, das Wrack im Smoking, gegen Loverboy, den halbnackten Topathleten. Obwohl ...«, er hebt den Zeigefinger, »wenn ich's mir recht überlege, lieber doch nicht. Ich hätte dir gegenüber einfach zu viele Vorteile und will dich nicht vor Samantha blamieren.«

Jase kickt eine Ladung Sand in seine Richtung. »Jetzt komm schon. Ich dachte nur, dass es dir hilft, den Kopf freizubekommen. Ich laufe immer, wenn ich nicht nachdenken will.«

»Ach, echt?« Tims Stimme trieft vor Sarkasmus. »Du meinst, das Laufen hält dich davon ab, an Samanthas heißen Körper zu denken und ...«

»Wenn du es drauf anlegst, dass ich dir eine reinhaue«, unterbricht Jase ihn, »reichen schon deine normalen dummen Sprüche. Aber lass gefälligst Samantha aus dem Spiel.«

Tim legt wieder den Unterarm über die Augen. Mein Blick wandert sehnsüchtig zu den blauen Wellen hinaus. Soll ich nun meinen Badeanzug holen oder nicht? Und was mache ich, wenn Mom schon zu Hause ist und mich nötigt, sie auf irgendeine ihrer Veranstaltung zu begleiten?

»Falls du schwimmen willst, Sam – Alice hat immer Badesachen im Kofferraum«, errät Jase meine Gedanken, als plötzlich mein Handy klingelt.

»Samantha Reed! Wo steckst du denn?«

»Oh ... ähm ... Mom, ich ...«

Die Frage ist zum Glück rhetorisch gemeint, denn Mom redet sofort weiter. »Ich habe dich nach dem Ende der Parade überall gesucht. Von Tracy bin ich es ja gewohnt, dass sie einfach so verschwindet, aber von dir ...«

»Ich …«

»Clay und ich nehmen das Dampfschiff nach Riverhampton, wo ich eine Rede halte, anschließend fahren wir mit der Fähre wieder zurück und schauen uns das Feuerwerk an. Ich wollte, dass du uns begleitest. Wo bist du?«

Tim nimmt seinen Kummerbund und seine Fliege ab. Jase stützt sich mit einer Hand auf die Motorhaube des Käfers und zieht mit der anderen abwechselnd die Fersen zum Hintern, um seine Oberschenkel zu dehnen. »Bei Nan«, sage ich und kneife die Augen zu. Hoffentlich steht Nan nicht gerade neben Mom.

Aber ihr Ton wird zum Glück sofort etwas weicher. »Das hat sie ganz toll gemacht heute, findest du nicht? Eine perfekte Einleitung für meine Rede. Wie bitte?«, ruft sie jemandem im Hintergrund zu. »Oh. Das Boot legt ab, Schatz. Ich müsste so gegen zehn wieder zu Hause sein. Fahr mit Tracy zurück. Ich komme, Clay! Sei brav, Liebes. Wir sehen uns später.«

»Alles okay?«, fragt Jase.

»Bloß meine Mutter.« Ich starre noch einen Moment lang stirnrunzelnd auf mein Handy und frage dann: »Was hast du gesagt, wo die Badesachen sind?«

Er öffnet die Kofferraumklappe des Käfers. »Mal schauen, was wir hier haben …« Er wühlt eine Weile darin herum, und als ich mich gerade frage, warum er auf einmal so verlegen wirkt, klingelt wieder mein Handy.

»Samantha! Hallo?«, ruft Nan. »Kannst du mich hören?«

»Klar und deutlich.«

Sie schreit trotzdem weiter. »Ich muss schnell sprechen. Tim hat schon wieder fast alle meine Einheiten verbraucht! Daniel und ich fahren im Boot von seinen Eltern raus. Kannst du mich hören? Mein Empfang ist so schlecht!«

»JA, ICH HÖRE DICH GUT!«

»SAG MEINEN ELTERN, DASS ICH BEI DIR BIN. OKAY?«

»WENN DU MEINER MUTTER SAGST, DASS ICH BEI DIR BIN! OKAY?«

»WAS?«, brüllt sie.

»WAS?«, brülle ich zurück.

»WIR BLEIBEN VIELLEICHT ÜBER NACHT AUF DEM BOOT. SAG, ICH ÜBERNACHTE BEI DIR!« Sie brüllt so laut, dass ihre Stimme wie durch einen Lautsprecher aus meinem Handy zu hören ist. Tim setzt sich alarmiert auf.

»Gib sie mir mal«, drängt er.

»TIM WILL MIT DIR SPRECHEN.«

»ICH ERKLÄR DIR SPÄTER ALLES«, ruft Nan, als Tim mir das Handy aus der Hand reißt. »TU MIR NUR DIESEN EINEN GEFALLEN.«

»NATÜRLICH!«, schreit Tim. »ALLES WAS DU WILLST, MEIN PREISGEKRÖNTES SCHWESTERHERZ!«

Er gibt mir das Handy zurück.

»Was hat er denn? Ist alles in Ordnung mit Tim?«, fragt Nan, diesmal in Zimmerlautstärke.

»Ich …«, setze ich zu einer Antwort an, aber genau in diesem Moment gibt das Handy das frustrierende Geräusch von sich, das anzeigt, dass der Akku leer ist, und die Verbindung bricht ab.

»Gibt's ein Problem?«, fragt Jase mich.

»Das Problemkind ist hier drüben«, ruft Tim und wedelt mit seiner Smokinghose, die er gerade ausgezogen hat. Darunter trägt er eine Boxershorts, auf die kleine Wappen aufgedruckt sind.

»Die Dinger gibt es an der Ellery zur Schuluniform dazuzukaufen«, sagt er, als er meinen Blick bemerkt. »Mom hat sie mir zu Weihnachten geschenkt. Im Gegensatz zu den Snobs im B&T hat die Schule sie nicht zurückgefordert, als ich geflogen bin.«

Jase sieht mich immer noch mit einem Gesichtsausdruck an, den ich nicht deuten kann. »Wir treffen uns unten am Wasser, wenn du dich umgezogen hast. Na los, Tim. Wer zuerst dort ist.«

Ich krame im Kofferraum zwischen Lacrosse-Schlägern, Gatorade-Dosen, Energieriegelpapierchen und einem Fußball nach den Badeanzügen, als ich plötzlich begreife, warum Jase so seltsam geguckt hat. Das Einzige, was für mich infrage kommen würde, ist ein winziger Bikini aus schwarzem Lederimitat. Ansonsten stehen nur noch Jase' Trainingsshorts vom Stony-Bay-Footballclub zur Auswahl und ein Badeanzug, der Patsy passen würde, aber wahrscheinlich ebenfalls Alice gehört.

Seufzend schlüpfe ich in den schwarzen Hauch von Nichts, schnappe mir ein Handtuch und versuche, so entspannt wie möglich zum Ufer zu laufen.

Was mir nicht wirklich gut gelingt.

Jase sieht mich, wird rot, sieht mich noch mal an und verzieht sich eilig ins tiefere Wasser. Tim ruft: »Heilige Scheiße! Catwoman!«

»Das Ding gehört Alice«, sage ich. »Und jetzt halt die Klappe und schwimm.«

Der Rest des Tages dümpelt dahin wie ein träger Fluss. Jase, Tim und ich liegen am Strand, holen uns im Clam Shack Hotdogs, liegen wieder am Strand, fahren schließlich zu den Garretts und faulenzen dort am Pool weiter.

Irgendwann baut sich George neben mir auf. »Ich finde

deinen Bikini sehr schön, Samantha. Aber du siehst ein bisschen wie ein Vampir aus. Hast du schon mal eine Vampirfledermaus gesehen? Hast du gewusst, dass sie sich nicht wirklich in deinen Haaren verfangen können? Das ist bloß ein Gerücht. In Wirklichkeit sind sie nämlich total lieb. Sie trinken nur von Kühen. Aber ihr Blut, nicht die Milch.«

»Nein, ich habe noch nie eine gesehen«, antworte ich. »Aber ich bin auch nicht so scharf darauf, egal, wie lieb sie sind.«

Die Fliegengittertür knallt zu und Andy kommt strahlend an den Pool gelaufen. Sie lässt sich mit einer dramatischen Geste gegen den Zaun fallen und schließt die Augen. »Es ist passiert. Es ist endlich passiert.«

»Kyle Comstock?«, frage ich.

»Ja! Er hat mich geküsst. Und es war« – sie hält inne – »… am Anfang war es ein bisschen kompliziert. Er hat auch eine Zahnspange. Aber ich fand's trotzdem wunderschön. Außerdem hat er mich vor allen anderen geküsst, gleich nach der Parade. Ich werde mich bis in alle Ewigkeiten daran erinnern. Es wird das Letzte sein, woran ich denke, wenn ich für immer die Augen schließe. Danach waren wir Eis essen und er hat mich noch mal geküsst und als …«

»Danke, Andy. Den Rest können wir uns vorstellen«, unterbricht Jase sie. »Ich freu mich für dich, Ands.«

»Aber was jetzt?«, fragt sie nervös. »Glaubt ihr, dass er mich nächstes Mal mit Zunge küsst?«

»Er hat dich ohne Zunge geküsst?« Tim ist fassungslos. »Jesus!«

»Äh, ja. Wieso? Haben wir was falsch gemacht?«

»Keine Panik, Ands. Was das Küssen angeht, gibt es keine festen Regeln.« Jase streckt sich neben mir und George auf dem Badetuch aus.

»Sollte es aber«, sagt Andy. »Ich meine, woher soll man denn sonst Bescheid wissen, wie es geht, verdammt noch mal? Ich hab ja vorher versucht zu üben. Aber den Bettpfosten oder den Badezimmerspiegel zu küssen ist einfach nicht das Gleiche.«

Jase und Tim fangen an zu prusten.

»Ohne Zunge, versteht sich«, murmelt Jase.

»Und wenn, dann nur mit der eigenen. Und das bringt es irgendwie nicht so richtig«, ergänzt Tim.

»Warum hast du deinen Bettpfosten geküsst, Andy? Das ist ganz schön eklig.« George rümpft die Nase. Andy wirft den drei Jungs einen genervten Blick zu und stürmt ins Haus zurück.

Tim greift nach seiner Smokingjacke, holt seine Kippen aus der Innentasche und klopft eine Zigarette aus dem Softpack. Georges Augen werden kugelrund.

»Ist das eine Zigarette? Sind das Zigaretten?«

»Äh, ja«, antwortet Tim etwas verwirrt. »Wieso? Stört es dich?«

»Wenn du die rauchst, stirbst du. Deine Lunge wird ganz schwarz und schrumpelig. Und dann stirbst du.« George ist plötzlich den Tränen nahe. »Du darfst nicht sterben. Ich will nicht sehen, wie du stirbst. Ich habe gesehen, wie der Hamster von Jase gestorben ist. Er ist am ganzen Körper steif geworden, und seine Augen sind offen geblieben, aber sie haben nicht mehr geglänzt.«

Tim schaut ratlos zu Jase rüber, als erwarte er eine Anweisung. Jase erwidert den Blick bloß stumm.

»Großer Gott«, seufzt Tim schließlich, steckt die Zigarette in das Päckchen zurück, steht auf und springt in den Pool.

George dreht sich zu mir um. »Was heißt das? Heißt das, dass er sie raucht oder nicht?«

Mrs Garrett streckt den Kopf zur Terrassentür raus. »Jase – der Küchenabfallzerkleinerer streikt mal wieder. Kannst du mir kurz helfen?«

Als es später dunkel wird, versammeln wir uns alle im Garten, um uns das kleine Feuerwerk anzusehen, das die Garretts jedes Jahr am Vierten Juli veranstalten – dank Mrs Garretts Bruder Hank, der unten im Süden lebt und ihnen die bei uns in den USA für Privatpersonen verbotenen Feuerwerkskörper immer heimlich zuschickt, wie mir Jase' Mom vor ein paar Tagen erzählt hat.

»Jack!«, schimpft Mrs Garrett. »Fackel dir um Gottes willen nicht die Hand ab! Warum muss ich das überhaupt noch sagen? Es ist doch jedes Jahr dasselbe.«

»Wenn irgendetwas passiert«, sagt Mr Garrett, während er ein paar Raketen in einem von Steinen geschützten Kreis in den Boden steckt, »verklage ich deinen Bruder. Nie schickt er eine Anleitung mit. Okay, Jase, ich bin so weit.«

Jase entzündet ein langes Streichholz und reicht es seinem Dad. Mrs Garrett drückt George und Patsy an sich. »Du würdest sie doch sowieso nicht lesen!«, ruft sie, als die Flamme sich blau färbt und die Rakete in den Nachthimmel schießt.

Als der letzte Knallkörper verzischt ist, die Familie ins Haus gegangen ist und nur wir beide noch im Gras liegen, rolle ich mich auf die Seite und zeichne mit der Fingerspitze die Konturen von Jase' Gesicht nach.

»Du hast mir noch nie was vorgespielt«, sage ich.

»Hmmm?« Er klingt schläfrig.

»Bei der Parade heute hab ich Andy und Duff mit ihren Instrumenten gesehen. Du behauptest, du könntest Gitarre spielen, aber ich habe noch keinen Beweis dafür bekommen. Wann spielst du mir eine Liebesballade vor?«

»Äh, nie?«

»Warum nicht?«, frage ich und folge mit dem Zeigefinger dem Schwung seiner Augenbrauen.

»Weil ich mir dabei irgendwie blöd vorkommen würde.« Er legt sich auf den Rücken und zeigt in den Himmel. »Okay. Die drei Sterne da oben, die haben doch bestimmt irgendeine Bedeutung, oder? Wie heißen sie?«

»Wega, Deneb und Atair. Die bilden zusammen das Sommerdreieck. Und da drüben sind die Sternbilder von Skorpion ... Schütze ... und Steinbock.« Ich folge dem Pfad der funkelnden Sterne mit dem Zeigefinger.

»Ich finde es schön, dass du das alles weißt«, sagt Jase leise. »Hey, ist das eine Sternschnuppe? Darf man sich da nicht was wünschen?«

»Das ist ein Flugzeug, Jase. Siehst du nicht das blinkende rote Licht?«

»Oh. Vielleicht sollte ich dir doch lieber was auf der Gitarre vorspielen.«

Ich beuge mich lachend über ihn und küsse seinen Hals. »Du kannst dir auch was auf das Flugzeug wünschen.«

»Jetzt ist irgendwie der Kick weg.« Er zieht mich an sich. »Außerdem habe ich schon alles, was ich mir wünsche.«

Achtundzwanzigstes Kapitel

Hallo, Liebes.« Die Stimme klingt eisig. »Hast du mir irgendetwas zu sagen?«

Ich wollte gerade leise die Tür hinter mir schließen und erstarre mitten in der Bewegung. *Oh Gott. Wie konnte ich bloß Moms Wagen übersehen haben? Ich war mir sicher, die Fahrt auf dem Dampfer und das Feuerwerk würden länger dauern. Warum bin ich nicht früher nach Hause gekommen, verdammter Mist?*

»Ich hätte nie gedacht, dass ich mal Gelegenheit haben würde, das an *dir* auszuprobieren.« Jetzt klingt die Stimme amüsiert, und als ich mich umdrehe, sehe ich Tracy auf der Couch sitzen, die mich kopfschüttelnd betrachtet.

Sie kann Moms Stimme – genau wie ihre Unterschrift – perfekt nachahmen, und dieses Talent hat ihr schon einige Schulausflüge erspart, auf die sie keine Lust hatte, oder sie vor Klassenarbeiten gerettet, für die sie nicht gelernt hatte.

Ich lache erleichtert auf. »Großer Gott, Tracy. Ich hätte fast einen Herzinfarkt bekommen.«

Sie grinst. »Mom hat um Punkt elf angerufen, um sich zu vergewissern, dass es dir gut geht. Ich habe ihr gesagt, dass du schon längst brav im Bett liegst. Dein Glück, dass sie dich jetzt nicht sehen kann.« Sie steht auf, packt mich an den Schultern und dreht mich zum Spiegel im Flur. »Okay, wer ist der Kerl?«

»Kerl? Wovon redest …«, beginne ich.

»Samantha, bitte. Deine Haare sind zerzaust, deine Lippen sehen total entzündet aus, und du wirst dein blödes Breakfast-Ahoy-Halstuch brauchen, um diesen fetten Knutschfleck da zu verstecken. Also: Wer ist der Glückliche?«

Ich sehe tatsächlich ziemlich derangiert aus und meine Wangen glühen. Tracy habe ich schon oft so erlebt, aber ich muss mich erst noch daran gewöhnen, dass ich selbst auch so aussehen kann. »Du kennst ihn nicht«, sage ich und versuche meine Haare einigermaßen glatt zu streichen. »Bitte sag Mom nichts davon.«

Tracy fängt an zu kichern. »Moms kleiner Sonnenschein hat einen heimlichen Liebhaber!«

»Wir sind nicht … wir haben nicht …«

»Aha«, sagt Tracy unbeeindruckt. »Dem Ausdruck auf deinem Gesicht nach zu urteilen, ist das aber nur noch eine Frage der Zeit. Na los, erzähl schon. Ich hab dich schließlich auch gedeckt. Wenn ich ihn nicht kenne, muss es einen Grund dafür geben, und ich hoffe für dich, dass es niemand ist, wegen dem Mom einen Anfall bekommen würde.«

»Glücklich wäre sie darüber jedenfalls nicht«, gebe ich zu.

»Warum? Nimmt er Drogen? Trinkt er?«

»Er ist ein Garrett«, sage ich. »Von nebenan.«

Tracy presst sich eine Hand auf den Mund. »Samantha!«, ruft sie. »Und alle haben immer *mich* für das schwarze Schaf gehalten. Ist es der mit dem Motorrad und der Lederjacke? Wenn ja, bist du verloren. Mom wird dir, bis du fünfunddreißig bist, Hausarrest geben.«

Ich seufze ungeduldig. »Nicht der – sein jüngerer Bruder. Jase. Der wahrscheinlich der beste Mensch ist, der mir je-

mals begegnet ist … total nett und liebenswert, klug und …
einfach wunderbar. Er … ich …« Mir gehen die Worte aus
und ich reibe mir mit dem Finger über die brennenden
Lippen.

»Oh Gott, du bist erledigt«, stöhnt Tracy. »Ich brauche
dir bloß zuzuhören, um zu wissen, dass er dich voll in der
Hand hat. Das darfst du nicht zulassen, Samantha, ganz
egal, wie umwerfend der Typ ist. Wenn ihr miteinander
schlaft, musst du es so anstellen, dass er das Gefühl hat, *du*
würdest *ihm* die Gunst erweisen. Sonst kannst du dich
schon mal drauf einstellen, nur benutzt und dann fallen gelassen zu werden.«

Meine Schwester – die hoffnungslose Romantikerin.

Und?, schreibe ich Nan am nächsten Morgen in einer SMS.

???, antwortet sie.

Bist du noch auf dem Boot? Was ist passiert?

**Nein. Wir mussten ganz früh zurückfahren, damit Da-
niels Eltern nicht merken, dass er es die ganze Nacht hatte. Bin zu Hause.**

Und???

Wo bist du?

Ich liege am Strand und schaue zu, wie Mr Garrett Jase
trainiert, bevor ich zu meiner Schicht ins B&T muss. Gerade joggt Jase knietief durchs Wasser und watet zwischendurch immer wieder ans Ufer, um Liegestütze zu machen.
Hätte mir jemand vor ein paar Wochen gesagt, dass ich diesen Anblick fesselnd finden würde, hätte ich denjenigen
ausgelacht. Mein Daumen schwebt unschlüssig über dem
Tastenfeld. Ich bin mir immer noch nicht sicher, wie viel ich
Nan gegenüber preisgeben soll, tippe aber schließlich: **Am
Stony Bay Beach.**

Gib mir zehn Minuten, schreibt sie zurück.

Fünfzehn Minuten später ist sie da, genau in dem Moment, als Jase sich für eine weitere Runde Liegestütze in den Sand wirft.

»Ah, verstehe«, sagt sie mit wissendem Lächeln. »Ich dachte, du wärst schwimmen, aber wie ich sehe, schaust du lieber deinem Freund beim Schwitzen zu ...«

»Wie war es? Mit Daniel, meine ich?«, frage ich, ohne auf ihre Bemerkung einzugehen.

Nan lässt sich auf den Rücken fallen und legt den Unterarm über die Augen – fast genau wie Tim gestern. Nach all den Jahren fasziniert es mich immer wieder, wie sehr sich die beiden in manchen Dingen trotz ihrer Gegensätzlichkeit immer noch gleichen. Sie blinzelt in die Sonne, dann rollt sie sich auf den Bauch und sieht mich mit ernsten grauen Augen an.

»Auf dem Boot? Wir sind zuerst flussaufwärts zum Rocky Park geschippert, haben dort geankert und gepicknickt und sind dann in die Bucht gefahren. Daniel ist geschwommen, aber ich hatte zu viel Angst, dass es dort Weiße Haie gibt. Er meinte zwar, das Wasser wäre zu kalt für Haie, aber ...«

»Nan! Jetzt spann mich nicht so auf die Folter.«

»Was meinst du?«, fragt sie unschuldig. »Ach so, du willst wissen, ob Daniel und ich die nächste Stufe unserer Beziehung erklommen haben?«

»Also wenn du es so nennst, will ich es vielleicht lieber doch nicht wissen.« Ich werfe grinsend eine kleine orangeweiß gestreifte Muschel nach ihr.

»Daniel nennt es so.« Nan setzt sich auf, schaut aufs Wasser hinaus und schirmt die Augen vor der Sonne ab. »Wir haben es nicht gemacht.«

»Weil ...? Du gemerkt hast, dass du noch nicht so weit

bist? Oder wollte Daniel nicht? Ich hätte gedacht, dass er dich vor allem deswegen mit aufs Boot genommen hat.«

Jase joggt ins Wasser zurück und massiert dabei seinen rechten Oberschenkel, als hätte er einen Krampf.

»Warum macht er das?«, fragt Nan. »Sieht wie Folter aus. Ich denke schon die ganze Zeit, dass sein Vater gleich einen Schlauch rauszieht und ihm das Gesicht mit eiskaltem Wasser abspritzt. Oder ihn eines von diesen Army-Marschliedern singen lässt – *Navy Wings are made of lead, hup, two, three* …«

»Er trainiert für die Football-Saison«, sage ich und werfe wieder eine Muschel nach ihr. »Du weichst meiner Frage aus.«

»Doch, es stimmt schon, dass er es vorhatte. Dass wir es beide vorhatten. Aber als es dann so weit war … ich weiß auch nicht.« Nan zieht die Knie an ihre Brust und schlingt die Arme darum. »Er hat irgendwie zu viel darüber geredet und das Ganze bis in die letzte Einzelheit durchgeplant. Zuerst haben wir Wein getrunken, was ich eigentlich ganz romantisch fand, wenn er nicht irgendwann zugegeben hätte, dass er den Wein nur deswegen mitgebracht hat, damit ich lockerer werde. Und dann hat er mir gesagt, was für ein großer Schritt das erste Mal bedeutet, dass er nie wieder rückgängig zu machen ist und wie sehr das unsere Beziehung für immer verändern wird. Ich hab bloß noch darauf gewartet, dass er eine Einverständniserklärung rauszieht, die ich unterschreiben soll.«

»Sexy ist anders«, sage ich.

»Ich weiß! Ich meine … mir ist schon klar, dass es im wahren Leben nicht wie in *Verliebt in einen Fremden* abläuft.« Das ist Nans Lieblingsfilm mit ihrem heiß geliebten Steve McQueen und Natalie Wood in den Hauptrollen. »Es ist nicht so, dass ich damit gerechnet hätte, dass himmlische Geigen ertönen und Rosenblätter vom Himmel regnen. Nicht bei Daniel.« Sie lässt den Kopf hängen. »Das erwarte ich auch gar nicht von ihm.«

Ich schaue kurz zu Jase rüber, und als würde er es spüren, dreht er sich im gleichen Moment zu mir um und strahlt mich an.

»Warum eigentlich nicht, Nanny?«, frage ich sanft.

»Ich habe lange darüber nachgedacht.« Nan kaut an ihrem sowieso schon gefährlich kurzen Daumennagel, wie sie es schon im Kindergarten gemacht hat. Ich schiebe sanft die Hand von ihrem Mund weg, wie *ich* es schon im Kindergarten immer gemacht habe. »Ein Feuerwerk der Leidenschaft, das uns den Atem raubt, wird es in unserem Fall nicht geben. Wir sind seit zwei Jahren zusammen, wir ergänzen uns perfekt. Mir reicht es schon, wenn es halbwegs schön wird.«

Mr Garrett reckt die Daumen in die Höhe und ruft: »Du bist echt gut, mein Sohn.«

»Joel«, antwortet Jase keuchend, »wäre … bestimmt … schneller.«

»Ich war es damals nicht«, ruft Mr Garrett. »Und es gab trotzdem genug Colleges, die sich für mich interessiert haben. Du machst das großartig, mein Junge.« Er klopft Jase auf die Schulter.

»Solltest du nicht doch mehr erwarten, als dass es ›halbwegs schön‹ wird, Nanny?«

Nan zieht ihre Hand aus meiner und knabbert jetzt am Nagel des kleinen Fingers weiter. »Im echten Leben? Mommy hat mir zum Thema Sex nur einen einzigen Rat gegeben, und zwar: ›Ich war noch Jungfrau, als ich geheiratet habe. Mach nicht den gleichen Fehler.‹«

Als ich ihre Hand erneut wegschieben will, gibt sie mir

einen spielerischen Klaps. Jase geht die nächste Runde Liegestütze an. Ich sehe, wie seine Arme zittern.

»Als ich zum ersten Mal meine Periode bekommen habe«, erzähle ich, »hat Mom mir erklärt, was beim Geschlechtsverkehr passiert, und anschließend gesagt, dass ich am besten erst gar nicht erst damit anfangen soll.«

»Wenn sie das bei Tracy auch so gemacht hat, dann hat die Methode ja bestens funktioniert.« Nan kichert, dann zieht sie die Brauen zusammen und folgt meinem Blick.

»Daniel wird sicher mal Karriere machen.« Sie zeichnet mit dem Zeigefinger Muster in den Sand. »So viel steht fest. Er war Jahrgangsbester und hat jetzt schon einen feste Zusage für einen Studienplatz am MIT. Was das angeht, sind wir uns ziemlich ähnlich... Genau wie er will ich auch einfach nur so schnell wie möglich von hier weg.« Sie macht eine Geste, als wolle sie den Horizont wegwischen. »Ich werde mich auch schon im Herbst an der Columbia bewerben und sobald ich nächstes Jahr den Highschool-Abschluss in der Tasche habe, lasse ich Stony Bay und Tim und Mommy und Daddy und... einfach alles hinter mir.«

»Nan...«, sage ich und zögere dann, weil ich nicht weiß, wie ich darauf reagieren soll.

»Was glaubst du, was eines Tages aus ihm wird?«, fragt Nan und nickt in Jase' Richtung. »Ich meine, im Moment hat er zumindest rein optisch noch einiges zu bieten, aber in fünf oder zehn Jahren? Irgendwann wird er den Baumarkt von seinem Vater übernehmen, genau wie seine Eltern eine Horde Kinder in die Welt setzen und für immer in diesem Kaff festsitzen. Daniel und ich bleiben vielleicht nicht zusammen, aber... wenigstens wird er mir nicht meine Zukunft versauen.«

In mir steigt eine heiße Welle der Empörung auf. »Du

kennst Jase doch überhaupt nicht, Nan!«, bricht es aus mir hervor, aber weiter komme ich nicht, weil er genau in dem Moment auf uns zuläuft, vor uns stehen bleibt und schwer atmend die Hände auf den Oberschenkeln abstützt.

»Hey, Nan. Sam. Sorry, muss erst kurz verschnaufen. Dad, Schluss für heute. Ich kann nicht mehr.«

»Noch ein Lauf«, ruft Mr Garrett. »Komm, gib noch mal alles. Ich weiß, du schaffst es.«

Jase schüttelt erschöpft den Kopf, dann sieht er uns an, zuckt mit den Achseln und watet ins Wasser zurück.

Neunundzwanzigstes Kapitel

Zur Überraschung aller – wahrscheinlich sogar seiner eigenen – ist Tim ein echter Zugewinn für Moms Wahlkampfteam. Er beherrscht zwanzig verschiedene regionale Dialekte, mit denen er erfolgreich telefonisch Herzen gewinnt und Wähler dazu bringt, sich registrieren zu lassen. Er überzeugt einfache Leute, die an Mom glauben, Leserbriefe an ihre Lokalzeitung zu schicken und darin zu beschreiben, wie sehr sich ihr Leben dank des fürsorglichen Engagements von Senatorin Grace Reed zum Guten gewendet hat. Nach zwei Wochen schreibt er sogar schon kurze Reden für Mom. Sie und Clay können gar nicht mehr aufhören, von ihm zu schwärmen.

»Der Junge hat es wirklich drauf«, sagt Clay auf einer Autofahrt zu einer von Moms Veranstaltungen, vor der ich mich diesmal nicht drücken konnte. »Er ist intelligent und charmant. Und vor allem kann er sich blitzschnell auf Menschen einstellen.«

»Ich hab ja schon mal gesagt, dass es in der Politik vor allem darum geht, Menschen zu manipulieren«, sagt Tim nur, als ich Clays Worte später ihm gegenüber wiederhole. Wir sehen Jase dabei zu, wie er an seinem Mustang herumschraubt, der immer noch in der Einfahrt steht. Ich sitze auf der Motorhaube, über die Jase eine Decke gebreitet hat, damit der Lack – wie er etwas verlegen zugegeben hat – keine

277

Kratzer abbekommt. Er selbst liegt unter dem Wagen und kämpft mit irgendeinem Kabelproblem. »Tja, wer hätte gedacht, dass mir meine jahrelange Erfahrung im Lügen und Betrügen und Mistbauen einmal so viel nützen würde?«, fügt Tim hinzu.

»Findest du das auch noch cool?«, fragt Jase. »Hey, Sam, kannst du mir bitte mal den Schraubenschlüssel reichen? Keine Ahnung, was der Vorbesitzer mit dem Wagen angestellt hat. Dragster-Rennen? Die Kupplung ist total verschlissen ... und das Getriebe gibt im fünften Gang immer so ein fieses Jaulen von sich. Außerdem sind die ganzen Kreuzgelenke lose.«

»Kannst du das vielleicht noch mal in unserer Sprache sagen, Alter?«, fragt Tim, als ich Jase den Schraubenschlüssel reiche und plötzlich dem heftigen Bedürfnis widerstehen muss, die feinen Schweißperlen wegzuküssen, die ihm die Kehle hinabrinnen. Ich staune über mich selbst.

»Der Wagen ist in einem miesen Zustand«, übersetzt Jase. »Aber du – nimm's bitte nicht persönlich, Sam –, du glaubst doch gar nicht an das, wofür Grace Reed sich einsetzt, Tim. Du bist noch nicht mal Republikaner. Hast du nicht das Gefühl, dass du da etwas tust, was deiner tiefsten inneren Überzeugung widerspricht?«

»Doch«, antwortet Tim leichthin. »Aber das Gefühl hatte ich bei allen Jobs, die ich bis jetzt gemacht habe. Ist nichts Neues für mich.«

Jase kommt unter dem Mustang hervor und richtet sich langsam auf. »Und damit kommst du klar? Weil ... ich könnte das nicht.«

Tim zuckt mit den Achseln.

Jase streicht sich durch die Haare, wie er es immer tut, wenn er verwirrt ist.

»Nan ist dieses Wochenende mit ihrem Freund nach New York gefahren«, wechselt Tim abrupt das Thema.

Ich schaue überrascht auf. Ich habe nicht gewusst, dass Nan mit Daniel wegfahren wollte.

»Wenn du mich fragst, ist er ein arroganter Schnösel, der Nan das Herz brechen wird. Aber bringt es was, wenn ich ihr das sage? Nein. Ich habe im Leben schon eine Million Fehler gemacht. Wird Zeit, dass die gute Nan mich einholt.«

Jase zieht ein Werkzeug aus seiner Kiste und taucht wieder unter dem Wagen ab. »Würdest du dich wirklich besser fühlen, wenn sie unglücklich wäre?«

»Vielleicht.« Tim greift nach der Flasche Mineralwasser, an der er schon seit einer halben Stunde nuckelt. »Wenigstens bin ich dann nicht der Einzige.«

»Samantha«, zischt Mom. »Halte dich gefälligst gerade und lächle.« Ich stehe auf einer Versammlung der ultrakonservativen Frauenvereinigung »Daughters of the American Revolution« neben ihr und schüttle Hände. Wir sind seit anderthalb Stunden hier und ich habe gefühlte fünfzehn Millionen Mal »Bitte unterstützen Sie meine Mutter. Die Belange des Staates Connecticut liegen ihr wirklich sehr am Herzen« gesagt. Und das ist nicht gelogen. So viel ist sicher. Ich merke nur, wie ich mich von Veranstaltung zu Veranstaltung unbehaglicher fühle und immer weniger nachvollziehen kann, um *welche* Belange es ihr eigentlich geht.

Ich interessiere mich nicht besonders für Politik. Natürlich lese ich Zeitung, schaue Nachrichten und bekomme mit, worüber in der Schule diskutiert wird, weiß also ungefähr Bescheid, was gerade vor sich geht, aber ich hatte noch nie das Bedürfnis, mich politisch zu engagieren oder auf

Demonstrationen zu gehen. Trotzdem habe ich das Gefühl, dass die Kluft zwischen dem, woran ich glaube und woran meine Mutter glaubt, von Tag zu Tag tiefer wird. Neulich zum Beispiel habe ich mitbekommen, wie Clay ihr erklärt hat, sie müsse sich den wunden Punkt ihres Kontrahenten Ben Christopher zunutze machen, nämlich dass er viel zu liberal sei, und sich verstärkt um das Lager der konservativen Wähler bemühen. Als sie das letzte Mal kandidierte, war ich elf. Damals trat sie gegen diesen Irren an, der sich vehement dagegen aussprach, noch mehr Geld in das staatliche Bildungssystem zu stecken. Im Vergleich zu ihm war sie diejenige, die gemäßigt wirkte.

Diesmal sieht das anders aus. Ich frage mich, wie vielen Kindern von Politikern es schon so ging wie mir jetzt, dass sie all diese Hände geschüttelt und gesagt haben »Unterstützen Sie meine Mutter«, während sie insgeheim dachten »Aber bitte nicht das, wofür sie steht. Weil es falsch ist«.

»Lächle«, zischt Mom noch einmal zwischen zusammengebissenen Zähnen hindurch und beugt sich zu einer kleinen weißhaarigen Frau hinunter, die sich über irgendein Bauvorhaben auf der Main Street aufregt. »Unser schönes Stony Bay so zu verschandeln! Ich bin empört, Senatorin Reed, empört!«

Mom murmelt ein paar beruhigende, verständnisvolle Worte und verspricht, dass ihre Mitarbeiter einen genaueren Blick auf das Projekt werfen und prüfen werden, ob die Bauvorschriften eingehalten werden.

»Wie lange noch?«, flüstere ich.

»So lange, bis wir hier fertig sind, junge Dame. Wer sich für die Belange der Menschen einsetzt, hat nun einmal keine geregelten Arbeitszeiten.«

Mein Blick schweift zu einem von Moms Wahlplakaten,

das auf einer Staffelei steht – *GRACE REED KÄMPFT FÜR DAS VERMÄCHTNIS UNSERER VORFAHREN, FÜR UNSERE FAMILIEN UND DIE ZUKUNFT UNSERER KINDER* – und versuche den türkisfarbenen Schimmer eines Pools im Garten zu ignorieren, der durch die bodentiefen Fenster zu sehen ist. Mir ist heiß und ich fühle mich in dem unbequemen dunkelblauen Empirekleid, das Mom mir herausgesucht hat, extrem unwohl. *»Diese Frauen sind sehr konservativ, Samantha. Da darfst du nicht zu viel Haut zeigen.«*

Am liebsten würde ich mir das Kleid vom Leib reißen. Wenn alle hier kreischend in Ohnmacht fallen würden, könnten wir nach Hause fahren. Warum habe ich mich nicht einfach geweigert, mitzukommen? Was bin ich? Ihr Schoßhündchen? Eine Puppe? Clay bestimmt über Mom und Mom bestimmt über mich.

»Du hättest dir heute wirklich ein bisschen mehr Mühe geben können, statt die ganze Zeit so ein Gesicht zu ziehen«, sagt sie verärgert, als wir nach Hause fahren. »Andere Töchter wären mit Feuereifer bei der Sache. Die Bush-Zwillinge haben ihren Vater überallhin begleitet, als er kandidierte.«

Schweigend zupfe ich an einem losen Faden im Saum meines Kleids. Mom legt ihre Hand auf meine, damit ich aufhöre. Ihr Griff ist fest. Dann entspannt er sich.

»Ständig hast du unterdrückt geseufzt und mit den Füßen gescharrt«, sagt sie. »Das war peinlich.«

Ich sehe sie an. »Vielleicht solltest du mich das nächste Mal lieber nicht mehr mitnehmen, Mom.«

Sie wirft mir einen scharfen Blick zu, als würde sie ahnen, was in mir vorgeht. »Ich bin mal gespannt, was Clay dazu sagen wird, wie du dich heute benommen hast.«

Clay ist ein bisschen früher gefahren, um im Büro noch Wahlkampfmaterial für die nächste Veranstaltung abzuholen – ein traditionelles Muschelessen am Strand in Linden Park, wo meine Anwesenheit zum Glück nicht erforderlich ist.

»Ich glaube nicht, dass Clay überhaupt auf mich geachtet hat. Er hat nur Augen für dich«, sage ich.

Sie errötet. »Da könntest du recht haben. Er ist wirklich sehr ... engagiert.«

Mom verbringt mehrere Minuten damit, von Clays Sachkenntnis und seinem unermüdlichen Einsatz zu schwärmen, während ich hoffe, dass sie sich dabei ausschließlich auf die berufliche Ebene bezieht. Aber ich bin mir sicher, dass sich ihr Verhältnis nicht darauf beschränkt. Mittlerweile lässt er ständig Kleidungsstücke, Schlüssel und andere Dinge bei uns zu Hause herumliegen, hat einen Lieblingssessel im Wohnzimmer, im Küchenradio ist sein Lieblingssender eingestellt und Mom achtet darauf, stets sein Lieblingsgetränk im Kühlschrank zu haben, irgendeine seltsame Kirschlimonade aus den Südstaaten namens Cheerwine. Ich habe sogar den Verdacht, dass sie sich das Zeug extra von dort liefern lässt.

Als wir endlich zu Hause sind und schweigend aus dem Wagen steigen, knattert Joels Motorrad vorbei. Allerdings sitzt nicht Joel darauf, sondern Jase.

Ich schicke ein Stoßgebet gen Himmel, dass er weiterfährt, aber als er uns bemerkt, biegt er in unsere Einfahrt. Er hält, nimmt den Helm ab, wischt sich mit dem Handrücken über die Stirn und schenkt mir sein strahlendstes Lächeln. »Hey, Samantha.«

Mom sieht mich scharf an. »Kennst du diesen Jungen?«

»Ja«, antworte ich mit fester Stimme. »Das ist Jase.«

Höflich wie er ist, hat er ihr bereits die Hand hingestreckt. Ich bete, dass er sich nur mit Vornamen vorstellt.

»Ich bin Jase Garrett von nebenan. Freut mich.«

Mom schüttelt seine dargebotene Hand kühl und wirft mir anschließend einen undurchdringlichen Blick zu.

Jase schaut zwischen uns hin und her und setzt schließlich den Helm wieder auf. »Ich wollte noch ein bisschen rumfahren. Kommst du mit, Sam?«

Ich frage mich, welche Strafe mich erwartet, wenn ich es tue. Hausarrest bis ich fünfunddreißig bin? Wer weiß? Egal. Und plötzlich wird mir klar, dass es mich tatsächlich nicht kümmert. Ich bin stundenlang in einem überfüllten Raum eingesperrt gewesen und habe – wenn auch nur mit mäßigem Erfolg – die Tochter gespielt, die meine Mutter sich wünscht. Jetzt spannt sich der verwaschen blaue Himmel über uns und der Horizont ist weit. Ich spüre, wie ein Ruck durch meinen Körper geht, als hätte mich ein plötzlicher Windstoß erfasst, aber es ist das Blut, das in meinen Ohren rauscht wie damals, als Tim und ich klein waren und uns kopfüber in die hohen Wellen stürzten. Ich schwinge ein Bein über den Sitz des Motorrads und greife nach dem Helm, den Jase mir hinhält.

Einen Moment später sind wir auch schon losgefahren. Ich vergrabe den Kopf an Jase' Schulter und sehe nicht noch einmal zu meiner Mutter zurück, obwohl ich fast damit rechne, gleich die Sirenen von Polizeiwagen zu hören, die sie uns hinterherschickt, um mich zurückzuholen. Doch bald gebe ich mich einfach nur noch dem Moment hin, genieße den Fahrtwind und schließe die Arme fester um Jase' Taille. Wir fahren die sandige, von Schilf gesäumte Uferstraße entlang, kurven eine Weile ziellos durch die Stadt, vorbei an den adretten rot-weiß gestrichenen Häusern im Kolonialstil

und den in gleichmäßigem Abstand gepflanzten Ahorn-
bäumen, und kehren schließlich zur Uferstraße zurück. Am
McGuire Park kommt Jase zum Stehen und stellt den Motor
ab. Mein Blick fällt auf einen Spielplatz, auf dem ich schon
seit Jahren nicht mehr gewesen bin. Das war immer mein
Zwischenstopp auf dem Nachhauseweg vom Kindergarten.

»Tja, Samantha.« Jase nimmt seinen Helm ab, hängt ihn
an den Lenker und hilft mir, abzusteigen. »Scheint, als wäre
ich nicht der richtige Umgang für dich.« Er dreht sich um
und bockt das Motorrad auf.

»Tut mir leid«, entschuldige ich mich reflexartig und
ziehe ebenfalls den Helm ab.

Er schaut mich immer noch nicht an, kickt einen Kiesel-
stein weg. »Das war das erste Mal, dass ich deiner Mom
persönlich begegnet bin. Ich hab bisher gedacht, sie wäre
einfach streng, was dich angeht. Mir war nicht klar, dass es
dabei um mich geht. Oder um meine Familie.«

»Das tut es nicht. Nicht wirklich.« Meine Sätze kommen
abgehackt, als würde ich nicht genug Luft bekommen. »Es
liegt an ihr. Sie hat … Sie ist … Sie gehört leider zu den
Leuten, die im Supermarkt blöde Kommentare von sich
geben. Aber ich bin nicht so.«

Jase hebt das Kinn und sieht mich lange an. Ich erwidere
seinen Blick, versuche ihn stumm dazu zu bringen, dass er
mir glaubt.

Seine Miene ist eine hübsche, unleserliche Maske, die ich
noch nie an ihm gesehen habe. Plötzlich werde ich wütend.
»Lass das, hörst du. Beurteile mich nicht danach, wie meine
Mutter denkt und handelt. Ich bin ich. Und wenn du mich
mit ihr in einen Topf wirfst, dann bist du nicht besser als sie.«

Statt zu antworten, gräbt Jase mit der Schuhspitze ein
kleines Loch in den Sand. »Ich weiß nicht«, sagt er schließ-

lich. »Mir ist einfach aufgefallen, dass ... na ja ... du gehst bei uns zu Hause ein und aus, kennst meine Familie ... Du bist so etwas wie ein fester Bestandteil meiner Welt geworden. Aber wo ist mein Platz in deiner Welt? Ich meine, du hast noch nicht einmal deiner besten Freundin von mir erzählt. Ich habe noch nie ...« Er fährt sich mit beiden Händen durch die Haare und schüttelt den Kopf, »... bei dir zu Hause zu Abend gegessen. Oder ... keine Ahnung ... deine Schwester kennengelernt.«

»Sie jobbt den Sommer über auf Martha's Vineyard«, sage ich leise.

»Du weißt, was ich meine. Du gehörst überall dazu und bist immer willkommen. In meinem Zimmer, im Baumarkt, beim Training. Du bist ... einfach da. Wo gehöre ich in deinem Leben dazu? Ich weiß es einfach nicht.«

Mir wird es eng in der Kehle. »Du gehörst auch in meinem Leben überall dazu.«

»Ist das so?« Er hört auf im Sand zu graben und tritt einen Schritt auf mich zu. Sein Körper strahlt Wärme aus, in seinen Augen liegt ein verletzter Ausdruck. »Bist du dir da sicher? Bis jetzt scheine ich es nur bis auf dein Dach geschafft zu haben – oder in dein Zimmer. Bist du wirklich sicher, dass du nicht nur ... ich weiß nicht ... dass das alles für dich nicht nur ein kleiner Ausflug in das Leben einfacher Leute ist? So eine Art ... keine Ahnung ... Elendstourismus.«

»Elendstourismus? Ist das nicht ein bisschen übertrieben? Du lebst nicht im Slum, sondern direkt nebenan.«

Jase versucht zu lächeln, aber es gelingt ihm nicht. »Du musst zugeben, Sam, dass deine Mom mich angeschaut hat, als wäre ich eine fiese Kellerassel und nicht bloß der Junge von nebenan. Die Chancen, dass sie eine einstweilige Verfügung gegen mich erwirkt, stehen wahrscheinlich höher, als dass sie mich zum Abendessen einlädt.«

Erleichtert, dass er wieder Witze machen kann, lege ich den Helm aufs Motorrad. »Sie ist meine Mutter, Jase. Niemand ist gut genug für mich. Jedenfalls in ihren Augen. Meinen ersten Freund, Charley, hat sie für ein abartiges Sexmonster gehalten, der mich benutzen und dann wegwerfen wollte, und Michael, der Emo, den wir im Clam Shack gesehen haben, war für sie ein drogensüchtiger Psychopath, der es nur darauf abgesehen hatte, mich erst anzufixen und dann den Präsidenten zu ermorden.«

»Man sollte meinen, dass ich im Vergleich dazu eigentlich gar keine so schlechte Partie bin. Aber das sieht sie anscheinend anders.« Er zieht eine Grimasse.

»Es lag am Motorrad.«

»Ach ja?« Jase greift nach meiner Hand. »Dann erinnere mich daran, beim nächsten Mal Joels Lederjacke anzuziehen.«

Er deutet auf die andere Seite des Spielplatzes, wo der McGuire Park sich von einer vorbildlich gepflegten Anlage, in der nichts dem Zufall überlassen wurde, in ein Dickicht aus Sträuchern mit wild wachsenden Beeren verwandelt, hinter dem sich ein Labyrinth aus Felsgeröll verbirgt, das bis zum Fluss hinunter reicht.

»Du kennst den Geheimplatz?«, frage ich.

»Ich dachte, es wäre nur meiner.« Er lächelt mich an — noch ein bisschen zögernd, aber er lächelt. Mir fällt Mom ein. *Lächle, Samantha.* Jetzt brauche ich niemanden, der mich dazu auffordert. Das Lächeln kommt ganz von allein. Wir arbeiten uns durch die dichten Sträucher, passen auf, dass uns keine Dornenranken ins Gesicht schnellen, und springen dann von Stein zu Stein bis zu einem großen flachen Felsen, der einem das Gefühl gibt, auf einem Floß mitten im Fluss zu stehen. Jase hockt sich hin und schlingt die Arme um die Knie. Ich setze mich neben ihn und ziehe fröstelnd die Schultern hoch. Ich hatte ganz vergessen, wie viel kühler es immer ist, wenn der Wind vom Fluss her weht. Wortlos zieht Jase seinen Kapuzenpulli aus und legt ihn mir um die Schultern. Das Licht der Nachmittagssonne ist golden, der Fluss riecht warm und brackig. Vertraut und tröstlich.

»Jase?«

»Hm?« Er greift nach einem Stock, der auf dem Felsen liegt, und wirft ihn weit ins Wasser hinaus.

»Ich hätte es ihr früher erzählen sollen. Es tut mir leid. Ist zwischen uns jetzt wieder alles gut?«

Er antwortet nicht gleich, sondern beobachtet noch einen Moment lang die konzentrischen Ringe auf dem Wasser, wo der Stock aufgekommen ist, bevor er schließlich sagt: »Es ist alles wieder gut, Sam.«

Ich lege mich auf den Rücken und blicke in den tiefblauen Himmel hinauf. Jase legt sich neben mich und hebt die Hand.

»Ein Rotschwanzbussard.«

Wir beobachten ein paar Minuten, wie der Vogel seine Kreise zieht, dann greift Jase nach meiner Hand, drückt sie und behält sie in seiner. Wir lauschen dem Seufzen des Flusses, und die Anspannung, unter der ich den ganzen Tag gestanden habe, fällt von mir ab, während mein Herzschlag sich den gemächlichen Flügelschlägen des Bussards über uns anpasst.

Dreißigstes Kapitel

Es ist gut, dass wir diese kleine Auszeit gehabt haben, denn in der Sekunde, in der ich zu Hause durch die Tür trete, wallt mir Moms Wut entgegen wie der von der Meeresbucht aufsteigende Nebel. Mit finsterem Gesicht und mahlendem Kiefer scheucht sie den Staubsauger durchs Wohnzimmer.

Als sie hört, wie die Tür ins Schloss fällt, stellt sie den Sauger aus, dreht sich zu mir um und sieht mich mit hochgezogenen Brauen an.

Ich werde mich nicht entschuldigen, obwohl ich in ihren Augen vielleicht wirklich etwas Unverzeihliches getan habe. Das würde aus dem, was ich zu Jase gesagt habe, eine Lüge machen und ich will ihn nicht anlügen, noch nicht einmal, indem ich ihm nicht die ganze Wahrheit sage. Stattdessen gehe ich zum Kühlschrank und hole den Limonadenkrug raus.

»Das ist alles?«, sagt Mom.

»Möchtest du auch ein Glas?«, frage ich.

»Du willst also so tun, als ob nichts passiert wäre? Als hätte ich nicht mitansehen müssen, wie meine minderjährige Tochter bei einem *Wildfremden* aufs *Motorrad* gestiegen und davongefahren ist?«

»Er ist kein Wildfremder, Mom. Er ist Jase Garrett, unser Nachbar.«

»Ich bin mir durchaus im Klaren darüber, dass er nebenan wohnt, Samantha. Schließlich habe ich diesen ungepflegten Garten und diese riesige lärmende Familie die letzten zehn Jahre ertragen müssen. Wie lange kennst du diesen Jungen schon? Fährst du öfter mit ihm auf seinem Motorrad Gott weiß wohin?«

Ich gieße mir Limonade in ein Glas, trinke einen Schluck und räuspere mich. »Nein, das war das erste Mal. Und es ist nicht sein Motorrad, sondern das von seinem Bruder. Er hat es für ihn repariert. Jase hat übrigens auch unseren Staubsauger repariert, nachdem du ihn ... als er kaputt war.«

»Will er mir das vielleicht auch noch in Rechnung stellen?«, fragt Mom.

Ich sehe sie fassungslos an. »Er hat es aus reiner Nettigkeit gemacht. Weil er ein guter Mensch ist und ich ihn darum gebeten habe. Er will dein Geld nicht.«

Mom sieht mich mit schräg gelegtem Kopf forschend an. »Bist du etwa mit diesem Jungen ... Ist er dein Freund?«

Meine Antwort ist mutiger, als ich es bin, aber nicht mutig genug. »Ja, wir sind befreundet, Mom«, sage ich. »Ich bin siebzehn. Ich kann selbst entscheiden, mit wem ich befreundet bin.« Das ist normalerweise Tracys Spruch, nicht meiner. Wenn ich ihr und Mom früher beim Streiten zugehört habe, habe ich mir immer gewünscht, meine Schwester würde endlich den Mund halten. Jetzt verstehe ich, warum sie es nicht konnte.

»Das sehe ich anders.« Mom holt eine Flasche Ajax unter der Spüle hervor und sprüht damit die klinisch saubere Arbeitsfläche ein. »Ihr seid *befreundet*? Was genau heißt das?«

Na ja, wir haben Kondome gekauft, Mom, und bald werden wir ... Das Bedürfnis, es zu sagen, ist einen Moment so groß, dass ich Angst habe, dass es mir einfach so herausrutscht.

»Es bedeutet, dass ich ihn mag. Und dass er mich mag. Wir verbringen gern Zeit zusammen.«

»Um was zu tun?« Mom hebt den Limonadenkrug an und wischt den Kreis aus Kondenswasser weg.

»Die Frage hast du Tracy in Bezug auf Flip noch nie gestellt.«

Ich dachte immer, der Grund dafür sei, dass sie es gar nicht so genau wissen wollte, aber da habe ich wohl falsch gedacht. »Flip kommt ja auch aus einer guten Familie und hat verantwortungsbewusste Eltern«, entgegnet sie in einem Ton, als wäre damit alles erklärt.

»Genau wie Jase.«

Mom seufzt, geht zum Fenster und zeigt auf den Garten der Garretts. »Da. Schau dir das an.«

Duff fuchtelt gerade wütend mit einem Spielzeug-Laserschwert vor Harrys Nase herum, der daraufhin einen Plastikeimer vom Boden aufhebt und nach seinem größeren Bruder wirft. George hat mal wieder kein Höschen an, hockt auf der Verandatreppe und leckt an einem Wassereis. Mrs Garrett sitzt neben ihm und liest ihm aus einem Buch vor, während sie Patsy stillt.

Jase schraubt unter der geöffneten Motorhaube seines Mustangs herum.

»Und?«, sage ich. »Er hat eine große Familie. Was stört dich daran so? Im Grunde kann es dir doch egal sein.«

Mom schüttelt, wie immer, wenn sie die Garretts beobachtet, missbilligend den Kopf.

»Dein Vater kam aus einer Familie, die ganz genauso war. Wusstest du das?«

Ich denke an die Fotos von all den unbekannten Menschen, die Tracy und ich vor so langer Zeit in dem Karton gefunden haben. Waren das alles Angehörige? Ich bin hin-

und hergerissen zwischen dem Bedürfnis, die seltene Gelegenheit zu nutzen, etwas über Dad zu erfahren, und dem, mich auf das zu konzentrieren, was gerade Thema ist.

»Ganz genau so«, wiederholt Mom. »Groß und chaotisch und ohne jegliches Verantwortungsbewusstsein. Und als was für ein Mensch sich dein Vater entpuppt hat, muss ich dir ja wohl nicht sagen.«

Ich würde gern entgegnen, dass ich keine Ahnung habe, als was für ein Mensch sich mein Vater entpuppt hat. Andererseits … er hat uns verlassen. Das lässt wohl doch Rückschlüsse auf seinen Charakter zu.

»Das eine ist Dads Familie. Das andere die von Jase.«

»Es kommt aufs Gleiche heraus«, sagt sie. »Hier geht es um Verantwortungsbewusstsein.«

Ach ja? Wieso habe ich dann das Gefühl, dass es um etwas ganz anderes geht? »Worauf willst du hinaus, Mom?«

Ihr Gesicht ist unbewegt, lediglich ihre Lider zucken, wie ich es schon öfter während anstrengender politischer Debatten bei ihr beobachtet habe. Ich spüre, wie sie darum ringt, nicht die Beherrschung zu verlieren und die richtigen Worte zu finden. »Im Gegensatz zu deiner Schwester ist es immer eine deiner Stärken gewesen, kluge und vernünftige Entscheidungen zu treffen, Samantha. Sogar als du noch klein warst, hast du immer gewusst, was gut für dich ist. Auch in Bezug auf deine Freunde. Man muss sich nur Nan anschauen. Tracy dagegen war mit dieser grauenhaften Emma befreundet, die einen Nasenring trug, und mit Darby. Erinnerst du dich noch an Darby? Die schon mit dreizehn einen Freund hatte? Deswegen hatte Tracy in der Middle School auch ständig Probleme. Die falschen Leute können dich dazu verleiten, die falschen Entscheidungen zu treffen.«

»Hat Dad ...«, setze ich an, aber sie unterbricht mich.

»Ich will, dass du dich in Zukunft nicht mehr mit diesem Garrett-Jungen triffst.«

Wie damals, als sie wollte, dass ich aus dem Schwimmteam austrete. Oder wie sie kommentarlos immer wieder Klamotten aus meinem Schrank verschwinden lässt, die ich mir gekauft habe und die ihr aus irgendwelchen Gründen nicht gefallen. Jase werde ich mir nicht wegnehmen lassen, nur weil er ihr nicht in den Kram passt.

»So funktioniert das nicht, Mom. Es gibt keinen Grund, mich nicht mehr mit ihm zu treffen. Wir haben nichts Verbotenes gemacht. Ich bin mit ihm Motorrad gefahren. Wir sind befreundet. Ich bin siebzehn.«

Sie massiert sich die Schläfen, als hätte sie Kopfschmerzen. »Ich habe einfach kein gutes Gefühl bei diesem Jungen, Samantha.«

»Und was, wenn ich bei Clay Tucker kein gutes Gefühl habe? Habe ich nämlich nicht. Hörst du dann auf, dich mit ihm zu treffen und seine ...«, ich zeichne Anführungszeichen in die Luft, obwohl ich diese Geste sonst nicht ausstehen kann, »... *Ratschläge* für deinen Wahlkampf anzunehmen?«

»Das ist etwas völlig anderes«, gibt Mom frostig zurück. »Wir sind beide erwachsen und alt genug die Konsequenzen für das, was wir tun, selbst zu tragen. Du bist noch minderjährig und hast dich mit jemandem eingelassen, den ich nicht kenne und von dem ich nicht weiß, ob man ihm vertrauen kann.«

»*Ich* vertraue ihm.« Meine Stimme wird lauter. »Müsste das nicht reichen? Zumal du vorhin selbst gesagt hast, dass ich dich, was meine Entscheidungen betrifft, noch nie enttäuscht habe. Wo ist also das Problem?«

Mom gibt Spülmittel in den Mixeraufsatz, den ich in der Spüle vergessen habe, lässt heißes Wasser dazulaufen und fängt an, ihn wie besessen zu schrubben. »Mir gefällt dein Ton nicht, Samantha. Ich erkenne dich kaum wieder, wenn du so redest.«

Im ersten Moment steigt eine unglaubliche Wut in mir auf, die jedoch schon in der nächsten Sekunden totaler Erschöpfung weicht. Ich erkenne mich ja selbst kaum wieder. Das ist das erste Mal, dass ich so mit meiner Mutter rede, und es liegt definitiv nicht an der zu kalt eingestellten Klimaanlage, dass ich eine Gänsehaut am ganzen Körper habe und zittere. Doch als ich mitbekomme, wie Mom schon wieder mit diesem missbilligenden Ausdruck zum Haus der Garretts rüberschaut, weiß ich, was ich zu tun habe.

Ich gehe zur Haustür und bücke mich, um meine Flip-flops anzuziehen.

Mom steht sofort hinter mir.

»Wo willst du hin? Wir sind noch nicht fertig!«

»Bin gleich wieder da.«

Ich laufe zu Jase rüber, der immer noch mit nacktem Oberkörper über den Motor des Mustangs gebeugt ist, und lege die Hand auf seinen warmen Rücken.

Er dreht lächelnd den Kopf und wischt sich mit dem Unterarm über die Stirn. »Sam!«

»Weißt du was?«, sage ich. »Ich finde dich unwiderstehlich.«

Er wirft einen hastigen Blick zu seiner Mutter, die George immer noch vorliest und Patsy stillt. Duff und Harry führen ihren Streit offensichtlich woanders fort.

»Äh, danke.« Er klingt verwirrt.

»Komm, wir gehen zu mir rüber.«

»Ich … ähm … ich sollte vielleicht vorher lieber duschen. Oder mir wenigstens ein Shirt überziehen.«

Ich greife nach seiner Hand, die schwitzig und ölverschmiert ist. »Mir gefällst du so, wie du bist. Und jetzt komm.«

Jase sieht mich einen Moment lang an, dann folgt er mir. »Hätte ich vielleicht mein Werkzeug mitnehmen sollen?«, fragt er, während ich ihn die Stufen hochziehe.

»Es muss nichts repariert werden. Jedenfalls keine Haushaltsgeräte.« Ich öffne die Tür und mache eine einladende Geste. Jase zieht die Augenbrauen hoch, tritt aber ein.

»Mom!«, rufe ich.

Sie saugt gerade die Sofakissen ab und richtet sich auf. Verblüfft lässt sie den Blick zwischen uns hin und her wandern und bringt offensichtlich kein Wort heraus. Ich gehe zum Staubsauger und schalte ihn aus.

»Das ist Jase Garrett, Mom. Einer der Wähler deines Wahlkreises. Er hat Durst und hätte furchtbar gern ein Glas von deiner Limonade.«

Einunddreißigstes Kapitel

So, jetzt hast du meine Mutter kennengelernt«, sage ich am Abend zu Jase und lehne mich an die Dachziegel.

»Jep. Es war … überwältigend. Und unglaublich peinlich.«

»Die Limonade hat alles wieder wettgemacht, oder?«

»Die Limonade war super«, sagt Jase. »Es war die Tochter, die uberwaltigend war.«

Ich rutsche zum Fenster rüber, klettere in mein Zimmer zurück, beuge mich anschließend wieder zu Jase raus und strecke die Hand nach ihm aus. »Komm.«

Sein Lächeln blitzt im Dunkeln auf, als er fragend die Brauen hochzieht. Schließlich folgt er mir und ich schließe die Zimmertür ab.

»Ich werde jetzt alles über dich herausfinden, was es zu erfahren gibt«, sage ich. »Nicht bewegen.«

Jase liegt nur mit einer Shorts bekleidet in meinem Bett und ich beuge mich über ihn.

»Ich glaube, du kennst mich schon ziemlich gut.« Er zieht das Gummiband aus meinem Pferdeschwanz, sodass ihm meine Haare über die Brust fallen.

»Es gibt trotzdem noch einiges zu erforschen. Hast du irgendwo versteckte Sommersprossen? Ein Muttermal? Narben? Mir wird nichts entgehen. Oh, du hast einen nach innen gewölbten Bauchnabel. Schön.« Ich streife sanft mit den Lippen darüber.

Jase keucht leise auf. »Ich bin mir nicht sicher, ob ich es schaffe, mich nicht zu bewegen. Jesus, Sam.«

»Aha, und hier …«, ich fahre mit der Zunge von seinem Nabel aus weiter nach unten, »hast du eine Narbe. Weißt du noch, woher sie stammt?«

»Samantha. Ich kann mich noch nicht mal an meinen eigenen Namen erinnern, wenn du das tust. Aber hör trotzdem nicht auf. Das fühlt sich gut an, wenn deine Haare über meine Haut streicheln.«

Ich schüttle leicht den Kopf, damit meine Haare sich noch mehr auffächern. Es ist mir ein Rätsel, woher ich plötzlich das Selbstbewusstsein habe, so die Führung zu übernehmen, aber ist das im Moment überhaupt wichtig? Zu sehen, was das, was ich tue, mit ihm macht, löscht jedes Zögern und jede Verlegenheit aus.

»Ich glaube nicht, dass ich mir ein umfassendes Bild machen kann, solange du die hier anhast.« Ich greife nach dem Bund seiner Shorts.

Seine Lider schließen sich flatternd, als er den nächsten zitternden Atemzug nimmt. Ich ziehe ihm die Shorts ganz langsam über die schmalen Hüften nach unten.

»Boxershorts. Einfarbig. Keine Cartoonfiguren. Das dachte ich mir.«

»Samantha. Lass mich dich anschauen. Bitte.«

»Was willst du denn sehen?«, frage ich, um davon abzulenken, dass mich allmählich der Mut verlässt, als ich mich daran mache, Jase, der für meine Berührungen nicht gerade unempfänglich ist, die Shorts ganz auszuziehen.

Okay, ich weiß, was passiert, wenn Jungs erregt sind. Bei Charley war das so ziemlich Dauerzustand. Michael litt unter seiner Erektion, was ihn trotzdem nie davon abgehalten hat, sich meine Hand in den Schritt zu legen. Aber hier geht es um Jase, und dass ich so etwas bei ihm auslösen kann, macht meinen Mund trocken und löst tief in mir ein Ziehen aus, das schmerzhaft sticht und gleichzeitig schön ist.

Er tastet blind nach dem Reißverschluss meines Kleids. Seine Augen sind immer noch geschlossen, aber als er ihn jetzt langsam aufzieht, öffnet er sie und sieht mich durchdringend an. Ich muss an schimmernde, grüne junge Blätter im Frühling denken. Behutsam schiebt er mir das Kleid von den Schultern und zieht dann meine Hände unter den Achseln hervor. Ich zittere. Obwohl mir nicht kalt ist.

Ich wünschte, ich hätte hübschere Unterwäsche an und nicht nur diesen schlichten karamellfarbenen BH mit der winzigen Schleife zwischen den Körbchen. Aber genauso wie ich Jase in seinen einfachen Boxershorts sexy finde, scheint er von meinem zweckmäßigen BH fasziniert zu sein. Mit den Daumen fährt er über den Stoff und zeichnet anschließend den Ansatz meiner Brüste nach. Diesmal bin ich diejenige, die tief einatmet. Und die Luft anhält, als seine Hände wieder zu meinem Rücken zurückkehren und nach dem Verschluss tasten.

Ich senke den Blick. »Du hast ein Muttermal.« Ich berühre seinen Schenkel. »Genau hier oben. Es sieht beinahe wie ein Fingerabdruck aus.« Die Spitze meines Zeigefinger bedeckt es fast vollständig.

Jase streift mir den BH ab und flüstert: »Und du hast unglaublich weiche Haut. Komm näher.«

Ich lege mich auf ihn, Haut an Haut. Obwohl er größer ist als ich, habe ich das Gefühl, dass wir wie füreinander gemacht sind. Die Rundungen meines Körpers schmiegen sich passgenau in seine.

Wenn Leute über Sex reden, klingt es immer so technisch ... oder beängstigend triebhaft, wie etwas, das man nicht unter Kontrolle hat. Man hört nie, wie wahrhaftig es sich anfühlen kann, was für ein unglaubliches Gefühl es ist, so vollkommen mit einem anderen Menschen zu harmonieren.

Aber weiter gehen wir nicht. Wir liegen einfach nur so da, und ich spüre, wie Jase' Herz unter mir schlägt und er hin und wieder vorsichtig das Gewicht verlagert, weil es ihm wahrscheinlich ein bisschen unangenehm ist, dass sich sein Verlangen deutlicher zeigt als meins.

»Es ist okay«, wispere ich und streiche ihm über die Wange. Und dann sage ich – das Mädchen, das immer so gut auf ihr Herz aufgepasst hat –, zum ersten Mal in meinem Leben: »Ich liebe dich.«

Jase sieht mir in die Augen. »Ja, es ist okay. Ist es wirklich«, flüstert er. »Ich liebe dich auch, meine süße Sam.«

In den Tagen nach unserer Auseinandersetzung wegen Jase probiert Mom nacheinander verschiedene Taktiken durch: Zuerst bestraft sich mich mit Schweigen, begleitet von tiefen Seufzern, eisigen Blicken und wütendem Vor-sich-hin-Murmeln, dann verlangt sie plötzlich, dass ich ihr von nun an über jeden einzelnen meiner Schritte Rechenschaft ablege und schließlich verbietet sie mir, Jase ins Haus zu lassen, wenn sie nicht da ist. »Ich bin schließlich nicht von gestern, Samantha, und weiß genau, was passiert, wenn ein Junge und ein Mädchen in eurem Alter allein sind. Aber nicht unter meinem Dach!«

Ich kann mir gerade noch verkneifen zu sagen, dass es für diesen Fall auch verstellbare Autositze und billige Motels gibt. Die Beziehung zwischen Jase und mir wird immer enger.

Ich bin süchtig nach dem Duft seiner Haut. Mich interessiert jedes Detail seines Tagesablaufs. Ich könnte ihm stundenlang zuhören, wenn er von Kunden und Lieferanten erzählt, bin davon fasziniert, wie treffend und trotzdem einfühlsam er sie beschreiben kann. Ich bekomme nicht genug von dem verträumten Lächeln, mit dem er dem Klang meiner Stimme lauscht, während er mich gleichzeitig mit Blicken verschlingt. Mir gefällt alles an ihm, und jedes Mal wenn ich etwas Neues an ihm entdecke, ist es wie ein Geschenk.

Geht es Mom genauso? Fühlt sich jeder Teil von Clay für sie so an, als wäre er nur dazu erschaffen, sie glücklich zu machen? Die Vorstellung widert mich irgendwie an. Aber wenn sie so für ihn empfindet, müsste ich mich dann nicht für sie freuen, statt Clay abzulehnen?

»Ich brauche deine Hilfe, Sammy«, sagt Tim, als er in die Küche kommt, wo ich gerade aufgebackene Focaccia-Stücke aus dem Ofen hole und mit geriebenem Parmesan bestreue. »Die Herrschaften da draußen wollen noch mehr Wein und ich halte es nicht unbedingt für die beste Idee, wenn ich den Sommelier spiele. Gracie möchte noch zwei Flaschen von dem Pinot Grigio.« Seine Stimme hat einen scherzhaften Unterton, aber er schwitzt ein bisschen, und das liegt wahrscheinlich nicht nur an der Hitze.

»Warum hat sie dich geschickt? Ich dachte, du wärst als Wahlkampfhelfer hier, nicht als Kellner.« Mom hat zwölf Sponsoren zum Essen eingeladen und dafür einen Caterer engagiert, verheimlicht diese Tatsache aber vor ihren Gästen, indem sie das vorgekochte, wieder aufgewärmte Essen stattdessen von mir servieren lässt.

»Was das angeht, ist meine Arbeitsplatzbeschreibung ein

bisschen schwammig. Du hast keine Ahnung, wie oft ich schon losgeschickt wurde, um Kaffee und Donuts zu besorgen, seit ich bei deiner Mom angeheuert habe. Kriegst du die alleine auf?« Er deutete mit dem Kopf auf die zwei Flaschen, die ich aus dem unteren Kühlschrankfach geholt habe.

»Ich glaube, das schaffe ich gerade noch.«

»Ich hasse Wein«, murmelt Tim mantraartig vor sich hin. »Allein schon der Geruch, widerlich... Trotzdem könnte ich jetzt beide Flaschen innerhalb von zwei Sekunden runterstürzen.« Er schließt die Augen.

Ich habe mittlerweile die Folie am Flaschenhals abgeschält und setze unseren supermodernen Design-Korkenzieher an, der eher wie eine Pfeffermühle aussieht. »Tut mir leid, Tim. Wenn du lieber nicht zusehen willst, kein Problem. Ich bringe die Flaschen dann gleich raus.«

»Lass mal, bleib du lieber hier. Das Maß an Überheblichkeit, die da draußen ausgestrahlt wird, hat den Level des Erträglichen längst überschritten. Von der Heuchelei gar nicht zu reden. Das will ich dir nicht antun. Dieser Lamont ist echt ein Widerling allererster Güte.«

Da kann ich ihm nur recht geben. Steve Lamont ist Anwalt für Steuerrecht und ein Paradebeispiel für alles politisch Unkorrekte. Mom hat ihn noch nie gemocht, weil er ein totaler Chauvi ist und jedes Jahr am Tag des Frauenwahlrechts Trauer trägt, um zu zeigen, was er davon hält.

»Ich verstehe nicht, warum sie ihn überhaupt eingeladen hat«, sage ich. »Clay ist zwar aus dem Süden, aber ich glaube nicht, dass er ein Ultrarechter ist. Dieser Lamont dagegen...«

»Ist stinkreich, Babe. Oder wie Clay es ausdrücken würde: ›Er hat so viel Geld, dass er sich jedes Mal, wenn seine

Yacht nass wird, eine neue kauft.‹ Das ist alles, was zählt. Die würden sich mit noch viel übleren Typen einlassen, um an ihre Kohle zu kommen.«

Ich schaudere und will den Korken rausziehen, der kurz bevor er draußen ist, abbricht. »Mist.«

Tim greift nach der Flasche, aber ich schiebe sie blitzschnell weg, sodass er nicht rankommt. »Ist schon okay. Das Reststück kriege ich auch noch irgendwie raus.«

»Timothy? Was dauert da denn so lange?« Mom kommt durch die Schwingtür in die Küche und blickt zwischen uns hin und her.

Ich halte die Flasche in die Höhe. »Also wirklich!«, schimpft sie. »Wenn auch nur ein Stück Kork im Wein schwimmt, ist die ganze Flasche ruiniert.« Sie reißt sie mir aus der Hand, betrachtet sie stirnrunzelnd, dann wirft sie sie in den Müll und öffnet den Kühlschrank, um eine neue herauszuholen. Ich will sie ihr aus der Hand nehmen, aber sie greift nach dem Korkenzieher und öffnet sie selbst.

Nachdem sie auch die zweite Flasche geschickt entkorkt hat, reicht sie sie Tim. »Geh einfach um den Tisch herum und füll die Gläser auf.«

Er seufzt. »Alles klar, Gracie.«

Sie nimmt ein Weinglas vom Geschirrgitter, schenkt sich ein und trinkt einen tiefen Schluck. »Denk dran, dass du mich in der Öffentlichkeit niemals so nennen darfst.«

»Natürlich – Senatorin.« Tim hält die Flasche von sich weg, als könnte sie jeden Moment explodieren.

Mom nimmt noch einen Schluck. »Mhm, der ist gut«, sagt sie nachdenklich, und dann, an Tim gerichtet: »Ich glaube, der Abend verläuft genauso, wie wir uns das vorgestellt haben, findest du nicht?«

»Man kann praktisch hören, wie die Brieftaschen aufklappen.« Falls seine Stimme einen leicht ironischen Unterton hat, bekommt Mom davon nichts mit.

»Tja, das wissen wir erst, wenn die Schecks ins Haus flattern.« Sie trinkt das Glas aus und sieht mich fragend an. »Sitzt der Lippenstift noch?«

»Vielleicht solltest du lieber neuen auflegen«, sage ich. Der Großteil davon klebt am Glasrand.

Sie atmet ungeduldig aus. »Ich gehe rasch nach oben, um mein Make-up aufzufrischen. Tim, du schenkst draußen Wein nach. Samantha, die Focaccia wird kalt. Bring sie bitte schnell raus und, ach so, wir brauchen auch noch mehr Olivenöl zum Dippen.«

Hektisch läuft sie die Treppe hinauf. Ich nehme Tim den Wein ab und reiche ihm stattdessen das Olivenöl.

»Danke, Sammy. Das ist nicht annähernd so verlockend.«

Ich zeige mit dem Kinn auf das Glas mit dem leuchtend rosa Lippenstiftabdruck. »Das hat sie ziemlich schnell runtergestürzt.«

Tim zuckt mit den Achseln. »Deiner Ma fällt es nicht so leicht, anderen Leuten in den Arsch zu kriechen. Ist nicht wirklich ihr Stil. Wahrscheinlich musste sie sich Mut antrinken.«

Zweiunddreißigstes Kapitel

Du wirst nicht glauben, was mir gerade passiert ist«, sagt Jase, der mich exakt in dem Moment angerufen hat, in dem ich das Pausenschild an meinen Hochsitz gehängt habe. Ich suche mir eine geschützte Ecke, damit Mr Lennox, falls er gerade zufällig einen Blick aus dem Fenster wirft, mich nicht telefonieren sieht und nach draußen stürzt, um mir meine ersten Minuspunkte zu verpassen.

»Was denn?«

Seine Stimme wird leiser. »Ich hab dir doch erzählt, dass ich an meiner Zimmertür vor ein paar Tagen ein Schloss angebracht habe, oder? Okay, jetzt pass auf: Als ich heute in der Gartenabteilung die Regale auffülle, kommt Dad ange- schlendert, druckst ein bisschen herum und fragt mich, wo- zu ich plötzlich ein Schloss brauche.«

»Oh-oh.« Ich mache einen kleinen Jungen auf mich auf- merksam, der sich gerade in den Whirlpool – der erst ab sechzehn ist – schleichen will und schüttle streng den Kopf. Er sucht mit hochgezogenen Schultern das Weite. Muss an meinem Kapitänsjäckchen liegen, dass ich so viel Autorität ausstrahle.

»Ich hab ihm erklärt, dass ich gern ab und zu ein biss- chen Privatsphäre hätte«, fährt Jase fort, »und es ziemlich nervig finde, dass alle fünf Minuten jemand in mein Zim- mer platzt, wenn du da bist.«

»Gute Antwort!«

»Fand ich auch. Ich dachte, okay, damit ist die Sache wohl geklärt, da fragt er mich, ob wir uns vielleicht mal kurz im Büro unter vier Augen unterhalten könnten.«

»Ich befürchte Schlimmes.«

Jase lacht. »Zu Recht. Kaum haben wir uns im Büro hingesetzt, will er doch allen Ernstes von mir wissen, ob ich mir der Verantwortung bewusst bin, die ich dir gegenüber habe.«

»Oh Gott.« Ich tauche in den Schatten der Büsche ab, um mich noch besser vor den möglichen Blicken von Mr Lennox zu schützen.

»Ich hab ihm natürlich sofort versichert, dass wir alles im Griff haben. Aber wieso fragt er mich das überhaupt? Ich meine, ihm muss doch klar sein, dass es bei uns zu Hause – mit insgesamt acht Kindern –, so gut wie keine offenen Fragen zum Thema Aufklärung mehr gibt. Aber um ihn zu beruhigen, hab ich ihm gesagt, dass wir es langsam angehen lassen und ...«

»Das hast du ihm gesagt?« *Hilfe! Wie soll ich Mr Garrett jemals wieder unter die Augen treten?*

»Was hätte ich ihm denn sonst sagen sollen, Sam? Von mir aus hätten wir diese Unterhaltung gar nicht führen müssen, aber er ist immerhin mein Vater und ...«

»Okay. Wie ging es dann weiter?«

»Ich hab noch mal gesagt, dass ich dank des umfassenden Sexualkundeunterrichts in der Schule und zu Hause Bescheid weiß, dass wir verantwortungsbewusst mit der Sache umgehen und er sich keine Sorgen zu machen braucht.«

Ich schließe die Augen und versuche mir vorzustellen, diese Unterhaltung mit meiner Mutter zu führen. Ausgeschlossen.

»Aber damit war die Sache noch nicht vom Tisch, dann hat er nämlich davon angefangen, dass ich ...«, jetzt senkt Jase die Stimme sogar zu einem Flüstern, »... ähm ... behutsam vorgehen und nicht nur an mein eigenes Vergnügen, sondern auch an deines denken soll.«

»Oh mein Gott! Ich wäre gestorben. Und was hast du darauf geantwortet?«, sage ich, frage mich jedoch gleichzeitig, wie das eigentlich umgekehrt funktioniert – wie ich Jase Vergnügen bereiten kann. *Gibt es da irgendwelche Tricks, die ein Mädchen draufhaben sollte? Lindy, die Ladendiebin, war bestimmt auch in der Hinsicht mit allen Wassern gewaschen. Wenn ich wenigstens Mom fragen könnte, aber das kommt leider definitiv nicht infrage. Ich sehe schon die Schlagzeile vor mir: Senatorin erleidet während einer Unterhaltung mit ihrer Tochter Herzinfarkt.*

»Ich habe einfach ständig ›Ja, Dad‹, ›Natürlich, Dad‹ gemurmelt, während er immer weitergeredet hat und ich an nichts anderes mehr denken konnte, als daran, dass Tim jeden Moment reinkommen und mitkriegen könnte, wie Dad gerade sagt: ›Deine Mom und ich finden, dass zum guten Sex auf jeden Fall ein ... blablabla.«

»Nein!« Ich breche in Lachen aus. »Er hat auch noch deine Mutter mit ins Spiel gebracht?«

»Er hat mir nichts erspart!« Jase lacht ebenfalls. »Ich meine, du weißt, was für ein enges Verhältnis ich zu meinen Eltern habe, aber ... Jesus, echt.«

»Okay, ich brauche deine Meinung. Es geht um den Mustang.« Jase stellt zwei Dosen Lack auf die Theke und hebelt die Deckel ab, dann taucht er einen flachen Holzstab in eine der Dosen, rührt die Farbe damit um und streift ihn dann an einem Stück Zeitung ab. »Das hier ist Rennwagen-Grün, und das hier«, er wiederholt das Prozedere mit der zweiten Farbe, »ein leicht schimmerndes Metallic-Grün. Welches findest du besser?«

Die beiden Farbtöne sind kaum zu unterscheiden, trotzdem vergleiche ich sie mit zusammengekniffenen Augen. »Welche war noch mal die Originalfarbe?«

»Das schlichte Grün, was mir irgendwie stimmiger vorkommt. Andererseits ...«

Mein Handy klingelt.

»Hey, Samantha. Kann ich dich kurz um einen Gefallen bitten?« Es ist Tim. »Ich bin im Wahlkampfbüro und habe meinen Laptop im Baumarkt vergessen. Da ist eine Begrüßungsrede drauf, die ich für deine Mom geschrieben habe und die sie heute Abend braucht. Meinst du, du könntest sie mir schnell mailen? Der Rechner steht in Mr Garretts Büro auf dem Schreibtisch.«

Ich gebe Jase Bescheid und laufe mit dem Handy am Ohr ins Büro. »Okay, und jetzt?«, frage ich, als ich davorstehe.

»Log dich einfach ein. Ich weiß nicht mehr, in welchem Ordner ich die Datei abgelegt habe. Wahrscheinlich unter ›Arbeit‹ oder so. Zur Not musst du dich durch ein paar durchklicken, es sind nicht besonders viele.«

»Wie ist denn dein Passwort?« Meine Finger schweben über der Tastatur.

»Alice.« Tim räuspert sich. »Was ich jedoch abstreiten werde, falls du es irgendjemandem erzählst.«

»Du hast dabei natürlich an Alice im Wunderland gedacht, hab ich recht?«

»Brave Sammy. Hey, ich muss Schluss machen. Dieser stockkonservative Malcolm kriegt gerade wegen irgendwas einen Anfall. Ruf mich zurück, wenn du sie nicht findest.«

Nachdem ich das Passwort eingegeben und eine Minute

lang erfolglos nach einem Ordner mit dem Namen »Arbeit« gesucht habe, öffne ich schließlich einen, der »Scheiß« benannt ist. Was – wenn man Tim kennt – durchaus der richtige sein könnte. Er enthält eine ganze Reihe von Dateien. *A wie Ausgestoßen – Charakterstudie zu Hawthornes Heldin Hester Prynne; Eine Gegenüberstellung: Huckleberry Finn und Holden Caulfield; Wie Gefährlich ist Dickens?; Die vier Freiheiten.*

Ich klicke *Die vier Freiheiten* an ... und da ist sie, Wort für Wort: Nans preisgekrönte Rede vom Vierten Juli. Erstellt im letzten Herbst.

Aber sie hat die Hausarbeit erst im Frühjahr abgegeben, daran erinnere ich mich genau. Für den Politikleistungskurs.

Daniel hat den Kurs letztes Jahr belegt. Ich weiß noch, wie er in der Cafeteria andauernd über die Verfasser der Unabhängigkeitserklärung geredet hat. Wahrscheinlich wusste Nan durch ihn, welche Themen drankommen würde und wollte wie immer bestens vorbereitet sein. Trotzdem komisch, dass sie die Arbeit schon geschrieben hat, bevor der Kurs überhaupt anfing. Das ist selbst für Nan ziemlich krass.

Und warum ist der Aufsatz auf Tims Computer gespeichert? Aber dann fällt mir ein, dass Nan sich seinen Laptop oft leiht, weil ihrer ständig abstürzt. Das ist natürlich eine Erklärung.

Ich öffne die Caulfield/Finn-Datei. Es ist der Aufsatz, für den Nan mit dem Lazlo-Preis ausgezeichnet worden ist und der im Literaturjournal veröffentlicht werden soll. Ich kann mir nicht vorstellen, dass sie alle ihre Arbeiten auf Tims Computer verfasst hat. Also gibt es nur eine Möglichkeit, wie sie dorthin gekommen sind. Er hat sie ihr gestohlen.

Aber warum? Will er sich damit an Universitäten bewerben? Oder hat Nan sie ihm etwa gegeben?

Ich weiß, dass sie ihren Bruder immer und immer wieder gedeckt hat. Genau wie ich. Aber dass sie so weit gehen würde, hätte ich nicht gedacht.

Ich kann es nicht fassen. Tim gibt Nans Arbeit als seine eigene aus.

Ich starre wie betäubt auf den Bildschirm.

»Samantha, kannst du dich vielleicht für eine Weile von deinem Freund loseisen?« Nans Stimme dringt hoch und zitternd aus meinem Handy.

»Natürlich. Wo bist du?«

»Komm bitte ins Doane's.«

Das bedeutet, dass Nan mal wieder ihre Zuckertherapie braucht. *Kein gutes Zeichen. Wollte sie nicht übers Wochenende mit Daniel nach New York fahren? Es ist erst Samstag. Hat Tim nicht erzählt, dass Daniel sie zu einer MUN-Konferenz, auf der Schüler und Studenten die Arbeit der Vereinten Nationen nachstellen, mitnehmen wollte und dass sie bei seinem Onkel übernachten, der wahnsinnig streng und konservativ ist?*

Die Masons wohnen näher an der Altstadt als wir, weshalb ich nicht überrascht bin, dass Nan schon an der Theke sitzt, als ich ins Doane's komme. Worüber ich allerdings überrascht bin, ist, dass sie sich bereits über ein Bananensplit hergemacht hat.

»Sorry«, sagt sie, den Mund voller Schlagsahne. »Ich konnte nicht warten. Es fiel mir schon schwer, die Bedienung nicht aus dem Weg zu rempeln und das Eis direkt aus den Kübeln zu löffeln. Ich bin schon genau wie Tim. Seit er aufgehört hat zu trinken, hat er ständig Heißhunger auf Süßes.«

»Im Gegensatz zu ihm hast du aber anscheinend nicht vor, clean zu werden, oder?«, sage ich. »Was ist mit Daniel?«

In ihren Augen glitzern sofort Tränen

»Ach, Nan.« Ich will sie umarmen, aber sie schüttelt den Kopf.

»Bestell dir was und dann setzen wir uns raus, okay? Ich will nicht, dass uns jeder hier drin hören kann.«

Außer uns sind nur die Verkäuferin und eine Mutter mit ihrem kleinen Sohn im Laden, der gerade einen hysterischen Anfall bekommt, weil sie sich weigert, ihm eine ungefähr ein Meter lange Lakritzstange zu kaufen. »DU BIST TOTAL GEMEIN. ICH WERDE DICH MIT MEINEM RITTERSCHWERT TÖTEN!«

»Ja, lass uns lieber nach draußen gehen, bevor wir noch Zeugen einer Ermordung werden«, sage ich. »Ich hol mir mein Eis später.«

Nan stellt ihren Becher vor sich auf dem Bistrotisch ab, nimmt die Kirsche zwischen Zeigefinger und Daumen und taucht sie in die Schokoladensauce. »Was glaubst du, wie viele Kalorien so ein Eisbecher hat?«

»Nan«, seufzte ich. »Jetzt erzähl endlich. Was ist passiert? Tim hat gesagt, du wärst das ganze Wochenende weg.«

»Tut mir leid, dass ich dir nicht Bescheid gegeben habe. Daniel wollte nicht, dass es irgendjemand weiß. Und Tim hab ich es nur erzählt, weil ich dachte, er hätte vielleicht eine noch bessere Ausrede für den New-York-Trip, aber er fand das mit der MUN-Konferenz und dem strengen Onkel schon überzeugend genug. Obwohl meine Eltern es vermutlich noch beruhigender gefunden hätten, wenn wir gesagt hätten, wir würden bei Daniels Tante im Kloster wohnen.«

»Du hättest es mir trotzdem erzählen können. Ich würde

dich doch nie verraten.« Mir fallen wieder ihre Aufsätze auf Tims Laptop ein. Soll ich sie darauf ansprechen?

Wieder kommen ihr die Tränen. Sie wischt sie ungeduldig weg und schiebt sich den nächsten Löffel Eiscreme in den Mund. »Das weiß ich doch. Tut mir leid, dass ich dir nichts gesagt habe. Ich war … Ich hatte das Gefühl, dass du dich gerade nur für deinen Supertypen interessierst, und dachte, ich fahre einfach mit Daniel weg und komme als gereifte Frau zurück, die im Big Apple die nächste Stufe ihrer Beziehung erklommen hat.«

Ich verziehe das Gesicht. »Ist das wieder ein Originalzitat von Daniel? Was für eine Sprache spricht er? Man bräuchte ein Wörterbuch, in dem seine Phrasen übersetzt werden. ›Lass uns die nächste Stufe unserer Beziehung erklimmen‹ entspricht wahrscheinlich in Wirklichkeit ›Komm schon, Baby, mach mich heiß‹.«

Nan schiebt sich einen weiteren Löffel Eis in den Mund. »Und was würde ›Es ist an der Zeit, unsere Kuschelecke zu verlassen‹ heißen?«

»Das hat er gesagt?«

Sie nickt. »Er kann doch unmöglich gleich alt sein wie wir, oder? Vielleicht ist es ja wie in *Freaky Friday* und irgendein Versicherungsvertreter mittleren Alters hat Daniels Körper in Besitz genommen.« Die nächste Riesenportion Eiscreme verschwindet in ihrem Mund.

»Was ist denn passiert, als ihr die Kuschelecke verlassen habt?«

»Na ja, also wir waren tatsächlich bei seinem Onkel – zumindest der Teil war nicht gelogen. Aber der Onkel war nicht da, als wie kamen. Daniel hat ein Wochenende ausgesucht, an dem sein Onkel in seinem Ferienhaus in Pound Ridge war. Wir haben zu Abend gegessen, sind im Central

Park spazieren gewesen – allerdings nicht lange, weil Daniel die ganze Zeit Angst hatte, dass uns jemand ausrauben könnte –, dann sind wir wieder zurück und Daniel hat Musik aufgelegt ...«

»Sagt jetzt bitte nicht, Ravels *Bolero*.«

»Er hat den Radiosender, den er gesucht hat, nicht gefunden, sondern nur welche, auf denen die ganze Zeit Hip-Hop lief. Wir mussten zwischendurch immer wieder lachen und irgendwann habe ich gemerkt, dass er viel lockerer wird, wenn wir, also, wenn ich ein bisschen ...«

»Wenn du ein bisschen Eigeninitiative zeigst?«

»Genau. Stell dir vor, ich habe mein grünes Kleid – das mit den vielen kleinen Knöpfen am Ausschnitt – einfach aufgerissen, sodass die Knöpfe in alle Richtungen geflogen sind. Du hättest Daniels Gesicht sehen sollen!«

»Wow.« Ich hätte Nan gar nicht zugetraut, auf so verwegene Einfälle zu kommen. Wenn ich bei ihr übernachte, zieht sie sich immer im Bad um.

»Dann hab ich gesagt ›Und jetzt halt endlich mal die Klappe, Professor‹ und sein Hemd aufgerissen.« Sie lächelt ein bisschen.

»Nan, du schamloses Luder!«

Ihr Lächeln erstirbt und sie legt den Kopf neben ihren Eisbecher auf den Tisch und bricht in Tränen aus.

»Oh, Nan, tut mir leid, das war bloß ein blöder Scherz. Was ist dann passiert? Er hat dich doch nicht sofort auf die Madison Avenue geschickt, um ihm ein neues Hemd zu kaufen, oder?«

»Nein. Er fand es toll. Er meinte, das würde ihm eine ganz neue Seite von mir zeigen und dass er keine Angst vor selbstbewussten Frauen hätte.« Sie fischt mit dem Löffel ein vor Schokoladensoße triefendes Stück Banane aus ihrem

Becher, lässt es dann aber wieder zurückfallen, legt den Löffel zur Seite und wischt sich mit dem Saum ihres T-Shirts die Tränen weg. »Und dass ich wunderschön sei und dass es nichts Tolleres gäbe, als Mädchen, die klug *und* schön sind, und dann hat er aufgehört zu reden und angefangen, mich wie verrückt zu küssen. Wir lagen vor dem Kamin auf dem Boden und dann …« Wieder fließen die Tränen.

Ich streichle ihr über den Rücken, während mir alle möglichen Szenarien durch den Kopf gehen. *Daniel hat ihr gebeichtet, dass er schwul ist. Daniel hat Erektionsstörungen. Daniel hat ihr gestanden, dass er ein Vampir ist und nicht mit ihr schlafen kann, weil er sie sonst vielleicht versehentlich dabei tötet.*

»… kam sein Onkel rein. Er war gar nicht weg. Daniel hatte sich im Datum geirrt. Er ist noch im Büro gewesen, als wir unsere Koffer vorbeibrachten, und bei unserer Rückkehr hat er oben gebadet, irgendwann Geräusche gehört und ist mit einem Spazierstock bewaffnet ins Wohnzimmer gestürzt.«

Oh Gott, arme Nanny.

»Er hat Daniel angeschrien und mich eine Schlampe genannt und Daniel konnte seine Hose nicht finden, sodass er die ganze Zeit nackt dastand, bis er mich irgendwann gepackt und als Schutzschild benutzt hat.«

Tim hatte recht. Daniel ist ein Schlappschwanz.

»Was für ein Feigling.« Ich presse mir die Hand auf den Mund, aber Nan nickt bloß und sagt: »Steve McQueen hätte so was nie gemacht. Er hätte ihm ein paar verpasst wie dem fiesen Arzt in *Verliebt in einen Fremden*.«

»Und wie ging es dann weiter?«

»Daniel hat seinen Onkel angefleht, seinen Eltern nichts zu erzählen, und der hat noch eine Weile rumgeschrien und dann hat er eingewilligt, aber nur unter der Bedingung, dass wir seine Wohnung sofort verlassen.«

»Und dann seid ihr wieder nach Hause gefahren?«

»Nein, dafür war es schon zu spät. Wir haben uns mit meiner Notfall-Kreditkarte ein Zimmer im Doubletree Midtown genommen. Daniel hat versucht, da weiterzumachen, wo wir aufgehört haben, aber die Stimmung war komplett im Eimer. Stattdessen haben wir uns mehrere Folgen *Star Trek* hintereinander angeschaut und sind irgendwann eingeschlafen.«

Ich breite die Arme aus und dieses Mal schmiegt sie sich an mich und bettet den Kopf auf meiner Schulter.

»Warum passiert so was immer nur mir? Ich wollte doch bloß auch mal ausbrechen und etwas machen, was ein bisschen gewagter ist. Jetzt bin ich eine Schlampe und trotzdem noch Jungfrau.« Ihre heißen Tränen tropfen auf mein Schlüsselbein.

»Also ich bin total beeindruckt von dem, was du getan hast. Ihm sein Hemd vom Leib zu reißen ... wow, echt. Nan Mason, du bist die heißeste Jungfrau, die ich kenne.«

»Es war sogar ganz schön schwer, sein Hemd aufzureißen.« Sie wischt sich mit dem Handrücken über die Augen und muss selbst ein bisschen lachen. »Bei Brooks Brothers nähen sie die Knöpfe anscheinend mit Draht an.«

»Er hat gesagt, dass du wunderschön und klug bist«, sage ich. »Und das bist du.«

»Sprich bitte mit niemandem darüber. Ich habe es noch nicht einmal Tim erzählt, sondern behauptet, Daniel hätte mir eine ganz neue Sicht auf die Welt eröffnet. Kotz.« Sie steckt den Finger in den Mund und verdreht die Augen.

Dabei wäre Tim vermutlich der Erste, der Verständnis hätte, wenn etwas anders läuft als geplant.

Ich reibe ihr sanft über den Rücken. »Kein Wort zu niemandem. Großes Indianerehrenwort.«

Plötzlich richtet sie sich auf. »Und erzähl es auf gar keinen Fall deinem Supertypen, das musst du mir versprechen. Ich ertrage den Gedanken einfach nicht, dass ihr euch über uns totlacht.«

Ihre Worte versetzen mir einen schmerzhaften Stich. Ausgerechnet Jase, der mit seinen Schwestern immer so fürsorglich umgeht und der Tim ins Gewissen redet, mehr Verständnis für Nan zu haben. Dass sie denkt, er würde über sie lachen, tut fast genauso weh, wie dass sie es mir zutraut. Trotzdem sage ich nur. »Ich erzähle es niemandem.«

»Ich brauche noch mehr Eis«, schnieft sie und sieht mich mit verquollen Augen an. »Hast du Lust, dir den Doane's Dynamo Becher mit mir zu teilen? Du weißt schon, das ist der, der aus zehn Jumbo-Kugeln besteht und in einer Frisbeescheibe serviert wird.«

Dreiunddreißigstes Kapitel

Wünscht mir für das Chuck E. Cheese's Glück«, seufzt Mrs Garrett, als sie Jase und mich am Baumarkt absetzt. »Für die Kinder ein Traum, für mich ein wahr gewordener Albtraum. Pizza in einer Spielhalle mit Discobeschallung und einer riesigen sprechenden Maus.« Sie schüttelt sich.

Jase und Tim haben heute Schicht. Allerdings ist Tim nicht wie versprochen vorbeigekommen, um uns zu fahren, sodass Mrs Garrett eingesprungen ist, die sowieso in die Richtung muss, weil George auf einen Geburtstag im Kinderrestaurant Chuck E. Cheese's eingeladen ist.

Während Jase eine Lieferung Nägel auspackt, blättere ich in der Infobroschüre für den Probe-Hochschul-Zulassungstest, die Nan mir mitgebracht hat. Wir verlieren kein Wort darüber, dass Tim noch nicht da ist, aber ich bekomme mit, dass Jase' Blick – genau wie meiner – immer wieder zur Uhr über der Tür wandert.

Etwa eine halbe Stunde später kommt Mr Garrett aus dem Büro. Er klopft Jase auf den Rücken, gibt mir einen Kuss auf die Wange, informiert uns, dass im Büro noch jede Menge Kaffee steht und verschwindet wieder, um sich über die Quartalsabrechnung zu setzen, die für heute ansteht. Jase sortiert weiter Nägel, pfeift dabei leise vor sich hin und notiert Zahlen auf einem Block, als mir plötzlich ein ständig wiederkehrendes Geräusch auffällt, das aus Mr Garretts Büro dringt. Ich blicke von den Unterlagen auf und lausche.

Klick-klick-klick-klick-klick.

Fragend schaue ich zu Jase rüber.

»Das ist die Kugelschreibermine«, erklärt er. »Dad sagt, wenn er sie rein- und rausdrückt, kann er die Zahlen besser zusammenrechnen – oder, in unserem Fall, abziehen.« Er öffnet einen Karton mit Rundkopfnägeln und füllt sie in einen durchsichtigen Plastikbehälter um.

»Läuft es immer noch nicht besser?« Ich gehe zu ihm, lege ihm von hinten die Arme um die Taille, schmiege meinen Kopf an seine Schulter und atme tief seinen typischen Jase-Duft ein.

»Aber auch nicht schlechter«, antwortet er, dreht sich zu mir um, legt mir eine Hand in den Nacken und zieht mich lächelnd an sich.

»Du siehst müde aus.« Ich zeichne mit den Fingern die dunkelblauen Schatten unter seinen Augen nach.

»Bin ich auch. Aber was du da machst, fühlt sich gut an.«

»Hast du so lange gearbeitet?

»Ich bin heute Morgen um vier aufgestanden.«

Seine Augen sind immer noch geschlossen. Ich streichle ihm über die Wange.

»Warum?«

»Aber du darfst nicht lachen, okay?«

Warum muss man bei diesem Satz immer automatisch lächeln? Er macht die Augen auf.

Ich setze sofort ein ultraernstes Gesicht auf. »Auf keinen Fall.«

»Ich bin jetzt Zeitungsjunge.«

»Was?«

»Ich trage den *Stony Bay Sentinel* aus. Um vier Uhr morgens geht's los, sechs Tage die Woche.«

»Wie lange machst du das schon?«

»Seit zwei Wochen. Ich hätte nicht gedacht, dass es so schlimm ist. In Filmen sieht man nie, wie Zeitungsjungen literweise Red Bull und Kaffee in sich reinschütten, um sich wach zu halten.«

»Wahrscheinlich weil Zeitungsjungen selten älter als zehn sind. Kann Duff das nicht machen?«

Seine Hände wandern zu meinen Haaren, um das Gummiband rauszuziehen, wie er es immer macht. »Duff hat nicht vor, nächstes Jahr aufs College zu gehen. Ich schon. Auch wenn es im Moment nicht so aussieht, als würde es klappen. Ich hätte den Mustang nicht kaufen dürfen. Aber ich habe ihn mir nun mal so sehr gewünscht. Bald hab ich ihn so weit, dass er wieder fährt. Das heißt … wenn ich noch mehr Geld reinstecke.« Ich beiße mir auf die Unterlippe. Ich habe mir noch nie Sorgen um Geld machen müssen. »Schau nicht so traurig, Sam. Irgendwie kriege ich das schon alles hin. Ich hätte nicht davon anfangen sollen.«

»*Ich* habe davon angefangen«, erinnere ich ihn. »Ich bin deine Freundin und ich will, dass du mit mir über solche Themen reden kannst. Es geht mir nämlich nicht nur um deinen durchtrainierten Traumkörper, musst du wissen.«

»Was aber völlig in Ordnung für mich wäre.« Jase festigt seinen Griff um meine Taille und zieht mich näher.

»Könnt ihr nicht mal für eine Minute die Finger voneinander lassen, Herrgott?«

Wir drehen uns zu Tim um, der in einem perfekt sitzenden dunkelgrauen Anzug zur Tür reinkommt und ziemlich mitgenommen und genervt aussieht.

»Hey, Mason«, grüßt Jase ihn, ohne mich loszulassen. »Alles okay?« Er deutet mit dem Kopf auf die Uhr.

»Hängt davon ab, wie du ›okay‹ definierst.« Tim zieht sein Jackett aus und hängt es an einen Kleiderhaken. Dann windet er sich aus seiner Krawatte, als wäre sie eine Boa constrictor, die ihn in ihrem Würgegriff hat. Als er zu uns rüberkommt, mustert Jase ihn verstohlen, als würde er nach irgendwelchen Anzeichen dafür suchen, dass er getrunken oder gekifft hat. Er scheint aber, genau wie ich, keine zu finden. Tim wirkt einfach nur stinksauer.

»Was ist los?« Jase reicht ihm seine Karteikarte über die Theke.

Tim beugt sich darüber, um mit einem schwarzen Filzstift die Zeit zu notieren. »Was genau weißt du über diesen ver-kackten Scheißkerl Clay Tucker, Sammy?«

»Hör auf so zu reden, Tim.« Ich lege ihm eine Hand auf den Arm. In letzter Zeit hat er die Kraftausdrücke ziemlich reduziert und manchmal sogar eine ganze Unterhaltung ohne geschafft.

»Was denn?« Er breitet unschuldig die Hände aus. »Das ist ein Zwang. So wie ihr ständig aneinander rumfummeln müsst, muss ich eben ständig fluchen. Sei froh, dass ihr nur unter Sexsucht leidet und nicht wie ich unter dem Tourette-Syndrom.«

»Es reicht, Tim. Ich weiß zwar nicht, warum du so mies drauf bist, aber es ist bestimmt nicht Samanthas Schuld. Also, was hast du für ein Problem mit Clay Tu-cker?« Jase lehnt sich mit verschränkten Armen an die Theke.

»Keine Ahnung. Ich meine, ich bin der Letzte, der das Recht hat, solche manipulativen Arschlöcher zu kritisieren, ich bin selbst eines. Aber dieser Typ – der spielt in einer anderen Liga. Und deine Mom, Samantha ... die macht brav alles mit.« Tim reibt sich die Stirn.

»Wie meinst du das?«, frage ich im selben Moment, in dem Mr Garrett sagt: »Hast du heute Abend wieder Dienst im Wahlkampfbüro, Tim?« Keiner von uns hat bemerkt, dass er in den Verkaufsraum zurückgekommen ist.

Tim schüttelt den Kopf, wird aber vom Hals aufwärts rot. Bis jetzt ist er noch nie zu spät gekommen, jedenfalls nicht im Baumarkt.

»Gut. Dann kannst du ja nach Ladenschluss die Inventur fertig machen, mit der du neulich angefangen hast.«

Tim schluckt und nickt. Mr Garrett legt ihm eine Hand auf die Schulter. »Dass du dich nicht noch mal so verspätest, Timothy. Hast du verstanden?« Seine Schultern wirken ein bisschen gebeugt, als er in sein Büro zurückgeht.

Jase zieht ein Päckchen Kaugummi aus seiner Jeanstasche und bietet es Tim an. »Erzähl weiter.«

»Also, der gute Clay ...« Tim nimmt sich gleich sechs Kaugummis auf einmal. Jase zieht eine Braue hoch, sagt aber nichts. »... ist einfach überall. Egal, welchen Scheißstein du bei diesem Wahlkampf umdrehst – er kommt darunter hervorgekrochen. Alles tanzt nach seiner Pfeife, mich selbstverständlich eingeschlossen. Und Grace lässt ihn einfach machen. Er muss nur mit den Fingern schnippen, schon springen alle. Der Typ schläft nie. Selbst dieser Malcolm, der superschleimige Wahlkampfmanager von deiner Mutter, geht mittlerweile schon auf dem Zahnfleisch. Aber Clay? Immer topfit, immer strotzend vor Tatendrang wie so ein verdammtes Duracell-Häschen. Er will nur eines – gewinnen. Und dafür ist ihm jedes Mittel recht. Er hat sogar eine Art Doppelagentin in Ben Christophers Wahlkampfbüro eingeschleust, so eine niedliche kleine Brünette, die ihm jeden Morgen flüstert, was im anderen Lager läuft, damit Grace ihrem Herausforderer immer einen Schritt voraus ist.«

Das muss die Frau sein, mit der ich Clay damals gesehen habe, aber ich habe kaum Zeit, die Information zu verarbeiten.

»Er kümmert sich außerdem um sämtliche Presse- und Fototermine«, erzählt Tim weiter. »Erst gestern hat er dafür gesorgt, dass Gracie eine halbe Seite im *Stony Bay Bugle* bekommt. Mit Foto, auf dem man sieht, wie sie irgend so ein armes Schwein, das gerade erst aus Afghanistan zurückgekehrt ist und dort beide Beine verloren hat, mit Küsschen links und Küsschen rechts begrüßt.« Tim vergräbt die Hände in den Taschen und wandert erregt auf und ab, während er spricht. »Und als wir neulich eine Kindertagesstätte besucht haben, wo Grace sich inmitten von sieben süßen blonden Kiddies fotografieren ließ, hat er ein Mädchen mit einem großen roten Feuermal im Gesicht förmlich aus dem Blickfeld der Kamera geschubst. Ich meine, er ist gut in dem, was er tut. Es ist unglaublich, ihm bei der Arbeit zuzuschauen. Aber gleichzeitig jagt er einem eine Scheißangst ein. Und deine Mom … die lässt ihn einfach machen, Samantha. Es kommt mir vor, als würde *sie* für *ihn* arbeiten. Was verdammt noch mal läuft da eigentlich zwischen den beiden?«

Es ist nicht so, als hätte ich nicht selbst schon über all das nachgedacht. Aber gegenüber Tim habe ich irgendwie das Bedürfnis, Mom zu rechtfertigen. Als hätte er nicht selbst genug Dreck am Stecken.

»Ja, okay, von außen betrachtet sieht es vielleicht so aus, als hätte er das Zepter in der Hand«, verteidige ich sie. »aber das letzte Wort hat immer noch Mom. Ihr Amt als Senatorin

liegt ihr wirklich am Herzen und sie will unbedingt wiedergewählt werden. Natürlich wird da auch mit harten Ban-
dagen gekämpft und ...« Ich verstumme. *Ich klinge schon wie
sie.*

»Es läuft gut. Sie liegt bei allen Umfragen vorne, wenn
auch knapp. Aber das reicht Clay natürlich nicht. Nein,
Clay muss auf Nummer sicher gehen. Er will nicht nur, dass
sie gewinnt, er will, dass ihr Herausforderer als der ganz
große Verlierer dasteht. Er will ihn plattmachen, und zwar
so, dass er seine Karriere für immer an den Nagel hängen
kann.«

Jase streicht gedankenverloren mit der linken Hand über
meine Taille, während er mit der anderen kleine Plastikbehälter mit Nägeln auspackt. »Und wie stellt er das an?«

»Indem er bedeutungslosen Dreck ausgräbt und dafür
sorgt, dass er eine Bedeutung bekommt. Und kleben bleibt.«

Wir starren Tim fragend an.

»Ben Christopher hat zwei Einträge wegen Trunkenheit
am Steuer«, erklärt er. »Der erste stammt noch aus seiner
Highschool-Zeit und liegt dreißig, der zweite sechsund-
zwanzig Jahre zurück. Eigentlich Schnee von gestern, für
den Christopher längst bezahlt hat. Und so wie ich ihn ein-
schätze, wenn ich ihn auf Veranstaltungen mitbekomme, ist
er ein grundanständiger Kerl, der wirklich für das steht, wofür er kämpft. Aber so eine Gelegenheit lässt Clay sich natürlich auf keinen Fall entgehen, und wie ihm sein kleiner
Maulwurf geflüstert hat, scheißen sich Christopher und sein
Team vor Angst, die Sache könnte rauskommen, in die
Hosen. Jedenfalls hat er dafür gesorgt, dass irgend so ein
korrupter Journalist die Bombe während eines Presseter-
mins, an dem Grace und Christopher teilnehmen, platzen
lässt. Drei Tage vor der Wahl.«

»Was ist mit dir?«, fragt Jase. »Wo ist deine Rolle in der Geschichte?«

Tim schüttelt verzweifelt den Kopf. »Ich weiß es nicht. Clay Tucker traut mir zu, über Wasser zu laufen. Aus irgendeinem Grund imponiere ich dem Scheißkerl, egal, was ich mache. Heute hat er mich sogar dafür gelobt, wie toll ich irgendwelche Flyer sortiert habe. Noch nie hat jemand so viel von mir gehalten. Nicht einmal, wenn ich allen auf Teufel komm raus etwas vorgemacht habe. Was ich in dem Fall gar nicht tue. Ich bin wirklich richtig gut in dem Scheiß, den ich für sie mache. Außerdem bin ich auf die Empfehlung angewiesen.« Seine Stimme steigt um ein paar Oktaven. »›Deine Arbeit im Baumarkt – schön und gut, Timothy. Aber das Einzige, wodurch du deinen verkorksten Lebenslauf wirklich wieder in Ordnung bringen kannst, ist das Praktikum im Wahlkampfbüro und das Empfehlungsschreiben, das dir die Senatorin ausstellen wird.‹«

»Deine Mom?«, frage ich.

»Wer sonst? Im Moment gibt es nur einen einzigen Menschen auf der Welt, der etwas Positives über mich sagen kann, und das ist ausgerechnet Clay Tucker – das Arschloch, das gerade dabei ist, die Karriere eines anständigen und aufrichtigen Menschen zu zerstören.«

Plötzlich kommt Kundschaft in den Laden. Eine gestresst aussehende Frau mit ihrer Tochter, die Farbtonkarten kaufen. Eine ältere Dame, die nach einem handlichen Laubgebläse sucht. Und ein verhuschter bärtiger Typ, der Tim nur extrem vage erklären kann, wonach er sucht: »So ein Ding wie im Fernsehen, mit dem man Sachen reparieren kann.« Nachdem Tim ihm fünf Minuten lang diverse Artikel gezeigt hat, die sich für Reparaturarbeiten eignen – von Spachtelmasse bis zu Schweizer Taschenmessern –, findet Jase schließlich heraus, dass er einen Werkzeugkoffer meint. Der Typ trottet sichtlich zufrieden davon.

»Und was willst du jetzt tun?«, frage ich, als wir wieder allein sind.

»Frag mich was Leichteres, verdammte Scheiße.« Tim greift in die Brusttasche seines Hemds, wo seine Zigaretten stecken, und lässt die Hand dann wieder sinken. Im Laden herrscht striktes Rauchverbot. Er schließt gequält die Augen und sieht aus, als würde ihm gerade jemand einen Nagel in die Schläfe treiben. Als er sie wieder aufmacht, schlägt er so heftig mit der Faust auf die Theke, dass er einen Plastikbecher mit Stiften zum Hüpfen bringt. »Ich kann mich einfach nicht dazu durchringen, die Brocken hinzuwerfen. Ich habe schon so viel in den Sand gesetzt. Wenn ich das jetzt auch noch vermassle, dann ...« Er beugt sich über die Kassentheke und presst sich die Handballen auf die Augen. Weint er etwa?

»Du könntest mit ihm reden und ihm sagen, dass du seine Methoden für fragwürdig hältst«, schlägt Jase vor.

»Als ob ihn das interessieren würde. Gott, was ist das bloß für eine Scheiße. Da weiß ich endlich mal, was das Richtige wäre und bin zu feige, es zu tun. Das ist doch zum Kotzen. Aber wahrscheinlich ist das jetzt die Retourkutsche für all den Mist, den ich in meinem Leben schon gebaut habe. Ich meine, wenn ihr wüsstet, wie oft ich schon gegen sämtliche Regeln des Anstands verstoßen und Leute beschissen habe.«

»Oh Mann, hör endlich auf rumzuheulen. Ich kann dieses selbstmitleidige Gejammer darüber, was du schon so alles durchgemacht hast im Leben, langsam nicht mehr hören«, fährt Jase ihn plötzlich an. »Du hast keine Neugeborenen umgebracht und ihr Blut getrunken, sondern bloß in der

Schule verkackt. Also bleib auf dem Teppich und reiß dich gefälligst zusammen, verflucht noch mal.«

Tims Augenbrauen schießen fast bis zu seinem Haaransatz in die Höhe. Weder Tim noch ich haben je miterlebt, dass Jase die Beherrschung verliert.

»Es geht hier nicht um die größte moralische Verfehlung des Jahrhunderts.« Jase fährt sich durch die Haare. »Oder darum, ob du bei der Entwicklung der Atombombe mitmachst. Es geht darum, ob du dich in Zukunft anständig verhältst oder weiter Scheiße baust. Also entscheide dich. Aber hör endlich mit diesem Gejammer auf.«

Tim nickt knapp und richtet seine Aufmerksamkeit auf die Kasse, als wären die Zahlen und Symbole darauf das Faszinierendste, was er jemals gesehen hat. Mir ist aufgefallen, dass seine Mimik in letzter Zeit viel offener und ausdrucksstärker war als sonst, aber jetzt setzt er wieder die undurchdringliche Maske auf, an die ich so gewöhnt war, dass ich fast geglaubt hatte, sie wäre sein wahres Gesicht. »Wenn mich jemand sucht, ich bin im Lager, Inventur machen«, murmelt er und geht den Flur hinunter.

Jase sortiert weiter Nägel. Ihr Klirren ist das einzige Geräusch, das die Stille durchbricht.

»Das eben hat sich überhaupt nicht nach dir angehört«, sage ich schließlich leise.

Jase wirkt verlegen. »Ist irgendwie so aus mir herausgebrochen. Ich ... Ich habe es einfach satt, dass ...« Er reibt sich den Nacken und schließt seufzend die Augen. »Ich mag Tim. Er ist ein guter Kerl ...« Er öffnet die Augen wieder und sieht mich mit einem schiefen Lächeln an. »Aber jedes Mal wenn er sich so aufführt, als würde ein schwerer Fluch oder so was auf ihm lasten, während ich schon froh wäre, auch nur den Bruchteil der Möglichkeiten zu haben, die er hat, dann ...« Er schüttelt den Kopf, als wolle er den Gedanken verscheuchen und deutet mit dem Kinn auf die Uhr. »Ich habe Dad versprochen, heute länger zu bleiben und mich um die Nachbestellungen zu kümmern.« Er wickelt sich eine Haarsträhne von mir um den Finger. »Was hast du heute noch so vor?«

»Ich sollte Mom eigentlich zu einer Veranstaltung in Fairport begleiten, aber ich habe ihr gesagt, dass ich für den Zulassungstest lernen muss.«

»Und das hat sie dir geglaubt? Es sind Sommerferien, Sam.«

»Nan hat mich für diesen dämliche Übungstest angemeldet und ... kann sein, dass ich es Mom erzählt habe, als sie gerade ein bisschen abgelenkt war.«

»Natürlich nicht mit Absicht.«

»Natürlich nicht.«

»Dann bist du heute Abend also mit Lernen beschäftigt?«

»Genau. Aber vielleicht könntest du mir ja dabei helfen, die eine oder andere knifflige Aufgabe zu lösen.«

»Denkst du da an was Bestimmtes?«

»Der Biologie-Teil soll es ziemlich in sich haben«, sage ich. »Du könntest mir als Anschauungsobjekt für den Aufbau des menschlichen Körpers dienen.«

Jase grinst. »Wann soll ich da sein?«

Vierunddreißigstes Kapitel

Kaum bin ich zur Tür herein, klingelt mein Handy.

»Samantha … wir müssen doch morgen schon so früh raus, deswegen ist es einfach vernünftiger … der Termin in der Fabrik … stell dir vor, die machen schon um fünf Uhr auf … wir sehen uns dann also erst morgen, wenn du von deiner Schicht im Breakfast Ahoy nach Hause kommst.« Mein Handy hat vollen Empfang, aber Moms Stimme am anderen Ende klingt seltsam verzerrt und abgehackt wie aus einem Radio mit schlechtem Empfang. Hat sie gerade wirklich gesagt, dass sie die ganze Nacht weg bleibt, weil sie schon frühmorgens einen Termin in einer Fabrik am anderen Ende von Connecticut hat? Wenn das tatsächlich ein Radio wäre, würde ich glauben, ich hätte einen falschen Sender eingestellt. Das kann nicht die Grace-Reed-Show sein. Aber sie schließt mit den Worten: »Wir haben schon die halbe Strecke zurückgelegt, es wäre also Unsinn, den ganzen Weg wieder nach Hause zu fahren. Clay hat ein traumhaftes Hotel für uns gefunden. Du kommst doch klar, oder?«

Ich bin so verblüfft, dass ich nicke, bevor mir einfällt, dass sie das ja nicht sehen kann. »Kein Problem, Mom. Viel Spaß in eurem schönen Hotel.« Fast hätte ich noch hinzugefügt, dass sie ruhig noch eine Nacht länger wegbleiben kann, wenn sie möchte, verbeiße es mir aber gerade noch.

Mom wäre sofort misstrauisch geworden und wahrscheinlich auf der Stelle umgekehrt.

Sie wird die ganze Nacht weg sein. Die *ganze* Nacht. Mein Daumen tippt wie von selbst auf Jase' Namen in meinem Telefonverzeichnis.

»Sam.« Ich kann das Lächeln in seiner Stimme hören. Es ist erst zehn Minuten her, seit wir uns im Baumarkt voneinander verabschiedet haben. »Hast du schon deine erste Lernkrise?«

»Meine Mom ist heute die ganze Nacht nicht zu Hause.«

Es entsteht eine kleine Pause, in der ich nervös werde. *Muss ich etwa noch deutlicher werden? Bitte nicht!*

»Deine Mom ist die ganze Nacht nicht zu Hause?«, wiederholt er.

»Genau.«

»Wir könnten also ungestört lernen und jede noch so knifflige Aufgabe lösen?«

»Könnten wir.«

»Tür oder Fenster?«, fragt er.

»Bin gerade dabei, das Fenster zu entriegeln.«

Ich ziehe das Gummi aus meinem Zopf und bürste mir die Haare. Mittlerweile reichen sie mir fast bis zur Taille und brauchen nach dem Schwimmen immer ewig, bis sie trocken sind. Ich sollte sie mir demnächst dringend schneiden lassen. Wieso denke ich ausgerechnet jetzt darüber nach? Das muss an meiner Nervosität liegen. Dabei wollte ich ja genau so etwas vermeiden, und hatte gehofft, es würde irgendwann einfach »passieren«, aber wenn wir nicht spontan übereinander herfallen – was aus logistischer Sicht eher schwierig ist –, geht es nun mal nicht ohne eine, wenn auch minimale Vorlaufzeit. Doch selbst die reicht schon aus, um mich völlig verrückt zu machen. Als ich schließlich das vertraute Klopfen an meinem Fenster höre, schlägt mir das Herz bis zum Hals.

Jase hat einen riesigen grünen Schlafsack dabei, mit dem man wahrscheinlich bei minus dreißig Grad im Freien übernachten könnte. Ich sehe ihn fragend an.

Er wird rot. »Ich hab meinen Eltern gesagt, ich würde dir beim Lernen helfen und dass wir anschließend vielleicht noch ein paar DVDs schauen und ich bei euch im Wohnzimmer auf dem Boden schlafe, wenn es spät wird.«

»Und was haben sie gesagt?«

»Mom meinte, ›Viel Spaß, Schatz‹, Dad hat mir nur einen vielsagenden Blick zugeworfen.«

»War es sehr peinlich?»

»Das ist es wert gewesen.«

Er wirft den Schlafsack auf mein Bett, kommt langsam auf mich zu, legt mir die Arme um die Hüften und sieht mich an.

»Und, bist du bereit?«, frage ich betont lässig und füge dann stotternd hinzu: »Also ... ähm ... fürs Lernen, meine ich.«

Jase nimmt mein Gesicht in beide Hände und betrachtet mich aufmerksam. »Ich bin sogar schon dabei. Gerade habe ich zum Beispiel gelernt, dass in deiner blauen Iris kleine goldene Sprenkel sind.« Er küsst erst mein rechtes Augenlid, dann das linke, bevor er mich weiter ansieht. »Und deine Wimpern sind nicht blond, sondern braun. Und ...« Er lächelt. »Du wirst schon wieder rot, und zwar hier ...« Seine Lippen berühren die kleine Kuhle an meinem Hals. »Und wahrscheinlich auch hier ...« Er fährt sachte mit dem Daumen über meine Brüste.

In Filmen hat man das Gefühl, dass die Klamotten sich

einfach in Luft auflösen, wenn das Paar bereit ist, miteinander zu schlafen. Schnitt – und ihre nackten Körper sind in goldenes Hintergrundlicht getaucht, während der Soundtrack leise anschwillt. Im echten Leben ist es nicht so einfach. Während Jase sich das T-Shirt über den Kopf zerrt und an seinem Gürtel herumfummelt, hüpfe ich auf einem Bein durchs Zimmer, um meine Socken abzustreifen. In Filmen tragen die Leute erst gar keine Socken. Als Jase sich seiner Jeans entledigt, fällt Wechselgeld aus den Taschen und landet klimpernd auf dem Boden.

»Sorry!«, flüstert er und wir erstarren beide, obwohl niemand da ist, der das Geräusch hören könnte.

In Filmen werden die Leute in solchen Momenten nie unsicher und denken plötzlich, dass sie sich vielleicht noch mal die Zähne hätten putzen sollen. Im Film folgt alles einer wunderschönen Choreografie und wird von immer dramatischer werdender Musik begleitet.

Wenn der Junge und das Mädchen im Film schließlich nackt sind und er sie zu einem Kuss an sich zieht, schlagen keine Zähne aufeinander und niemand muss verlegen kichern und einen neuen Versuch starten.

Doch die Wahrheit ist: In den Filmen ist es noch nicht einmal halb so schön wie es hier und jetzt für mich mit Jase ist.

Mein ganzer Körper fängt an zu kribbeln, als seine Hand immer tiefer und tiefer meinen Rücken hinunterwandert. Wir küssen uns, und als wir schließlich Luft holen, fühlt sich das an, als würden wir aus warmem, tiefem Wasser auftauchen. Ich schlinge die Beine um seine Hüften und er verschränkt die Hände unter meinem Po und trägt mich zum Bett. Nachdem er mich behutsam abgesetzt hat, drehe ich mich auf die Seite und schaue zu ihm auf. Jase geht vor dem Bett auf die Knie und legt eine Hand auf meine linke Brust. Ich tue das Gleiche bei ihm und spüre, wie sein Herz rast.

»Bist du nervös?«, flüstere ich. »Du wirkst gar nicht so.«

»Ich habe Angst, dir wehzutun. Es ist nicht fair, dass die Natur es so eingerichtet hat.«

»Ich habe keine Angst davor. Komm zu mir.«

Jase steht auf, geht zu seiner Jeans und holt ein paar von den Kondomen aus der Tasche, die wir zusammen gekauft haben. Er streckt sie mir auf der flachen Hand hin. »Überhaupt nicht nervös.« Seine Finger zittern.

»Welche sind das jetzt?«, frage ich.

»Keine Ahnung. Ich hab sie einfach eingesteckt, bevor ich rübergekommen bin.« Wir beugen uns über die kleinen, in Folie eingeschweißten Vierecke. »Ramses.«

»Wie sind die bloß auf diesen Namen gekommen?«, murmle ich, während Jase vorsichtig die Folie aufreißt. »Ich meine, waren die Ägypter vielleicht für ihre besonders effektive Empfängnisverhütung bekannt? Und wieso heißen die anderen Trojans? Sind die Trojaner nicht als Verlierer in die Geschichte eingegangen? Und warum ...«

»Schsch.« Jase legt zwei Finger auf meine Lippen. »Samantha? Es ist okay. Wir müssen nicht ... Wir können auch einfach ...«

»Aber ich will es«, wispere ich, atme tief ein und greife nach dem Kondom. »Mochtest du, dass ich dir helfe, es ... ähm, überzustreifen?«

Jase wird rot. »Warum nicht, ja.«

Wir liegen beide – zum ersten Mal vollkommen nackt – auf dem Bett. Beim Anblick seines nur vom draußen hereinfallenden Mondlicht beleuchteten Körpers, schnürt es mir die Kehle zu. »Wow«, flüstere ich.

»Ich glaube, das ist eigentlich mein Text«, flüstert Jase zurück. »Auch: Wow.« Er legt mir eine Hand an die Wange und sieht mich dann fragend an. Ich lege meine Hand auf seine und nicke.

Okay. Es tut tatsächlich ein bisschen weh. Irgendwie hatte ich die leise Hoffnung, dass es das vielleicht nicht tun würde, einfach nur, weil es Jase ist. Aber es ist kein schlimmer Schmerz. Nur ein kurzer, heftiger Stich, gefolgt von einem leichten Brennen, als er tiefer in mich eindringt.

Ich beiße mir auf die Unterlippe und öffne die Augen. Er sieht mich mit einem so besorgten Ausdruck an, dass es mir vor Rührung beinahe das Herz bricht.

»Geht es dir gut? Ist es okay?«

Ich nicke und ziehe seine Hüften sogar noch ein bisschen enger an meine.

»Jetzt wird es gleich besser«, verspricht Jase, küsst mich wieder und beginnt, sich langsam in mir zu bewegen. Mein Körper folgt seinem Rhythmus, lässt ihn widerstrebend gehen, nur um ihn schon kurz darauf wieder glücklich aufzunehmen.

Fünfunddreißigstes Kapitel

Wie vermutlich nicht anders zu erwarten, bin ich am nächsten Tag im Breakfast Ahoy zu nichts zu gebrauchen. Zum Glück muss ich nicht im B&T arbeiten. Hier bringe ich immerhin niemanden in Lebensgefahr, wenn ich mich nicht daran erinnern kann, wie die Stammgäste ihre Eier wollen, oder mit einem verträumten Lächeln auf die Kaffeemaschine starre, während jemand zum ich weiß nicht wie vielten Mal »Zahlen, bitte« ruft.

Nachdem Jase heute Morgen um vier aus meinem Fenster geklettert und schon fast unten gewesen ist, kam er noch einmal hoch, gab mir einen letzten Kuss und flüsterte: »Besuch mich nach der Arbeit im Laden.«

Nach dem Ende meine Schicht im Breakfast Ahoy habe ich es so eilig, zu ihm zu kommen, dass ich den ganzen Weg bis zum Baumarkt renne und mich praktisch gegen die Ladentür werfe, als ich endlich da bin. Erst als sie krachend gegen die Wand schlägt, erinnere ich mir wieder daran, dass der Federschließer kaputt ist und stammle eine hastige Entschuldigung.

Mr Garrett blickt von einem Stapel Unterlagen auf, die vor ihm an der Kasse liegen, und mustert mich über den Rand seiner Lesebrille. »Oh, hallo, Samantha.«

Mir wird schlagartig bewusst, dass ich mir noch nicht einmal die Zeit genommen habe, mich umzuziehen, und dann fällt mir auch noch das Schloss ein, das Jase an seiner Zimmertür angebracht hat, und ich werde feuerrot. *Er weiß es. Natürlich weiß er es. Ich meine, noch offensichtlicher geht es ja nicht. Gott ist das peinlich.*

»Jase ist draußen im Hof und packt gerade eine Lieferung aus«, sagt Mr Garrett und vertieft sich wieder in seine Unterlagen.

»Ich … na ja, ich dachte nur …«, stottere ich, weil ich das Gefühl habe, mich irgendwie erklären zu müssen, »ich schau mal kurz vorbei … vor dem Babysitten … bei Ihnen zu Hause, meine ich … also um Jase schnell Hallo zu sagen. Äh … ja … Er ist draußen, sagten Sie? Ich … ähm, dauert nicht lange.«

Gütiger Himmel!

Noch bevor ich die Hintertür geöffnet habe, höre ich schon das Geräusch des Cutters, der durch Pappe schneidet. Jase steht mit dem Rücken zu mir vor dem Stapel mit Kartons und für einen kurzen Augenblick überkommt mich dieselbe Verlegenheit wie eben bei seinem Vater. Dann laufe ich zu ihm und lege ihm eine Hand auf die Schulter.

Er dreht sich mit einem strahlenden Lächeln zu mir um. »Sam! Schön, dich zu sehen!«

»Wirklich?«

»Und wie. Als ich die Tür gehört habe, dachte ich, es wäre Dad, der nachgucken will, ob ich auch alles im Griff habe. Ich bin heute nämlich schon den ganzen Tag eine wandelnde Katastrophe. Ständig ist mir irgendetwas runtergefallen. Farbeimer, eine Packung Schrauben, das Schild für die Gartenabteilung. Als ich dann auch noch eine Leiter umgeworfen habe, hat er mich nach draußen verbannt.«

»Das liegt bestimmt daran, dass du heute Nacht zu wenig Schlaf bekommen hast«, sage ich.

»Nicht nur«, sagt er und dann lächeln wir uns eine ganze Weile lang einfach nur stumm an.

Als ich heute Morgen in den Spiegel geschaut habe, war ich mir eigentlich fast sicher, dass ich irgendwie anders aussehen würde – strahlender oder reifer oder so. Aber mir ist bloß aufgefallen, dass meine Lippen vom Küssen geschwollen sind. Und Jase sieht auch aus wie immer.

»Das war die beste Nachhilfe, die ich je hatte«, sage ich schließlich lächelnd.

»Ich habe bis gestern auch nicht gewusst, dass Lernen so schön sein kann.« Er wendet den Blick ab, als wäre er verlegen, und beugt sich über einen weiteren Karton, um ihn zu öffnen. »Obwohl ich mir mit dem Hammer auf den Daumen geschlagen habe, weil ich gerade ein Schild angebracht habe, als ich mich vorhin daran zurückerinnert hab.«

»Auf den hier?« Ich greife nach einer seiner Hände und küsse seinen Daumen.

»Es war der linke.« Jase lächelt, als ich die andere Hand nehme.

»Ich habe mir auch mal das Schlüsselbein gebrochen«, sagt er, zeigt auf die Stelle und wartet, bis ich sie geküsst habe. »Und während eines Trainingsspiels in der Neunten habe ich mir außerdem ein paar Rippen angeknackst.«

So verwegen, sein Shirt bis zu der Stelle hochzuziehen, auf die er diesmal zeigt, bin ich nicht. Aber ich küsse sie durch den weichen Stoff hindurch.

»Geht es wieder?«

Sein Blick funkelt übermütig. »In der Achten habe ich mich mal mit einem Typen geprügelt, der Duff schikaniert hat, und der hat mir ein blaues Auge verpasst.«

Mein Mund wandert zu seinem rechten Auge, dann zu seinem linken. Er schlingt die Arme um meinen Nacken, zieht mich an sich und flüstert: »Ich glaube, ich hatte damals auch einen Riss in der Lippe.«

Als wir uns küssen, ist alles um uns herum plötzlich wie ausgeblendet. Selbst wenn Mr Garrett herauskommen, ein Laster mit einer neuen Lieferung vorfahren oder eine Flotte außerirdischer Raumschiffe den Himmel verdunkeln würde – ich glaube nicht, dass ich irgendetwas davon mitbekäme.

Wir stehen an die Tür gelehnt da, bis irgendwann tatsächlich ein riesiger Laster vorfährt und Jase noch mehr Kartons abzuladen hat. Es ist erst halb zwölf, und weil ich erst um drei bei den Garretts sein muss und noch keine Lust habe, jetzt schon zu gehen, beschäftige ich mich mit so unnützen Dingen, wie die Farbkarten in der Malerabteilung neu zu ordnen, dem *Klick-Klick-Klick* von Mr Garretts Kugelschreiber zu lauschen und mit vor Glück fast zerspringendem Herzen alles, was gestern Nacht passiert ist, in Gedanken noch einmal und noch einmal zu erleben.

Als ich Duff später dabei helfe, für die Abschlussausstellung in seinem Sommerkurs für angehende Naturwissenschaftler aus recyclebaren Materialien ein »artgerechtes Zoogehege für in der Arktis lebende Tiere« zu bauen, fällt es mir schwer, mich zu konzentrieren. Und die Aufgabe hat es in sich, nicht nur weil George und Harry ständig die Zuckerwürfel essen, die wir als Baumaterial benutzen, sondern auch, weil Duff unglaublich pingelig mit der Definition des Terminus »recyclebar« ist.

»Ich bin mir nicht sicher, ob man Zucker zu den recyclebaren Stoffen zählen kann. Aber Pfeifenreiniger gehören definitiv *nicht* dazu!«, sagt er und wirft mir einen finsteren Blick zu, während ich Eierkartons weiß anpinsle und sie in

Eisberge verwandle, die in unserem arktischen Ozean aus Alufolie schwimmen werden.

Plötzlich fliegt die Küchentür auf und Andy stürmt in Tränen aufgelöst an uns vorbei und läuft die Treppe hoch.

»Die blöden Würfel lassen sich einfach nicht zusammenkleben. Sie fangen immer an sich aufzulösen, wenn ich den Kleber draufmache«, beschwert Duff sich und wirft frustriert den Pinsel hin, mit dem er gerade versucht hat, Klebstoff aufzutragen.

»Und wenn wir es mal mit klarem Nagellack probieren?«, sage ich.

»Der wird sie auch auflösen«, prophezeit Duff düster.

»Nur mal probieren«, sage ich.

George, der knirschend Zucker kaut, schlägt vor, die Wände stattdessen aus Marshmallows zu bauen. »Ich kann langsam keine Zuckerwürfel mehr sehen.«

Duff verliert endgültig die Fassung. »Oh Mann, George. Ich baue das doch nicht als Snack für dich. Außerdem sehen Marshmallows überhaupt nicht wie Glasbausteine in einer Mauer aus. Und ich muss das richtig gut hinkriegen, weil ich dann nämlich eine Urkunde bekomme und wir nächsten Monat nur die Hälfte für den Sommerkurs bezahlen müssen.«

»Dann fragen wir eben Dad«, meint Harry. »Vielleicht klappt's ja mit Schellack oder so?«

Von oben dringt lautes Schluchzen zu uns herunter.

»Ich glaube, ich sollte mal kurz nach ihr sehen«, sage ich zu den Jungs. »Ruf deinen Vater an, Duff – oder Jase –, und frag, was man als Kleber noch nehmen kann.«

Ich laufe die Treppe hoch und hole aus dem Badezimmer eine Kleenex-Box, bevor ich in das Zimmer gehe, das Andy und Alice sich teilen.

Andy liegt in ihrem feuchten Badeanzug bäuchlings auf dem Bett und weint so bitterlich, dass sich auf dem Kissen schon ein dunkler Fleck gebildet hat. Ich setze mich neben sie und reiche ihr ein paar Kleenex.

»Es ist vorbei. Alles ist vorbei.«

»Kyle?«, frage ich, obwohl ich es im Grunde schon weiß.

»Er hat mit mir Schluss gemacht!« Andy sieht mich mit tränenüberströmtem Gesicht an. »Auf ... auf einem Post-it-Zettel. Den hat er in meine Schwimmweste gesteckt, als ich Takeln geübt hab.«

»Wie bitte?«, sage ich fassungslos.

Andy zieht unter dem Kissen ein neon-oranges Viereck hervor, auf dem steht: *Andrea. Es war schön, aber jetzt will ich mit Jade Whelan gehen. Man sieht sich, Kyle.*

»Gott, ist das schäbig.«

»Ich weiß!« Andy wischt sich mit dem Handrücken über die Nase. »Zwei Jahre! Zwei Jahre bin ich in ihn verliebt gewesen ... seit er mir im Segelkurs beigebracht hat, wie man einen Slipknoten macht ... und er kann es mir noch nicht mal ins Gesicht sagen! ›Man sieht sich‹? Jade Whelan? Die hat sich in der Vierten nach der Morgenversammlung in der Aula immer mit Jungs hinter dem Klavier versteckt und ihnen ihren BH gezeigt! Dabei hat sie noch nicht mal einen gebraucht! Ich hasse sie. Ich hasse ihn.«

»Das haben die beiden auch verdient«, sage ich. »Es tut mir so leid, Andy.«

Ich streichle ihr beruhigend über den Rücken. »Der erste Junge, den ich geküsst habe, hieß Taylor Oliveira. Er hat allen an der Schule erzählt, ich hätte keine Ahnung gehabt, was ich mit meiner Zunge machen soll.«

Andy kichert unter Tränen. »Und, hat das gestimmt?«

»Ich hatte wirklich keine Ahnung. Aber Taylor auch

nicht. Er hat mit seiner Zunge die ganze Zeit über meine Zähne gestrichen, als wäre sie eine Zahnbürste. Super eklig. Sein Vater ist Zahnarzt. Vielleicht lag es daran.«

Andy kichert wieder, dann fällt ihr Blick auf das Post-it und sie bricht erneut in Tränen aus.

»Dabei habe ich extra auf jemanden gewartet, der mir wirklich etwas bedeutet ... und jetzt habe ich meinen ersten Kuss an einen Jungen verschwendet, der sich als feiger Fiesling entpuppt hat, und kann es nie mehr rückgängig machen!« Sie rollt sich zu einer Kugel zusammen und weint noch herzzerreißender.

»Jetzt heul nicht so rum, Andy! Ich kann mich überhaupt nicht auf mein Projekt konzentrieren!«, ruft Duff wütend die Treppe hoch.

»Ist mir doch egal«, ruft sie zurück. »Mein Leben ist ruiniert!«

In diesem Moment tapst Patsy ins Zimmer, die erst vor Kurzem gelernt hat, aus ihrem Bettchen zu klettern und ihre Windel auszuziehen, ganz egal in welchem Zustand sie ist. In diesem Fall ist sie voll. Sie wedelt damit triumphierend in meine Richtung. »Kaaaaackaaaaaa!«

»Oh Gott«, stöhnt Andy. »Ich glaub, ich muss mich übergeben.«

»Ich mach das schon.« Mich streift kurz der Gedanke, dass ich bis vor zwei Monaten noch nie mit einer Windel in Kontakt gekommen bin und jetzt könnte ich in einer Abendschule Lehrgänge darüber abhalten, wie man mit sämtlichen kleinen und großen Windelkatastrophen fertig wird.

Patsy beobachtet mit gleichgültiger Neugier, wie ich die Gitterstäbe an ihrem Bett abwische, das Laken wechsle, sie in der Badewanne abbrause und ihr anschließend eine frische Windel und etwas Sauberes anziehe. »Kacka?«, fragt sie traurig, als wir fertig sind, und reckt den Hals nach ihrem Po.

»GEORGE! NEIN!«, schreit eine wütende Stimme aus der Küche. Als ich unten angekommen bin, erfahre ich, dass George mit dem Hammer aus seinem Bob-der-Baumeister-Werkzeugkasten die restlichen Zuckerwürfel zertrümmert hat, während Duff mit seinem Vater telefoniert hat. George saust so schnell ihn seine Beinchen tragen mit nichts als einer Superman-Unterhose bekleidet aus der Tür, verfolgt von Duff, der stinksauer das Telefon schwenkt, als wäre es eine Waffe.

Ich jage den beiden hinterher, als der Käfer in die Einfahrt biegt und Jase aussteigt.

»Hey du.« Er gibt mir einen innigen Begrüßungskuss, völlig unbeeindruckt von der Tatsache, dass Harry uns ungeniert zuschaut und dabei Würgegeräusche von sich gibt und Duff kurz davor steht, George umzubringen. Dann legt er einen Arm um meine Taille, dreht sich zu seinen Brüdern um und sagt: »Okay, was ist los?«

In null Komma nichts hat er das Chaos im Griff. Duff bemalt Wassereisstiele weiß, um daraus – statt mit den zerfallenen Zuckerwürfeln – eine Wand zu bauen. Andy liegt mit einer Familienpackung Milky Way im Schlafzimmer ihrer Eltern und schaut *Ella – verflixt und zauberhaft*. Der Pizzalieferservice ist unterwegs. Und Harry errichtet aus Kissen und Decken eine Höhle für Patsy und George, die so tun, als wären sie Tigerbabys.

»Und jetzt komm her«, sagt Jase zu mir, »bevor hier der nächste Krieg ausbricht.« Er lehnt an der Küchentheke, zieht mich an sich und reibt mir sanft den Rücken.

Alles ist gut. Mehr als das. Ich bin so glücklich wie noch nie zuvor in meinem Leben. Und das sind genau die Momente, in denen es dann passiert. Man wiegt sich in Sicherheit, denkt, nichts könne einem etwas anhaben, so perfekt fühlt sich alles an, so wunderbar. Bis man sich plötzlich in einem Albtraum wiederfindet, der alles Vorstellbare übersteigt.

Sechsunddreißigstes Kapitel

Als ich am nächsten Tag aus dem B&T trete, fährt Tim gerade in seinem Jetta auf den Parkplatz und winkt mir hektisch zu. »Ich brauche deine Hilfe«, ruft er und hält verbotenerweise in der Zone für Löschfahrzeuge.

»Wobei?«, frage ich, während ich einsteige und verlegen meinen Minirock tiefer ziehe.

»Ich hab's getan, Sammy. Ich hab den Job im Wahlkampfbüro hingeschmissen. Jetzt muss ich meinen Scheiß von dort abholen und brauche ein Schutzschild. Ein – wie viel wiegst du? – ein fünfundfünfzig Kilo schweres Schutzschild.

»Sechsundfünfzig«, korrigiere ich ihn. »Ich glaube, Mom und Clay sind gar nicht da, sondern haben mal wieder einen Besichtigungstermin in irgendeiner Fabrik.«

Tim klopft eine Zigarette aus seinem Marlboro-Päckchen, das in der Sichtblende steckt, und steckt sie sich in den Mundwinkel. »Ich weiß. Ich kenne ihren Terminkalender.« Er tippt sich mit dem Finger an die Schläfe. »Vielleicht brauche ich dich auch einfach nur an meiner Seite, damit ich das auch wirklich durchziehe und nicht in letzter Minute den Schwanz einziehe. Hilfst du mir?«

Ich nicke. »Natürlich. Aber wenn du ein Schutzschild brauchst – Jase ist viel größer als ich.«

»Ja, ja. Aber dein Loverboy ist heute beschäftigt, wie du wahrscheinlich selbst weißt.«

Statt zu antworten, zucke ich bloß mit den Achseln und ziehe das Haargummi aus meinem Zopf.

Tim betrachtet mich seufzend und schüttelt dann den Kopf. »Warum wollen alle heißen Mädchen eigentlich immer nur mit den Sportskanonen und den netten Kerlen zusammen sein? Wir Versager würden euch viel dringender brauchen.«

Ich werfe ihm einen verwunderten Blick zu. Bisher hatte ich nie den Eindruck, dass Tim sich zu mir hingezogen fühlen könnte. *Vielleicht strahle ich aus, dass ich keine Jungfrau mehr bin? Womöglich verströme ich jetzt puren Sex?* Wohl kaum, schon gar nicht in meinem Kapitänsjäckchen und dem dunkelblauen Spandexrock.

»Entspann dich.« Tim zündet sich seine Zigarette an. »Ich gehöre nicht zu den Trotteln, die versuchen, bei Mädchen zu landen, die sie sowieso nicht haben können. Ich mache bloß Feststellungen.« Er wendet verbotenerweise mitten auf der Straße, um schneller zum Wahlkampfbüro zu kommen. »Willst du auch eine?« Er wirft mir die Zigarettenpackung in den Schoß.

»Du weißt, dass ich nicht rauche, Tim.«

»Ja, aber ich verstehe nicht, warum nicht. Jeder braucht doch was, um diese innere Unruhe loszuwerden. Hast du die nicht?« Tim hält mir seine rechte Hand hin und tut so, als würde sie unkontrolliert zittern. »Woran hältst du dich fest, Sammy?«

Ich spüre, wie mir die Hitze ins Gesicht steigt.

Tim grinst. »Oh, *natürlich*. Ich vergaß. Natürlich an deinem Loverboy und seinem …«

»Stopp.« Ich hebe die Hand und wechsle das Thema, bevor er seinen Satz beenden kann. »Fällt es dir immer noch schwer? Wie lange bist du jetzt schon trocken? Einen Monat?«

»Dreiunddreißig Tage. Nicht dass ich mitzählen würde. Und klar fällt es mir schwer. Für jemanden wie mich ist das Leben nicht so einfach wie für dich und deinen Mister Perfect. Ich muss jeden Tag wieder aufs Neue dagegen ankämpfen, mich nicht in die Arme meiner süßen Bräute – der schönen Miss Bacardi oder Madame Koks – zu werfen, obwohl ich genau weiß, dass mich die beiden Schlampen nur wieder runterziehen würden.«

»Hör auf, dich selbst zu bemitleiden und dir einzureden, dass alle anderen immer besser dran sind als du. Das stimmt nicht und es macht dich verdammt unsympathisch.«

»Großer Gott, du klingst schon wie Jase.«

»Ich versuche doch nur ... keine Ahnung, wenn ich mir dich und Nan ansehe ...« Ich verstumme. Soll ich ihm sagen, dass ich weiß, dass er ihre Aufsätze kopiert und benutzt hat? Was spielt das jetzt noch für eine Rolle? Er ist von der Schule geworfen worden. Nan hat den Preis bekommen.

»Was ist mit Nan?«, fragt Tim, der offensichtlich den seltsamen Unterton in meiner Stimme herausgehört hat, als ich ihren Namen erwähnt habe. Er wirft die aufgerauchte Zigarette aus dem Fenster und greift nach der nächsten.

»Obwohl Ferien sind, macht sie sich wegen der Unibewerbung totalen Stress ...«, antworte ich ausweichend.

»Tja, wir Masons sind eben alle auf die eine oder andere Art süchtig und zwanghaft.« Tim schnaubt. »Bei mir hat sich die Sucht auf Alkohol und Drogen beschränkt, bei Nan ist es der krankhafte Ehrgeiz. Ich liebe meine Schwester, aber es gibt für keinen von uns Erlösung. Ich bin immer da, um ihr zu veranschaulichen, wie scheiße es ist, zu versagen, und sie, um mich daran zu erinnern, wie unglücklich es macht, ständig nach Perfektion zu streben. Apropos unglücklich – wir sind da.«

Er biegt auf den Parkplatz vor dem Wahlkampfbüro.

Obwohl ich weiß, wie viel Arbeit so eine Wahlkampagne macht, bin ich überrascht, dass es im Büro von Mitarbeitern nur so wimmelt, die wie am Fließband Broschüren falten und in Umschläge stecken, die sie mit Stempeln und Briefmarken versehen. Die Menschen glauben wirklich an meine Mutter, jedenfalls genug, um sich freiwillig in stickige Räume zu setzen und langweilige Aufgaben zu erledigen, während vor ihrem Fenster die schönsten Tage des immer viel zu kurzen neuenglischen Sommers vorbeiziehen.

Als wir in eines der Büros treten, blicken zwei ältere Frauen auf, die an einem großen Schreibtisch in der Mitte des Raums sitzen, und begrüßen Tim mit mütterlich wohlwollendem Lächeln.

»Timothy! Uns ist zu Ohren gekommen, du würdest uns verlassen, aber wir haben gleich gewusst, dass an dem Gerücht nichts dran ist«, ruft die größere und schlankere der beiden. »Los, schnapp dir einen Stuhl und setz dich zu uns.«

Tim legt ihr einen Arm um die knochigen Schultern. »Tut mir leid, Dottie. Das Gerücht ist wahr. Ich habe gekündigt, um mehr Zeit mit meiner Familie verbringen zu können.« Den letzten Satz sagt er, als würde er eine Rolle in einem Film sprechen.

»Und die junge Dame ist …?« Die andere Frau sieht mich mit zusammengekniffenen Augen an. »Ah! Die Tochter unserer Senatorin!« Sie zwinkert Tim zu. »Deine … Freundin? Sie ist sehr hübsch.«

»Leider nicht, Susan. Sie ist schon einem anderen versprochen. Ich verzehre mich nur aus der Ferne nach ihr.«

Er fängt an, Unterlagen und – wie mir auffällt – auch ein paar Stifte und anderes Büromaterial in seinen Rucksack zu stopfen. Ich wandere durch den Raum, schaue mir Wahlkampfbroschüren und Buttons mit Moms Konterfei an, lege sie wieder zurück und gehe schließlich in ihr verwaistes Büro.

Mom weiß die Annehmlichkeiten des Lebens auch bei der Arbeit zu schätzen. Ihr ergonomisch geformter Bürostuhl ist ein teures Designerstück, der Schreibtisch kein zweckmäßiges Möbel aus einem Laden für Büroeinrichtungen, sondern ein massiver antiker Eichenschreibtisch. Es steht eine Vase mit roten Rosen darauf und ein Foto, das Mom, Tracy und mich zeigt. Wir tragen darauf alle die gleichen Samtkleider.

Auf einem Beistelltisch entdecke ich einen großen Geschenkkorb mit Gartenwerkzeug, der in grünes Zellophan gehüllt und mit einer Schleife geschmückt ist. Auf der beiliegenden Karte steht: *Wir bei Riggio's Qualitätsrasen sind dankbar für Ihre Unterstützung.* An einer Pinnwand hängen mehrere Tickets für eine Broadway-Aufführung, die ihr irgendwelche Leute namens Bob und Marge Considine geschenkt haben: *Erlauben Sie uns, Ihnen unsere tief empfundene Dankbarkeit für alles, was Sie für uns tun, mit dieser kleinen Aufmerksamkeit zum Ausdruck zu bringen.* Die Visitenkarte einer Firma namens Carlyle Bauconsulting ist mit den Worten versehen: *Wir bedanken uns dafür, dass Sie unser Gebot ernsthaft in Erwägung ziehen.*

Ich kenne mich natürlich nicht gut genug aus, um zu wissen, was in der Politik erlaubt ist und was nicht, aber das kommt mir irgendwie merkwürdig vor. Während ich mit einem unguten Gefühl im Bauch dastehe, kommt Tim rein. Er hat den Rucksack über der Schulter hängen und trägt einen Karton. »Lass uns von hier abhauen, Sammy, bevor wir noch deiner Ma oder Clay in die Arme laufen. Die beiden sind angeblich schon auf dem Weg hierher. Auf der Seite der moralisch Überlegenen zu stehen, ist neu für mich, also nicht, dass ich es mir in letzter Sekunde noch mal anders überlege.«

Als wir draußen sind, wirft Tim den Karton mit seinen Sachen und den Rucksack auf die Rückbank des Jetta, dann klappt er den Beifahrersitz wieder nach vorne, damit ich einsteigen kann.

»Wie gefährlich ist Clay?«, frage ich leise. »Ich meine, ist er wirklich so ein korruptes Schwein?«

»Ich habe nach ihm gegoogelt«, antwortet Tim. »Er hat einen unglaublich beeindruckenden Lebenslauf für einen Typen, der gerade mal sechsunddreißig ist.«

Sechsunddreißig? Mom ist sechsundvierzig. *Er ist also tatsächlich um einiges jünger.* Was ihn natürlich nicht automatisch zu einem schlechten Menschen macht. Mom hängt an seinen Lippen, als wäre er ihr persönlicher Guru, aber auch das heißt nicht, dass er ein schlechter Mensch ist. Nur... was hat es mit dieser Doppelagentin auf sich? Schließlich ist das hier lediglich ein kleiner Wahlkampf in Connecticut und nicht der Kalte Krieg.

»Was glaubst du, wie er es geschafft hat, so schnell Karriere zu machen?«, frage ich Tim. »Und er ist wirklich erst sechsunddreißig? Wenn er tatsächlich so ein leuchtender Stern am Firmament der Republikaner ist, warum engagiert er sich dann so für einen relativ unwichtigen Senatorenwahlkampf? Da gibt es doch für ihn so gut wie nichts zu holen.«

»Ich weiß es nicht, Sammy. Aber eines steht fest – Politik ist seine absolute Leidenschaft. Neulich lief ein Spot für irgendeinen republikanischen Kandidaten in Rhode Island, danach hat Clay sofort bei denen im Büro angerufen und ihnen erklärt, was sie an ihrem Slogan verbessern müssen. Vielleicht ist das mit deiner Ma ja wirklich seine Vorstellung von Urlaub … ich meine, für sie als Berater zu arbeiten.« Er wirft mir einen Blick von der Seite zu und grinst anzüglich. »Ein Urlaub mit gewissen Vergünstigungen.«

»Bekommt er die denn nur von meiner Mutter? Oder auch von der Brünetten, von der du erzählt hast?«

Tim lehnt sich im Sitz zurück, setzt den Blinker und drückt den Zigarettenanzünder rein. »Ich weiß nicht, was da genau abläuft. Er flirtet mit ihr, aber so sind die Südstaatler nun mal. Das muss nicht unbedingt was heißen. Er steht jedenfalls total auf deine Ma, das ist nicht zu übersehen.«

Bei dem Gedanken, er könnte mit dieser Marcy eine Affäre haben, wird mir leicht übel.

Tim seufzt. »Aber das ist zum Glück nicht mehr mein Problem.«

»Es löst sich aber nicht in Luft auf, nur weil es nicht mehr dein Problem ist.«

»Ja, Frau Oberlehrerin. Trotzdem. Für Clay geht Politik über alles. Ihn interessiert nur, wie er am schnellsten ans Ziel kommt und was er dafür tun muss. Ob andere dabei auf der Strecke bleiben, ist ihm egal. Und sein Lebenslauf beweist, dass es funktioniert. Warum sollte er seine Taktik ändern? In meiner kurzen und schillernden Karriere in der Welt der Politik habe ich eine Sache gelernt: Der Zweck heiligt die Mittel. Du darfst dich nur nicht erwischen lassen. Politiker sind im Grunde wie Alkoholiker, die ihre Sucht leugnen.«

Siebenunddreißigstes Kapitel

An dem Tag, an dem der Übungstest stattfindet, fahren Nan und ich mit dem Fahrrad zur Stony Bay High. Mittlerweile ist August. Die Hitze flirrt über dem Asphalt, untermalt vom trägen Zirpen der Zikaden. Aber als wir durch die Doppeltüren in das Schulgebäude treten, ist es, als wäre ein Schalter umgelegt worden. Die Luft in den Fluren ist stickig, es riecht schwach nach Bleistiftspänen und Desinfektionsreiniger, übertüncht vom Geruch von zu blumigen Parfums, Sportdeo und zu vielen Körpern auf zu engem Raum.

Die Stony Bay Highschool ist eines dieser niedrigen, endlosen Nullachtfünfzehn-Backsteingebäude mit hässlichen grünen Vorhängen vor den Fenstern, abblätterndem grauem Lack an den Türen und sich an den Rändern aufrollenden Linoleumböden. Es liegen Welten zwischen ihr und der Hodges Academy, die mit ihren bezinnten Mauern, Buntglasfenstern und Fallgittern wie eine Ritterburg aufragt. Das Gebäude hat sogar eine Zugbrücke. Klar. Man muss schließlich vorbereitet sein, falls die Privatschule irgendwann von den Angelsachsen angegriffen wird.

Ob staatlich oder privat – jede Schule hat denselben typischen Geruch, den einzuatmen mir heute jedoch völlig absurd erscheint, während ich auf meinem Stuhl hin- und herrutsche und dem Röhren eines Rasenmähers draußen lausche.

»Warum tue ich mir das noch mal an?«, frage ich Nan, als sie sich vor mich setzt und ihren Rucksack zu ihren Füßen abstellt.

»Weil Übung den Meister macht. Oder zumindest gut genug, um es in ein College unserer Träume zu schaffen. Und weil du meine beste Freundin bist.« Sie greift in die Außentasche ihres Rucksacks, holt einen Pflegestift heraus und betupft damit ihre von der Sonne leicht geröteten Lippen. Erst jetzt fällt mir auf, dass sie nicht nur ihr heiß geliebtes blau-weißes Columbia-T-Shirt angezogen hat, sondern außerdem die Kette mit dem Kreuzanhänger trägt, die sie zur Kommunion bekommen hat, und das Armband, das ihr ihre irische Großmutter geschenkt hat und an dem grünweiß emaillierte Kleeblätter baumeln.

»Wo ist Buddha?«, frage ich. »Wird er sich da nicht ausgeschlossen vorkommen? Und was ist mit Zeus? Oder wenigstens einer Hasenpfote als Zusatzglücksbringer?«

Sie wirft mir einen gespielt finsteren Blick zu, während sie ihre sieben HB-Bleistifte in einer Reihe anordnet. »Das hier ist eine ernste Angelegenheit. Man hört zwar öfter, die Zulassungstests wären nicht mehr so wichtig, wie sie es mal waren, aber wir wissen beide, dass das nicht stimmt. Man kann nicht vorsichtig genug sein. Ich würde Salbei verbrennen, den Scientologen beitreten und eines von diesen Kabbalah-Armbändern tragen, wenn ich davon überzeugt wäre, dass es mir hilft. Ich muss raus aus dieser Stadt. Um jeden Preis!«

Egal wie oft Nan es sagt, es versetzt mir jedes Mal einen Stich. Auch wenn ich weiß, dass ich es nicht persönlich nehmen darf. Wäre ich die Tochter ihrer Eltern, würde ich mit Sicherheit auch so schnell wie möglich von hier weg wollen.

»Seit Tim den Job bei deiner Mom gekündigt hat und nur noch im Baumarkt arbeitet, ist es sogar noch schlimmer geworden«, erzählt sie, wie um meinen Gedanken zu bestätigen. »Ich habe das Gefühl, Mommy erträgt es nicht mal mehr, ihn anzusehen. Sie sagt nur noch mit zitternder Stimme: ›Tja, du hast dich ja wohl offensichtlich entschieden, dein restliches Leben als Versager zu verbringen ...‹, und geht dann kopfschüttelnd aus dem Zimmer.«

Ich seufze. »Wie kommt Tim damit klar?«

»Ich glaube, mittlerweile raucht er drei Schachteln am Tag«, antwortet Nan. »Und frisst tonnenweise Kaubonbons. Von allem anderen lässt er die Finger ... zumindest bis jetzt noch.« Ihre Stimme klingt schicksalsergeben, sie rechnet offensichtlich mit dem Schlimmsten. »Er ...«, beginnt sie, verstummt aber, als die Tür zum Klassenraum sich öffnet und eine kleine, ganz in beige gekleidete Frau und ein großer, rotblonder Mann hereinkommen, die sich als die Aufsicht führenden Lehrer vorstellen. Die Frau erklärt mit monotoner Stimme das Prozedere, während ihr Kollege durch den Raum wandert, unsere Ausweise prüft und blassblaue Papierbögen verteilt.

Die Klimaanlage fängt plötzlich an zu brummen, sodass die eintönige Stimme der Frau kaum noch zu hören ist. Nan zieht einen dünnen Cardigan über. Danach holt sie – zur Sicherheit – auch noch eine Sweatshirtjacke hervor und legt sie ordentlich gefaltet auf den Rucksack. Ihre übliche Vorbereitung vor jeder Prüfung. Anschließend setzt sie sich aufrecht hin, stützt die Ellbogen auf die Tischplatte, legt das Kinn in die verschränkten Hände und seufzt. »Für mich gibt es echt nichts Schlimmeres, als Aufsätze schreiben zu müssen«, stöhnt sie. »Es stresst mich total, worauf man da alles achten muss. Aufbau, Rechtschreibung, flüssiger Stil ...

Kotz.« Trotz der leichten Bräune, die sie gegen Ende des Sommers immer hat, wirkt sie unter ihren Sommersprossen blass, nur ihre sonnenverbrannte Nase verrät die Jahreszeit.

»Hallo? Du bist ein aufgehender Stern am Schriftstellerhimmel«, erinnere ich sie. »Du hast den Lazlo Preis gewonnen – schon vergessen? Die Zulassungstests sind das reinste Kinderspiel für dich.«

Der große blonde Mann deutet mit großem Getue auf die Uhr an der Wand, worauf die Frau in Beige »Schscht!« zischt und beginnt, mit feierlich-ernster Miene einen Countdown von zehn bis eins runterzuzählen, als wäre das hier ein Raketenstart in Cape Canaveral und nicht eine Prüfung, die nur zur Übung stattfindet. »Zehn, neun, acht …« Ich lasse den Blick durch den Raum schweifen. Alle haben die blauen Papierbögen und ihre ordentlich aufgereihten Stifte vor sich liegen und warten konzentriert auf das Signal. Nan ist offensichtlich nicht die Einzige, die die Angelegenheit hier extrem ernst nimmt. Als ich wieder zu ihr nach vorn schaue, rückt sie gerade noch einmal den Kapuzenpulli auf ihrem Rucksack zurecht und ich bemerke darunter plötzlich die Ecke ihres elektronischen Wörterbuchs hervorblitzen, das sie immer dabeihat.

Nan starrt mit zusammengepressten Lippen auf die Uhr und hält den Stift so fest zwischen den Fingern, dass es ein Wunder ist, dass er nicht zerbricht. Sie ist Linkshänderin. Ihre rechte Hand ruht auf ihrem Schenkel – in Reichweite ihres Rucksacks.

Auf einmal sehe ich vor meinem inneren Auge wie einen Film, der aus verschiedenen Szenen zusammengeschnitten ist, wie Nan bei jeder einzelnen Klassenarbeit, die wir zusammen geschrieben habe, exakt so dasaß – immer stand der Rucksack zu ihrer Rechten und immer lag ein Kapuzenshirt oder Sweatshirt darauf. Und plötzlich wird mir klar, dass das kein Zufall ist. Nanny, meine kluge beste Freundin und Musterschülerin, benutzt schon seit Jahren unerlaubte Hilfsmittel.

Zu meinem Glück ist es nur ein Übungstest, denn nach dieser Entdeckung schaffe ich es kaum, mich noch zu konzentrieren. Wieso tut sie das? Nan hat es nicht nötig, zu betrügen. Sie sichert sich für einen Fall ab, der sowieso nie eintreten würde. Man muss sich nur ihre perfekten Aufsätze anschauen.

Ihre Aufsätze.

Die Dateien auf Tims Computer, von denen ich dachte … *Tim* hätte sie geklaut. Die Erkenntnis ist so ungeheuerlich, dass ich innerlich erstarre. Es vergehen Minuten, bis ich endlich in der Lage bin, nach meinem Stift zu greifen und mich der Aufgabe zu widmen.

In der Pause spritze ich mir in einer hässlichen, mit blauen Kacheln gefliesten Toilette kaltes Wasser ins Gesicht und frage mich, was ich tun soll. Nan der Prüfungsaufsicht melden? Niemals. Sie ist meine beste Freundin. Aber …

Während ich so dastehe und mich selbst im Spiegel anstarre, stellt sich Nan neben mich, verteilt Desinfektionslotion zwischen ihren Händen und reibt sich damit die Arme ein, als würde sie sich auf eine Operation vorbereiten.

»Ich glaube nicht, dass sie sich abwaschen lassen.« Die Worte rutschen mir einfach so heraus.

»Was?«

»Die Schuldgefühle. Das hat bei Lady Macbeth auch nicht funktioniert, oder?«

Nan wird blass, dann feuerrot, sodass ihre Sommersprossen sich erst von ihrer durchscheinenden Haut abheben und schließlich beinahe mit dem Rot verschmelzen. Hastig sieht sie sich im Waschraum um, um sich zu vergewissern, dass wir allein sind. »Ich denke nur an die Zukunft«, zischt sie. »*Meine* Zukunft. Dir reicht es vielleicht zum Glücklichsein, mit einem Handwerker verheiratet zu sein, ihm in seiner Werkstatt bei der Arbeit zuzuschauen und Käse-Makkaroni aus der Packung zu essen, aber ich werde auf die Columbia gehen, Samantha. Ich werde das alles hier …«, ihr Gesicht nimmt einen angewiderten Ausdruck an, während sie eine weit ausholende Geste macht, »… hinter mir lassen.«

»Nan.« Ich gehe mit ausgebreiteten Armen auf sie zu. »Bitte …«.

»Dich auch. Du gehörst ganz genauso dazu.« Sie dreht sich um, stürzt zur Tür und bleibt nur noch einmal kurz stehen, um ihren Rucksack aufzuheben, aus dem der Ärmel ihres Sweatshirts heraushängt.

Mir ist schlecht. Ist das alles gerade wirklich passiert? *Was ist da eben schiefgelaufen? Wann bin ich zu etwas von dem geworden, dem Nan entfliehen möchte?*

Achtunddreißigstes Kapitel

Im Ballsaal des Hotels ist es so stickig und heiß, als hätte jemand vergessen, die Klimaanlage einzuschalten. Das allein würde schon reichen, um mich schläfrig zu machen, auch wenn ich heute Morgen nicht schon um fünf aufgestanden wäre – nach einer unruhigen Nacht, in der ich viel über Nan nachgegrübelt habe –, um zum Schwimmen an den Strand zu gehen. Ganz zu schweigen davon, dass wir eine ewig lange Autofahrt nach Westfield hinter uns haben, das am anderen Ende von Connecticut liegt, und ich in ein steifes blaues Leinenkleid eingeschnürt bin. In der Mitte des Saals ist ein Büfett mit Fingerfood aufgebaut, in dessen Zentrum ein Springbrunnen plätschert, der mit Nachbildungen von Botticellis Venus und Michelangelos David dekoriert ist. Aus irgendeinem unerfindlichen Grund sind die Statuen mitten im August mit blinkenden Weihnachtslichterketten umwickelt. Der David sieht genauso übellaunig und deplatziert aus, wie ich mich auf dieser Charity-Veranstaltung fühle. Mom steht auf dem Podium und hält ihre Rede, während Clay ihr von der Seite aus zusieht und ich damit kämpfe, nicht einzuschlafen.

Anschließend muss ich mir von Leuten, die aus winzigen Plastikbechern Sekt oder Orangensaft nippen, gefühlte drei Millionen Mal anhören: »Sie sind sicher unglaublich stolz auf Ihre Mutter«, worauf ich jedes Mal mit »Oh ja, das bin ich, das bin ich wirklich« antworte. Als ich zwischendurch einmal für ein paar Minuten verschont bleibe, lehne ich verstohlen den Kopf an das Podium, neben dem wir stehen, bis Mom mir einen Fußtritt verpasst und ich wieder in eine aufrechte Position zurückschrecke und meine Augen aufzwänge.

Irgendwann hält sie schließlich ihre Abschlussrede, die von donnerndem Applaus und begeisterten »Reed! Reed!«-Rufen gefolgt wird. Clay legt eine Hand auf ihren Rücken, als wir in die Nacht hinaustreten, die hier in der Stadt nicht wirklich schwarz, sondern eher teefarben ist. »Du bist ein absolutes Phänomen, Gracie. Hast einen Zwölf-Stunden-Tag hinter dir und siehst immer noch fantastisch aus.«

Mom lächelt geschmeichelt und spielt mit ihrem Ohrring. »Honey?«, fragt sie dann zögernd. »Ich verstehe nur nicht, warum diese Marcie auf fast jeder meiner Veranstaltungen irgendwo im Hintergrund herumsteht.«

»War sie heute Abend hier?«, fragt Clay überrascht. »Ist mir gar nicht aufgefallen. Außerdem habe ich dir doch schon mal erklärt, dass die Gegenseite sie genauso auf unsere Events schickt, wie wir Tim abbeordert haben, die Autos auf Christophers Kundgebungen zu zählen, oder wie wir Dorothy auf seine Pressekonferenzen schleusen.«

Ich weiß, dass die Rede von der Brünetten ist. Aber Clay klingt nicht so, als versuche er, Mom hinters Licht zu führen. Es scheint ihm tatsächlich nicht aufgefallen zu sein, dass »Marcie« da war.

»Du musst deinen Gegner einschätzen können, seine Stärken und seine Schwächen kennen.« Clay stolpert über irgendetwas und Mom lacht nervös.

»Vorsicht, Honey.«

»Sorry – keine Ahnung, wer mir da Steine in den Weg

legen will.« Er lacht kurz auf. Sie bleiben stehen und lehnen sich in der Dunkelheit leicht schwankend aneinander. »Besser du fährst.«

»Natürlich«, sagt Mom. »Gib mir die Schlüssel.«

Die beiden kichern albern, während sie die Schlüssel in seinen Jackentaschen sucht. Ich will einfach nur nach Hause.

Mom startet den Wagen mit heulendem Motor und stößt ein überraschtes »Huch!« aus, als würden Autos normalerweise nie solche Geräusche von sich geben.

»Vielleicht sollte doch besser ich fahren, Darling«, sagt Clay.

»Ich habe alles im Griff«, versichert ihm Mom. »Außerdem hattest du vier Gläser, ich nur drei.«

»Moglich«, antwortet Clay. »Ich weiß es ehrlich gesagt nicht mehr so genau.«

Die Zeit verschwimmt. Ich rutsche auf der Rückbank tiefer ins Polster, strecke die Beine über einem Stapel mit Grace-Reed-Schildern und Kartons voller Wahlkampf-Flyer aus und lege den Kopf an die harte Lederarmstütze unter dem Fenster. Meine Lider werden immer schwerer, während die Lichter des Highways an uns vorüberfliegen.

»Nimm die Uferstraße am Fluss entlang«, höre ich Clay irgendwann leise sagen. »Da ist weniger Verkehr. Gleich hast du's geschafft, Gracie.«

Die Fensterscheibe fühlt sich kühl an meiner Wange an. Eine Weile leuchten immer wieder andere Scheinwerfer auf und verschwinden, bis ich schließlich im Mondlicht, das auf das offene Wasser fällt, sehe, dass wir am McGuire Park vorbeifahren. Ich denke an den Tag zurück, an dem ich mit Jase hier gewesen bin, daran, wie wir auf dem sonnenwarmen Felsen im Fluss lagen, dann fallen mir wieder die Augen zu, eingelullt vom Schnurren des Motors, das mich an das Rauschen von Moms Staubsauger erinnert.

BANG.

Ich werde so heftig gegen den Vordersitz geschleudert, dass ich Sternchen sehe.

»Oh mein Gott!«, ruft Mom mit einer hohen panischen Stimme, die noch beängstigender ist als der plötzliche Knall. Sie tritt auf die Bremse.

»Setz zurück, Grace.« Clays Stimme klingt ruhig und bestimmt.

»Mom? Mom! Was ist passiert?«

»Oh mein Gott«, wiederholt Mom. Kratzer im Lack regen sie immer wahnsinnig auf. Ein plötzlicher kühler Nachtwind weht ins Wageninnere, als Clay die Beifahrertür öffnet und aussteigt. Eine Sekunde später sitzt er wieder im Wagen.

»Es ist nichts passiert. Dreh um, Grace. Sofort. Samantha, schlaf weiter.«

Ich erhasche einen kurzen Blick auf sein Profil. Er hat den Arm um Mom gelegt und drückt ihre Schulter. »Na los, fahr schon«, wiederholt er.

Sie setzt den Wagen zurück, würgt dabei jedoch den Motor ab.

»Grace. Reiß dich zusammen.« Der Motor heult auf, dann bricht der Wagen nach links aus. »Bring uns einfach nach Hause.«

»Mom?«

»Alles in Ordnung, Schatz. Schlaf weiter. Ich bin bloß auf eine Bodenwelle aufgefahren. Schlaf weiter«, ruft Mom zu mir nach hinten.

Vielleicht sagt sie noch etwas, aber ich bin so unglaublich müde, dass ich tatsächlich wieder einnicke. Als Tracy und ich jünger waren, ist Mom manchmal in den Winterferien mit dem Auto mit uns nach Florida gefahren, statt zu fliegen. Sie fand es aufregend, kurze Zwischenstopps in New York, Washington und Atlanta einzulegen und unterwegs in kleinen Bed & Breakfasts zu übernachten und Antiquitätengeschäfte zu durchstöbern. Mir hat das immer viel zu lange gedauert. Ich wollte endlich ans Meer zu den Delfinen und habe deswegen versucht, jede Minute, die wir im Auto verbrachten, zu schlafen. So ist es jetzt auch wieder. Ich sinke in einen tiefen Schlaf und bekomme kaum die Augen auf, als Mom mich kurz darauf so heftig am Arm rüttelt, dass es fast wehtut, und sagt: »Samantha. Aussteigen. Wir sind zu Hause.« Als ich mich ein paar Minuten später auf mein Bett fallen lasse, zu erschöpft, um mein Kleid auszuziehen oder unter die Decke zu kriechen, versinke ich sofort wieder in einem weichen, schwarzen Nichts.

Ich werde vom hartnäckigen Vibrationston meines Handys wach, das ich wie immer unter mein Kissen geschoben habe. Im Halbschlaf taste ich danach und brauche einen Moment, bis ich es endlich gefunden habe.

»Sam?« Jase' Stimme klingt heiser, fast nicht wiederzuerkennen. »Sam!«

»Hmm?«

»Samantha!«

Er schreit es beinahe. Ich halte das Handy vom Ohr weg.

»Was? Jase?«

»Sam. Ich ... wir brauchen deine Hilfe. Kannst du rüberkommen?«

Ich krieche übers Bett, schaue mit verschwommenen Blick auf die Digitaluhr.

1:16 Uhr.

Was?

»Jetzt?«

»Jetzt gleich. Bitte beeil dich.«

Noch immer ein bisschen benommen, stehe ich auf, ziehe mein Kleid aus, schlüpfe in Shorts, ein T-Shirt und Flipflops, steige aus dem Fenster und klettere das Spalier hinunter. Als ich unten stehe, werfe ich einen hastigen Blick zum Haus zurück, aber die Lichter im Schlafzimmer meiner Mutter sind aus, und laufe dann durch den feinen Nieselregen zu den Garretts rüber.

Sämtliche Lichter – überall im Haus, auf der Veranda, im Garten – brennen. Dieser Anblick ist zu nachtschlafender Zeit so ungewöhnlich, dass ich stolpernd in der Einfahrt stehen bleibe und plötzlich hellwach bin.

»Samantha?«, ruft Andy aus der Küche. »Bist du das? Jase hat gesagt, du würdest kommen.«

Ihre Silhouette taucht in der Tür auf, umringt von mehreren kleineren Schatten. Duff, Harry, George, Patsy auf Andys Arm. Zu dieser Stunde? *Was ist passiert?*

»Daddy.« Andy kämpft mit denen Tränen. »Es ist etwas mit Daddy passiert. Mom hat einen Anruf bekommen. Sie ist mit Alice ins Krankenhaus gefahren.« Sie drückt Patsy an sich und schluchzt. »Jase ist auch schon dort. Er hat gesagt, dass du kommst und dich um uns kümmerst.«

»Okay. In Ordnung, lass uns reingehen«, sage ich so ruhig wie möglich und streiche ihr eine zerzauste Haarsträhne aus dem Gesicht. Sie atmet ein paarmal tief ein und aus, offensichtlich darum bemüht, sich zusammenzureißen. Die Kleinen schauen uns mit großen Augen verwirrt an. Der versteinerte Ausdruck auf Georges Gesicht ist kaum auszuhalten. All seine Befürchtungen, all die Sorgen, die er sich ständig gemacht hat ... aber das hier muss alle Horrorszenarien übersteigen, die er sich jemals vorgestellt hat.

Neununddreißigstes Kapitel

Die Kinder blinzeln in das grelle Küchenlicht, wirken müde und verwirrt. Ich überlege fieberhaft, was Mrs Garrett wohl tun würde, um sie zu beruhigen, aber das Einzige, was mir einfällt, ist, Popcorn zu machen. Also mache ich Popcorn. Und koche ihnen heiße Schokolade, obwohl die Nachtluft trotz des Regens immer noch so drückend ist wie eine elektrische Heizdecke. George setzt sich neben mich auf die Arbeitsplatte, als ich Kakaopulver in die Milch rühre. »Mommy tut den Kakao immer zuerst rein und schüttet dann erst ein bisschen Milch dazu und dann immer mehr«, sagt er ein bisschen vorwurfsvoll und sieht mich mit zusammengezogenen Brauen an.

Das ist zweifellos eine gute Idee, denke ich, während ich versuche, die Klümpchen, die sich gebildet haben, mit dem Löffel am Topfrand zu zerdrücken. Mom macht ihre heiße Schokolade mit irgendwelchen raffinierten Schokoraspeln aus einem Feinkostladen in San Francisco. Die schmelzen leichter.

»Wir haben keine Sahne«, sagt Harry niedergeschlagen, während er den Kühlschrank wieder schließt. »Heiße Schokolade ohne Schlagsahne ist doof.«

»Nicht, wenn man Marshmallows reintut«, sagt George.

»Titi?«, ruft Patsy traurig von Andys Arm und schaut sich suchend um.

»Was, wenn Daddy tot ist und sie es uns nicht sagen?«, fragt Andy. George fängt an zu weinen. Als ich ihn auf den Arm nehme, kuschelt er den Kopf auf meine Schulter und seine warmen Tränen purzeln auf meine nackte Haut. Mir schießt die Erinnerung an Nan durch den Kopf – wie sie sich vor gar nicht allzu langer Zeit genauso vertrauensvoll an mich geschmiegt und geweint hat, und wie sie ihre Schutzschilde jetzt wieder komplett hochgefahren hat –, bin mit meinen Gedanken dann aber sofort wieder bei Mr Garrett. Er ist doch so kräftig und sportlich, was um Himmels willen kann passiert sein? Ein Herzinfarkt, ein Schlaganfall, eine geplatzte Ader in seinem Kopf …

»Er ist nicht tot«, sagt Duff laut. »Wenn man tot ist, kommt die Polizei. Das hab ich im Fernsehen gesehen.«

Harry läuft zur Haustür und reißt sie auf. »Keine Polizei«, ruft er. »Aber, oh … hallo, Tim.«

»Hi, Kleiner.« Tim kommt in die Küche, seine Haare und seine Jacke sind vom Regen durchnässt. »Jase hat mich angerufen, Samantha. Du fährst ins Krankenhaus, ich bleibe hier.« Er wirft mir die Schlüssel seines Wagens zu. »Na los, worauf wartest du?«

»Ich kann nicht fahren.«

»Shit … ähm … Okay.« Er dreht sich zu Andy um. »Ich bringe Samantha schnell ins Krankenhaus, dann komme ich wieder und helfe dir … aber nicht beim Windelnwechseln.« Er deutet warnend mit dem Zeigefinger auf Patsy. »Wag es bloß nicht, Kacka zu machen, hörst du?«

»Kaaackaaa«, flüstert Patsy kleinlaut.

Unterwegs hält Tim an einer Tankstelle, um Zigaretten zu kaufen.

»Wir haben keine Zeit für so was«, fahre ich ihn an, als er

umständlich in seinen Taschen nach Geld kramt. »Außerdem kriegst du davon Lungenkrebs.«

»Hast du einen Zehner?«, fragt er. »Meine Lungen sind im Moment unser kleinstes Problem.«

Ich drücke ihm ein paar Dollarscheine in die Hand. Nachdem er die Zigaretten gekauft hat, setzen wir unseren Weg ins Krankenhaus fort.

Mrs Garrett und Alice sind nirgends zu sehen. Dafür sitzt Jase vornübergebeugt in einem der hässlichen orangefarbenen Plastikschalensitze im Wartebereich und hat den Kopf in den Händen vergraben. Tim gibt mir einen unnötig harten Schubs in seine Richtung und geht wieder.

Jase rührt sich nicht, als ich mich neben ihn setze. Entweder bemerkt er nichts von dem, was um ihn herum vor sich geht, oder es ist ihm egal, dass jemand neben ihm sitzt.

Ich lege meine Hand auf seinen Rücken.

Er hebt ruckartig den Kopf und sieht mich an. Sein Gesicht ist tränenüberströmt.

Dann lässt er sich gegen mich sinken und ich schlinge die Arme um ihn. So sitzen wir eine ganze Weile schweigend da.

Irgendwann steht Jase auf, geht zum Trinkbrunnen, spritzt sich Wasser ins Gesicht, kommt zurück und legt mir seine kalten, nassen Hände auf die Wangen. Wir haben immer noch kein Wort gewechselt.

Eine Tür knallt. Alice.

Sie sieht Jase an. »Kopfverletzung«, sagt sie ernst. »Er ist immer noch bewusstlos. Vielleicht ein Subduralhämatom. Sie können noch nicht sagen, wie schlimm es ist. Er hat ziemlich viele Prellungen, eine Beckenfraktur und mehrere gebrochene Rippen, aber was den Ärzten vor allem Sorgen macht, ist der Kopf.«

»Verdammt, verdammt«, murmelt Jase. »Alice …«

»Ich weiß«, sagt sie. »Ich kapier es einfach nicht. Was hat er so spätnachts noch auf der Uferstraße zu suchen gehabt? Da draußen finden keine AA-Treffen statt. Ich wüsste jedenfalls nicht wo.«

Uferstraße.

Uferstraße.

Es ist, als würde sich ein zäher Nebel lichten. Ich sehe, wie Mom aus Westfield nach Hause fährt und die weniger befahrene Route entlang des Flusses nimmt. *McGuire Park. Am Fluss entlang. Uferstraße.*

»Ich muss wieder rein«, sagt Alice. »Sobald ich mehr weiß, gebe ich euch Bescheid.«

Ich sitze zum ersten Mal im Wartesaal eines Krankenhauses. Es kommen und gehen Menschen, die entweder schrecklich krank aussehen, oder so ruhig und gleichgültig wirken, als würden sie auf einen Bus warten, dessen Zielort sie nicht wirklich interessiert. Der kleine Zeiger an der Wanduhr bewegt sich von der zwei zur drei, schließlich zur vier. Gelegentlich werden Leute hereingerufen. Oft welche von denen, die wirken, als würden sie auf den Bus warten, vor anderen, die aussehen, als wäre ihre Zeit auf Erden nur noch eine Frage von Millisekunden. Aus Lautsprechern quäken immer wieder Durchsagen. *Dr. Rodriques. Dr. Rodriquez bitte. Dr. Wilcox, bitte in die Notaufnahme. Dr. Wilcox.*

Erst lehne ich an Jase' Schulter, dann sackt sein Kinn an die Brust und sein Kopf sinkt immer tiefer. Als Alice zurückkommt, liegt sein Kopf in meinem Schoß und ich bin über seinen braunen Locken eingenickt.

Sie rüttelt mich und reißt mich aus einem konfusen Traum, in dem ich plötzlich wieder auf der Uferstraße war, zurück in diesen Raum mit den Leuchtstoffröhren an der Decke, dem Gewicht von Jase in meinem Schoß und dem schweren Unglück, das passiert ist.

»Mom sagt, ihr sollt nach Hause fahren.« Alice nimmt einen Schluck aus der Coladose, die sie in der Hand hält, und drückt sie sich anschließend an die Schläfe. »Jase muss den Laden aufmachen. Wir können es uns nicht leisten, ihn einen ganzen Tag lang zu schließen. Und vorher braucht er ein paar Stunden Schlaf.«

Jase wacht auf. »Hm?« Er wirkt meistens älter als ich, aber jetzt, mit den zerzausen Haaren und den schlaftrunkenen grünen Augen, sieht er unglaublich jung aus. Alice hält meinen Blick fest und schickt mir eine stumme Mahnung: *Pass auf ihn auf.*

»Fahrt nach Hause, Jase. Die Ärzte können immer noch nichts Genaueres sagen.« Alice trinkt mit ein paar langen Zügen ihre Cola leer und wirft sie in den blauen Plastikmülleimer. Perfekter Treffer.

Es regnet immer noch, als Jase und ich zum Kombi gehen. Feiner Nieselregen. Jase schaut zum bewölkten Himmel auf. Es ist unmöglich, auch nur einen einzigen Stern auszumachen.

Wir fahren schweigend nach Hause, aber er greift nach meiner Hand, verschränkt seine Finger mit meinen und drückt sie so fest, dass es fast wehtut.

Das Haus der Garretts ist immer noch so hell erleuchtet wie ein Geburtstagskuchen, auf dem Kerzen brennen, als wir in die Einfahrt biegen.

»Sie können doch unmöglich immer noch alle wach sein«, murmelt Jase.

»Wahrscheinlich machen sie vor Sorge kein Auge zu«, sage ich und frage mich, wie groß das Chaos ist, das uns gleich erwartet. Vielleicht ist es nicht die beste Idee gewesen, die Kinder Tims Obhut zu überlassen.

Doch tatsächlich ist es vollkommen still im Haus. Die Küche sieht aus, als wäre eine ausgehungerte Armee eingefallen und eilig weitergezogen. In der Spüle stapeln sich Teller, Tassen und Gläser, der Tisch und die Arbeitstheke sind mit Eiscremebechern, Chipstüten und Cornflakes-Schachteln übersät. Aber es ist niemand zu sehen.

»Du hättest ruhig erwähnen können, dass dieses Kind hier niemals schläft«, ruft Tim leise aus dem Wohnzimmer. Wir gehen rüber und finden ihn in einem der Sessel neben dem ausgezogenen Sofa. Andy liegt auf dem Bauch, die langen gebräunten Beine von sich gestreckt, einen Arm um George geschlungen, der sich an ihre Seite gekuschelt hat, Duff liegt, vollständig angezogen, quer über ihrem Hintern und Harry schläft zusammengekauert auf einem Kissen unter Andys linkem Bein. Eine schützende Höhle aus kleinen Körpern.

Patsy fingert mit weit aufgerissenen blauen Augen an Tims Nase herum und zieht an seiner Unterlippe.

»Sorry, Kumpel«, sagt Jase. »Normalerweise ist es kein Problem, sie ins Bett zu kriegen.«

»Hast du eine Ahnung, wie oft ich der Kleinen *Kekse für die Maus im Haus* vorgelesen habe? Die Geschichte ist absolut krank, Mann. So was ist doch kein Buch für kleine Kinder!«

Jase gähnt. »Ich dachte, es geht darin um einen Jungen, der eine Maus babysittet.«

»Schwachsinn. Es geht um Abhängigkeit. Diese verdammte Maus ist nie zufrieden. Du bietest ihr den kleinen Finger an und sie nimmt die ganze Hand. Schlimm. Aber Patsy hat es trotzdem gefallen. Auch noch beim fünfzigtausendsten Mal.« Tim gähnt jetzt auch und Patsy kuschelt sich bequemer an seine Brust und zerrt an seinem T-Shirt. »Wie geht es deinem Vater?«

Wir erzählen ihm, was wir wissen – nichts –, und bringen Patsy dann in ihr Bett. Sie guckt einen Moment lang finster und verwirrt, dann schnappt sie sich ihre fünf Schnuller, schließt mit einem Ausdruck wilder Konzentration die Augen und ist innerhalb von Sekunden eingeschlafen.

»Wir sehen uns morgen im Laden, Kumpel. Ich schließe auf. Nacht, Samantha.« Tim verschwindet in der Dunkelheit.

Jase und ich stehen noch einen Moment lang in der Tür und beobachten, wie Tims Scheinwerfer angehen und er den Jetta aus der Einfahrt setzt.

Dann ist es eine Weile still zwischen uns.

»Was ist, wenn Dad einen Hirnschaden davonträgt, Sam?«, fragt Jase schließlich leise. »Oder ins Koma fällt? Wenn er nie wieder aufwacht?«

»Wir wissen noch nicht, wie ernst es ist«, sage ich. *Es kann nicht so schlimm sein. Es darf nicht so schlimm sein.*

Jase klaubt eine Socke vom Boden auf. »Du hast doch gehört, was Alice gesagt hat. Am meisten Sorgen bereitet den Ärzten die Kopfverletzung. Das klingt für mich ziemlich ernst. Mom und Dad haben keine Krankenversicherung. Sie haben nur die für uns Kinder weiterlaufen lassen.«

Ich schließe die Augen und reibe mir über die Stirn, als könnte ich die Worte damit auslöschen.

»Ihre eigene haben sie letzten Frühling gekündigt«, erzählt Jase leise. »Ich habe gehört, wie sie sich darüber unterhalten haben … Bloß für ein paar Monate, haben sie gesagt. Na klar, sie waren beide gesund, immer noch relativ jung, hatten keine Vorerkrankungen … Sie dachten, es wäre

kein Problem.« Er bückt sich, um seine Sneakers aufzubin-
den, und fügt leise hinzu: »Tja, jetzt ist es eins.«

Ich schlucke, schüttle den Kopf und weiß nicht, was ich
sagen, wie ich ihn trösten soll.

Nachdem er seine Schuhe ausgezogen und sich wieder
aufgerichtet hat, greift er nach meiner Hand und zieht mich
zur Treppe.

Sein Zimmer ist in das sanfte rote Licht der Heizlampe in
Voldemorts Terrarium getaucht, die übrigen Käfige und die
Volieren liegen im Schatten. Es riecht nach Erde und Pflan-
zen und Sägemehl, und aus einer Ecke dringt das leise
Quietschen des sich drehenden Hamsterrads.

Jase knipst die Nachttischlampe an, nimmt sein Handy
aus der Gesäßtasche, schaltet die Lautstärke höher und legt
es anschließend auf den Nachttisch. Er schiebt Mazda, die
sich, die Pfoten in die Luft gestreckt, mitten auf dem Bett
ausgebreitet hat, ans Fußende. Dann geht er zu seiner Kommode, holt ein weißes T-Shirt heraus und reicht es mir.

»Sam«, flüstert er und steht vor mir. So schön, so fassungslos, so untröstlich.

Ich seufze in seinen Hals und lasse das Shirt auf den
Boden fallen, als Jase' Hände zu meinen Hüften hinunter-
wandern und mich so eng an sich ziehen, dass sein Herz
gegen meines hämmert.

Das, von dem ich glaube, dass es wahr ist, kann *unmöglich*
wahr sein, also halte ich Jase fest und versuche durch meine
Lippen, meine Hände und meinen Körper all meine Liebe
und Kraft auf ihn zu übertragen. Ich schalte das Flüstern –
Uferstraße, Uferstraße – in meinem Kopf stumm, genau wie
den schrecklichen Knall, Moms entsetztes »Oh mein Gott«
und Clays beherrschtes »Es ist nichts passiert. Fahr weiter«.

Es hat schon Momente gegeben, in denen Jase und ich es

kaum erwarten konnten, einander zu spüren, in denen wir wie ausgehungert die Nähe und die Haut des anderen gesucht haben, aber nie so gierig wie jetzt. Jase zerrt an meinem Top und ich lasse die Handflächen über seine Hüften nach oben gleiten, spüre, wie seine Muskeln unter der Berührung zucken, spüre seine warmen Lippen auf meinem Hals, meine Finger in seinen Haaren, ein bisschen verzweifelt und irgendwie auch erleichtert, erleichtert darüber, am Leben zu sein.

Danach lässt Jase schwer atmend den Kopf auf meine Schulter sinken. Eine Weile sagen wir nichts.

»Ich glaube, ich muss mich bei dir entschuldigen«, flüstert er schließlich. »Ich weiß nicht, was ... Ich verstehe selbst nicht, warum ich ... Es hat geholfen, aber ...«

Ich lege ihm einen Finger auf die Lippen. »Nicht. Mir hat es auch geholfen.«

Wir bleiben lange so liegen. Unser Pulsschlag beruhigt sich allmählich, der Schweiß auf unserer Haut trocknet, unsere Atemzüge vermischen sich miteinander. Irgendwann legen wir uns in Jase' Bett. Er zieht sanft meinen Kopf auf seine Brust, schlingt einen Arm um mich und ist nach ein paar Sekunden eingeschlafen. Ich liege wach und starre an die Decke.

Mom. Was hast du getan?

Vierzigstes Kapitel

Jase? Schatz? Jase.« Mrs Garretts Stimme dringt gedämpft
von außen durch die Tür. Sie rüttelt zaghaft am Knauf, aber
es ist abgeschlossen. Jase springt aus dem Bett und ist wie
der Blitz an der Tür, schließt auf, öffnet sie dann jedoch nur
einen Spaltbreit.

»Was ist passiert? Ist Dad ...« Seine Stimme bricht.

»Sein Zustand ist stabil. Sie haben einen Eingriff vorge-
nommen, der sich Trepanation nennt, um den Druck in seinem Schädel zu verringern. Alice sagt, das ist Standard bei
solchen Verletzungen. Ich bin nur nach Hause gekommen,
um mich umzuziehen und Patsy die Brust zu geben. Joel ist
im Moment bei ihm. Wie es wirklich um ihn steht, können
wir erst sagen, wenn er aufwacht.« Ihre Stimme klingt fest,
aber man hört die Tränen darin. »Bist du sicher, dass du
dich heute um den Laden kümmern kannst?«

»Ich schaff das, Mom.«

»Alice hat sich ein paar Tage freigenommen, um bei mir
bleiben zu können und mir das medizinische Fachchinesisch zu übersetzen. Joel muss arbeiten, kommt aber heute
Abend wieder. Kannst du Tim bitten, dir zu helfen? Ich
weiß, dass er heute eigentlich frei hat, aber ...« Jase tritt in
den Flur hinaus und nimmt sie in den Arm. Als ich jetzt
sehe, wie Mrs Garrett sich an ihren Sohn lehnt, fällt mir
zum ersten Mal auf, dass sie kaum größer ist als ich.

»Mach dir keine Sorgen. Wir kriegen das hin. Tim hat schon gesagt, dass er den Laden heute aufmacht. Sag Dad … sag Dad, dass ich ihn liebe. Nimm etwas mit, das du ihm vorlesen kannst. Vielleicht *Der Sturm*? Diesen Roman über den Fischtrawler, der in einen Orkan gerät. Den will er schon seit einer Ewigkeit lesen. Er liegt in seinem Wagen.«

»Samantha? Kannst du dich um die Kinder kümmern?«, ruft Mrs Garrett.

Selbst in dem schummrigen Licht sehe ich, wie Jase rot anläuft. »Sam ist nur …« Er verstummt. *Armer Jase. Was soll er sagen? Auf einen Sprung vorbeigekommen? Hat mir geholfen, die Tiere zu füttern?*

»Das ist doch okay«, sagt sie hastig. »Kannst du hierbleiben, Sam?«

»Natürlich«, rufe ich.

Der Tag schleppt sich dahin. Ich tue exakt das, was ich immer tue, wenn ich bei den Garretts babysitte, aber nichts klappt so wie sonst. Ich hatte Patsy nie länger als ein paar Stunden und kann nicht sagen, was sie im Moment mehr hasst – die Flasche oder mich. Gegen zehn ruft Mrs Garrett an und entschuldigt sich: Sie schaffe es nicht nach Hause zu kommen, um sie zu stillen, im Tiefkühlfach sei noch eine Portion eingefrorene Muttermilch. Patsy weigert sich, etwas davon zu trinken. Um zwei Uhr nachmittags ist sie nur noch ein schluchzendes Häufchen Elend mit rot glühenden Wangen. Ihrem hysterischen Weinen nach zu urteilen, ist sie hundemüde, aber sie schläft einfach nicht ein. Als ich sie trotzdem in ihr Bettchen lege, schleudert sie wütend sämtliche Stofftiere durchs Zimmer. George weicht mir nicht von der Seite, erzählt mit angespannter Stimme von besorgniserregenden Dingen, die er gelesen, im Fernsehen gesehen oder gehört hat, klammert sich an meinem Arm fest, um sich zu vergewissern, dass ich ihm zuhöre und weint immer wieder leise vor sich hin. Harry arbeitet sich systematisch durch alles, was er nicht darf – George und Duff hauen, eine Rolle Toilettenpapier in die Kloschüssel werfen, um »zu sehen, was passiert«, eine ganze Packung gekühlten Fertig-Keksteig essen. Als Jase um fünf nach Hause kommt, bin ich kurz davor, mich neben Patsy auf den Boden zu werfen und wie sie mit den Fersen auf den Boden zu trommeln. Trotzdem bin ich froh, die ganze Zeit beschäftigt gewesen zu sein, wodurch es mir beinahe … wenigstens beinahe … gelungen ist, die Gedanken auszuschalten, die in Endlos-schleife durch meinen Kopf geistern wie eine Laufschrift am unteren Fernsehbildschirmrand. *Mom kann nichts mit dem Unfall zu tun haben. Das darf nicht sein. Unmöglich.*

Jase sieht unglaublich erschöpft aus und ich reiße mich zusammen und frage, wie es im Laden gelaufen ist und ob es etwas Neues aus dem Krankenhaus gibt.

»Immer noch nicht.« Er bindet einen seiner Sneaker auf, zieht ihn aus und wirft ihn in den Dielenvorraum. »Sein Zustand ist weiterhin stabil, aber unverändert. Ich weiß noch nicht mal, was *stabil* heißen soll. Er wurde von einem Wagen angefahren und dann haben ihm die Ärzte ein Loch in den Schädel gebohrt. *Stabil* ist etwas, das man sagt, wenn alles beim Alten ist. Aber hier ist nichts beim Alten.« Er schleudert den zweiten Sneaker gegen die Wand, wo er einen dunklen Fleck hinterlässt. Der Lärm schreckt Patsy in meinem Arm auf und sie fängt wieder an zu weinen.

Jase nimmt sie mir ab und wiegt sie tröstend hin und her. Seine gebräunte Haut hebt sich in krassem Gegensatz von ihren weichen, blassen Armen ab. »Wie war dein Tag, Sam? Ich vermute mal, auch ziemlich anstrengend.«

»Anders anstrengend.« Patsy versucht, sich ein Stück von seinem T-Shirt in den Mund zu stecken.

»Arme Kleine«, murmelt Jase an ihrem Hals.

Bald darauf kommt Alice nach Hause, bringt Pizza und weitere in Medizinerjargon verpackte Neuigkeiten mit, die keine sind. »Sie mussten den Schädel trepanieren, um den intrakraniellen Druck zu mindern«, berichtet sie Jase. »Eine Hirnschwellung nach einer Kopfverletzung ist immer besorgniserregend, und wie es aussieht, ist er nach dem Zusammenprall sehr hart mit dem Kopf aufgeschlagen. Aber in der Regel tragen die Patienten keine Langzeitschäden davon, solange kein zusätzliches Schädeltrauma entstanden ist, für das es bis jetzt noch keine Anzeichen gibt.«

Jase schüttelt den Kopf, kaut auf seiner Unterlippe und dreht sich weg, als die kleineren Kinder, angelockt vom Pizzaduft und dem Klang der Stimmen ihrer älteren Geschwister, die diesem Albtraum vielleicht irgendeinen Sinn geben können, in die Küche gestürmt kommen.

»Ich bin heute Nachmittag mit dem Rad zur Uferstraße gefahren«, erzählt Duff. »Um nach irgendwelchen Hinweisen zu suchen. Aber da war nichts.«

»Das hier ist keine Folge von *CSI*, Duff.« Alice Stimme ist schärfer als das Rollmesser, mit dem sie die Pizza in Dreiecke schneidet.

»Ist doch trotzdem seltsam. Irgendjemand hat Dad angefahren und ist danach einfach abgehauen. Ich dachte, dass ich vielleicht Bremsspuren finde, sodass wir die Reifenmarke identifizieren können. Oder Scherben von einem zerbrochenen Scheinwerfer oder so. Dann könnten wir sie einem bestimmten Wagentyp zuordnen und ...«

»Das bringt rein gar nichts«, fällt Alice ihm ins Wort. »Wer auch immer Dad angefahren hat, ist längst über alle Berge.«

»Wahrscheinlich. Die meisten Leute, die Fahrerflucht begehen, werden nie gefunden«, räumt Duff ein. »Das habe ich auch im Internet gelesen.«

Ich schließe die Augen und schäme mich dafür, dass mich Erleichterung durchströmt.

Jase geht hin und her, ballt die Hände zu Fäusten und entspannt sie wieder. »Großer Gott. Wie kann jemand so etwas tun? Was muss das für ein Mensch sein? Jemanden anfahren – einen anderen Menschen mit seinem Wagen über den Haufen fahren! – und dann einfach abhauen und so tun, als wäre nichts passiert?«

Mir ist schlecht. »Vielleicht hat derjenige gar nicht gemerkt, dass er jemanden angefahren hat?«

»Unsinn.« Seine Stimme klingt so hart, dass ich zusammenzucke. »Man spürt ganz genau, ob man über einen Stein gefahren ist, über ein altes Stück Reifen, über eine Burger-Schachtel oder ein totes Eichhörnchen. Es ist schlicht unmöglich, einen fünfundachtzig Kilo schweren Mann anzufahren und es nicht mitzukriegen.«

»Vielleicht war derjenige, der ihn angefahren hat, jemand mit dem er sich dort getroffen hat«, denkt Duff laut nach. »Vielleicht war Dad in irgendeine total geheime Sache verwickelt und …«

»Duff. Wir sind hier auch nicht bei *Spy Kids*. Das ist das echte Leben. Unser Leben.« Alice knallt einen Pappteller mit einem Stück Pizza vor ihren jüngeren Bruder.

Duff wird rot, seine Augen füllen sich mit Tränen. Er schluckt und schaut auf sein Essen hinunter. »Ich will doch bloß helfen.«

Jase stellt sich hinter ihn und legt ihm die Hände auf die Schultern. »Schon gut, Duffy. Wir wissen, dass du bloß helfen willst.«

Die Kleinen stürzen sich heißhungrig auf die Pizza. Irgendwie ist es fast tröstlich, dass sie trotz allem ihren Appetit noch nicht verloren haben.

»Vielleicht ist Dad in der Mafia«, fängt Duff nach einer Weile, als die Tränen versiegt sind, wieder an. »Vielleicht hatte er vor, alle auffliegen zu lassen und ...«

»Sei verdammt noch mal endlich still, Duff! Daddy ist nicht in der Mafia! Er ist noch nicht mal Italiener!«, schreit Andy ihn an.

»Es gibt auch eine chinesische Mafia und eine ...«

»Hör auf! Du willst uns doch bloß auf die Nerven gehen mit deinem dämlichen Gequatsche.« Diesmal bricht Andy in Tränen aus.

»Hey, Leute ...«, versucht Jase zu beschwichtigen.

»Ruhe jetzt«, sagt Alice so gefährlich leise, dass alle erstarren.

George legt den Kopf auf den Tisch und hält sich die Ohren zu. Patsy zeigt anklagend mit dem Finger auf Alice und fängt an zu schreien. Duff streckt Andy die Zunge raus, worauf die ihn wütend anfunkelt. Meine geliebten Garretts sind völlig durch den Wind.

Es entsteht ein langes Schweigen, das nur von Georges Schniefen unterbrochen wird.

»Ich will meinen Daddy«, weint er. »Geh weg, Alice. Du bist gemein. Ich will meine Mommy und meinen Daddy. Wir müssen Daddy aus dem Krankenhaus rausholen. Das ist gefährlich da. Wenn eine Luftblase in der Spritze ist, die sie ihm geben, kann er deswegen sterben. Oder er kriegt die falsche Medizin. Oder eine böse Krankenschwester, die in Wirklichkeit eine Mörderin ist, bringt ihn um.«

»Hey, Kumpel.« Jase hebt George auf seinen Schoß. »Das wird nicht passieren.«

»Woher weißt du das?« George baumelt nervös mit den Beinen. »Versprichst du's?«

Jase schließt die Augen und reibt beruhigend über Georges kleines, spitzes Schulterblatt. »Versprochen.«

Aber ich sehe, dass George ihm nicht glaubt.

Patsy schläft völlig erschöpft in ihrem Hochstuhl ein, die Wangen mit Tomatensoße verschmiert. George und Harry schauen einen sehr merkwürdigen Film über eine Horde Babydinosaurier, die in den Tropen Abenteuer erleben. Alice fährt ins Krankenhaus zurück. Ich rufe Mom – die nicht gemerkt hat, dass ich morgens gar nicht zu Hause war, weil sie schon in aller Frühe zu einem ihrer Termine aufgebrochen ist – auf dem Handy an und sage ihr, dass ich zum Abendessen nicht nach Hause komme. »Kein Problem, Schatz«, antwortet sie. Im Hintergrund ist lautes Lachen zu hören. »Ich bin sowieso noch in Tidewater. Es sind viel mehr Leute hier, als wir erwartet haben. Die Veranstaltung ist ein voller Erfolg!«

Ihre Stimme klingt entspannt und fröhlich. Nicht wie die eines Menschen, der Fahrerflucht begangen hat. Der Knall, der uns auf unserer Rückfahrt über die Uferstraße so erschreckt hat, kann nichts mit Mr Garrett zu tun gehabt haben. Ich spiele einen kurzen Moment lang mit dem Gedanken, Mom darauf anzusprechen, aber sie würde mich wahrscheinlich für verrückt erklären, also lasse ich es.

Ehrlichkeit war ihr immer wahnsinnig wichtig. Als Kinder bekamen Tracy und ich immer den meisten Ärger, wenn wir sie angelogen haben. »Was du getan hast, war falsch, aber das Schlimmste daran ist, dass du mir nicht die Wahrheit gesagt hast.« Wir hätten diesen Spruch im Schlaf aufsagen können.

Einundvierzigstes Kapitel

Ich höre lautes Scheppern und Geschirrklappern, als ich am nächsten Tag im Breakfast Ahoy anrufe, um zu kündigen. Im Hintergrund regt sich Ernesto über den ungewöhnlichen morgendlichen Andrang auf, als ich Felipe sage, dass ich nicht mehr kommen werde. Er ist fassungslos. Eigentlich ist es überhaupt nicht meine Art, einfach so einen Job hinzuschmeißen und meinen Arbeitgeber hängen zu lassen – schon gar nicht mitten in der Hochsaison. Aber die Garretts brauchen mich jetzt dringender.

»*No creo que se pueda volver y recuperar su trabajo*«, schimpft Felipe in seiner Muttersprache. »Glaub ja nicht, du könntest zurückkommen und deinen Job wiederhaben, Fräulein. Wenn du jetzt gehst, dann war's das, und zwar für immer.«

Ich bin mit meiner Entscheidung auch nicht glücklich, weil ich den hektischen Trubel im Breakfast Ahoy immer als angenehmen Gegenpol zu den sich endlos ziehenden, ereignislosen Schichten im B&T empfunden habe. Aber wenn ich im B&T kündigen würde, würde Mom es sofort erfahren.

Jase ist dagegen, aber ich lasse mich nicht auf eine Diskussion ein.

»Höchste Zeit, dass ich endlich dieses dämliche Matrosinnenkostüm loswerde«, antworte ich. In Wirklichkeit geht es aber natürlich darum, dass ich drei freie Vormittage in der Woche habe, wenn ich den Job im Breakfast Ahoy aufgebe.

»Ich finde es nicht gut, dass durch den Unfall auch dein Leben komplett auf den Kopf gestellt wird.«

Aber das ist nichts im Vergleich dazu, wie radikal sich das Leben für die Garretts von einem Moment auf den anderen verändert hat. Mrs Garrett wohnt jetzt praktisch im Krankenhaus. Sie kommt nur nach Hause, um Patsy zu stillen, schläft ein paar Stunden und führt lange, unheilvoll klingende Telefonate mit der Abrechnungsabteilung des Krankenhauses. Alice, Joel und Jase wechseln sich damit ab, die Nächte bei ihrem Vater zu verbringen. George macht ständig ins Bett, und Patsy hasst das Fläschchen, als wäre es mit bitter schmeckender Medizin gefüllt. Harry benutzt schlimmere Ausdrücke als Tim und Andy ist entweder auf Facebook unterwegs oder liest ihre *Biss*-Bücher.

Ich bin schon früh ins Bett gegangen. Als ich spätabends noch einmal aufwache, ist es heiß und stickig in meinem Zimmer. Ich stehe auf und tapse in die Küche, um mir ein Glas Wasser zu holen. Ungefähr auf der Hälfte der Treppe höre ich Moms Stimme und bleibe stehen.

»Ich habe dabei kein gutes Gefühl, Clay.«

»Das haben wir doch bereits alles besprochen, Darling. Wie viel Wein hast du an dem Abend getrunken?«

»Vielleicht insgesamt drei oder vier Gläser?« Sie klingt erschöpft. »Keine Ahnung, ich habe an jedem Glas ja nur ein paarmal genippt.«

»Schon mit zwei Gläsern hättest du mehr Promille gehabt, als erlaubt sind, Grace. Das wäre das Ende deiner Karriere, verstehst du? Niemand weiß von der Sache. Was passiert ist, ist passiert. Wir müssen weitermachen wie bisher, sonst ist alles aus.«

»Clay, ich ...«

»Vergiss nicht, was alles auf dem Spiel steht. Du kannst mehr Gutes für weitaus mehr Menschen tun, wenn du wiedergewählt wirst, als wenn du dich aus schlechtem Gewissen jetzt selbst an den Pranger stellst und der Allgemeinheit in Zukunft gar nichts mehr nützt. Versuche, das große Ganze zu sehen. Außerdem hat jeder, der im öffentlichen Leben steht, sich schon mal einen Fehltritt geleistet. Und du hast mehr Glück gehabt als die meisten – deiner ist nicht publik geworden.«

Moms Handy klingelt. »Das ist Malcolm aus dem Büro«, sagt sie nervös. »Da sollte ich besser drangehen.«

»Hör auf deine innere Stimme, Darling«, redet Clay noch einmal eindringlich auf sie ein. »Da draußen sind eine Menge Menschen, die an dich glauben. Die dich brauchen. Denk an die Verantwortung, die du ihnen gegenüber hast.«

Als ich höre, wie Moms Schritte sich Richtung Arbeitszimmer entfernen, drehe ich mich um und will die Treppe wieder hochschleichen.

»Samantha?«

Ich erstarre. *Woher weiß Clay, dass ich ...?* Er kann mich nicht gehört haben, die Stufen sind mit Teppich ausgelegt und ich war ganz leise.

»Ich habe dich im Dielenspiegel gesehen.«

»Ich ... ich wollte nur ... ich hatte nur Durst und ...«

»Da hast du alles mitangehört.«

»Nein, ich ...« Ich verstumme.

Er kommt zur Treppe und lehnt sich lässig ans Geländer. Er wirkt so ruhig, dass es fast schon unheimlich ist.

»Dass ich hier bin, ist kein Zufall«, sagt er leise. Er hat das

Küchenlicht im Rücken, sodass sein Gesicht im Schatten liegt. »Mir ist von deiner Mutter berichtet worden. Ich habe sie beobachtet. Deine Mom ... sie ist wirklich *gut*, Samantha. Die Partei hat großes Interesse an ihr. Grace hat alles, was man für den Job braucht. Aussehen, Stil, die richtigen Inhalte ... Sie könnte ohne Probleme ganz weit oben mitspielen. Da, wo die wirklich wichtigen Entscheidungen getroffen werden.«

»Sie ... Sie hat ihn angefahren, oder?« Es ist das erste Mal, dass ich es laut ausspreche. Clay dreht mir den Kopf so zu, dass ich sein Gesicht sehe. Er wirkt weder überrascht noch schuldbewusst, wie ich es mir vielleicht insgeheim gewünscht habe. Sein Blick ist aufmerksam und konzentriert, höchstens ein bisschen ernster als sonst.

»Es war ein Unfall. Niemand kann etwas dafür.«

»Ob Mom etwas dafür konnte oder nicht, ändert nichts daran, dass Mr Garrett verletzt ist. Schwer verletzt. Er und seine Frau sind nicht krankenversichert und haben große finanzielle Probleme und ...«

»Das ist bedauerlich«, unterbricht Clay mich. »Wirklich sehr bedauerlich. Es trifft immer die Falschen. Das Leben ist nicht gerecht. Aber es gibt Menschen, die etwas bewegen können, Menschen, die einen wichtigen Auftrag haben. Deine Mutter ist so ein Mensch. Ich weiß, dass du mit den Garretts befreundet bist. Aber wie ich eben schon zu deiner Mutter gesagt habe, Samantha – man muss das große Ganze im Auge behalten.«

Ich sehe vor meinem geistigen Auge Mr Garrett vor mir, wie er Jase beim Training anfeuert, wie er in der Küche hinter seine Frau tritt und sie auf die Schulter küsst, wie er mir zur Begrüßung durch die Haare zaust und mir immer das Gefühl gibt, willkommen zu sein, wie großartig er mit Tim umgeht, wie er den schlafenden George ins Bett trägt, ich sehe sein Gesicht vor mir, wie es im bunten Schein des Feuerwerks aufleuchtet – wie viel Ruhe und Kompetenz es immer ausstrahlt –, sehe, wie er über den Abrechnungen im Büro sitzt, die Mine seines Kugelschreibers raus- und reindrückt und sich die Augen reibt. »Leute wie die Garretts *sind* das große Ganze.«

»Wenn man siebzehn ist und die Hormone verrückt spielen vielleicht.« Er lacht leise. »Da hat man noch Scheuklappen auf und kann nicht über den eigenen Tellerrand schauen.«

»Darum geht es nicht«, sage ich. »Mom hat etwas Schlimmes getan. Du weißt es. Ich weiß es. Etwas, das einem anderen Menschen schweren Schaden zugefügt hat und ...«

Clay setzt sich auf eine Stufe, lehnt den Kopf an die Wand und betrachtet mich mit einem nachsichtigen, fast amüsierten Ausdruck. »Sollte deine erste Sorge nicht deiner Mutter gelten? Du weißt, wie hart sie schuftet. Wie viel ihr ihre Arbeit bedeutet. Könntest du wirklich damit leben, wenn du ihr das alles kaputt machst?«

Seine Stimme klingt jetzt fast einschmeichelnd. »Du, deine Mutter und ich. Wir sind die einzigen drei Menschen auf der Welt, die wissen, was passiert ist. Wenn du mit jemandem darüber redest, wenn du es diesen Leuten sagst, wird es bald bekannt werden. Es wird in sämtlichen Zeitungen stehen, in den Lokalnachrichten kommen – möglicherweise sogar zum landesweiten Skandal hochgekocht. Dein privilegiertes Leben wäre vorbei, darüber musst du dir im Klaren sein, Samantha. Du wärst keine Prinzessin mehr, sondern die Tochter einer Kriminellen. Willst du das?«

Mir steigt bittere Galle in der Kehle auf. »Ich bin keine Prinzessin.«

»Aber sicher bist du das«, entgegnet Clay ruhig und macht eine ausholende Geste, die unser ganzes Haus umfasst. »Du bist schon immer eine Prinzessin gewesen, deswegen bist du dir dieser Tatsache noch nicht einmal bewusst. Aber alles, was du hast – alles, was du *bist* –, verdankst du deiner Mutter. Dem Geld ihrer Familie und ihrer Hände Arbeit. Nette Art, es ihr zu danken.«

»Aber es ist doch ein Unfall gewesen, warum kann sie sich nicht einfach bei der Polizei melden, sich entschuldigen und erklären, dass sie unter Schock …«

»Fahrerflucht ist nicht zu entschuldigen, Samantha. Erst recht nicht, wenn man ein öffentliches Amt bekleidet. Das hat noch nicht einmal Ted Kennedy geschafft. Danach wäre das Leben deiner Mutter ruiniert. Und deines und das deiner Schwester gleich dazu. Und um es auf eine Ebene zu bringen, die du verstehst: Das wäre mit Sicherheit auch das Ende deiner kleinen Romanze. Ich kann mir nicht wirklich vorstellen, dass der junge Garrett weiterhin mit der Tochter der Frau zusammen sein wollen würde, die seinen Vater zum Krüppel gefahren hat.«

Die Worte kommen Clay so leicht über die Lippen, dass mir schaudert. Ich versuche mir vorzustellen, wie es wäre, wenn ich Jase alles erzählen würde, wie er mich ansehen würde … Ich denke an sein Gesicht in der Wartehalle im Krankenhaus, den verlorenen Ausdruck in seinen Augen. Er würde mich hassen. *Was muss das für ein Mensch sein, der so etwas tut?*, hat er gefragt. Soll ich darauf antworten: »Meine Mutter«?

Clays ruhiges, gefasstes Gesicht schimmert durch den Schleier der Tränen, die mir in die Augen getreten sind. Er zieht ein Stofftaschentuch aus der Hosentasche und reicht es mir.

»Das ist nicht das Ende der Welt, Samantha«, sagt er sanft. »Nur eine Verliebtheit, die einen Sommer dauert. Aber ich sage dir etwas, das ich im Laufe meines Lebens gelernt habe: Familie ist alles.«

Fahrerflucht wird im Bundesstaat Connecticut als ein schweres Vergehen angesehen, das mit bis zu zehn Jahren Haft und zehntausend Dollar Bußgeld geahndet wird. Ich starre auf den Eintrag, den ich im Netz gefunden habe. Die schwarz unterlegten Worte pochen gegen meine Augäpfel.

Was würde passieren, wenn Mom für zehn Jahre ins Gefängnis müsste? Tracy studiert die nächsten Jahre sowieso und wird danach woanders wohnen ... irgendwo. Aber was würde aus mir werden? Wohin würde ich gehen? Zu meinem Vater, der uns schon vor meiner Geburt verlassen hat? Selbst wenn ich herausfinden würde, wo er jetzt wohnt, wäre er wohl nicht gerade begeistert, wenn plötzlich ein siebzehnjähriges Mädchen vor seiner Tür stehen und »Hi, Dad« sagen würde.

Jase war gestern Nacht bei Mr Garrett im Krankenhaus, um an seinem Bett Wache zu halten. Bevor ich einschlief, hat er mich angerufen, um mir zu sagen, dass er aus dem Koma erwacht ist. »Und er hat uns erkannt, Sam, er hat uns erkannt! Wenigstens was das angeht, können wir aufatmen. Aber jetzt ist bei ihm ein Blutgerinnsel im rechten Bein festgestellt worden, eine sogenannte ›tiefe Venenthrombose‹, was auch immer das heißen soll. Sie können ihm aber keine Medikamente dagegen geben, weil er sonst vielleicht eine Hirnblutung bekommen würde. Gut, dass wir Alice haben – ich würde kein Wort von dem verstehen, was die Ärzte so von sich geben. Ich kapiere nicht, warum die nicht normal mit uns reden können. Na ja, vielleicht weil es uns dann noch mehr Angst machen würde.«

Ich kann es ihm nicht sagen. Ich schaffe es einfach nicht. Was soll ich machen? *Für sie da sein* – das klingt so vage und bedeutungslos. Wie diese Sprüche auf T-Shirts oder Stickern, die man sich auf die Stoßstange klebt, deren Aussage man aber nie durch Taten bekräftigen muss.

Ich kann auf die Kinder aufpassen. In jeder freien Minute. Umsonst. Ich kann …

Was noch? Die Krankenhausrechnung bezahlen? Ich hole mein Sparbuch aus der Schreibtischschublade und sehe nach, wie viel ich von dem Geld, das ich in den letzten drei Jahren durch meine Sommerjobs verdient und von dem ich kaum je etwas ausgegeben habe, angespart habe: 4.532,27 Dollar. Das deckt vielleicht gerade mal das Nötigste. Vorausgesetzt, ich würde einen Weg finden, den Garretts das Geld so zukommen zu lassen, dass sie nicht wüssten, von wem es stammt.

Ich liege die ganze Nacht wach und grüble über Möglichkeiten, wie ich das bewerkstelligen könnte. Ich könnte einen Umschlag – »von einem mitfühlenden Freund« – in den Briefkasten oder in die Kasse im Baumarkt legen oder ein Dokument fälschen, in dem steht, die Garretts hätten im Lotto gewonnen oder das Geld von irgendeinem alten, kranken Verwandten geerbt, den sie nie gekannt haben.

Irgendwann ist es Morgen und ich bin immer noch nicht schlauer. Also tue ich das Mindeste, was ich tun kann, das Einzige, was mir einfällt. Ich laufe zu den Garretts rüber, schließe die Tür mit dem Ersatzschlüssel auf, den sie immer unter dem Kinderplanschbecken aufbewahren und mache Frühstück.

Ich koche Kaffee, schneide Obst, stelle Cornflakespackungen raus und versuche so gut es geht, das Chaos in der Küche zu beseitigen. Als ich mich gerade frage, wer

wohl alles da ist und ob ich kurz zu Jase ins Zimmer hoch-
gehen soll, der vielleicht schon wieder aus dem Krankenhaus zurück ist und sich noch einmal hingelegt hat, schlägt
die Fliegengittertür zu und er kommt rein. Er reibt sich die
Augen und fährt erschrocken zusammen, als er mich sieht.

»Warst du trainieren?«, frage ich, obwohl er nicht seine
Sportsachen anhat.

»Zeitungen austragen. Auf der Mack Lane gibt es doch
tatsächlich einen Typen, der jeden Morgen vor der Haustür
steht und auf mich wartet, um die Zeitung höchstpersönlich
entgegenzunehmen. Und wenn ich mal fünf Minuten später
dran bin, regt er sich auf. Was machst du hier, Sam?« Er
stellt sich neben mich und legt den Kopf müde auf meine
Schulter. »Was nicht heißen soll, dass ich nicht froh bin,
dich zu sehen.«

Ich nicke Richtung Tisch. »Ich dachte, ich mache euch
Frühstück. Ich wusste nicht, ob deine Mom zu Hause ist
oder...«

Jase gähnt. »Nein. Ich bin auf dem Rückweg noch schnell
im Krankenhaus vorbeigefahren. Sie bleibt den ganzen Tag
dort. Alice hat eine Pumpe organisiert.« Er wird kurz rot.
»Du weißt schon, für Patsys Milch. Mom will bei Dad
bleiben, jetzt, wo er endlich aufgewacht ist.«

»Kann er sich daran erinnern... was in der Nacht passiert
ist, meine ich?« Falls ja, hat er es Jase, dem man immer alles
vom Gesicht ablesen kann, bestimmt nicht gesagt.

»Nein.« Er öffnet den Kühlschrank, greift nach der Milch
und trinkt sie direkt aus der Flasche. »Nur dass er auf einem Treffen der Anonymen Alkoholiker war und sich spontan entschieden hat, zu Fuß nach Hause zu gehen, um noch
ein bisschen frische Luft zu schnappen. Das Letzte, woran
er sich erinnert, ist, dass er dachte, dass es bestimmt gleich

zu regnen anfängt, und dann ist er aufgewacht und sein ganzer Körper war verkabelt.«

Ist die Erleichterung, die ich verspüre, ein Verrat an den Garretts oder bedeutet sie nur, dass ich mir auch Sorgen um meine Mutter mache. Muss ich mich dafür schämen?

Jase streckt sich und schließt die Augen. »Mom ist wieder schwanger«, sagt er so leise, dass ich es kaum höre.

»*Was?*«

»Jedenfalls bin ich mir ziemlich sicher. Sie hat zwar nichts gesagt … klar, das ist auch nicht gerade der günstigste Zeitpunkt, aber ihr ist jeden Morgen schlecht und sie trinkt Unmengen von Gatorade … das sind bei ihr die typischen Anzeichen.«

»Wow«, sage ich und lasse mich auf einen der Küchenstühle fallen.

»Das ist doch eigentlich etwas Gutes, oder? Etwas, worüber ich mich freuen sollte. Davor habe ich mich jedes Mal gefreut, wenn sie … aber diesmal … «

»Der Zeitpunkt ist wirklich nicht gerade günstig«, wiederhole ich seine Worte.

»Manchmal gehen mir in letzter Zeit Dinge durch den Kopf, Sam, für die ich mich verdammt schäme.«

Wir kennen uns mittlerweile so gut, dass ich erstaunt bin. Ich hätte nie gedacht, dass Jase, der immer so ausgeglichen wirkt, Gedanken haben könnte, für die er sich schämen müsste.

»Du weißt, wie wütend es mich immer macht«, sagt er immer noch so leise, als wolle er selbst gar nicht hören, was er sagt, »wenn wildfremde Leute meinen, sie müssten meiner Mom Vorträge über Verhütung halten. Dem Typen, der letzte Woche den Stromgenerator im Laden repariert hat, hätte ich am liebsten eine reingehauen, als er auf Dads

Frage, ob er die Rechnung vielleicht in Raten bezahlen kann, geantwortet hat, dass er sich das mal lieber vorher hätte überlegen sollen, was es finanziell bedeutet, so viele Kinder in die Welt zu setzen. Aber ... aber manchmal denke ich dasselbe. Ich frage mich, warum meine Eltern nie ... nie darüber nachgedacht haben, welche Einschränkungen es für jeden von uns bedeutet, wenn sie noch ein Kind bekommen. Ich hasse mich dafür. Aber ich kann nichts dagegen tun, dass ich so was denke.«

Ich nehme sein Gesicht in beide Hände. »Du darfst dich nicht hassen.«

»Aber ich will diese Gedanken nicht haben. Ich meine, auf wen würde ich verzichten wollen? Auf Harry? Patsy? Andy? Natürlich auf keinen von ihnen ... aber ... Samantha, ich bin erst das dritte Kind, das bald mit der Highschool fertig ist, und es ist jetzt schon kein Geld mehr fürs College da. Was soll denn sein, wenn George an der Reihe ist?«

Ich denke an Georges ernstes Gesicht, wenn er über seinen Tierbüchern sitzt, an all die Informationen und Fakten, mit denen sein Kopf zum Bersten gefüllt ist. »George ist sein eigenes kleines College«, sage ich. »Die Garrett University.«

Jase muss lächeln. »Stimmt. Aber ... bei mir ist das was anderes. Verdammt, ich will aufs College. Ich will ... gut genug sein.« Er hält kurz inne. »Gut genug für dich. Ich will keine schlechte Partie für dich sein, Samantha.«

»Das sind Gedanken, die meine Mutter vielleicht hat. Ich nicht.«

»Ich finde aber, dass deine Mutter in gewisser Weise recht hat«, entgegnet er heftig und fügt dann leise hinzu: »Ich meine, schau dich doch nur an, Samantha. Du bist zu gut für mich.«

»Ich bin bloß ein Mädchen, das das Glück hat, ein wohlbehütetes Leben zu führen und sich um nichts Sorgen machen zu müssen. *Du* bist zu gut für mich.« Plötzlich kommt
mir ein schrecklicher Gedanke. »Oder nimmst du es mir
übel, dass ich ...?«

Er schnaubt. »Sei nicht albern, Sam. Warum sollte ich?
Du hältst dein privilegiertes Leben nicht für selbstverständlich und bist dir nicht zu schade, hart zu arbeiten, obwohl
du es gar nicht nötig hättest.« Er schweigt einen Moment.
»Ich nehme es nicht einmal Tim mehr übel. Früher habe ich
immer gedacht, ihm wäre überhaupt nicht klar, was er alles
hat. Aber da hab ich ihn falsch eingeschätzt. Und seine
Eltern sind wirklich eine Zumutung.«

»Ja, oder?« Mr Mason, der von nichts eine Ahnung hat
und sein Leben im Lehnstuhl verschläft, und Mrs Mason
mit ihrer penetranten Fröhlichkeit, ihren glücklich lächelnden Heile-Welt-Porzellanfigürchen und ihren unglücklichen
Kindern. Ich denke an Nan. Wird sie wie ihre Mutter
enden?

»Jase ...?«, beginne ich zögernd. »Ich ... ich habe ein
bisschen Geld gespart. Ich brauche es nicht, aber ihr ... Ich
könnte ...«

»Nein.« Seine Stimme klingt schroff. »Auf keinen Fall.
Nein, wirklich nicht.«

Wir schweigen. Aber diesmal ist es kein gutes Schweigen.
Es hängt zwischen uns wie eine dunkle Wolke. Ich ertrage
es nicht. Um mich zu beschäftigen, fange ich an, Teller und
Schalen aus dem Küchenschrank zu holen und nach Löffeln
zu suchen.

Jase streckt sich und verschränkt dann die Hände hinterm Kopf. »Ich muss mir einfach immer wieder in Erinnerung rufen, wie viel Glück ich eigentlich habe. Meine Eltern sind vielleicht pleite und auch sonst sieht es im Moment ziemlich düster aus, aber sie sind großartige Menschen. Als wir klein waren, hat Alice Mom manchmal gefragt, ob wir reich wären, und Mom hat immer gesagt, dass wir mit all dem, worauf es wirklich ankommt, sehr reich beschenkt wären. Daran sollte ich denken.«

Es ist typisch Jase, dass er sich selbst Mut macht, indem er für das dankbar ist, was er hat.

Er kommt zu mir und hebt mit dem Zeigefinger mein Kinn an. »Küss mich, Sam, damit ich mir selbst verzeihen kann.«

»Da gibt es nichts zu verzeihen, Jase Garrett. Du bist auch nur ein Mensch.«

Es ist so einfach, ihm zu verzeihen. Er hat überhaupt nichts falsch gemacht. Im Gegensatz zu meiner Mutter ... und zu mir. Als unsere Lippen sich treffen, spüre ich zum ersten Mal nicht die vertraute Wärme und Leichtigkeit und fühle mich wie eine Verräterin.

Zweiundvierzigstes Kapitel

Da, wo Nan sein sollte, klafft eine große Lücke in meinem Leben. Ich konnte immer zu ihr gehen, ihr alles erzählen und wusste, dass sie mir zuhörte und mir vielleicht sogar helfen konnte, eine Lösung zu finden. Nan hat mich immer verstanden. Sie war immer für mich da. Als ich in weißen Shorts auf dem Tennisplatz stand und das erste Mal überraschend meine Tage bekam, hat sie es vor allen anderen bemerkt, und mich zur Seite genommen, um es mir zu sagen, sodass ich mich unauffällig auf eine Bank setzen und warten konnte, bis sie schnell nach Hause gefahren und mir eine neue Shorts – und einen Tampon – geholt hatte. Ich war für sie da, als Tim – der damals erst zwölf war – das erste Mal völlig betrunken nach Hause kam. Wir haben ihn unter die Dusche gestellt (was nichts nützte), ihm Kaffee gekocht (auch das half nichts), und ihn dann schließlich ins Bett gesteckt, damit er seinen Rausch ausschlafen konnte. Sie stand mir bei, als Tracy heimlich mitten am Tag eine rauschende Grillparty bei uns im Garten gefeiert hat, während Mom auf der Arbeit war. Irgendwann ist sie einfach mit ihrem Freund abgehauen und hat es uns überlassen – wir waren vierzehn – vierzig ältere Jugendliche rauszuwerfen und das Chaos aufzuräumen, bevor Mom nach Hause kam.

Aber jetzt beantwortet sie weder meine SMS noch geht sie ans Handy, wenn ich anrufe, oder meldet sich zurück.

Jedes Mal wenn ich im Souvenirshop vorbeischaue, muss sie sich gerade um Kundschaft kümmern oder ist auf dem Weg ins Lager oder zum Mittagessen verabredet oder hat einen Termin beim Chef.

Wie kann es sein, dass unsere Freundschaft und die ganzen zwölf Jahre, die wir uns jetzt schon kennen, einfach so ausradiert werden durch das, was ich gesehen habe? Oder was sie getan hat. Oder was ich über das gesagt habe, was sie getan hat. Und weil ich sie nicht einfach so ziehen lassen kann, auch wenn sie offensichtlich kein Problem damit hat, gebe ich nicht auf und besuche sie nach meiner Schicht am Pool im Shop, wo sie gerade dabei ist, ein Bestellformular auszufüllen.

Als ich meine Hand auf ihre Schulter lege, schüttelt sie sie reflexartig ab, wie ein Pferd, das eine lästige Fliege verscheucht.

»Nan. *Nanny.* Willst du mich wirklich einfach so aus deinem Leben ekeln. Für immer?«

»Ich habe dir nichts zu sagen.«

»Aber *ich* habe dir etwas zu sagen. Wir sind Freundinnen seit wir fünf sind. Zählt das denn gar nichts? Hasst du mich auf einmal so sehr?«

»Ich hasse dich nicht.« Einen Moment lang flackert eine Gefühlsregung in Nans Augen auf, die ich nicht deuten kann, dann wendet sie den Blick ab und knallt die Kassenschublade zu. »Ich hasse dich nicht, aber wir sind einfach zu verschieden. Es ist zu anstrengend, mit dir befreundet zu sein.«

Damit habe ich nicht gerechnet. »Zu *anstrengend*? Wie meinst du das?« *Bin ich möglicherweise zu anspruchsvoll oder fordernd, ohne dass ich es gemerkt habe?* Ich krame in meinen Erinnerungen. Habe ich mich zu oft über meine Mutter bei ihr ausgelassen? Habe ich zu viel von Jase erzählt? Oder zu wenig? Aber tief in mir drin weiß ich, dass unsere Freundschaft, was das angeht, vollkommen ausgeglichen gewesen ist. Ich habe ihr stundenlang zugehört, wenn es um Tims Eskapaden ging und kenne jede Wendung in ihrer Beziehung mit Daniel. Ich habe immer ein offenes Ohr für die Probleme mit ihren Eltern gehabt und mir sämtliche Steve-McQueen-Filme mit ihr angesehen, obwohl ich ihre Faszination für ihn nie teilen konnte. *Zählt das alles denn gar nichts?*

Sie richtet sich auf und sieht mich an, wobei ihre Hände merkwürdig zucken, als wüsste sie nicht, wohin mit ihnen.

»Du siehst toll aus und deine Mutter hat Geld wie Heu. Dein Leben ist perfekt. Du hast einen perfekten Körper und einen perfekten Notendurchschnitt und musst dich dafür noch nicht mal anstrengen«, zischt sie. »Dir fällt alles in den Schoß, Samantha. Michael Kristoff schreibt immer noch Schmachtgedichte über dich. Das weiß ich zufällig genau, weil er in meinem Literaturkurs war. Charley Tyler hält dich für das heißeste Mädchen der Schule und erzählt überall herum, dass er mit dir geschlafen hat. Und jetzt bist du auch noch mit diesem umwerfenden Jase Garrett zusammen, der denkt, du könntest die Sterne vom Himmel holen. Es kotzt mich an. *Du* kotzt mich an. Ich habe es so satt, immer in deinem Schatten zu stehen und deine Handlangerin zu sein. Das ist mir einfach … zu anstrengend.« Sie senkt ihre Stimme zu einem heiseren Flüstern. »Ganz abgesehen davon, dass du jetzt etwas über mich weißt, das du dazu benutzen könntest, mein Leben zu ruinieren.«

»Du weißt genau, dass ich das niemals jemandem erzählen würde«, sage ich leise und versuche, mir nicht anmerken zu lassen, wie sehr mich die Unterstellung, ich könnte sie verraten, verletzt. Meine Brust fühlt sich plötzlich so eng an, dass ich kaum Luft bekomme. *Zu anstrengend, Nan? Warum? Weil man in einer Freundschaft mit offenen Karten spielen muss und keine unerlaubten Hilfsmittel benutzen kann?* »Kennst du mich wirklich so schlecht? Das würde ich nie tun. Ich finde nur, dass du ... du hast es nicht nötig, zu betrügen, dafür bist du zu intelligent. Verdammt, Nan, ich möchte deine Freundin sein und ... ich brauche dich. Jase' Vater ist etwas total Schlimmes passiert und ...«

»Ich hab davon gehört«, unterbricht sie mich. »Tim hat es mir gesagt. Außerdem ist dein Typ neulich bei uns vorbeigekommen, um mir zu erzählen, wie aufopferungsvoll du ihm und seiner Familie zur Seite stehst und dass du mich vermissen würdest. Von wegen, du erzählst es niemandem, Samantha. Dein Supertyp hat offensichtlich genau gewusst, was passiert ist.«

»Ich habe ihm nur gesagt, dass es gerade ein bisschen schwierig zwischen uns ist, aber nicht, warum wir uns gestritten haben.« Ich finde es schrecklich, dass ich mich so anhöre, als wollte ich mich rechtfertigen. Nan blickt auf ihre Hände hinunter. Sie hat schon immer an den Nägeln gekaut, aber jetzt sind sie bis aufs Fleisch abgeknabbert. »Ich hätte nie gedacht, dass er dich darauf ansprechen, geschweige denn extra deswegen bei dir vorbeifahren würde.«

»Der Typ würde alles für dich tun. Du bekommst immer die strahlenden Helden, die zu deiner Rettung eilen. Ich dagegen bekomme ... Daniel.«

Du hast dir Daniel selbst ausgesucht, würde ich am liebsten sagen, aber das würde alles nur noch schlimmer machen. Mittlerweile hat sie hektische Flecken im Gesicht und diesen Blick, den ich sehr gut kenne und der bedeutet, dass sie gleich weinen wird. »Ach, Nan ...«

»Spar dir dein Mitleid. Und deine Freundschaft will ich auch nicht.« Sie hängt sich ihre Tasche über die Schulter und sieht mich kühl an. »Wenn du jetzt bitte gehen könntest. Ich muss den Laden abschließen.« Ich folge ihr nach draußen, wo sie die Tür verriegelt, sich umdreht und einfach davonstolziert. Ein paar Meter weiter bleibt sie noch einmal stehen und sagt über die Schulter: »Wie fühlt es sich an, ausnahmsweise mal nicht zu bekommen, was du willst, Samantha?«

So habe ich mich noch nie gefühlt.

Dieser Gedanke ist mir, seit ich Jase kennengelernt habe, immer wieder durch den Kopf gegangen. Aber er stand für etwas Schönes, nicht für diesen Knoten in meinem Magen, der mich von jetzt an überallhin begleitet.

Jase holt mich im B&T ab und fragt, ob es mir etwas ausmacht, wenn wir im Krankenhaus vorbeifahren.

Mir wird kurz übel. Ich habe Mr Garrett seit seinem Unfall – seit dem, was Mom ihm angetan hat – nicht mehr gesehen. »Natürlich nicht«, antworte ich. Aber das ist eine Höflichkeitslüge. Die erste, die ich ihm gegenüber je benutzt habe.

Die Intensivstation befindet sich im vierten Stock und wir müssen uns an der Pforte ausweisen und anmelden, um den Bereich betreten zu dürfen. Als wir dort sind, muss Jase sich sichtlich zusammenreißen, bevor er das Krankenzimmer betritt. Mir geht es genauso, aber das verberge ich vor ihm.

Mr Garrett wirkt in seinem Krankenhaushemd und inmitten der vielen Kabel und Schläuche ganz schmal. Sein Gesicht ist eingefallen und seine sonst so gebräunte Haut sieht in dem kalten Neonlicht grau und fahl aus. Das ist nicht der Mann, der mühelos einen Stapel Holz auf der

Schulter trägt, der Harry oder George schwungvoll Hucke-
pack nimmt und in hohem Bogen einen Football übers Feld
wirft. Jase zieht einen Stuhl näher ans Bett, setzt sich und
greift nach der Hand seines Vaters, in der eine mit Pflaster
befestigte Kanüle steckt. Während er sich zu ihm vorbeugt,
um ihm leise etwas ins Ohr zu sagen, blicke ich wie verstei-
nert auf den Monitor, auf dem sein Herzschlag als auf- und
absteigende Kurve angezeigt wird.

Während der Nachhausefahrt blickt Jase starr geradeaus.
Statt wie sonst nach meiner Hand zu greifen, umklammert
er das Lenkrad so fest, dass seine Fingerknöchel weiß her-
vortreten. Ich rutsche in meinen Sitz tiefer und stemme die
Füße gegen das Armaturenbrett.

»Fahren wir nicht nach Hause?«, frage ich, als er an der
Ausfahrt zur Main Street nicht abbiegt.

Jase seufzt. »Ich will noch kurz bei Monsieur Bob vorbei
und ihn fragen, ob er den Mustang zurückkaufen will und
was er mir dafür geben würde. Ich habe eine Menge Zeit in
den Wagen investiert, von dem Geld gar nicht zu reden.«

»Nein, Jase!« Ich drehe mich erschrocken zu ihm um.
»Tu das nicht. Du darfst den Mustang nicht verkaufen.«

»Es ist nur ein Auto, Sam.«

Der Satz versetzt mir einen Stich. Ich denke an all die
Stunden, die Jase vergnügt vor sich hin pfeifend daran herumgeschraubt hat, wie oft er in Automagazinen blättert und
Seiten markiert. Für ihn ist es nicht nur ein Auto. Der Mustang bietet ihm einen Rückzugsort, an dem er entspannen
und wieder zu sich selbst finden kann. Er ist für ihn das, was
für mich das Dach war, wenn ich von dort aus Sterne beobachtet habe. Oder die Garretts. Er ist wie das Wasser, in dem
ich eins mit der Welt werde, wenn ich darin schwimme.

»Er ist viel mehr als das«, sage ich.

Jase lächelt stumm. Statt weiter zu Monsieur Bob zu fahren, wendet er bei der nächsten Gelegenheit und schlägt den Weg entlang des Flusses zum McGuire Park ein, wo er schließlich hält.

Der Käfer ist alt und entsprechend laut ist sein Motor, aber das ist wahrscheinlich nicht der Grund, warum es mir plötzlich so leise vorkommt, als Jase den Zündschlüssel zieht. Es ist das erste Mal seit jenem Abend, dass ich wieder hier bin. Natürlich ist es nicht wirklich still. Durch das geöffnete Wagenfenster dringt das Röhren eines vorbeirasenden Speedboots, dessen Kielwasser an die Felsen brandet, und das Kreischen der Möwen, die Muscheln auf die Steine fallen lassen. Jase steigt aus. Er blickt nicht zu dem Geheimversteck unten am Fluss hinüber, sondern zu der Kurve auf Höhe des Spielplatzes.

»Ich rufe immer wieder bei der Polizei an«, erzählt er leise, nachdem ich ebenfalls ausgestiegen bin, »aber jedes Mal heißt es bloß, dass sie absolut nichts tun können, weil es keine Zeugen gab.« Er kickt ein Kieselsteinchen über den sandigen Weg ins Gras. »Warum musste es in der Nacht regnen? Es hat fast den ganzen Sommer über nicht geregnet.«

»Spielt das denn wirklich eine so große Rolle?«, frage ich.

»Wenn es nicht geregnet hätte«, Jase geht in die Hocke und malt mit den Fingern Muster in den Schotter, »hätte man vielleicht noch irgendwelche Spuren gefunden. Reifenabdrücke. Scherben von einem zerbrochenen Scheinwerfer. So wie die Dinge im Moment stehen, wird derjenige, der dafür verantwortlich ist, einfach so davonkommen und nie erfahren, was er angerichtet hat.«

Oder es wissen und sich nicht darum scheren.

Ich schäme mich so sehr und wünsche mir nichts mehr, als ihm die Wahrheit sagen zu können, ihm alles zu erzählen. Mit ihm zu reden ist mir von Anfang an so leicht gefallen. Selbst wenn es um Dinge ging, die ich vorher noch niemanden erzählt hatte. Er hat immer zugehört und es verstanden.

Aber ihm sagen, dass meine Mutter diejenige ist, die ...? Ausgeschlossen.

Wie soll er etwas verstehen, was ich noch nicht einmal selbst begreife?

Dreiundvierzigstes Kapitel

Hallo, Schatz!«, begrüßt Mom mich fröhlich, als ich mich nach meiner Schicht im B&T in die Küche schleppe. »Ich habe ein paar Mahlzeiten für dich vorgekocht und eingefroren, damit etwas da ist, das du dir nur noch aufwärmen musst. Ich bin in nächster Zeit so viel unterwegs, dass wir gar nicht mehr dazu kommen, zusammen zu essen und möchte nicht, dass du dich die ganze Zeit von diesem ungesunden Zeug im Breakfast Ahoy oder den Snacks im Club ernährst. Also habe ich ein bisschen was vorbereitet – unter anderem Hähnchenragout mit Champignons, das magst du doch so gern, und Soße für Spaghetti Bolognese.« Ihre Stimme klingt ganz ruhig und fest. »Ich habe alles in Frischhaltebehälter gefüllt, beschriftet und ins Eisfach gestellt.«

Sie hat ein wassermelonenfarbenes Kleid an und trägt die Haare offen. Heute sieht sie so jung aus, dass sie fast als meine ältere Schwester durchgehen könnte. Mrs Garrett hat dagegen tiefe Ringe unter den Augen, ist ganz schmal geworden und steht unter ständiger Anspannung. Obwohl ich versuche, bei ihnen zu Hause alles in Schuss zu halten, sieht es von Tag zu Tag unordentlicher aus. Patsy ist quengelig, George überanhänglich, Harry stellt permanent etwas an, Andy und Duff streiten sich nur noch. Jase ist gereizt und wirkt abwesend und Alice ist noch bissiger als sonst. Nebenan ist nichts mehr wie es war. Hier ist alles beim Alten.

»Willst du ein Glas Limonade?«, fragt Mom. »In Gibson's Feinkostladen gab es neulich Meyer-Zitronen, also hab ich sie zur Abwechslung mal mit denen gemacht. Und ich glaube, so gut wie dieses Mal ist sie mir noch nie gelungen.«

Ganz Inbegriff anmutiger Effizienz und mütterliche Fürsorge schenkt sie mir ein Glas ein.

»Hör auf damit, Mom«, sage ich und setze mich auf einen der Hocker an die Theke.

»Du willst nicht, dass ich dich zu sehr bemuttere, ich weiß. Aber wenn ich sonst während der Sommerferien gearbeitet habe, war Tracy da, um dir Gesellschaft zu leisten. Soll ich dir noch aufschreiben, was alles im Gefrierfach ist? Aber das siehst du dann ja sowieso. Mir ist nur plötzlich klar geworden, wie sehr du im Moment auf dich allein gestellt bist.«

»Oh ja. Du machst dir keine Vorstellung.«

Irgendetwas an meinem Tonfall muss ihr aufgefallen sein, denn sie hält plötzlich inne und wirft mir einen verunsicherten Blick zu. »Wenn diese Wahl vorbei ist, gönnen wir uns einen schönen langen Urlaub. Vielleicht fahren wir auf eine Karibikinsel? Virgin Gorda soll einfach traumhaft sein.«

»Ich fasse es nicht. Bist du jetzt unter die Roboter gegangen, Mom? Wie kannst du nur so tun, als wäre nichts passiert?«

Sie lässt die Frischhaltedose sinken, die sie gerade ins Eisfach stellen wollte. »Ich weiß nicht, wovon du sprichst.«

»Von dem, was auf der Uferstraße passiert ist«, sage ich. »Du musst endlich mit der Wahrheit herausrücken.«

Meine Mutter richtet sich langsam auf und sieht mir zum ersten Mal seit Tagen in die Augen. »Er wird wieder gesund werden.« Sie legt einen Deckel auf einen anderen Behälter und schließt ihn. »Ich habe die ganze Geschichte in den

Nachrichten verfolgt. Jack Garrett ist noch relativ jung und gut in Form. Es wird vielleicht eine Weile nicht so einfach für die Familie sein, aber er wird wieder auf die Beine kommen. Ganz bestimmt. Letztendlich ist niemand ernsthaft zu Schaden gekommen.«

Ich beuge mich vor und stütze die Hände auf die Arbeitsplatte. »Wie kannst du so etwas nur sagen? Hier geht es nicht um irgendeine … irgendeine Lappalie …« Ich unterstreiche das Wort »Lappalie« mit einer ausholenden Geste und fege dabei aus Versehen die mit Zitronen gefüllte Kristallglasschale von Waterford zu Boden. Sie zerspringt in tausend Scherben und die Zitronen hüpfen durch die ganze Küche.

»Die hat meinen Großeltern gehört«, sagt Mom tonlos. »Bleib, wo du bist. Ich hole den Staubsauger.«

Irgendetwas an dem gewohnten Anblick, wie sie in ihrem Kleid und den hochhackigen Schuhen konzentriert den Staubsauger über den Boden gleiten lässt, bringt mich zum Explodieren. Ich springe vom Hocker und drücke auf den AUS-Schalter.

»Du kannst es nicht einfach wegsaugen und dann vergessen, Mom. Die Garretts haben keine Krankenversicherung. Wusstest du das?«

Sie holt den Mülleimer unter der Spüle hervor, zieht sich Gummihandschuhe an und beginnt, die größeren Glasscherben einzusammeln. »Das ist nicht meine Schuld.«

»Aber es ist deine Schuld, dass es jetzt eine Rolle spielt, dass sie keine haben. Mr Garrett wird noch Monate im Krankenhaus verbringen müssen! Und wer weiß, wie lange die Reha danach dauern wird. Dabei kämpfen sie mit dem Baumarkt jetzt schon ums Überleben.«

»Das hat alles nichts mit mir zu tun. Viele kleine Unter-

nehmen müssen zurzeit um ihre Existenz fürchten, Samantha. Das ist äußerst bedauerlich, und du weißt, dass mir
dieses Thema in meinen Reden immer ein besonderes An-
liegen ist ...«

»In deinen Reden? Willst du mich auf den Arm nehmen?«

Sie zuckt unter meiner lauten Stimme zusammen, dann
dreht sie sich um und schaltet den Staubsauger wieder ein.

Ich reiße den Stecker aus der Dose.

»Was ist mit dem, was du uns immer gepredigt hast –
dass man sich seiner Verantwortung stellen muss? Hast du
überhaupt irgendetwas davon jemals ernst gemeint?«

»Nicht in diesem Ton, Samantha. Ich bin immer noch
deine Mutter. Ich stelle mich der Verantwortung, indem ich
dort weitermache, wo ich von größerem Nutzen bin. Was
haben die Garretts davon, wenn ich aus dem Amt geworfen
und vor Gericht gestellt werde? Das bringt nichts und niemandem etwas. Was geschehen ist, ist geschehen.«

»Er hätte sterben können. Was hättest du gemacht, wenn
er gestorben wäre, Mom? Der Vater von acht Kindern. Was
würdest du dann tun?«

»Er ist nicht gestorben. Clay hat von der nächsten Tankstelle aus angerufen und anonym die Polizei informiert. Wir
haben nicht einfach so getan, als wäre nichts passiert.«

»Doch, genau das habt ihr und tut es immer noch. Mrs
Garrett ist wieder schwanger. Bald haben sie noch ein Kind
mehr, aber es kann durchaus sein, dass Mr Garrett nie wieder einer Arbeit nachgehen kann! Lässt dich das wirklich
kalt? Was verdammt noch mal ist los mit dir?«

Mom reißt mir das Staubsaugerkabel aus der Hand und
wickelt es auf. »Na bitte, da haben wir's. Wer setzt denn
heutzutage noch so viele Kinder in die Welt? Und wieso haben

sie überhaupt eine so große Familie, wenn sie es sich nicht leisten können?«

»Was soll aus Jase werden, wenn er nach den Ferien nicht an die Schule zurückkehren kann, weil er seinen Vater im Laden ersetzen muss?«

»Ach so, darauf läuft es also hinaus, ja?«, zischt Mom. »Es ist genau so, wie Clay gesagt hat. Du lässt dich nur noch von deinen Gefühlen für diesen jungen Mann leiten. In Wirklichkeit geht es bei all dem nämlich nur um dich, Samantha.«

Ich schüttle fassungslos den Kopf. »Es geht überhaupt nicht um mich!«

Sie verschränkt die Arme und betrachtet mich mitleidig. »Wenn ich jemand anderen unbeabsichtigt angefahren hätte, einen Fremden, mit dem du nicht das Geringste zu tun hast, würdest du dich dann auch so verhalten? Würdest du dann auch von mir verlangen, dass ich wegen ein paar vorübergehender Probleme, die irgendjemandem entstanden sind, meine Karriere aufgebe?«

Ich sehe sie einen Moment lang an. »Ich glaube, ja«, sage ich schließlich. »Ich hoffe es jedenfalls. Weil es das Richtige wäre.«

Ihr verächtliches Schnauben weht ein paar Haarsträhnen aus ihrer Stirn. »Verschone mich, Samantha. Es ist so einfach, das Richtige zu tun, wenn man siebzehn ist und keine wichtigen Entscheidungen treffen muss. Wenn man weiß, dass es jemanden gibt, der sich um einen kümmert und alles in Ordnung bringt, egal, was man tut. Aber wenn man erwachsen ist, ist die Welt nicht mehr nur in Schwarz und Weiß unterteilt, und es zeigen keine hübschen kleinen Pfeile auf das, was richtig ist und falsch. Dinge passieren, Erwachsene treffen Entscheidungen, nur darum geht es unterm Strich.«

»Unterm Strich geht es darum, dass du einen Mann über den Haufen gefahren und Fahrerflucht begangen hast ...«, gebe ich zurück, als ihr Handy klingelt.

»Das ist Clay«, sagt sie, nachdem sie einen Blick aufs Display geworfen hat. »Die Unterhaltung ist hiermit beendet. Was passiert ist, ist passiert, Samantha, und wir werden *alle* so weitermachen wie bisher.« Sie klappt das Telefon auf. »Honey! Aber nein, du störst überhaupt nicht. Natürlich, ich muss nur kurz ins Arbeitszimmer und es holen.«

Ihre Absätze klackern über die Fliesen, als sie in der Diele verschwindet.

Auf dem Boden liegen immer noch Glassplitter und Zitronen.

Ich setze mich wieder auf den Hocker und lege die Wange auf die kühle Granitoberfläche der Küchentheke. Seit Tagen habe ich versucht, mich auf dieses Gespräch mit meiner Mutter vorzubereiten und bin im Kopf sämtliche Argumente durchgegangen, aber jetzt, wo ich sie vorgebracht habe, ist es, als hätte diese Unterhaltung nie stattgefunden.

Abends klettere ich aus dem Fenster und setze mich auf meinen gewohnten Beobachtungsposten. Obwohl ich all die Jahre allein hier gesessen habe, fühlte ich mich auf einmal seltsam einsam, weil Jase nicht hier ist. Er verbringt die Nacht wieder im Krankenhaus. Durch das Küchenfenster der Garretts sehe ich Alice, die Geschirr spült. Der Rest des Hauses ist dunkel. Nach einer Weile fährt Mrs Garrett mit dem Kombi in die Einfahrt. Ich warte darauf, dass sie aussteigt, aber sie bleibt sitzen und starrt mit verlorenem Blick vor sich hin, bis ich den Anblick nicht mehr ertrage und zurück in mein Zimmer klettere.

Nan hat gesagt, mir würde immer alles in den Schoß fallen.

So hat es sich für mich zwar nie angefühlt, aber ich habe tatsächlich immer bekommen, was ich wollte, indem ich mir Mühe gegeben und zielstrebig darauf hingearbeitet habe.

Diesmal ist das anders.

Egal, wie viel Mühe ich mir gebe – und es gibt nichts, in das ich jemals mehr Energie gesteckt hätte – ich kann nichts tun, um die Situation für die Garretts erträglicher zu machen. Am meisten macht mir zu schaffen, dass es zwischen Jase und mir immer schwieriger wird. Mir kommt die Idee, ihm anzubieten, ihm beim Training zu helfen. »Hat dein Dad den Ablauf vielleicht irgendwo aufgeschrieben? Dann könnte ich die einzelnen Übungen ablesen und dir zurufen.«

»Er hat immer alles im Kopf gehabt. Danke, aber ich kriege das schon hin.« Staubig vom Holzausliefern dreht Jase den Wasserhahn auf, beugt sich über das voll gestellte Spülbecken und spritzt sich Wasser ins Gesicht, dann hält er den Mund an den Strahl, um davon zu trinken, und wirft dabei einen halb vollen Becher Milch um, der zu Boden fällt. Aber statt ihn aufzuheben, verpasst er ihm einen wütenden Tritt, sodass noch mehr Milch über das Linoleum spritzt.

Beklommenheit steigt in mir auf und legt sich wie eine eiserne Klaue um meinen Hals. Ich gehe zu ihm hin und schlinge von hinten die Arme um ihn. Er steht mit gesenktem Kopf da und reagiert nicht auf die Berührung. Der Griff der eisernen Klaue wird fester.

»Alter!«, ruft Tim aus dem Garten, wo er gerade den Pool reinigt. »Das verdammte Ding bläst den Dreck in den Pool, statt ihn aufzusaugen. Ich glaube, das ist ein Fall für Doc Jase und seine magischen Handwerkerhände.«

»Ja, ja, ich kümmere mich drum«, ruft Jase zurück, ohne sich zu rühren.

»Was würden hier nur alle ohne dich machen?« Ich versuche, einen scherzhaften Ton anzuschlagen. »*Nichts* würde mehr funktionieren.«

Er lacht bitter. »Was funktioniert hier denn schon noch?«

Ich lege das Kinn auf seine Schulter und reibe ihm über die Arme. »Wie kann ich helfen? Ich tue alles, was du willst.«

»Es gibt nichts, was du tun kannst, Sam. Nur ...« Er dreht sich zu mir um und schiebt die Hände in die Hosentaschen. »Vielleicht könntest du ... vielleicht brauche ich einfach ein bisschen Freiraum und Zeit für mich allein.«

Ich weiche ein paar Schritte zurück und taste hinter mir blind nach der Fliegengittertür. »Natürlich. Kein Problem. Ich ... dann geh ich jetzt mal wieder zu mir rüber.«

Was passiert mit uns? Es fühlt sich überhaupt nicht mehr so an, wie es einmal war. Ich bleibe noch einen Moment lang unschlüssig in der Tür stehen, warte darauf, dass ... ich weiß nicht genau, worauf eigentlich.

Aber er nickt nur, ohne mich anzusehen, und greift dann nach einem Lappen, um die verschüttete Milch aufzuwischen.

Als ich zu Hause bin, wo alles still und aufgeräumt ist und sämtliche Außengeräusche von der Klimaanlage geschluckt werden, und in mein Zimmer gehe, habe ich das Gefühl, durch Wasser zu waten. Ungefähr auf halber Treppe lasse ich mich auf eine Stufe sinken, lehne den Kopf ans Geländer und schließe die Augen.

Ich weiß nicht, wie oft ich seit dem Unfall schon kurz davor gewesen bin, Jase alles zu erzählen, weil ich es einfach nicht ausgehalten habe, etwas so Wichtiges vor ihm geheim zu halten. Jedes Mal habe ich mir auf die Zunge gebissen, habe nichts gesagt, weil ich dachte: *Wenn ich es ihm sage, verliere ich ihn.*

Heute Abend wird mir klar, dass diese Sorge unnötig war. Ich habe ihn bereits verloren.

Als ich später am Abend noch einmal nach unten gehe, brennt im Wohnzimmer die Stehlampe. Mom macht immer das Deckenlicht an, also weiß ich sofort, dass sie nicht allein ist. Und ich habe recht. Clay sitzt in dem großen Sessel neben dem Kamin und hat die Schuhe ausgezogen, zu seinen Füßen liegt ein großer Golden Retriever. Mom hat sich auf der Couch zusammengerollt und schläft tief und fest, das Gesicht von platinblonden Strähnen eingerahmt, die sich aus ihrem Knoten gelöst haben.

Clay deutet mit dem Kinn auf den Hund. »Courvoisier. Ich nenne ihn Cory. Er hat einen erstklassigen Stammbaum, ist aber mittlerweile schon ein ziemlich alter Herr.«

Ich sehe, dass das Fell an der Schnauze, die auf Clays nacktem Fuß ruht, schon ganz grau ist. Cory hebt den Kopf, als ich reinkomme, und klopft zur Begrüßung mit dem Schwanz auf den Boden.

»Ich wusste nicht, dass du einen Hund hast. Schläft Mom?«, frage ich, obwohl das offensichtlich ist.

»War ein langer Tag. Heute Morgen die Besichtigung bei General Dynamics, dann ein Treffen mit den Jungen Republikanern und anschließendem Dinner in der White Horse Tavern. Deine Mutter ist ein Profi. Macht einfach immer unermüdlich weiter. Sie hat sich etwas Ruhe redlich verdient.« Er steht auf und deckt sie mit der beigen Wolldecke zu, die auf der Sofalehne liegt.

Ich wende mich zum Gehen, aber er legt mir eine Hand

auf den Arm. »Setz dich, Samantha. Du wirkst auch ganz schön erschöpft. Wie geht es den Garretts?«

Wie kann er mir diese Frage stellen und dabei so ruhig bleiben? »Nicht gut«, sage ich.

»Tja. Müssen harte Zeiten für sie sein.« Clay greift nach seinem Weinglas und nimmt einen Schluck. »Ein Einmannunternehmen zu führen bedeutet immer ein gewisses Risiko. Wenn dann auch noch so etwas passiert ...«

»Warum tust du überhaupt so, als hättest du Mitgefühl mit ihnen?«, frage ich. Meine Stimme klingt in dem stillen Raum unerwartet laut. Mom zuckt im Schlaf und kuschelt den Kopf tiefer ins Kissen. »Als wäre das, was passiert ist, nichts weiter als ein Schicksalsschlag, mit dem du nicht das Geringste zu tun hast. Als wüsstest du, was sie durchmachen.«

»Du weißt nicht besonders viel über mich, stimmt's?« Er nimmt noch einen Schluck Wein und streichelt Cory über den Kopf. »Und im Gegensatz zu mir hast du keine Ahnung, was es bedeutet, arm zu sein. Mein Dad hatte eine Tankstelle. Ich habe mich um die Buchhaltung gekümmert. Aber unser Städtchen war so klein, dass es sich kaum lohnte, in den Wagen zu steigen, um von einem Ende zum anderen zu kommen. Und die Leute in West Virginia sind für ihre Sparsamkeit bekannt. Oft verdiente Dad monatelang nicht genug, um seinen Angestellten und sich selbst ein Gehalt zu zahlen. Ich weiß nur allzu gut, wie es ist, pleite zu sein und mit dem Rücken zur Wand zu stehen.«

Plötzlich beugt er sich im Sessel vor und sieht mich eindringlich an. »Das alles habe ich hinter mir gelassen, Samantha. *Weit* hinter mir gelassen. Wenn alles so weiterläuft, wie wir uns das vorstellen, dann steht deiner Mom eine glänzende politische Zukunft bevor. Und ich werde nicht zulassen, dass eine störrische Siebzehnjährige ihr das wegnimmt. Oder mir.«

Mom bewegt sich wieder im Schlaf und zieht die Decke enger um ihre Schultern.

»Du musst dich von dieser Familie distanzieren«, fährt Clay leise fort, »und du musst es schon bald tun. Sonst ist es nur noch eine Frage der Zeit, bis alles herauskommt. Pubertierende Mädchen sind nämlich nicht gerade für ihre Verschwiegenheit bekannt.«

»Ich bin nicht meine Mutter«, entgegne ich. »Ich muss nicht tun, was du sagst.«

Er lehnt sich wieder zurück und streicht sich die Haare aus der Stirn. »Du bist nicht deine Mutter, das stimmt, aber du bist auch nicht dumm. Hast du mal einen genauen Blick in die Geschäftsbücher von Garrett's Baumarkt geworfen?«

Das habe ich tatsächlich. Tim, Jase und ich sind sie gemeinsam durchgegangen. Ich bin zwar nicht gerade ein Mathe-Ass, aber die Zahlen sehen nicht gut aus. Mr Garrett würde verzweifelt mit dem Kugelschreiber klicken.

»Ist dir dabei vielleicht zufällig der Vertrag mit ›Reed Campaigns‹ aufgefallen? Deine Mutter bezieht jedes einzelne ihrer Schilder, genau wie jede Werbetafel und jeden Wimpel von den Garretts. Das bringt eine Menge Umsatz. Ursprünglich wollte sie Lowe's damit beauftragen, aber ich habe ihr geraten, einen örtlichen Anbieter zu nehmen, das kommt bei den Wählern einfach besser an. Der Baumarkt kann also bis November mit regelmäßigen Einnahmen rechnen. Und das ist noch nicht alles – der B&T Club vergibt ebenfalls Aufträge an die Garretts, unter anderem Material für den Bau eines geplanten Innenpools. Auch diesen Job haben sie deiner Mutter zu verdanken. Das alles sind wichtige Einkünfte fürs Geschäft. Einkünfte, die schlagartig wegbrechen könnten, wenn das Gerücht aufkommt, sie würden minderwertige Materialien verwenden oder nicht sauber arbeiten ...«

»Was willst du damit sagen? Dass du die Verträge kündigst, wenn ich nicht mit Jase Schluss mache?« Der Schein der Stehlampe wirft einen goldenen Schimmer auf Clays Haare, sodass sie beinahe dieselbe Farbe haben wie Corys sandfarbenes Fell. Er wirkt so unschuldig in seinem frisch gewaschenen und gebügelten weißen Hemd mit den hochgekrempelten Ärmeln, seine großen blauen Augen blicken so ehrlich. Ein grundanständiger Mann.

Er lächelt. »Ich will damit gar nichts sagen, Samantha. Ich sage dir bloß, wie es ist. Welche Schlüsse du daraus ziehst, bleibt dir überlassen.« Er hält kurz inne, bevor er hinzufügt: »Aber deine Mutter erzählt mir ständig, wie klug du bist.«

Vierundvierzigstes Kapitel

Gleich am nächsten Morgen gehe ich zu den Garretts rüber, um mit Jase zu sprechen.

Schon als ich die Einfahrt hochlaufe, höre ich ihn pfeifen. Es entlockt mir beinahe Lächeln.

Seine gebräunten Waden und die ausgetretenen Chucks, die unter dem Mustang hervorschauen, sind das Erste, was ich sehe. Er liegt mit dem Rücken auf Duffs Skateboard und schraubt am Unterboden herum. Ich bin froh darüber, dass ich sein Gesicht nicht sehen kann, weil ich nicht weiß, ob ich das, was ich gleich tun werde, schaffe, wenn ich ihm dabei in die Augen blicken muss. Er scheint mich jedoch an meinem Gang zu erkennen. Oder an meinen Schuhen.

»Hey, Sam. Hi, Baby.« Seine Stimme klingt fröhlich und so entspannt wie schon seit Tagen nicht mehr. Er tut das, was er liebsten tut und am besten kann und schafft es so, wenigstens einen Moment lang dem Kummer zu entfliehen und mit der Welt im Reinen zu sein.

Ich schlucke. Meine Kehle fühlt sich geschwollen an, als hätten sich die Worte, die ich sagen muss, dort zu einem Klumpen zusammengeballt.

»Jase?« Ich klinge noch nicht einmal nach mir selbst und das erscheint mir irgendwie auch nur angemessen, denn die Samantha, die hier steht, das bin nicht ich. Ich räuspere mich. »Wir können uns nicht mehr sehen.«

»Ich habe gleich Zeit für dich. Muss nur noch schnell die Mutter hier festziehen, sonst tropft das ganze Öl raus.« Offensichtlich hat er mich nicht richtig verstanden.

»Nein. Ich meine, das mit uns – das geht nicht mehr.«

»*Was?*« Ich höre, wie Knochen gegen Blech schlägt, als er vergisst, wo er ist, und sich aufsetzen will. Dann rutscht er unter dem Wagen hervor. Auf seiner Stirn prangt ein Ölklecks und ein knallroter Fleck, aus dem mit Sicherheit eine kleine Beule werden wird.

»Ich … es geht nicht. Ich kann nicht mehr auf George oder Patsy aufpassen und weiter mit dir zusammen sein. Es tut mir leid.«

»Sam – was ist denn los?«

»Nichts. Ich kann nur einfach nicht mehr. Das mit uns. Ich brauche eine Auszeit.« Er steht dicht vor mir, so nah, dass ich ihn riechen kann – Spearmint-Kaugummi, Schmierfett, Weichspüler.

Ich trete einen Schritt zurück. *Ich muss es tun.* So viel ist schon kaputtgegangen und ich zweifle keinen Augenblick daran, dass es Clay mit dem, was er angedroht hat, ernst ist. Dazu muss ich mich nur an seinen Gesichtsausdruck erinnern, als er davon gesprochen hat, wie weit er seine Vergangenheit hinter sich gelassen hat, an den unerbittlichen Klang seiner Stimme, als er Mom in jener Nacht angewiesen hat, zurückzusetzen und weiterzufahren. Wenn ich nicht mache, was er will, wird er alles Nötige tun, um die Garretts endgültig zu ruinieren. Viel würde es dafür nicht brauchen.

»Ich kann das nicht«, wiederhole ich.

Jase schüttelt den Kopf. »Du kannst *das* nicht? Was hab ich getan, Sam? Ist es, weil ich gesagt habe, dass ich Zeit für mich brauche? Was auch immer es ist, gib mir wenigstens die Chance, es wiedergutzumachen.«

»Es liegt nicht an dir.« Der älteste und armseligste Schlussmach-Satz der Welt. Nur entspricht er in diesem Fall ausnahmsweise absolut der Wahrheit.

»Das bist doch nicht du, Sam. Ich kenne dich besser. Was ist los?« Die grünen Augen vor Sorge verdunkelt, tritt Jase noch einen Schritt auf mich zu. »Sag es mir, damit ich es in Ordnung bringen kann.«

Ich verschränke die Arme, weiche weiter vor ihm zurück. »Du kannst nicht alles in Ordnung bringen, Jase.«

»Mir ist noch nicht einmal klar gewesen, dass es überhaupt etwas in Ordnung zu bringen gibt. Ich verstehe es nicht. Sam, bitte. Rede mit mir.« Seine Stimme wird leiser. »Liegt es am Sex? Ging es dir zu schnell? Wir können es langsamer angehen lassen. Wir können … alles tun, was du willst, Sam. Oder ist es wegen deiner Mom? Sag mir, was ich tun soll.«

Ich drehe mich um. »Ich muss gehen.«

Er hält mich am Arm fest. Mein ganzer Körper scheint unter der Berührung zusammenzuschrumpfen.

Jase lässt seine Hand fallen und starrt mich ungläubig an. »Du willst nicht, dass ich dich anfasse? Warum?«

»Ich … ich habe alles gesagt. Ich muss jetzt gehen.« Und zwar so schnell wie möglich, bevor ich zusammenbreche und ihm alles erzähle – ganz gleich, was Mom und Clay dann tun.

»Du willst also gehen – einfach so? Jetzt sofort? Ohne Erklärung? Ich liebe dich, Sam. Du kannst nicht …«

»Ich muss.« Die Worte legen sich wie eine Schlinge um meinen Hals und drohen, mich zu ersticken. Ich drehe mich um und laufe die Einfahrt hinunter, versuche langsam zu gehen, nicht zu rennen, nicht zu weinen, nichts zu fühlen.

Ich höre, wie er mir folgt.

»Lass mich in Ruhe«, rufe ich ihm über die Schulter zu, beschleunige meine Schritte und stürze auf unser Haus zu, als wäre es eine schützende Zufluchtsstätte. Jase, der mich mühelos einholen könnte, lässt sich zurückfallen, hindert mich nicht daran, die schwere Tür zu öffnen und in die Diele zu stolpern, wo ich mich fallen lasse, auf dem Boden zusammenrolle und mein Gesicht in den Händen vergrabe.

Eigentlich erwarte ich, dass ich für mein Verhalten von irgendjemandem zur Rechenschaft gezogen werde. Dass Alice kommt und mich fertigmacht. Dass Mrs Garrett mich mit Patsy auf der Hüfte in der Einfahrt abpasst und mich wütend zur Rede stellt. Oder dass George plötzlich vor der Tür steht und mich mit großen Augen verwirrt fragt, wo Sailor Moon geblieben ist. Aber nichts davon passiert. Es ist, als wäre ich für sie wie vom Erdboden verschwunden und hätte keinerlei Spuren hinterlassen.

Fünfundvierzigstes Kapitel

Ich bin nicht diejenige, die von einem Auto angefahren wurde.
Oder die acht Kinder hat und mit dem neunten schwanger ist.
Ich bin nicht Jase, der versucht, alles zusammenzuhalten, und
dafür bereit ist, zu verkaufen, was ihn glücklich macht.

Wenn ich morgens aufwache, hasse ich mich so sehr, dass
ich mir am liebsten wieder die Decke über den Kopf ziehen
will. *Ich bin nicht die, der das passiert ist.* Im Gegenteil, ich
bin ein Mädchen, das ein wohlbehütetes Leben führt und
sich um nichts Sorgen machen muss. Und trotzdem schaffe
ich es nicht, aufzustehen.

Mom versucht mir jeden Wunsch von den Augen abzu-
lesen. Sie bereitet mir meine morgendlichen Smoothies zu,
bevor ich es tun kann, stellt mir mit Designernamen be-
druckte und mit Post-it-Zetteln versehene edle Tüten aufs
Bett – »Habe dieses süße Top gesehen und wusste gleich,
dass du einfach großartig darin aussehen wirst« –, verliert
kein Wort darüber, dass ich bis mittags im Bett liege, igno-
riert meine Einsilbigkeit und redet dafür selbst umso mehr,
um die Stille zu füllen. Abends beim Essen unterhalten sie
und Clay sich darüber, mir in den nächsten Sommerferien
eine Praktikumstelle bei irgendeiner wichtigen Behörde in
Washington oder New York zu vermitteln und malen mir
die Zukunft in den schillerndsten Farben aus – »Wie wunderbar sich das auf deiner College-Bewerbung machen

würde!« –, während ich lustlos in meinem Salat herum-
stochere.

Weil es mir mittlerweile egal ist, was Mom sagt, kündige
ich meinen Rettungsschwimmerjob im B&T. Das Wissen,
dass Nan nur ein paar Meter weiter im Souvenirshop steht
und ihre Wut und Feindseligkeit durch die Wände zu mir
herübersickern, macht mich krank. Außerdem ist es unmöglich, den Pool im Auge zu behalten, wenn ich mich
ständig dabei ertappe, wie ich ins Nichts starre.

Im Gegensatz zu Felipe aus dem Breakfast Ahoy reagiert
Mr Lennox nicht wütend, sondern versucht mich stattdessen umzustimmen, als ich ihm meine Kündigung und meine gereinigte und ordentlich zusammengefaltete Arbeitskleidung auf den Tisch lege.

»Oh, Ms Reed! Ich ...« Er wirft einen Blick aus dem Fenster, holt einmal tief Luft und schließt dann seine Bürotür.
»Ich weiß gar nicht, was ich sagen soll. Das kommt jetzt
doch recht plötzlich. Und Sie sind sich sicher, dass Sie es
sich nicht noch einmal überlegen möchten?«

Unerwartet berührt davon, wie bestürzt er über meine
Kündigung ist, sage ich ihm, dass ich nicht anders kann.
Mir steigen plötzlich Tränen in die Augen. Er zieht ein sei-
denes Taschentuch mit Paisley-Muster aus der Innentasche
seines Jacketts und reicht es mir. »Sie sind eine meiner besten Angestellten. Ihre Arbeitsmoral ist beispiellos. Ich würde es wirklich außerordentlich bedauern, wenn die Gründe
für Ihr Ausscheiden hier bei uns im Club liegen würden.«
Er hält kurz inne und räuspert sich. »Ist es der neue Rettungsschwimmer? Hat er sich Ihnen womöglich auf un-
schickliche Weise genähert?«

Ich bin kurz versucht, in hysterisches Lachen auszubre-
chen. Aber der Ausdruck in Mr Lennox' großen braunen

Augen, die hinter seiner Brille noch größer wirken, ist ernst und aufrichtig besorgt.

»Gibt es etwas, über das Sie vielleicht sprechen, das Sie sich von der Seele reden möchten?«, fragt er.

Wenn Sie wüssten.

Einen Moment lang ziehe ich ernsthaft in Erwägung, es ihm zu sagen. Ach, wissen Sie, meine Mutter hätte fast den Vater des Jungen getötet, den ich liebe, und jetzt bin ich gezwungen worden, ihm das Herz zu brechen und kann mit niemandem darüber sprechen. Meine beste Freundin hasst mich für etwas, das sie selbst getan hat, und will nichts mehr mit mir zu tun haben. Ich weiß nicht mehr, was für ein Mensch meine Mutter ist und erkenne mich selbst nicht wieder. Kurz gesagt: Alles ist einfach nur noch schrecklich.

Aber Mr Lennox, der schon völlig außer sich ist, wenn er die genaue Uhrzeit für eine Holzlieferung nicht kennt, damit belasten? Ausgeschlossen.

»Es hat nichts mit meiner Arbeit hier zu tun«, sage ich. »Ich kann nur einfach nicht bleiben.«

Er nickt. »Ich akzeptiere Ihre Kündigung, bedaure Ihr Ausscheiden jedoch zutiefst.«

Ich danke ihm. Als ich mich zum Gehen wende, sagt er: »Ms Reed?«

»Ja?«

»Ich hoffe doch, dass Sie Ihr Schwimmtraining fortsetzen werden. Sie können den Schlüssel behalten. Unser Vereinbarung bleibt weiterhin bestehen.«

»Vielen Dank, Mr Lennox.« Ich weiß diese Geste mehr als zu schätzen. Und dann gehe ich schnell, bevor ich Gefahr laufe, doch noch mehr zu sagen.

Ohne die Frühstücksschichten im Breakfast Ahoy, den Job im Club und das Babysitten bei den Garretts, verschwimmen die Grenzen zwischen Tag und Nacht. Morgens komme ich nicht aus dem Bett, nachts tigere ich ruhelos durchs Haus oder schaue mir im Fernsehen tragische Liebesfilme an, in denen alle noch schlimmer dran sind als ich.

Natürlich habe ich versucht, meine Schwester anzurufen. Sie hat selbst schon etliche Dramen durchlitten, sie kennt Mom und sie kennt mich. Aber es meldet sich nur die Mailbox.

Tracys heisere Stimme ist mir so vertraut und scheint trotzdem Lichtjahre entfernt: »Erwischt!«, sagt sie und lacht. »Oder eben gerade nicht. Ihr wisst, was zu tun ist. Hinterlasst mir eine Nachricht! Vielleicht ruf ich ja sogar zurück.« Ich stelle mir vor, wie sie gerade neben Flip am Strand liegt, mit ihren meerblauen Augen in die Sonne blinzelt und den unbeschwerten Sommer verbringt, von dem sie Mom gesagt hat, dass sie ihn sich verdient hat. Ihr Handy steckt in der Tasche oder ist ausgeschaltet, weil – was soll schon passieren, das ihnen ihre perfekte Ferien verderben könnte? Ich öffne den Mund, um etwas auf die Mailbox zu sprechen, klappe dann aber das Handy zu.

Meine Mutter, die sonst jeden noch so winzigen Fleck auf meiner Kleidung bemerkt hat, mir sofort ansah, wenn ich mal den Conditioner vergessen hatte oder nur einen Hauch von meiner morgendlichen Routine abwich – »Du trinkst doch normalerweise immer einen Smoothie vor der Arbeit, Samantha. Warum isst du auf einmal Toast? Erst kürzlich habe ich gelesen, dass es ein Anzeichen für Drogenmissbrauch sein kann, wenn Jugendliche plötzlich ihre Gewohnheiten ändern« –, bekommt merkwürdigerweise nicht mit, dass in meinem Leben nichts mehr so ist, wie es war. Unter meiner Tür könnten dicke Marihuanaschwaden hervorquellen, sie würde sie nicht sehen. Neuerdings kommuniziert sie mit mir vorzugsweise über eine Flut von Post-its, die überall kleben.

Könntest du bitte mein Seidenkostüm von der Reinigung holen? / Auf der Chaiselongue im Arbeitszimmer sind Flecken, behandle sie mit OxiClean. / Komme heute erst spät nach Hause, stell die Alarmanlage an, bevor du schlafen gehst.

Ich habe alle meine Jobs gekündigt und bin zur Einsiedlerin geworden. Und meine Mutter tut so, als würde sie nichts bemerken.

»Ah, da bist du ja!«, ruft Mom gut gelaunt, als ich mich auf ihr – »*Samantha, Liebes, kannst du bitte mal kurz runterkommen?*« – in die Küche schleppe. »Ich habe diesem reizenden Herrn hier gerade gezeigt, wie ich meine Limonade mache. Kurt, war Ihr Name, richtig?«, fügt Mom an den Mann gewandt hinzu, der an unserer Kücheninsel sitzt und mir jetzt freundlich lächelnd mit dem Zitronenschäler zuwinkt.

»Carl«, erwidert er. Ich kenne ihn. Es ist Mr Agnoli, der für den *Stony Bay Bugle* fotografiert. Er hat immer die Bilder der Siegermannschaften bei den Schwimmwettbewerben geschossen. Jetzt ist er plötzlich hier in unserer Küche und scheint restlos begeistert von Mom zu sein.

»Wir dachten, es wäre toll, eine kleine Homestory über die Senatorin zu bringen, wie sie bei sich zu Hause köstlich süße Zitronenlimonade zubereitet. Sozusagen als Metapher dafür, was sie für den Staat Connecticut bewirken kann«, erzählt mir Mr Agnoli.

Mom dreht sich zum Herd und überwacht die brodelnde

Sirup-Mischung aus Zucker, Zitronensaft und Wasser, während sie Mr Agnoli erklärt, dass das Geheimnis die Zitronenschalen sind, die sie zusätzlich hinzufügt.

»Toll. Ich gehe dann mal wieder nach oben«, sage ich und genau das tue ich auch. Wenn ich es schaffe, hundert Jahre zu schlafen, wache ich vielleicht in einer schöneren Homestory auf.

Ich werde aus dem Schlaf gerissen, als Mom mich an der Schulter rüttelt. »Du kannst nicht den ganzen Tag verschlafen, Schatz. Heute unternehmen wir was!«

Sie sieht aus wie immer: die Haare zu einem perfekten Chignon hochgesteckt, dezentes Make-up, der Blick ihrer blauen Augen ruhig und beherrscht. Ich muss daran denken, wie ich mich an dem Morgen, nachdem ich das erste Mal mit Jase geschlafen habe, im Spiegel betrachtet habe. Wenn etwas wirklich Einschneidendes im Leben eines Menschen passiert, müsste sich das dann nicht in seinem Gesicht widerspiegeln? In dem von Mom tut es das jedenfalls nicht.

»Ich habe mir den ganzen Tag freigenommen.« Jetzt reibt sie mir über den Rücken. »In letzter Zeit habe ich nur noch gearbeitet und mich viel zu wenig um dich gekümmert. Deswegen habe ich mir überlegt, wir tun uns mal wieder etwas Gutes, gehen in ein Day Spa, lassen uns mit einer Gesichtsbehandlung verwöhnen und ...«

»*Gesichtsbehandlung?*«

Beim scharfen Klang meiner Stimme zuckt sie leicht zusammen, fährt dann jedoch in besänftigendem Tonfall fort: »Weißt du nicht mehr? Die haben wir uns doch sonst immer am ersten Ferientag gegönnt. Das war so etwas wie eine Tradition und dieses Jahr habe ich sie einfach ausfallen lassen. Ich dachte, dass ich es vielleicht wiedergutmachen kann, indem wir endlich mal wieder einen ganzen Tag gemeinsam verbringen und …«

Ich setze mich abrupt im Bett auf. »Denkst du wirklich, dass es so funktioniert? Ich bin nicht diejenige, bei der du etwas wiedergutzumachen hast.«

Sie geht ans Fenster und sieht zu den Garretts rüber. »Hör auf, ständig auf mir herumzuhacken. Das ist nicht fair.«

»Nicht fair, Mom? Erklär mir, warum nicht, vielleicht kann ich dann damit aufhören.« Ich stehe auf und stelle mich neben sie ans Fenster und schaue zum Haus der Garretts hinüber, dem im Garten herumliegenden Spielzeug, den im Pool treibenden Schwimmflügeln, dem Mustang in der Einfahrt.

Ihre Kiefermuskeln spannen sich an. »Na schön, du willst die Wahrheit? Hier ist sie: Ich habe die Zeit, in der du und Tracy klein wart, als sehr anstrengend empfunden. Ich bin nicht wie diese Frau da drüben …« Sie wedelt mit der Hand in Richtung der Garretts. »Ich bin kein Muttertier. Natürlich wollte ich Kinder. Ich war ein Einzelkind und immer allein. Als ich deinen Vater mit seiner großen Familie kennengelernt habe, dachte ich … Aber mir wurde es schon mit einem Kind bald zu viel – die ständige Unordnung, der Windelgestank und die permanente Unruhe. Deinem Vater ging es offenbar ganz ähnlich. Er hat das alles schließlich in seiner Kindheit zur Genüge gehabt. Also ist er, als ich dich erwartete, einfach abgehauen, hat sich aus seiner Verantwortung gestohlen, um wieder frei und unabhängig zu sein, und hat mich mit zwei kleinen Kindern sitzen gelassen. Ich hätte mir zehn Kindermädchen leisten können, hatte aber lediglich eine Haushaltshilfe, die im Übrigen nur unter der Woche kam, weil ich es alleine schaffen und euch trotz allem eine gute Mutter sein wollte. Ich habe diese Zeit irgendwie durchgestanden und jetzt endlich meinen Platz im Leben gefunden.« Sie fasst mich am Arm und schüttelt mich leicht, als wollte sie mich erneut aufwecken. »Willst du wirklich, dass ich das einfach so aufgebe?«

»Aber ...«

»Ich habe mir das alles hart erarbeitet, Samantha. Und nur weil ich mich einen ganz kurzen Moment lang habe gehen lassen und unaufmerksam war, soll ich jetzt für den Rest meines Lebens dafür bezahlen?«

Sie schüttelt mich wieder und kommt mir mit ihrem Gesicht so nahe, dass sie meines fast berührt.

»Ist das fair, Samantha? Findest du das wirklich richtig?«

Ich weiß nicht mehr, was richtig ist. Mein Kopf tut weh und in mir drin ist nichts als betäubte Leere. Ich würde gern etwas entgegenhalten, ihr sagen, was an ihrer Argumentation falsch ist, aber es scheint alles so verworren.

Ich beobachte die Garretts nach wie vor und bin erleichtert über jedes noch so kleine Anzeichen dafür, dass sie wieder ein bisschen zur Normalität zurückgefunden haben – Alice, die auf dem Rasen liegt und sich sonnt, oder Duff und Harry, die sich mit Wasserspritzpistolen durch den Garten jagen. Aber ihnen zuzusehen, löst nicht mehr dasselbe Gefühl in mir aus wie früher – da hatte mir die Gewissheit, dass es außer meiner eigenen auch andere Welten gibt, noch Hoffnung gegeben. Jetzt habe ich das Gefühl, in der Verbannung zu leben, im Kansas aus dem *Zauberer von Oz*, wo die Farben ausgebleicht sind und einen Grauschleier haben.

Ich verdränge jeden Gedanken, jede Erinnerung an Jase, aber er ist überall. Gestern habe ich ein T-Shirt von ihm unter meinem Bett gefunden. Ich stand da, hielt es in der

Hand und habe mich mit erstauntem Entsetzen gefragt, warum ich es nicht vorher bemerkt habe – oder Mom. Im ersten Moment habe ich es in die hinterste Ecke meiner Kommodenschublade gestopft. Dann habe ich es wieder rausgeholt und darin geschlafen.

Sechsundvierzigstes Kapitel

Ich gehe gerade unsere Einfahrt hoch – einer der seltenen Momente, in denen ich mal den Fuß vor die Tür gesetzt habe –, als jemand mir von hinten seine Hand auf die Schulter legt. Es ist Tim.

»Was läuft hier, Sammy?«, fragt er und greift nach meiner Hand.

»Lass mich in Ruhe.« Ich reiße mich von ihm los.

»Den Teufel werde ich. Zieh nicht die Eisköniginnennummer mit mir ab, Samantha. Du hast Jase ohne eine Erklärung abserviert. Als ich Nan gefragt habe, was los ist, hat sie bloß mit den Achseln gezuckt und gesagt, dass ihr nicht mehr miteinander klarkommt. Und du bist total abgemagert und blass und siehst scheiße aus. Zur Hölle, Sammy, was ist passiert?«

Ich hole meinen Schlüssel heraus, um aufzuschließen. Trotz der Hitze fühlt er sich in meiner Hand eiskalt an. »Ich habe keine Lust, mit dir darüber zu reden, Tim. Das geht dich nichts an.«

»Und ob mich das was angeht. Jase ist mein Freund. *Du* hast ihn in mein Leben gebracht. Dank ihm hat sich bei mir verdammt viel getan und zum Besseren gewendet. Und ich werde nicht einfach tatenlos dastehen und zuschauen, wie du ihn wie Dreck behandelst. Er hat auch so schon genug am Hals, mit dem er fertigwerden muss.«

Ich öffne die Tür und lasse meine Tasche fallen, die sich

anfühlt, als wäre sie mit Blei gefüllt. Außerdem habe ich hämmernde Kopfschmerzen. Aber Tim kennt keine Gnade, natürlich nicht. Er folgt mir ins Haus und knallt die Tür hinter uns zu.

»Ich kann nicht mit dir reden.«

»In Ordnung. Dann rede mit Jase.«

Ich drehe mich zu ihm um und sehe ihn an. Selbst diese kleine Bewegung ist mühsam und schmerzhaft. Vielleicht versteinere ich langsam. Aber dann würde nicht alles so wehtun, oder?

Tim schaut mich an, und die Wut in seinem Gesicht verwandelt sich in Sorge.

»Bitte, Sammy. Ich *kenne* dich. Das bist nicht du. Durchgeknallte, machtgeile Mädchen verhalten sich so. Arschlöcher wie ich verhalten sich so. Aber nicht du. Das ist einfach nicht deine Art und ist es nie gewesen. Du und Jase … das mit euch beiden, das ist was Ernstes gewesen, was ganz Großes. So was gibt man nicht einfach auf. Was verdammt noch mal ist passiert?«

»Ich kann nicht mit dir darüber reden«, wiederhole ich.

Seine kühlen grauen Augen betrachten mich prüfend. »Aber mit irgendjemandem musst du reden.« Seine Stimme wird weicher. »Wenn du nicht mit Jase redest und nicht mit Nan – und ich schätze mal, mit deiner Mom erst recht nicht, mit wem dann, Sammy?«

Plötzlich kommen mir die Tränen. Ich habe die ganze Zeit über kein einziges Mal geweint, und jetzt kann ich nicht mehr damit aufhören. Tim schaut sich leicht panisch in der Küche um, als hoffte er, es würde irgendjemand kommen, der ihn vor diesem schluchzenden Mädchen retten kann. Ich rutsche langsam an der Wand hinunter und weine und weine und weine.

»Oh Mann … verfluchte Scheiße. Hör bitte auf zu heulen, Sammy. So schlimm kann es nicht sein. Was auch immer los ist … es gibt eine Lösung dafür.« Er reißt ein paar Blatt Küchenpapier vom Rollenhalter aus Porzellan ab und reicht sie mir. »Hier, putz dir die Nase. Nichts ist so schlimm, dass man nicht irgendwas tun könnte. Man kriegt alles wieder hin. Sogar mich. Stell dir vor, ich habe mich schon an einer Schule angemeldet, um doch noch den Highschool-Abschluss zu machen, und ziehe bald von zu Hause aus. Mein Freund Connor von den Anonymen Alkoholikern hat über seiner Garage ein Apartment, das er mir überlässt. Endlich muss ich mich nicht mehr mit meinen Alten herumschlagen und kann … Hier, putz dir endlich die Nase.«

Ich greife nach dem kratzigen Papier und schnäuze mich, obwohl ich mir fast sicher bin, dass ich jetzt, wo die Dämme gebrochen sind, nie wieder mit dem Weinen aufhören kann.

»So ist's brav.« Tim klopft mir unbeholfen auf den Rücken, was sich allerdings eher so anfühlt, als wollte er mir helfen, etwas auszuhusten, was in meinem Hals stecken geblieben ist, als mich zu trösten. »Egal, was passiert ist, es wird wieder in Ordnung kommen … aber dass du mit Jase Schluss gemacht hast. Ich weiß nicht. Das scheint mir nicht der richtige Weg zu sein.«

Mein Schluchzen wird noch lauter.

Mit einem resignierten Seufzen reißt Tim noch mehr Papiertücher von der Rolle

»Lässt du mich … Kann ich …?« Vom vielen Weinen habe ich Schluckauf bekommen und kann kaum sprechen.

»Kannst du was? Na los, raus damit.«

»Kann ich zu dir ziehen? In das Apartment über der Garage?«

Tim lässt das Papiertuch sinken, mit dem er mir gerade über die Wangen wischen wollte. »*Was?*«

Ich habe nicht genügend Atem – oder Mut –, um die Frage noch einmal zu stellen.

»Samantha ... du kann doch nicht dein ... Ich fühle mich geschmeichelt, aber ... Scheiße noch mal, wie kommst du denn plötzlich auf so eine Idee?«

»Ich halte es hier einfach nicht mehr aus. Jeden Tag habe ich Angst, einem von ihnen zu begegnen oder plötzlich Jase gegenüberzustehen. Und ich ertrage Moms Anblick nicht mehr.«

»Also steckt Grace dahinter? Sag mir, was sie gemacht hat? Hat sie dir angedroht, dich zu enterben, wenn du dich nicht von Jase trennst?«

Ich schüttle den Kopf, ohne ihn anzusehen.

Tim setzt sich neben mich an die Wand und streckt seine langen Beine aus, wohingegen ich immer noch versuche, mich so klein wie möglich zu machen und die Knie an die Brust gezogen habe.

»Erzähl mir, was passiert ist, Sammy.« Er sieht mich ernst an. »Glaub mir, seit ich zu diesen AA-Treffen gehe, habe ich schon eine Menge kranken Scheiß gehört. Mich kann so schnell nichts mehr schocken.«

»Ich weiß, wer Mr Garrett angefahren hat«, sage ich leise.

Tim sieht mich entgeistert an. »Verfluchte Scheiße. Im Ernst? Wer?«

»Das kann ich dir nicht sagen.«

»Drehst du jetzt völlig durch? So was kannst du doch nicht für dich behalten. Das musst du den Garretts erzählen. Du musst es Jase sagen. Damit sie das Schwein verklagen können und Schmerzensgeld bekommen, vielleicht sogar in Millionenhöhe. Wie hast du es überhaupt rausgefunden?«

»Ich war dabei. In der Nacht. Ich saß im Wagen. Mit Mom.«

Tim wird unter seinen Sommersprossen kreidebleich.

Die sprachlose Stille hängt zwischen uns wie ein schwerer Vorhang.

»Ich glaub, ich hab mir den falschen Tag ausgesucht, um mit den Amphetaminen aufzuhören«, murmelt Tim schließlich.

Ich starre ihn ungläubig an.

»Sorry. Ein Zitat aus *Die unglaubliche Reise in einem verrückten Flugzeug*. Ich hab verstanden, was du gesagt hast. Ich will es nur eigentlich gar nicht wissen.«

»Dann geh.«

»Samantha.« Er legt eine Hand auf meinen Arm. »Du darfst nicht länger schweigen. Deine Mutter hat einem anderen Menschen schweren Schaden zugefügt. Dafür muss sie zur Verantwortung gezogen werden.«

»Das würde ihr Leben zerstören.«

»Und deswegen lässt du lieber zu, dass sie das Leben einer ganzen Familie zerstört?«

»Sie ist meine Mutter, Tim.«

»Ja, deine Mutter, die riesengroßen Mist gebaut hat. Aber sie macht einfach so weiter wie bisher, während du, Jase und die Garretts langsam vor die Hunde gehen. Und du nimmst es einfach so hin. Das ist doch total krank!«

»Was soll ich denn machen, Tim? Rübergehen, Jase in die Augen sehen und sagen ›Weißt du noch, wie du dich mal gefragt hast, was das für ein Mensch sein muss, der jemanden mit seinem Wagen über den Haufen fährt und dann einfach so tut, als wäre nichts passiert? Sorry, aber dieser Mensch ist meine Mom‹?«

»Er hat es verdient, die Wahrheit zu wissen.«

»Du verstehst das nicht.«

»Nein, verflucht noch mal, und ich will es auch nicht verstehen. Ich brauche eine Zigarette.« Er klopft seine Brusttasche ab. »Scheiße. Ich hab keine mehr.«

»Das wäre das Ende für Mom.«

»Und einen Drink könnte ich jetzt auch dringend gebrauchen.«

»Klar, das würde bestimmt helfen.« Ich schüttle den Kopf. »Genau deswegen ist es passiert. Sie hatte eigentlich zu viel Wein getrunken, um zu fahren und …« Ich vergrabe das Gesicht in den Händen. »Ich habe auf der Rückbank geschlafen und dann gab es diesen schrecklichen Knall.« Ich lasse die Hände sinken und sehe ihn an. »Ich krieg ihn einfach nicht mehr aus meinem Kopf.«

»Oh Mann, Sammy. Scheiße, scheiße, scheiße.« Tim legt behutsam einen Arm um meine zitternden Schultern.

»Clay hat ihr gesagt, dass sie weiterfahren soll, dass sie zurücksetzen und weiterfahren soll und … das hat sie gemacht.« Meine Stimme bricht. »Einfach so.«

»Ich *wusste*, dass dieser Typ ein mieses Arschloch ist.« Tim spuckt die Worte förmlich aus. »Ich wusste es von Anfang an. Ein Arschloch und noch dazu alles andere als ein Dummkopf. Das sind die Schlimmsten.«

Wir sitzen ein paar Minuten schweigend da, bevor Tim noch einmal wiederholt: »Du musst es Jase sagen.«

Ich presse die Fäuste gegen meine Schläfen. »Sie müsste zurücktreten und würde vielleicht sogar ins Gefängnis kommen und alles nur meinetwegen.« Jetzt, wo ich endlich darüber rede, stürzen die Worte nur so aus mir heraus.

»Nein. *Nein*, Sammy. *Ihretwegen*. Sie hat einen Fehler gemacht. Du würdest dich richtig verhalten, wenn du es nicht verschweigen würdest.«

»So wie du bei Nan? Hast du nicht auch ihr zuliebe etwas verschwiegen?«, frage ich leise.

Tim dreht mir ruckartig den Kopf zu und starrt mich an, dann weiten sich seine Augen und er beginnt zu verstehen, wird rot und starrt auf seine Hände hinunter.

»Du weißt davon? Oh … also, das …«, stammelt er. »Na ja, Nan ist eine wahnsinnige Nervensäge, und es macht mir Spaß, sie immer wieder zur Weißglut zu bringen – aber hey, sie ist meine Schwester. Natürlich halte ich zu ihr.«

»Und Mom ist meine Mutter.«

»Das ist trotzdem was anderes«, murmelt Tim. »Ich war sowieso schon total im Arsch. Vielleicht hab ich nicht in der Schule betrogen, aber ansonsten so ziemlich jede Scheiße gebaut, die man bauen kann. Ist vielleicht so was wie Karma gewesen, dass sie ausgerechnet mich benutzt hat, um zu erreichen, was sie wollte. Aber du bist nicht wie Nan oder ich. Du *weißt*, wer du bist.«

»Ein Häufchen Elend.«

Er sieht mich an. »Okay, das stimmt. Aber wenn du dir die Nase putzt, dir vielleicht ein bisschen die Haare bürstest …«

Ich kann nicht anders, ich muss lachen, wodurch meine Nase noch mehr läuft und ich wahrscheinlich noch erbärmlicher aussehe.

Tim verdreht die Augen, greift neben sich und reicht mir die ganze Küchenrolle. »Hast du eigentlich jemals mit deiner Mom darüber gesprochen? Mr Garrett hat sich mittlerweile auch noch eine ziemlich üble Infektion eingefangen und hat hohes Fieber. Es sieht echt nicht gut aus. Wenn sie erfährt, wie schlecht es ihm geht, überlegt sie es sich vielleicht noch mal.«

»Ich hab's versucht. Natürlich habe ich es versucht. Aber

es ist, als würde man gegen eine Wand reden. *Was passiert ist, ist passiert, wenn ich jetzt zurücktrete, würde das den Garretts auch nichts nützen … blablablabla.«*

»Sie anzuzeigen, würde ihnen auf jeden Fall etwas nützen, weil sie Schmerzensgeld bekommen würden«, murmelt Tim. »Hast du schon mal daran gedacht, der Polizei einen anonymen Hinweis zu geben? Obwohl … nein, das würde nichts bringen. Ohne Beweise oder Zeugen können die gar nichts machen. Und wenn du zuerst mit Mrs Garrett sprichst? Sie ist wirklich cool.«

»Ich ertrage es ja schon kaum, aus dem Fenster zu ihnen rüberzusehen, Tim. Ich kann nicht mit Mrs Garrett sprechen.«

»Dann sprich mit Jase. Der arme Kerl ist fix und fertig. Schuftet die ganze Zeit im Laden, fährt jeden Tag ins Krankenhaus, macht mit seinem durchgeknallten Training weiter und versucht zu Hause alles am Laufen zu halten … und fragt sich dabei ununterbrochen, was verdammt noch mal mit seinem Mädchen passiert ist – ob dir alles zu viel wurde, ob er etwas falsch gemacht hat oder ob du nichts mehr mit seiner Familie zu tun haben willst, weil sie dir einfach zu laut und zu chaotisch ist.«

»Das ist Mom, die so was denkt«, sage ich automatisch. »Ich nicht. Ich bin nicht wie sie.«

Aber stimmt das überhaupt? Tue ich im Moment nicht genau das, was Mom immer macht? Alles unter den Teppich kehren und den Schein wahren? Genau genommen bin ich kein bisschen besser als sie.

Ich stehe auf. »Weißt du, wo Jase gerade ist? Vielleicht noch im Laden?«

»Der Baumarkt hat schon zu, Samantha. Es ist nach fünf. Ich habe abgeschlossen. Keine Ahnung, wo Jase ist. Aber ich bin mit dem Wagen da und kann ihn auf dem Handy anrufen. Ich bring dich zu ihm. Den Rest müsst ihr dann allerdings allein regeln.« Er bietet mir wie ein Gentleman aus dem neunzehnten Jahrhundert seinen Arm an. Ein Mr Darcy unter außergewöhnlichen Umständen.

Ich atme tief ein und hake mich bei ihm unter. »Okay.«

»Und noch was«, sagt Tim leise. »Mir tut das alles verdammt leid, Samantha. Wirklich verdammt leid.«

Siebenundvierzigstes Kapitel

Vom ersten Tag an bin ich bei den Garretts ein- und ausgegangen ohne jemals zu klopfen. Aber als Tim jetzt seine Hand auf den Knauf der Fliegengittertür legt, schüttle ich den Kopf. Es gibt keine Klingel, also klopfe ich laut gegen das Metall des Türrahmens. Ich kann Georges heisere Stimme hören, wie er in einem anderen Zimmer leise vor sich hin plappert, das heißt jemand von den Größeren muss zu Hause sein.

Alice kommt an die Tür. Das Lächeln auf ihrem Gesicht erlischt augenblicklich, als sie mich sieht.

»Was willst du?«, fragt sie durch das Fliegengitter.

»Wo ist Jase?«

Sie wirft kurz einen Blick über die Schulter, bevor sie zu uns auf die Veranda tritt und die Tür hinter sich zuknallt. Ich spüre, wie Tim neben mir unruhig wird und anfängt zu schwitzen. Sie trägt ein weißes Bikinioberteil und sehr knappe, abgeschnittene Jeans.

»Wieso willst du das wissen?« Sie verschränkt die Arme und lehnt sich gegen die Tür.

»Ich … ich muss ihm etwas sagen.« Meine Stimme klingt rau. Ich räuspere mich. Tim rückt ein bisschen näher, als wolle er mir den Rücken stärken – vielleicht geht es aber auch nur darum, einen besseren Blick auf Alice' Bikinioberteil zu erhaschen.

»Ich bin mir ziemlich sicher, dass schon alles gesagt wurde«, gibt sie zurück. »Wieso gehst du nicht wieder dahin zurück, wo du herkommst?«

Die Samantha, die es gewöhnt ist, das zu tun, was man ihr sagt – die Tochter meiner Mutter –, würde weinend umdrehen und nach Hause laufen. Aber die andere, die wahre Samantha, rührt sich nicht von der Stelle. Ich kann nicht dahin zurück, wo ich herkomme. Diese Samantha gibt es nicht mehr.

»Ich muss ihn sehen, Alice. Ist er da?«

Sie schüttelt den Kopf. Seit Mr Garretts Unfall hat sie aufgehört, sich ständig die Haare zu färben. Nur noch ein paar blonde, fast herausgewachsene Strähnen in ihren gewellten braunen Haaren zeugen von vergangenen Farbexperimenten. »Ich wüsste nicht, warum ich ausgerechnet dir sagen sollte, wo er ist. Lass ihn in Ruhe.«

»Es ist wirklich wichtig, Alice«, sagt Tim, der offenbar wieder in der Lage ist, sich auf etwas anderes zu konzentrieren als ihre Brüste.

Sie wirft ihm einen vernichtenden Blick zu, bevor sie wieder mich ansieht. »Hör zu, Samantha, wir haben im Moment genügend eigene Probleme am Hals, also verschon uns mit deinen persönlichen kleinen Ego-Dramen, okay? Es gab tatsächlich mal einen Moment, in dem ich dachte, du wärst anders, nicht bloß eine von diesen verwöhnten Privatschulzicken, aber wie's aussieht, lag ich mit meiner ersten Einschätzung richtig. So was wie dich hat mein Bruder nicht nötig.«

»Dein Bruder hat es genauso wenig nötig, dass du dich in seine Angelegenheiten einmischst.« Ich wünschte, ich wäre größer als sie und könnte sie wenigstens durch meine imposante Erscheinung einschüchtern, aber Alice und ich sind genau gleich groß, wodurch sie mir umso besser in die Augen schauen und ihr Gift verspritzen kann.

»Tja, er ist mein Bruder, was ihn angeht, geht also auch mich was an«, entgegnet sie kühl.

»Großer Gott, schaltet mal wieder einen Gang runter, ihr beiden.« Tim stellt sich zwischen uns und schaut mit verschränkten Armen auf uns herab. »Ich mische mich zwar nur äußerst ungern in einen Streit zwischen zwei so heißen Bräuten ein, aber hier geht es verdammt noch mal nicht um euch. Was Samantha Jase zu sagen hat, ist wirklich wichtig, Alice. Also steck endlich die Peitsche weg und sag uns, wo Jase ist.«

Alice beachtet ihn gar nicht. »Du bist doch nur hier, um dein schlechtes Gewissen zu beruhigen«, zischt sie. »Du wirst ihm irgendeinen Mist erzählen von wegen, dass du ihm nie wehtun wolltest und es toll fändest, wenn ihr Freunde bleiben könntet. Aber den Scheiß kannst du dir sparen, okay? Und jetzt verschwinde. Du bist hier nicht mehr erwünscht.«

»Sailor Moon!«, ruft plötzlich eine aufgeregte Stimme, und als ich zur Tür sehe, steht George hinter dem Fliegengitter und drückt sein Gesicht dagegen. »Ich hab vorhin ein Eskimo-Eis gegessen. Hast du gewusst, dass es nicht wirklich von Eskimos gemacht wird? Und auch nicht – jetzt flüstert er – »*aus* Eskimos? Und hast du gewusst, dass Eskimos ihr Eis aus Robbenfett machen? Ganz schön eklig.« Er schüttelt sich.

Ich beuge mich zu ihm hinunter. »George – ist Jase zu Hause?«

»Er ist oben in seinem Zimmer. Soll ich dich zu ihm bringen? Oder ihn holen?« Er strahlt übers ganze Gesicht und freut sich so sehr, mich zu sehen, als würde er es mir kein bisschen übel nehmen, dass ich einfach so aus seinem Leben verschwunden bin. *Der süße George mit seinem riesigen Herzen, das alles verzeiht.* Ich frage mich, was Mr und Mrs Garrett – was Jase – ihm und den anderen gesagt haben. Doch mit einem Mal verdüstert sich seine Miene und er sieht mich besorgt an. »Meinst du, sie machen auch Eiscreme aus dem Fett von Robbenbabys? Aus denen, die so schön weiß und flauschig sind?«

Alice schiebt sich zwischen uns. »Samantha wollte gerade gehen, George. Du brauchst Jase also nicht zu holen.«

»Das würden Eskimos nie tun«, versichere ich George. »Sie machen nur Eiscreme aus ... ähm ...«

»Unheilbar kranken Robben«, kommt Tim mir zu Hilfe. »Robben, die Selbstmord begangen haben.«

George zieht verwirrt die Brauen zusammen.

»Robben, die Eiscreme sein *wollen*«, fügt Alice eilig hinzu. »Freiwillige Robben. Für die es quasi so was wie ein Lottogewinn ist, Eiscreme zu werden.«

George nickt langsam, während er sichtlich angestrengt über das Gehörte nachdenkt. Wir beobachten ihn gespannt, um zu sehen, ob er die Erklärung geschluckt hat, als ich hinter ihm plötzlich eine Stimme höre. »Sam?«

Die Haare stehen feucht nach allen Richtungen ab. Die Ringe unter seinen Augen sind tiefer geworden und um seinen Mund hat sich ein scharfer Zug eingegraben.

»Hey, Kumpel.« Tim hebt kurz die Hand. »Hab dir nur schnell dein Mädchen vorbeigebracht, aber die ultraheiße Türsteherin, die deine Burg bewacht, wollte uns nicht reinlassen. Tja dann, ich muss mal wieder.« Bevor er geht, wirft er Alice und mir einen letzten Blick zu. »Ruf an, wenn du mich brauchst, Sammy. Und Alice – falls du noch einen Sparringpartner fürs Schlammcatchen suchst – ich steh jederzeit zur Verfügung ...«

Alice tritt zögernd zur Seite, als Jase die Fliegengittertür aufmacht und auf die Veranda tritt, kehrt dann aber achselzuckend ins Haus zurück.

»Also«, sagt Jase mit ausdrucksloser Miene. »Warum bist du hier?«

George kommt noch mal an die Tür gelaufen. »Glaubst du, dass es verschiedene Sorten gibt? Bei der Eiscreme, meine ich? Zum Beispiel Chocolate-Chip-Robbe oder Robbe mit Erdbeersoße?«

»Kumpel«, sagt Jase. »Wir klären das später, okay?«

George verschwindet wieder.

»Kannst du den Käfer nehmen oder das Motorrad?«, frage ich.

»Den Käfer«, antwortet er. »Joel ist mit dem Motorrad zur Arbeit gefahren.« Er dreht sich zur Tür um und ruft: »Al, ich nehm mir mal kurz den Wagen, okay?«

Ich kann Alice' Antwort nicht verstehen, aber ich wette, sie enthält jede Menge Verwünschungen gegen mich.

»Und wohin soll's gehen?«, sagt er, als wir im Wagen sitzen.

Ich wünschte, ich wüsste es.

»McGuire Park«, schlage ich vor.

Jase zuckt zusammen. »Nicht gerade der Ort, mit dem ich im Moment besonders viel Gutes verbinde, Sam.«

»Ich weiß.« Ich lege ihm eine Hand aufs Knie. »Aber ich will irgendwohin, wo uns keiner stören kann. Wenn du möchtest, können wir auch zum Leuchtturm oder so. Mir geht es nur darum, dass ich mit dir allein bin.« Jase blickt auf meine Hand und ich nehme sie wieder weg.

»Dann lass uns zum McGuire Park. Um ungestört zu sein, ist das Geheimversteck wahrscheinlich der beste Ort.« Seine Stimme lässt nicht erahnen, was in ihm vorgeht. Er wendet den Wagen, gibt härter Gas als sonst und fährt Richtung Main Street.

Wir schweigen. Es herrscht die Art von unbehaglicher Stille, wie es sie früher nie zwischen uns gegeben hat. Der wohlerzogene Teil in mir – Moms Tochter – hat das Bedürfnis, sie mit Small Talk zu füllen: *Schönes Wetter heute, nicht wahr? Mir geht es gut, danke, und dir? Großartig! Hast du gehört, wie das letzte Spiel von den Sox gelaufen ist?*

Aber ich lasse es. Ich starre bloß auf meine Hände und schaue ab und zu verstohlen zu Jase rüber, der keine Miene verzieht.

Auf dem Weg zum Geheimversteck streckt er mir automatisch die Hand hin, um mir über die glitschigen Steine zu helfen. Der Griff seiner warmen, starken Hand ist mir so vertraut und vermittelt so viel Sicherheit, dass ich mich wie amputiert fühle, als wir den großen, flachen Felsen erreicht haben und er mich wieder loslässt.

»Also …?« Er setzt sich, zieht die Knie an die Brust und sieht nicht mich an, sondern aufs Wasser.

Möglich, dass es Worte gibt, die exakt auf so eine Situation zugeschnitten sind, aber ich kenne sie nicht. Ich weiß nicht, wie man jemandem das, was ich zu sagen habe, schonend und behutsam beibringt. Mir bleibt nur die ungeschönte, schreckliche Wahrheit.

»Es war meine Mutter, die deinen Vater angefahren hat. Sie hat am Steuer gesessen …«

Jase wendet mir ruckartig den Kopf zu und schaut mich fassungslos an. Ich kann zusehen, wie alle Farbe aus seinem Gesicht weicht. Seine Lippen öffnen sich, aber es kommt kein Ton heraus.

»Ich war dabei. Ich habe auf der Rückbank geschlafen

und nicht mitbekommen, was passiert ist. Es hat ein paar Tage gedauert, bis ich es begriffen habe.« Ich sehe ihn an, wappne mich innerlich gegen seinen hasserfüllten, angewiderten Blick, rede mir ein, dass ich es irgendwie überleben werde. Aber er starrt mich an, als hätte ich ihm gerade die Faust in den Magen gerammt und ihm alle Luft aus den Lungen gepresst. Ich frage mich, ob er unter Schock steht und ich noch einmal wiederholen soll, was ich gerade gesagt habe. Mir fällt der Schokoriegel ein, den er mir auf Alice' Rat hin nach der Horrorfahrt mit Tim gegeben hat. Ich wünschte, ich hätte einen dabei.

»Clay saß auch mit im Wagen«, rede ich zögernd weiter. »Er hat ihr gesagt, dass sie weiterfahren soll. Nicht dass es eine Rolle spielt, ich meine, sie saß am Steuer, aber ...«

»Sie haben noch nicht einmal angehalten?« Jase' Stimme klingt schroff. »Sie sind noch nicht einmal zu ihm hingegangen, um sich zu vergewissern, dass er noch atmet? Um ihm zu sagen, dass Hilfe unterwegs ist? Sie sind einfach weitergefahren?«

Ich versuche tief Luft zu holen, aber es will mir nicht wirklich gelingen. »Ja. Mom hat den Wagen zurückgesetzt und ist weitergefahren. Clay hat von der nächsten Tankstelle aus anonym bei der Polizei angerufen.«

»Er lag dort ganz allein im Regen, Samantha.«

Ich nicke, versuche den Kloß in meiner Kehle hinunterzuschlucken, der sich anfühlt wie mit Stacheldraht umwickelt. »Wenn ich es mitbekommen hätte, wenn mir klar gewesen wäre, was da passiert ist ...«, sage ich, »wäre ich ausgestiegen. Das musst du mir glauben, Jase. Ich wäre ausgestiegen. Aber ich lag auf der Rückbank und habe geschlafen. Es ist alles so schnell gegangen.«

Jase steht auf und sieht aufs Wasser hinaus. Als er schließlich etwas sagt, ist seine Stimme so leise, dass ich ihn nicht verstehe. Ich stelle mich neben ihn und würde ihn gern berühren, um wenigstens körperlich die Kluft zu schließen, die sich zwischen uns aufgetan hat, aber es ist, als hätte er einen unsichtbaren Schutzschirm um sich herum errichtet, der verhindert, dass ich ihm zu nahe komme.

»Seit wann weißt du es?«, fragt er so leise, dass ich ihn wieder kaum höre.

»Der Verdacht ist mir zum ersten Mal gekommen, als du erzählst hast, dass es auf der Uferstraße passiert ist, aber ich ...«

»Das war schon am nächsten Tag«, unterbricht Jase mich. Jetzt ist seine Stimme laut und vorwurfsvoll. »Als die Ärzte ein Loch in Dads Schädel gebohrt haben und die Polizei uns gegenüber so getan hat, als würde sich alles aufklären.« Er schiebt die Hände in die Hosentaschen und stellt sich mit dem Rücken zu mir an den zerklüfteten Rand des Felsens.

Ich folge ihm, lege eine Hand auf seine Schulter. »Aber ich war mir nicht sicher. Ich wollte es nicht wahrhaben. Bis ich eine Woche später mitbekommen habe, wie Clay und Mom sich darüber unterhalten haben.«

Jase dreht sich nicht zu mir um, sondern starrt immer noch auf den Fluss hinaus. Aber immerhin schüttelt er meine Hand nicht ab.

»Und da hast du dir gedacht, dass das ein guter Zeitpunkt wäre, um Schluss zu machen?« In seiner sonst so ausdrucksvollen Stimme liegt keinerlei Gefühlsregung.

»Clay ... er hat damit gedroht, die Verträge zu kündigen, die Moms Wahlkampfbüro mit eurem Baumarkt abgeschlossen hat, und ich ...«

Jase schluckt, als er das hört, und dreht sich zögernd zu

mir um. »Das ist alles ein bisschen viel auf einmal für mich, okay?«

Ich nicke.

»Ich schaffe es einfach nicht, dieses Bild aus meinem Kopf zu bekommen. Dad, wie er im Regen auf der Straße liegt. Er ist aufs Gesicht gefallen, wusstest du das? Als der Wagen ihn erfasst hat, ist er ungefähr fünf Meter weit durch die Luft geschleudert worden. Er lag mitten in einer Pfütze, als die Rettungskräfte am Unfallort ankamen. Ein paar Minuten länger und er wäre ertrunken.«

Ich würde am liebsten davonlaufen. Wieder fehlen mir die Worte. Das was passiert ist, lässt sich nicht mehr gutmachen.

»Er hat keine Erinnerung daran«, fährt Jase fort. »Er weiß nur noch, dass er dachte, es würde gleich zu regnen anfangen, dann wurde es um ihn herum schwarz, bis er im Krankenhaus wieder aufgewacht ist. Aber ich kann den Gedanken nicht abschütteln, dass ihm in dem Augenblick, in dem er dort lag, alles bewusst gewesen sein muss, was passierte. Dass er ganz allein war und Todesangst hatte.« Er dreht sich zu mir um. »Du wärst bei ihm geblieben?«

Man kann nur darüber spekulieren, was man in dieser oder jener Situation tun würde oder getan hätte. Jeder möchte glauben, dass er zu denen gehört hätte, die ihre Schwimmweste einem anderen überlassen und sich mit einem tapferen Winken vom sinkenden Deck der *Titanic* aus verabschiedet hätten, die sich in die Schussbahn einer Kugel werfen würden, die einem Fremden gilt, oder in den brennenden Twin Towers wieder umgekehrt wären, um nach anderen Überlebenden zu suchen, statt nur an ihre eigene Sicherheit zu denken. Aber niemand weiß, wie er im Ernstfall tatsächlich reagieren würde.

Ich sehe Jase in die Augen. »Ich weiß es nicht«, sage ich, weil es die Wahrheit ist. »Und ich werde es wohl auch nie wissen. Aber in der Situation, in der ich jetzt hier aktuell bin, kann ich mich entscheiden. Und ich habe mich entschieden. Für dich.«

Ich weiß nicht, wer zuerst die Hand ausstreckt. Letztendlich spielt es auch keine Rolle. Jase liegt in meinen Armen und ich drücke ihn so fest ich kann an mich. Ich habe so viel geweint, dass ich keine Tränen mehr in mir habe. Jase' Schultern zittern, aber das Beben verebbt allmählich. Es vergeht eine kleine Ewigkeit, ohne dass wir etwas sagen.

Und das ist gut so, denn selbst die wichtigsten Sätze – *Ich liebe dich. Es tut mir leid. Verzeihst du mir?* – sind im Grunde genommen nur Platzhalter für etwas, was man ohne Worte noch viel besser sagen kann.

Achtundvierzigstes Kapitel

Auf der Rückfahrt schweigen wir wieder, aber diesmal ist die Stille eine ganz andere. Jase hält meine Hand, wenn er nicht gerade einen anderen Gang einlegt, und ich lehne mich an ihn und schmiege den Kopf an seine Schulter.

»Und wie geht es jetzt weiter, Sam?«, fragt er, als wir in der Einfahrt neben dem Kombi seiner Eltern halten.

Ihm alles zu erzählen, ist der schwierigste Teil gewesen, aber mir steht trotzdem noch einiges bevor. Ich muss Alice gegenübertreten, Mrs Garrett, meiner Mutter.

»Darüber hab ich mir noch keine Gedanken gemacht.«

Jase nickt, beißt sich auf die Unterlippe und zieht die Handbremse an. »Wie sollen wir es machen? Möchtest du mit zu mir kommen?«

»Ich glaube, ich muss sobald wie möglich mit meiner Mutter reden. Ihr sagen, dass du es weißt. Sie wird …« Ich reibe mir erschöpft übers Gesicht. »Ich habe keine Ahnung, wie sie reagieren wird. Oder was sie tun wird. Aber ich muss es ihr sagen.«

»Okay, hör zu. Ich brauche jetzt erst mal einen Moment, um das alles zu verarbeiten und mir zu überlegen, wie ich es den anderen sage. Ob ich erst mit Mom reden soll oder … ich weiß es nicht. Wenn irgendetwas passiert, wenn du mich brauchst, ruf mich auf dem Handy an, in Ordnung?«

»In Ordnung.« Als ich aussteigen will, hält Jase mich am Arm fest.

»So richtig verstehe ich es trotzdem nicht«, sagt er. »Du hast es doch gewusst, oder? Von Anfang an? Ich meine, wie kannst du es nicht gewusst haben?«

Die Frage ist berechtigt und letztlich alles entscheidend.

»Wie kann es sein, dass du nicht sofort gewusst hast, dass etwas Schreckliches passiert ist?«

»Ich habe geschlafen«, antworte ich. »Ich habe viel zu lange geschlafen.«

Ich weiß, dass Mom zu Hause ist, weil ihre dunkelblauen Sandaletten vor der Tür stehen und ihre Prada-Tasche auf der Kommode in der Diele liegt, aber ich finde sie weder in der Küche noch im Wohnzimmer. Als Nächstes schaue ich in ihrem Zimmer nach, und obwohl ich in diesem Haus wohne, habe ich das Gefühl, unerlaubt in fremdes Terrain einzudringen.

Sie scheint gerade damit beschäftigt zu sein, ihr Outfit für irgendeine anstehende Veranstaltung zusammenzustellen. Auf dem Bett liegen Berge von Klamotten ... ein bunter Strauß aus Blumenmustern, sanften Pastelltönen und allen Schattierungen des Meers und dazwischen ihre strengen weißen und dunkelblauen Hosenanzüge.

Die Dusche rauscht.

Moms Badezimmer ist riesig. Sie hat es schon mehrmals umgestalten lassen und es ist mit jedem Mal größer und luxuriöser geworden. Überall liegen flauschige Teppiche, in einer Ecke steht ein Sofa, die Badewanne ist im Boden eingelassen, die Dusche komplett verglast und mit sieben Düsen ausgestattet, die aus allen Richtungen Wasser sprühen. Alles ist in einer Farbe gehalten, die meine Mutter Austerngrau nennt, für mich aber wie ganz gewöhnliches Hellgrau aussieht. Auf ihrem Toilettentisch, vor dem eine kleine gepolsterte Bank steht, reiht sich eine ganze Armada an Parfums, Lotionen, Cremetiglen und Make-up-Utensilien aneinander. Als ich die Tür öffne, schlägt mir Wasserdampf entgegen, sodass ich kaum etwas sehen kann. »Mom?«, rufe ich.

»Großer Gott, Samantha!« Sie stößt einen kleinen spitzen Schrei aus. »Man kommt nicht ins Badezimmer, wenn gerade jemand unter der Dusche steht! Hast du noch nie *Psycho* gesehen?«

»Ich muss mit dir reden.«

»Ich mache gerade ein Peeling.«

»Dann eben, wenn du fertig bist. Es ist wichtig.«

Ich höre, wie sie die Dusche abdreht. »Kannst du mir ein Handtuch reichen? Und meinen Bademantel?«

Ich nehme ihren apricotfarbenen Seidenkimono vom Haken an der Tür und registriere, dass daneben ein dunkelblauer Männerbademantel hängt. Sie streckt eine Hand aus der Dusche und greift danach.

Nachdem sie ihn zugeknotet und sich ein austernfarbenes Handtuch als Turban um den Kopf gewickelt hat, setzt sie sich an den Toilettentisch und greift nach einer Gesichtscreme.

»Ich denke darüber nach, mir Hyaluron zwischen die Brauen spritzen zu lassen«, sagt sie. »Nur so viel, dass es nicht auffällt, aber genug, um diese kleine steile Furche verschwinden zu lassen.« Sie zeigt auf eine nicht existierende Falte und strafft dann mit den Fingern ihre Stirn. »Mit Stirnfalten sieht man immer so besorgt aus, und meine Wähler sollen nicht denken, ich wäre über irgendetwas beunruhigt – das würde ihr Vertrauen in mich beeinträchtigen, denkst du nicht auch?« Sie lächelt mich an, und ich kann nicht anders, als über ihre verworrene Logik zu staunen.

Ich habe beschlossen, nicht lange um den heißen Brei zu reden. »Jase weiß Bescheid.«

Sie erblasst unter ihrer Gesichtscreme. »Sag, dass du das nicht getan hast.«

»Doch.«

Mom springt so hastig von der Bank auf, dass sie umfällt. »Samantha … Warum?«

»Ich musste es tun, Mom.«

Sie fängt an, nervös auf und ab zu laufen. Und zum ersten Mal bemerke auch ich die Falten auf ihrer Stirn, die tiefen Furchen um ihren Mund. »Wir haben uns doch darüber unterhalten und sind uns einig gewesen, dass wir die ganze Sache ruhen lassen. Zum Wohle aller.«

»Du bist dir mit Clay einig gewesen, Mom. Ich nicht.«

Sie bleibt stehen und funkelt mich wütend an. »Du hast mir dein Wort gegeben.«

»Habe ich nicht. Und das wüsstest du, wenn du mir nur einmal wirklich zugehört hättest.«

Mom lässt sich auf die kleine Bank fallen, die ich wieder hingestellt habe, und sieht mit flehendem Blick zu mir auf. »Damit hast du dafür gesorgt, dass ich auch Clay verliere. Wenn es zu einem Skandal kommt und ich zurücktreten muss, bricht er seine Zelte hier ab. Clay Tucker spielt nur für das Gewinnerteam.«

Wie kann Mom überhaupt mit einem Mann zusammen sein, über den sie so etwas weiß? *Wenn es Probleme gibt, Darling, bin ich weg.* Ich bin froh, dass ich meinen Vater nicht kenne. Traurig, aber wahr. Wenn er und Clay tatsächlich so sind, wie meine Mutter sie sieht, kann sie einem nur leidtun.

Tränen glitzern in ihren Augen. Ich bin erschöpft, habe ein unendlich schlechtes Gewissen, aber es liegt mir nicht wie ein dicker Stein im Magen, wie noch vor wenigen Stunden, bevor ich mich entschieden habe, zu reden.

Mom dreht sich um, stützt die Ellbogen auf den Tisch und starrt ihr Spiegelbild an. »Ich möchte jetzt allein sein, Samantha.«

Ich lege die Hand auf die Türklinke. »Mom?«

»Was gibt es noch?«

»Kannst du mich bitte ansehen?«

Sie begegnet meinem Blick im Spiegel. »Warum?«

»Bitte.«

Mit einem Seufzen wendet Mom sich zu mir um. »Ja?«

»Sag mir ins Gesicht, dass das, was ich getan habe, falsch war.«

Im Gegensatz zu meinen Augen, die golden und vielleicht auch grün gesprenkelt sind, sind die von Mom strahlend blau. Sie sieht mich an, hält meinem Blick einen Herzschlag lang stand und schaut dann weg.

»Ich habe es noch niemandem erzählt«, sagt Jase, als ich ihm später das Fenster öffne. Es ist früher Abend und die tiefstehende Sonne taucht die Dächer der umliegenden Häuser in ein honigfarbenes Licht.

Erschöpft von dem Gespräch mit Mom, bin ich einfach nur froh, dass ich fürs Erste niemand anderem etwas gestehen und mit seiner Reaktion umgehen muss.

Allerdings dauert dieser selbstsüchtige Gedanke nur einen Augenblick. »Warum nicht?«

»Mom hat sich sofort schlafen gelegt, als sie nach Hause gekommen ist. Sie hat die Nacht wieder im Krankenhaus verbracht. Dad musste wegen der Infektion intubiert werden. Ich dachte, ich lasse sie besser schlafen. Aber ich glaube, ich weiß jetzt, wie ich es angehe. Die Familienrat-Keule scheint mir die beste Lösung dafür zu sein.«

»Die was?«

»Die Familienrat-Keule. Ein Stück Treibholz, das Joel irgendwann mal am Strand gefunden hat, als wir noch klein waren, und das Alice bemalt hat. Mom hatte damals eine Freundin, die Laura hieß und ihren Kindern immer, wenn sie ihr auf der Nase herumtanzten, mit der Familienrat-Keule gedroht hat. Sie haben wohl regelmäßig zusammengesessen, um Probleme innerhalb der Familie zu besprechen, und damit nicht alle ständig durcheinanderquatschen, hat derjenige, der was Wichtiges sagen wollte, einen Stock hochgehalten und die anderen mussten zuhören. Mom und Dad haben sich zuerst ein bisschen darüber lustig gemacht, bis ihnen dann aufgefallen ist, dass bei unseren Familiensitzungen auch immer alle gleichzeitig anfingen zu reden und niemand dem anderen richtig zuhörte. Also haben wir die Idee mit der Familienrat-Keule übernommen und holen sie auch heute noch raus, wenn wichtige Entscheidungen anstehen oder Neuigkeiten zu verkünden sind.« Er schüttelt leise lachend den Kopf und blickt auf seine Füße. »Duff hat in der Schule mal gesagt ›Jedes Mal, wenn Daddy die Keule rausholt, bekommt Mommy ein Baby‹. Es wurde extra eine Lehrerkonferenz deswegen einberufen.«

Es fühlt sich unglaublich gut an, zu lachen. »Oh. Mein. Gott.« Ich lasse mich aufs Bett fallen und klopfe neben mich auf die Matratze.

Aber Jase bleibt stehen, schiebt die Hände in die Hosentaschen und lehnt den Kopf an die Wand. »Es gibt da eine Sache, über die ich nachgedacht habe.«

Ich setze mich abrupt auf. In seiner Stimme liegt ein Unterton, den ich nicht kenne und der meiner Freude darüber, ihn wieder bei mir zu haben, einen empfindlichen Dämpfer versetzt.

»Was?«

Er hebt mit der Spitze seiner Chucks eine Ecke des Teppichs an und streicht ihn dann wieder glatt. »Irgendwie ist mir das nicht aus dem Kopf gegangen. Vielleicht hat es ja auch nichts zu bedeuten, aber ... Tim wusste Bescheid. Du hast es ihm erzählt. Bevor du mit mir darüber gesprochen hast.«

Bedeutet dieser unvertraute Ton, dass er eifersüchtig ist? Oder an mir zweifelt? Ich kann es nicht sagen.

»Er hat mich vor der Haustür abgefangen und mich praktisch gezwungen, ihm zu sagen, was los ist, Jase. Er hat nicht locker gelassen, bis ich ihm alles erzählt habe. Er ist mein ältester Freund.«

Jase hält den Kopf gesenkt und schweigt.

»Ich habe keine Gefühle für ihn, falls es das ist, was du denkst.«

Er sieht mich an. »Ich glaube, das weiß ich. Es ist nur ... sollte man nicht den Menschen gegenüber am ehrlichsten sein, die man liebt? Steht und fällt nicht alles damit?«

Ich stehe auf und lege den Kopf zurück, um ihm in seine klaren grünen Augen sehen zu können. »Tim weiß, was es heißt, richtig tief in der Scheiße zu sitzen.«

»Tja, was das angeht, mache ich gerade auch meine ersten Erfahrungen. Warum hast du es mir nicht gleich erzählt, Sam?«

»Ich war mir sicher, dass du mich hassen würdest. Und Clay hätte dafür gesorgt, dass der Baumarkt pleitegeht. Ich wusste nicht, was ich tun soll, und da ... da habe ich gedacht, es ist das Beste, wenn ich tue, was Clay will, und alles nicht noch schlimmer mache.«

Er runzelt die Stirn. »Dich hassen wegen etwas, das deine Mutter getan hat? Oder dieser feige Erpresser? Wie kannst du das geglaubt haben?«

»Ich wusste nicht mehr, was ich glauben sollte oder was richtig oder falsch war. Ich fühlte mich einfach nur ... verloren. In der einen Minute konnte ich mein Glück noch kaum fassen, in der nächsten lag plötzlich alles in Trümmern. Du und deine Familie, ihr seid glücklich gewesen und habt euer Leben im Griff gehabt, bis ich gekommen bin ... bis unsere Welten sich vermischt haben und meine Welt eure kaputt gemacht hat.«

Jase dreht sich zum Fenster und sieht zu sich rüber. »Wir leben alle in derselben Welt, Sam.«

»Nicht ganz, Jase. Meine Welt besteht aus Wahlkampfveranstaltungen, aus Jobs, in denen ich im Matrosinnenkostüm kellnere oder in einem albernen Kapitänsjäckchen auf einem Rettungsschwimmerturm hocke und dabei immer so tue, als wäre alles super, obwohl nichts super ist, sondern einfach nur Schrott. Und deine Welt ...«

»... besteht aus Schulden und vollen Windeln und unaufgeräumten Zimmern und noch mehr Schrott«, beendet er den Satz. »Und wenn du schon von deiner und meiner Welt sprichst, verstehe ich eins nicht. Ist dir denn nie in den Sinn gekommen, dass du mir wichtig genug sein könntest, um deine Welt zu meiner zu machen?«

Ich schließe die Augen und atme tief ein. Als ich ihn wieder ansehe, liegt in seinem Blick so viel Liebe und Vertrauen, dass es mir einen Stich versetzt.

»Ich habe den Glauben daran verloren«, sage ich.

»Und jetzt?«, fragt er leise.

Ich strecke die Hand aus und Jase greift danach. Eine Sekunde später liege ich in seinen Armen und halte mich an ihm fest. Ich höre keine kitschige Geigenmusik, aber ich höre das Pochen seines Herzschlags und das von meinem, was unendlich viel schöner ist.

Und dann geht plötzlich die Tür auf und meine Mutter steht da und starrt uns an.

Neunundvierzigstes Kapitel

Wie ich sehe, seid ihr sogar beide hier«, sagt Mom. »Das trifft sich gut.«

Das ist *nicht* das, was ich von ihr in dieser Situation zu hören erwartet hätte. Das Erstaunen auf Jase' Gesicht muss meines widerspiegeln.

»Clay ist schon unterwegs«, fährt sie fort. »Er wird in ein paar Minuten hier sein. Kommt mit in die Küche.«

Jase sieht mich an. Ich zucke die Achseln. Mom geht zur Treppe.

Als wir in der Küche sind, dreht sie sich um und lächelt ihr einstudiertes »Wir sind doch alle gute Freunde«-Lächeln. »Warum trinken wir nicht etwas, während wir warten? Hast du Hunger, Jase?« Mir fällt auf, dass ihre Stimme ganz leicht die Färbung von Clays Südstaatenakzent angenommen hat.

»Äh … nein, eigentlich nicht.« Jase behält sie misstrauisch im Auge, als wäre sie ein unberechenbares Tier. Sie trägt ein sonnenblumengelbes Kleid, die Haare sind wie immer im Nacken zu einem ordentlichen Knoten geschlungen, ihr Make-up ist makellos. Nichts erinnert mehr an die fassungslose Frau im Bademantel von vorhin.

»Sobald Clay hier ist, gehen wir alle ins Arbeitszimmer rüber. Vielleicht sollte ich uns einen Tee machen.« Sie mustert Jase. »Du siehst nicht wie ein Teetrinker aus. Lieber ein Bier?«

»Nein danke. Ich bin noch minderjährig, Mrs Reed.« Jase Stimme ist kühl.

»Du kannst mich Grace nennen«, sagt Mom ohne einen Hauch von Sarkasmus in der Stimme. Ich bin verblüfft. Nicht einmal Nan und Tim, die sie praktisch schon ihr ganzes Leben kennen, dürfen sie beim Vornamen nennen. Jedenfalls nicht offiziell.

Sie tritt ein bisschen näher an Jase heran, der vollkommen reglos dasteht, als würde er sich innerlich für den Fall wappnen, dass sie sich als eines der Tiere entpuppt, die ohne Vorwarnung angreifen. »Du liebe Güte, was für breite Schultern du hast.«

Du liebe Güte, was für eine schrecklich affektierte Art du an dir hast, Mom.

»Was soll das …«, setze ich an, aber sie unterbricht mich.

»Es ist mächtig heiß heute. Limonade wäre doch jetzt genau das Richtige, hab ich recht? Ich glaube, wir haben sogar noch ein paar Kekse da!«

Hat sie den Verstand verloren? Was verspricht sie sich davon? Dass Jase sagt: »Oh, Kekse, Ma'am! Vielleicht sogar mit Schokolade und Nüssen? Weil wenn das so ist, ist natürlich alles vergeben und vergessen! Was bedeutet schon eine kleine Fahrerflucht im Vergleich zu Ihrer großzügigen Gastfreundschaft?

Als die Haustür aufgeschlossen wird, greife ich nach seiner Hand.

»Gracie?«

»In der Küche, Honey«, ruft Mom, ein warmes Lächeln in der Stimme. Clay kommt herein, die Hände in den Hosentaschen, die Ärmel seines Hemds wie immer hochgekrempelt.

»Hallo. Du bist sicher Jason, richtig?«

»Jase reicht.« Jetzt muss er zwei unberechenbare Kreaturen im Auge behalten. Ich rücke ein bisschen näher an ihn heran, während er sich gleichzeitig beschützend vor mich schiebt.

»Gut, dann also Jase«, sagt Clay lächelnd. »Wie groß bist du, mein Junge?«

Was hat es nur mit diesem plötzlichen Interesse an Jase' Körperbau auf sich? Er wirft mir einen Blick zu, als würde er sich fragen: *Will er meine Maße für einen Sarg?*, bleibt aber höflich und antwortet: »Ein Meter achtundachtzig … Sir.«

»Du spielst Basketball?«

»Football. Ich bin Cornerback.«

»Ah – eine Schlüsselposition.« Clay nickt mit Kennermiene. »Ich war damals Quarterback. Ich weiß noch genau, wie ich einmal …«

»Ich weiß, was passiert ist«, unterbricht Jase ihn. »Sam hat mir alles erzählt. Wir können uns das Vorgeplänkel also sparen.«

Clays Ausdruck bleibt unverändert ruhig und freundlich. »Natürlich. Warum gehen wir nicht alle in Grace' Arbeitszimmer und unterhalten uns dort weiter?« Er sieht Mom an. »Bitte nach dir, Darling.«

Moms privates Arbeitszimmer ist femininer eingerichtet als das in ihrem Büro. Die Wände sind hellblau, das Sofa und die Sessel mit weißem Leinen gepolstert, und statt eines gewöhnlichen Bürostuhls thront ein mit elfenbeinfarbenem Brokat bezogener Lehnsessel hinter ihrem Schreibtisch. Dort nimmt sie jetzt Platz, während Clay sich auf einen Stuhl setzt und anfängt, auf den Hinterbeinen vor- und zurückzuschaukeln, wie er es immer tut.

Jase und ich setzen uns dicht nebeneinander auf das lange Sofa.

»Also, Jase, ich nehme doch mal an, dass du vorhast, aufs College zu gehen und weiter Football zu spielen?«

»Warum interessiert Sie das?«, gibt Jase zurück. »Ich wüsste nicht, was meine Studienpläne mit der Senatorin und dem zu tun hat, was sie meinem Vater angetan hat. Sir.«

Clays Miene ist nach wie vor ausgesprochen freundlich und höflich. »Ich mag Menschen, die kein Blatt vor den Mund nehmen, Jase.« Er schmunzelt. »Wenn man in der Politik ist, trifft man solche Leute nur noch selten.« Er lächelt Jase an, der den Blick eisig erwidert.

»In Ordnung«, fährt Clay fort, »sprechen wir offen miteinander. Jase, Samantha, Grace ... Wir sind uns ja wohl alle einig, dass wir ein Problem haben. Es ist etwas passiert. Und in so einem Fall muss man sich damit auseinandersetzen und eine Lösung finden. Habe ich recht?«

Da diese Feststellung sich auf alles mögliche beziehen kann – vom Hund, der auf den neuen Teppich gepinkelt hat, bis zum versehentlichen Abschuss nuklearer Sprengköpfe –, nicken Jase und ich.

»Es ist ein Unrecht geschehen, stimmt ihr mir auch in diesem Punkt zu?«

Ich sehe zu Mom rüber, die sich nervös die Lippen leckt.

»Ja«, antworte ich, während Jase Clay mit zusammengezogenen Brauen mustert.

»Zunächst einmal möchte ich klären, wie viele Menschen davon wissen? Vier, nehme ich an? Oder hast du es noch jemand anderem gesagt, Jase?«

»Noch nicht.« Jase Stimme ist eisig.

»Aber du hast es vor, habe ich recht, mein Junge?«

»Ich bin nicht Ihr Junge. Und ja, das habe ich vor.«

Clay lässt den Stuhl in seine normale Position kippen, stützt die Ellbogen auf die Knie und breitet die Unterarme aus. »Bei allem nötigen Respekt, Jase, aber was das angeht, denke ich, irrst du dich.«

»Tatsächlich?«, entgegnet Jase. »Und worin genau besteht mein Irrtum?«

»Darin, dass du glaubst, damit wäre dann alles gut. Aber ein Unrecht hebt das andere nicht auf. Du empfindest es wahrscheinlich als ausgleichende Gerechtigkeit, wenn alle Welt erfährt, was Senatorin Reed getan hat, und sie mit ihrer Karriere dafür bezahlt. Eine Karriere, der sie sich mit Haut und Haaren verschrieben und die sie ganz in den Dienst der Bürger Connecticuts gestellt hat, um in ihrem Namen Gutes zu bewirken. Aber hast du auch bedacht, was das für deine Freundin bedeuten würde? Sollte die Geschichte an die Öffentlichkeit gelangen, wird sie genauso darunter zu leiden haben wie ihre Mutter. Das ist traurig, aber leider ist es in unserer Gesellschaft nun einmal so, dass die Kinder von Straftätern in der Regel unter Vorurteilen zu leiden haben.«

Bei dem Wort »Straftäter« zuckt Mom zusammen, aber Clay fährt ungerührt fort. »Glaubst du, dass du damit leben kannst? Ganz gleich, wo Samantha auftaucht, überall werden die Leute ihre Moral infrage stellen und zu dem Schluss kommen, dass sie wahrscheinlich kein besonders anständiger Mensch ist. Kein sehr schönes Etikett für eine junge Frau und darüber hinaus nicht ungefährlich. Es gibt Männer, die das ohne zu zögern ausnutzen würden.«

Jase sieht auf seine Hände hinunter, die sich zu Fäusten geballt haben. Auf seinem Gesicht liegt ein schmerzerfüllter Ausdruck und – noch schlimmer – Verwirrung.

»Das wäre mir egal«, entgegne ich. »Außerdem machst du dich komplett lächerlich, Clay. Willst du wirklich behaupten, dass alle Welt mich für eine Schlampe halten wird, weil Mom jemanden mit dem Auto angefahren hat? Ich bitte dich. Haben sie euch in der Verbrecherschmiede, aus der du kommst, keine originelleren Einschüchterungsmethoden beigebracht?«

Jase lacht leise auf und legt mir einen Arm um die Schultern.

Unerwarteterweise lacht Clay ebenfalls. Moms Miene ist ausdruckslos.

»In dem Fall hat es wohl wenig Sinn, euch Schweigegeld in unmarkierten Scheinen anzubieten, was?« Clay steht auf, tritt hinter Mom und fängt an, ihre Schultern zu massieren. »Okay, dann fangen wir noch einmal von vorne an. Wo stehen wir? Wie wird dein nächster Schritt aussehen, Jase?«

»Ich werde meiner Familie erzählen, was ich erfahren habe, und es meinen Eltern überlassen, zu entscheiden, was sie unternehmen möchten.«

»Kein Grund, so in die Defensive zu gehen, Jase. Hey, ich komme aus dem Süden. Männer, die für ihre Familie einstehen, haben meine ganze Bewunderung. Das ist vorbildlich, wirklich. Du wirst es also deinen Leuten erzählen, und wenn deine Leute eine Pressekonferenz einberufen und der Welt mitteilen wollen, was sie wissen, dann ist das für dich in Ordnung, habe ich das richtig verstanden?«

»Ja, Sir.«

»Und wenn die Anschuldigungen kein Gewicht haben, weil es keine Zeugen gibt, und alle deine Eltern für kranke Spinner halten, die es bloß auf das große Geld abgesehen haben, dann ist das für dich auch in Ordnung?«

Jase' Blick wird wieder unsicher. »Aber ...«

»Es gibt einen Zeugen«, werfe ich ein. »Mich.«

Clay legt den Kopf schräg, sieht mich an und nickt. »Stimmt. Beinahe hätte ich vergessen, dass du ja keinerlei Skrupel hast, deine Mutter zu verraten.«

»Lass gut sein, Clay«, sage ich. »Die Masche zieht bei mir nicht mehr.«

Mom vergräbt das Gesicht in den Händen, ihre Schultern beben. »Es hat keinen Sinn«, sagt sie. »Die Garretts werden es erfahren und tun, was sie tun müssen, und es gibt nichts, was wir daran ändern können.« Sie lässt die Hände wieder sinken und sieht Clay mit tränenverschleiertem Blick an. »Aber danke, dass du es versucht hast, Honey.«

Er zieht ein Taschentuch aus der Hosentasche und tupft sanft ihre Wangen ab. »Gracie, Darling, es gibt immer mehrere Möglichkeiten so eine Situation zu lösen. Hab ein bisschen Vertrauen. Ich spiele dieses Spiel schon ziemlich lange.«

Mom schnäuzt sich und senkt den Blick. Jase und ich sehen uns ungläubig an. *Spiel?*

Clay steht auf, hakt die Daumen in seine Hosentaschen fängt an, auf und ab zu gehen. »Okay, Grace. Lass uns weiterdenken. Was, wenn *du* die Pressekonferenz einberufst? Du sprichst zuerst. Gestehst alles. Die ganze schreckliche Wahrheit. Du erzählst, was passiert ist, dass dich entsetzliche Schuldgefühle geplagt haben, aber da deine Tochter und ein Sohn der Garretts involviert waren« – er hält kurz inne, um uns großmütig anzulächeln – »hast du geschwiegen. Du wolltest die erste große Liebe deiner Tochter nicht zerstören. Jeder wird sich mit dieser Geschichte identifizieren können, jeder von uns war schon einmal unsterblich verliebt, und wer es nicht war, wünscht es sich mit Sicherheit. Du hast also den Mund gehalten, um deine Tochter zu schützen, aber ...«, er tigert weiter auf und ab, die Brauen konzentriert zusammengezogen, »... aber du konntest es nicht mit deinem Gewissen vereinbaren, einen Fehltritt von solch ungeheurer Tragweite vor den Menschen geheim zu halten, die du in deinem Amt als Senatorin vertrittst. Dieser Weg ist riskanter, aber ich habe schon erlebt, dass er funktioniert. Die Welt liebt reumütige Sünder. Du würdest die Erklärung natürlich im Beisein deiner Töchter und der Garretts abgeben. Anständige, hart arbeitende Leute, zwischendurch ein Kameraschwenk zu den jungen Liebenden ...«

»Moment mal«, unterbricht Jase ihn. »Die Gefühle, die Sam und ich füreinander haben, sind doch ...«, er sucht nach Worten, »sind doch kein Marketinginstrument.«

Clay wirft ihm ein amüsiertes Lächeln zu. »Bei allem Respekt, mein Junge, Gefühle sind grundsätzlich immer ein hervorragendes Marketinginstrument. Um nichts anderes geht es beim Marketing – die Leute in ihrem Innersten zu treffen. Auf der einen Seite das junge Paar und die schwer arbeitende Großfamilie, die von einem unerwarteten Schicksalsschlag getroffen wurde ...« Er bleibt plötzlich stehen und grinst. »Gracie, ich hab's. Du könntest den Moment außerdem gleich dazu nutzen, um ein neues Gesetz vorzuschlagen ... irgendetwas zum Schutz von unversicherten Selbstständigen mit Familie, die unverschuldet in eine Notsituation geraten sind. Nichts zu Radikales, es soll bloß deutlich machen, dass Grace Reed aus dieser Erfahrung mit noch mehr Leidenschaft für das Wohl der Menschen, denen sie dient, hervorgeht. Das ist es, Darling! Und wir überzeugen Mr Garrett davon, zu sagen, dass er nicht wollen würde, dass die wertvolle Arbeit von Senatorin Reed durch das, was passiert ist, zunichtegemacht wird.«

Ich schaue Jase an. Er hat die Lippen leicht geöffnet und starrt Clay fasziniert an. Ungefähr so, wie man eine sich aufrichtende Kobra anstarrt.

»Anschließend könntest du an die Menschen appellieren anzurufen, zu schreiben und dir Mails zu schicken, wenn sie dich weiterhin als ihre Senatorin wollen. Das nennt man Basisdemokratie. Die Leute lieben es, wenn sie das Gefühl haben, Teil des Prozesses zu sein. Dein Büro wird von den Medien belagert werden – du hältst dich ein paar Tage bedeckt, dann berufst du eine weitere Konferenz ein, bedankst dich demütig bei den Bürger für ihr Vertrauen in dich und gelobst, ihm gerecht zu werden. Wenn du das überzeugend vorbringst, Darling, dann ist das schon die halbe Miete und du hast die Wahl so gut wie in der Tasche«, schließt er und strahlt Mom triumphierend an.

Sie starrt ihn ebenfalls mit offenem Mund an. »Aber ...«

Jase und ich schweigen.

»Verstehst du denn nicht, Gracie«, drängt Clay. »Der Plan hat Hand und Fuß!«

Jase steht auf. Zu meiner Zufriedenheit registriere ich, dass er Clay sogar noch überragt. »Alles, was Sie gesagt haben, hat Hand und Fuß. Aber bei allem nötigen Respekt, Sir – Sie haben definitiv nicht mehr alle Tassen im Schrank. Komm, Sam. Lass uns nach Hause gehen.«

Fünfzigstes Kapitel

Als wir das Haus verlassen, dämmert es bereits. Jase geht mit weit ausholenden Schritten die Einfahrt hoch und ich muss fast rennen, um mit ihm mitzuhalten. Kurz bevor wir die Verandastufen erreicht haben, bleibe ich stehen. »Warte.«

»Sorry, dass ich dich so hinter mir hergezerrt habe. Ich hab bloß das Gefühl, mich dringend unter die Dusche stellen zu müssen. Scheiße, Sam. Was war das gerade eben?«

»Ich weiß«, sage ich. »Es tut mir leid.« Clay hat kein einziges Mal aufrichtiges Bedauern gezeigt, und meine Mutter saß die ganze Zeit nur da, als würde sie in der Geschichte bloß eine unwichtige Statistenrolle spielen. »Tut mir leid«, murmle ich noch einmal.

»Es wäre gut, wenn du aufhören würdest, dich zu entschuldigen«, sagt er.

Ich seufze und starre auf seine Schuhe hinunter. »Es ist so ziemlich das Einzige, was ich tun kann. Um es wiedergutzumachen.«

Gegen Jase' Füße wirken meine winzig. Er trägt Sneaker und ich Flipflops. Wir stehen eine Weile Zehen an Schuhspitze da, bis er einen Fuß zwischen meine schiebt.

»Du hast toll reagiert«, sage ich.

Er vergräbt die Hände in den Hosentaschen. »Soll das ein Scherz sein? Du bist diejenige gewesen, die ihm gesagt hat, dass er totalen Bullshit erzählt, während ich wie hypnotisiert war von seinem Falsch-ist-richtig-und-oben-ist-unten-Gequatsche.«

»Aber auch nur, weil ich den ganzen Mist schon mal gehört habe. Ich habe Wochen gebraucht, um aus der Hypnose aufzuwachen.«

Jase schüttelt den Kopf. »Plötzlich will er aus einem Unfall mit Fahrerflucht einen Pressefototermin für die Wahlkampagne machen. Wie würde er das überhaupt anstellen? Jetzt verstehe ich, wie es Tim mit dem Typen gegangen ist.«

Wir blicken schweigend zu unserem Haus hinüber.

»Meine Mutter ...«, beginne ich zögernd und verstumme wieder. Ich habe zwar nicht widersprochen, als Clay gesagt hat, ich hätte kein Problem damit, meiner eigenen Mutter in den Rücken zu fallen, aber so einfach ist es nicht. Woher soll Jase wissen, wie soll er je wirklich verstehen, dass sie uns in all den Jahren auch viel Gutes beigebracht hat? Oder zumindest ihr Bestes gegeben hat.

Aber er wartet geduldig, bis ich fortfahren kann.

»Sie ist kein Monster. Ich möchte, dass du das weißt. Es spielt eigentlich keine Rolle, weil das, was sie getan hat, unverzeihlich ist. Aber sie ist kein böser Mensch. Nur eben« – meine Stimme bricht – »nicht besonders stark.«

Jase zieht das Gummiband aus meinem Zopf, sodass mir die Haare über die Schultern fallen. Ich habe diese Geste so sehr vermisst.

Ich habe Mom nicht mehr angesehen, als wir gegangen sind. Was hätte das auch gebracht? Selbst als ich ihr zuvor ins Gesicht geschaut habe, habe ich nichts darin lesen können. »Ich gehe mal davon aus, dass meine Mutter keinen Wert darauf legt, dass ich heute Abend zum traditionellen Freitagsessen ins B&T komme. Und zu Hause bin ich im Moment wohl auch nicht besonders willkommen.«

»Bei uns bist du immer willkommen.« Jase nimmt mich in die Arme und zieht mich an sich. »Wir können Georges Vorschlag in die Tat umsetzen. Du kannst in mein Zimmer ziehen und in meinem Bett schlafen. Ich fand schon damals, als er es gesagt hat, dass das eine fantastische Idee ist.«

»George hat nur das Zimmer erwähnt, nicht das Bett.«

»Das stimmt nicht. Er hat gesagt, dass ich nie ins Bett pinkle. Quasi als Anreiz.«

»Es soll Menschen geben, die saubere Laken als Selbstverständlichkeit betrachten. Gibt es vielleicht noch mehr Anreize?«

»Mal sehen, was sich machen lässt.« Jase grinst.

»Sailor Moon!«, ruft George durchs Fliegengitter. »Ich kriege einen kleinen Bruder! Oder eine kleine Schwester, aber ich will lieber einen Bruder. Wir haben sogar schon ein Foto. Komm schnell gucken!«

Ich drehe mich zu Jase um. »Dann hattest du also recht mit deinem Verdacht?«

»Alice hat es mit ihrer Ninja-Krankenschwester-Taktik aus Mom herausgepresst. Ein bisschen so wie Tim mit dir, schätze ich.«

George kommt zur Tür gelaufen und presst einen Ausdruck gegen das Fliegengitter. »Schau, Sailor Moon. Das ist mein kleiner Bruder. Er sieht jetzt noch ein bisschen wie eine Gewitterwolke aus, aber Mommy hat gesagt, dass das normal ist und dass Babys am Anfang immer so aussehen.«

»Geh mal ein paar Schritte zurück, Kumpel.« Jase drückt die Tür weit genug auf, dass wir gemeinsam hindurchtreten können.

Ich habe Joel schon eine Weile nicht mehr gesehen. Letztes Mal hat er den Coolen gespielt, jetzt schleicht er nervös durch die Küche. Alice macht Pfannkuchen und die jüngeren Kinder sitzen um den Tisch und beobachten jede ihrer Bewegungen so gespannt, als würden sie den Kinderkanal schauen.

Als wir reinkommen, fragt Joel gerade: »Wieso hat Dad dieses Ding in seiner Luftröhre? Mit der Atmung hatte er doch eigentlich keine Probleme. Geht es ihm wieder schlechter?«

Alice lässt einen unförmigen, ziemlich dunkel geratenen Pfannkuchen auf einen Teller gleiten. »Die Schwestern haben uns doch alles erklärt.«

»In Fachchinesisch. Kannst du es mir vielleicht bitte übersetzen, Al?«

»Das liegt alles an der Thrombose ... an dem Blutgerinnsel in seinem Bein. Deswegen haben sie ihm diese aufblasbaren Stiefel angezogen, weil sie ihm im Moment keine Antikoagulanzien geben können ...«

»Anti... was?«, fragt Joel.

»Medikamente, die das Blut verdünnen. Wegen der Kopfverletzung können sie die ihm nicht geben. Sie haben ihm diese Stiefel angezogen, aber irgendjemand hat nicht darauf geachtet oder nicht bemerkt, dass der Druck alle zwei Stunden kontrolliert werden muss und dadurch hat sich ein Druckgeschwür gebildet, das sich entzündet hat ...«

»Können wir jemanden dafür verklagen?«, fragt Joel wütend. »Er konnte doch schon wieder sprechen und war auf dem Weg der Besserung, und jetzt geht es ihm schlechter denn je.«

Alice lässt den nächsten verbrannten Pfannkuchen aus der Pfanne gleiten und fügt ein bisschen Butter hinzu. »Wir sollten froh sein, dass es ihnen rechtzeitig aufgefallen ist, Joel.« Sie sieht auf und scheint zum ersten Mal wahrzunehmen, dass ich neben Jase stehe.

»Was willst du denn schon wieder hier?«

»Sie gehört hierher«, sagt Jase fest. »Lass gut sein, Alice.«

Andy fängt an zu weinen. »Er sieht gar nicht mehr wie Dad aus.«

»Er sieht wohl noch wie Dad aus«, protestiert George und reicht mir den Computerausdruck. »Hier, das ist unser Baby.«

»Es ist sehr süß«, sage ich zu ihm, während ich mir mit zusammengekniffenen Augen das Ultraschallbild anschaue, das tatsächlich wie ein Hurrikan vor den Bahamas aussieht.

»Dad ist total dünn geworden«, sagt Andy mit belegter Stimme. »Er riecht nach Krankenhaus. Ich hab jedes Mal Angst, ihn anzusehen. Es ist, als wäre er plötzlich ein alter Mann geworden. Ich will keinen alten Mann zum Vater. Ich will meinen Daddy zurück.«

Jase zwinkert ihr zu. »Er muss nur ein bisschen mit Alice' Pfannkuchen gemästet werden, Ands. Dann ist er bald wieder der Alte.«

»Alice macht die miesesten Pfannkuchen der Menschheitsgeschichte«, schnaubt Joel. »Die kann man glatt als Untersetzer verwenden.«

»*Ich* mache euch wenigstens was zu essen«, fährt Alice ihn an. »Und du? Du bist die ganze Zeit nur am Rummeckern! Bist du neuerdings vielleicht unter die Restaurantkritiker gegangen? Hättest dich ja vielleicht mal selbst um irgendwas kümmern können, Vollidiot.«

Jase sieht sich mit zusammengezogenen Brauen in der Runde seiner Geschwister um, bevor er wieder mich ansieht. Ich verstehe, dass er zögert. Obwohl das Leben der Garretts aus den Fugen geraten ist, haben sie sich zumindest den Anschein von Normalität bewahrt. Die nächste Bombe platzen zu lassen, wäre ein bisschen so, als hätte man mitten in den Streit der Eltern Capulet aus »Romeo und Julia« über die Bezahlung der Amme folgende Durchsage geschaltet: *Wir unterbrechen dieses schlichte Alltagsgeschehen nun mit einer Tragödie von epischem Ausmaß.*

»Hey, Leute.« Die Fliegengittertür klappt auf und Tim kommt mit vier Pizzakartons beladen herein, auf denen er zwei Becher Eiscreme und das blaue Mäppchen balanciert, in dem die Garretts die Einnahmen aus dem Baumarkt aufbewahren.

»Hey, Sexy Alice. Willst du dich nicht in deine Schwesterntracht schmeißen und wir ziehen uns zum Doktorspielen zurück?«

»Ich spiele nicht mit kleinen Jungs«, zischt sie, ohne sich vom Herd umzudrehen, wo sie immer noch unermüdlich Pfannkuchen wendet.

»Solltest du mal ausprobieren. Kleine Jungs wie ich strotzen nur so vor Energie und haben bloß Dummheiten im Kopf.«

Alice macht sich nicht die Mühe, darauf zu antworten,

Jase verteilt die Pizzakartons auf dem Tisch und schiebt die gierig danach greifenden Hände seiner jüngeren Geschwister weg. »Wartet, bis ich die Teller geholt habe! Herrgott noch mal! Wie ist es eigentlich noch im Laden gelaufen?«, fragt er Tim.

»Überraschend gut.« Tim zieht einen Stapel Papierservietten aus der Jackentasche und wirft sie auf den Tisch. »Stell dir vor, wir haben den Hackschnitzler verkauft – dieses Riesending hinten im Lager, das den ganzen Platz weggenommen hat.«

»Was? Das gibt's doch nicht.« Jase holt Milch aus dem Kühlschrank und füllt sie sorgfältig in Pappbecher.

»Zweitausend Dollar.« Tim klatscht Pizzastücke auf Teller

und stellt sie vor Duff, Harry, Andy, George und den immer noch düster dreinschauenden Joel.

»Hey, Sammy. Schön, dich hier zu sehen.« Er lächelt mich an. »Cool, dass du endlich wieder da bist, wo du hingehörst und wo dein Herz schlägt ... na ja, du weißt schon, all das, was man in so rührseligen Moment eben sagt. Schön, jedenfalls.«

»Mein!«, ruft Patsy und zeigt auf Tim. Tim zaust ihr durch die spärlichen Haare.

»Siehst du, Sexy Alice? Sogar die ganz Kleinen fühlen sich zu mir hingezogen. Es ist eine Art unwiderstehlicher Sog, eine Naturkraft wie die Erdanziehung oder ...«

»Kacka!«

»Oder das.« Tim macht Patsys Hand von seinem T-Shirt los, das sie hochzuziehen versucht. Arme Kleine. Sie hasst es wirklich, aus der Flasche zu trinken.

Er grinst Alice an. »Komm schon, Schwester A, zieh dir deine niedliche Tracht an und überprüf ein bisschen meine Reflexe ...«

»Hör auf, in unserer Küche meine Schwester anzugraben, Tim. Jesus, echt! Und nur damit du's weißt, Alice' Schwesterntracht besteht aus einem grünen OP-Kittel, in dem sie ungefähr so sexy aussieht wie Kermit«, sagt Jase und stellt die Milch in den Kühlschrank zurück.

»Ich sterbe vor Hunger, aber ich kann keine Pizza mehr sehen«, stöhnt Duff. »Wir essen nur noch Pizza. Pizza und Cheerios. Das war früher mal mein absolutes Lieblingsessen, und jetzt kann ich beides nicht mehr sehen.«

»Ich dachte mal, dass es Spaß machen würde, die ganze Zeit fernzuschauen«, sagt Harry. »Aber das stimmt nicht. Es ist langweilig.«

»Ich bin gestern Nacht bis drei aufgeblieben und hab

heimlich Jake-Gyllenhaal-Filme geguckt, sogar welche, die erst ab sechzehn sind«, sagt Andy. »Aber niemand hat es mitbekommen oder mir gesagt, dass ich schlafen gehen soll.«

»Will sich sonst noch jemand über irgendwas beschweren?«, fragt Joel. »Soll ich vielleicht die Familienrat-Keule holen?«

»Also, ehrlich gesagt …«, beginnt Jase, als es an der Tür klopft.

»Joel, hast du etwa irgendwas zu essen bestellt, obwohl du gewusst hast, dass ich Pfannkuchen backe?«, fragt Alice und stemmt die Hände in die Hüften.

Joel hebt beschwichtigend die Hände. »Wollte ich zwar, bin aber nicht dazu gekommen. Echt nicht. Ich schwöre.«

Es klopft noch einmal und Duff geht zur Tür und öffnet sie …

Meine Mutter steht davor.

»Guten Abend. Ich habe mich gefragt, ob meine Tochter hier ist.« Ihr Blick schweift über die Runde am Tisch – Patsy hat sich Butter, Sirup und Tomatensoße in die Haare geschmiert, George tropft Ahornsirup vom Kinn, Harry stürzt sich gerade auf das nächste Stück Pizza, Duff schmollt immer noch finster vor sich hin, Andy ist in Tränen aufgelöst und Jase ist mitten in der Bewegung erstarrt.

»Hi, Mom.«

Sie sieht mich an. »Dachte ich mir's doch, dass ich dich hier finden würde. Hallo, Liebes.«

»Hey, Gracie. Alles klar?« Tim holt einen Stuhl aus dem Wohnzimmer und stellt ihn an den Küchentisch. »Setzen Sie sich, machen Sie sich locker und nehmen Sie sich ein Stück Pizza.« Er schaut kurz mit hochgezogenen Brauen zu Jase und mir rüber.

Meine Mutter beäugt die Pizza in den Kartons, als würde es sich um Überreste von Außerirdischen aus Roswell in der Area 51 handeln. Sie isst ihre am liebsten puristisch – nur mit Artischockenherzen und Krabben. Trotzdem setzt sie sich. »Danke«, murmelt sie.

Ich habe den Eindruck einem völlig anderen Menschen gegenüberzusitzen, als der am Boden zerstörte Frau im seidenen Morgenmantel, der übereifrigen Gastgeberin, die Jase ein Bier angeboten hat oder der, die vor einer Stunde Clay reden ließ und selbst kaum etwas gesagt hat.

»Du bist also die Mommy von Sailor Moon«, stellt George mit vollem Mund fest. »Wir haben dich noch nie von so Nahem gesehen. Nur im Fernsehen.«

Meine Mutter schenkt ihm ein winziges Lächeln. »Wie heißt du denn?«

Hastig stelle ich ihr die Garretts alle namentlich vor. Meine perfekt gestylte Mutter wirkt in diesem gemütlichen Chaos so steif und unbehaglich und völlig fehl am Platz, dass ich sie frage: »Sollen wir gehen, Mom?«

Sie schüttelt den Kopf. »Nein. Wenn ich schon einmal hier bin, würde ich gern Jase' Familie kennenlernen. Gütiger Himmel, seid ihr viele. Fehlt denn jetzt noch einer?«

»Ja, mein Daddy. Der ist im Krankenhaus«, gibt George bereitwillig Auskunft. Er steht vom Tisch auf und geht zu Mom rüber. »Und unsere Mommy, die schläft nämlich gerade. Und unser neues Baby, weil das ist noch in Mommys Bauch und trinkt ihr Blut.«

Mom wird blass.

Alice seufzt. »George, ich hab dir doch erklärt, wie das funktioniert. Das neue Baby trinkt nicht Moms Blut, sondern wird über die Nabelschnur mit Nährstoffen versorgt und...«

»Ich weiß, wie die Babys da reinkommen!«, verkündet Harry. »Hat mir jemand im Segelkurs erzählt. Also, Dad steckt seinen ...«

»Okay, Leute, das reicht jetzt«, unterbricht Jase ihn. »Beruhigt euch.« Er sieht Mom an und trommelt mit den Fingern auf die Tischplatte.

Plötzlich wird es ungewöhnlich – und unbehaglich – still im Raum. George, Harry, Duff und Andy essen ihre Pizza. Joel hat die Mappe mit den Einnahmen vor sich liegen und sortiert die Scheine. Tim hat einen der Eisbecher aufgemacht und löffelt das Eis direkt aus der Packung.

»Hast du eine Ahnung, wie unhygienisch das ist?«, fährt Alice ihn an, als sie es bemerkt.

»Sorry.« Er lässt schuldbewusst den Löffel sinken. »Ich hatte nur gerade eben das Gefühl, dass ich gleich sterbe, wenn ich nicht sofort was Süßes zwischen die Zähne kriege. Ich bin vielleicht trocken und rauche nicht mehr so viel, dafür leide ich mit Sicherheit bald an Fettsucht.«

Ich kann es kaum glauben, aber Alice betrachtet ihn tatsächlich mit einem Lächeln. »Das ist Teil des Entzugs, Tim. Völlig normal. Nur ... nimm dir doch bitte lieber ein Schälchen, okay?«

Tim erwidert ihr Lächeln und für den Bruchteil einer Sekunde liegt eine seltsame Spannung zwischen den beiden in der Luft, bis Alice sich hastig umdreht und nach einer Schale greift. »Hier.«

»Eiscreme! Eiscreme! Eiscreme!« George hämmert mit dem Stiel seines Löffels auf den Tisch.

Patsy fängt an, an ihrem Hochstuhl zu rütteln und stimmt in den Gesang mit ein: »Titi! Kacka!«

Mom runzelt die Stirn.

»Ihre ersten Wörter«, erkläre ich entschuldigend und zucke dann zusammen. Wie komme ich überhaupt dazu, die Garretts bei ihr zu entschuldigen?

»Aha.«

Mein Blick begegnet dem von Jase, in dem so viel Verwirrung und Verletztheit liegt, dass er mich trifft wie eine Ohrfeige.

Was will sie hier? Jase und ich hatten gerade wieder zueinandergefunden, und jetzt funkt sie dazwischen wie ein Störsender. Warum?

Jase deutet mit dem Kopf zur Tür. »Ich glaube nicht, dass die Eiscreme für alle reicht. Wir holen lieber noch Nachschub aus der Tiefkühltruhe in der Garage. Kommst du mit, Sam?«

Alice schaut verwundert auf die beiden großen Becher, die auf dem Tisch stehen. »Aber ...«

Er schüttelt unmerklich den Kopf. »Sam?«

Ich folge ihm nach draußen. Er presst die Zähne so fest zusammen, dass seine Kaumuskeln zucken, und ich kann die Anspannung in seinen Schultern förmlich spüren, als wäre es meine eigene.

Sobald wir auf der letzten Verandastufe stehen, dreht er sich zu mir um und fragt mit einer Heftigkeit, die ich an ihm nicht gewohnt bin: »Was soll das? Warum ist sie hier?«

Ich zucke erschrocken zurück. »Ich weiß es nicht.« Meine Mutter tut so als würde sie ihren Nachbarn einen netten kleinen Besuch abstatten, als wäre es das Normalste auf der Welt. Dabei ist *nichts* normal. Wie kann sie nach allem, was sie getan hat, so ruhig sein?

»Ist das etwa auch wieder auf Clays Mist gewachsen?«, fragt Jase. »Hat er sie rübergeschickt, um sich bei uns einzuschleimen, bevor ich es ihnen erzähle und alle davon erfahren?«

Mir treten die Tränen in die Augen. »Ich habe keine Ahnung, Jase. Woher soll ich wissen, was dahintersteckt?«

»Hoffen die beiden vielleicht, dass meine Familie dann denkt, diese reizende Frau könnte niemals etwas Schlimmes tun und ich wäre verrückt geworden und würde mir Geschichten ausdenken ...«

Ich greife nach seiner Hand. »Ich weiß es nicht«, flüstere ich noch einmal. Hat er recht? Versucht Clay möglicherweise immer noch, sein Spielchen zu spielen? Und ich war fast versucht gewesen, zu glauben, dass es vielleicht ein erster Schritt sei, ihren Fehler wiedergutzumachen ... eine Art Friedensangebot, aber möglicherweise ist es wirklich nur pures Kalkül. Ich weiß nicht mehr, was ich denken oder fühlen soll. Wütend wische ich mir die Tränen von den Wangen.

»Es tut mir leid«, sagt Jase und zieht mich an sich, sodass meine Kopf an seiner Brust ruht. »Natürlich weißt du nicht, was sie damit bezweckt. Ich bin nur ... Mitanzusehen, wie sie seelenruhig bei uns in der Küche sitzt und mit George plaudert, als wäre alles in bester Ordnung, das macht mich ...«

»Krank«, beende ich den Satz für ihn und schließe die Augen.

»Auch deinetwegen, Sam. Nicht nur wegen Dad. Auch wegen dir.«

Ich würde ihm gern noch einmal voller Überzeugung sagen, dass meine Mutter kein schlechter Mensch ist, aber wenn es tatsächlich stimmt, dass sie nur gekommen ist, weil Clay sie geschickt hat, dann ...

»Habt ihr die Eiscreme?«, hören wir Alice von drinnen. »Ich hätte es ja nicht gedacht, aber wir brauchen tatsächlich Nachschub.«

»Kommt sofort …«, ruft Jase zurück, zieht das Garagentor auf und holt eine frische Packung aus der Tiefkühltruhe, die wie immer randvoll mit allen möglichen Fertiggerichten gefüllt ist. »Los, gehen wir wieder rein, bevor die Kleinen noch die Schälchen mitessen.« Er versucht ein Lächeln, aber es sieht nicht einmal annähernd so unbeschwert aus wie sonst.

Als wir in die Küche zurückkommen, hält George gerade eine Schachtel mit irgendwelchen Cornflakes in die Höhe. »Hier. Wenn man sich die aufs Eis streut, schmeckt es noch besser«, erklärt er meiner Mutter. »Die heißen *Gorilla Munch*, aber sie sind nicht wirklich aus Gorillas gemacht, sondern ….«

»Oh … na dann bin ich beruhigt.«

»Da ist nur Erdnussbutter drin und andere gesunde Sachen, die Gorillas auch mögen.« George schaut in die Packung, hält sie schräg und schüttet sich die Flockenmischung über sein Eis. »Aber mit jeder Packung, die man kauft, rettet man Gorillas, was gut ist, weil sie sonst nämlich vielleicht bald verrottet sind.«

Meine Mutter sieht mich ratlos – oder hilfesuchend – an.

»Ausgerottet«, übersetze ich.

»Genau das hab ich gemeint.« George gießt zum Schluss noch Milch über alles und rührt energisch um. »Das bedeutet, dass sie sich nicht genügend paaren und dann für immer tot sind.«

Wieder Schweigen. Betretenes Schweigen. *Für immer tot.* Die drei Worte scheinen – zumindest in meiner Wahrnehmung – von den Wänden widerzuhallen. Mr Garrett, der mit dem Gesicht nach unten im Regen in einer Pfütze liegt. Das Bild, das Jase dem Echo des schrecklichen Aufpralls hinzugefügt hat, den ich immer noch zu hören meine. Geht es Mom auch so? Sie legt ihr Pizzastück auf den Teller zurück, greift nach einer Serviette und tupft sich mit gesenktem Kopf den Mund ab. Jase starrt zu Boden.

Plötzlich steht meine Mutter so abrupt auf, dass beinahe der Stuhl umfällt. »Ich muss jetzt leider gehen. Samantha, kannst du bitte kurz mit rauskommen?«

Leichte Panik steigt in mir auf. *Will sie mich nach Hause schleppen, damit Clay mich weiter bearbeiten kann? Bitte nicht.* Ich schaue hilfesuchend zu Jase rüber.

Mom beugt sich zu George hinunter, um auf Augenhöhe mit ihm zu sein. »Das mit deinem Vater tut mir sehr leid«, sagt sie. »Ich hoffe, dass es ihm bald wieder besser geht.« Dann läuft sie eilig zur Tür und scheint wie selbstverständlich zu erwarten, dass ich ihr trotz allem, was passiert ist, folge.

Na los, formt Jase mit den Lippen, als ich ihn erneut anschaue, und deutet mit dem Kinn zur Tür.

Ich eile hinter Mom her, die mit klackernden Sandalen auf unsere Einfahrt zuläuft, dann zögernd stehen bleibt und sich langsam zu mir umdreht.

»Mom?«

»Gott, diese Kinder ...«

»Was ist mit ihnen?«

»Ich ... ich konnte nicht ... länger bleiben« , presst sie abgehackt hervor. Dann fragt sie hastig: »Weißt du die Nummer des Zimmers von Mr Garrett? Er liegt im Maplewood Memorial, nicht wahr?«

Einen Moment lang spielen sich vor meinem inneren Augen Horrorszenen ab. Clay, der sich ins Krankenhaus schleicht und Mr Garrett ein Kissen aufs Gesicht presst oder ihm Luft in seine Infusionskanüle spritzt. Mom, die ... keine Ahnung ... ich bin so verwirrt, dass ich nicht mehr weiß, wozu sie fähig wäre. Traue ich ihr tatsächlich zu, zu den Garretts zu kommen, Pizza zu essen, mit den Kindern zu reden und dann einen Mord zu begehen?

»Wozu willst du das wissen?«, frage ich.

»Ich muss ihm sagen, was wirklich passiert ist … was ich getan habe.« Sie presst die Lippen aufeinander und ihr Blick wandert zum Haus der Garretts zurück, wo das Küchenlicht als perfektes Quadrat durch die Fliegengittertür scheint.

Ich atme erleichtert auf.

»Jetzt sofort? Und du hast vor, ihm alles zu sagen?«

»Die ganze Wahrheit«, antwortet sie leise. Sie greift in ihre Tasche und zieht einen Stift und ihr kleines Notizbuch heraus. »Weißt du die Zimmernummer?«

»Er liegt auf der Intensivstation, Mom«, sage ich vorwurfsvoll. Wie kann sie das vergessen haben? »Ich glaube nicht, dass sie dich zu ihm lassen. Du gehörst nicht zur Familie.«

Sie sieht mich erschrocken an. »Ich bin deine *Mutter*.«

Es dauert einen Moment, bis ich begreife, dass sie offenbar verstanden hat, ich hätte gesagt, dass sie nicht *meine* Familie ist. Im ersten Moment erscheint mir das absurd, aber dann kommt mir der Gedanke, dass ein Fünkchen Wahrheit darin steckt. Im Moment gibt es nicht mehr besonders viel, das mich noch mit dieser Frau verbindet. Ich konzentriere all meine Energie ausschließlich darauf, für die Garretts da zu sein. Für meine Mutter bleibt – nach allem, was sie getan hat – keine Kraft mehr übrig.

»Nur die engsten Familienangehörigen dürfen zu ihm«, ist alles, was ich darauf antworte.

Der Ausdruck, der über das Gesicht meiner Mutter huscht, verrät, dass sie bei allem schlechten Gewissen auch erleichtert darüber ist, ihm nicht gegenübertreten zu müssen. Diese Erkenntnis versetzt mir einen Stich.

Mein Blick fällt auf den in der Einfahrt geparkten Kombi. Es gibt noch jemanden, der es mindestens ebenso verdient hat, die Wahrheit aus ihrem Mund zu hören wie Mr Garrett. »Mom?«

Sie streicht mit fahrigen Bewegungen ihren Rock glatt und sieht mich fragend an.

»Du kannst dafür mit Mrs Garrett sprechen und ihr alles erzählen«, sage ich. »Jetzt gleich. Sie ist zu Hause.«

Ihr gejagter Blick wandert zur Tür, bevor sie sich gequält abwendet, als würde sie den Anblick nicht ertragen. »Ich kann da nicht noch einmal reingehen.« Sie versucht sich loszureißen, als ich sie zur Tür ziehe. Ihre Hand ist feucht. »Nicht vor den Kindern. Das kann ich nicht.«

»Du musst.«

»Es geht nicht.«

Ich schaue nachdenklich zum Haus zurück.

Und in diesem Moment tritt Jase mit seiner Mutter zur Tür heraus. Er hat schützend den Arm um ihre Schulter gelegt und führt sie die Treppe hinunter und dann auf uns zu. »Senatorin Reed«, sagt er, als die beiden vor uns stehen. »Ich habe meiner Mutter erzählt, dass Sie ihr etwas mitzuteilen haben.«

Mom nickt und ringt sichtlich um Fassung.

Mrs Garrett ist barfuß und ihre Haare sind vom Schlafen zerzaust. Sie wirkt erschöpft, aber gefasst. Jase kann es ihr noch nicht gesagt haben.

»Ja, das stimmt. Ich ... ich muss mit Ihnen sprechen«, stammelt Mom. »Unter vier Augen. Würden Sie ... würde es Ihnen etwas ausmachen, mit zu mir rüberzukommen? Ich habe selbst gemachte Limonade im Haus, weil ...«, sie tippt mit dem Knöchel ihres Zeigefingers gegen ihre Oberlippe. »Nun ... es ist ja sehr schwül heute Abend.«

»Sie können das, was Sie sagen wollen, genauso gut hier erledigen.« Jase will offensichtlich verhindern, dass seine Mutter Clay in die Hände gerät.

»Hier draußen?« Mrs Garrett wirft ihrem Sohn einen überraschten Blick zu. »Sie sind selbstverständlich herzlich eingeladen, unser Gast zu sein, Senatorin.« Ihre Stimme ist sanft und höflich.

»Wir wären allein«, versichert Mom Jase. »Mein Besuch von vorhin ist gefahren.«

»Mir wär es lieber, wenn Sie hier miteinander reden«, entgegnet Jase. »Sam und ich gehen so lange rein und beschäftigen die Kleinen.«

»Aber Jase ...« Mrs Garrett errötet.

»Ist schon in Ordnung«, unterbricht Mom sie und atmet tief durch. »Dann reden wir hier.«

Jase öffnet die Fliegengittertür und winkt mir, ihm zu folgen. Ich bleibe noch einen Moment lang stehen und blicke zwischen Mom und Mrs Garrett hin und her. Die beiden Frauen trennen Welten. Mom in ihrem sonnengelben Kleid und den Designer-Sandalen, Mrs Garrett in ihrem zerknitterten Strandkleid und mit nackten Füßen. Mom ist größer, Mrs Garrett dafür jünger. Aber es gibt auch Gemeinsamkeiten. Beide sehen zutiefst besorgt aus, als wüssten sie nicht, was sie erwartet und wie es weitergeht.

Einundfünfzigstes Kapitel

Ich weiß nicht, wie meine Mutter es ihr gesagt hat. Ob ihr die Wahrheit hastig oder stockend über die Lippen kam. Weder Jase noch ich konnten über das Geklapper des Geschirrs in der Küche irgendetwas hören, sondern sahen nur die Silhouetten der beiden Frauen in der dämmrigen Einfahrt stehen, wenn wir zwischendurch einen verstohlenen Blick nach draußen warfen, während wir den Tisch abräumten und die Kinder ins Bad oder ins Bett beziehungsweise vor das einlullende Murmeln des Fernsehers scheuchten. Nach ungefähr zwanzig Minuten klappte die Fliegengittertür auf und Mrs Garrett kam in die Küche. Ihr Gesicht verriet nichts. Sie bat Alice und Joel, sie ins Krankenhaus zu begleiten, dann sah sie Jase an. »Kommst du auch mit?«

Nachdem sie weg sind und Andy, die offensichtlich immer noch unter den Nachwirkungen ihres Jake-Gyllenhaal-Marathons leidet, auf der Couch eingeschlafen ist, höre ich von der Veranda her eine Stimme, die leise nach mir ruft.

»Sammy?«

Durch die Fliegengittertür sehe ich das Glühen von Tims Zigarette.

»Ich kann gerade nicht zu dir rein, weil ich rauchen muss, sorry.«

Als ich zu ihm hinausgehe, bin ich überrascht, wie frisch die Luft plötzlich duftet und wie sich die Blätter der Bäume schimmernd vom Nachthimmel abheben. Ich habe das Gefühl, als wäre ich Stunden, Tage ... Äonen in einem stickigen Raum eingeschlossen gewesen und könnte das erste Mal seit langer Zeit wieder tief durchatmen.

»Auch eine?«, fragt Tim und streckt mir ein zerknittertes Päckchen Marlboro hin. »Du siehst aus, als wärst du kurz davor zu kotzen.«

Ich muss lachen. »Das müsste ich definitiv, wenn ich eine rauchen würde. Außerdem reicht es, wenn sich einer von uns die Gesundheit ruiniert, Tim.«

Ich sehe nachdenklich zum Sternenhimmel auf. Die Garretts wissen jetzt alles. Ob sie schon die Polizei verständigt haben? Die Presse? Wo ist Mom?

»Tja.« Tim drückt unter der Sohle seiner Flipflops die Kippe aus und zündet sich gleich die nächste an. »Jetzt ist es raus, was?«

»Ich dachte, du wärst längst nach Hause gefahren.«

»Ich hab mich diskret zurückgezogen, als Gracie dich mit nach draußen genommen hat, weil ich dachte, dass Jase den Moment nutzt, um die Bombe platzen zu lassen, und fand, dass die Familie in so einem Moment besser unter sich bleibt.«

Genau. Ein nettes kleines Familientreffen.

»Aber ich bin in der Nähe geblieben, falls ... na ja, man weiß ja nie. Hätte sein können, dass meine Dienste noch mal gebraucht werden – als Chauffeur, Punchingball oder Callboy.« Ich verziehe das Gesicht und er lacht. »Für Alice, nicht für *dich*. Meinetwegen auch als Babysitter. Welches von meinen vielen Talenten auch immer gefragt gewesen wäre.«

Plötzlich verspüre ich unendliche Dankbarkeit dafür, dass Tim hier ist, nachdem er so lange an einem Ort war, an dem niemand an ihn herangekommen ist. Ich wünschte nur, Nan wäre auch da.

»Okay, das mit dem Callboy ist ein eher egoistischer Gedanke«, räumt er ein. »Außerdem bin ich lieber hier als bei meinen verkorksten Eltern ... Apropos: Wo steckt Gracie?«

Bekommt gerade ihre Rechte vorgelesen?

Mir treten sofort die Tränen in die Augen.

»Herrgott, Sammy. Nicht schon wieder.« Tim wedelt hektisch mit der Hand vor meinem Gesicht herum, als könne er meine Gefühle verscheuchen wie lästige Fliegen. »Sag bloß, sie ist zu Mr Garrett ins Krankenhaus gefahren, um alles zu gestehen?«

Ich erkläre ihm, was in der Zwischenzeit passiert ist, worauf er leise durch die Zähne pfeift. »Verstehe. Also ist sie wahrscheinlich jetzt bei euch zu Hause?«

Als ich hilflos mit den Achseln zucke, lässt er die Zigarette fallen, tritt sie aus und dreht mich an den Schultern in Richtung unseres Gartens. »Dann schau doch mal nach. Ich halte solange hier die Stellung.«

Während ich zu uns rübergehe, versuche ich, sie auf dem Handy zu erreichen. Sie geht nicht dran. Vielleicht war bereits die Polizei da, die es ihr abgenommen hat. Es ist zehn. Mrs Garrett ist mit Alice, Joel und Jase vor über einer Stunde von hier losgefahren.

Im Haus brennt kein Licht. Moms Wagen ist auch nirgends zu sehen, aber vielleicht steht er auch in der Garage. Als ich die Treppe hinaufspringe, sehe ich sie.

Sie sitzt neben der Tür auf der schmiedeeisernen Bank, die sie nur gekauft hat, um Tracy und mich daran zu erinnern, uns hinzusetzen und unsere Schuhe auszuziehen, bevor wir das Haus betreten.

»Hallo«, sagt sie mit apathischer Stimme. Sie hat die Arme um die Knie geschlungen und greift nach etwas, das neben ihr steht.

Es ist ein Glas Wein.

Wieder überkommt mich Übelkeit. Wie kann sie es sich in so einer Situation mit einem Glas Chardonnay auf der Veranda gemütlich machen? Wo ist Clay? Schiebt er vielleicht gerade ein paar Stücke Focaccia für einen abendlichen Snack in den Ofen?

Als ich sie nach ihm frage, zuckt sie mit den Achseln. »Ich nehme an, dass er auf dem Rückweg in sein Sommerhaus ist.« Offensichtlich ist genau das eingetreten, was sie von Anfang an befürchtet hat. *Clay spielt für das Gewinnerteam.* Meine Mutter trinkt einen Schluck, dreht das Glas in den Händen und beobachtet, wie die blassgelbe Flüssigkeit darin hin- und herschwappt.

»Dann ... dann habt ihr euch getrennt?«

Sie seufzt. »So würde ich es nicht nennen.«

»Was soll das heißen?«

»Wir sind uns in dieser Angelegenheit nicht wirklich einig geworden. Er ist nicht glücklich mit meiner Entscheidung. Aber er wird sich bestimmt eine schöne Presseerklärung einfallen lassen, warum ich mich aus dem Wahlkampf zurückziehe. Clay wächst mit den Herausforderungen.«

»Dann ... hast du ihn rausgeworfen? Oder ist er von sich aus gegangen? Was ist denn jetzt, Mom?« Ich würde ihr am liebsten das Glas aus der Hand nehmen und gegen die Hauswand schleudern.

»Ich habe ihm gesagt, dass die Garretts es verdient haben, die Wahrheit zu erfahren. Er sagte darauf, die Wahrheit sei ein dehnbarer Begriff. Ein Wort gab das andere. Schließlich habe ich gesagt, ich würde rübergehen und mit dir reden ...

und mit den Garretts. Darauf hat er mich vor die Wahl gestellt. Ich bin trotzdem gegangen. Als ich zurückgekommen bin, war er schon weg. Aber er hat mir eine SMS geschrieben.« Sie greift in die Tasche ihres Kleids, holt ihr Handy heraus und hält es mir hin, obwohl ich nicht lesen kann, was auf dem Display steht. »Er hat geschrieben, er hätte sich von seinen alten Freundinnen immer im Guten getrennt.« Sie zieht eine Grimasse. »Das hat er ein bisschen unglücklich ausgedrückt. Ich nehme an, er meint damit ›ehemalige‹ Freundinnen. Er sagt, dass er nichts davon hält, alle Brücken hinter sich abzubrechen, dass es aber vielleicht doch gut wäre, wenn wir erst mal ein bisschen Abstand voneinander haben, damit wir unsere Position noch einmal in Ruhe überdenken können.«

»Das heißt, er wird nicht mehr für dich arbeiten?«

»Er hat eine Freundin im Wahlkampfteam von Ben Christopher. Marcie. Sie hat schon mal erwähnt, dass sie einen fähigen Mann wie ihn gut gebrauchen könnten.«

»Aber ... aber Ben Christopher ist Demokrat!«

»Tja«, seufzt Mom. »Das habe ich auch gesagt. Clay hat darauf bloß geantwortet: ›So ist das in der Politik, Darling, nimm es nicht persönlich.‹« Ihre Stimme klingt resigniert.

»Warum hast du deine Meinung geändert?« Ich deute auf das Erkerfenster zu ihrem Arbeitszimmers. »Vorhin warst du dir mit Clay doch noch einig.«

Mom fährt sich mit der Zunge über die Lippen. »Ich weiß es nicht, Samantha. Ich musste die ganze Zeit an diese Presseerklärung denken, von der er geredet hat, in der ich behaupten sollte, ich hätte dir zuliebe erst einmal geschwiegen. Um deine Beziehung zu dem jungen Garrett nicht zu belasten.« Sie steht auf, nimmt mein Gesicht in die Hände und sieht mir endlich in die Augen. »Soll ich ehrlich sein?

In Wirklichkeit bist du ... bist du das Letzte gewesen, woran ich gedacht habe. Das Einzige, worüber ich im Zusammenhang mit dir nachgedacht habe, ist ...«, sie fährt sich mit beiden Händen müde durch die Haare, »dass niemand es jemals erfahren würde, wenn du nicht hinten gesessen hättest.« Bevor ich etwas darauf erwidern oder das, was sie gesagt hat, auch nur sacken lassen kann, hebt sie die Hand. »Ich weiß. Du musst nichts sagen. Was muss ich für eine Mutter sein? Keine gute. Das ist mir mittlerweile klar geworden. Und auch keine besonders starke Frau.«

Mir krampft sich der Magen zusammen. Obwohl mir dieser Gedanke auch schon gekommen ist und ich ihn Jase gegenüber sogar geäußert habe, macht es mich traurig, dass sie selbst so über sich spricht. »Aber du hast dich entschlossen, die Wahrheit zu sagen, Mom. Das war sehr mutig von dir.«

Sie zuckt nur mit den Achseln. »Als ich Clay im Frühjahr kennengelernt habe, habe ich nicht sofort erwähnt, dass ich zwei fast erwachsene Töchter habe. Vielleicht habe ich gedacht, ich könnte dadurch für kurze Zeit mein Alter vergessen.« Sie lacht leise auf. »Gott, und damals dachte ich, *das* wären Probleme.«

»Weiß Tracy es schon?«

»Sie kommt morgen früh zurück. Ich habe sie gleich angerufen, als ich vorhin nach Hause gekommen bin.«

Ich versuche mir vorzustellen, was meine Schwester – die zukünftige Anwältin – zu der ganzen Geschichte sagen wird. Wird sie entsetzt sein über das, was unsere Mutter getan hat, oder am Boden zerstört darüber, dass sie ihre Ferien unterbrechen muss? Aber vielleicht reagiert sie ja auch ganz anders. Tracy ist unberechenbar. Oh, Trace. Jetzt merke ich erst, wie sehr ich sie vermisst habe.

»Was hat Mrs Garrett zu alldem gesagt?«, frage ich meine Mutter. »Wie geht es jetzt weiter?«

Mom nimmt einen großen Schluck Wein, was ich nicht sehr beruhigend finde.

»Darüber will ich im Moment nicht nachdenken«, antwortet sie müde. »Das werden wir noch früh genug erfahren.« Dann streckt sie ihre Beine und steht auf. »Es ist spät. Du solltest ins Bett.«

Da ist er wieder, ihr mütterlich-strenger Ton. Nach allem, was passiert ist, kommt er mir fast absurd vor. Aber als sie sich jetzt zur Tür wendet und ich sehe, wie sie die Schultern hängen lässt, steigt plötzlich ein Gefühl in mir auf, das mich in diesem Moment selbst überrascht.

»Ich liebe dich, Mom.«

Sie gibt nur mit einem leichten Neigen des Kopfes zu verstehen, dass sie mich gehört hat, dann scheucht sie mich in die klimatisierte Kühle unserer Diele. Als sie die Tür hinter uns schließt, seufzt sie: »Ich wusste es gleich.«

»Was wusstest du?«, frage ich und drehe mich zu ihr um.

»Ich wusste, dass nichts Gutes dabei herauskommen würde, diese Leute von nebenan kennenzulernen.«

Zweiundfünfzigstes Kapitel

Clay hat mit seiner Voraussage nicht recht behalten. Die Garretts berufen am nächsten Tag weder eine Pressekonferenz ein noch gehen sie zur Polizei. Stattdessen packen sie die Familienrat-Keule aus und halten im Krankenhaus eine Besprechung ab. Bis auf George und Patsy sind dabei alle Kinder anwesend. Alice und Joel sind dafür, Mom anzuzeigen. Andy und Jase stimmen dagegen. Schließlich beschließen Mr und Mrs Garrett nach reiflicher Überlegung, die Angelegenheit außergerichtlich zu regeln. Jase erzählt mir, dass Mom ihnen angeboten hat, die Krankenhauskosten und den Lohn für einen zweiten Angestellten im Baumarkt zu übernehmen, der Mr Garrett ersetzen kann. Allerdings sind sich Jase' Eltern über diesen Punkt noch nicht einig. Mr Garrett möchte keine Almosen – oder Schweigegeld – annehmen.

Mr Garrett ist mittlerweile von der Intensiv- auf eine normale Station verlegt worden, sodass Mom ihn endlich auch persönlich besuchen kann.

Nicht einmal Jase weiß, was während dieses Besuchs besprochen wurde, aber am nächsten Tag zieht Mom ihre Kandidatur zurück.

Genau wie Mom es angekündigt hat, schreibt Clay eine Presseerklärung für sie. »Familiäre Gründe haben mich dazu bewogen, auf die große Ehre zu verzichten, noch einmal als Ihre Senatorin zu kandidieren. Auch als Inhaber eines öffentlichen Amts ist und bleibt man Privatmensch, und als solcher muss ich an das Wohl derjenigen denken, die mir am nächsten stehen, und das tun, was für sie das Beste ist, ehe ich wieder daran denken kann, den Bürgerinnen und Bürgern meines Landes zu dienen.«

Die Medien stürzen sich auf die Story und verbreiten zum Teil gehässige Spekulationen. Aber das ist vermutlich immer so, wenn ein Politiker unerwartet und ohne Angabe konkreter Gründe zurücktritt. Nach ein paar Wochen hat sich die Aufregung gelegt und es gibt neue Themen, die diese Geschichte ablösen.

Eigentlich hatte ich erwartet, dass Mom erst einmal eine längere Reise unternimmt – schließlich hatte sie schon länger davon gesprochen, auf Virgin Gorda Urlaub machen zu wollen –, doch stattdessen verbringt sie viel Zeit zu Hause, kümmert sich um ihren Garten, wie sie es früher so gern getan hat, bevor sie in die Politik ging und keine Zeit mehr dafür hatte, und kocht für die Garretts, bis Duff sonnengetrocknete Tomaten, Ziegenkäse und Blätterteigteilchen schließlich genauso satt hat wie zuvor Pizza und Cheerios. Allerdings überlässt sie es mir, das Essen rüberzubringen, Wenn sie mich fragt, wie es Mr Garrett geht, schafft sie es kaum, mich anzusehen und senkt den Blick. Und als Jase anbietet, unseren Rasen zu mähen, bittet sie mich, ihm in ihrem Namen für das Angebot zu danken, ihm jedoch auszurichten, »dass wir dafür jemanden kommen lassen«.

Nachdem ich so viele Jahre lang als Gast und Angestellte im B&T verbracht habe, sollte man annehmen, ich hätte den Club vermisst. Immerhin bin ich kein einziges Mal mehr dort gewesen, seit ich mein Kapitänsjäckchen an den Nagel gehängt und mich von Mr Lennox verabschiedet habe. Mom sagt, dass kein anderes Lokal infrage kommt, um ein letztes Mal gemeinsam zu Abend zu essen, bevor Tracy aufs College geht, aber ich verspüre keine nostalgischen Gefühle, als wir die schwere Eichentür zum Restaurant öffnen. Ich bin höchstens ein bisschen überrascht, dass alles noch ganz genau so ist, wie es immer war – als wäre nichts gewesen. Die klassische Musik, die so leise im Hintergrund spielt, dass sie kaum zu hören ist, das laute Lachen von der Bar, das dezente Klirren des Silberbestecks, der Duft nach Zitronenöl, gestärkten Tischdecken und gegrillten Rippchen.

Tracy geht diesmal voraus, was sie bisher nie getan hat. Mom folgt. Wir bekommen unseren Stammkellner, aber er führt uns nicht an unseren gewohnten Tisch unter dem Gemälde mit den harpunierten Walen und ertrinkenden Seeleuten, sondern an einen kleineren Ecktisch.

»Es tut mir sehr leid, Ms Reed«, entschuldigt er sich bei Mom. »Sie sind schon eine Weile nicht mehr hier gewesen, und da haben wir uns erlaubt, Ihren Tisch an Mr Lamont zu vergeben – er kommt jeden Freitag.«

Mom blickt kurz auf ihre Hände hinunter, dann sieht sie ihn an. »Natürlich. Machen Sie sich keine Gedanken. Dieser Platz ist ausgezeichnet. Hier können wir etwas mehr für uns sein.«

Sie setzt sich mit dem Rücken zum Gastraum und schüttelt ihre Serviette auf.

»Wir haben es alle sehr bedauert, als wir gehört haben, dass Sie nicht noch einmal zur Wahl antreten, Senatorin«, fügt der Kellner freundlich hinzu.

»Ah. Nun ja. Zeit, nach vorne zu schauen.« Mom greift nach dem Brotkorb und streicht mit unglaublicher Konzentration Butter auf ein Brötchen. Dann isst sie es, als wäre es ihre Henkersmahlzeit. Tracy sieht mich mit hochgezogenen Brauen an. In letzter Zeit tauschen wir öfter solche Blicke aus. Unser Haus hat sich in ein stilles Minenfeld verwandelt. Trace kann es gar nicht erwarten, nach Middlebury zu ziehen und ihr Studium zu beginnen, was ich ihr nicht verübeln kann.

»Apropos *nach vorne schauen*«, nimmt meine Schwester den Faden auf. »Es gibt da eine kleine Änderung, was meine Studienpläne betrifft.«

Mom lässt den letzten Bissen ihres Brötchens sinken. »Bitte nicht«, haucht sie schwach.

Tracy sieht sie nur stumm an, als hätte Mom jedes Recht verloren, sich in ihr Leben einzumischen. Das ist so, seit sie aus Martha's Vineyard zurückgekehrt ist, und auch jetzt fügt sich Mom und senkt resigniert den Blick.

»Flip wechselt die Uni und zieht auch nach Vermont, um mit mir zusammen sein zu können. Er hat einen tollen Job als Assistent für ein paar Dozenten der Englisch-Abteilung gefunden. Wir nehmen uns gemeinsam eine Wohnung.«

Mom sieht sie mit offenem Mund an. »Als Assistent?«, fragt sie schließlich.

»Du hast richtig gehört, Mom.« Tracy klappt die Speisekarte zu. »Und wir werden zusammen wohnen.«

Auf den ersten Blick sieht es wie eine ihrer üblichen Auseinandersetzungen aus: Tracy rebelliert, Mom hält dagegen. Aber in letzter Zeit verliert Mom diese kleinen Machtkämpfe. Auch diesmal schaut sie auf die Serviette in ihrem Schoß, nippt bedächtig an ihrem Wasser und sagt dann: »Oh. Tja. Das sind ja mal Neuigkeiten.«

Die Unterhaltung wird unterbrochen, als der Kellner kommt, um unsere Bestellung aufzunehmen. Wir sind immer noch zu wohlerzogen oder zu gut trainiert, um vor

Fremden Gefühle zu zeigen. Als er wieder weg ist, greift Mom nach dem Seiden-Cardigan, den sie über ihre Stuhllehne gehängt hat, und zieht etwas aus der Tasche.

»Ich denke, dann ist das ein guter Moment, um euch das hier zu zeigen.« Sie faltet langsam ein Blatt Papier auseinander, streicht es mit der Hand glatt und legt es zwischen Tracy und mich.

»Zu verkaufen! Traumhaus! In exklusiver Wohngegend in einem der schönsten Küstenorte Connecticuts, am Ende einer ruhigen Sackgasse gelegen, übertrifft dieses Juwel mit seiner topmodernen Ausstattung, den edlen Parkettböden und seiner erstklassigen Lage in Strandnähe alle Ihre Vorstellungen! Für ausführlichere Informationen wenden Sie sich bitte an Postscript Realty.«

Ich starre verständnislos auf den Computerausdruck, aber Tracy begreift sofort.

»Du willst unser Haus verkaufen? Wir ziehen um?«

»Samantha und ich ziehen um. Du wirst dann ja bereits weg sein«, entgegnet Mom, und in ihrer Stimme ist ein leiser Hauch der früheren Schärfe zu hören.

Erst in diesem Moment erkenne ich unser Haus auf dem Foto. Es wurde aus einem Blickwinkel heraus aufgenommen, aus dem ich es selten sehe – vom Grundstück gegenüber der Garretts aus.

»Es ist das Vernünftigste«, sagt Mom resolut, als der Kellner lautlos einen Teller mit mariniertem Gemüse vor sie hinstellt. »Das Haus ist für zwei Leute zu groß. Zu ...« Sie verstummt und spießt eine getrocknete Cranberry auf. »Der Makler meinte, sie haben es in spätestens einem Monat verkauft.«

»In einem Monat!«, ruft Tracy. »Das heißt, du willst in Samanthas letztem Jahr auf der Highschool umziehen? Wohin überhaupt?«

Mom nimmt eine Gabel von dem Salat, kaut und tupft sich anschließend den Mund ab. »Ach, vielleicht in eine Wohnung in einem dieser neuen Apartmentkomplexe in der Nähe der Bucht. Nur bis klar ist, wie es weitergeht. Für Samantha wird sich nichts ändern. Sie geht weiter auf die Hodges Academy.«

»Klar«, murmelt Tracy. »Gott, Mom. Hat sich für Samantha nicht schon genug geändert?«

Ich sage nichts dazu, obwohl Tracy natürlich recht hat. Das Mädchen, das sich zu Beginn der Sommerferien mit ihrer besten Freundin Nan zusammen den Kopf darüber zerbrach, was aus Tim werden sollte, das den neuen Freund ihrer Mutter nicht besonders sympathisch fand und niemandem etwas von dem Jungen erzählte, in den sie sich verliebt hatte, kommt mir jetzt selbst ganz fremd vor.

Andererseits haben die wirklich einschneidenden Veränderungen sowieso schon stattgefunden, sodass ich den Umzug nicht mehr als so schlimm empfinde.

Unser Haus ist für Mom immer eine Art persönliches Meisterwerk gewesen, der Beweis dafür, dass sie von allem nur das Beste verdiente. Das, was ich daran am meisten geliebt habe, war meine Aussichtsplattform auf dem Dach. Viele Jahre lang verkörperte sie das, was ich war. Das Mädchen, das die Garretts beobachtete. Das Mädchen, dessen Leben nebenan stattfand.

Aber inzwischen bin ich nicht mehr heimliche Beobachterin, sondern führe das Leben, das ich mir erträumt habe. Das, was Jase und mich verbindet ist real. Ich beobachte nicht mehr aus der Ferne, sondern nehme aktiv teil. Und daran wird auch ein Umzug nichts ändern.

Dreiundfünfzigstes Kapitel

Heute ist Labor Day. Morgen fängt die Schule wieder an, mit Unmengen an Hausaufgaben, Leistungskursen und hohen Erwartungen. Als ich die Augen öffne, kann ich die Veränderung geradezu spüren: Die Luft ist kühler geworden, die neuenglischen Sommertage neigen sich dem Herbst entgegen. Es ist noch dunkel, als ich mit dem Fahrrad an den Strand fahre, um zu schwimmen. Nachdem ich mein Training beendet habe, lasse ich mich noch ein bisschen auf den Wellen treiben und schaue zu den Sternen auf, die am Himmel verblassen. In diesem Herbst werde ich wieder ins Schwimmteam zurückkehren, das ist sicher.

Ich bin noch vor Sonnenaufgang wieder zu Hause und komme gerade aus der Dusche, als ich seine Stimme höre.

»Samantha! Sam!« Ich rubble mir mit dem Handtuch die Haare und gehe zum offenen Fenster. Mittlerweile ist es so hell, dass ich Jase sehen kann, der unten neben dem Blumenspalier steht und etwas in der Hand hält.

»Achtung! Aus dem Weg!«, ruft er zu mir hoch.

Ich trete vom Fenster weg und kurz drauf segelt in einem perfekten Bogen eine Zeitung durchs Fenster.

Ich beuge mich hinaus. »Guter Wurf! Aber ich habe den *Stony Bay Bugle* gar nicht abonniert.«

»Schau rein.«

Ich ziehe das Gummiband ab und rolle die Zeitung auf.

Im Inneren der Rolle entdecke ich eine süß duftende, frisch im Garten gepflückte weiße Wildblume, an deren Stiel ein Zettel mit einer Nachricht befestigt ist. *Komm rüber. Dein Triumphwagen erwartet dich.*

Ich klettere das Spalier hinunter und gehe zu den Garretts. In der Einfahrt steht der Mustang mit heruntergeklapptem Verdeck – die zerschlissenen Polster sind durch weiche braune Ledersitze ersetzt und die vordere Hälfte des Cabrios ist in umwerfend edlem Rennwagen-Grün lackiert.

»Er ist wunderschön«, sage ich andächtig.

»Ich wollte eigentlich warten, bis alles perfekt lackiert ist. Dann wurde mir klar, dass das zu lange dauern könnte.«

»Das tanzende Hula-Mädchen fehlt auch noch«, stelle ich fest.

»Wenn dir nach Tanzen ist – nur zu. Obwohl es im Wagen vielleicht ein bisschen eng ist. Dafür müsstest du vielleicht auf die Motorhaube klettern.«

Ich lache. »Und Kratzer in den neuen Lack machen? Auf keinen Fall.«

»Komm.« Er öffnet mir die Beifahrertür, winkt mir, einzusteigen und setzt dann mit lässigem Sprung über die Fahrertür.

»Sensationell und wahnsinnig cool«, lache ich.

»Ja, oder? Ich hab lang geübt, damit ich mich nicht auf dem Schaltknüppel aufspieße.« Er steckt den Schlüssel ins Zündschloss und dreht ihn.

»Er läuft!«

»Und wie er läuft!«, sagt Jase stolz. »Schnall dich an. Ich muss dir noch was anderes zeigen.«

Die Stadt schläft noch, als wir durch die Straßen fahren, die Geschäfte sind geschlossen, die Markise des Breakfast

Ahoy ist noch aufgerollt, nur die Zeitungsjungen sind bereits da gewesen.

Wir fahren die Uferstraße entlang und halten am Strand auf dem Parkplatz neben dem Clam Shack, wo wir unser erstes Date hatten.

»Komm mit, Sam.«

Ich greife nach Jase' Hand und wir schlendern zum Strand hinunter. Der Sand ist kühl, fest und feucht von der sich zurückziehenden Flut, aber es liegt bereits das leichte Flirren in der Luft, das einen der letzten heißen Sommertage verspricht.

Wir klettern über die zerklüfteten Felsen zum Leuchtturm hinaus. Es ist immer noch dämmerig, und Jase hat den Arm fest um meine Taille gelegt, um mich zu stützen. Als wir am Leuchtturm angekommen sind, zieht er mich zu der schwarz lackierten Leiter.

»Du zuerst«, sagt er. »Ich bin direkt hinter dir.«

Als wir oben sind, treten wir geduckt durch die niedrige Tür in den Raum, in dem sich die riesige Laterne dreht und steigen anschließend ganz bis nach oben auf das Dach. Jase wirft einen Blick auf seine Uhr. »Zehn, neun, acht ...«

»Wird gleich irgendwas explodieren?«, frage ich.

»Schsch. Das ist einer der Vorzüge, wenn man Zeitungen austrägt. Ich weiß auf die Sekunde genau, wann es passiert. Schsch, Samantha. Schau.«

Und dann stehen wir Hand in Hand da, blicken aufs Meer hinaus und sehen andächtig zu, wie über den Dächern dieser Welt die Sonne aufgeht.

DANKSAGUNG

Auch wenn ich wusste, dass an der Entstehung eines Buches mehr Menschen beteiligt sind als ein einsamer Schriftsteller, der in einem zugigen Kämmerchen vor sich hin schreibt, ist mir vor der Arbeit an diesem Roman nicht klar gewesen, *wie* viele Leute ich brauchen würde, um die Worte, die ich in den Computer tippte, zu dem Buch werden zu lassen, das meine Leser jetzt in den Händen halten. Ich kann mich mehr als glücklich schätzen, so viel Unterstützung bekommen zu haben und möchte allen Beteiligten danken.

Zuallererst meiner wunderbaren Agentin Christina Hogrebe von der Jane Rotrosen Agency, die mir unendlich geholfen hat. Ich bin voller Bewunderung für ihre Kenntnis des Buchmarkts, ihren sicheren Instinkt für Texte und die Geduld, mit der es ihr immer wieder gelingt, nervöse Autoren zu beruhigen.

Meg Ruley, Annelise Robey und auch Jane Rotrosen, von der die magischen Worte stammten, die mir Mut machten weiterzuschreiben – »Du hast es definitiv drauf«. Carlie Webber, die mir mit ihrem Fachwissen auf dem Gebiet der Jugendliteratur und ihren klugen Fragen mehr half, als ich es in Worte fassen kann.

Meiner Lektorin Jessica Garrison. Es war einer der glücklichsten Momente meines Leben, als sie *Mein Sommer nebenan* las und beschloss, all ihr Talent und Können in mein Buch zu stecken. Es gibt keine Seite in diesem Roman, die nicht durch ihren scharfen Blick, ihre Liebe zum Detail und ihre Kreativität verbessert wurde.

Ein einfaches »Dankeschön« genügt bei Weitem nicht, um dem Jugendbuch-Team bei Dial/Penguin Books gerecht zu werden. Regina Castillos geradezu übernatürliches Gespür für Grammatik und Ungereimtheiten in der Handlung rettete mich vor so manchem Fehler. Kathy Dawson und Jackie Engel haben immer an dieses Buch geglaubt – sogar während seiner schwierigen Entwicklungsphase. Theresa Evangelista verdanke ich das Cover, das ich mir schöner nicht hätte vorstellen können, und Jasmin Rubero verlieh meinen Worten einen umwerfenden Look.

Diese Geschichte hätte ohne die Geduld und den kritischen Input meiner geliebten Kolleginnen vom Online-Forum »From The Heart Romance Writers« niemals geschrieben werden können, die mich mit allem Lebensnotwendigen versorgten – vom neuesten Jugendslang bis hin zu unermüdlichem Trost. Danke Ginny Lester, Ana Morgan, Morgan (Carole) Wyatt, Amy Villalba, Jaclyn Di Bona und Ushma Kothari. Unverzichtbar war auch die Hilfe meiner alten Freunde aus der Heimat, die mir in Sachen Autos, Medizinerjargon und dem, was in Teenagerköpfen vor sich geht, mit Rat und Tat zur Seite standen.

Ganz besonders möchte ich außerdem die »Connecticut Romance Writers Association« erwähnen. Nach dem ersten Treffen, an dem ich teilnahm, rief ich meinen Mann an und schwärmte: »Ich habe endlich meine Leute gefunden!« Und dass ich euch habe, macht mich immer noch glücklich. Danke!

Ein extra dickes Dankeschön geht an Jessica Anderson,

die an meinem Tonfall schliff, und an Toni Andrews, die geduldig meine Anfängerfragen ertrug.

Kristan Higgins gilt nicht nur ihrer Schuhe wegen zu Recht als Legende, sondern auch was ihre Großzügigkeit gegenüber Nachwuchsautoren betrifft. Kristan hat viel mehr für mich getan, als nötig gewesen wäre. Ich danke ihr und ihren begnadeten Klonen, denn ganz ALLEIN kann sie das alles doch gar nicht bewältigen, oder?

Ich möchte Gay Thomas und Rhonda Pollero danken, die ich anfangs als Lektorin betreuen durfte, deren Schriftstellerkollegin ich schließlich wurde und deren Liebenswürdigkeit keine Grenzen kennt. Wie Charlotte, die Spinne aus dem Kinderbuchklassiker, sind beide die treuesten Freundinnen, die man sich nur wünschen kann, und unglaublich gute Autorinnen. Ich fühle mich geehrt und beschenkt, sie zu kennen.

Schließlich danke ich auch meinen Kindern – ihr schenkt mir Lachen, die schönsten Momente im Leben und erinnert mich ständig an das, was wirklich zählt. Ich liebe euch über alles.

Meine Schwester deLancey hielt während der Arbeit an diesem Buch unermüdlich meine Hand und hat sich rührend um mich gekümmert. Ich schätze mich unendlich glücklich, eine Schwester zu haben, die so fürsorglich, so schonungslos ehrlich und dabei auch noch extrem witzig ist. Und die nie etwas mit irgendwelchen blonden Tennisspielern hatte. Natürlich nicht.

Ich danke meinem Vater, der immer mein Held gewesen ist, und Georgia, meiner geliebten Stiefmutter.

Und meinem Mann John, der mich beim Wort genommen hat, als ich bei unserem ersten Date behauptete: »Ich bin Schriftstellerin«, und der nie aufgehört hat, mich anzuspornen, das wahr zu machen, was damals eher ein kühner Wunschtraum als Realität war. Du bist mein treuester Fan, mein bester PR-Agent und mein liebevollster Kritiker.